南開詩學書系

民國詞話叢編

第六冊

MINGUO
CIHUA
CONGBIAN

孫克強
楊傳慶
和希林
／
編

社會科學文獻出版社
SOCIAL SCIENCES ACADEMIC PRESS (CHINA)

第六册目録

讀詞閑話

唐　弢◎著

　　唐弢（1913～1992），原名唐端毅，筆名風子、晦庵等。浙江鎮海人。曾參與編輯 1938 年版《魯迅全集》。著有《推背集》《海天集》《落帆集》《晦庵書話》等。主編有《中國現代文學史》等。《讀詞閑話》，原刊載於《中華郵工》1935 年第 4 期。本書即據此收錄。楊傳慶、和希林《輯校民國詞話三十種》收錄該詞話。

《讀詞閑話》目録

讀詞閑話

一　詞與詩不同

詞貴婉約，與詩不同。然詩人作詞，往往不能脱盡詩腔。于弨仲〔浣溪沙〕"日西初見下妝樓"一語，王次回引以爲詩，不見痕迹。若李供奉"秦娥夢斷秦樓月""咸陽古道音塵絶"等語，雖雕琢之，亦不能成詩矣。

二　暮字之妙

秦少游〔踏莎行〕"杜鵑聲裏斜陽暮"，極爲東坡所賞，妙在能傳一"暮"字。

三　詞之起結

劉公勇謂詞起結最難，而結尤難於起，余以爲不然。蓋結衹需種種一句，意在言外，便足耐人尋味。若起則須如長江之源，一決千里，非老於此道者不辦。東坡〔水調歌頭〕起句云："明月幾時有?"讀之已覺塵襟頓滌，不待終闋也。

四　起句之法

作起句須從精煉處下筆，又須顧首顧尾，不落痕迹。岳飛〔滿江紅〕起句"怒髮衝冠"，妙在能留下許多地步與後文，自是聰敏人起法。

五　天地間有好語

俞仲茅謂："好語往往前人說盡，當何處生活。"余謂祇須天地間有好語，便是快事，何必定出諸我。

六　學詞須先胡謅

學詞須先胡謅，然後再讀前人詞論，不難改頭換面，徐入化境。若一下手便讀詞論，則難乎落筆矣。

七　小令中絕調

李後主〔搗練子〕"深院靜"一闋，膾炙人口，與周邦彥〔十六字令〕《咏月》，允稱小令中絕調。楊升庵〔如夢令〕云："雲陰月華飛過，雨意鐘聲敲破。"亦頗生動。

八　深得詞家三昧

秦少游〔生查子〕："月色忽飛來，花影和簾捲。"上句勁，下句輕接，悠揚急徐，是深得詞家三昧者。

九　婉約爲上品

才如子瞻，猶不免有銅琶鐵板之譏，蓋詞固以婉約爲上品也。然顧宋梅云："詞雖貴於情柔聲曼，然苐宜於小令。若長調而亦喁喁細語，失之約矣。"自是別一種見解。

一〇　況周頤釋詩餘

況周頤解釋"詩餘"云："詩餘之餘，作'贏餘'之'餘'解。唐人朝成一詩，夕付管弦，往往聲希節促，則加入和聲。凡和聲皆以實字填之，遂成爲詞。詞之情文節奏，并皆有餘於詩，故曰詩餘。世俗之說，若以詞爲詩之剩義，則誤解此餘字矣。"此蓋能獨具隻眼，確認詞之地位者。

一一 詞之所由起

南朝變樂府爲長短句，詞之萌芽也。至唐李白有〔憶秦娥〕〔菩薩蠻〕二闋，而後溫庭筠、白香山諸人繼之，至宋而大盛，爭調競思，各製新腔，此詞之所由起也。

一二 菩薩蠻詞牌

〔菩薩蠻〕本作〔菩薩鬘〕，《南部新書》載："唐大中初，女蠻國入貢，危髻金冠，纓絡被體，號菩薩蠻隊，遂有此曲。"此曲又名〔子夜歌〕，亦名〔重叠金〕，又名〔巫山一段雲〕。

一三 憶秦娥詞牌

〔憶秦娥〕一名〔秦樓月〕，一名〔雙荷葉〕，又名〔碧雲深〕。多押仄韵，然亦有押平韵者，如孫夫人〔花深深〕一闋是也。

一四 鬧字之妙

宋子京〔玉樓春〕"紅杏枝頭春意鬧"，一"鬧"字，劉公勇稱其卓絕千古，自是定論。

一五 長調與小令之難易

張玉田所謂詞之難於小令，如詩之難於絕句。余謂通常小令易於長調，若求其工，則長調易於小令也。質諸今之詞家，不知亦有當否？

附注

這是我五年前的一篇《讀詞閑話》，自從我弄弄新文學以來，已經宣告和舊文學脫離關繫，立誓不再做詩，填詞了，自然也不會再弄詞話這一類東西。去年的復興文言運動，聲勢是非常浩大的，但我自己却也更明白而且更堅定地走著我自己的路。把這篇東西寄給《中華郵工》，算是給我自己一點紀念。從此以後，在文言文，自文言詩詞裏，再不會找到我了。

五月一日記

槜李閨閣詞人征略

莊一拂◎著

莊一拂（1907～2001），號南溪，晚號籜山，浙江嘉興人。曾拜易孺爲師，學聲律。喜南詞新聲，爲昆曲度曲家。與趙景深、鄭振鐸等組織古典戲曲叢刊社，研究中國古典戲曲。著有《古典戲曲存目匯考》《明清散曲作家匯考》，另有《一拂詩》《南溪詞曲稿》等。"槜李"即浙江嘉興的古稱，地處浙西，明清時期詞風頗盛。《槜李閨閣詞人征略》發表於《詞學季刊》第二卷第三號（1935年），本書即據《詞學季刊》本錄校。

《檇李閨閣詞人征略》 目録

檇李閨閣詞人征略

一　黃德貞

黃德貞字月輝，孫曾楠室。設帳緑窗，門多問字。與歸素英輩
迭主詞壇。著有《雪椒》《劈蓮》諸稿。

二　歸淑芬

歸淑芬字素英，高葵庵室。初居花村，晚遷香居。與黃月輝、
申蘭芳共輯《名閨詩》《百花詞》，歸自爲序。著有《静齋詩餘》。

三　屠菼珮

屠菼珮字瑶芳，月輝子婦，孫渭潢室。其小詞情思婉約，不讓
乃姑。著有《鈿奩雜咏》。

四　沈紉蘭

沈紉蘭字閑靚，黃承昊室。賦性精敏，才藝冠世。工詩，并善
倚聲。著有《浮玉亭詞稿》。

五　黃淑德

黃淑德字柔卿，葵陽幼女，承昊妹，適屠氏，早寡，卒年不滿
四十。著有《遺芳草》。

六　項蘭貞

項蘭貞字孟畹，黃卯錫室。與姑母柔卿唱和，最工寫景。清婉有致，并擅小令。著有《栽雲草》。

七　黃修娟

黃修娟字媚清，承昊女，沈希珍室。著有《效顰集》。

八　黃雙蕙

黃雙蕙字柔嘉，承昊仲女。髫齡耽禪悅，絕易家室，年十六卒。著有《閨禪剩咏》。

九　孫蘭媛

孫蘭媛字介畹，月輝長女，陸宙肩室。工詩詞，洗盡脂粉氣。著有《研香閣稿》。

一〇　孫蕙媛

孫蕙媛字静畹，月輝次女，莊國英室。工詞，與介畹争勝。著有《愁餘草》《百花詞選》。

一一　莊氏

莊氏，莊景韶次女，屠溶室。能詩，兼工小令。有〔憶江南〕詞云：“春欲去，芳草夕陽愁。蝴蝶留春春不管，東風吹上十三樓。吹恨到眉頭。”

一二　項珮

項珮字吹聆，吳統持室。以貴族淑媛，值國破家亡。與其君子偕隱荒郊，諷咏自適。著有《藕花樓詞》。

一三　青峨居士

青峨居士，居士姓姚，范應宮室。扶床誦書，博通群籍。年二十六而卒。著有《玉鴛閣集》。

一四　錢斐仲

錢斐仲字餐霞，錢實甫女，戚士元室。性淡泊，偕隱甪里，能詩文，兼習倚聲。著有《雨花盦詩餘》一卷。

一五　黃媛介

黃媛介字皆令，月輝從妹，楊元勛室。髫齡即嫻翰墨，好吟咏，工書畫，詩名噪甚，恒以輕航載筆，往來吳越間。著有《湖上草》。

一六　馬福娥

馬福娥字簡齋，沈宏略室。性愛蘭，所居盡植蘭，因以爲號，年十九卒，著有《斷釵集》。

一七　沈蘭

沈蘭字蘊貞，能詩，兼工長短句。著有《綉餘遺筆》《雪齋詩餘》。

一八　李畹

李畹字梅卿，馮登府室。賦才清綺，早卒。著有《隨月樓詞》。

一九　錢徹

錢徹字霞表，一字玩塵，復生女。性恬淡，端容好學，及笄，名噪一時。負才不偶，悒鬱以終。著有《清真集詞》。

二〇 汪嫻

汪嫻，汪周士妹，聰慧寡言，有天仙丰度，年十四，未嫁而殁。所著詩詞，盡爲伊兄焚毀。其〔搗練子〕云："庭悄悄，月沉沉。唧唧寒蛩斷續吟。獨有孤鴻聽不得，欲眠猶是理瑤琴。"

二一 陸宛櫺

陸宛櫺字端毓，孫蘭媛女。所作小詞，不讓乃母，《題畫美人》〔南柯子〕云："拂檻垂新柳，臨窗映綠蕉。含情脉脉自無聊。立向華陰深處，怕人瞧。　　却月雙蛾淺，迎風笑臉嬌。朱唇一點奪櫻桃。不待向人私語，總魂消。"

二二 蔣素貞

蔣素貞字蘭如，工韵語，精倚聲，婉麗秀發，善於言情者。著有《德滋堂稿》。

二三 范素英

范素英字栖霞，沈麗川室。工倚聲，清麗婉約，得秦、柳神韵，著有《養疴軒稿》。

二四 胡順

胡順字坤德，胡樹槐次女，丁德致室。幼穎慧，嗜讀書，見父詩詞，步韵立就，溫麗清新，度越尋常。著有《焚餘草》。

二五 吴九思

吴九思字柏隱，善寫生，歸陸氏，著有《霞飛草》。

二六 錢涓

錢涓字裴文，錢泮妹，薛雍可室。校讎史籍，商略風雅。著有

《抱雪吟》，自爲序。

二七　于啓璋

于啓璋字静媛，于世華女，適武林沈蕃。著有《針餘草》。

二八　沈貞永

沉貞永字瓊山。《咏十姊妹》〔鷓鴣天〕云："裊娜春風鬥麗華。嬌姿紅白醉流霞。三三兩兩分濃淡，那得多才配淑嘉。　　連理樹，并頭花。凝香集艷是誰家。昭陽殿裏休争寵，飛燕雙雙讓後車。"

二九　屠紫珍

屠紫珍字瓊圃，屠惺所女，屠彪妹，鎦赤水之配。

三〇　吴芳

吴芳字若英，吴竹亭女，徐撫辰室。〔阮郎歸〕《寄遠》云："東風吹就雨簾纖，慵將針綫拈。暗愁多半上眉尖，殘燈和泪添。　　羅帳冷，髻鬢偏。無言且獨眠。欲憑清夢到君邊，誰知夢也慳。"

三一　孫夫人

孫夫人，南宋秀州鄭文妻也。文久寓行都，孫寄《秦樓月詞》，一時傳播，酒樓妓館皆歌之。

三二　沈榛

沈榛字伯虔，一字端孟，德滋女，錢書樵室。爲詞清婉有致，深得《草堂》雋韵。著有《潔園詞》。

三三　沈栗

沈栗字仲恂，與姊榛齊名，號麖溪内史。歸陳誼臣仲嚴，綺窗聯句，刻燭拈毫，稱一時佳話。其詩多雅正之音，詞亦斐然可觀。

三四　蔣紉蘭

蔣紉蘭字秋佩，錢以塏室。機杼組紉之餘，潛心翰墨，工韵語，尤善長短句。性靈灑灑，有道韞遺風。著有《鮮潔亭綉餘稿》。

三五　曹鑒冰

曹鑒冰字葦堅，曹十經女，歸華亭張殷六。與祖母吳朏李懷，有一門唱和之樂。四方名流，無不重其筆墨。著有《綉餘試研稿》，并《瑶臺宴傳奇》。

三六　季淑貞

季淑貞字玉芳，有〔虞美人〕詞云：“拔山扛鼎當時概，霸業今何在。項王意氣已消亡，博得虞姬一死、姓名香。　　年年花發留顏色，艷質堪憐惻。休談成敗漢爲君，試看綺窗綉閣、草猶芬。”

三七　朱妙端

朱妙端，字静庵，朱祚女，周濟室。年八十餘終，閨閣著作之富，無過静庵者。其題易安詞，有“一代才華真可惜，錯將閑懷寄新詩”之句。

三八　彭琬

彭琬字玉映，彭期生妹，歸馬氏，與妹琰稱雙璧。著有《挺秀集》《羅月軒集》。

三九　彭琰

彭琰字幼玉，琬妹，朱化鵬室。才情具足，似勝姊氏，姊惟幽艷，妹則英特而博大。

四〇　彭孫瑩

彭孫瑩字信芳，徐復貞室。幼穎慧，嫻文史，詞旨雋永，風格秀麗。著有《碧筠軒稿》。

四一　彭孫倩

彭孫倩字變如，孫遹女兄。孫遹有才名，兒時與變如同就塾，時稱雙璧，歸陳龍孫。著有《盤城游草》。

四二　彭玉嵌

彭玉嵌字貞隱，孫遹女孫，歸陸梅谷。居恒不苟言笑，而常瀟灑自得。梅谷有侍姬沈虹屏，亦工詞翰，唱隨之樂，逾於恒人。著有《鏗爾詞》，係虹屏手寫本。

四三　陳麟瑞

陳麟瑞字若蘭，著有《綠窗閑咏》。有《閨詞》百首，娟麗去花蕊夫人不遠。

四四　吳瑛

吳瑛字雪湄，一字若華，屈恬波室。少慧，能詩文，小詞律賦，亦流便有姿致，歸屈不數月卒。著有《芳蓀書屋存稿》。

四五　屈鳳輝

屈鳳輝字梧清，屈宗到妹，胡之垣室。著有《古月樓稿》。

四六　孫湘畹

孫湘畹字九蘭，號蓀友，孫烺女，烺無子，延師課讀，甫及笄，已工詩詞，善書繪，歸張采。著有《紅餘詞》。

四七　蔣也吟

蔣也吟，陸費榮室，著有《倦紅樓詞》。其《送春》〔如夢令〕云："粉蝶暗黏飛絮。花醉玉樓人語。倚遍碧欄干，贏得這番愁緒。春去。春去。一陣落紅如雨。"

四八　陸荷青

陸荷青字孟貞，陸宗蓮女，徐熊飛繼室。著有《唐韵樓稿》。

四九　沈佩

沈佩字飛霞，吳起代室。能詩及琴畫，并工長短句。著有《繡餘殘稿》。

五〇　虞兆淑

虞兆淑字蓉城。讀書能詩，尤工於詞。著有《玉映樓詞稿》。

五一　畢氏

畢氏夙工吟咏，有《香霏閣詞鈔》。年二十五，夫亡，盡付之火，不二年亦歿。

五二　勞紡

勞紡字織文，勞乃宣女，陶葆廉繼室。工詩詞，清新俊逸，常從夫匝歲走萬里路，所至寫其山川風物，形諸歌咏。著有《織文遺稿》。

五三　楊愛

楊愛字憐影，小字蘼蕪，錢牧齋繼室，稱河東夫人。唱隨風雅，聞於天下。後遭家變，投繯殉節。著有《吾聞堂鴛鴦樓詞》。

五四　徐簡

徐簡字文漪，吳幹庭室，亦閨中之秀。著有《香夢居集》。

五五　周文

周文字綺生，檇李女校書。體貌閑雅，儼如士人。嘗有句云："掃眉才子多相忌，未敢人前說校書。"蓋自傷也。

檇李爲文人淵藪，以七縣之廣，閨閣詞人，何止此數。余因輯《檇李女詩人》之便，撏拾一二，爰成此編，意在挨張壺德，增閭里之光焉。一拂附識。

倚聲臆得

金天羽◎著

　　金松岑（1873～1947），原名天翮，後改天羽，字松岑，號鶴望，自署天放樓主人，江蘇省吳江縣同里鎮人。曾創辦同里自治學社，組織雪恥學會。1903 年在上海參加蔡元培創辦的愛國學社。1923 年出任吳江縣教育局長。後赴光華大學中文系任教。1947 年病逝於蘇州濂溪坊寓所。與陳去病、柳亞子并稱爲清末民初“吳江三杰”。著有《天放樓詩集》《天放樓文言》《紅鶴詞》等。《倚聲臆得》原載《文藝捃華》1935 年第 2 卷第 1 期、第 3 期，1936 年第 3 卷第 1 期、第 2 期，署名“金天翮”。本書即據此收錄。和希林曾整理刊載於《古代文學理論研究》第 44 輯（華東師範大學出版社，2017）。

《倚聲臆得》 目録

倚聲臆得

一　四忌

倚聲之道，意欲轉而忌直，心欲閑而忌迫，景欲遠而忌窄，脉欲通而忌隔。此爲余一人之言，然持此道以衡量古今之詞，古今作者之優劣視此矣。

二　詞須胸襟高曠

詞又須胸襟高曠，而摹寫艷情者爲劣，余所謂“心欲閑”者即涵此意。晏、歐同爲北宗詞學先河，而歐之纖艷，有時元獻所不爲，似元獻較大方矣。毛子晋謂“浮艷傷雅，不似公筆意”，或然歟。

三　元獻爲詩人之詞

倚聲家謂晏、歐小令，直接五代。余謂元獻佳處，正爲詩人之詞，非詞人之詞。如“水風深處懶回舟”。如“斜陽獨倚西樓。遠山恰在簾鈎”。如“舡船一棹百分空，何處不相逢”。如“對離筵，駐行色。千里音塵便疏隔。合有人相憶”。如“天長不禁迢迢路。垂楊祇解惹春風，何曾繫得行人住”。如“高臺樹色陰陰見。春風不解禁楊花，濛濛亂撲行人面”。如“飲散短亭人欲去。留不住，黃昏更下瀟瀟雨”。直是六朝、唐人詩境。歐陽詞亦多如此，惟“蘋滿溪。柳滿堤。相送行人溪水西。回時隴月低。　　烟霏霏。風凄凄。重倚朱門聽馬嘶。寒鷗相對飛"。此首却不下馮延巳也。

四 六一詞

六一翁詞有明麗者,如"草薰風暖搖征轡""畫閣歸來春又晚"是也;有流暢者,如"把酒祝東風"是也;有沉細者,如"數聲鶗鴂,又報芳菲歇"是也。

五 六一臨江仙

六一〔臨江仙〕云:"柳外輕雷池上雨,雨聲滴碎荷聲。小樓西角斷虹明。闌干倚處,待得月華生。"惜下半首又入閨情矣。

六 屯田詞

"凡有井水飲處,皆能歌柳詞。"今讀之,鄙俚之句,充斥行間。北人少文,此其所以家弦户誦歟。其〔望秋潮〕一首:"三秋桂子,十里荷花",後世傳入金源,元主遂繪《立馬吳山第一峰圖》,謀宋之心益亟矣。屯田詞多北方鄙語,遂開元代曲本。

七 屯田佳者

屯田淫媟之詞,十首而九,不識何以負一時盛名。東坡拈出"霜風凄緊,關河冷落,殘照當樓",謂"唐人佳處,不過如此"。然此種集中亦正不多,試再拈其佳者。如"漁市孤烟裊寒碧,水村殘葉舞愁紅。楚天闊,浪浸斜陽,千里溶溶"。如"野塘風暖,游魚動觸,冰澌微坼"。如"望處曠野沉沉,暮雲黯黯。行侵夜色,又是急槳投村店"。如"萬水千山迷遠近,想鄉關何處"。以及"曉風殘月"一首,佳處盡出矣。

八 小晏爲詩人之詞

余謂大晏爲詩人之詞,今觀小晏益信。山谷云:"叔原樂府,寓以詩人句法。"余尤愛其〔生查子〕十餘首,宛然《吳歌》《子夜》，非五代人所能及也。至其"落花人獨立，微雨燕雙飛"一聯，與乃翁之"無可奈何花落去，似曾相識燕歸來"，後先媲美，然墮入五代矣。（小山小令，能筆筆轉。）

九　山谷詞習用北方獷語

《山谷詞》亦習用北方獷語，與屯田同開北曲。然〔望江東〕一首，則直追晚唐。詞曰："江水西頭隔烟樹。望覓江東路。思量祇有夢來去。更不怕江闌住。　　　燈前寫了書無數。算没個人傳與。直繞尋得雁分付。又還是秋將暮。"

一〇　山谷少年喜造纖淫之句

山谷少年，喜造纖淫之句，法秀道人譏曰："應墮拔舌地獄。"山谷曰："空中語耳。"今觀〔滿庭芳〕句曰："我已逍遥物外，人冤道、别有思量。"意其解嘲乎。

一一　山谷有壯語

"風清後，横塘月滿，水净見移星"，此求之山谷詩，且不多覯。然山谷殊有壯語，如〔南鄉子〕上半闋："諸將説封侯，短笛長歌猶倚樓。萬事盡隨風雨去，休休。戲馬臺南金絡頭。"又〔水調歌頭〕上半闋："落日塞垣路，風勁戛貂裘。翩翩數騎閑獵，深入黑山頭。極目平沙千里，唯見琱弓白羽，鐵面駿驊騮。隱隱望青冢，特地起閑愁。"東坡遜其雄，稼軒遜其厚。

一二　山谷有清曠語

山谷有清曠語，"是非海裏，直道作人難。袖手江南去，白蘋紅蓼，又尋溢浦廬山。"

一三　山谷定風波

太白夢中授山谷以讁夜郎《竹枝詩》三首，其實乃山谷詩也。

詞有似之者，如〔定風波〕曰："萬里黔中一漏天。屋居終日似乘船。及至重陽天也霽。催醉。鬼門關近蜀江前。　莫笑老翁猶氣岸。君看。幾人白髮上華顛。戲馬臺前追兩謝。馳射。風情猶拍古人肩。"

一四　山谷小詞

山谷小詞，美不勝收。如〔采桑子〕"荔枝灘上留千騎，桃李陰繁。宴寢香殘，畫戟森森鎮八蠻。　永康又得風流守，管領江山。少訟多閑。烟靄樓臺舞翠鬟。"〔浣溪沙〕："新婦磯頭眉黛愁。女兒浦口眼波秋。驚魚錯認月沉鈎。　青箬笠前無限事，綠蓑衣底一時休。斜風細雨轉船頭。"又前調下半首云："林下猿垂窺滌硯，岩前鹿臥看收帆。杜鵑聲亂水如環。"

一五　淮海詞竟體珠玉

《淮海詞》竟體珠玉。《夢中作》〔好事近〕一首，及〔滿庭芳〕"山抹微雲，天粘衰草"，爲世傳誦。余謂"微雲衰草"，是畫出《蕪城賦》也。其曰"斜陽外寒鴉數點，流水繞孤村"，何其神閑而意遠耶。

一六　淮海詞

神閑意遠，詞人之上品也。《淮海詞》中，又如："飲罷不妨醉卧，塵勞事有耳誰聽。江風静。日高未起，枕上酒微醒。"又云："往事逐孤鴻。但亂雲流水，縈繞離宮。"如云："斜日半山，暝烟兩岸，數聲橫笛，一葉扁舟。"如云："烟暝酒旆斜。但倚樓極目，時見栖鴉。"如云："舞困榆錢自落，秋千外綠水橋平。"又云："憑闌久，疏烟淡日，寂寞下蕪城。"皆蘇、黃所不能寫者。淮海詩學《選》體，正少閑遠，詞則反是，惟稍悲耳。

一七　放翁詞

讀兩宋詞十餘家，雄如東坡、稼軒，清如片玉，綺如草窗，皆不足當此道中李杜。放翁詩得杜之心，或以爲幾杜，要未必然，意降格爲詞，其亦可以南面乎。如〔訴衷情〕："當年萬里覓封侯。匹馬戍梁州。關河夢斷何處，塵暗黑貂裘。　胡未滅，鬢先秋。淚空流。此生誰料，心在天山，身老滄洲。"何其壯也。又在葭萌驛作〔鷓鴣天〕，起筆云："看盡巴山看蜀山。子規江上過春殘"，何異"兩邊山木合，終日子規啼"之句乎。至多景樓作〔水調歌頭〕，上半闋竟與山谷徐州作相似，曰："江左占形勝，最數古徐州。連山如畫，佳處縹緲着危樓。鼓角臨風悲壯，烽火連空明滅，往事憶孫劉。千里曜戈甲，萬竈宿貔貅。"又有自南鄭來成都作〔漢宮春〕一首，尤雄杰："羽箭雕弓，憶呼鷹古壘，截虎平川。吹笳暮歸，野帳雪壓青氈。淋漓醉墨，看龍蛇虎落蠻牋。人誤許，詩情將略，一時才氣超然。　何事又作南來，看重陽藥市，元夕燈山。花時萬人樂處，欹帽垂鞭。聞歌感舊，尚時時流涕樽前。君記取封侯事在，功名不信由天。"

（以上 1935 年第 2 卷第 1 期）

一八　放翁集中佳者

劉潛夫謂"放翁、稼軒，時時掉弄書袋"。稼軒、龍洲掉書袋，固也，放翁何爲者。今再取其集中佳者，如："我老漁樵君將相。小槽紅酒，晚香丹荔，記取蠻江上。"又："揮袖上西峰，孤絕去天無尺。拄杖下臨鯨海，數烟帆歷歷。"又："角殘鐘晚關山路，行人昨依孤店。塞月征塵，鞭絲帽影，常把流年虛占。"又："相逢共話清都舊，嘆塵劫生死茫茫。何如伴我，綠蓑青篛，秋晚釣瀟湘。"又："瘦馬行霜棧。輕舟下雪灘。烏奴山下一林丹。爲說三年常寄夢魂間。"又："小閣待秋空，下臨江渚。漠漠孤雲未成雨，數聲新雁，回首杜陵何處。"又："瘴雲蠻雨暗孤城，自在楚山角。煩問劍南消息，怕還成疏索。"又："畫角喚人歸，落梅村籃輿夜過。"又："一身萍寄，酒徒雲散。佳人天遠。那更今年，瘴烟蠻雨，夜郎江畔。"又："平章風月，彈壓江山，別是功名。"

又："歲晚喜東歸，掃盡市朝陳迹。揀得亂山環處，釣一潭澄碧。賣魚沽酒醉還醒，心事付橫笛。家在萬重雲外，有沙鷗相識。"又〔真珠簾〕調"山村水館參差路"全首，皆詞中高格。

一九　稼軒詞

稼軒詞非獨掉書袋而已，其氣發越而不凝，其聲甚囂而塵上。世稱蘇辛，蘇雖小詞氣局較辛長調爲闊大，闊大不在詞句間也。或稱辛劉，按後邨好用史事，稼軒則《論》《孟》《詩小序》《左傳》《南華》《離騷》《史》《漢》《世説》《文選》，拉雜運用。或謂其別開天地，橫絶古今，蓋驚怖之也。然而滄浪之論詩也，曰："詩之運典，如水之着鹽，以知其味而不見其質，乃佳。"詩且然，何況詞乎。

二〇　周止庵論稼軒詞

周止庵論稼軒詞，謂"多英雄語，少學問語"，此言最平允。學問語非論學也，謂有心得語也。然稼軒詞中，心得語亦正不少，試以摘句圖求之。如云："老子忘機渾漫與，鴻鵠飛來天際。"又云："醉裏重揩西望眼，惟有孤鴻明滅。"又云："炙手炎來，掉頭冷去，無限長安客。"又云："掀髯把酒一笑，詩在片帆西。"又云："四十九年前事，一百八盤狹路，拄杖倚牆東。"又云："人間得意，千紅萬紫，轉頭春盡。白髮憐君，儒冠曾誤，平生官冷。"又云："自憐拙者，功名相避，去如飛鳥。"又云："亭上秋風，記去年裊裊，曾到吾廬。山河舉目雖異，風景非殊。功成者去，覺團扇便與人疏。吹不斷斜陽依舊，茫茫禹迹都無。"又云："無窮身外事，百年能幾，一醉都休。"又云："回首海山何處，千里共襟期。"又云："但使情親千里近，須信無情對面是山河。"又云："舊歡新夢裏，閑處却思量。"又云："布被秋宵夢覺，眼前萬里江山。"又云："城頭無限今古，落日曉霜寒。"皆有身分，不徒作豪快語也。

二一　稼軒詞壯而能和者

稼軒詞，自以〔摸魚兒〕"更能銷幾番風雨，匆匆春又歸去"一首爲最。後世摹仿其體者，項背相望，不能出藍也。其壯而能和者，《滁州送范倅》〔木蘭花慢〕："征衫。便好去朝天。玉殿正思賢。想夜半承明，留教視草，却遣籌邊。長安故人間我，道愁腸殢酒祗依然。"又《題上饒州圃翠微樓》，前調起筆："舊時樓上客，愛把酒對南山。笑白髮如今，天教浪迹，來往其間。登樓更誰念我，却回頭西北望層闌。"又《旅次登樓》〔聲聲慢〕："指點檜牙高處，浪湧雲浮。今年太平萬里，罷長淮千騎臨秋。憑欄望，有東南佳氣，西北神州。"又《爲陳同甫賦》〔破陣子〕："醉裏挑燈看劍，夢回吹角連營。八百里分麾下炙，五十弦翻塞外聲。沙場秋點兵。"又《壽建康帥》〔八聲甘州〕："祗用平時樽俎，彈壓萬貔貅。依舊鈞天夢，玉殿東頭。"又《北固亭》〔南鄉子〕全首："何處望神州。滿眼風光北固樓。千古興亡多少事，悠悠。不盡長江滾滾流。　年少萬兜鍪。坐斷東南戰未休。天下英雄誰敵手，曹劉。生子當如孫仲謀。"

二二　稼軒有清雋

稼軒亦有清雋。如〔臨江仙〕："鐘鼎山林都是夢，人間寵辱休驚。祗消閑處過平生。酒杯秋吸露，詩句夜裁冰。　記取小窗風雨夜，對床燈火多情。問誰千里伴君行。曉山眉樣翠，秋水鏡邊明。"〔鵲橋仙〕："松岡避暑，茆檐避雨，閑去閑來幾度。醉扶怪石看飛泉，又却是前回醒處。　東家娶婦，西家歸女，燈火門前笑語。釀成千頃稻花香，夜夜費一天風露。"又〔西江月〕下半闋："萬象亭中殢酒。九仙閣上扶頭。城鴉喚我且歸休。細雨斜風時候。"又〔生查子〕上半闋："溪邊照影行，天在清溪底。天上看行雲，人在行雲裏。"何其似晚唐五代也。又有句云："青山活計費思量。"又云："人間路窄酒杯寬。"真佳句也。

二三 稼軒有婉妙之語

〔水調歌頭〕"落日塞塵起，胡馬獵清秋"一首，與山谷、放翁齊驅。《書東流村壁》〔念奴嬌〕"野塘花落，又匆匆過了清明時節"一首，不亞〔摸魚兒〕，然稍涉艷思矣。稼軒尚有婉妙之語，如："兒家門巷重。畫樓東。明日重來，風雨暗殘紅。"又："怕君不飲太愁生，不是苦留君住。""知是他春帶愁來，春歸何處。却不解帶將愁去。"誰謂此老徒工"銅琶鐵板"耶。

二四 子野押影韵者

李端叔云："子野才不足而情有餘。"周止庵云："祇是偏才，無大起落。""張三影"之名，子野自舉也，曰："雲破月來花弄影"，"嬌柔懶起，簾壓捲花影"，"柳影無人，墮飛絮無影"。今觀其他押"影"韵者尚多："苕花飛盡汀風起，苕水天搖影"，"橫塘水静，花窺影，孤城轉"，"中庭月色正清明，無數楊花過無影"，"那堪更被明月，隔牆送過秋千影"，今謚之曰"張七影"。

二五 子野詞佳者

"星斗稀，鐘漏歇，簾外曉鶯殘月。"又："階下殘花，門外斜陽岸。"又："朝暮萬景，寒潮弄月，亂峰回照。"子野詞之佳者也。其尤沉著者，如："人生無物比多情，江水不深山不重。"又："莫把么弦撥，怨極弦能説。天不老，情難絶。心似雙絲網，中有千千結。夜過也，東窗未白凝殘月。"

二六 草窗詞

《草窗詞》萬口傳誦，與蘇、辛分道揚鑣，然其《送陳君衡被召》〔高陽臺〕一闋，清處能雄，壯而能婉，甚可貴也。"照野旌旗，朝天車馬，平沙萬里天低。寶帶金章，尊前茸帽風欹。秦關汴水經行地，相登臨都付新詩。縱英游叠鼓清笳，駿馬名姬。　　酒酣應對燕山雪,正冰河月凍,曉隴雲飛。投老殘年,江南誰念方回。東風漸綠西湖柳,雁已還人未南歸。最關情,折盡梅花,難寄相思。"其夏游倚〔乳燕飛〕調,中云:"來帆去棹還知否。問古今幾度斜陽,幾回搔首。晚色一川誰管領,都付雨荷烟柳。知我者鶯朋燕友。"細膩風光中,又何其闊大也。

(以上 1935 年第 2 卷第 3 期)

二七 清真比之太白

詞人崇拜清真,比之倚聲中之杜陵。余心疑之,欲舉放翁以代之,而放翁敗筆甚多,不足南面稱王。夫"詩人之賦麗以則,詞人之賦麗以淫",清真麗矣,然淫思古意,充其量,不過北朝子山,未足升義山之堂,況子美乎?子美拳拳忠愛,清真有之乎?余謂倚聲中求杜陵,捨蘇、陸外無可求也。而蘇、陸不足當之,辛、劉是昌黎耳。欲奉清真,還是比之太白。清真有句:"坐看人間如掌,山河影倒入瓊杯。"又曰:"景物關情,川途換目,頓來催老。"又云:"州夾蒼崖,下枕江山是城郭。望海霞接日,紅翻水面,晴風吹草,青搖山腳。"此何減太白乎?其他如:"酒醒時,會散了。回首城南道。河陰高轉,露腳斜飛夜將曉。"又云:"樓下水,漸綠遍行舟浦。暮往朝來,心逐片帆輕舉。何日迎門,小檻朱籠報鸚鵡。"又云:"兔葵燕麥,向殘陰影與人齊。"又云:"憔悴江南倦客,不堪聽急管繁弦。歌筵畔,先安枕簟,容我醉時眠。"又云:"都城漸遠,芳樹隱斜陽。""凝眸處,黃昏畫角,天遠路歧長。"又云:"悄郊原帶郭,行路永,客去車塵漠漠。"又云:"苦恨斜陽,冉冉催人去。空回顧。淡烟橫素。不見揚鞭處。"又云:"落霞隱隱日平西,料想是分攜處。"又云:"堤前亭午未融霜。風緊雁無行。重尋舊日歧路,茸帽北游裝。"其吐屬亦宛然太白也。

二八 清真大好律句

清真有句云:"雲樹開天曉。"又云:"彈指壺天曉。"此大好律句也。

二九　慶宮春有蒼涼氣

〔慶宮春〕上半闋云："雲接平岡，山圍寒野，路回漸轉孤城。衰柳啼鴉，驚風驅雁，動人一片秋聲。倦途休駕，淡烟裏微茫見星。塵埃憔悴，生怕黃昏，離思牽縈。"殊有蒼涼氣。

三〇　二窗并稱

二窗并稱。余讀夢窗，覺脂香粉膩，埋没性靈，於句法逗處不能逗，不逗處強爲逗，殊未知盲從者何以推崇如此。清真可方太白，草窗是飛卿，夢窗則長吉乎？長吉雖脉絡不貫，然有生氣。夢窗殊未足以當之也，其西昆諸公乎？

三一　止庵論詞

止庵謂："北宋詞多就景叙情，故珠圓玉潤，四照玲瓏。至稼軒、白石，一變而爲即事叙景，使深者反淺，曲者反直。"余按此言，即比興與賦之不同也。北宋人作詩，不諳比興，而以之入詞。詞多無題，故耐人思，然有時所咏之題，可望而揣也。南宋無詞不有題，讀之自不能深曲。然稼軒之〔摸魚兒〕，深曲且掩北宋，惜縱馳之作太多耳。姜、辛味自較薄，止庵少年，服膺白石太過，其反動則詆之亦太過。其尤冤者，謂："白好爲小序，序即是詞，詞仍是序。"按白石小序，多論曲律，如〔霓裳中序第一〕〔淒涼犯〕〔徵招〕等是也。若平調〔滿江紅〕，又記作詞之緣起，與詞初不相犯，即有犯者，如〔念奴嬌〕"鬧紅一舸"全首，然能序是順説，詞偏逆做，即爲不犯。〔探春慢〕"衰草愁烟，亂鴉送日"一首，即亦無此病矣。東坡亦屢犯此病，止庵何以不敢抨彈耶？

三二　白石詞佳者

白石詞本不多，佳者〔霓裳中序〕〔滿江紅〕〔念奴嬌〕〔探春慢〕〔揚州慢〕〔徵招〕〔淒凉犯〕，皆通首完善也。止庵謂："〔暗香〕〔疏影〕，寄意題外，包孕無窮。"余觀〔疏影〕，"昭君不慣胡沙遠"四語，確是寄托。〔暗香〕則無之。豈"江國正寂寂"數語乎？止庵私淑皋文，以楚騷意説詞，遂處處强求寄托，强求之而詞入魔矣。

三三　白石詞

白石〔踏莎行〕："淮南皓月冷千山，冥冥歸去無人管。"雖言夢中作，然耐人尋味，當爲集中上乘。北固樓倚〔永遇樂〕："樓外冥冥，江皋隱隱，認得征西路。中原生聚，神京耆老，南望長淮金鼓。"此何減放翁乎。

三四　東坡詞境界極大

東坡詞率然而成，然不經意處，往往境界極大。若"大江東去"，正是覺其費力耳。

三五　達語亦闊大

"用捨由時，行藏在我，袖手何妨閑處看。"又："一點浩然氣，千里快哉風。"又："人生如逆旅，我亦是行人。"皆不經意也。闊大何如乎？"故鄉歸去千里，佳處輒遲留。我醉歌時君和，醉倒君須扶我，惟酒可忘憂。"達語亦闊大也。

三六　東坡詞發端最高

東坡詞發端最高，"大江東去""明月幾時有"，萬口傳誦矣。〔八聲甘州〕云："有情風萬里捲潮來，無情送潮歸。問錢塘江上，西興浦口，幾度斜暉。"〔水龍吟〕《楊花》"似花還是非花，也無人惜從教墜。"然《楊花》詞已落人工矣。

三七 東坡南歌子佳絕句

東坡〔南歌子〕"亂山深處過清明"句佳絕。

三八 方回超妙中愈老橫

方回以"梅子黃時雨"得名，其妙處正在寓情於景，以三句繼續形容，烘托出上句"閒愁"二字。又係收筆，故超妙中愈老橫。句曰："試問閒愁都幾許，一川烟草，滿城風絮，梅子黃時雨。"不當賞其句，賞其局勢也。方回別有〔感皇恩〕下半闋："回首舊游，山無重數。花底深朱戶。何處。半黃梅子，向晚一簾疏雨。斷魂分付與。春歸去。""山無重數"下却接出"花底深朱戶"一句，亦老橫之至。又有"冷酒青梅寒食近"一句，未經人道。

三九 方回工於賦景

方回工於賦景。閨中則："正春濃酒困，人閒晝永無聊賴。厭厭睡起，猶有花梢日在。"又："數點雨聲風約住，朦朧淡月雲來去。"野景則："歷歷短檣沙外泊，東風晚來惡。"又："樓外河陰斜挂。淮上潮平霜下。檣影落寒沙。"江湖則："別浦潮平，小山雲斷，十幅飽帆風快。"又："指點駱。山缺處，孤烟起，歷歷聞津鼓。江豚吹浪，晚來風轉夜深雨。"此皆所謂詞人之詞，非詩人之詞也。

四〇 方回詞有似詩者

方回詞有似詩者，"傷心兩岸官楊柳，已帶斜陽又帶蟬。"又："滄洲帶雨白鷗飛。"又："灞橋春色老於人。"佳句也。又如〔浣溪沙〕："湖上秋深藕葉黃。清霜消瘦損垂楊。淺菁漱沙斜照煥，睡鴛鴦。"〔減字浣溪沙〕："清淺陂塘藕葉乾。細風疏雨鷺鷥寒。半垂簾幕倚闌干。"均佳。

四一 後山不英雄處見英雄

後山，學辛者也，好作英雄語。余謂不英雄處，乃愈見英雄。如："闤里俱非，江山略是，縱有高樓莫倚欄。"又："漏院霜靴，火城雪轡，得似先生敗絮溫。"又："日暮天寒，山空月墮，茅舍清於白玉堂。"又："推枕黃粱猶未熟，封幾王侯矣。"又："床頭書在，古人出處，今人非笑。"此何等胸襟。又有句云："蓬萊有路，辦個船兒，逆風也到。"是見道語。

四二 後邨開元人曲意

後邨遭世亂離，故時時不忘中原。如《客贈牡丹》則云："一自朝陵使去，賺洛陽花鳥望昇平。"又《牡丹》云："君莫說中州，怕花愁。"《送陳真州子華》云："兩河蕭瑟惟狐兔，問當年祖生去後，有人來否。多少新亭揮淚客，誰夢中原塊土。算事業須由人做。應笑書生膽怯，向車中閉置如新婦。空目送，塞鴻去。"《咏雁》云："未得雲中消息，登望鄉臺了又登樓。江天闊，幾行草字，字字含愁。"《戲林推》云："男兒西北有神洲，莫滴水西橋畔淚。"又《無題》："浙河西面邊聲悄。淮河北去炊烟少。炊烟少。宣和宮殿，冷烟衰草。"此浣花、劍南襟抱也。至云："英雄埋没篷蒿。誰摸索當年劉與曹。"又云："柵有鷄豚，庭無羔雁，道是先生索價高。人間窄，待相期海上，共摘蟠桃。"雄則雄矣，而開元人曲意。

四三 後邨詞高痛達醜

"揀人間有松風處，曲肱高卧。"何其高也。"可但紅塵難着脚，便山林未有安身地。"何其痛也。"今向三家村送老，身如罷講吳僧。高樓百尺不須登。半爐燒葉火，一盞勘書燈。"何其達也。雖然祝傅相生日，而云："莘渭後到秋塾。"何其醜也。

（以上 1936 年第 3 卷第 1 期）

四四 後邨海棠詞

"甚春來冷烟凄雨,朝朝遲了芳信。驀然作暖晴三日,又覺萬株嬌困。"後邨《海棠詞》也,不著"海棠"一字,而活活畫出海棠,與東坡《楊花》,同一破空而來,而此作尤入化工。

四五 劉龍洲酷摹稼軒

劉龍洲本稼軒門下客,豪壯處近似之,如〔六州歌頭〕:"鎮長淮,一都會,古揚州。"又:"平生出處天知。算整頓乾坤終有時。"又:"依舊塵沙萬里,河洛染腥羶。"又:"萬馬不嘶,一聲寒角。"皆是也。亦有細膩處,如《贈張彦功》〔賀新郎〕全首,《安遠樓小集》〔唐多令〕全首是也。摘句則:"夢裏尋秋秋不見,秋在平蕪遠渚。想雁信家山何處。"又:"人世紅塵西障日,百計不如歸好。付樂事與他年少。"又:"人道愁來須殢酒,無奈愁深酒淺。"若"斗酒彘肩,醉渡浙江,豈不快哉",則酷摹稼軒,覺叫囂之氣逼人矣。

四六 同甫洞仙歌

同甫畢竟是學人,詞不甚佳。然《壽朱元晦》〔洞仙歌〕,是豪杰語,讀之不覺起舞。詞曰:"歌容一洗,不受凡塵涴。許大乾坤這回大。向上頭些子,是鵬鶚搏空,籬底下,祇有黃花幾朵。騎鯨汗漫,那得人同坐。赤手丹心撲不破。問唐虞禹湯武,多少功名,猶自是一點浮雲鏟過。且燒却一瓣海南沉,任拈取千年,陸沉奇貨。"

四七 龍川有俊語

龍川亦有俊語。如《謝永嘉諸友相餞》〔南鄉子〕云:"人物滿東甌。別我江心識俊游。北盡平蕪南似畫,中流。誰繫龍驤萬斛舟。　　去去幾時休。猶是潮來更上頭。醉墨淋漓人感舊,離愁。

一夜西窗似夏不。”又《至金陵》〔念奴嬌〕：“江南春色，算來是多少勝游清賞。妖冶簾纖，祇做得，飛鳥向人偎傍。”何等兀傲，是同甫語。

四八　無住詞

《無住詞》止十八首耳，又止小令，小令多近晚唐五代。簡齋詩，抗心希杜，詞亦戛然獨造，耐人百思。如《五日移舟明山下》〔臨江仙〕下半闋：“萬事一身傷老矣，戎葵凝笑牆東。酒杯深淺去年同。試澆橋下水，今夕到湘東。”以“戎葵”句頂“萬事”句，以“酒杯”句頂“戎葵”句，試掩卷一思，其妙何如。

四九　簡齋可以南面

《紫陽寒食》〔點絳唇〕：“寒食今年，紫陽山下蠻江左。竹籬烟鎖。何處求新火。　　不解鄉音，祇怕人嫌我。愁無那。短歌誰和。風動梨花朵。”《福建道中》〔漁家傲〕：“今日山頭雲欲舉。青蛟素鳳移時舞。行到石橋聞細雨。聽還住。風吹却過西溪去。我欲尋詩寬久旅。桃花落盡春無所。渺渺籃輿穿翠楚。悠然處。高林忽送黃鸝語。”《塔院僧閣》〔南柯子〕：“嬌嬌千年鶴，茫茫萬里風。闌干三面看秋空。背插浮屠千尺冷烟中。　　林塢村村暗，溪流處處通。此間何似玉宵宮。遥望蓬萊依約曉雲東。”《夜登小閣憶洛中舊游》〔臨江仙〕：“憶昔午橋橋上飲，坐中多是豪英。長溝流月去無聲。杏花疏影裏，吹笛到天明。　　二十餘年如一夢，此身雖在堪驚。閑登小閣看新晴。古今多少事，漁唱起三更。”句句耐思，句句出人意外。余謂：“古今小令，簡齋可以南面矣。”

五〇　知稼翁詞祇有四句佳

黃公度《知稼翁詞》，祇有四句佳：“欲倩歸鴻分付與。鴻飛不住。倚闌無語。獨立長天暮。”

五一　梅溪爲詞人之詞

梅溪驚才絕艷，詞人之詞也。如《咏春雨》〔綺羅香〕一首，《咏燕》〔雙雙燕〕一首，碧山所不能到。而刻畫過分，則似詩中皮、陸，如〔慶清朝〕起句：“墜絮孳萍。狂鞭孕竹，偷移紅紫池亭”是也。〔賀新郎〕四闋皆佳，第三闋：“青鳥沉沉音塵絕，烟鎖蓬萊宮殿。漸木杪參旂西轉。不怕天孫成間阻，怕人間薄幸心腸變。”寄托遙深。〔玲瓏四犯〕二首亦佳。余所尤愛者，〔隔浦蓮〕收句云：“惟有蟬聲助冷。驚癉。飛乙雲來獻涼雨。”盛夏讀之，心骨皆涼。

五二　梅溪工巧

梅溪琢句至工，選字極巧。今最舉之，如：“做冷欺花，將烟困柳。”如：“柳髮晞春，夜來和露梳月。”如：“軋岸烟霏吹不斷，望樓陰欲帶朱橋影。”如：“踏碎橋邊楊柳影。”如：“斷浦沉雲，空山挂雨，中有詩愁千頃。波聲未定。望舟尾拖凉，渡頭籠暝。”“欺”字、“困”字、“晞”字、“梳”字、“軋”字、“踏碎”字、“沉”字、“挂”字、“拖”字、“籠”字，皆新巧鍛煉之字，稍過一絲，則纖矣。

五三　梅溪自然者

其自然者，如〔臨江仙〕上半闋：“愁與西風應有約，年年同赴清秋。舊游簾幕記揚州。一燈人著夢，雙燕月當樓。”此小令之佳者也。下半闋無精彩。〔齊天樂〕中有句云：“芳游自許。過柳影閑波，水花平渚。”〔龍吟曲〕：“江路梅愁，灞陵人老，又騎驢去。”〔醉公子〕云：“詩鬢白。總多因水村携酒，烟墅留屐。”〔玉燭新〕云：“又臨風話舊。想日暮梅花孤瘦。”亦清麗，亦迪峭。

五四　詞爲好詩

“官河水静闌干暖，徙倚斜陽怨晚秋”，好詩也。

五五　晁補之琴趣外篇

《琴趣外篇》，晁補之作。晁，蘇門弟子。其詞工於發端，有極似蘇者，"謂東風定是海東來，海上最春先。"此"明月幾時有，把酒問青天"也。"黯黯青山紅日暮。浩浩大江東去。餘霞散綺，回向烟波路。"此"大江東去，浪淘盡千古風流人物"也。然補之自有勝處，不襲坡體，其清超處，出坡之右。如〔醉落魄〕一首云："高鴻遠鶩。溪山一帶人烟簇。知君船近漁磯宿。輕素橫溪，天淡挂寒玉。　　誰家紅袖闌干曲。南陵風軟波平綠。幽吟無伴芳樽獨。清瘦休文，一夜傷單縠。"〔臨江仙〕一首云："謫宦江城無屋買，殘僧野寺相依。松間藥臼竹間衣。水窮行到處，雲起坐看時。　　一個幽禽緣底事，苦來醉耳邊啼。月斜西院愈聲悲。青山無限好，猶道不如歸。"

五六　水龍吟起調

〔水龍吟〕起調："去年暑雨鈎盤，夜闌睡起同征轡。今年芳草，齊河古岸，扁舟同檥。"此詩家隔句對也。

五七　琴趣中佳作

《琴趣》中，《揚州次韵東坡錢塘作》〔八聲甘州〕，《東皋寓居》〔摸魚兒〕，《寄留守無愧丈》〔水龍吟〕，皆佳作也。摘句則有："今年春又到，傍小闌日日數花期。"又："喜清秋，淡雲縈縷，天高群雁南征。"又："此夜醉眠無夢，任西樓斜月。"又有句曰："淮山一點眼初明。"

五八　石林水調歌頭

石林詩負盛名，余讀之，了不見其佳處。詞不挂人齒頰，然能與《琴趣》相埒，蓋不落雕琢，大方而自然也。〔水調歌頭〕，最難超逸，東坡"明月幾時有"尚矣。放翁、稼軒、後山，火色太重。石林湖光亭落成,有詞曰:"修眉掃遥碧,清鏡走回流。堤外柳烟深淺,碧瓦起朱樓。分付平雲千里,包捲騷人遺思,春色入簾鈎。桃李盡無語,波影動蘭舟。 念謝公,平生志,在滄洲。登臨漫懷風景,佳處每難酬。却嘆從來賢士,如我與君多矣,名迹竟誰留。惟有尊前醉,何必問消憂。"

五九 石林詞中多詩句

石林畢竟詩人,故詞中多詩句。如"危檻對千里,落日照晴空。""細雨黄花後,飛雁落遥天。""徙倚望滄海,天净水明霞。""故人歸欲盡,斜日更回頭。"又:"生涯何有但青山。"又:"濕烟不隔柳條青。"又:"小雨池塘初有燕。"又:"一眼平蕪看不盡,夜來小雨催新碧。"

六〇 石林詞胸次高邁

石林之為人不足道也,而詞則胸次高邁。如云:"縹緲危亭,笑談獨在千峰上。"又:"試憑高東望,雲海與天低。送滄波浮空千里。照斷霞明滅在晴霓。"又:"倒捲回潮,目盡處秋水粘天無壁。"又:"萬里屯雲瓜步晚,落日旌旗明滅。鼓吹風高,畫船遥想,一笑吞窮髮。"又:"臺上微雲初過雨,一尊聊記同游。寄聲時為到滄洲。遥知欹枕處,萬壑看交流。"

六一 石林詞可誦者

石林詞如〔滿庭芳〕"滿川烟草,殘照落微明"一首,"一曲離歌,烟林人去,馬頭微雪新晴"一首,〔臨江仙〕"三日疾風吹浩蕩,綠蕪未遍平沙"一首,〔南鄉子〕"小院雨新晴,初聽黄鸝第一聲"一首,〔醉蓬萊〕"問東風何事,斷送殘紅,便拼歸去"一首,〔蝶戀花〕"薄雪消時春已半"一首,〔千秋歲〕"雨聲蕭瑟,初到梧桐響"一首,皆可誦者也。

六二　易安居士論詞

　　易安居士論詞，眼高於頂。謂柳屯田"雖協音律，詞語塵下。"謂晏歐蘇"皆句讀不葺之詩。"晏叔原、賀方回、黃魯直"始能知詞，而晏苦無鋪叙，賀苦少典重。秦專主情致而少故實，如貧家美女，雖極妍麗豐逸，終乏富貴態。黃即尚故實，而多疵病。"其言未必盡當，然自作詞乃更庸下。差强意者，"簾捲西風，人比黄花瘦"一聯耳。至朱淑真《斷腸詞》，更一無可取也。（以上皆是少作，至此爲止。）

（以上 1936 年第 3 卷第 2 期）

讀詞雜記

楊易霖◎著

　　楊雨蒼（1909~1995），字易霖，四川犍爲孝姑人。師從邵瑞彭，畢業於河南大學。曾爲上海海潮詩社顧問。著有《周詞訂律》《詞範》《紫陽真人詞校補》等。《讀詞雜記》原載《詞學季刊》1935年第2卷第4号。本書即據此收錄。

《讀詞雜記》目錄

讀詞雜記

一　書目答問載詞集之誤

張文襄《書目答問》，相傳爲藝風先生代作，實則出於文襄本意者甚多。即以詞目而論，藝風平生所刻詞甚多，尤注意清詞，而《書目答問》中，清詞一類，既不著版本，又多所錯誤。如曹貞吉《珂雪詞》，明袁中道有《珂雪齋集》，明末刊木，未及注明。《隨園全書》內有納蘭性德《飲水詞》，厲鶚《樊榭山房詞》初名《秋林琴雅》，全集中兩存，均不言及。又郭麐詞總名爲《靈芬館詞》，文襄但著其《蘅夢詞》一種，而又誤題爲《蘅夢樓詞》。姚燮《疏影樓詞》，不言即《復莊詞問》。周之琦詞總名爲《心日齋詞集》，但著其《金梁夢月詞》一種。邊浴禮《空青館詞》，誤題爲《空青詞》，且於最負盛名之項蓮生《憶雲詞》，蔣鹿潭《水雲樓詞》，皆不著錄，反著無甚價值之《冰鼈詞》，藝風決不至疏略如此。文襄平生僅作〔摸魚子〕一首，可見其於詞學未甚措意。近淮陰范氏《書目答問補正》一書，補錄甚多，然於以上所舉，亦多遺漏不載，良可惜也。

二　米元章滿庭芳爲秦少游作

米元章《寶晉長短句》一卷，內〔滿庭芳〕一闋，《山林拾遺》本、鮑淥飲鈔本、蔣氏《別下齋叢書》本、趙氏星鳳閣鈔《寶晉英光集》本均入錄，朱氏《彊邨叢書》本從之題作"紹聖甲戌暮春，與周熟仁試賜茶書此樂章"。趙本題末有"中岳外史米元章書"八字，朱氏從蔣本删。按此詞乃秦少游所作。愚所知《淮海居士詞》，如毛氏汲古閣本，黃蕘圃以殘宋本校舊鈔本，皆載入，僅異一二字彊邨本，近日北平影清內府宋本，葉氏影印本亦有之。竊疑海岳所署，止言"書此樂章"，自題別號姓字是當時未嘗指此詞爲己作，後人不擇，見有米書此詞墨迹，遂定爲米作，誤矣。蓋秦、米二人同時，秦以詞章名，米以書畫名，而海岳行輩稍晚，似海岳以後進身分，書淮海詞未爲不合。彊邨翁校此詞，未加按語，又失注互見等字，似一時偶未經意所致。猶邵次公師所云王蘭泉《明詞綜》據《古今詞話》錄商文毅〔一叢花〕詞，不知爲東坡作，同屬無心之誤。若《淮海集》中誤載賀方回〔長相思〕《望揚州》一闋，彊翁兩處錄之，并加按語，可征其用心之密矣。

三　秦觀張先詞互見

彊邨本《淮海居士長短句》卷上，載〔滿庭芳〕三首，其第二首彊邨本《張子野詞補遺》下亦載入。彊翁俱從黃子鴻校鮑氏知不足齋本，而不云互見，但於子野〔浣溪沙〕一首注云："又見秦淮海詞。"

四　温飛卿菩薩蠻屬入宋人詞

四印齋本《花間集》載温飛卿〔菩薩蠻〕十四首，其第十一"南園滿地堆輕絮"一首，彊邨本從梅禹金藏明鈔本《尊前集》載之，題與《花間》同。彊邨本《金奩集》不載，云已見《尊前集》。伍氏粵雅堂本，及四印齋本《草堂詩餘》，均載此詞，而題爲何籀作。按飛卿〔菩薩蠻〕十四首，自餘十三首起句首二字皆作仄平，如"小山""水精""蕊黃""翠翹""杏花""玉樓""鳳凰""牡丹""滿宮""寶函""夜來""雨晴""竹風"等皆是也，僅此詞獨作平平，與他詞不合，可見《花間》亦有宋人屬入之處。

五　歐陽烱歐陽修詞互見

王氏四印齋仿宋十行七字本《花間集》十卷，卷五載歐陽舍人烱〔三字令〕一首，彊邨本《張子野詞》卷二亦載入，不云互見，惟〔生查子〕一首注云：“又載《六一詞》。”

六　八聲甘州起句讀法

〔八聲甘州〕起首二句，讀法有四。其一，起句爲上一下七之八字句，下接以五字句。如柳詞“對瀟瀟暮雨灑江天，一番洗清秋”是也，草窗詞“信山陰道上景多奇，仙翁幻吟壺”句法從之。其二，起句爲上三下五之八字句，下接以五字句。如東坡詞“有情風萬里捲潮來，無情送潮歸”是也，而晁無咎和東坡作“謂東坡未老賦歸來，天未遣公歸”，則讀爲上一下七，上三下五皆可也。其三，爲上一下四之五字句，下接以上三下五之八字句，如夢窗詞“渺空烟四遠，是何年、青天墜長星”是也。其四，起句爲三字句一，下接以五言對句，如遺山詞“玉京岩，龍香海南來，霓裳月中傳”是也。尋〔八聲甘州〕爲耆卿首創之調，自當據爲定格。其餘各家讀法，亦婉美可誦。惟夢窗以三字句屬下，較爲生澀耳。又此調第二句第二字，即“一番洗清秋”之“番”字亦可用仄聲填之。如玉田所作〔甘州〕凡十二首，每首第二句，如“寒氣脆貂裘”“萬里見天心”“中有百花莊”“顧曲萬花叢”“幾被暮雲遮”“吹動一天秋”“簾影最深深”“招隱竟忘還”“休道北枝寒”“山拔地形高”“孤影尚中州”“此樂不知年”等等，其第二字皆作仄聲也。

七　元遺山小聖樂詞

世傳平定張碩州校定《遺山新樂府》有二：一爲陽泉山莊刊本，原本止四卷，末卷爲海豐吳氏補刻，即彊邨翁所見者。一爲永年武慕姚兄家藏殘鈔本六卷，內有補遺一卷，原闕卷一，即次公師所云□齋本之第二種也。殘鈔本補遺載〔小聖樂〕一首云："緑葉陰濃，遍池亭水閣，偏趁涼多。海榴初綻，朵朵簇紅羅。乳燕雛鶯弄語，對高柳鳴蟬相和。驟雨過，似瓊珠亂撒，打遍新荷。

人生百年有幾，念良辰美景，休放虛過。富貴從前定，何用苦張羅。命友邀賓宴賞，飲芳醑，淺斟低歌。且酩酊，從教二輪，來往如梭。"詞末有小注云"見《花草粹編》，原出《輟耕録》卷九"云云。按此詞，《遺山新樂府》，如明高麗刊本，凌雲翰選本，張家瀟南塘刊本，彊邨本均不載，而明宗室丹丘先生涵虛子所編《太和正音譜》，内載"驟雨打新荷花"一首云："緑葉陰濃，遍池塘水閣，偏趁涼多。海榴初綻，妖艷噴香羅。老燕携雛弄語，有高柳鳴蟬相和。驟雨過，珍珠亂糝，打遍新荷。"此首與〔小聖樂〕詞前半，大略相同，僅異數字，題爲元遺山小令，蓋以此首爲曲也。竊疑"驟雨打新荷"乃遺山原作，〔小聖樂〕詞後半爲後人妄增，其前半異文，則因傳寫之誤，非遺山原有二闋也。此與《三李詞》所載後主〔鷓鴣天〕詞正同。否則〔小聖樂〕詞一首之中，"羅"字、"過"字皆重押二次，遺山雖大雅不拘，要亦不至如此疏略。至其調名，疑本爲〔小聖樂〕，因詞中有"驟雨過，打遍新荷"之句，故取以爲名。丹丘以之入曲者，因元代詞曲之界，未曾顯別故耳。

八　李後主鷓鴣天爲僞作

光緒間蒙自楊文斌□公，刊太白、重光、漱玉三家爲《三李詞》，其所取材，多從輯佚，而未標出處。所録後主詞中有〔鷓鴣天〕二首，其第一首云："塘水初澄似玉容，所思還在別離中。誰知九月初三夜，露似珍珠月似弓。　　深院静，小庭空。斷續寒砧斷續風。無奈夜長人不寐，數聲和月到簾櫳。"除楊升庵《詞林萬選》外，前此未見。且此詞前半乃白樂天詩句，後半乃後主〔搗練子〕詞相合而成。不知〔鷓鴣天〕換頭第三句，爲平平仄仄仄平平，此詞作仄仄平平仄仄平，與律不合，宜爲僞作。況夔笙先生作《蕙風詞話》，明知其僞而取之，蓋詞章家之議論，固不能以考證之科條繩之也。

九　吕洞賓詞

扶箕降神，古所未聞。《東坡樂府》〔少年游〕題云："黃之僑人郭氏，每歲正月，迎紫姑神，（按唐人小說屢見，本集亦作子姑神，有《子姑神記》。）以箕爲腹，箸爲口，畫灰盤中爲詩，敏捷立成"云云。愚所見，此未扶箕之始，至若齊梁時，陶弘景撰《真誥》，所載多屬神仙開示之語，非扶箕末由得此。然無明文，未敢臆斷。紀文達筆記，謂"箕"字俗作"乩"，實當作"卜"，蓋文達不知箕代神象，謂之扶箕，因以《尚書》卜疑解之，實誤證也。頃閱《道書全集》，内有楊良弼雲石校本《純陽吕真人文集》八卷，第七卷末載〔漁夫〕詞十八首、〔夢江南〕十一首，卷八載〔西江月〕八首，〔沁園春〕三首，〔卜算子〕〔步蟾宫〕〔滿庭芳〕〔酹江月〕〔水龍吟〕〔浪淘沙〕〔蘇幕遮〕〔雨中花〕〔促拍滿路花〕各一首，共詞四十九首，而《道藏》所錄，僅〔沁園春〕一首，朱氏《詞綜》所錄，僅世傳之〔梧桐影〕一首，餘皆無之。上述各詞，是否真出吕洞賓所作，或爲羽士僞托，或爲扶箕而來，無從考證。其詞十九爲神仙家言，如〔漁夫〕詞第十六題爲"作甚物"，詞云："貪貴貪榮逐利名，追游醉後戀懂情。年不永，代君驚，一報身終那裏生。"第十七題爲"疾瞥地"，詞云："萬劫千生得個人，須知前世種來因。速覺悟，出迷津，莫使輪回受苦辛。"〔夢江南〕第七首題爲"修身客"，詞云："修身客，莫誤入迷津。氣術金丹傳在世，象天象地象人身，不用問東鄰。"第九首題爲"長生藥"，詞云："長生藥，不用問他人。八卦九宫看掌上，五行四象在人身，明了自通神。"〔滿庭芳〕一首云："大道淵源，高真隱秘，風流豈可知聞。先天一氣，清濁自然分。不識坎離顛倒，誰能辨金木浮沉。幽微處、無中産有，澗畔虎龍吟。　壺中真造化，天精地髓，陰迫陽魂。運周天水火，變埋寒温。十月脱胎丹就，除此外皆

是旁門。君知否,塵寰走遍,端的少知音。"又〔水龍吟〕有句云
"目前咫尺長生路,但愚夫不悟"。〔沁園春〕第二首有句云"夜去
明來,早晚無休。奈今日不知明日事,波波劫劫,有甚來由。人世
風燈,草頭珠露,我見傷心眼泪流。休休,聞早回頭,把往日風流
一筆勾。但粗衣淡飯,隨緣度日,任人笑我,我又何求。到頭來,
不論貧富,着甚千忙日夜憂。勸年少,把家緣弃了,海上來游"。
上述各詞,皆涉筆成趣,饒有深意。因憶王荆公效寒山詩意,援佛
語入詞,比於説偈,爲聲家別開生面。吕氏援道語入詞,與紫陽真
人同一吐屬,遠在荆公之先,洵聲家之異彩,較之宋人《游仙》
《朝元》諸作,又進一層也。又檢《道書全集》,尚有李道純詞五
十八首,見《中和集》。薛道光詞九首,陳楠詞三首,白玉蟾詞十
六首(《玉蟾集》本,世傳甚多,其一種名《瓊琯集》。),蘭廷之詞二十四首,
見《諸真玄奧集成》,而《道藏》不載,擬就《鳴鶴餘音》一
勘之。

一〇 彊邨本誠善本

《道書全集》本《中和集》載李道純詞,標目五十八首,實止
五十四首。所闕者《贊圓庵傅居》《贈止庵張宰公》《贈密庵述三
教》《贈唯府宗道人》各一首,皆〔滿江紅〕調,彊邨翁重刊
《清庵先生詞》五十八首,於上述四首,完全無闕,可見元刊本之
善。又《道書全集》本《諸真玄奧集成》載白玉蟾詞僅十六首,
而彊邨本所載,於上述十六首外,多出一百十九首,誠善本也。

近代詞人逸事

張爾田◎著

　　張爾田（1874～1945），原名采田，字孟劬，號遁庵（又作鈍盦）、遯堪、屏守生、許村樵人等。因其早治佛學，醉心佛理，又嘗自號鈍居士、遯堪居士。浙江錢塘（今杭州）人。其室名屏守齋、尊術顯士室、觀我生室等。長期在中央政治大學、燕京大學等任教。曾從朱祖謀、鄭文焯研習詞學。著有《史微》《玉溪生年譜會箋》《遁庵樂府》。《近代詞人逸事》原刊載於《詞學季刊》1935 年第 4 期，本書即據此收錄。唐圭璋《詞話叢編》、張璋等《歷代詞話續編》均有收錄。

《近代詞人逸事》目録

近代詞人逸事

一 蔣鹿潭

鹿潭，先君子學詞之師也。性落拓。官兩淮鹽大使。罷官，避地東淘，杜小舫觀察愛其才，時周給之。小舫之詞，多出其手定。鹿潭素不善治生，歌樓酒館，隨手散盡。晚年與女子黃婉君結不解之緣，迎之歸於泰州。又以貧故，不安於室。鹿潭則大憤，走蘇州，謁小舫。小舫方署臬使，不時見鹿潭。既失望，歸舟泊垂虹橋，夜書冤詞，懷之，仰藥死。小舫爲經紀其喪。婉君聞之，亦以死殉。余從嫂黃亦家泰州，親見婉君死狀，言之甚悉。是亦詞人之一厄也。鹿潭遺詩宗源瀚序，略及其事，而不能詳云。

二 文小坡

文小坡 （焯） 爲瑛蘭坡中丞子。一門鼎盛，兄弟十八，裘馬麗都。惟小坡被服儒雅，少登乙科，官內閣中書，不樂仕進。旅食江蘇，爲巡撫幕客四十餘年。善詼諧，工尺牘。故所歷賢主人，無不善遇之。然其中落落，恒有不自得者。先君子諱上穌，字沚蒪，曾從蔣鹿潭學詞，從沈旭庭 （梧） 學畫，與小坡爲詞畫至交。時余家居蘇州天燈巷。曾記一日大雪，晚飯後，小坡携烟具，敲門入，欲拉同赴盤門，觀女伶林黛玉演戲。或曰：“此是殘花敗柳。”小坡笑曰：“我輩又何嘗非殘花敗柳？”余隅坐，誦昔人句云：“多謝秦川貴公子，肯持紅燭賞殘花。”小坡爲太息久之，蓋自傷其老而依人也。小坡填詞之外，能畫，兼工醫術，自謂於音律有神悟。所著《詞源斠律》，大抵依據《燕樂考原》。余爲糾正數條，小坡大驚曰：“是能傳吾大晟之業者也。”金石小學，靡不綜貫，皆非其至者，然自喜特甚。其齋中懸一聯云：“籀説文九千字，治墨學十三篇。”楊守敬所書也。尊罍筆硯，事事精潔，有南宋江湖詩人風趣。鼎革後，以賣畫爲生，樵紅別墅所藏，一夕散盡。光緒甲午，先君子弃官僑吳中，與小坡及張子苾諸君連舉詞社。小坡方有“比紅”之賦，即所謂侍兒紅冰是也。後遂歸於小坡。乃於剪金橋卜西樓以貯之。《冷紅詞》一卷，大半咏此。小坡晚年營別墅於孝義坊，其東坡陀綿亘，按圖經知爲吳小城，賦詞以張之。手種梅竹，極幽蒨之致。小坡歿後，吳印臣（昌綬）擬爲保存其墅，余爲題“僑吳舊築”四字，後亦未果，聞已易主矣。孟劬記於觀我生室。

三　況夔笙

　　夔笙爲兩江總督端忠敏（方）幕客，爲之審定金石，代作跋尾，忠敏極愛之。時蒯禮卿（光典）亦以名士官觀察，與夔笙學不同，每見忠敏，必短夔笙。一日，忠敏宴客秦淮，禮卿又及夔笙。忠敏太息曰：“我亦知夔笙將來必餓死，但我端方不能看其餓死。”夔笙聞之，至於涕下。李審言，禮卿客也，有咏忠敏詩云：“輕薄子雲猶未死，可憐難返蜀川魂。”自是有宴會，夔笙與審言必避不相見。噫！忠敏之愛才，無愧明珠太傅，而夔笙知己之感，雖死不忘，尤可念也。

　　案：況李交惡事，據審言先生哲嗣語予，其先人咏忠敏詩云云，蓋別有所指，非詆夔笙，或孟劬先生偶據傳聞之語歟？——編者附記

四　沈培老

　　有一人謁培老，自言家貧，非作官不可。培老笑曰：“西山薇

蕨，本我輩專利品，原不敢分潤公等。"既而正色曰："我有一言
奉告，作官盡管作官，切不可胡鬧。"其人踧踖不安，逡巡而退。
此僕在座親聞者，殊可見此老風骨。

（《詞學季刊》第二卷第四號）

遁庵詞話

張爾田◎著

《遁庵詞話》，張爾田。孫克强、羅可辛據張爾田論詞文字輯録，匯爲一編，名之《遁庵詞話》。原刊於《文學與文化》2014 年第 1 期。本書據此收録。

《遁庵詞話》目録

遁庵詞話

一 清真詞問字之佳

清真詞"問知社日停針綫","問"字最佳,蓋先不知,問人始知之也。樵風校本作"聞"字,殊失語妙。注:夢窗詞"慰溪橋流水昏黃",有改"慰"作"熨"者,亦非。

二 花草粹編

見明陳耀文所輯《花草粹編》精鈔本,有萬曆癸未自叙云:"緣《花間》《草堂》而起,故以花草命名。"近王丈半塘刻宋人詞集,引證此編最多,亦志大晟之學者不可缺之書也。

三 詩話與詞話

唐以詩傳,而唐人不善言詩;宋以詞傳,而宋人不善言詞。詩話盛而詩可知矣,詞話興而詞可知矣,言有枝葉皆衰末之徵也。

四 劉静修集

閱《劉静修集》。静修本非金源遺老,其於元蓋鄙之不屑就者,宋則更遠矣。全謝山有《〈渡江賦〉書後》一篇,頗能道著文靖心事。此集無詞。(詞)半塘丈四印齋刻之。

五　白雨齋詞話

閱陳廷焯《白雨齋詞話》。詞雖小道，自宋以後失其傳者數百年，常州張氏《詞選》、周氏《詞辨》出，刪剪淫蕪，立義始正。然常州多喜以寄托論詞，學之者率平鈍少味，潘四農《與葉生書》所以有不滿之意也。余僑吳數年，憂生念亂，往往雕琢曼詞，自賞馨逸，又於家君侍側，得聞文丈叔問、王丈半塘諸緒論，擬仿玉田、義甫專著一書發明之，但不知何日成此志耳。

六　白石道人歌曲

閱《白石道人歌曲》。後人多謂：“詞中之姜張，詩中之李杜也。”此説非是。若以詞比詩，竊謂美成如老杜，屯田如太白，石帚如昌黎，夢窗如玉溪，草窗如飛卿，若玉田則如蘇黄耳。白石詞境，清空高澹，上配美成，下揖夢窗，非叔夏輩所能逮。學者宜先從堯章入手，久之自騷雅邁俗，骨格成立，直入片玉、君特之室而一洗藻繢之塵，此文丈樵風舉似語，真詞學之指南也。

七　花間集

閱《花間集》。詞本騷辨之遺，房幃之思，故靡音感人，慢不如令，以其接軌古樂府也。南宋專工長調，賦多而比興微矣。

八　篋中詞

閱《篋中詞》。本朝詞流，余最服膺者三家：納蘭、金梁、水雲。擬抄以自隨，惟《憶雲》未得寓目爲恨耳。此選於流別頗矜慎，若能不錄生存人，則盡善已。

九　翠微花館詞

從朱古微丈假得《翠微花館詞》殘本。戈氏以知律自詡，而實疏謬武斷，詞亦庸俗無他奇，不知何以得盛名於時也。

一〇　二妙集詞

鈔得段克己、段成己《二妙集詞》一卷。二段，金源遺老也，其詞得蘇辛之氣骨，與遺山相伯仲，亦彼時樂府中高手矣。

一一　杜小舫校正詞律

得杜小舫《校正詞律》善本。紅友論律，每謹於去上，可謂能抉聲奧者。不知詞中入聲字亦有一定繩墨也，杜校補苴罅漏，時有所見，而言之不詳，是亦千慮一失已。余聞之文丈樵風云。

一二　古微與叔問

古微不甚論人詞，叔問則反是，余謂皆是也。古微之取於人也，得其精者，遺其粗者。叔問爲後輩指迷耳。讀古人書當以古丈爲法。

一三　古微丈彊邨詞

古微丈所著《彊邨詞》前集、別集、正集三種來贈。丈嘗與半塘丈同爲大晟之學，曾撰《庚子秋詞》《春蟄吟》。此集則刻意宗夢窗，并世詞流，樵風而外，未能或之先也。竊嘗論之，乾嘉諸老，生長承平，鼓吹六籍，專以故紙爲技倆，文運爲之一衰。近則四夷交侵，國勢岌矣，一時才士，摧稜斂鋒，往往假無聊之言，以致其芳芬悱惻之感，故依聲一學，號稱極盛焉。嗚呼！亦可以覘世變已。

一四　楚詞憂世

閱《楚詞》。屈原之文，天下之至文也。其憂，憂世也。後來阮籍《咏懷詩》，馮延巳〔踏鵲枝〕詞，各能得其一體。

一五　王静安

閱王静安《挑燈詞》。余所收徑山殘藏千餘種，因易書，人之質棚，爲静安所得，仍手寫一目而歸之，自是遂與定交。静安治泰西哲學甚勤，古學亦頗究心，詞則酷學納蘭者也。

[以上《屛守齋日記》，載《史學年報》第二卷第五期（1938年）]

一六　學詞經歷

余弱齡即嗜倚聲，所收弄宋賢遺集不下數十種，特侍家大人，竊聞文樵風、朱漚尹諸丈緒論，始知詞雖小道，未可率爾操觚，頗病近來浙派意瘁文縈，走腔落韵，使兩宋、五代高澹宏約之制不可復見，而淫哇競起，雅音淪亡，良足悲矣。玉田、義甫，并曠代先賢，片言寸度，先得我心，引而申之，是在聖哲。暇日籀誦宋賢盛藻，輒有題留，值草輯成。一曰論律，二曰論韵，三曰總論作詞之訣，而遺説足資佐證者附焉，庶幾達其理而董之。

一七　學詞之始

余少問庭詞，始學爲詞，後又得樵風、漚尹二丈指授，進而好之，以私子孫。

（以上《屛守齋日記》南京圖書館藏稿本附《鈍盦生平所著書已刊未刊總目》）

一八　吳梅村詞

《談遷北游録》紀聞："駿公先生又工詩餘，善填詞，所作《秣陵春傳奇》今行。嘗作〔賀新郎〕一闋：萬事催華髮，論龔生天年竟夭，高名難没。吾病難將醫藥治，耿耿胸中熱血。待灑向西風殘月。剖却心肝令置地，問華佗、解我腸千結。追往恨倍凄咽，故人慷慨多奇節。爲當年沉吟不斷，草間偷活，艾炙眉頭瓜噴鼻，今日須難决絕。早悲若重來千叠。脱屣妻孥非易事，竟一錢不值何須説。人世事，幾完缺。"案：孺木以順治十一年甲午入都見梅村，録中所記皆其時事，則〔賀新郎〕詞蓋早作，世以爲絕筆，非也。

　　［見張爾田著，王鍾翰輯《張孟劬先生遯堪書題‧吳注梅
村詩集附補箋四十五條》“葬吾於鄧尉靈岩相近”，載《史學
年報》（1938 年）第二卷第五期］

一九　與黃晦聞書

　　憶初與靜安定交時，新從日本歸，任蘇州師範校務，方治康
得、叔本華哲學，間作詩詞，其詩學陸放翁，詞學納蘭容若。

　　世之崇拜靜安者，不能窺其學之大本大原，專喜推許其《人
間詞話》及《戲曲考》種種，而豈知皆靜安之所吐弃不屑道
者乎！

　　［節錄自張爾田《與黃晦聞書》，載《學衡》第六十期
（1926 年）。又見《文字同盟》（1927 年）第四號“王國維”
專號，該書札又名《嗚呼亡友死不瞑目矣》］

二〇　與潘正鐸書

　　嘗謂詞也者，所以宣泄人之情緒者也。情緒之爲物，其起端
也，不能無所附麗，而此附麗者，又須有普遍性，方能動人咏味。
其知者可以得其意内，而不知者亦可以賞其言外，故古人事關家
國，感兼身世，凡不可明言之隱，往往多假男女之愛以爲情緒之
造端，以男女之愛最爲普遍，亦即精神分析學中所謂變相以出之
者也。再進則情緒愈强，此種變相又不足以宣泄，則索性明白痛
快而出之。近人梁氏所標舉之情緒奔迸者，即此類矣。然以詞論，
則前者爲正宗，而後者爲變調。前者我輩尚可效顰，後者殆非天
才不可。不然，鮮有不躓者。何則？以此種明白痛快之作，雖純取
自然，仍須不失藝術上之價值，乃爲佳耳。足下皆少年，處此濁
世，自不能無所感慨，然但當以詞閑其情，而不可溺於情。溺則人
格墮落，其作品亦必不高矣。欲精此道，又須略涉獵哲學諸書，才
愈高，哲理愈邃，則不必事事親歷，自能創造種種意境。昔見任公

梁氏論《楚詞》，謂屈原係戀愛一女，説得靈均如此不濟，真屬可笑。彼蓋不知詞章高手，其寫情也，全乞靈於一己之想像力，本不必先閲歷一番真境。陶潛淡蕩人，而有白璧微瑕之賦。胡銓忠義士，而有梨渦静對之詩。幾曾見陶胡二公爲戀愛家耶！此秘未悟，則於詞學必不能深造。十年以來，兩性間之防閑，可謂盡弛矣。而藝術上之貢獻，乃轉不如前此之盛，其故安在？蓋可思也。僕少年所爲詞，小令在淮海、小山之間，長調學步二窗。遭世亂離，才華告退，已不似從前之驚采絶艷矣！自然之趣，或復勝之。

［節録《與潘正鐸書》，載《小雅》（1930 年）第二期］

二一　古丈詞

古丈詩文多人代作，詞則必無。古丈一時詞宗，不特不必倩人，抑且無人敢代也。

二二　古丈詞集

再考古丈詞從前所刻者，如《彊邨詞》《春蟄吟》《庚子秋詞》《鶩音集》數種，其中精華已由古丈選存爲《彊邨語業》前二卷。其餘而未取者，亦應都爲一卷，題曰《集外詞》前編，而以合兹所輯者爲《集外詞》後編，方無遺漏。

［以上節録《張爾田致夏孫桐書札》，《忍寒廬劫後所存詞人書札》（上），見臺北中研院中國文哲研究所編印《近代詞人手札墨迹》上册，2005］

二三　詞莂

彊邨丈曾有一清詞選本，名曰《詞莂》，因内有丈詞，故托名於弟。當時爲作一序，其稿係丈手書，小楷精絶。近藏北都友人許，同人等擬醵金付石印。俟竣工寄奉采覽。尊詞清空沉著，雅近南宋名家，誦之無斁。

二四　詞林年略

先生湛深於詞人譜牒之學，文苑春秋，史家別子，求之近古，未易多覯。竊謂騷人墨客，放浪江湖，本不能如學者之事功烜赫，其可以成譜者不論，凡不足成譜者，宜別勒一編，或題曰《詞林年略》，或題曰《詞故瑣征》，玉屑盈筐，弃之可惜。世方滅典，天將喪文。淫嘄之唱載途，風雅之緒掃地。及今不爲搜討，後恐更難爲功。

二五　陳蘭甫詞

故國三百年，不以詞名而其詞卓然可傳者，祇一陳蘭甫。蘭甫經學大師，而其詞乃度越諸子，則以詞外有事在也。詞之爲道，無論體制，無論宗派，而有一必要之條件焉，則曰真。不真則僞（真與實又不同，不可以今之寫實派爲真也。），僞則其道必不能久，披文相質，是在識者。今天下紛紛宮調，率有年學子，無病而呻，異日者，誰執其咎？則我輩唱導者之責也。彊邨諸公，固以詞成其家者，然與謂其詞之可貴，無寧謂其人之可貴。若以詞論，則今之詞流，豈不滿天下耶？古有所謂試帖詩，若今之詞，殆亦所謂試帖詞耶？每見近出雜志，必有詩詞數首充數，塵羹土飯，了無精采可言。榆生所編詞刊，較爲鈍正，然也不免金鍮互陳，尚未盡脱時下結習。蓋雜志體裁，本應爾爾。僕有恒言：真學問必不能於學校中求，真著述亦必不能於雜志中求。

二六　蕙風

《蕙風詞話》，標舉纖仄，堂廡不高。重拙指歸，直欺人語。愚昔年即不以爲然。而彊老推之，殊不可解。彊老與蕙風合刻所爲詞曰《鶩音集》，愚亦頗持異議。嘗有論詞絕句，其彊邨、蕙風兩首云："矜嚴高簡鶩翁評，此事湖州有正聲。臨老自刪新樂府，絕憐低首況餐櫻。""少年側艷有微辭，老見彈丸脱手時。欲把金針頻度與，莫教唐突道潛師。"即咏其事。彊老當日見之，頗爲憮然。此亦詞壇一逸掌也。

二七　蕙風與大鶴

蕙風生平最不滿意者，厥爲大鶴。僕嘗比之兩賢相阨。其於彊老，恐亦未必引爲同調。嘗謂古微但知詞耳，叔問則并詞而不知。又曰：作詞不可做樣。叔問太作樣，太好太好。實則大鶴詞曲絢爛歸平淡。其絢爛處近於雕琢，可議；其平淡處斷非蕙風所及，不可議也。在滬時與彊老合刻《鶩音集》，欲以半唐壓倒大鶴，彊老竟爲之屈服，愚殊不以爲然。惟亡友王靜安，則極稱之，謂蕙風在彊老之上。蕙風詞固自有其可傳者，然其得盛名於一時，不見弃於白話文豪，未始非《人間詞話》之估價者偶爾揄揚之力也。大鶴爲人，不似蕙風少許可，獨生平絕口不及蕙風。又嘗病彊老詞不能清渾，無大臣體，舉水雲爲例，謂詞必須從白石入手，屯田、夢窗，皆不可學。詞刊載《與暎庵論詞書》，往往流露此意。蓋兩家門庭皆盡窄，以視彊老爲大鶴刻《苕雅餘集》，爲蕙風刻《鶩音詞》，度量相去直不可道里計。文人相輕，自古而然。若在近日文壇，必不免一場論戰。皮裏陽秋，以蘊藉出之，殆猶行古之道也。恐觀者不察，故復爲公一言。

二八　彊邨詞

僕謂彊邨詞深於碧山，謂其從寄托中來也。學夢窗者多不尚寄托，彊翁不然，此非夢窗法乳。蓋彊翁早年從半唐游，漸染於周止庵緒論也深。止庵論詞，以有托入，以無托出，彊翁實深得此秘。若論其面貌，則固夢窗也。此非識曲聽真者，未易辨之。雖其晚年感於秦晦明師詞貴清雄之言，間效東坡，然大都係小令。至於長調，則仍不爾。故彊翁之學夢窗，與近人陳述叔不同。述叔守一先生之言，彊翁則頗參異己之長。而要其得力，則實以碧山爲之骨，以夢窗爲之神，以東坡爲之姿態而已。此其所以大歟。

二九　碧山詞

碧山諸人，生丁季運，寄興篇翰。纏綿掩抑，要當於言外領之，會心正復不遠。然非詳稽博考，則亦不能證明也。碧山他詞如〔慶清朝〕咏榴花，當亦暗寓六陵事，託意尤顯。張皋文謂指亂世尚有人才，殊不得其解。

三〇　須溪詞

須溪詞洵爲稼軒後勁，昔彊邨亦言須溪在後邨之上，與尊論不謀而合。培老學須溪者也，而生平譁談，未嘗一及須溪。文人狡獪，得力處多不輕以示人，惟知言者會之於微耳。嘗論須溪之學，不免傖氣。而詞則卓然大家。惜集本訛字太多。又讀書極博，隨手掇扯，往往不得其出處。彊邨所校，似亦尚未盡也。

三一　夏承燾詞

尊詞於朋好中，胎息神骨俱臻超絕。永嘉文章，流風未沫。昔大鶴丈盛推武林陳伯弢詞，謂楚材高騫，非吳下阿蒙。恨其未見君作也。葉遐庵《廣篋中詞》選錄拙製五首，謂具冷紅神理，可謂知音。然何不選〔鶯啼序〕，此詞乃吾所最得意者也。

（以上節錄《張爾田致夏承燾書札》，載《天風閣學詞日記》，《夏承燾集》第五冊，浙江教育出版社、浙江古籍出版社，1997）

三二　王國維詞

尊詞循頌，頗有黝栗之色，故當佳作。并世詞流變鑒，要爲一作手，彊邨終覺努力，不如其自然耳。

（節錄《張爾田致王國維書札》，《王國維未刊來往書信集》，清華大學出版社，2009）

三三　與榆生論彊邨遺文書

古丈素不作文，其中大半假手，有弟代作者，有宋澄之代作者。拙編《玉溪生年譜序》爲沈綏成代作，《映庵詞序》爲吳伯宛代作，《半塘定稿序》爲鍾西耘代作，王刻《夢窗詞序》爲曹某代作，合而編之，已覺爲體不純。又崔適《史記探源序》，古丈未作，崔自代作，竟大鈔《新學僞經考》之說，與古丈平時言論絕不相類。

（節錄《與榆生論彊邨遺文書》，《詞學季刊》創刊號）

三四　與榆生言彊邨遺事書

古丈學詞，王半塘實啓之。古丈少長大梁，與半塘本舊識。方從黎蒓園諸老致力於詩，不知詞也。半塘官給諫時，言官有一聚會，在嵩雲庵，專爲刺探風聞而設，半塘亦拉古丈入會。會友多談詞者，古丈見獵心喜，亦試填小令數闋。半塘見之，以爲可學。屬專看宋詞，勿看本朝詞。庚子大駕西狩，古丈遣弟送眷南歸，隻身襆背，與劉伯崇同宿半塘寓宅。既不能他往，則相約填詞。古丈詞學進步，皆在此時。後自嶺海解組，僑居吳下，與先君及鄭叔問、張次珊、陳伯弢輩以詞相唱和。曾記一日，宴於古丈所，諸人欲填詞，則拾一名刺使書，古丈曰：此是廢紅。衆大譁曰："'廢紅'二字大可入詞。真詞人吐囑也。"適客有談及宗教者，次珊曰："我輩亦信教者。"問何教。曰："清真教。"相與撫掌。

（節錄《與榆生言彊邨遺事書》，《詞學季刊》創刊號）

三五　與龍榆生論彊邨詞書

古丈晚年詞，蒼勁沉著，絕似少陵夔州後詩，此其所以爲大家，詩乃餘事。

（節錄《與龍榆生論彊邨詞書》，《詞學季刊》第一卷第二號）

三六 與龍榆生言碧桃仙館詞書

黃燮清《詞綜續編》，後三卷爲閨秀，其趙我佩下注云：字君蘭，仁和人，有《碧桃仙館詞》。餘皆不詳。徐積余刻國朝閨秀詞集，載《碧桃仙館詞》一卷。其總目亦但云□□室。其後周夢坡輯《兩浙詞人傳》，遂亦沿之。考《碧桃仙館詞》，乃先伯母趙孺人所著，先伯母諱我佩，字君蘭，仁和趙秋舲先生慶熺之女，先伯麗軒公之室。麗軒公諱上策，孝廉官訓導。秋舲先生著有《香消酒醒詞》，先伯母濡染家學，幼受業於魏滋伯先生謙升，能度曲，嫻音律，與關秋芙、吳蘋香兩女士爲至友，故詞體亦略相近。當湖山承平之日，士大夫鼓吹風雅，閨閤能文才媛輩出，一時稱盛，恨吾之不及見也。先伯母無子，晚年家益落，與一養婢同居，書畫古玩，易米度日，殆與李易安異世同慨。殁後，先君爲之喪葬。以從兄喜田兼祧，從兄遠官山右，身後蕭條，先伯母遺稿不可復問矣。生前所刻詞，係手寫上版，粵亂已燬，積餘所刻，亦不知所據何本。近見滬上中國書店目錄，有舊鈔本一册，詢之已爲人購去。有清一代詞人，吾家閨秀乃得兩人，前爲徐湘蘋，後爲先伯母。湘蘋爲海寧相國陳彦升室，吾家本系出海寧陳，明季繼張，始遷郡城，海寧相國，實近支也。僕嘗擬裒刻先高祖仲雅先生《三影箏語》，先君《吳漚烟語》，爲家詞四種，傭書四方，卒卒未果。此一則請録入詞刊，俾後之修詞人征略者，或有所考焉。

（節録《與龍榆生言碧桃仙館詞書》，《詞學季刊》第一卷第三號）

三七 與龍榆生言鄭叔問遺札書

叔問丈論詞遺札，弟十年前裝池成一厚册，後爲□□□借觀，屢索不還，久不復省措矣。今歸遯庵，可謂物得其主。叔問尚有考證《金荃集》一長跋，寫於卷紙，未裝裱，亦爲□□借去，又不知落入誰手矣。叔問遺墨，近頗爲人珍弄。弟少好倚聲，獲聞緒論最早，三薰三沐，實以叔問爲本師。古丈不甚談詞，叔問則娓娓不倦，每見必談，期於盡意而止。緘札往還，靡間曛夕。故弟處所藏遺札，皆其精詣之所注，與他人泛泛酬應者有別也。惜多散落，所存者僅此耳。

（節錄《與龍榆生言鄭叔問遺札書》《詞學季刊》第一卷第三號）

三八　與龍榆生論彊邨詞事書

古丈作詞，向不與人談本事也。又某君述古丈逸事，有云："庚子秋，公至朝陳利害，上怒，命左右捉公，幸其身矮小，從人叢中逸去，星夜出京，歸隱吳江。"閱之更可發一笑。清廷召見臣工，皆在乾清宮西暖閣，廟陛森嚴，豈容獨往獨來？可以從人叢中逸去之理，且當訓政時期，皇帝與太后同坐，皇帝向不發言，豈能無故呼左右捉人？召見儀制，宮監皆在簾外，皇帝與太后獨坐炕上，旁無侍從，所謂左右者又何人耶？古丈庚子年，惟與九卿科道同召見一次，若有其事，豈不滿城皆知？尚復成何體統？庚子之變，古丈方且與王半塘在京賦《庚子秋詞》，直至升禮部侍郎，放廣東學政，始告病歸，寓居蘇州。所謂星夜出京，歸隱吳江，全非事實。某君又云："上著蘇撫聘爲江蘇法政學堂監督。"各省學堂監督，向例皆由各省督撫自聘，然後奏明，不聞明降諭旨也。此等語向壁虛造，殆類鄉下人談城裏事，俗語不實，流爲丹青，傳之後世，爲害不小，應請兄於下期一更正之。至要。總之古丈詞名太盛，凡與之有緣者，無不思依附名賢，貢獻新聞，繆托知己。

（節錄《與龍榆生論彊邨詞事書》，《詞學季刊》第一卷第四號）

三九　再與龍榆生論彊邨詞事書

自昔詞章家，操選政最難，而同時則尤難。入選者不必以爲榮，而不入選者轉因之而觖望。古丈遺篋，果尚有存目，不妨撮要一叙，以杜夫議者之口。祈兄自酌之，否則聽之亦可。選家別出手眼，截斷衆流，本不能每人而悦之也。昨有一書，論詞刊補白述古丈詞事之謬。尊撰本事詞，大體甚是，似亦有一二不甚確處。如〔楊柳枝〕四首第四章，"不辭身作桓宣武，看到金城日墜時"，乃指李鴻章結孝欽一朝大事之局，非榮禄也。此等處須先涵咏本詞，虛心體貼，然後再以事合之，不合則姑缺，不可穿鑿以求合也，即如謝君解〔鷓鴣天〕詞，支離比附，殆類不知詞者之所爲，忠愛纏綿之意，全索然矣。此豈古丈之所自言耶？項城稱帝之事，古丈之所不屑道者，尚肯爲之作詞反宣傳耶？此於古丈生平極不類，故僕不能無言，尊意諒亦同之。

（節録《再與龍榆生論彊邨詞事書》，《詞學季刊》第一卷第四號）

四〇　三與龍榆生論彊邨詞事書

古丈〔鷓鴣天〕詞，忠愛纏綿，老杜每飯不能忘，仿佛似之，實一生吃緊之篇章也。謝君誤解，意境全非。章山奇歌，翻同穢史，且誤解尚可，誤解而讬之古丈自述，則更不可哥。江君記事失實，尚不過傳聞之誤，此君乃不恤誣古丈以誣後世，是誠何心。頃吳雨生過談，言及此事，亦大不以爲然，可見人心之公矣。允宜大書更正爲要。〔鷓鴣天〕第三首，指□□□，"却綉長番禮世尊"，謂其失信天主教也。"騎馬宫門"句，昔嘗微叩之古丈，言□在前清時，曾贈紫禁城騎馬，此事當一檢宣統政紀，乃能證明。總之，古丈詞中本事，我輩祇能言其大概，其細微處，尚有不及盡知者。古丈庚子以前，與戊戌黨人關繫最密，其於南海，學術不同，而政見未必不合。觀集中往還之人，大半康派，亦可以見矣。迨及晚年，與仁先、悟仲酬唱最多。曾一謁天津行在，雖未預帷幄之大計，亦必與聞機密，此則古丈不肯言，而我輩亦不敢問者也。故箋注詞事，當慎之又慎，寧缺毋濫，更須參以活筆，不可説成死句。

（節録《三與龍榆生論彊邨詞事書》，《詞學季刊》第一卷第四號）

四一　四與龍榆生論彊邨詞事書

古丈詞，故國之悲，滄桑之痛，觸緒紛來，一篇之中，三致意焉。有不待按合時事而知之者。箋注本事，勿以現代之見，抹殺其遺老身分，斯得之矣。謝君之解〔鷓鴣天〕詞，句句穿鑿，以杜陵忠愛之思，爲魏收輕薄之筆，此豈古丈之所自言耶？古丈生平，對於我輩三十年之交，尚不肯盡言，而謂交淺如此君者，乃竟肯一字一句，詳釋以言之耶？望而知爲假託，不待智者能辨之也。請兄即以拙札，登入詞刊，勿使瑤臺夢雨，疑宋玉之微辭；庶幾錦瑟華年，雪樊南之春泪。愛護前賢，祛誣後學，詞客有靈，應亦同此感戰也夫。

（節錄《四與龍榆生論彊邨詞事書》，《詞學季刊》第一卷第四號）

四二　與龍榆生論温飛卿貶尉事

夏君瞿禪《韋端己年譜》，考核之精，鉤稽之密，直欲前無古人，足與張石洲閻顧二譜并傳，洵爲浣花功臣，詞苑環寶。

（節錄《與龍榆生論温飛卿貶尉事》，《詞學季刊》第二卷第一號）

四三　與龍榆生論蘇辛詞

尊論提倡蘇辛，言之未免太易。自來學蘇辛能成就者絕少，即培老亦祇能到須溪耳。蘇辛筆力如錐畫沙，非讀破萬卷不能，談何容易。磊落激揚，不從書卷中來，皆客氣也。以客氣求蘇辛，去之愈遠。古丈學蘇，偶一爲之。半塘集中，亦多似辛之作，然絕不以辛相命，此意當相會於言外也。

（節錄《與龍榆生論蘇辛詞》，《詞學季刊》第二卷第三號）

四四　再與榆生論蘇辛詞

蘇辛詞境，祇清雄二字盡之。清而不雄，必流於傖俗，仇山村所謂腐儒村叟，酒邊豪興，引紙揮筆，如梵唄，如步虛，使老伶俊倡，面稱好而背竊笑者也。弟才苦弱，望蘇辛如在天上，亦祇能勉強到遺山耳。知遺山與蘇辛之不同，則知東坡、稼軒之不可及矣。兄才之弱，亦與僕同，此須讀書養氣，深自培植，下筆時自有千光百怪，奔赴腕下，不能於詞中求也。尊論謂近日詞日趨僻澀，性情襟抱，了不可得，此非詞病，乃人爲之。二十年來，昔之有聲壇坫者，大都降志辱身，老矣理故技。復以此道自遁。《易》曰："將叛者其詞慚，中心疑者其詞枝，誣善之人其詞游，失其守者其詞屈。"今之詞流，殆兼而有之。後進承風接響，根柢既漓，遂成風氣，又安望其詞之真耶？學夢窗如是，學蘇辛又何獨不然。磊落激揚，全在乎氣。氣先餒矣，而望其強作叫囂，亦與僻澀者相去不能以寸耳。當此時期，如怨如慕，偶然流露一二壯語者真也。凡無病而呻，欲自負爲民族張目者皆僞也。言爲心聲，當察其微。弟所以有尊體不如尊品之說，高明以爲何如？

述叔學夢窗者，其晚年詞，清空如話，中邊俱徹，是真能從夢窗打出者。凡學夢窗而僻澀，皆能入而不能出耳。兄詞不近夢窗，然與晁無咎頗相似，固宜推重東坡也。

（節録《再與榆生論蘇辛詞》，《詞學季刊》第二卷第三號）

四五　軼事可爲倚聲作資料

詞人多浪漫，其一生軼事皆可爲倚聲作資料，清真、白石皆佳例也。

四六　遺山詞

遺山詞實導源簡齋，而參以東坡、稼軒，故能得蘇辛之腴而去其放，蒼深沉咽則又其身世使然。學蘇辛者最病空豪，以遺山藥之，則無此病矣。

[以上節錄《忍寒廬劫後所存詞人書札》（上），臺北中研院中國文哲研究所編印《近代詞人手札墨迹》上冊，2005]

四七　與龍榆生論詞書

近瞿禪來書，轉示吳君眉孫論詞一函，痛抉近人學夢窗之敝，可謂先獲我心。弟所以不欲人學夢窗者，以夢窗詞實以清真爲骨，以詞藻掩過之，不使自露，此是技術上一種狡獪法，最不易學，亦不必學。姑舉一例，即如夢窗〔渡江雲〕西湖清明詞：“舊堤分燕尾，桂棹輕鷗，寶勒倚殘雲。”此即“堤下畫船堤上馬”之意。桂棹狀堤下畫船，寶勒狀走馬堤上，倚殘雲言其高也。“舊堤分燕尾”，則蘇、白兩叉處，此非親至里湖者，不能知之。蓋先有真情真景，然後求工於字面。近之學夢窗者，其胸中本無真情真景，而但摹仿其字面，那得不被有識者所笑乎？吳君名庠，當是詞社中人，便希代爲致意。

（節錄《與龍榆生論詞書》，《同聲月刊》第一卷第三號）

四八　與龍榆生書

聞之先君子，鹿潭臨死時，所書冤詞中，實疑及婉君有不貞事。杜小舫得之，大怒，主嚴辦。百生輩遂據以恫嚇曰：“若不死，且訟之官。”婉君畏罪，乃殉焉。宗序所謂乞佳傳者，飾詞耳。婉君之死，不負鹿潭。百生勸婉君以死，實負婉君，不然請旌被駁？亦尋常事，何至結恨於地下哉？僕前記詞人軼事，未及叙入，以其事太褻，不欲形之筆墨，亦所以爲鹿潭諱也。

（節錄《與龍榆生書》，《同聲月刊》第一卷第七號）

四九　與龍榆生論四聲書

連日與眉孫、瞿禪書疏討論四聲五音，舊學商量，極一時朋來之樂，不知身在皋禽警露中也。眉孫謂四聲與五音爲二事，獨具炯眼，謂四聲與五音一無關涉，則鄙意尚不能無説。頗疑惑四聲之説，即從五音進一步研究而來。蓋吾人之唱歌，有字音，有曲音。唇齒等所發之音爲字音，弦管所發之音爲曲音，平上去入字音也，五音十二律曲音也。伶工不用宫商角徵羽，則以十六字譜代之，奏歌時二者必須調濟，方能成歌動聽。段安節《琵琶録》，以四聲分配宫商角羽，此必唐時樂工相傳之舊，惜其爲説簡略。寥寥千載，傳此數語，令人不易索解耳。亡友王静安，謂平聲上下，以卷帙繁重而分，別無他意，實不盡然。觀段氏以平配羽調，以上平配徵調，則上下平顯然有別。且上平東至山分二十八部，若如静安説，則下平當稱二十九先，不應又以一先爲部首也。但自來韵學諸家，祇知字音，而不顧到曲音。考樂律者，又祇知弦管之音，而不顧到唱歌。則雖謂四聲與五音無涉也，亦無不可。是説也，或可爲吴夏兩君折中。而按之樂理，恐亦當如是。質之聲家，以爲何如？

（節録《與龍榆生論四聲書》，《同聲月刊》第一卷第八號）

五〇　與龍榆生論詞書

偶讀郭嘯麓先生《清詞玉屑》，其書以本事爲主，所載多側艷之詞。因思有清一代詞家，約可分三派：其效蘇辛者，多失之粗豪；其效秦柳者，多失之側艷；國初名家如梅村、羨門，皆不能免；中葉以還，又有一種輕清派出，學之者一變而流爲纖佻。夫宋人詞，非無粗豪、側艷、纖佻者，而讀之不覺粗豪、側艷、纖佻，何也？則以其用思能沉，下筆能超故也。寫實而兼能寫意，是謂之沉。寫景而兼能寫情，是謂之超。果其能超能沉，則所謂粗豪也、側艷也、纖佻也，未始非詞中之一條件，正不必絶之太過。絶之太過，則病又叢生矣。厥病維何？曰試帖。吾見今之詞流，殆無一能免於試帖者。故區區不自揆，以爲欲挽末流之失，則莫若盛唱北宋，而佐之以南宋之辭藻，庶幾此道可以復興。晚近學子，稍知詞者，輒喜稱道《人間詞話》，赤裸裸談意境，而吐弃辭藻，如此則説白話足矣，又何用詞爲？既欲爲詞，則不能無辭藻。此在藝術，莫不皆然。詞亦藝也，又何獨不然？雜陳所見，用質方家，想當然贊我言也。

（節錄《與龍榆生論詞書》，《同聲月刊》第一卷第八號）

五一　與龍榆生論雲謠集書

瞿禪書來，言及冒鶴翁疑《雲謠集》爲北宋作品，以其中多慢詞，而曲牌名又與《樂章集》相同也。愚按《雲謠集》雜曲，若以詞格論，的是唐教坊一種歌曲，似尚不及五代，何況北宋？記得燉煌所出，有孔衍《春秋後語》殘本。（記不甚清，似是漢魏尚書，曾於亡友王靜安許見之。）紙背附寫一詞，詞爲〔望江南〕云：“天上月，遙望似一團銀。夜久更闌風漸緊，爲奴吹却月邊雲，召見負心人。”其詞格極似《雲謠集》。孔衍書宋已不傳，則此卷必非宋時人寫。以此例之，《雲謠集》亦不能遽斷爲北宋。愚所見燉煌殘本，其間書宋年號者，大都皆在宋初，其時沙州曹氏，尚奉中原正朔。《雲謠集》本無年號，即決其出於宋初，而寫詞之人，未必即作詞之人，安知非傳錄唐人舊詞乎？若謂其中多慢詞，定爲北宋人作者，則唐杜牧之已有〔八六子〕慢詞矣。大抵唐時慢詞，皆樂工肄習，文士少爲之者，故今所見五代人詞多小令，至宋而文士始有填慢詞者，不得謂唐時教坊無慢詞也。弟於《雲謠集》曲牌名，早見之於唐崔令欽《教坊記》，《樂章集》不過偶與之同耳。柳詞作風，固與《雲謠集》相近，謂柳詞即從唐人此種詞格蛻化而來則可，謂《雲謠集》作者與柳同時似不可。惟《避暑錄話》載西夏歸朝官言，“凡有井水飲處，皆能歌柳詞。”似柳詞既能傳播於西夏，則亦可傳播於沙州，然此乃係一種推測之談，證據終嫌不足。故愚以爲《雲謠集》作品，雖不能確指爲何時，仍當從彊邨諸家説，暫定爲唐詞，較得實，此僕與鶴翁所見不同處，尊悕以爲何如？

（節錄《與龍榆生論雲謠集書》，《同聲月刊》第一卷第十一號）

五二　近代詞集

比閱近代詞集頗多，自當以樵風爲正宗，彊邨爲大家也。述叔、映盦，各有偏勝，無傷詞體。陽阿才人之筆，蒼虬詩人之思，降而爲詞，似欠本色。餘子紛紛，一出一入。僕之造詣，抑又下焉。

　　（引錄自龍榆生《陳海綃先生之詞學》，《同聲月刊》第二卷第六號）

五三　蒼虬詞

蒼虬頗能用思，不尚浮藻。然是詩意，非曲意，此境亦前人所未到者。述叔、映盦，皆從詞入，取徑自別，但一則運典能曲，一則下筆能辣耳。

　　（引錄自龍榆生《陳海綃先生之詞學》，《同聲月刊》第二卷第六號）

五四　海綃詞

海綃長逝，聞之驚痛。前眉孫書言："并世詞壇，南有海綃，北有遯堪，玉崎雙峰，莫能兩大。"其言未免溢美。今海綃往矣，而弟亦麼弦罷談，廣陵散殆真絕響耶？

　　（引錄自龍榆生《陳海綃先生之詞學》，《同聲月刊》第二卷第六號）

五五　詞荔序

倚聲之學，導源晚唐，播而爲五季，衍而爲北宋，流波競響，南宋極矣，元雜以俗樂，歷明而益誇淫哇嘌唱、轉摺怪異，不祥之音作。有清興，一振之於雅，大音復完，宗而摧之，其年、竹垞、梁汾、容若，皆以淵奧之才，辟徑孤行。西河、珂雪，么弦自操，如律之應，復思頑藻，此其獨也。其後樊榭起於浙，臯文倡於常，抑流競之靡，而軌諸六義，雖挈缾庸受，逐宕失返，若夫越世扶衰，有足媺焉。稚圭、蓮生，因物騁辭，力追雅始，就其獨至，亦稱迥秀。咸同戎馬，鹿潭以卑官聲於江湖間。并世作者，半塘之大，大鶴之精，彊邨之沉，蕙風之穆，駸駸乎拊南宋而上矣。夫詞於道，藝也。潛學洞古，鏤心鉥肝，以薪鳴一家者，代有之，或不盡傳，即傳矣，於世何裨。然猶威鳳一采、昆玉片珍，蓋其難也。爾田少侍先子，言嘗從鹿潭學爲詞，鹿潭自詡其詞曰："白石儔也。"及壯，獲與半塘、大鶴、彊邨游，三君者，於學無不窺，而益用以資爲詞，故所詣沉思專進，而奇無窮。晚交蕙風，讀其詞，逌然僾然，又若有異於餘子者。遭世亂離，半塘、大鶴，既坎壈前卒，彊邨亦摧光韜采。獨蕙風憔悴行吟於海涯荒濱，每舉詞故，審音闃然。

（節錄《詞荔序》，《遯堪文集》，民國刻本）

五六　彊邨語業序

《語業》二卷，彊邨先生晚年所定也。曩者，半塘翁固嘗目先生詞似夢窗。夫詞家之有夢窗，亦猶詩家之有玉溪，玉溪以瑰邁高材崎崛於鈎黨門戶，所爲篇什，幽憶怨斷，世或小之爲閨襜之言，顧其他詩："如何匡國分，不與素心期。"又曰："夕陽無限好，祇是近黃昏。"豈與夫豐艷曼睩競麗者！竊以爲感物之情古今不易，第讀之者弗之知爾。先生早侍承明，壯躋懋列。庚子先撥之始，折檻一疏，直聲震天下，既不得當，一抒之於詞，解佩纕以結言，欲自適而不可。靈均懷服之思，昊天不平，我王不寧，嘉父究訩之愾。其哀感頑艷，子夜吳趨；其芬芳悱惻，哀蟬落葉。玉溪官不挂朝籍，先生顯矣。觸緒造端，湛冥過之，信乎所憂者廣，發乎一人之本身，抑聲之所被者，有藉之者耶！復堂老人評水雲詞曰："咸同兵事，天挺此才，爲聲家老杜。"余亦謂當崇陵末葉，廟堂厝薪，玄黃水火，天生先生，將使之爲曲中玉溪耶！迨至王風委草，小雅寢聲，江潰飛遁，臥龍無首，長圖大念，隱心已矣。僅留此未斷樵風，與神皋寒吹，響答終古。向之暗口曉音，沉泣飲章。

腐心白馬者，且隨艱難天步以俱去。玉溪未遭之境，先生親遘之矣。我樂也，其無知乎？我寐也，其無吪乎？是又諷先生詞者，微吟焉，低徊獨抱焉，而不能自已也。

（節錄《彊邨語業序》，《遯堪文集》，民國刻本）

五七　彊邨遺書序

我朝文治昭融，康熙、乾隆兩朝，首開鴻詞之科，登進方聞之彥，凡士之通一經明一藝者，麟萃鳳翥，求之而皆在。而大晟燕樂，歷唐五代宋以訖於元明，年逾千祀，響絕復延，亦愈晚而愈大昌，先生實衰然稱爲首殿焉。嘗揆所原，厥盛有四：勝朝沿胡元餘習，淫哇塞聰，知曲而不知詞。楊升庵輩又臆造爲自度之腔，破規僭律，益棼變而不可紀。萬紅友氏起，審於五要，精於四上，取宋賢樂句，節度而刊，比之標《尊前》之逸響，正《嘯餘》之妄作。而後倚聲者人知守律，是爲詞學之一盛；夫吹萬不同，而畢止於一者，天籟也。衆制殊詭，而必劑於符者，母音也。是故有詩，沈休文始辨四聲；有詞，朱希真乃製四部。天水末葉，無名氏著《菉斐軒詞韻》，以入聲分配三聲，論者謂其專爲北曲而設。胡文煥、沈去矜、程名世諸人承之，向壁虛造，迷誤伶倫。詞之雜流，由斯而作。戈順卿氏起，辭而辟之，知詞有異曲之部，則稽之混成遺譜。知詞有隨律之聲，則本之守齋緒言。通轉之例，必嚴腹舌之諧。斯準而後，倚聲者人知審音，是爲詞學之再盛；方是時也，家家自以爲握靈蛇之珠，抱荊山之玉矣。然而真宰弗存，鄭聲遂競，登山臨水，義不軌夫樂哀。充箱照乘，辭惟陳夫舃履。洵有如金應珪氏所譏之三蔽者。張皋文氏起，原詩人忠愛悱惻，不淫不傷之旨，《國風》十五導其歸，《離騷》廿五表其潔，芟剪美稗，澡淪性靈，崇比興，區正變，而後倚聲者人知尊體，是爲詞學之三盛；先生守律則萬氏，審音則戈氏，尊體則張氏，而尤大有功於詞苑者，又在校勘。前此常熟毛氏、無錫侯氏、江都秦氏，廣刊秘笈，流播藝林，是謂蒐佚。下逮知聖道齋彭氏，雙照樓吳氏，或精鈔，或景宋，則又志在傳真，雖未嘗無功於詞，而皆無當於詞學。先生則不惟蒐佚也，必覈其精；不惟傳真也，必求其是。蓋自王右遏之校夢窗，叙述五例，以程己能。先生循之，津途益辟。是故樂府之有先生，而後校讎乃有專家。下與陳晁競爽，上與向歆比靈斯，六義附庸，蔚爲大國，遂使聲律小道，高躋乎古著作之林，與三百年樸學大師相揖讓乎尊俎之間，在於三累之上。嗚呼！可謂詞學之極盛已而。先生自所爲詞，亦復跨常邁浙，凌厲躒朱，迤然而龍鸞翔，邑然而蘭苕發。擬之有宋，聲與政通，如范如蘇如歐陽，深文而隱蔚，遠旨而近言，三薰三沐，尤近覺翁。先朝大臣詞，嶰筦、稚圭固不論，即并世詞流，半塘之於碧山，叔問之於白石，夔笙之於梅溪，勞芳散條，殆亦莫能相掩。語曰：“惟其有之，是以似之。”豈與夫懷鉛握槧之賓、折楊皇華之客，等量齊觀、同年而語者哉？先生大節，舉舉於國史，自當有傳。而余獨緬述夫我朝詞學興廢之由，及先生所以振絶甄業者。

（節録《彊邨遺書序》，《遯堪文集》，民國刻本）

五八　曼陀羅寱詞序

古人稱意内言外謂之詞。夫瓊樓玉宇、烟柳斜陽常語耳，神宗以爲忠，而壽皇以爲怨。五季割據，韋端己獨抱思唐之悲，馮正中身仕偏朝，知時不可爲，所爲〔蝶戀花〕諸闋，幽咽惝恍，如醉如迷。此皆賢人君子不得志，發憤之所爲作也。

公自鼎革，龍蟠黄海，復壁柳車，雜賓盈室，宣光綸旅之望，老而益堅。故辛壬以後詞，蒼涼激楚，又過前編。彼婦之嗟，狡童之痛，如諷《九辯》，如奏《五噫》，託興於一事一物之微，而燭照數計，乃在千里之外，至其不可吴言者，則謔言之；不能法語者，則垂涕泗而道之。合騷弦於一冶，喻鵬鯤於一指。陸放翁之掉書袋，元遺山之嗜金頭大鵝，又未可一二盡狀也。今公往矣，復讀公詞，猶前日事。

（節録《曼陀羅寱詞序》，《遯堪文集》，民國刻本）

五九　龍榆生詞序

乾嘉以來詞人，大都取徑於南宋。其宗豪放者，則又艷稱蘇辛。實則蘇辛非一派也，蘇爲北宋別祖，辛實南宋開宗。自來詞家，不知南北宋之所以不同，貌稼軒則有之矣，無一人能學東坡者。惟朱彊邨侍郎詞，晚年頗取法於蘇。榆生學於侍郎者，曩嘗評榆生詞似龁無咎。夫東坡不易學矣，學東坡者必自無咎始，再降則爲葉石林，此北宋正軌也。由稼軒必不能復於東坡，極其所至，上焉者不過龍洲、後邨，下焉者則如仇山村所譏。

（節錄《龍榆生詞序》見《忍寒詞》；又見《同聲月刊》1943 年第三卷第一號）

六〇　論詞絕句八首

偶檢所閱近人詞集，各題一詩，無間存歿，僅得八章，一時興會所及，不能遍舉也。

一

矜嚴標格鶩翁評，此事湖州有正聲。

臨老自刪新樂府，劇憐低首況餐櫻。朱古微《彊邨語業》

二

少年輕艷自家知，老見彈丸脫手時。

何事苦將苕雅詆，祇拈拙大是吾師。況夔生《蕙風琴趣》

三

抗疏功名事已非，詞臣謫去泪沾衣。

一生腸斷苕華玉，誰唱當時乳燕飛。文道希《雲起軒詞》

四

解從南宋溯清真，始信霜腴有替身。

畢竟鮫絲誰網得，無因説與采珠人。陳述叔《海綃詞》

五

數聲水調替清吭，南渡曾無此樂章。

獨惜晚年生硬甚，枯柴一束似漁洋。夏劍丞《映庵詞》

六

開元法曲總飄零，一夢鈞天是隔生。

莫笑屯田輕薄殺，解將低唱換浮名。郭嘯麓《龍顧山房詞》

七

陽阿逸氣信悠哉，余事生平太露才。

祇合幽燕稱馬客，負他牙板度歌來。邵次公《揚荷集》

八

此心安處若爲家，獨臥江城感鬢華。

輸與詩人工綺語，不妨冷淡似梅花。陳仁先《舊月簃詞》

（《同聲月刊》第四卷第二號）

讀詞小箋

林花榭◎著

　　林花榭，作者生平不詳。《讀詞小箋》連載於《北平晨報·藝圃》1936 年 5 月 13 日、22 日、25 日、27日、29 日，6 月 2 日、3 日、8 日、9 日、12 日。本書即據此收錄。張璋《歷代詞話續編》收錄該詞話。

《讀詞小箋》目錄

讀詞小箋

閑讀長短句，偶有會心，輒復識之，得若干則。着眼不在博大，然亦或不無一得耳。題曰"小箋"，非敢擬於前賢"詞話"也。

一　詩詞不能兼擅

古來多少詞人，不能詩；工詩者，詞亦未必高，何以故？曰：作詞往往爲詩所限也。李易安謂：詞別是一格，而東坡天分絶頂，猶不免"詞似詩"之誚，況餘子乎？

二　花間有調而無題

《花間》有調而無題，蓋一以男女酬唱之辭，無須題；一以其調多寓題意，如〔定西蕃〕之寫"防邊"，〔更漏子〕之寫"更漏"也。南唐詞有題者，惟李後主〔阮郎歸〕之"呈鄭王十二弟"，尚足憑信，他題疑皆後人所擬。

三　東坡大江東去詞

東坡在黄岡，聞"赤壁"之名，而興懷吊古，作〔大江東去〕一詞。後人率以爲東坡誤此間爲周郎破曹公處，大謬。葛立方《韵語陽秋》卷十三云黄州亦有赤壁，但非周瑜所戰之地。東坡嘗作賦曰："西望夏口，東望武昌，非曹孟德之困於周郎者乎？"蓋亦疑之矣。故作長短句云："人道是三國周郎赤壁。"謂之"人道是", 則心知其非矣。趙彥衛《雲麓漫鈔》亦嘗明辨及此, 并有見地。

四　詞中春社

春社在二月間, 時正燕子歸來時節, 故飛卿〔菩薩蠻〕云: "音信不歸來, 社前雙燕回。" 元獻〔破陣子〕云: "燕子來時新社, 梨花落後清明。" 王君玉〔憶江南〕云: "二月池塘新社過。" 清真〔應天長〕云: "梁間燕, 前社客。" 梅溪〔雙雙燕〕起句, 即曰: "過春社了。"

五　南唐中主浣溪沙之真珠

南唐中主〔浣溪沙〕云: "手持真珠上玉鈎, 依前春恨鎖重樓。" "真珠" 或改作 "珠簾", 《漫叟詩話》, 以爲非知音也。近人俞平伯《讀詞偶得》曰: "言真珠, 千古之善讀者, 都知其爲簾; 若説珠簾, 寧知其爲真珠也耶! 是舉真珠, 可包珠簾, 舉珠簾不足以包真珠也。" 此辨亦不足服人。予謂用真珠, 似不通而實妙, 然其妙, 却不可説也。蓋以質代物, 古人文辭中往往見之, 《左傳·僖公二十三年》云: "我二十五年矣, 又如是而嫁, 則就木焉。" 木者, 棺也。《後漢書·馮衍傳》云: "懷金垂紫。" 李注: "金謂印也。至若一日三秋, 秋以代歲; 八口無飢, 口以云人, 此類尤數見不鮮。" 又李白詩: "真珠高卷對簾鈎。" 毛文錫〔戀情深〕: "真珠簾下曉光侵。" 再旁證以李後主〔采桑子〕之 "百尺蝦須在玉鈎", 蝦須簾名; 然則 "真珠" 詎不可解爲簾乎?

六　張泌江城子

張泌〔江城子〕: "好是問他來得麽? 和笑道。莫多情!" 娓妙入神, 固知是《花間》語。後之歐、秦諸公, 雖撩小詞, 亦莫能到此境界。

七 王元澤眼兒媚

荆公子霧，年少富才華，而早卒。讀其〔眼兒媚〕詞："楊柳絲絲弄輕柔，烟縷織成愁。海棠未雨，梨花先雪，一半春休。"情懷如此，宜其不永年也。按沈雄《古今詞話》云："霧字元澤，有心疾。妻獨居小樓事佛，介甫憐而嫁之；霧作〔眼兒媚〕詞，其情亦可哀已。"

八 晏元獻破陣子

晏元獻〔破陣子〕："疑怪昨宵春夢好，元是今朝鬥草贏，笑從雙臉生。"珠玉溫柔，可於此等處見之，宜乎許昂霄以爲"三句如聞香口，如見冶容"也。

九 宋初詞集

《花間集》，明本雜入《二主詞》，蓋爲時人竄亂，真面盡失矣！宋初詞集，流傳至今，較完備者，當推晏同叔《珠玉詞》；其錯雜偽托者，則以歐陽公《六一詞》爲最，宋人筆記，多已言之。

一〇 馮正中

馮正中詞，全以男女之情出之，而寓其意於迷離恍惚中。王靜安《人間詞話》以爲："深美閎約，惟馮正中足以當之。"予謂正中詞美則有之，深恐未必然也。

一一 納蘭容若

納蘭容若〔少年游〕云："尋常風月，等閑談笑，稱意即相宜。"〔鷓鴣天〕云："休嗟髀裹今生肉，努力春來自種花。"皆是真情流露語。又《咏雪花》云："冷處偏佳，別有根芽，不是人間富貴花。"綜其身世觀之，直是自家寫照。

一二　閑趣與無聊

王荆公詩"細數落花因坐久",閑趣也;納蘭云"倚著閑窗數落花",乃無聊也。雖同言一事,而情自有別。

一三　納蘭詞

納蘭〔生查子〕云:"欲度浣花溪,遠夢輕無力。"婉約不減少游。又〔清平樂〕云:"凄凄切切,慘澹黃花節。夢裏砧聲渾未歇,那恐亂蛩悲咽。"凄楚絕似易安,置之《漱玉集》中,亦無遜色。

一四　温飛卿菩薩蠻

温飛卿〔菩薩蠻〕云:"懶起畫娥眉。弄妝梳洗遲。"寫春情著"懶""遲"二字,意態宛然! 又上句:"鬢雲欲度香腮雪。"《讀詞偶得》謂是:"寫未起之狀。"復謂:"欲度二字,似難解,却妙! 此不但寫晴日之下美人,并寫晴日小風下之美人,其巧妙固在此難解之二字耳。"余意:既是未起,何得在晴日小風之下? 蓋欲度二字,誠靈活,但如是解,便泥!

一五　檀郎

無名氏〔菩薩蠻〕云:"含笑問檀郎。花强妾貌强?"李後主〔一斛珠〕:"爛嚼紅茸,笑向檀郎唾。"李清照〔采桑子〕:"笑語檀郎,今夜紗櫥枕簟涼。"俗解檀郎爲香郎,蓋喻親密之意。《詞苑萃編》引顧茂倫曰:"詩詞中多用檀郎字,不知所謂?"解者曰:"檀喻其香也。"後閱曾謙益《李長吉詩注》云:"潘安小字檀奴,故婦人呼所歡爲檀郎,然未知何據?"是則"檀郎"乃有二説也。

一六　詞中瘦字

詞中用"瘦"字,王弇州已言其妙。稼軒〔昭君怨〕云:"人共青山都瘦!"亦本"人與綠楊俱瘦"而來,特語更新奇耳。又

〔臨江仙〕：“舞低花外月，唱徹柳邊風。”蓋本晏小山：“舞低楊柳樓心月，歌盡桃花扇底風。”〔菩薩蠻〕“試上小紅樓。飛鴻字字愁”，則全襲秦淮海“因倚危樓，過盡飛鴻字字愁”者。

一七　王靜安評美成詞

美成詞以魄力勝，下筆旋伸旋縮，欲吐仍茹，王靜安方之倡伎，亦以其回腸蕩氣，既潑且辣耳。繼復許爲詞中老杜，與前論判若二人。

一八　岳武穆滿江紅

岳武穆〔滿江紅〕“怒髮衝冠”一詞，激昂慷慨，令人想見其吒叱風雲之英雄氣概。“抬望眼，仰天長嘯，壯懷激烈，”“抬”字即有千鈞重矣！《話腴》曰：“忠憤可見，其不欲白了少年頭，足以明其心事。”“心事”者，言其頗以“當時和議”爲非也。

一九　夢窗詞

夢窗〔唐多令〕云：“何處合成愁，離人心上秋。縱芭蕉不雨也颼颼。”讀之，但覺其清氣逼人。又〔風入松〕云：“惆悵雙駕不到，幽階一夜苔生。”雙駕，女□也。頗得餘情不盡之妙。

二〇　鸚鵡

江總詩曰：“春鸚徒有膩，還笑在金籠。”韋端己《秦婦吟》用之曰：“正閉金籠教鸚鵡。”又〔歸國謠〕曰：“惆悵玉籠鸚鵡，單栖無伴侶。”柳耆卿曰：“却傍金籠教鸚鵡，念粉郎言語。”納蘭性德本之曰：“閑教玉籠鸚鵡念郎詩。”一艷麗，一澹雅，意趣自覺不同。

二一　宋初詞壇風尚

宋初統一，得江南，樂至夥，而尤取於南唐文學，故語多旖旎，音多冶蕩。其時文章復古，以詞之深入人心也。晏同叔等，乃力變其艷麗而爲質樸，并破其詞調，擺脫男女範圍，以直抒情懷爲主，於是北宋詞風，清切婉麗，幾一以馮正中爲歸矣。然生氣不免漸見消失，故柳屯田出，氣象乃爲之一變也。

二二　櫻桃入詞

"櫻桃"多入詞，正中云："一樹櫻桃帶雨紅！"清麗如洗。晁無咎云："櫻桃紅顆壓枝低！"亦有情致。納蘭云："深巷賣櫻桃，雨餘紅更嬌。"尤起人一片遐思。

二三　詞中唐宋人口語

詞中多見唐宋人口語，少游〔滿園芳〕及〔品令〕二闋，幾全是方言。山谷詞用俳語處，更觸目皆是，讀者不可不知也。茲述數例——趙長卿〔攤破醜奴兒〕："也囉真個是可人香。"李童山曰："也囉，二字，乃歌詞語助辭。"薛昭蘊〔浣溪沙〕："瞥地見時猶可哥！"柳屯田〔定風波〕："芳心是事可可！""可可"，即"可堪"也。歐陽永叔〔漁家傲〕："蓮子與人長廝類。"又"天與多情絲一把，誰廝惹？"辛稼軒〔游宮〕："幾個相知可喜，纔廝見說山說水。""廝"者，"相"也。東坡〔水龍吟〕："從教墜，拋家傍路。"晁無咎〔少年游〕："從教便向東山老。"稼軒〔念奴嬌〕："前事從教浮雲來去，枉了衝冠髮。""從教"，蓋任之而不顧之謂。少游〔八六子〕："怎奈向歡娛漸隨流水。"稼軒〔雨中花慢〕："怎奈向兒曹抵死，喚不回頭。""怎奈向"者，猶言怎麼到如此地步也。此乃自問自嘆之辭，"向"乃語尾也。少游〔滿園花〕："我當初不合苦攔就"！山谷〔歸田樂〕："冤我忒攔就。"《雨村詞話》曰："攔，如專切，挨也。""攔就"，或謂即"捋就"之意。少游詞："憶後教人，片時存濟不得。"（〔促拍滿路花〕）"存濟"，猶云"安穩"也。"幸自得一分索強，教人難吃。"（〔品令〕）"索強"，有好勝意，今俗所謂"要強"也。"慣縱得軟頑，見底心

先有。"（〔滿園花〕）又："放軟頑，道不得。"（〔品令〕）"軟頑"，即
"撒嬌"也。餘不悉舉。

二四　稼軒心儀陶靖節

稼軒於古人，最心儀陶靖節，詞中屢見之。〔聲聲慢〕隱括淵
明《停雲詩》而成。〔鷓鴣天〕序曰："讀淵明詩不能去手。"餘
如——〔水調歌頭〕："淵明謾愛重九，胸次正崔嵬。"……又：
"我愧淵明久矣，猶借此翁煎洗，索壁寫歸來。"〔臨江仙〕："試尋
殘菊處，中路候淵明。"〔洞仙歌〕："東籬多種菊，待學淵明，酒
性詩情不相似。"又："待學淵明，更手種門前五柳。"〔生查子〕：
"醉裏却歸來，松菊陶潛宅。"〔賀新郎〕："把酒長亭説，看淵明風
流，酷似卧龍諸葛。"〔浣溪沙〕："自有淵明方有菊。"〔最高樓〕：
"穆先生陶縣令是吾師。"〔漢宮春〕："一自東籬摇落，問淵明歲
晚，心賞如何？"〔念奴嬌〕："須信采菊東籬，高情千載，祇有陶
彭澤。"〔水龍吟〕："老來曾見淵明，夢中一見參差是。"〔瑞鷓
鴣〕："暮年不賦短長詞，和得淵明數首詩。"〔蝶戀花〕："千古黃
花，自有淵明比。"此類都四十餘見，不能一一記也。

（1936 年 5 月 13 日至 6 月 12 日《北平晨报·艺圃》）

詞 品

——仿鍾嶸《詩品》之例略述兩宋詞家流品

陳永年◎著

陳永年（1920～1998），字汶耕，別號汶上耕夫。河南固始人。畢業於河南省百泉鄉專，任教於中專等校。中華詩詞學會會員、河南詩詞學會理事、固始詩詞學會會長。著有《蓄芳軒吟草》《丙子詞草》等。《詞品》原刊載於《河南政治》1936 年第 6 卷第 4 期，本書即據此收錄。楊傳慶、和希林《輯校民國詞話三十種》收錄《詞品》。

《詞品——仿鍾嶸〈詩品〉之例略述兩宋詞家流品》目錄

詞品

——仿鍾嶸《詩品》之例略述兩宋詞家流品

上品

一 蘇軾

東坡天才高曠，挾天風海雨之氣，洗綺羅香澤之習。其興到神運之作，若鵬翔雲表，鶴鳴九皋，俯視下士，不啻學鳩蟊蚋，譬諸詩家之太白，靈氣仙才，未可以學而能也。

二 柳永

耆卿鋪敘展衍，曲折盡意，狀難狀之景，達難達之情，一出以自然；而才力亦足包舉其文，幽秀溫婉中具渾然之氣。千載以下，未可以人廢言也。

三 秦觀

少游，古之傷心人也。其詞寄慨身世，情兼雅怨，體被文質，粲溢今古，卓爾不群，後主而後，一人而已。

四 周邦彥

清真，集大成者也。其詞涵渾汪洋，千態萬狀，吐納眾流，範圍百族。況諸詩家，則猶老杜，古今詞人，鮮能與京。余嘗謂最高之文學，要在獨創與共喻。人人筆下所無，斯爲獨創；人人意中所有，斯能共喻。清眞詞，可謂極獨創與共喻之能事矣。

五　辛弃疾

稼軒負管樂之才，不能盡展其用，滿腔忠憤，一寄於詞，悲歌慷慨，不可一世。豪放似東坡，而當行則過之。劉後邨云：“公所作，大聲鏜鞳，小聲鏗鍧，橫絶六合，掃空萬古，其穠麗綿密者，亦不在小晏、秦郎之下。”信然。

六　吳文英

夢窗學清眞，最爲神似。其詞典麗沉雄，幽邃綿密，虛實兼到之作，雖清眞不能過，玉田之言，殆不盡然也。

七　姜夔

白石嚶求稼軒，脫胎耆卿。而孤標絶俗，如邈姑冰雪，一塵不染。雖集大成之清眞，猶若有不能範圍者，況其下邪？

中品

一　晏殊

元獻承五代餘緒，和婉明麗，不減延巳。

二　晏幾道

叔原俯仰身世，所懷萬端，沉思往復，字字珠玉，視《花間》不徒婉姒而已。子晉謂晏氏父子，具足追配李氏，洵爲知言。

三　歐陽修

永叔原出南唐，婉約明雋，開北宋之風，故《藝苑卮言》云：

永叔詞勝其詩。

四　張先

東坡謂子野詩筆老妙，歌詞乃其餘技，今觀其詞，清脆雋永，韵格亦高，唯才不足，無大起落。

五　賀鑄

方回原出永叔，鎔景入情，詞采穠麗，唯時不免俗耳。

六　李清照

易安天才極高，詞頗清新婉秀。

七　史達祖

梅溪雋快輕靈，長於咏物，唯骨格塵下，去姜彌遠。雖可平視方回，斷難分鑣清真。張鎡之言，故是溢美。

八　蔣捷

子晋稱竹山語語纖巧，真世説靡也；字字妍倩，真六朝隃也。然其詞多睠戀故國、感懷身世之情，沉挫嗚咽，頗似稼軒，固不獨以纖麗勝也。

九　王沂孫

碧山最爲雅正，咏物諸作，言近旨遠，寓有《麥秀》《黍離》之感，着力不多，而天分高絶，所謂意能尊體者也。

一〇　張炎

玉田氣象寬和，情辭綿邈，故是大家。且生丁末葉，茹亡國之痛，所作詞往往蒼涼激楚，即景抒情，備寫其生世之感，非徒以剪紅刻翠爲工也。

下品

一　黃庭堅

山谷偶有豪放峭健之作，而時俚俗不堪。

二　晁補之

無咎服膺少游，其詞亦婉秀可讀。

三　程垓

正伯詞境凄婉，《提要》稱其近東坡，始未然也。

四　毛滂

澤民雖非端士，而擅才華，其詞情韵特勝。

五　李之儀

端叔詞近秦柳，長於景語情語。

六　朱敦儒

希真天子曠逸，其詞沖遠高潔，似不食烟火人語。惟辭氣局促，終不能與白石相提并論也。

七　万俟咏

其原出於耆卿，有雍容鋪叙之才，但無沉著透快之筆。

八　陸游

劍南驛騎東坡、淮海間，奄有其勝，而皆不能造其極。

九　劉過　劉克莊

二劉學辛，未免傖俗，但亦有豪放或婉秀可誦之作，如改之〔六州歌頭〕，後邨〔唐多令〕〔清平樂〕等是也。

一〇　周密

草窗雕鏤文字似夢窗，風骨沉厚殊不逮，然其情文相生，豐約適體之作，正亦未可輕議。

一一　高觀國

竹屋與梅溪齊名，實遠不及梅溪，然立意清新，格調頗高，故其詞亦間有可取者。

一二　呂渭老

聖求詞婉媚深宛，間有可上擬耆卿者。

一三　陳與義

去非詞雖不多，然頗有語意超絶可誦者。

一四　陳師道

無已自謂他文未能及人，獨於詞不減秦七、黃九，今觀其詞，實不及秦遠甚，與黃伯仲耳。

飲虹簃論清詞百家

盧　前◎著

　　盧前（1905~1951），原名正紳，後改名前，字冀野，自號小疏，別號飲虹，別署江南才子、飲虹簃主人、飲虹園丁、冀翁、小疏齋、中興鼓吹者、飲虹詞人等。江蘇江寧人。1922年入東南大學國文系，受教於吳梅先生。後任教於南京金陵大學、河南大學、中央大學等。著有《中國戲劇概論》《詞曲研究》等。《飲虹簃論清詞百家》原附錄於陳乃乾《清名家詞》，本書據此收錄。張璋《歷代詞話續編》收錄該詞話。

《飲虹簃論清詞百家》目錄

飲虹簃論清詞百家

望江南

　　讀有清百家詞，偶有感興，輒繫小令於後，未必能中肯綮也。雖然，蠡測管窺，直書所見，非云短長，聊以自遣而已。二十五年十月冀野盧前記。

一　李雯

　　江天暮，紅淚滿金籌。語似《花間》才力薄，人如秋夢性情柔。斷雁使人愁。

二　吳偉業

　　婁東老，白首識孤心。月片龍團都笑語，艾眉瓜鼻換沉吟。故國夢中尋。

三　曹溶

　　真男子，痛飲發狂歌。秀水從游薪火在，浙西宗派此先河。六義豈能磨。

四　宋琬

　　調箏乍，蒼水最知音。動壑哀泉商羽激，雛鶯枯樹怨思深。智井古苔侵。

五　龔鼎孳

飛紅雨，門巷嘆重來。隔水芙蓉多嫵媚，流鶯鐵馬漫疑猜。夢祇到妝臺。

六　曹爾堪

英雄少，豎子竟成名。落筆尚饒湖海氣，自家重染繡閨情。一著勝尤生。

七　尤侗

燒香曲，兩字借輕盈。終覺顧庵阿所好，酒樓郵壁亦虛名。圓轉讓新鶯。

八　吳綺

雙紅豆，把酒祝東風。不獨和平西麓近，有時雅麗玉田同。跌宕一時雄。

九　徐石麒

拈花笑，托咏越西施。信有轉輪容感慨，別無世界許栖遲。還對黍香詞。

一〇　梁清標

綺羅態，穠艷不相同。好是蠡思評驚語，生香真色定詞宗。玉立有家風。

一一　嚴繩孫

閑陶寫，何礙出雲藍。淡處翻濃秋水妙，顧蘭風格藕漁參。故應老江南。

一二　毛奇齡

彊邨説，一字鴨鵝争。樂府齊梁遺蛻在，斬新機杼出天成。吹籥苦唇櫻。

一三　陳維崧

中原走，黃葉稱豪風。小令已參青兕意，慢詞千首盡能雄。哀樂不言中。

一四　王士禄

沙洲遠，逐鷺語能奇。好月憐痴疑燭影，空庭嬲雨亦成詞。雕琢豈堪師。

一五　朱彝尊

姜張裔，浙派溯先河。蕃錦茶烟無足取，静居載酒未容訶。朱十總貪多。

一六　彭孫遹

論彭十，怨粉與啼香。絶艷公然推獨步，若言持律已迷方。豈可擬南唐。

一七　王士禛

揚州客，絶句自名家。把筆填詞同法乳，淒迷還似雨中花。碧水映明沙。

一八　宋犖

西陂稿，專力在歌詩。餘事偏工長短句，白頭開府尚栖遲。河洛一家辭。

一九　鄒祇謨

詞衷作，遠志舊齋人。不與萬戈成沆瀣，程村詞名亦能新。出語見勤辛。

二〇　董以寧

承徐沈，詞話尚能鳴。後起蓉湖爲世誦，常州壇坫得先聲。齊物仰長明。

二一　董俞

盟鷗閣，小令有餘情。草舍尚容安卷帙，題名蒼水況平生。造語出中誠。

二二　董元愷

功名誤，垂老不能安。一卷蒼梧多古意，百年侘傺許人看。筆下淚汍瀾。

二三　曹貞吉

標南宋，始自實庵詞。心往手追張叔夏，幽深綿麗已兼之。周賀不同時。

二四　李良年

兼疏密，秋錦有名言。還見塡篦同軌轍，君王一飯大名前。想見太平年。

二五　徐釚

思漁父，早歲誦遺篇。本色清於朱載酒，有時論議擬吳鹽。白雨未能先。

二六　顧貞觀

懷吳季，詞句萬人傳。身後空名堪自慰，纚塘風月足流連。彈指失天年。

二七　李符

天南北，游屐鑄詞新。盡掃臼科存本色，龜溪二隱想斯人。應比竹山真。

二八　汪懋麟

華年怨，彈指入鷗弦。楊柳弄絲籠霧白，黃鸝對語走珠圓。秋水傍前川。

二九　高士奇

呻吟共，正變已難言。祇以中鋒抒寫好，不歸常浙自然妍。情致本纏綿。

三〇　沈皥日

王張亞，兼括眾人長。蘅圃評題疑不類，柘西身世豈悲凉。浙派費平章。

三一　沈岸登

神明得，覃九足稱奇。張史原來分一體，碧山未可與肩齊。此語久然疑。

三二　查慎行

餘波集，言志五言多。別出心裁長短句，詩家俊語讓先河。好處不能磨。

三三　性德

銷魂句，應擬小山詞。冷暖如人飲水喻，詞中甘苦自家知。姑射是仙姿。

三四　龔翔麟

朱門士，燈火見薪傳。早歲填詞通潞客，故無俗尚繞毫端。綽約與人看。

三五　趙執信

排聲譜，詞句許談龍。未必衍波皆上選，飴山境亦不相同。鹿死問誰雄。

三六　厲鶚

空中語，身世隱南湖。月上可憐勞寄托，好將靜志比長蘆。探驪得明珠。

三七　蔣士銓

銅弦響，鞺鞳想精魂。亦是殺機劍俠氣，并同曲品記藏園。此外不須論。

三八　王昶

標南宋，吳下不同科。紅葉江村渲染艷，後來琴畫亦相和。風氣一時多。

三九　王芑孫

瓊瑤想，圖寫苦吟身。雙鎖公然琴第一，泉聲幽咽盡成春。蘊藉勝他人。

四〇　吳翌鳳

除酸澀，原出六朝文。色澤有餘情韵婉，亦能拔幟獨張軍。吐氣自芳芬。

四一　洪亮吉

伊犁客，一代學人雄。不必新聲傳後世，即論余事亦從容。常派失孫洪。

四二　吳錫麒

師樊榭，亦自許清才。終覺力難支拄起，未能風骨予張開。浙派有輿臺。

四三　趙懷玉

黃冠語，曲體有專長。白日悠然拈小令，静寧淡泊不尋常。羽扇自登場。

四四　黃景仁

霞塘句，傳誦比衣裁。病鶴舞風詩品合，秋蟲咽露見詞才。何必派中來。

四五　楊芳燦

《花間》外，尚可采芙蓉。賦筆用多於興比，微言都在《國風》中。文采半天工。

四六　樂鈞

蓮裳子，奇麗發文章。別具會心評浙水，倚晴比語細商量。朗秀自登壇。

四七　凌廷堪

成專業，燕樂考隋唐。吹笛梅邊傷質實，却從聲律訂宮商。令曲繼喬張。

四八　張惠言

疏鑿手，直欲繼風騷。雖有四農持異議，宛陵一選挽狂潮。尊體已崇高。

四九　錢枚

推神韵，竟體被蘭芳。人爲傷心纔學佛，微波步武出南唐。知己郭和譚。

五〇　劉嗣綰

隨園選，此本早流傳。幽雋超塵凡艷絕，定評韵甫已當前。清貴在中年。

五一　張琦

難兄弟，唱和更同聲。深美欲兼閎約旨，沉醇況復寄深情。常派立山成。

五二　郭麐

雷池步，麻守傍姜張。薄滑遂爲浙派病，少年學語漸頹唐。功過兩相妨。

五三　彭兆蓀

謨觴館，亦是學人詞。廣博尚能承樂教，西洲曲子作新辭。鼓吹太平時。

五四　嚴元照

名言在，婉約復堂稱。結想渺綿許雅奏，疏香細艷示修能，樂苑置心燈。

五五　改琦

飛動處，野鶴尚依雲。映雪冰壺還玉潔，曹郎評跋久相聞。畫筆亦清芬。

五六　趙慶熺

香銷後，散曲獨擅場。詞是末流環浙水，尖新細巧見微長。鶯語弄笙簧。

五七　宋翔鳳

書餘論，詞話啓于庭。應與月坡稱合璧，後來七子更專精。吳下有新聲。

五八　王敬之

傳漁唱，此地有詞仙。三十六陂人到否，白雲白石世爭傳。俊賞出茶烟。

五九　湯貽汾

詩書畫，三絕重當時。大節凜然千古在，虛名猶恐世人知。見道不於詞。

六〇　葉申薌

行詩法，門徑亦深深。高格倘容思量細，過庭書譜耐追尋。枝葉不堪吟。

六一　周濟

長明盞，推闡四家評。信有傳燈詞辨在，姜張妙處亦天成。對壘始周生。

六二　董士錫

賢宅相，衣缽渭陽來。不獨宗周成定論，外言內意出心裁。爲釋止庵猜。

六三　周之琦

金梁夢，語語善藏鋒。北宋瓣香斯未墜，渾融雅正具宗風。并世幾家同。

六四　馮登府

花墩下，琴雅發深心。笛譜釣船秋瑟響，浙中一例是南音。今日幾人聽。

六五　楊夔生

回翔地，常浙雅難分。一閣直松辛苦語，輕塗淺沫似微雲。波面起瀾汶。

六六　顧翰

才情斂，拜石肯孤行。家法何須傳枕秘，一時宗派已難名。姑自寫平生。

六七　方履籛

從風尚，萬善亦奇葩。豈必雕龍追琢出，漫詩俊語盡成家。攤卷似平沙。

六八　董佑誠

小蘭石，馨逸具天真。已足駕方齊物論。不須續造繼宗人。風味自清新。

六九　龔自珍

食蜻蚌，動氣發風疑。劍客飛仙真絕壁，紅禪兩字最相宜。梵志豈能齊。

七〇　項廷紀

有涯生，無益事偏爲。浙水中興憑一手，傷心隨意入新詞。摹擬得神資。

七一　姚燮

鷄舞鏡，顧影自生憐。跌蕩每從宛妙出，野橋埋首不知年。考證著新篇。

七二　黃燮清

詞綜續，辛苦倚晴樓。帝女花傳稱絕唱，亦如令語雅風流。品格屬陰柔。

七三　蔣敦復

芬陀利，才似水雲清。身處亂離陸務觀，詞中風度玉田生。二蔣許齊名。

七四　陳澧

經師作，高館憶江南。菰客論詩詞亦可，即知綽有雅音涵。不必沈王參。

七五　龍啓瑞

書羈旅，譜慢始耆卿。春柳漢南多畫本，喜人行役寫閑情。小令偶天成。

七六　承齡

懷淥水，詞客八旗俱。側帽風情年少事，冰鹽驂靳足相於。雋語吐如珠。

七七　周壽昌

陳言去，義法故通詞。思益猶能以理勝，別存一格在當時。瑚網未能遺。

七八　王錫振

十家選，壓軸馬平王。龍壁古文能合轍，粵西詞脉已深藏。始信瘦春芳。

七九　杜文瀾

收藏富，刊度亦勞心。秀水人才先輩在，有時擁鼻一沉吟。造語密而深。

八〇　邊浴禮

恢雄概，骯髒想空青。縱不與坡分一席，亦知野史有新亭。擊楫嘆零丁。

八一　勒方錡

傳天籟，太素想元賢。濃淡偏從今古別，後來細膩逾於前。墨戲亦翩翩。

八二　蔣春霖

狂歌處，忠愛在江湖。幾許傷春閑涕泪，可知詞客杜陵無。身世等漚鳧。

八三　薛時雨

藤香老，楹帖俊能腴。偶作令詞追小晏，若爲長慢厲朱餘。譚上有新廬。

八四　端木埰

居薇省，啓迪粤西詞。不獨辛勤存碧瀣，百年詞運賴支持。一代大宗師。

八五　周星譽

東鷗影，覆蓋草堂人。積案每多詩畫卷，門前又見桂蘭新。座語盡生春。

八六　劉履芬

眉山例，喬梓并清奇。絕世紅梅與絳濯，還憑鷗夢築高宧。明允有佳兒。

八七　李慈銘

霞川隱，重不以倚聲。詞有別才兼本色，非關采藻與風情。博雅未能名。

八八　張鳴珂

靈光在，通謁必先生。位置寒松於浙派，却如梅管視桐城。絕續未亡聲。

八九　莊棫

過京口，長念舊詞流。天假以年論成就，直從南渡逼秦周。豈獨復堂儔。

九〇　譚獻

爐烟潤，佳句篋中藏。感遇霜飛鏡子語，出頭一地讓莊郎。所喜兩當行。

九一　王闓運

湘潭水，彎折世猶疑。大海波揚容一汲，入時文字莫驅齊。秋醒獨成蹊。

九二　葉大莊

無歸附，尚有小玲瓏。差近姜張終味薄，寒松詞筆略相同。中乘百家中。

九三　馮煦

蒙香室，淮上此宗風。壯語辛劉常筆涉，芊綿不與二窗同。顧盼足稱雄。

九四　王鵬運

原臨桂，嶺表自開疆。作氣起屚爲世重，如文中葉有湘鄉。一瓣爇心香。

九五　陳銳

承湘綺，未必畏前賢。搶碧靈襟通默契，茝蘭雜佩汨羅前。騷雅應流傳。

九六　文廷式

彊翁語，傲兀故難雙。拔戟信能特地起，自餘曹鄶不成邦。立派有西江。

九七　鄭文焯

樵風趣，俊逸望如仙。兩字英雄雖謔語，謂通律呂信難言。一鶴在中天。

九八　朱祖謀

思悲閣，親炙憶當年。老去蘇吳合一手，詞兼重大妙於言。力取復天全。

九九　況周頤

抒甘苦，詞話比雕龍。弱歲如鶯多宛約，晚年氣韵轉蓊蘢。卓絕蕙風翁。

一○○　王國維

人間世，境界義昭然。北宋清音成小令，不須引慢已能傳。隔字最通圓。

影香詞話

張影香◎著

　　張君之，字影香，江蘇武進人。曾任河北省銀行天津分行副总裁。與陳誦洛、王伯龍等有詩詞唱和。其女張琦嫁於著名京劇表演藝術家宋寶羅。著有《影香漫話》《芳菲菲齋漫寫》等。《影香詞話》原刊載於《天津商報畫刊》1936 年第 16 卷第 35、36、37 期。本書即據此收録。

《影香詞話》目録

影香詞話

詩話難，詞話尤難。詩分初、盛、中、晚及有宋南北；詞亦分有唐、南唐及南北宋，下逮元、明、清，詞人輩出，音響匪遥。其猶可指數者，固非一家言所可目論，亦非一彈指所可指歸。截取寸長，單舉片義，是在識者，會鑒其通。

一　易安論唐宋名家

以言唐李，則太白是其奎選，秦樓一月，焜耀千古。洎乎南唐李氏父子，花月千秋，冠冕百代，音傳天上，響逸人間。至宋又復大開門戶，如秦、如柳、如蘇、如黃，堂奧森森，更臻圓妙。追於北宋，如寇、如陸，亦復壁壘森嚴，工於排比，中間更益之以范、辛、大小晏等輩。譬如縷金錯采，出手如新，碧玉樓臺，隨地湧現，而朱李秀出，益為水藻之湘花，冰層之瓊苕，斯後家有玄珠，人爭片玉，尤復逸情雲上已。

若言體制，則大雅變後，小令為先；長調彈來，古音是集。每有機軸，而用之不殊，間有絲竹，而傳聲則一。不知各是一家，別分先後，張子野、宋子京、晁次膺輩雜出，雖時有妙語，而破碎不足名家，而晏元獻、歐陽永叔、李際夫人等作為小歌，間有句讀不葺，又往往不協音律，何耶？大抵才有餘而韵不足，格雖仿而調不協，真酌蠡之於大海，抑放色之於音聲。

又如介甫子固，非不文采爾雅，邁逸群流，若作小詞，必居鄆下。乃知音韻別有傳人，知者固少，不案仍多。若賀氏方回，苦少典重；秦氏淮海，又多虛套，譬如貧家美女，非不妍麗，終乏名貴；黃知故實，又多疵病，正如良玉有瑕，雖貴不重。此雖易安之厄言，要亦名家之論斷。

二　清空與質實

又詞愛清空，不重質實，清空則古雅峭拔，著手爲難。質實則凝澀敝重，了不易解。姜白石有如野鶴孤雲，去來無迹；吳夢窗則七寶樓臺，炫人耳目，拆碎不得。故如〔聲聲慢〕"檀欒金碧，婀娜蓬萊，浮雲不醮芳洲"，八字不無太澀，而〔唐多令〕"何處合成愁。離人心上秋。縱芭蕉、不雨也颼颼。"此詞渾脫流離，亦幾於無迹可尋。

三　詞與詩古文同義

然亦有與詩古文同義者，如"瀟瀟雨歇"，《易水》之歌也；"同是天涯"，《麥斬》之詩也；"又是羊車過也"，《團扇》之辭也；"已失了春風一半"，《鮑居》之諷也；"瓊樓玉宇"，《天問》之遺也。又如"問甚時同賦，三十六陂秋色"，即《灞岸》之興也；"關河冷落，殘照當樓"，即《敕勒》之疑也；"危樓雲雨上，其下水扶天"，即明月積雪之句；"燕子樓空，佳人何在，空鎖樓中燕"，即平生少年之篇，是又一例也。

四　詞起結最難

又詞起結最難，而結尤不易，蓋不慾轉入別調也。"呼翠袖爲君舞"，"倩盈盈翠袖，搵英雄淚"，正是一法。又須結得有不盡之思，乃爲允妙，若"惟共我，醉明月"，《恨賦》也，皆非詞家本色，亦不可不知。

五　小令中調長調

又中調、長調轉換處，不慾全脱，不慾明粘，如畫家之開合，一氣呵成，方有神味，以有意求之不得也。又長調最難工，蕪累與痴重，均同忌，而襯字不可少，但須忌熟耳。又詞中對句正是難處，却不可如五七言對句，使觀者不作對擬，方爲圓妙。又小調要言短意長，忌傷尖弱；中調要骨肉停匀，切忌平板；長調要縱操自如，最忌粗率。能於豪爽中著一二精微語，綿婉中著一二激厲語，始見錯綜之巧。

六　白描與排蕩

又白描不可近俗，修飾不得過文，生香活色，在離即之間，不可過露。又小令、中調須有排蕩之勢，吳彥高"南朝千古傷心碧"，范希文之"塞下秋來風景異"等是。又長調須極狃膩之情，周美成"衣染黃鶯"，柳耆卿之"晚晴初"等是，於此可知移宮換羽之妙，又是一格也。

七　詞著手不易

又詞著手不易，到口嘗鬆，爲之若上九折坂、三尺梁，驚心動魄，莫可名狀。及成，又脱口如生，尋象不易，快於齒舌，若不知幾何脆膩也哉。是故著者爲之也艱，入之也細，求之無聲，聽之無息，一字之推敲不易，一絲之維繫常艱，信乎！天夫九淵，不獲不止者也。其精心結撰，較諸他藝何如。

八　纖細宏放不相屬

又詞有境界，有尺寸，差一分不可，多一分不能，各有精神，各有繫屬。以蘇辛爲秦柳固不可，以秦柳爲蘇辛亦不能。各家面目，各有成就，以纖細認爲宏放，或宏放視爲纖細，皆不足以盡其功能。矧其變態更有千出不窮乎哉。

九　詞之妙諦與究竟

以言乎此，詞工信難矣，然亦有水到渠成，鶯啼花放，如活潑潑地，不著人間烟火迹象者。如“紅紅櫻桃，綠綠芭蕉”，又“庭院深之幾許”，“楊柳堆烟，簾幕無重數”等，信乎，信手拈來，都成妙諦，又不以詞論已。

雖然，學水而至於水，求鹽而至於鹽，而不知鹽中之水，水中之鹽，若何情狀，若何變態，似未知水與鹽之究竟也，烏足以知詞之究竟而明辨之也，吾又何言。

清詞玉屑

郭則澐◎著

　　郭則澐（1882～1946），字嘯麓，一字蟄園，號雪坪，又號桂岩，別號龍古三人，福建侯官（今福州）人。出生於浙江台州龍顧山試院。清光緒二十九年（1903）進士，授庶吉士、武英殿协修。光緒三十三年（1907年），派赴日本早稻田大學留學。著述甚豐，著有《十朝詩乘》《龍顧山房詩餘》等。《清詞玉屑》有民國二十五（1936）年郭則沄自序自刊本，本書即據此收錄。朱崇才《詞話叢編·續編》，屈興國《詞話叢編·二編》均曾收錄該詞話，另屈興國點校出版有單行本（浙江古籍出版社，2014）。

《清詞玉屑》目錄

清詞玉屑

清詞玉屑序

　　蟄園主人却埽杜門，寓情令慢，灌園餘暇，就耳目所聞睹者，著《清詞玉屑》十有二卷。以示余，曰："不佞非惠非夷，亦通亦隱，遐思明盛，旁撦叢殘，晨漏夕槧，琴言箏語，還理舊業，爲遣閑愁。"汪子見而憙之，既而嘆曰："此非遣愁之爲也，君紿余哉！"主人歛容避席，曰："噫，子真知我者！其爲我序之。"應之曰："可。"自來文史詩話，代有名家。其纂輯詞話者，大抵考辭略事，取簡削繁。君則役志詞壇，導源樂府，征事斠古，蒐辭獵奇，零編專集，充篋堆几。舉凡朝野故實，耆彥流風，艷迹幽譚，佚聞遺俗，恢奇詭麗之觀，清新閑婉之致，兼收富有，博采菁英。事以經之，詞以緯之，援據精覈，吐屬雋雅。又於裁紅刻翠之間，別有嘆黍傷苕之感，如絲如縷，縈繞毫端，是由君仙慧夙鍾，芳情特摯，用能篤故若新，沿俗逾雅，盡騷人之能事，爲野乘之先聲焉。且夫名位少遜，篇闋遂失流傳，晏叔原之深慨；燠凉異態，浸淫入於風雅，顧梁汾所長嗟。茲編之旨，攄懷舊之蓄念，發潛德之幽光，乃至繡闥名媛，秋墳靈鬼，名章俊語，斷句殘篇，文獻足征，網羅靡闕，昔人所謂幽蘭叢桂奇玉特珠者歟？屬橐既竟，以復於主人。主人瞿然曰："審音定律，厥事綦艱，操雅選騷，則吾豈敢？子真知我者！雖然，堂下斫輪，糟魄見喻；雲門説法，稗販是詞。解人不易，自古巳然。子既鑒纂述之深心，吾亦見掇拾之微尚，豈敢紿子哉！"余曰："信如君言。詞以庀史，譚柄有資；事以綴文，香屑罔逮。以之作稗史觀可也，即以之爲遣閒愁亦無不可也！"丙子重九汪曾武序於舊京趣園，時年七十有二。

清詞玉屑自序

意内言外之謂詞。故若危欄烟柳，大抵言愁；缺月疏桐，非無寓感。然皆芳悱其恉，微眇其音。其讔也，猶幼婦之辭；其婉也，若美人之思。永叔之"雕鞍玉勒"，即季野之陽秋；延巳之"金縷鈿筝"，亦杜陵之忠愛。所謂興發於此，義歸於彼者近之。詞話有作，《雅緒》攸宣，《海綃》辨體，《白雨》審音，《蓮子》鉤深，《秋聲》逞博，不外平亭句律，刌剂芬麗，究其旨趣，罕有闡明。紀事名編，昉於電發徐氏，亦懂宮徵鶯花，簡勝脂粉。拾綺辭於題帕，征軼事於簸錢。是爲摘艷之資，殆非傳信之助。余曩有《十朝詩乘》之輯，章子茗簃見而賞之。既又言曰："詞爲詩餘，即古樂府。盛若昭代，雅多作家，仙霞謳凱，追溯戎機，雲左換巢，兼稽國故，考獻有賴，類此寔繁，叩音以求，微君莫屬，以廣詞苑之餘譚，抑猶《詩乘》之初旨也。"余慚窺管，未敢操觚，比營山居，稍屏塵務，延取前賢詞集恣漁獵之。或事繫朝聞，或韵存雅謳，或參詳邦俗，或旁蒐物異，又或參軍新婦，名士傾城，艷不涉佻，冶而近雅，巨纖斀采，同異互斠。椒葉既積，忘鍥楮之劬；碎沙徐披，悟揀金之喻。延至朋簪佚話，旅泊舊聞，漂苓紫曲之游，纏綣青門之飲，并收群玉，滋感前塵，眷錄存之，爲卷十二。夫三百載之詞評，選家晚出；六十家之詞話，萃帙新成。古調未湮，輒勞紆軫，大雅有屬，端仗扶輪。似茲零璣碎錦之遺，適愧西爪東鱗之贅。然而屬詞比事，微尚差殊，惜往傷今，余懷斯托。撫邱琴而獨喻，豈曰知音；話池灰而相哀，固知同趣。嗟乎，苔枝結恨，怨環珮之不歸；新月牽懷，悵液池之空在。沉吟寶瑟，幾度花飛，却顧蘂臺，終朝雲黳。聊憑綴緝，遣此悰懍。聽仙韶於凝碧，猶想清時；播怨曲於冬青，又移殘劫。愁成萬古，長留檀板之聲；事勒一朝，是坿鐵函之史。龍顧山人郭則澐自序於香山伴霞精舍，時丙子重九前二日也。

清詞玉屑卷一

一　杜詔詞

《欽定詞譜》成於萬氏《詞律》之後，而所收詞調較廣。其先嘗命學士沈辰垣等輯《歷代詩餘》，維時海寓鏡清，始敷文治，旁及聲學，巨細敷殫，猗歟盛已！無錫杜雲川詔以監生迎鑾進詞，獲直禁近。其壬辰春闈落第，詔搜遺珠，特與廷對，遂入翰林。《紀恩》詩注謂：“始終以詞受知，兩奉校詞之命，托《花間》之雅奏，聆天上之鈞韶，遭際殊榮，向來未有。”所著有《蓉湖漁笛譜》及《浣花》《鳳髓》諸詞，風格在草牕、玉田之間。其〔夜行船〕《次倚平韻》云：“回首十年前舊侶。笑風流、那時張緒。剩有秋心，翻憐客夢，忍聽垂虹風雨。”又《燈下讀宋詞感賦》〔宴清都〕後半有云：“須知我亦栖栖，誤認却、繁華一片。便從今，夢冷香殘，閑雲自遠。”蓋蓬山雖入，旋阻回風，不無病樹沉舟之恨。嘗飲顧梁汾齋紅梅花下，賦〔掃花游〕云：“情多感舊，總零歌斷拍，可憐分手。”又與梁汾雪夜擣石榴子汁置花瓷中，俄成紅冰，因同秋田、奕山製《紅冰詞》，所賦〔玲瓏玉〕句云：“憑他朱欄曲護，怎禁得、朝來欲泮，不耐東風。”則其人固工於賦愁者，宜梁汾以風流醖藉許之。

二　宗潢詞人

宗潢之彥，自紅蘭主人始桄導詞學。紅蘭名蘊端，多羅安郡王岳樂子也。嘗合刊郊、島詩爲《寒瘦集》。身居朱邸，而癖近枯

槁，可謂奇情。世傳其〔蝶戀花〕《畫杏》詞後半闋云："春意方
酣人意懶。解話春愁，少個呢喃燕。是處玉驄歸去晚。紅樓早把珠
簾捲。"置之南唐詞中，當不多讓。繼起者若月山恒仁、春園德
崇、宜之戩穀、生庵德準，亦皆好爲令慢。宜之賦夕陽〔虞美人〕
句云："小樓高處最分明。十二闌干相映雨初晴。"生庵〔留春令〕
《本意》云："幾番風雨催春返。又早是、柳慵花懶。教人怊悵黯
銷魂，奈無計、呼春轉。　　紅稀綠暗鶯聲軟。東風裏、落花千
片。亂將榆莢贈東君，且買韶光暫緩。"皆清婉有致。若春園《中
允宿慈救寺》〔鷓鴣天〕後半闋云："燈似豆，夜如年。一簾香裊
獸爐煙。閒心領取清涼味，不慕游仙不問禪。"雖見蕭襟，終覺索
然意盡。此事尤推太素貝勒，貝勒好近雅流，嘗與閨人太清春幷
轡游仙，於馬上抱鐵琵琶，宛然王嬙圖畫。所作詞亦多，余喜誦
其《過成哲親王故園》〔臺城路〕云："蕪園何限傷心事，淒涼
更逢斜照。狐竄陰房，鴞鳴古木，畫棟曝書樓倒。青苔誰掃。但
敗柳殘荷，寒林衰草。痛哭蒼煙，一丸冷月夜深悄。　　追思朱
邸故事，陳王游宴處，花好春好。魚網橫磯，羊鞭挂樹，此日那堪
重到。暗傷懷抱。向流水聲中，咽鳴長嘯。梁燕無聊，今年歸去
早。"哲王在日，園居鄠杜，客有鄒枚，擬河間之好文，亦廣陵之
秉政，丹鼎甫舉，朱門已墟，追昔撫今，宜有深感。余游李氏園詞
句云："好樓臺，更禁得幾番腸斷。"寄慨略同。

三　八旗詞人

世之論詞者，於八旗中獨推成容若。余謂容若酷似詞人耳，
其工詞者初不僅此。如佟匯白《石頭城懷古》〔酷相思〕後半闋
云："朱雀橋邊芳草路。幾遍風和雨。問佳麗、六朝遺恨處。鶯
語也、如相訴。燕語也、如相訴。"吳留村〔畫堂春〕《春日》
云："輕煙漠漠柳絲長。條風吹斷斜陽。杏花十里玉樓香。畫裏
紅妝。　　春夢纔歸巫岫，詩魂又入瀟湘。纖纖玉笋理衣裳。獨
自思量。"二君敭歷封圻，各有樹績，其詞亦何嘗不工。又如阿文

勤、那文毅，豐功偉烈，炳在國史，詞亦安弦奏雅，絕無劍拔弩張之態。阿文勤〔菩薩蠻〕云："晚鴉如陣投林木。影搖新月生窗竹。轉側夢難成。風聲雜雁聲。　篆烟何寂寞。冷葉空庭落。回首憶芳踪。蓬山路幾重。"那文毅《紫藤花下對月》〔瑤華〕云："瓔穿珞纈，高架暮霞，浸一壺寒碧。滿身清影，玲瓏甚、篩透衣香幾叠。輕寒約住，纔留得、而今春色。訝石家步障張空，翻起流雲疑活。　凄涼轉憶前游，是那曲闌干，春最佳絕。十年花夢，應不識、禁得等閑蜂蝶。心清正苦，更何處、悠揚孤笛。怕者番吹徹陽關，驚舞翠虬香雪。"二作以文毅爲工，綺情斐亹中別見孤抱，容若不能勝也。盛時人才輩出，即聲律餘事，可覘其凡。

四　滿洲朝貴塞垣詞

滿洲朝貴以奉使西域爲畏途，其在盛時，殊不爾也。麒莊敏久歷邊節，官至熱河都統，所爲詞間及塞垣風物。《自策都拉木赴和河齊爾》〔南鄉子〕云："天曠野雲低。莽莽平沙四望迷。一路征鞍留不住，如飛。千里秋風入馬蹄。　客思轉淹遲。指點郵亭日又西。枯坐軺車無一事，尋詩。除却思歸没個題。"又《歸次吉克素臺》〔减字木蘭花〕云："水重山復。萬頃平沙何處宿。鄉夢初成。遮莫荒鷄報五更。　二千歸路。住了盼行行盼住。翹首東華。楊柳青青客到家。"駪駪征夫，不勝王事賢勞之嘆！然荒寒中有此文藻，固可紀也。錫厚庵《六盤山僧舍》〔金縷曲〕二闋，尤傳誦當時。其一云："又出蕭關去。馬蹄痕、幾番蹋破，凍雲凝處。省識六盤山上雪，少小尋詩舊路。偏對我、山容如故。二十五年經萬里，漫相嘲、吾髮全非素。思往事，更追步。　森嚴廟貌層巒護。鎮盤旋、涇頭龍尾，上方雄踞。回首高平城第一，當得凌空一顧。何處是、漢唐兵駐。建武大中遺迹渺，莽山川、幾點窮荒戍。寒日下，歲云暮。"其二云："征雁更番去。最關情、幾行斜字，晚霞飛處。偏是瓦亭關裏月，慣照吾家客路。恁月色、年年如故。陟岵心情偕夙夜，望龍沙、共此圓蟾素。思弱弟，關前步。　兩番侍宦西都護。訪穹碑、臨邊一騎，天山高踞。正我隴頭尋遠夢，瘦影風前自顧。更回首、慈雲東駐。夢又被風吹萬里，轉燕臺、折到陽關戍。還立馬，四山暮。"厚庵累世籌邊，自注謂自道光丁酉迄乙酉，侍宦歷秦隴者十有三年。咸豐甲寅迄今辛酉，弟緄又侍宦，兩之西域。繽奉慈親留京邸，乃者從使節憩六盤山，計時家君正出陽關路也。父子兄弟，栖栖窮塞，仗節獨勞，彌可慨嘆。

五　范忠貞

范忠貞孤忠亮節，不以文字自見而亦能詞。其《西園霽月》〔蝶戀花〕句云："何事關情難立久。無情風墜新黃柳。"頗工。余謂"難"字如易爲"痴"字，尤有神味。忠貞自浙撫移督閩浙，殉耿精忠之難。嵇留山永仁在幕中，同被幽縶密室間，恒相唱和，亦以身殉。所作名《吉吉吟》。附未亂時忠貞和留山〔踏莎行〕半闋云："城郭無光，村烟失翠。瞥然一見心如醉。停驂暫緩入山期，孤鴻待爾離憔悴。"論者謂以較范文正"四面邊聲連角起""長烟落日孤城閉"，歐公目爲窮塞主者，尤見衰颯。留山原作，亦僅存"孤城殘角夢家山，亂帆影裏人憔悴"二語，惜全詞俱佚，然忠碧留遺，零璣碎錦，皆足珍貴。事後褒卹，不及留山，久之，乃邀特詔，而後嗣文敏、文恭，兩世枚卜，亦足揚幽光矣。

六　陳鍾祥詞

馬文毅殉難桂林，與忠貞媲烈。幽縶中著《彙草辨疑》一書，世尤重之，蔣藏園所爲作《桂林霜傳奇》者也。陳息風鍾祥《香草詞》中，有《題紅雪樓九種傳奇》之作，皆〔滿江紅〕調。其《題桂林霜》云："宛轉圖存，更不惜、泰山一死。算平生、讀古人書，會當如此。兩世百年完大節，一家卅口留生氣。志珠厓、爭識伏波公，佳孫子。　　幽土室，三年閉。哭蕭寺，雙雛倚。憾手無寸柄，從容就義。擊笏樓中編草彙，桂林霜下簪花字。猛招魂、天上下將軍，清妖魅。""簪花字"，謂文毅書中有顧姬題識，後亦俱殉。時息風有桂管之行，扁舟犯暑，蒿目兵氛，故結拍云云。粵西介居群苗，苗俗於月地跳歌，男女相悦者則互换招馬郎，名"跳月場"。其在六七月時，謂之"跳米花"。息風有〔换巢鸞鳳〕詞紀之，亦同時所作。其詞云："月地人圓。聽蘆笙縹渺，銅鼓喧闐。銀環低墜耳，花布絡垂肩。米花香入鬢雲邊。儂歡倚偎、情濃態妍。心兩洽，手雙挽、帶鸞偷换。　　覷覰。歌緩緩。私語馬郎，今夜歡情展。月朗如鐙，綠濃成幄，天正與人方便。誓水盟山訂良緣，要誰繫足牽紅綫。醉扶歸，踢山歌、跳月場轉。"跳月有入詩者，詞則僅見，録之以存異俗。息風自號亭山山人，其詞稍涉蘇、辛，乃於玉田、竹山爲近。

七　順康遺民詞

　　順康時，去朱明未遠，遺民佚老猶多有故國之思。而金陵舊爲陪都，復經福王建國，桃花燕子，觸目滄桑，動關感喟。如葉桐初藩《客廣陵送毛亦史之白下》〔念奴嬌〕詞有云："綉幕珠簾寒不捲，總被暮笛吹徹。欲問遺宫，層層衰草，誰向游人説。"曹掌霖霖《題金陵覽古詩卷後》〔金明池〕詞有云："我亦飄零江南客。便玉樹歌聲，怕教聽得。"同一寓感。他若金文鑢鎮〔臨江仙〕云："畫圖心事忒分明。蒼苔紅藥，仙夢記曾經。"李舒齋雯〔菩薩蠻〕半闋云："斜陽芳草隔。滿目傷心碧。不語問青山。青山響杜鵑。"龔介眉百藥〔桃源憶故人〕句云："自有舊愁牽繫。不爲新憔悴。"類皆傷懷禾黍，托思荃蕬。而宋轅文憲副征輿〔小重山〕詞云："景陽宫井斷蒼苔。無人處，愁雨落宫槐。"詞旨尤顯，是多已彈冠新朝者。宋荔裳罷官游西湖，與鐵厓、西樵宴集，演《邯鄲夢》傳奇，荔裳嘆曰："殆爲吾輩寫照。"即席賦〔滿江紅〕云："古陌邯鄲，輪蹄路、紅塵飛漲。恰半晌、盧生醒矣，龜兹無恙。三島神仙游戲外，百年卿相蘧廬上。嘆人間、難熟是黄粱，誰能餉。　　滄海曲，桃花漾。茆店内，黄鷄唱。閲今來古往，一杯新釀。蒲類海邊征伐碣，雲陽市上修羅杖。笑吾儕、半本未收場，如斯狀。"座客傳觀，爲之歡戲罷酒。谷陵轉眼，舊徑都迷，豈僅蟻柯感夢哉！梅村詞云："艾灸眉頭瓜歟鼻，便一錢、不值何須説。"二語尤傷心千古。

八 宋荔裳詞

當荔裳流寓西湖，都下故人傷其淪廢，有爲之道地者，且移書勸駕。荔裳意興已盡，賦〔清平樂〕謝之，云："鼠肝蟲臂。總是君王賜。一曲狂歌千日醉。管領鵷班鷺隊。　　故人天上吹噓。勸予重整簪裾。祇恐中山毛穎，於今老不中書。"既而投牒再出，得任四川按察使。遭亂，全家漂泊，其女孫且間關被掠，披緇以終，即時人所爲賦中山尼者。計不如堅卧湖山，自全鸞翩矣。其得罪之由，或謂有誣其潛通逆藩者。是時定鼎未久，檀槐隱痛，人有同情而言延陵者，靡不齒冷。罪以通逆，固由虚構，觀其《喜李方山歸自滇中賦》〔滿江紅〕云："西子湖頭，送君日、楊花飛雪。一萬里、蠻烟瘴雨，朱門空闊。雁字不傳滇海路，蘆花正映清溪月。向莫愁、村畔話離愁，真奇絶。　　磨盾志，空悲咽。題柱願，難銷歇。惜白頭成錯，六州之鐵。鄉里兒曹偏面冷，丈夫拓落因腸熱。取囊中、詩卷共青萍，燈前閱。""成錯"句，當指平西。方山赴滇，意在勸平西恢復明祚，不意老濞白頭之日，乃爲尉佗黄屋之娛，失望言歸，鬱伊可想，而荔裳心迹曍然，亦於詞旨見之。新樂侯介弟劉雪舫嘗載酒詣獄，慰視荔裳，其人固志節士，與荔裳初無素也。意者當日睠迹黍離，與采薇名流多有結納，其得名致謗皆由此，怨家乘而中之耳。

九 明故相嚴秋野

伍君定〔法駕導引〕詞云："梁家渡，梁家渡，野虎負來人。海畔一隅誰是主，天南萬里未招魂。此處且安身。"咏明故相嚴秋野起恒事也。秋野山陰人，起家進士，桂滇陁隔，從亡秉政。會王師將度嶺，倚李定國、孫可望策防守。定國急守高凉，可望徘徊不行，獨潛要封爵，往復傳詔，至四易命，而可望必欲得秦王，且對使罵曰："既王矣，何靳一字？謂吾不能自加耶！"盈廷相視，秋野獨流涕爭之，謂："誠欲自加，非所敢聞！若猶不然，則祖制不可更，主國不可挾，名器不可褻，惟吾項可斷耳！"由是中沮。後秋野視師南梧，舟泊大黃江，可望忽至，所部纏頭兵數千，遍布兩岸，秋野迎入舟，語訖，起坐送之，至馬門，將登岸，可望握其手笑曰：吾不斷君項，但漱君腹何如？嗾健兒撲之墮水，兩岸列者譁而前，移時始定，然莫敢誰何。逾旬有虎見於梁家渡，口負一冠帶尸，登岸徐行，居民見者譟而隨，虎不少動，從容相高阜卸所負，四顧良久，復繞之兩匝，號而去。君定後至，日已暮，俯尸識之曰：相國嚴公也。尸右目不瞑，顙前網裂數寸，而顙不少損。居民爭易衣殮之，即瘞虎負處，名曰虎冢。計大黃江至此，逆流而上已百二十里矣。君定爲是詞，使居民歌之，遂傳於世。後定國戰死，而可望歸命大清，封秦王。

一〇　窩絲糖與廊下內酒

明崇禎末，宮中有窩絲糖之製，形如扁蛋，面有二痕，若指掐者，嚙之碎落，皆成細絲。順治定鼎後，有老宮人爲尼，居西山淨室，猶嫻其法。每歲上元，以銀花碗合子餉梁尚書家，尚書出以供客，且賦〔唐多令〕詞，索座客和之。毛西河和詞云："禱盡笛頭泥。春蠶已蛻衣。片餳裹、作彈丸兒。不破彌羅三寸繭，誰解道，一窩絲。　　粔籹漢宮遺。餳餭久未施。開元宮女尚能爲。今日尚書花餤會，銀碗合，令人思。"又京師以廊下內酒爲貴，相傳前明大內御酒房後牆有名長連者，閱三十一門，其前層短連閱三門，共三十四門，并在元武門東名廊下家，凡內宮答應長隨，皆於此造酒射利。其酒殷紅色，類上海之琥珀光。常熟馬丹谷自上海教諭內遷翰林待詔，嘗載琥珀光飲客，詐以爲廊下內酒。汪舟次過飲贈詞，其後闋云："君今來上海，玉盌盛猶在；何必問紅泉，長連共短連。"都下傳爲佳話。此二事皆可考見明時宮史。昭代定都，盛汰奄竪宮人，遂無復舊製矣。

一一　少君遺術

葉天樂《銀河詞》中，有《宴周中翰宅觀方士召美人隔帷賦詩》之作，蓋即少君遺術。毛西河嘗欲岱游，及濟寧疾作，於旅亭中遇一客，自云挾異術，能召美人於帷中臨鏡易衣，使試之，果然，西河厚犒之。其人云亦能使擲果題詩。聞人言，其詩多出勦襲，往往重見。惟沈肯齋比部於王司農宅見之，時肯齋新病愈，得其贈詞，末云：“吟成未許續金厄。怕是沈郎病起瘦人時。”詞意工切，決爲新作。見《西河詞話》。按是術多見紀載，大抵召狐女爲之，亦有能攝致生魂者，攝之不慎，恒足致敗，故術者亦不輕試。肯齋所見，或攝致生魂者歟。

一二　西河上元觀燈曲

西河見賞於梁真定，實由歌曲。時康熙己未，西河客李閣學邸，值上元，閣學招至東華門舊宏文院夜飲，同觀燈。歸寓即夕，閣學製《上元觀燈曲》，西河依韻和之。次日，汪蛟門録其詞以進於真定，真定方作勝會，設席王光録宅，有內府供奉太倉王生、無錫陸生、陳生携笙笛在座。客則施愚山、陳迦陵、高阮懷，皆同時薦舉來都者。真定立命具小輿招西河。酒再巡，二生遞歌。王生把笛演舊曲畢，真定命歌西河詞，倜儻嘹喨，一坐竦聽。問：“笙笛必有譜，此無譜而能成曲，何耶？”王生曰：“善歌者以曲爲主，歌出而譜隨成。”真定曰：“今歌已歇，尚能依聲立譜乎？”曰：“何不可。”次日以譜進，使他僮就笛歌之，與昨無異，因大稱嘆。其詞凡四折，〔錦纏道〕云：“剛則是，剪青幡長安早春。又恰遇、上元辰，望天街，清光一道如銀。祇見那銜珠鳳、戴山鼇，蓮花繞身。又誰知，踢星橋、轉跨冰輪。想太乙，夜祠神，散華燈。原與平門相近。況歌鐘，列錦茵。酒闌時，尚自有金鳧暗引。却元來，月明無處不隨人。”〔普天樂〕云：“臨光宴，珠屏瑩。傳柑會，琱盤進。宵烟裏，蕙爐蘭薰，香車度綉陌生塵。忽燈翻錦鱗，近前看、是當年韓國夫人。"〔古輪臺〕云："玉河津，碧天清露灑車茵，馬蹄撲處霜花潤。任香泥留甲未卸，銀魚何處，金吾斯認。安福門邊，長春殿裏，霓裳方奏第三巡。看躚歌歸去，傍宮牆、曲調增新。金鑰垂來，珠簾轉後，銅壺滴盡，花犬吠狺狺。城南近，喜樓頭紅燭又迎人。"〔尾聲〕云："華胥有夢應難訊，嘆元夜還留漢苑春。愁則愁，終夜階前看月人。"

一三 迦陵恃才忤物

迦陵詞以才氣勝，其人亦趺跎自雄，往往恃才忤物。當爲諸生時，龔定山遇之特厚。一日會飲，諸達官畢集，獨揖迦陵上坐，有客某見其掀髯睥睨，心爲不平。未幾，某貴出爲江南學使，知迦陵不善舉業，檄令應試，以疾辭，不許，浼鄉先生周旋久之，事乃解。迦陵爲〔沁園春〕詞有云："紛紛路鬼相疑。疑小敵、當前何怯爲。謝主臣不敏，怯誠有是，明公垂諒，病亦非欺。"即謝鄉先生之作也。又禮部郎某，無子，其妾姙，產女，復丐隣庵尼向城東育嬰堂乞一血胎納之，遂詐言舉子，彌月大宴湯餅，座客競賦賀詞，迦陵賀以〔桂枝香〕二闋。首闋前段有云："泛蒲未既，蘭湯重試。若非釋氏携來，定是宣尼抱至。"部郎疑迦陵知其事故誚之。後闋前段又云："懸弧邸第，充閭佳氣。試聽戶外啼聲，可是人間恒器。"曰戶外，曰人間，亦似嘲諷，由是大恚恨。自後部中於翰院有所差擇，必厚抑迦陵，竟至淹滯。

一四 迦陵滿江紅

迦陵與西樵、阮亭昆弟皆至契，客楊州時，適阮亭爲司李，留連甚久，別後爲〔滿江紅〕詞寄之，具見交摯。迨阮亭罷官，聞耗，復賦是調慰之，兼寄西樵云："鼎鼎朱門，滿眼是、膨脖腹漲。誰得似、心情半懶，風情微恙。阿堵考君材最下，孔方阻爾書難上。算人間、祇有芰荷衣，堪相餉。　　華不注，樵風漾。轅固里，釃娘唱。使漸離和曲，杜康佐釀。才子爲官休亦好，弟應荷蓧兄携杖。記相人、原説使君非，痴絶狀。"推重二王而斥盡諸子，猶是狂奴故態也。於時司天測晷，多用鞮人，南懷仁、湯若望外，連茹并進。其人居華既久，與士大夫恒通醻酢。迦陵贈大西洋人魯君亦用是調，云："怪怪奇奇，咄咄甚、譆譆出出。經過處、暹羅瘴惡，荷蘭烟密。鶴語定知何代事，麟經不省何人筆。駕崩濤、九萬里而來，黿鼉匹。　　海外海，光如漆。國外國，天無日。話僬僥龍伯，魂摇股栗。善奕慣藏仙曳橘，能醫却笑神農朮。更誦完、一卷呪人經，驚奇術。"恣意調侃，亦欺其捫燭耳。然與西人以詞酬贈者，則自迦陵斯作倡之，志瀛寰者當有取焉。

一五　迦陵與杜于皇

《迦陵詞序》中記杜于皇語云：憶一事大可嘔噦。昔甲申闖賊犯闕，迎降者有大司馬某，其人後官兩浙，開宴西湖，召梨園侑酒，即命演闖賊破北都故事。數齣後，闖賊入城，一人冠帶執手版蒲伏道旁，自唱臣兵部尚書某迎駕，蓋某即座上人也。某見之，悵然不懌，良久曰：嘻，亦太甚矣，某何至是！遂罷酒去。迦陵相與撫掌，因賦〔賀新郎〕云："嶺對離宫綉。聽鼙鼓、漁陽遺恨，乾坤罕有。記得黄巾初入洛，朝士馬都如狗。還自許、師臣賓友。誰把侍中貂細插，錦河山、忍被軍聲透。八風舞，郎當袖。　　梨園白髪潛悲吼。誰信道、千秋南董，繫諸伶口。馬上彎弧争欲射，客有道旁泥首。捧降表、夕陽亭候。今日堂堂紅燭裏，正當年、肉袒牽羊叟。頭暗觸，屏風後。"此事真惡作劇矣。其詞蓋叠韵之作。先是，迦陵於旅舍風雨中與于皇杯酒縱談，于皇偶言首席斷不可坐，要點戲是一苦事。嘗坐壽筵首席，見新戲有《壽春圖》者，名甚吉利，亟點之，不知其殺伐到底，終坐不安。迦陵亦言嘗坐壽筵首席，點《壽榮華》劇，以爲吉利，不知其哭泣到底。以爲兩拙不謀而同，抵掌大笑。迦陵紀以是調云："高館燈如綉。屈指算、攝衣登座，放顛時有。慣駡孟嘗門下客，無過鳴鷄盗狗。吾寧與、灌夫爲友。曾被兩行官伎哂，玳筵前、一片喧聲透。香醪潑，污紅袖。　　歡場百戲魚龍吼。却何來、敗人意興，難開笑口。自顧無聊惟直視，奪得鸞篦搔首。叱若輩、何堪衹候。事後極知余謬誤，恰流傳、更有黄岡叟。疏狂態，誰甘後。"黄岡謂于皇也，二事皆可笑，而點劇實難。憶曾忠襄平江南後人覲，兩湖京朝官設歌筵欵之，忠襄揀《定中原》劇，意以鼓吹中興，不料乃爲迫宫事，未終齣即去。堂堂疆節，亦蹈杜、陳後塵，抑尤可笑。

一六　高澹人

高澹人，久直南齋，與參密勿，寵眷特渥。内直時，上手摘白石榴一枚以賜，澹人嘗之不敢竟，餘半携歸。浼人爲作《半榴圖》。沈覃九岸登爲題〔瑶華慢〕云："星槎甚處，泛取瓠囊，入上林花譜。銅仙掌底，含露窄、躑躅芳名曾數。丹鉛都洗，正倩得、新涼疏雨。憶壓簾桂葉秋陰，長伴曉枝瑶圃。　　蠟珠小結蜂窠，羨隔膜輕明，皺縠分吐。添他十斛，將買笑、定有娉婷人妒。天漿瑩齒，留一半、疏香待賦。訝年來紅豆吟牋，空認琢殘鸚鵡。"恩賚殊分，朝列榮之。迨放歸，著《北墅抱甕録》，雜記所植花草，附《竹窗詞》。其《和南湻謝餉武林櫻桃》有"不道山中，紅也無分處"之句，自注謂："向直南書房，當含桃初薦日，蒙賜給。曩張敦復學士請假歸桐城，於山中作亭，名'也紅'，冢宰澤州陳公爲之記。余北墅亦有含桃數株，思置亭其側，惜嘉名先爲學士所有。"學士即張文端，同時直南齋者，張、高二人而已。又嘗以龍井新茶餉南湻，南湻答詞有云："憶一騎傳來軟塵飛，又十分冰蟾，單衣涼席。"謂西苑賜茶事也。澹人感焉，亦和以〔洞仙歌〕，後半闋云："年時西苑住，賜出頭綱，小院宵涼共煎吃。退隱傍江村，藥臼茶鐺，人事屏、石泉頻汲。嘆苒苒、年光又嘗新，漸蝶粉穿籬，燕泥黏席。"舊恩耿耿，幾於每飯不忘。自樞廷設置南齋，諸臣僅以文字進御，而歲時錫賚特優，蓋猶沿故事也。

一七 竹垞斥退非由澹人讒構

竹垞舉詞科,授檢討,其入南齋,在澹人之後。當被征入都,道出白下,與沈覃九遇,覃九賦〔南浦〕詞送之,有云:"身將隱矣,近來不醉旗亭酒。喚起階前猿鶴問,還肯勸君留否。"又云:"東華驢背,軟塵幾許征衫袖。烟雨他時歸記取,添我畫圖携手。"足覘高致。然覃九後竟入都,且下榻澹人邸,李分虎有《竹垞書來知沈覃九近寓高舍人宅簡寄》〔玉京秋〕云:"江上路。芙蓉正零亂,釣蓬疏雨。槭師指點,分湖撑去。水宿今宵酒醒,冷丸前、飛墮霜羽。鷗邊覷。東陽消息,竹垞傳語。 黑蝶齋荒苔圃。伴銅駝、高三十五。可更吟、青松紅杏,西山深處。料得多情,戀祗戀、一片吳天雲樹。茜衣女。菱唱秋風待譜。"又有《酬澹人》〔青玉案〕云:"驪駒嘶出春明路。正鞭影、寒梅吐。著領綠裳江介住。落星墩畔,銅駝陌上,從此相思苦。 故人寓直西清暮。付與蒼駒早朝句。虎僕頻揮宮硯雨。披沙題就,來禽書遍,含笑君王顧。"其時澹人雖高居禁近,聲華熏灼,而與舊時詞侶猶慇懃歡欲。世謂竹垞斥退,由其讒構,當不足據,余於《詩乘》中已論及之。分虎詞所云"黑蝶"者,覃九齋名,所作即署爲《黑蝶齋詞》,竹垞奇賞之,謂可嗣音白石。

一八 古藤書屋

方竹垞内直,亦賜第西城,斥退後,例奪賜第,乃復徙居宣南。相傳所居古藤書屋,在海波寺街,即今之順德邑館。其先名丹臺書屋,何蕤音侍御元英居之,已極文酒之盛。覃九有《題何侍御古藤書屋》〔疏影〕詞云:"玉河一曲。記堤沙當日,三徑曾築。留與騷人,簡點圖書,更添多少牙軸。赤欄宛轉連苔砌,總不羨、江梅湘竹。愛捎檐、藤蔓花飛,㦬底午陰晴綠。 誰似先生瀟灑,退朝歸繫馬,文酒相逐。便許荆高,擊筑歌呼,夜深燒短紅燭。墨池盡有揮毫興,又早是、鷿兒初熟。倚南床、紈扇題殘,試染羊欣裙幅。"想見雅踞雍容，賓萌簪盍之趣。若蔣府丞景沂集是屋，賦〔惜黃花慢〕詞，則已在竹垞卜居後矣。竹垞本乏宦情，詞中屢申林栖之悄，如《題顧茂倫雪灘濯足圖》云："貧也好。那似我、黃塵六月長安道。"又《贈吳天章》句云："六街聽倦鼕鼕鼓，頗厭征衣塵垢。"雖在軒裳，不忘邱壑一廬，人海亦虛舟耳。往者溫檗庵同年居此，余屢過吟醉，猶想像流風，低徊不已。

一九　吳漢槎

吳漢槎《秋笳詞》卷，皆戍寧古塔時所作，竹垞《詞綜》錄其《家信至有感》〔念奴嬌〕一闋云："牧羝沙磧，待風鬟、喚作雨工行雨。不是垂虹亭子上，休盼綠楊烟縷。白葦燒殘，黃榆吹落，也算相思樹。空題裂帛，迢迢南北無據。　消受水驛山程，燈昏被冷，夢裏偏叨絮。兒女心腸英雄淚，抵死偏縈離緒。錦字閨中，瓊枝海角，辛苦隨窮戍。柴車冰雪，七香金犢何處。"語出至情，故當獨擅世盛傳。梁汾《寄漢槎》詞所云"廿載包胥承一諾，盼烏頭、馬角終相救"者，其動人亦祇在一真字，固知文繇情生，詞雖小道，莫能外此。相傳漢槎遣戍，行笥携徐電發《菊莊詞》、成容若《側帽詞》、顧梁汾《彈指詞》各一册，爲朝鮮使臣仇元吉、徐良崎所見，以一餅金易去。其作《高麗王京賦》亦在是時。元吉《題菊莊詞》云："中朝買得菊莊詞，讀罷烟霞照海湄。北宋風流何處是，一聲鐵笛起相思。"良崎《題側帽彈指二詞》云："使車昨渡海東邊，携得新詞二妙傳。誰料曉風殘月後，而今重見柳屯田。"以高麗紙書之，郵致中土。王阮亭"新傳春雪咏，蠻徼綉弓衣"句，即謂此故事。許朝鮮入境貿易，元吉等蓋應是役。其時士務濯磨，而朝多排觝，容若《贈梁汾》詞云："入洛游梁重到處，駭看村莊吠犬。獨憔悴、斯人不免。"不謂鷄林異俗，猶解憐才，是可嘆爾。

二〇　明末忠憤詞

史忠正遺像及《復攝政睿邸書》，又殉節時《別母書》，皆蔣
心餘閱肆所得，經少司農彭公奏進，得旨於梅花嶺刊石，蓋忠正
衣冠墓所在也。史氏之族名鴻義者，嘗鋟於木，以廣其傳。邇年更
有仿泰西法付諸石印者，其書拳拳忠孝，臨命凜然，忠正爲不死
矣。施小鐵宗丞有《題史閣部遺象册子》〔齊天樂〕云："廣陵江
上啼鵑過，風吹遠音還咽。拓本重摹，軍書試展，遺象清高如
接。滄桑話歇。想礮火譙樓，舊時毛髮。化去蟲沙，燐飛空照二
分月。　　琉璃官廠市晚，揭來詞客手，曾獻金闕。寸草心孤，
春燈恨鎖，留得愁顏千叠。招魂句絶。任袍笏銷沉，畫圖淒切。故
嶺梅花，送香深夜雪。"惜紅雪樓中，不爲別譜《梅花嶺傳奇》
也。明末崎嶇犯難，效死不渝，忠正外當推黃忠端，寸縑尺楮，至
今爲人敬重。其《石齋遺詩》中附詞，有《吳江舟中讀雪堂新詩
寄錢爾斐》〔滿江紅〕云："大研停書，誰似爾、玄徽高寄。準擬
把、銀河曳練，寶幢湧地。青鳥銜箋來閬苑，朱魚結佩傳仙字。憶
長干、小巷駐霜蹄，曾搖轡。　　早無意，摹赤幟。慵開眼，翻金
匱。但謝安高臥，灌夫直視。且喜榻穿身尚健，從知韋絶心逾細。
更釣鼇、海上瞰滄洲，調香餌。"蓋作於兵敗之後，忠憤如揭，而
《明詞綜》采選不及。又張蒼水〔柳梢青〕詞，亦激昂慷慨。其詞
云："錦樣江山。何人壞了，雨鎖烟環。故苑鶯雛，舊家燕子，一
例闌珊。　　此身原付與天頑。休更問、秦關漢關。白髮鏡中，青
萍匣裏，和泪相看。"當其荒波龍徙，絶島猿依，留眼看天，立身
無地，宜有此孤憤之作。謹彙録之，以存勝國忠藎。

二一　秋水軒酬唱

《秋水軒酬唱詞》，倡自曹顧庵。先是顧庵官學士，坐族子逋
賦累，奪級南歸，適僮奴與縣卒角，觸尉怒，膚愬於長吏，事聞，
坐謫，當徙關外，朝士親交共助錢得贖。自是攝冠芒屨，漫游南

北。辛亥春，復至京師，諸公卿欲為謀復官，不果，顧庵亦意盡，曰："六十翁豈復夢金馬門哉！"時周雪客僑寓於退谷少宰之秋水軒，軒在正陽門之西，背城臨河，葭蘆交碧，夏雨驟漲，水痕囓岸，亦城市間之濠濮也。是歲六月，顧庵過軒曉坐，為〔賀新涼〕詞東礐子、青藜、湘草、古直云："淡墨雲舒捲。旅懷孤，鬱蒸三伏，劇難消遣。秋水軒前看暴漲，曉露著花猶泫。貪美睡、紅鹽藏繭。道是分明湖上景，葦烟青、又似耶溪淺。留度暑，簟紋展。　　蕭閑不羨人通顯。笑名根、膏肓深病，術窮淳扁。袞袞廟犧誰識破，回憶東門黃犬。滄海闊、吾其知免。埋照劉伶揚酒德，倒松醪、好把春衣典。詞賦客，燭頻剪。"雪客名在浚，櫟園侍郎子。礐子紀姓，名映鐘。青藜曾姓，名傳燦。湘草杜姓，名曾昌。古直王姓，名豸來。皆同時才彥。是詞出，龔芝麓見而和之，有"老子逢場游戲久，興婆娑、肯較南樓淺"之句，由是一再疊和，至於七疊，最後《送顧庵歸里兼寄秋岳》云："一夕征衫捲。恰天涯、重陽將近，中秋纔遣。著慣平生幾兩展，此度沾巾同泫。寫不盡、烏絲殘繭。沙漲郵亭叢桂路，喜賓鴻、背上新霜淺。烟雨夢，薄衾展。　　江楓落處寒山顯。更鄉園、雀脂綿膩，鱸腮銀扁。白馬名都人綉虎，聊試祝雞呼犬。代捉鼻、謝公祈免。萬事浮雲高臥後，怕蘭臺、掌故須人典。偕倦圃，薛蘿剪。"其間荔裳、西樵、阮亭、石臞、礐子、方虎、雪客、古直、湘草各有和作，而瀕行時，詞多未至，就已得者先付梓，僅芝麓、礐子、方虎三家而已。

二二　梁汾賀新涼

梁汾《坐雪客兄弟遙連堂，感櫟園先生舊事》，賦〔賀新涼〕詞，亦和是韻云："宦橐書千卷。好樓居、看山讀畫，烟雲消遣。造物惟將清福忌，不管西州悲泫。憶縞紵。遠投椒繭。昨歲梁鴻溪上過，謝登堂、拜母情非淺。今古誼，一時展。　　公才遍歷崎嶇顯。却重圍、笑談矢石，謝烏題扁。午夜九閽爭叩額，散斥狺狺猘犬。却不怪、希遷數免。偏喜學陶初願遂，整芸籤、悉付琳瑯典。

碩果盡，痛難剪。"櫟園治閩有惠政，既內擢少司農，有誣構之者，解官赴質大吏，必欲周內其獄，閩人爲叩閽呼籲，乃從輕典赴質。時適寇犯省城，躬助城守，坐射烏樓，三日而寇退，作《射烏樓記事》，詞中"射烏題扁"指此。梁汾又嘗用是韻送柏鄉魏相國暫假歸里，詞云："黃閣仍開卷。祇敷陳、平生四字，曇聎盡遣。江左風流歸冀北，霖雨九垓春泫。看賜甓、十圍金罽。國士無雙親下拜，問感恩、知己誰深淺。先世澤，藉公展。 副封白去經綸顯。小延英、逾時伏對，懷中鷫扁。太保祇今推坐論，四旅徒然貢犬。真異數、朝參暫免。所喜聖朝無闕事，且閑删、雅頌兼謨典。重補袞，五雲剪。"相國名裔介，字貞庵，柏鄉人。立朝稱名臣。嘗自度曲名〔金甓傳奇〕，又重刊先端文《札記》行世。時值汪蛟門納姬，方虎、梁汾、雪客，各用是韻調之。方虎句云："絳蠟臺前呼小字，不道新郎是犬。"梁汾句云："異香莫爲更衣顯。避人看、紫磨纏臂，連宵壓扁。"雪客句云："好語竹西人莫怨，怕短轅、長柄難爲典。"調侃俱妙。

二三　容若梁汾以詞調侃

容若、梁汾以詞調侃。容若有"後生緣、結在今生裏"之句，梁汾亦云："結托他生休悔。"後梁汾夢容若而生孫，計其必夭，因名以益壽，果逾月而夭，梁汾瘞之惠山，歲時往酹。其事無稽，而吳人言之鑿鑿。惠山忍草庵有閣曰"貫華"，三層竦霄，林岫周繞。容若嘗與梁汾登閣，去梯，酖月其上，爲圖紀之。厥後經亂，勝迹遂湮。近年，楊雲藹參議復謀葺治，頓返舊觀。遍征題咏，徐姜厂觀督填〔法曲獻仙音〕一解云："舊月飛泉，素雲栖閣，逸爵苔綦尋處。水閱書岩，境回香界，詞仙倘契芳俎。認鶴戲黃公澗，春星幾來去。 暗游顧。湧澮波、正淘文藻，憑雅宿、舳艫勒移烟舞。主客又新圖，定遙聞、佳士心許。晚唱飄鐘，向山靈、幽贊冷句。引松苓詩夢，一棹笛橫薴雨。"一時賦咏成帙。二客有靈，定容把臂。

二四　亭林游廬山詞近於贋托

京師有以亭林《游廬山詞》手稿求售者，吾友曹玉硯見之，索價昂不可得，乃密鈔副本藏於家。其詞亦不甚工，近於贋托。山中諸勝，自開光寺、文殊臺，至玉川門、白鹿洞，各繫一詞，獨《廬山五憶》詞近雅。皆〔憶江南〕調，云："廬山憶，最憶玉川門。三疊泉邊藏月窟，二層厓上見雲根。此地好朝昏。""廬山憶，却憶石門中。獅子月明摳象鼓，鐵船風細送銅鐘。四壁盡芙蓉。""廬山憶，却憶訪仙亭。竹寺烟蘿留翡翠，香山庭樹弄丹青。岩壑倍多情。""廬山憶，能不憶黃岩。天上有臺看瀑布，洞中緣石架茅龕。諸勝擁山南。""廬山憶，我更憶歸宗。鐵塔懸空時隱見，玉簾斜捲總玲瓏。有約待重逢。"又有《夢侍家大人山游》及《寄家》諸作，或疑早年手筆。尤異者，中有贈歌者〔迎春樂〕詞云："驪珠一串相思債。怕今夕、嬌羞壞。啼紅愁黛渾無奈。强學著、燈前拜。　　清絕倒、嫌凡響礙。試問取、笙簧曾解。猛可異香何自？緊靠輕綃外。"抑何佻艷乃爾！然其詞決非近人之作，不知何人手稿，爲坊賈竄名耳。

二五　宋牧仲

宋牧仲尚書亦工詞，有《楓香詞》行世。其〔柳梢青〕《賦早春》云："何事淹留。朝來春色，又遍皇州。綺陌燒燈，鳳城挑菜，吹面風柔。　　招尋漫逐鳴騶。回首處、傷心舊游。燕子穿簾，杏花倚檻，小小紅樓。"自是金華殿中人語。鄒春農藏有孟津王少保畫卷，畫爲商邱宋相國邸有枯蘭復發一莖三花而作。相國，牧仲尊人也，蓋順治己丑五月事。卷長三丈，圖中襯綴蘭竹、花草、樹石，似不經意而位置蹊徑迴出象表，極筆墨之妙。萬九沙以八分書"枯蘭復華圖"五大字，後有牧仲手跋。嚴脩能元照題以〔清平樂〕云："楚香魂返。幽夢經年斷。二十四番風不管。一箭重開春面。　　良宵對酒華堂。尊前墨彩生香。狼藉花花草草，可憐白髮王郎。"見者嘆其蘊藉。宋氏累世衣冠，收藏書畫甚富，光宣間，其嗣不能守，散鬻殆盡，此幅其先出者耳！然得歸春農，猶爲不負。

二六　趙恒夫捨宅爲浙江會館

斜街浙江會館，爲前明冉都尉月張園故迹，後歸趙恒夫給諫，乃捨宅爲館。陳實庵元鼎題詞所謂 "沁水園亭，扶風邸第，換了談經席" 者也。實庵官京師，屢借居於此。會假滿還朝，仍就解裝。春深病起，因賦〔喜遷鶯〕一解云："春城如海。幸旅燕定巢，巢痕猶在。蟾月窺檐，螺峰當户，猶是那時情態。綠楊送人曾折，紅藥迎人重采。喚鶯語，趁芳期莫誤，藤軒清藹。　翻怪。從去後，門鎖暗塵，無客征鞍解。種竹添隣，看花入市，容我俊游瀟灑。墜歡難覓新賞，停雲須再。玉珂静，寄吟身暫穩，一襟風外。" 斜街旬有花市，竹垞有 "爲看花事住斜街" 之句，詞語本此，至今買花者猶趨之。詞中猶不及恒夫事。恒夫亦工詞，覃九題其小像〔洞仙歌〕云："南垞北畔，種鷄腔千個。怯伴幽人日閑坐。翠森森、四面滌盡塵纓，消夏好，何必風窗高卧。　東華香土夢，難道能忘，埤竹舍尋掖梧大。須識學神仙，曼倩長源，原不待、抽簪方可。看一笑、掀髯九還成，正宣底飛來，催登畫舸。" 翫詞意，則恒夫固好道者。覃九又有《恒夫招飲清凉山》〔大酺〕詞，其時恒夫尚官農部。

二七　洪稚存戍邊

洪稚存上書邸相，規及主德，坐廷訊，譴戍邊。帥某揣上旨，欲置之死地，上謂洪某書生，不足深較，乃止。後以祈雨赦歸，往返僅百日間，并以其書裝置座右，時資御覽，亦足榮矣。潘紱庭侍讀有〔沁園春〕詞，題其《西域詩》後云："百日生還，萬里還來，千秋此詩。嘆才堪比健，雷和龍鬥，筆還爭捷，鷹攫貀飛。魔寺敲鐘，冰山譜曲，應唱先生絶妙詞。非同調，笑寓齋先遁，一個妖魃。　　玉門夢慣驅馳。想屈體、將軍階下時。望歸魂大漠，幾無人到，拔心小草，敢冀天知。野需甘霖，屏留諫草，亙古長教志士悲。傳經地，幸草堂還在，慨慕鬚眉。"稚存西戍過天山，聞冰穴中唱〔子夜〕之聲。又戍所所居屋，故有魅，先居者誦呪不能却，聞稚存至，乃遁去。皆見集中自注。其京師故宅在上斜街，歿齋師嘗居之。余聞師言，曩見姜穎生藏有稚存姬人畫象，同時雅流題詞殆遍，惜燬於庚子之役。

二八　林西仲父女咏愁詞

耿藩之亂，林西仲方里居，迫降不應。初入獄，夢頭飛去。既出，又夢頭復還。隨園又記鼠嚙林西仲事，或一事而傳者互異也。西仲能詞，《詞綜》錄其〔如夢令〕一闋，非其至者。余愛其〔念奴嬌〕《咏愁》云："問愁何物，記當初、那裏和伊相識。慣認眉尖尋舊路，誤我花朝月夕。向壁搔頭，闌干倚遍，倦眼慵春色。平蕪大地，一齊顰蹙如尺。　　正苦白髮頻催，無端萬緒，牽我腸應直。戶掩黃昏剛就枕，惡聲更番突入。斥去還來，除非拌飲，醉死華胥國。酒多晨困，又將前病添劇。"其妙在全用白描。方西仲入獄，邏者日伺於門，其女瑛佩年甫笄，出簪珥給之，家乃獲保。瑛佩能詞，世傳其〔清平樂〕詞有云："無情春色偷歸。等閑斷送芳菲。獨有夜闌明月，影來扶上花枝。"亦工於言愁者。

二九　四布衣

樊榭論詞絕句云："獨有藕漁工小令，不教賀老占江南。"謂嚴蓀友中允也。蓀友與李天生、朱竹垞、潘次耕同時，稱四布衣。己未大科召試，扶病入，衹成《省耕》一詩，不得進呈。聖祖久知其名，引唐人祖咏"南山陰嶺秀"二十字入選故事，特授檢討，實出殊遇。所作〔菩薩蠻〕云："君恩自古如流水。梨園又選良家子。都作六宮愁。傳言放杜秋。　　不須矜艷冶。明日承恩者。淡掃便朝天。路人知可憐。"秋紈迸淚，曉鏡擔愁，似有所感而發。

又〔浣溪紗〕云：“緑擁紅遮惱暗期。慧心無處不先知。鳳屏東畔獨來時。　忍待愁烟憐紫玉，敢將詩句比紅兒。等閑踪迹易猜疑。”〔南歌子〕云：“積潤初消砌，輕陰尚覆城。薔薇花外度流鶯。却道年來渾是，不關情。　青鏡人非昨，朱弦手盡生。斷腸天氣舊池亭。夢裏紅香清露，泣三更。”皆托意言外，凄惋欲絶。天生、次耕，俱爲親而屈。天生《陳情》一疏，至今傳誦。次耕入詞館，未幾斥歸，遂不復出，爲《病馬行》以見志，蓋隱感於鴒原之痛。沈覃九《吳江別次耕》〔水調歌頭〕云：“一樹冷楓葉，六幅軟帆船。五湖秋色無恙，空翠竟長天。竹塢籬邊稚子，桂巷堂前老母，遲爾已經年。落日尚明滅，歸燕也翩躚。　閑居好，應寫賦，研吳牋。紛紛箚鼓，南北穩卧枕流泉。蒓菜山厨幾握，鱸鱠霜刀如縷，入饌定能鮮。似我無歸計，分手但茫然。”當即放歸時事，故詞意若諷其終隱者。其時臺澎竊踞，兵氛猶未戢也。

三〇　梅村金人捧露盤

梅村以詩史名，其所譜《通天臺》《臨春閣》《秣陵春》諸曲，皆潛寓黍離之痛，尤膾炙人口。有《觀演秣陵春》〔金人捧露盤〕詞云：“記當年，曾供奉，舊霓裳。嘆茂陵、遺事凄凉。酒旗戲鼓，買花簪帽一春狂。緑楊池館，逢高會、身在他鄉。　喜新詞填就，無限恨，斷人腸。爲知音、仔細思量。偷聲減字，畫堂高燭弄絲簧。夜深風月，催檀板、顧曲周郎。”語雖含蓄，而本旨略見。劫後孑遺，滄桑相見，輒多愁悒。柳敬亭於左寧南之歿，先期東下，後垂老客長安，龍松遇之，贈以〔賀新凉〕詞有云：“萬里風霜吹短褐，游戲侯門趨走。卿與我、周旋良久。緑鬢朱顔今盡改，嘆婆娑、人似桓公柳。”又賦〔沁園春〕句云：“堪憐處，有恩門一涕，青史難埋。”徐電發嘆爲敬亭知己。又太倉顧伊人《錫山遇蘇昆山話舊》〔滿江紅〕有云：“橄下通侯髯奮戟，詩成學士胸羅斗。到如今、淪落祇龜年，餘存否。”傷亂嗟衰，同此悲嘆，正不獨祭酒之“法曲凄凉涕泪横”也。

三一　贈柳敬亭詞

曹實庵贈敬亭詞，芝麓見之扇頭，即援筆次韻。顧庵至自江南，亦和之，一時推爲絕唱，然未必盡勝龍松。其詞爲〔沁園春〕〔賀新涼〕二闋，次闋特勝。其詞云：“咄汝青衫叟。閱浮生、繁華蕭索，白衣蒼狗。六代風流歸抵掌，舌下濤飛山走。似易水、歌聲聽久。試問於今真姓氏，但回頭、笑指蕪城柳。休暫住，談天口。　　當年處仲東來後。斷江流、樓船鐵鎖，落星如斗。七十九年塵土夢，縱向青門沽酒。更誰是、嘉榮舊友。天寶琵琶宮監在，溯江潭、憔悴人知否。今昔眼，一搔首。”蓋亦同龍松韻也。當日雅流聯翩投贈，不減秋水軒唱醻之盛。

三二　板橋詞

板橋於詞家中獨闢畦畛，自謂“少年游冶學秦、柳，中年感慨學蘇、辛，老年淡忘學劉、蔣”，皆與時推移，初無成心。然其學蘇、辛者，終病率直。如《呈慎郡王》〔玉女搖仙佩〕詞，祇是頌朱邸之風雅，述墨綬之塵煩，二意盡之。其《寄噶將軍歸化城》〔水龍吟〕，意特深厚。詞云：“十年不見丰儀，鬢鬚應向邊庭老。李家部曲，程家刁斗，寬嚴兩到。瘦日偏多，澹雲無著，涼風易掃。想錦裘貂障，三更雪壓，燈未滅，鄉心照。　　近世文章草草。把書生、盡情談笑。八股何益，六經猶在，如何推倒。柏舉興吳，鄢陵破楚，兵機最妙。寄東君滿腹，韜鈐盲左，亦須尋討。”板橋嘗客西林鄂公邸，故於豐沛貴人間通縞紵。當日文治方崇，而八股已爲集矢之的，嘗有詔廢制藝，改試策論，當即繇此。集中有〔踏莎行〕云：“中表姻親，詩文情愫。十年幼小嬌相護。不須燕子引人行，畫堂得到重重戶。　　顛倒思量，矇矓劫數。藕絲不斷蓮心苦。分明一見怕銷魂，却愁不到銷魂處。”是板橋所謂學秦、柳者也，亦自風華旖旎。

三三 湯文正與陳勤恪詞

詞有以人傳者，如湯文正、陳勤恪，皆一代名臣，初不屑屑詞翰，而詞亦斐亹。勤恪〔浪淘沙〕云：“殘月轉新晴。夜迥寒生。霜花如雨撲簾旌。最是高堂今夕夢，暗數歸程。　　無計破愁城。驀地心驚。十年宦海竟何成。縱使圍爐還對酒，到底凄清。”詞意凄警，蓋陷於讒構，身在箭機，追思猶有餘痛。文正《潛庵文集》附詞，其《秋日閑居》〔滿庭芳〕云：“雲澹霜洲，雁飛葭浦，兩行烟樹柴門。紙窗茅屋，秋氣映朝暾。壯歲歸田作賦，閑居好、高臥邱園。耦耕侶，荷鋤問訊，紅葉認山村。　　漫論。今古事，柴桑谷口，往迹猶存。但茶香竹裏，酒沸松根。倚枕清眠夢覺，東籬看、菊蕊堪飱。憑欄坐，南華一卷，諷咏到黃昏。”頗得蕭逸之致。其處境與滄洲固不盡同，睢州一生坦直，然當秩宗内召，猶復橫攖疑謗，賴聖明燭照獲全。世傳岳武穆詞云：“欲將心事付瑶琴。知音少，弦斷又誰聽。”古今同慨。

三四 葉映榴與丁雁水詞

葉忠節映榴《賞菊詞》，與睢州是詞意境差類而別見蕭颯。其詞爲〔金菊對芙蓉〕云：“風折疏籬，雨荒叢菊，重陽節物全非。更心旌南北，馬首東西。悲秋老矣還添恨，恨征人、不共秋歸。登高再約，曉山依舊，低畫修眉。　　傲霜未過花時。認斜陽老圃，瘦影參差。恰白衣人對，綠酒盈卮。田園蕪去思彭澤，奈歸來、三徑偏遲。香橙乍破，瘦螯閑把，一醉題詩。”後官湖北督糧道攝布政使，殉叛兵夏逢龍之難，遺疏上，特贈侍郎，三徑不歸，竟成先兆。方亂作，忠節遣人奉母出避，又專疏齎印赴京師，乃衣冠罵賊以死，實兼從容慷慨。時丁雁水爲臬使，竄匿葭莢中，不污僞命，世亦賢之，著有《紫雲詞》。《峽江阻風用江湖載酒韵》〔十二時〕云：“嘆年來、兩鬢霜鬢，深愧鷄冠虛竊。看短袖、貂茸塵積。日日烟波萬叠。赴雁收帆，聞鷄縱棹，都把餘閑貼。正歲晏、極浦風高，病葉打窗，愁對檠燈明滅。　　休覓。將冰牋兔管，自寫虎頭痴絕。故國鱸肥，空山鶴怨，笑負梅如雪。問甚時歸賦，斜川尚照古月。　　便酒醅、敲壺擊楫，夢見江湖仍怯。浪急須回，雲遲偏懶，那待懸車節。怕倦游未許，浮踪老漁能説。"當即宦楚時作。謝枚如《詞話》謂雁水泊舟廬陵張家渡，夜夢身在全州，買舟將他適，東坡追送江滸，因歌〔楊柳枝〕詞贈別。其詞云："烟雨微茫二月天。水山連。征人曉立瘴江邊。默無言。　　十里長亭新柳色。傷心碧。客中別客最堪憐。是坡仙。"其事殊奇。雁水一字臨汝，自謂是調平昔倚聲未及，且全州僻遠，尤非緣想可至，不解何因？惜夢中蘇公一律，嘿憶不得。

三五　韜汝雅擅聲律

雁水弟韜汝亦雅擅聲律，足繼雙丁。雁水回旋豸節，韜汝乃厄於一第，爲老明經。然其詞豪氣不減。嘗與雁水共宴秦淮觀競渡，韜汝詞先成，一座驚服。於時貴閥豪門猶沿明俗，多置家伎，韜汝於許際斯總戎座中，見其家伎爲《倒喇》之戲，紀以〔剔銀證〕詞，亦傳寫如續。詞云："花氣潛勾芳醞。撩一字、鶯喉蟬鬢。拍按紅牙，箏調細柱，對對鏡鸞催滾。纖腰曲處，銀蠟顫、寶鬌偏穩。　　香倚韋娘最近。誤曲似傳春恨。願作香塵，平鋪錦罽，好趁鞋弓三寸。醉魂銷盡，莫更灑、縷衣金粉。"按《倒喇》爲金元戲劇名，見陸雲士詞題，所賦〔滿庭芳〕云："左抱琵琶，右持琥珀，胡琴中倚秦箏。冰弦忽奏，玉指一時鳴。唱到繁音入破，龜兹曲、盡作邊聲。傾耳際，忽悲忽喜，忽又恨難平。　　舞人衫舞態，雙甌分頂，頂上然燈。更口噙湘竹，擊節堪聽。旋復回風滾雪，搖絳蠟、故使人驚。哀艷極，色飛心駭，四座不勝情。"正可與韜汝詞互證。曼歌翠羽，秘譜疇宣，胡舞白題，舊名虛著，藉兹雅咏，略見遺風，仿佛當筵一顧也。

三六　觺園紀事

電發《紀事》謂雁水持節雙江，於使院旁隙地構觺園，雜植名卉。其地氣候殊異，紅白梅恒與桂花齊開。漁洋祭告南岳，道出雙江，有《題觺園詩》，所謂"初來觺園裏，早愛觺園詩"者也。自後賓朋迭至，雁水賦〔鶯啼序〕詞自述甚詳，云："閑來署東展履，見芭蕉覆地。鎖頹垣、破屋三間，榱桷空存而已。凄然念、前人退食，荒凉芝舍今如此。急鳩傭，垂橐命僕，購材於市。　壬戌之秋，八月既望，乃經營爰始。厥工肇、先自軒房，墍茨丹堊毋侈。遍中庭、名葩襍植，海棠與、梅桃稱最。愛霜枝、虯舞螭翻，鵠停鷺待。　層軒當北，別甃疏垣，使園通花氣。更在海柚雙株下，結成亭子。繞以闌干，蔭將櫻李。徑鋪錦石，籬牽芳荔。牆陰修竹搖寒翠。看深宵、月色凉如水。龜魚藻影，何殊濯魄冰壺，此境疑非人世。　檐楹既具，燕雀還來，樂在其中矣。且消受、素屏清几。贏得身閑，客至傳觴，夢回觀史。四美或并，六宜粗備，彈琴灌圃皆吾事。較陶公、運甓差堪比。兹園非敢爲家，但欲流行，聊隨坎止。"好事者爭相傳寫，竟可作一篇《觺園記》。讀龔衛公錫瑗嘗有〔畫堂春〕詞，賦觺園六月木蘭，則真大小巫矣。

三七　紅橋詞

紅橋在平山堂法海寺之側。《詞苑叢談》載阮亭游記，其述紅橋之勝云："出鎮淮門，循小秦淮折而北，陂岸起伏多態，竹木翁鬱，清流映帶。人家多因水爲園亭樹，溪塘幽窈明瑟，盡四時之美。挐小艇循河西北行，林盡有橋，如垂虹下飲，又如麗人靚妝照鏡，所謂紅橋也。游人登平山堂，率至法海寺，捨舟而陸，徑必出橋下。橋四面皆人家荷塘，六七月間，菡萏作花，香聞數里。青帘白舫，絡繹如織，良謂勝游矣。"阮亭嘗與諸名士脩禊於此，賦〔浣溪紗〕詞，因而序之，一時和作甚盛。電發僅録杜茶村、邱象隨二闋，杜作云："六月紅橋漲欲流。荷花荷葉幾時秋。誰翻水調唱涼州。　　　更欲放船何處去，平山堂上古今愁。不如歌笑十三樓。"邱作云："清淺雷塘水不流。幾聲寒笛畫城秋。紅橋猶自倚揚州。　　　五夜香昏殘月夢，六宮釵落曉風愁。多情烟樹戀迷樓。"俱用阮亭原韵。《倚聲初集》謂：紅橋禊詞，即席賡唱，同游凡十人，俱有和作。蔣階之"隔江愁聽後庭花"，與張養重之"春江流落可憐花"，同用麻韵。陳伯璣之"游人依舊弄新潮"，與曹升六之"三生如夢廣陵潮"，同用蕭韵。蓋又各爲酬和。蔣作頗爲當時推許，其全詞云："紫陌青樓女史家。門前偷下六萌車。彄環雙臂縐紅紗。　　　十二闌干閑倚遍，黄鶯啼上内人斜。隔江愁聽後庭花。"雖切懷古，似無以勝於杜、邱也。後來無錫楊茂才汝燮賦《揚州感舊》〔揚州慢〕有云："而今寂寞，剩紅橋、波影空橫。自爛漫花飛，風流夢覺，莫再多情。"承平餘韵，轉眼銷沉，望如天上矣。

三八　孫蔗庵詞

與漢槎同以科場案譴戍者，有常熟孫蔗庵暘，過遼左謁鎮國愨厚公高塞，愛其才，款留邸中，尋遇赦，乃歸。愨厚爲太宗子，雅好儒彦，所拂拭者，不獨蔗庵也。蔗庵亦工長短句，竹垞謂其《折柳詞》能盡滌《草堂》惡旨。與柘西同居，日就雙柏下坐卧研論，蓋癖於聲律者。其《送陸義山歸里》〔木蘭花慢〕有云："漫疑終南捷徑，祇山雲堪與説心期。高卧不聞朝請，隨他月落烏啼。"又《送徐果亭假歸》〔掃花游〕有云："興在東山，不羡諸公袞袞。君休哂。對春風、幾多青鬢。"皆見冲襟拔俗。三徐中惟果亭仕不甚顯，然當健庵被謗，連及立齋，物論獨不及之，必有能超遥物表者，固不愧此詞。

三九　開國相臣身名泰然者

開國相臣身名泰然者，推梁棠村、李景喬。棠村詞以穠麗著稱，然其〔玉樓春〕云："花飛南陌東風暮。腸斷王孫芳草路。綠槐影裏雨初晴，黃鳥聲中春暗去。　　亂山叠叠看無數。故國遙遮雲外樹。一年佳景等閑拋，好夢欲尋無覓處。”亦不能無身世之感。景喬由祕書院學士大拜，甫逾壯齒，居宰輔廿餘年，遭際獨盛，而所作宮詞有“新緤故劍易生疑，濁水清塵兩不期”之句，托感甚深。《詞綜》錄其〔三字令〕云：“愁倚戶，夕陽斜。憶天涯。春去也，在誰家。燕營巢，蜂釀蜜，總堪嗟。　　人不到，見歸鴉。掩窗紗。開復落，刺桐花。酒漂零，香冷淡，負年華。”亦即宮詞微旨。意者當時同列若溧陽、海昌，先後得禍，蛾眉互惜，鸞翮難全，不無沉玉焚蘭之恐。兢兢穹位，勉保始終，當局憂危，非旁觀所及識也。曹潔躬《杏花》詞云：“淚濕粉渦紅尚淺，有人樓上和春倦。”若爲高陽寫照。

四〇　趙秋谷詞

趙秋谷以與洪昉思纇演《長生殿》傳奇，時值國恤，爲人抨劾奪職。昉思亦被逐出都，其《南歸渡瓜洲》〔更漏子〕云：“暗潮生，斜日墜。瓜步晚雲初霽。離別苦，客途難。江風吹暮寒。疏窗静。孤幬冷。旅夢還家纔醒。年少日，客中多。好春能幾何。”語特凄惋。空江孤棹中，回憶日下朋簪檀板金樽之樂，殆如一夢。秋谷初未嘗爲詞，自謂罷官後廢詩，而浪游南北，多與文宴，或座有佳麗，強索題裙，始學爲小詞應之，蓋侘傺之暫娛也。余嘗於六橋都護齋中，見所藏秋谷自書詞册，皆贈妓之作。閱其自跋，乃甲申春下榻沽上張逸峰寓齋，小病新起，書貽逸峰者。《虎邱舟中贈妓》〔采桑子〕云：“落拓十年狂杜牧，此地逢秋。何意勾留。青翰舟中見莫愁。　　酒淺歌深人已醉，鬢影橫流。眼色遙偷。薄幸從今怕起頭。”《題團扇留別丁蕊枝》〔蝶戀花〕云：“秋老家山紅萬叠。何意淹留，斷送重陽節。醉裏情懷空自結。彎環低盡湘簾月。　　總爲相逢教惜別。明日風帆，亂落霜林葉。暮雨迷離天外歇。寒花付與紛紛蝶。”《留別吳妓耿四娘》〔眼兒媚〕云：“越來溪上午烟濃。心事去留中。翻憐住久，從看天遠，肯放杯空。　　他鄉又作恩恩別，愁對翠眉峰。三分春思，兩番幽夢，一點秋風。"窮途漂泊，紅粉相憐，斷送功名，沉酣醇酒，其遇良可悲矣。書是册時，津門角妓真珠爲之磨墨，秋谷贈以〔柳梢青〕一解附册末云："無計枝梧。病身陡頓，春夢模糊。亂惹閑情，驚開倦眼，斗帳紅珠。　　醉濃不省歡娛。曉鏡裏、微窺畫圖。還道門前，烟波澹沱，楊柳蕭疏。"亦海漚別史也。

四一　李秋錦詞

故事，大科召試殿廷者，一體賜食。李秋錦嘗試鴻博，落第，故出都有句云："兒童莫笑詩名賤，曾博君王一飯來。"龔蘅圃有《秋錦過芸簃夜話》〔子夜歌〕，所謂"紅土情忘，青皋夢穩，爲怕詩名賤"者，意即本此。秋錦名良年，秀水上舍生。其論詞，謂夢牕之密，玉田之疏，必兼得之乃工。蓋以此自許。集中有《秦淮燈船》云："相對捲珠簾，中有畫橈來路。花爐玉蟲零亂，串小橋紅縷。　　橫簫絡鼓夜紛紛，聲咽晚潮去。五十五船舊事，聽白頭人語。"亦頗似夢牕。孫愷似嘗陪使朝鮮，秋錦賦〔解連環〕送之云："歌殘朝雨。聽都人艷説，酒樓孫楚。纔幾日、天子呼來。見鞭影籬塵，采風東去。堠杳程荒，夢不到、朱蒙舊部。想名藩冠帶，紫羅黃革，遍逢迎處。　　書生據鞍慣否。脱絺衣挂晚，短亭談虎。膩小艇、鴨綠江油，信繭紙吟秋，鬖雲遮暑。渡口楊花，惜過了、一天春絮。看雌圖、別叙紛綸，棧車載五。"注謂：《雌圖》《別叙》，并《孝經緯》，俱周廣順中高麗所進。按朝鮮自太宗朝即臣服入貢，歷來遣使頒賚，俱視諸藩爲崇，使藩入詞者實始此，可資掌故。愷似一字松坪，官至學士，亦善詞，其《別花餘事》一卷，絕似小山、淮海。

四二　西溟

西溟名達禁中，而登第特晚。其〔蝶戀花〕後半闋云："堪嘆浮生萍梗聚。回首斜陽，又隔西陵渡。那有臨邛芳草路。三春祇是和愁度。"自傷遲暮,情見乎辭。容若慰西溟〔金縷曲〕亦極沉痛,有云:"失意每多如意少,終古幾人稱屈。須知道、福因才折。"又云:"曰歸因甚添愁緒。料強似、冷烟寒月,栖遲梵宇。一事傷心君落魄,兩鬢飄蕭未遇。"直語語打入西溟心坎,自是世間有數文字。寧知垂老策名,轉以非罪罹厄耶!

四三 清初閨襜多才

世傳漢槎戍所寄妹〔采桑子〕詞云:"縞綦義烈人誰似,淡月寒梅。寂掩羅帷。生受黃昏盼紫臺。 遥知楓落吳江冷,白雁飛回。錦字難裁。一片紅冰熨不開。"妹名文柔,字昭質,爲楊解元廷樞子婦。其寄兄〔謁金門〕詞尤盛傳人口,實勝阿兄。詞云:"情惻惻。誰遣雁行南北。慘淡雲迷關塞黑。那知春草色。 細雨花飛繡陌。又是去年寒食。啼斷子規無氣力。欲歸歸不得。"梁汾姊亦工詞,其《楚黃署中聞警寄弟》〔滿江紅〕云:"僕本恨人,那禁得、悲哉秋氣。恰又是、將歸送別,登山臨水。一派角聲烟靄外,數行雁字波光裏。試憑高,覓取舊妝樓,誰同倚。 鄉夢遠,書迢遞。人半載,辭家矣。嘆吳頭楚尾,翛然孤寄。江上空憐商女曲,閨中漫灑神州淚。算縞綦,何必讓男兒,天應忌。"悲壯蒼涼,竟不類巾幗語,何并時閨襜之多才耶!

四四 歸允肅金縷曲

順治丁酉科場之獄,發端於尤西堂傳奇,自後攻訐成風,非無誣構。歸惺厓少詹允肅典辛酉京兆試,所取皆知名士,下第者譁然。時蔚州魏敏果象樞爲都御史,詣少詹,下拜曰:"吾爲國家慶得人。"并賦詩頌之,群謗乃息。先是少詹緣事被黜,甫以薦起用,幾罹鑠金之厄。當黜廢時,有《遙和荏平夫子午日宴集韻》〔金縷曲〕云:"記得名園路。倚南城、危亭曲沼,參差堪數。韋杜風光饒勝賞,幾度追陪樽俎。奈此日、雲泥遠阻。遙想良辰多樂事,隔天涯、總是關情處。春盡也,又端午。 傳來麗曲增凄

楚。縱他鄉、依稀景物，還供蒲黍。身作行吟憔悴客，贏得青衫淚
苦。拼醉倒、盈觴綠醑。更憶故鄉喧競渡，蕩蘭橈、一霎飛香雨。
徒極目，共誰語。"詞不爲工，而頗見謫居之感。

四五　拙政園詞

陳彥升相國未敗時，嘗購得吳中拙政園，然自居政地，迫譴
戍，未嘗一日居之。其配徐湘蘋仍署所作爲《拙政園詞》。其《感
舊》〔水龍吟〕有云："合歡花下流連，當時曾向君家道。悲歡轉
眼，花還如夢，那能長好。真個而今，臺空花盡，亂烟荒草。"自
係示外之作。末又云："請從今秉燭看花，切莫待花枝老。"彥升
初次遣戍，曾荷賜環，或是時情事。厥後身死窮邊，湘蘋爲籲請歸
骨不得，名園易主，妻子飄零，要路空居，左驂誰脱，更不堪回
溯矣。

四六　林鐵崖軼事

晋江林鐵崖嗣環，康熙時爲雷瓊道，有風骨。馬伽沙估舶抵
朱崖，主帥利其貲，欲捕戮之，林執不可。又與耿、尚二藩議集
餉，不合，嗾帥劾罷之。歿後，瓊人感其德，祀之於包拯祠。世傳
其軼事，謂罷官居西湖，眷一小史，名絮，不使人見。宋玉叔索見
不出，調以〔西江月〕云："閱盡古今俠女，肝腸誰得如他。兒家
郎罷太心多。金屋何須重鎖。　　羞説餘桃往事，憐卿勇過龐娥。
千呼萬喚出來麼。君曰期期不可。"傳以爲笑，是亦一梨渦也。

四七　滄州劉佑申

滄州劉佑申慶藻，順治乙未進士。康熙中，作宰江南。值三藩
之變，用兵累載，又連遭飢饉，芻糧夫役，民無以應。佑申惻然傷
之，作〔十三腔〕曲，黏於堂壁，挂印去。大吏録詞上聞，得免
賦役十之七，民命以蘇。其詞多述民困，如〔沉醉東風〕云："最
堪憐，鵠面的百姓，怎禁這虎猛的刑罰。向著他嗚喇，捘著他咦

呀。戰篤悚，盡是些胡廬話。本待要豁免他，怕上臺參罰。欲待要
苦比他，還怕萬民唾罵。”又〔忒忒令〕云：“猛可的上官怒，發
火牌書吏提挈。嘆節年遞逋，叫俺何處緝查。那府差凶似虎很似
狼，一個個舞爪張牙。”又〔江兒水〕云：“緊簽兒交加，銷頭兒
數他。嚇得那書吏經承，好一似哀猿悲鴉。鬧嚷嚷公堂下，一地胡
亂拏，著鐵牽牢挂。一霎時似瓮中捉鱉，井底擒蛙。”又〔北川撥
棹〕云：“更苦的是往來兵馬。附郭外，鎮日騰植。可憐豆似珍
珠，米若丹砂。鹽菜銀，俱要冰濼。憑誰募化。衹落得擊髓敲骨，
還是當産析家。”詞雖樸質，而有為道州《舂陵行》、監門《流民》
圖所未及者。余所采罕及南北曲，以其事可紀，特存之。

清詞玉屑卷二

一　屈翁山詞

　　順康才士，抗懷藐世者無如屈翁山，初披緇為僧，旋返儒服，
漫游南北，所交盡遺逸。其《道援堂集》，多觸時忌語，附詞一
卷，有《冬夜與李天生宿雁門關》〔長亭怨慢〕云：“正燒燭、雁
門高處。積雪封城，凍雲迷路。添盡香煤，紫貂相擁、夜深語、苦
寒如許。誰和爾、淒涼句。一片望鄉愁，飲不醉、鑪頭駝乳。
無處。問長城舊主，但見武靈遺墓。沙飛似箭，剩多少、草間狐
兔。欣此後、口北關南，不須峻、并州門户。更莫射黃麚，收拾楚
弓歸去。”蓋已灰心匡復，而未改灌夫口吻。翁山好内而屢失偶，
徐分虎嘗遇之石城，時翁山自秦載華姜將歸羅浮，後十年復於石
城遇之，翁山仍携家來此，而閨人非復華姜矣。時翁山又買騎北
行，分虎賦〔豐樂樓〕長調贈之，第三段云：“凌波軍散，便撥蓀
橈，秣陵寄倦旅。畫船有、比肩人載，月姊應是，筆格梳函，錦鮫
綃護。東田翠麓，松扉堪結，漫傷前度吹簫偶，更閑尋、細草鈿車
路。離箱乍啓，且翻葉葉銀鈎，幾卷嶺外新語。”即述其事。華姜

自秦數千里從歸，不永其年，尤翁山所痛也。龔蘅圃亦有《喜翁山移家白門》〔無俗念〕詞，有云："緑齒年來應踢碎，倦向天涯爲客。選得閑房，青溪柳外，偕隱荷衣襞。蠻烟瘴雨，嶺梅何處消息。"翫其詞意，當是秦嶺初歸情事，所云偕隱者，仍華姜也。

二 荔社

龔蘅圃《夢啖鮮荔支》〔如夢令〕云："中酒曹騰無力。夢傍珠娘錦瑟。珍果勸儂餐，一種蒨羅囊白。香擘。香擘。十八芳脣顔色。"蒨羅囊、十八娘皆荔支名，曰珠娘者，謂粤荔也。荔支閩粤兼産，朱竹垞、曹秋岳咸謂閩不如粤，張超然爲高槎客序荔社紀事嘗闕之，謂其食不以時，故失真味。後以語竹垞，亦爲爽然。閩中啖荔者，恒乘曉露就樹摘啖，芳甘無匹。以啖荔結社，昉自徐興公之紅雲會。《小草齋詩餘》有《訂興公餐荔支》〔臨江仙〕詞，所云"一騎紅塵飛得到，天香已自消磨"，真知味者。至槎客始嗣爲荔社。孫愷似《調槎客納姬》詞云："熏爐鳧藻，借南枝香遠。社結鴛鴦自春暖。"是荔社外有鴛鴦社矣。《荔社紀事》載西艦過閩，槎客登艦涉目，隱憂窺伺，賦五古一篇寄意。後有劃地互市之議，大吏已允之，侍郎鄭山公據是詩上陳，事得寢。紀載之不可廢有如是者，詳見《詩乘》。

三 蔣氏綉谷

吳下名園林立，拙政園其著也。他若劉氏寒碧莊、黃氏五松園，亭臺樹石，各擅其勝，而尤推蔣氏綉谷。綉谷之名，昉自國初蔣兆侯，蓋築園時，鑿池得石，上刊"綉谷"二字，因以名園。有〔百字令〕詞紀事云："小園修葺，有礙鋤橫石、驚教扶起。洗剔土花碑字露，綉谷原來漢隸。筆勢離奇，刀痕斑駁，古物令人喜。但無題款，不知遺自誰氏。 多應以谷稱園，當年勝賞，似綉春光麗。興廢無常行樂好，老我菟裘聊寄。韵事宜傳，佳名竟借，重嵌懸厓裏。客來休訝，古今遷變多矣。"兆侯名垓，順治十六年會試副榜，其時春闈亦有正副榜也。世傳《張憶娘簪花圖》亦兆侯所作，兆侯殁後，圖遂流落市間，爲揚州巨賈所得。及兆侯子贖回，袁子才過蘇，曾爲題咏，相距已五十餘年矣。海昌查氏藏有楊子鶴臨本，北平徐彦持復三摹之，可謂好事。梁溪秦補茵裔章爲彦持填〔湘春夜月〕詞有云："幾度廣陵烟月，歷夢中小劫，兩鬢塵侵。悵歸來蔣徑，青衫紅粉，一例銷沉。"謂歸圖綉谷事也。又云："彩筆閑翻，舊稿寫、斂愁歌黛，緘怨芳心。"則謂彦持。是亦名園故事，用附記之。

四　小蘇潭詞

昨於汪鶼龕齋頭，見南康謝椒石學崇《小蘇潭詞》，蓋市間希見之本。椒石爲桂林中丞啓昆子，由翰林出爲開歸道，坐事，鐫級去官。於吴下僦得小園，爲蔣氏綉谷交翠堂故址，飛樓曲榭，已非舊觀，而叠石偃翠，蒔花成行，方池游鱗，雕籠豢鶴，方春脱巾，曳履踞坐其間，亦復顧而樂之。賦〔壺中天〕云："桃花小塢，恰春深、燕子巢痕初認。彭澤歸來無十畝，也自閑雲栖穩。竹霧浮青，茶烟漾碧，添我琴書潤。一聲清唳，露皋人共仙隱。　見説交翠堂開，風流裙屐，縞紵盈題咏。喬木百年誰是主，迷却當時鴻印。石古苔皴，池荒荇聚，畫壁愁重問。夜蟾飛白，黯然來照青鬢。"閑適中猶有謫感。時母夫人尚在，就養其弟學垌潮州署中，椒石渡嶺省母，頗多紀程之作。《過貴溪望龍虎山正一真人所居賦》〔水調歌頭〕云："山擁貴溪縣，龍虎鬱崢嶸。真人於此湯沐，來往步虚聲。何用長房賣藥，但得欒巴噀酒，飛沫捲蒼溟。黍秫萬家足，即此是長生。　語未已，雲擁墨，浪翻銀。緑章封事纔上，夜半蜃涎腥。剛作滿城風雨，又放一天星月，驪睡唤慵應。安得鄴侯骨，仗節叩瑤扃。"是歲苦暵，詞成，適得微雨也。正一真人爲張道陵裔，其錫封相沿久矣，初封一品，明時封二品，仍給一品誥軸，乾隆時有詔改封五品，尋以廷臣議，稍進爲三品。蓋盛明不尚荒渺，因革損益，正有深意。

五　咏琵琶行

古來謫宦，白江州獨擅千古。宋牧仲藏有元人《琵琶亭》卷子，其子蘭揮方伯索椒石題之，因爲填〔金縷曲〕云："送客江亭下。記相逢、東船西舫，悄無言也。楓荻蕭蕭凉月白，著個青衫司馬。正聽到、弦凝燈灺。舊日紅綃今日夢，但好花、怎禁秋風謝。三尺絹，恨難寫。　　西陵小印銀牋研。劇名流、緯蕭華胄，蘭揮瀟灑。放衙吳門津鼓盛，不似潯陽浪打。又底事、文章悲咤。顧我洛塵新染遍，望京華、同是漂淪者。還對此，泪盈把。"詞中所云緯蕭，亦牧仲子。時蘭揮甫罷蘇藩，與椒石相遇吳下，身世正有同感。吾鄉翁玉樵亦嘗演《琵琶行》大意爲〔滿江紅〕詞云："少小繁華，那時節、金陵家住。誰不道、教坊第一，妝成人妒。恨被五陵年少累，因教儂作商人婦。別離來，思昔又思今，泪無數。
前歡笑，羅裙污。後冷落，顏色故。抱琵琶遮面，感君相顧。今欲招邀彈一曲，不妨心事弦中訴。奈空船，月白與江寒，難虛度。"意專爲商婦說法。董琴虞爲玉樵弟子，一夕，與友劉君謀挾妓月仙泛洪江，月皎如晝，琴虞扣舷歌此曲，唱未終，月仙泪下如雨。青衫紅粉，同此傷心，總爲淪落人寫照耳。

六　制科入相

康熙己未大科，兼采素望，已奪官者仍得與試。秦對岩宮論初官檢討，緣奏銷案革職，亦入試得授編修。對岩嘗賦《寒柳》〔臨江仙〕云："向日風流今記否，寒鴉宿處分明。一彎殘月太無情。照他憔悴了，依舊下高城。　　行處尚疑攀折盡，西風客路魂驚。樓頭翠管已無聲。紫騮渾不顧，嘶過玉河冰。"言外不勝張緒靈和之感。己未鴻博，五十人中，惟華亭王文恭碩齡入相。文恭〔蝶戀花〕云："綽約風情天付與。柳葉眉邊，多少銷魂處。可惜芳踪再難遇。依稀記得門前樹。　　孤館淒凉香篆炷。雁没魚沉，消息無憑據。好夢不來來又去。梧桐窗外三更雨。"淒警亦不類其人。至乾隆丙辰續舉制科，則規制嚴密，字舛書劣者皆黜。所取十九人，入相者亦一人，武進劉文定綸也。文定亦能詞，其〔踏莎行〕《詠城漥廢寺》句云："佛頭野鳥一巢成，斷幡驚舞秋風暮。"又云："土間重出定時鐘，三生乞與聲聞路。"滿紙蒼涼，更不類臺閣中語矣。

七 張文端沁園春

桐城張氏，累世綸扉，蘭臺接踵，能詞者殊不多覯。文端有《題蒼梧詞》〔沁園春〕云："別業蒼梧，北郭青溪，扁舟往來。羡秋風菰鱠，步兵逸興，春山書畫，海岳仙才。笠澤浮家，銅峰著屐，不許詞人賦七哀。堪酬和，有冰清玉映，吟賞高懷。 花間咏傍妝臺。總釵鏡琴香何有哉。更翠娘拂素，錦毫揮灑，紅兒顧曲，舞袖低徊。鸚鵡聲中，水晶簾捲，綺閣風生笑語開。流傳遍，寫彩鸞千本，清絕纖埃。"文端直禁廷久，夙有林壑之志，故其詞亦清麗拔俗。迨文和漸貴，文端已乞歸，值南巡迎駕，上特諭文和隨侍盡歡，不必入直，一時嘆為殊遇。後來恩遇之盛，沈文慤差埒。文慤六十後始成名，猶得官侍郎，進尚書，始終以詩見賞。其《宴王岡齡園居》〔解佩令〕有云："喜宴嘉賓，每分付、河干留舸。白頭翁、座中惟我。"頗見風趣。

八 圓明園

康熙而後，園苑漸拓，圓明始建，繼以三山，禁地深嚴，惟內直者乃得瞻覽。全椒吳荀叔烺官中書舍人，《西苑直廬春雨》〔綺羅香〕詞有云："穿花禁漏聲遲，看隔葉、宮鶯飛去。想昆明、湖水漣漪，綠蕪生遍舊時路。"時昆明已建行苑，漪瀾堂即當日舊築也。王轂原亦有是作，蓋同閣直。又嘗與轂原春暮同步昆明堤上，賦〔疏影〕云："虹梁雨霽，正綠波渺渺，霞斷魚尾。望裏樓臺，丹碧瓏玲，空濛一片雲氣。欹斜禁柳三眠後，漸落盡、香綿初起。染翠嵐、萬壽山明，仿佛莫釐幽致。 一帶新堤宛轉，水田更放溜，泉注湖觜。畫舸中流，錦纜牙檣，點綴十分幽麗。蓬瀛未怕天風遠，便説與、人間知未。似夢魂、重到仙都，歷歷舊游堪記。”寫來湖景如畫，當日鳳墩廓亭間，雜以稻塍，野趣尤勝。行苑結構，有摹南中四園者，瞻園其一也。瞻園爲徐中山故墅，穀原嘗居之。《卧瞻園，春向暮矣，根觸旅感，用玉田韻賦》〔憶舊游〕寄張漁川，有“堪憐小園裏，但燕蹴香泥，鶯滑流泉”之句。後來詞客屢集是園，龔天石侍御翔麟〔瑣窗寒〕詞有云：“覓當年三徑舊踪，乖厓醉石今在否。”以吳人相傳醉石在徐府西園中，不知中山園第甚廣，瞻園其小焉者耳！其爲布政署，未諗始自何時。

九　集賢院

翰林園直之所曰集賢院，曾見《雲左山房詩注》。周稚圭《金梁夢月詞》屢賦之，謂集賢院爲翰林直廬，有水石花柳之勝，歲或數十信宿。戊寅春暮，獨游集賢院池畔，賦〔三姝媚〕詞特工，云：“交枝紅在眼。蕩簾波香深，鏡瀾痕淺。費盡春工，占勝游惟許，等閑鶯燕。步屧廊回，羸退粉、蝶絲偷冒。小影玲瓏，冷到梨雲，便成秋苑。　　容易題襟催散，又酒逐花迷，夢將天遠。繫馬垂楊，但翠眉遠識，舊時人面。暗數韶華，空笑我、櫻桃三見。剩有盈盈胡蝶，西窗弄晚。”每一吟諷，猶想像承平池館之勝。又《己卯五月集賢院池上憶與董琴南兩度游此賦》〔念奴嬌〕詞有云：“笑我塵鬢絲絲，回瀾照影，花裏頻來去。”其所自笑，政可健羨。翰林必奏辦院事者乃恒入署，稚圭蓋充是選。別有《人日齋宿翰苑燭花燦然賦》〔東風第一枝〕詞云：“眼纈迷烟，脣朱綴蠟，依稀光透簾幕。乍疑錦羽銜來，未許紺紗障却。嬌春稚蕊，有歸院、金蓮人約。向夜闌、小簇疏紅，恰認半簪梅萼。　　試照影、一枝暗托。待破冷、數椒尚弱。任他芳信天街，二十四番喚覺。陽和未準，但背倚、銀屏斜角。盡化作，粉翅雙蛾，飛趁玉堂鈴索。”抽秘騁妍，不徒以穠麗勝，如許清才，乃出爲寵官。其《出都憩蘆溝橋》句云：“問柔波、一樣仙源流下，爲底人間較淺。”固未免天上玉堂之戀，後來畫節黄紬，不知亦夢到天門珂傘否也。

一〇　金鼇玉蝀橋

西苑三海間爲金鼇玉蝀橋，左右樓觀參差，丹碧在望，而車馬經行者不禁也。入夏芰荷尤盛，涇縣趙偉堂大令帥《游金鼇玉蝀》〔洞仙歌〕云："昭和殿側，望瀛臺春樹。雁齒長橋趁閑步。笑東風宕漾，太液波澄，吹不到、柳陌花堤塵土。　林梢撑白塔，綠幔紅牆，隔水葳蕤掩牕戶。極岸映明霞，草際浮光，香車過、蝶衣低舞。祇少得、蘭橈放歌游，也盡勝江皋，采蘅搴杜。"蓋橋頭春望之作，偉堂時以計偕至都也。後來李越縵侍御有《過金鼇玉蝀橋看荷花》〔臺城路〕云："苑牆斜抱離宮樹，樓臺多少雲裏。太液平分，飛虹高跨，兩岸芰荷無際。丹霄天咫。正萬柄搖紅，十洲含綺。鳳輦時來，五銖衣帶御香細。　當年聽徹宮漏，便蓬瀛魚鳥，也識延企。小殿芙蓉，夾城松栝，盡戴翠華佳氣。垂楊凝峙。恰上映山亭，下臨烟水。倚遍闌干，暮雲瓊島起。"則述夏時勝賞。夾城，謂橋畔團城中多栝柏，有柏賜封翠雲侯，惜無咏者。山亭，謂景山五亭也。越縵謂京師觀荷，以慶和堂後樓爲最，堤岸周回，樓閣四映，若積水潭、釣魚臺，麗矚已減，金鼇玉蝀橋無坐地，秦家園子、南花泡子則野趣多矣，當時所見如此。

一一　野雲萬柳堂

野雲萬柳堂遠在郊外，益都所構，特襲其名。當其盛時，鶴征諸君，流連宴集，絲痕跋墨，絮影黏箋，至今傳者艷之。即益都佳山堂詩，亦多招客宴游之作，曾幾何時，風流頓盡。趙偉堂《早秋萬柳堂覽勝》〔步蟾宮〕云："兩輪車簸城東道、問萬柳、而今多少。夕陽池館鎖葳蕤，但一簇、秋林紅棗。"詞作於乾隆中年，距益都未甚遠也。承尊生齡《過萬柳堂》〔滿庭芳〕詞有"無多垂柳，春色已堪憐"之句，則其時殘柳尚無恙，勝偉堂所見矣。又云："畫圖工點染，何人省識，過眼雲烟。"注謂：壁間有元萬柳堂摹本。余於光緒戊戌春過之，僅餘小樓一角，樓壁嵌詩翰石刻而已，不知此本流落何許。

一二　曝書亭

竹垞曝書亭在梅里勝處，歷百餘年，蔗芋閑田，竹梧冷徑，渺然莫考。阮文達以閣學督學浙中，就其地重建之，亭復翼然。舊有《竹垞圖》，曹秋岳所作，文達屬周采岩瓚、方蘭坻薰重摹裝卷，并追和〔百字令〕二闋紀之，別繫以詩，所謂"笛漁早逝諸孫老，誰曝遺書向此亭"者也。一時賡和者三十餘人。郭頻伽詞有云："八萬卷書，兩三竿竹，閑想歸田樂。百年如夢，暮雲幾葉冷落。"亦深慨之。朱述之緒曾詞則云："隔歲經營今始就，添得筆龕書幕。種樹留鶯，移花引蝶，細認新林壑。"想見設構之周。文達所至，宏獎風流，多修墜典，此其一端。

一三　蝶夢園

文達自記《蝶夢園圖卷》緣起云：辛未壬申間，賃屋京師阜成門內之上岡門，多古槐。屋後小園，不足十畝，松、柏、桑、榆、槐、柳、棠、梨、桃、杏、棗、奈、丁香、荼蘼、藤蘿之屬，交柯接蔭。有軒一，亭二，臺一，玲峰石井，嶔崎其間，花晨月夕，不知門外有車塵也。舊藏董思翁自書詩扇，有"名園蝶夢"語。辛未秋，有異蝶來止，呼之落扇，識者知爲太常仙蝶。繼復見之於瓜爾佳氏園中，客呼之入匣，奉歸余園，及至啓之，則空匣也。壬申春，蝶復見於余園臺上，畫者祝曰："苟近我，當爲圖之。"蝶落其袖良久。園故無名，乃以思翁詩及蝶意名之。尋奉使出都，癸酉春，楊氏補帆爲作圖，即以思翁詩翰裝冠卷首。郭頻伽題以〔買陂塘〕云："算王城、萬人如海，惟餘傲吏能隱。阜成門內岡南畔，尺五去天差近。花成陣。仗廿四、芳風次第催芳信。廊腰井吻。有芍藥亭欹，荼蘼架重，容易落紅槿。　容臺叟，便面銀鈎猶印。墨痕如此芳潤。漆園有道羲皇上，那屑六朝金粉。頻問訊。識此客、人間不羨朱衣引。圖書經進。好平地歸來，小園賦罷，黑蝶繞雙鬢。"仙蝶相傳爲元代遺老劉某化身，故樂近文士。李小湖《好雲樓詩》注謂爲魏大中魄化，或別有據。然在明嘉靖時已有之，又何說耶？顧子山《賦仙蝶》〔粉蝶兒慢〕有"換丹應從丹竈"語，則以俗呼仙蝶爲老道也。子山蓋爲葉潤臣所作，葉時官太常。

一四　香冢與鸚鵡冢

陶然亭，爲康熙中江魚依水部藻所建，故亦曰江亭。其西北小阜上，有香冢、鸚鵡冢各一。相傳張春陔侍御自傷抑塞，故瘞其文草爲香冢，諫草爲鸚鵡冢。《香冢銘》曰："浩浩愁，茫茫劫。短歌終，明月缺。鬱鬱佳城，中有碧血。碧亦有時盡，血亦有時滅。一縷烟痕無斷絕。是耶？非耶？化爲胡蝶。"又詩云："飄零風雨可憐生，芳草迷離綠滿汀。開盡夭桃又穠李，不堪重讀瘞花銘。"《鸚鵡冢銘》曰："文兮禍所伏，慧兮禍所生，嗚呼作賦禰正平。"雖俶詭其辭，而本旨自見。乃後來憑吊者輒多誤解，長沙張雨珊祖同《香冢詞序》謂：有士人眷一妓，訂囓臂盟，妓歿，爲葬於此。其詞爲〔摸魚兒〕云："是何時、路旁香冢，碑陰重認題字。美人不爲留名姓，祇與玉鉤同例。芳草地。有遠遠、西山淺淺南窪水。番風第幾。蕩舊日芳塵，粉衣蛺蝶，又趁落花起。　　朝還暮，夢影紅深綠膩。多應飛燕能記。三生杜牧今誰在，直甚鍾情如此。春徙倚。便未聽、琵琶也帶傷春意。斜陽下矣。認一片蘼蕪，鞭絲隱隱，人在畫圖裏。"附會狹邪，不知何據？而歸善李漢甫綺青賦鸚鵡冢，同用是調，附會亦同，尤可哂也。其詞云："裊東風、柳絲千叠，做成如此淒楚。殘紅化作人間碧，珮影杳無尋處。春欲暮。更漠漠、梨雲帶得廉纖雨。撩人意緒。看花拂香苔，絮翻晴影，仿佛雪衣舞。　　淒涼事，銷盡斜陽幾度。年年寒食良苦。蘚碑不肯詳家世，惟寫艷歌哀語。泉路阻。疑也是、花神不是真鸚鵡。乘鸞未許。待喚起詞仙，多情彩筆，重咏斷腸賦。"蓋又誤埋香瘞羽爲一談，文人假託何所不可，但未免春陔匿笑耳。況夔笙《江亭詞》云："埋香恨，今誰知。剩短碑、淒凉題辭。"不著斷語自妙。

一五　楊山齋

漢軍大拜者不多見。楊松門以節相鎮滇，恩遇尤渥，值感疾，特命其子山齋桌使馳驛往侍。既而滇亂作，山齋陷虜中，或傳其降賊，上意甚怒，逮繫其孥。後若干年，乃得歸，鬖髮皓然，旋卒。詔書褒美，謂節過蘇武，且御製《蘇楊論》旌之。山齋女適姚氏者，嫻文辭，有詩志喜，余已錄於《詩乘》中。後以子德豫官浙江知縣，獲封五品。任牧生蕃《題姚太宜人綠窗吟草》〔百字令〕云："綠窗詩句，是色絲少女、總根至性。比似梅花冰雪裏，秀絶翻成蒼勁。毒霧哀牢，蠻雲越賧，泪眼隨天盡。烏私耿耿，寄愁弟妹諸咏。　　今日萬里歸來，丁年皓首，否泰兩天定。馬角烏頭真解事，都與孤臣折證。節相家門，窮荒忠義，心事圓如鏡。歡情傾寫，使君重與拈韵。"宜人，即山齋女。詞述山齋陷虜得歸情事，足動人歌泣。"否泰關天定"，宜人集中句也。張縈若國芳《幕游滇雲感山齋事賦蘇武歸國》〔滿朝歡〕云："射雁書沉，牧羝身在，烟塵冉冉催老。豈意玉關漢月，歸騎容照。脩門再暖，望松柏茂陵，秋風多少。匝地怨笳，如今聽慣，胡天淒調。　　回憶關山甲帳，雨雪穹廬，往事迷茫誰曉。君親涕泪，十九年中懷抱。唱徹刀環，畫來冠劍，留取丹心天表。袛恐轉枕春韶，還夢牛羊低草。"縈若遺集不傳，是詞亦吉光片羽也。

一六　武彝詞

故事，部郎、提督、學政者，加編檢銜。吾鄉孟瓶庵以吏部郎督川學，即依是例。還朝未久，即乞歸，迭主書院，與朱竹君、石君兄弟誃。竹君先於庚寅主閩試，夢武彝君相召，期以十年，迨辛丑視學任滿，一游武彝。入都未幾，以微疾卒。後石君又視學閩中，爲瓶庵言其事。瓶庵感嘆，因賦〔金縷曲〕云："廿載蓬瀛客。駕乘軺、搴帷南望，山丹水碧。一枕清宵催客夢，夢到洞天窟宅。訪風馬、雲車絡繹。九曲峰頭虛坐待，望先生、認取三生石。休忘却，舊丹册。　　當時鞅掌嗟登陟。語仙靈、相期十載，不虛諾責。誰料輶軒重涖止，到眼岩巒猶昔。曾未幾、果登仙籍。話到幔亭張宴事，吹篪人、淒斷緱山笛。纔俯仰，總陳迹。"是事，余輯《詩乘》已略述之。武彝爲吾閩名迹之冠，國初吳賓干明經應聘嘗賦《武彝懷古》〔多麗〕詞，又《九曲溯游》〔鶯啼序〕詞述其幽勝及靈迹甚詳，後有甌寧許秋史應聘修《武彝志》，窮搜岩崿，墜仙掌峰下死。其先自署所作曰《岩扃集》，亦若爲先兆者。秋史好倚聲，與里人結梅崖詞社，當有"人在子規聲裏瘦"之句，人呼爲許子規。其〔點絳脣〕云："白板門前，酒帘搖曳留人住。驚沙吹雨，捲起昏鴉語。　　候館燈青，鬼唱秋墳句。搖鞭去。紫騮嘶處。殘月低於樹。"淒黯頗有鬼氣。

一七　黃仲則詞讖

黃仲則《太白墓》〔賀新涼〕云："夢中昨夜逢君笑。把千年、蓬萊清淺，舊游相告。更問後來誰似我，我道才如君少。有亦是、寒郊瘦島。語罷看君長揖去，頓身輕、一葉如飛鳥。殘夢醒，鷄鳴了。"亦豈非鬼語？宜其不壽。仲則與洪稚存同執業於邵先生齊燾，其游湘客王太岳幕，亦邵所薦引。將赴湘，其友仇二以道遠勸阻，仲則賦〔水調歌頭〕謝之云："一事與君說，君莫苦相留。百年過隙駒耳，行矣復何求。且耐殘杯冷炙，還受曉風殘月，博得十年游。若待嫁娶畢，白髮待人不。"後赴陝，途卒，年甫三十五，若成語讖。古人論詞以不盡其意爲貴，仲則清才逸氣，而患在奔放無餘，此事自關福澤。其《自壽》〔沁園春〕句云："壽豈人爭，才非爾福，天意兼之忌酒狂。"固已自斷此生矣。

一八　水西莊

水西莊爲名流所萃，與馬氏小玲瓏山館南北并峙，俱席鹾業而篤好風雅。嘉定趙飲谷虹嘗與許雙渠同過水西莊逭暑，賦〔買陂塘〕，有"試看六曲屏山際，飛到江南烟雨"之句，蓮坡亦倚是調和之云："喜朝來、畫橈閑樣，翠節報游山館。花籬野圃蕭疏甚，無物爲君輕款。聊著眼。剩檻外、荷纕葉葉呈歌扇。林陰千轉。看長史風流，高人灑落，花外笑言滿。　　天涯畔，難得相逢歡宴。擎杯休怪頻勸。燕雲吳水迢迢路，後夜相思怎挽。遺點翰。羨側艷、新詞落落珠成串。高蟬送晚。且珍重篙師，催歸漫急，小戀夕陽岸。"時菡萏正花，風香清潤，主客如神仙中人也。蓮坡別有《花影庵閑興》〔洞仙歌〕句云："黃鸝到了，喚醒深深庭院。"想見雅人深致。其弟儉堂以從征金川功，官開府在蜀，嘗重葺楊升庵故居，招客宴飲櫻桃花下，吳白華有詞紀之。所著《銅鼓書堂詞》亦清綺。《水香莊納凉》小令云："葵扇蕉衫坐小亭。空池水活亂蛙鳴。夕陽西下，凉入柳絲汀。　　月出不知荷露重。雲生衹覺竹風輕。流螢幾點，明滅上桃笙。"風格亦不亞蓮坡。

一九　小玲瓏山館

邗上小玲瓏山館，馬秋玉、佩兮兄弟主之，并舉大科，好延挹名士，以倚聲結社酬唱擬於圭塘、玉山。嘗效圭塘體同賦〔柳梢青〕詞，秋玉詞云："日麗花酣。土風清潤，到處幽探。石塢支筇，水郵喚棹，沙岸乘籃。　　漁罾蟹籪澄潭。痕一抹、烟梢嫩嵐。稻飯紅蓮，蒓羹碧潤，好個江南。"佩兮詞云："望裏青帘。梅低竹亞，露出晴嵐。燕子紅樓，楊花深巷，蝴蝶春衫。　　幾回夢倚雲帆。染不就、波光嫩藍。秧鼓村村，菱歌浦浦，好個江南。"才調機雲，適相伯仲，一時吳越才彥過淮揚者，必館其家。屬樊榭屢過留榻，其邗上納姬事，亦秋玉兄弟成之。秋玉有《送樊榭歸湖上》〔齊天樂〕云："廉纖細雨侵衣袂，梅天最難調攝。苦笋過墙，青苔上砌，客裏光陰飄忽。懷歸念切。擬暫瀹茶鐺，小留吟篋。衹恐紅衣，待君香散半湖月。　　吹簫何處濯髮，浸空明一片，銷盡炎熱。喚艇邀凉，憑蘭覓句，沙際白鷗凝雪。那堪間闊。定鵞憶山齋，幾般縈結。莫負秋窗，滿林蟬亂咽。" 委婉綿麗，同輩莫能尚也。其南莊別業有卸帆樓，佩兮因有 "猶及菱歌唱晚，一篷月卸樓窗" 之句，與查氏之數帆臺恰成遙對。

二〇　隨園與藏園

　　隨園、藏園，詩家齊名，其訂交乃以詞爲介。其時心餘未達，慕子才而未得見，填四詞寄之。〔賀新涼〕云："記向秦淮水。問何人、小樓吹笛，勸人愁死。雨皺嵐皴多偃蹇，我與蔣山相似。白下柳、又添憔悴。却到江山奇絶處，遇雙鬟、都唱袁才子。情至者，竟如此。　　羅衫團扇傳名字。比風流、淮南書記，蘇州刺史。常聽東華故人説，腸斷江南花底。何苦較、天都人世。樓閣虛無平等看，謫塵寰，終是神仙耳。花落恨，莫提起。" 此闋最傳誦於時，然四詞實一氣相生。〔百字令〕有云："才人爲政，羨宦成，三十居然不朽。互聽參觀如善射，轉側都能入彀。" 謂其爲吏勇退，且長於折獄也。〔夢芙蓉〕有云："眼底金剛紛變相。問誰能，寂坐蓮幢上。低首前賢，焉敢角瑜亮。" 則推許甚至。末爲〔邁陂塘〕，有云："塵容俗狀真難耐，待覓灌夫行酒。尋犀首。奈泪灑、黃壚又失論文友。" 則自傷寡合，且感朋輩凋零也。才人恒相傾，亦復相愛如此。

二一　錢籜石

　　錢籜石久直上齋，由編修官至少宗伯，年逾七十，以衰邁，加恩原品休致。生平恩遇，咸有《硯銘》紀之，曰：勞硯者，自縣府試，以至召試殿試所用也。曰庚寅所記硯者，甲戌散館，癸未大考，以及考差分校禮闈，典試廣西，咸用之。曰石耕硯者，甲午典江西試，乙未主武會試用之。曰山東閲卷硯者，丁酉奉命視學山左用之。曰敬告硯者，己亥典江西試，次年典江南試咸用之。曰萬里硯者，庚子奉命告祭秦蜀途次用之。曰蕉葉白硯者，辛丑充知貢舉人闈用之。曰舊坑淺紫石硯者，則癸卯蒙恩歸里後所銘。以硯譜代年譜，嚮來未有。別有一萼紅硯，背刊丁亥冬日出西華門馬上望晴雪所賦〔一萼紅〕詞，爲蘀石孫名昌齡者寫鐫。其詞云："鳳城深。又瑶花晚霽，敲鐙過橋心。天襯樓臺，冰明島嶼，凝望都赴幽襟。待帘底、鶴裘換酒，怎便有、江外玉梅簪。畫舫西湖，籃輿鄧尉，此際招尋。　　蝢右十年恩戀，近鑪烟扇影，綠鬢絲侵。官樣文章，俊流翰墨，猶奈孤負於今。幾回夢、鷗雙鷺隻，盡荒了、漁汊荻梢沉。莫道西山笑人，旋釀春陰。"其時蘀石方以翰林内直也。蘀石詩文皆有集，詞殊罕作，亦復綿情麗思，而歷來硯史詞談未之采及，亟爲錄之。其硯銘中，又有溫州華嚴尼寺岩石硯，余在溫州未嘗見是石，且不知有是寺，可愧也。

二二　縐雲石

藏園《雪中人》傳奇，演述查東山遇吳順恪事甚詳，獨誤其名爲培繼。培繼字王望，東山弟也。順恪事，東山筆記自辨之，遂爲疑案。然當時女樂之盛，實著聞於世，其家姬皆以些爲名，有柔些者，色藝尤絕，汪蛟門嘗製〔春風裊娜〕詞贈之云："看先生老矣，兀自風流。圍翠袖，昵紅樓。羨香山、携得小蠻樊素，玉簫金管，到處遨游。舞愛前溪，歌憐子夜，記曲娘還數阿柔。戲罷更教彈絕調，氍毹端坐撥箜篌。新製南唐院本，衣冠巾幗，抵多少、優孟春秋。"此其前半闋也，而其軼事已見。宗定九和之，亦有"裊娜衣裳，六朝宫樣，傾國傾城羨阿柔"之句。其縐雲石尚在，東山卒後，轉移數姓，嘉慶中爲馬光錄容海所有，繪圖征咏，趙味辛司馬爲題〔摸魚兒〕有云："英雄舉動原殊俗，何況感恩知己。峰丈二。但低得、尋常投報瓊瑶耳。"頗能狀其豪邁。而楊伯夒〔百字令〕尤工，云："巉顏成削，怪移來、海上一峰孤碧。斜日摩挲題字在，誰識個中波磔。育育春雲，英英曉雪，大似淮陰客。尋常舊雨，天涯多少車笠。　　却憶睥睨營門，長圍高宴，鼓角搏蒼骨。携伴孤山林處士，幾度草堂烟月。苔點香瘢，梅銷仙劫，古綠藤蘿折。更番位置，佛衣寸寸秋色。"使順恪事屬子虛，則此石何由而致，豈亦好事者附會爲之耶？

二三 江鄴樓與袁蘭村

石有如美人者，吳中畢氏園簪雲、侍兒二峰也，《詩乘》已詳之。真州郭西廢圃中，亦有石如美人，窈窕完好，阮芸臺見而賞之，題曰湘靈峰。汪鄴樓爲賦〔清波引〕云："是誰庭館。抹金粉、幾番過眼。雨嬌雲懶。一痕黛眉淺。莫是倩魂化，十二巫峰偷換。夕陽芳草無言，數凡劫、甚時轉。 玲瓏悄掩。定曾妥、遺却翠鈿。月明春静。妒花影人面。舊歡付流水，可也生生頭點。但聽遥夜鄰筝，替傳幽怨。"鄴樓一字白也，上元諸生，與袁蘭村唱酬最密。蘭村爲隨園嗣子，工詞，所謂"阿通樂府阿遲畫，都爲而翁補闕如"者也。蘭村嘗客京師，適倉山香雪海梅花盛開，鄴樓擷花兩朵，媵以〔虞美人〕詞寄之。詞云："倉山記得同携手。我較梅花瘦。驀憑驛使寄春心，冀北江南雪可一般深。 三千里外須珍護。醉約花神住。霜寒孤館月痕斜。花莫勾人憔悴在天涯。"蘭村得詞惆悵，寄和一解云："開函忽覺香沾手。兩點梅魂瘦。謝他舊雨太關心。教識故園春已者般深。 赫蹏紙薄重重護。好伴離人住。家山千樹正横斜。祇汝迢迢尋我到天涯。"倉山故多梅，金雨香於隨園老梅花下禊飲句云："待晚烟微遮亭角，渾凝脂、斜罩一重綃。添與如眉新月，挂在寒梢。"寫景入畫。

二四 楊伯夔西征紀程之作

蘭村之客都下，每與楊伯夔同過錢謝庵吏部家談宴，又嘗乘夜步月登江亭。伯夔賦〔甘州〕詞，所謂"罨畫半奩凉瞑，魚夢聚蘆根"者也。未幾，蘭村以憂去。逾年，伯夔復至白下，與袁湘湄棠同集倉山，湘湄作《倉山月話圖》，伯夔賦〔摸魚子〕一解題之，結拍云："酒深惜別。怕後夜星辰，短篷雙槳，輕似渡江葉。"時將返梁溪也，當日踪迹之密如此。伯夔爲蓉裳冢嗣，詞得家傳，早歲從宦西征，多紀程之作。錄其一二，如《觀音碥，奇石插天，下瞰無地，大書雲棧首險。賈中丞膠侯斷石闢道，自此以通寶雞，咸置欄楣賦》〔解蹀躞〕云："峽迫陳倉古道，翠落征衣上。飛湍激箭，風霆蹴龍象。帶蘿衣薜仙乎，伐藥采若人耶，雲端飄響。　　輸天匠。兩兩奇峰相向。攫如獰鬼狀。平施大磴，誰曾鏟疊嶂。模糊鳥篆蟲書，幾回捫讀崚嶒，穿碑十丈。"又《七盤關在褒城北，每盤陡折而上，漸入雲際，下臨嘉陵江，杳然不測賦》〔歸朝歡令〕云："寸人豆馬緣危磴。路祇七盤行不盡。砰訇萬瀑地爲聾，祇有峰頭天可問。　　身已漸高雲漸近。木杪惟聞金刹磬。此間雞犬闃無聲。想到雲中更清靜。"狀其奇險，前人詞境所未到也，洵得江山之助。

二五　蓉裳與荔裳

蓉裳、荔裳兄弟皆能詞，蓉裳久滯百里，以守城功僅擢州牧，其官隴右，署中親友多拈韵爲詞，成《荆圃唱和集》。有《寄弟》〔滿江紅〕云："蜀棧連天，正黛色、千峰噴射。況又是、奔湍駭浪，瞿塘如馬。彈指兩年人久別，關心一紙書無價。奈朝來、乾鵲慣欺余，臨風罵。　　夢中事，醒時詫。心曲恨，毫端寫。怪愁吟未了，泪波偷瀉。我自看雲秦樹外，君應聽雨巴山下。道瀟瀟、不似對床聲，離懷惹。"荔裳佐福文襄西征戎幕，遂宦蜀中。嘗省兄西秦，將與蓉裳聯騎北覲，適值其生朝，婁縣楊簣山在幕中爲填〔金縷曲〕贈之云："促坐行杯勺。祝華年、小蘇初度，略分今昨。計就游梁辭秘省，祇算暫時休沐。漫惆悵、鸞飄鳳泊。似我浪游三十載，笑儒冠、難悔從前錯。蠶絲吐，苦纏縛。　　茲行況復偕康樂。羨同車、兄吟春草，弟吟紅藥。眺聽河聲兼岳色，好辦酒瓢詩橐。橫短笛、爲吹飛鶴。儂自天涯泥絮滯，盼吾家、故事留臺閣。名山在，緩前約。"時荔裳方將以中書乞外也。當蓉裳守城時，幕僚皆冒鋒鏑捍牧圉，且有能發矢殪賊者。詳見詩注。使善用之，寧非傅修期乎？

二六　陶凫香

伯夔學詞於陶凫香，凫香有《紀恩述事畫册》，曰白門柳色、金臺負笈、龍泉探勝、潞水歸舟、檇李掄才、河壖話雨、楊村訪菊、孤篷雪影，略如麟見亭之《鴻雪因緣》，伯夔一一繫之以詞。其《題金臺負笈》〔木蘭花慢〕有云："槐根可憐夢覺，嘆蒼通、書禮負遺經。回首軟紅塵陌，那堪細數階蓂。"蓋追述從游問業也。刻舟往迹，留照丹青，同時已爲希有，凫香乃更有《紀事詞》二卷，附於《紅豆樹館集》之後。紅豆樹者，結實如丹砂，凫香家有之。其紀事較大者，爲教匪陳爽等勾結奸奄入犯宫禁。凫香時以編修直文穎館，寇持刀入，僕駱升徒手拒鬥，失其五指，供事三人，茶役一人死焉。紀詞爲〔百字令〕云："刀光如雪，鎮驚魂一霎、頭顱依舊。秘館校書剛日午，猝遇跳梁小醜。義膽同拼，凶鋒正鋭，血濺門爭守。狼奔豕突，半空霹靂驚走。　　更遣飛騎訛傳，款關諜報，匪黨還交構。往事思量成噩夢，差幸餘生虎口。净掃欃槍，肅清輦轂，功大誰稱首。神槍無敵，當今聖武天授。"結語謂宣宗時爲皇子，立御階，發槍殪二賊，仁宗賜槍名曰威烈。儲位嗣承，實基於此。

二七　趙璞函婧雅堂詞

木果木之役，幕府罹難者甚衆，而趙璞函獨以能詞著。其《婧雅堂詞》，雅俊於碧山爲近。然如《蘆花》〔凄涼犯〕云："獨立蒼茫，問何事、頻吹塞管。正凄涼、冷月宿處起斷雁。"《秋草》〔臺城路〕云："憑高望極。又斷雨零烟，幾重遮隔。悄立蒼茫，舊袍清淚濕。"結拍皆極衰颯，若預兆其結局者，蓋不期而然。與王述庵早歲齊名，又同參戎幕，爲述庵題《三泖漁莊圖》云："清門無恙，數上虞江畔，高懷堪并。橘社蒓鄉隨處好，無限秋風佳興。十里肥波，一區瘦地，短屋如吟艇。蕭蕭蘆荻，夕陽閑弄笭箵。　　況有九點烟鬟，梳紅抹翠，日日臨清鏡。携笛横琴兼載酒，醉臥兔華凉影。浩蕩鷗盟，迷離鶴夢，香土情偏冷。結隣儻許，花南却掃三徑。"意亦不忘江湖，寧知述庵凱奏還朝，璞函且委命龍沙，不得歸骨耶！吳竹嶼泰來亦與璞函厚，同時閣直。其《別璞函》〔邁陂塘〕有云："君看取。又幾陣、西風吹散高陽侶。離愁幾許。向竹屋秋燈，水窗夜月，都是夢君處。"語特沉摯。璞函集中有〔洞仙歌〕《乞竹嶼作江村圖》，則竹嶼且工畫矣。同光間，張箐齋、陳弢庵京邸請乩，竹嶼降壇，稱净名子，爲詩甚多，成《驂鸞》一集，惜未乞其濡染絹素也。

二八　納蘭侍衛與紅樓夢

承平時，文武分途。嘗有某庶常散館，劣等用侍衛。同時步軍統領因事奪職，賞編修。都人爲之語曰：翰林充侍衛，提督作編修，傳爲異事。歷來文進士從無用侍衛者。納蘭容若未冠，舉禮部，以疾不與廷試，尋特賜侍衛，蓋推恩世臣，初非故事。其在羽林上，頗優遇之。然讀其《秋郊射獵》〔風流子〕云："平原草枯矣，重陽後、黃葉樹騷騷。記玉勒青絲，落花時節，曾逢拾翠，忽憶吹簫。今來是、燒痕殘碧盡，霜影亂紅凋。秋水映空，寒烟如織，皂雕飛處，天慘雲高。　　人生須行樂，君知否，容易兩鬢蕭蕭。自與東風作別，剗地無聊。算功名何似，等閑博得，短衣射虎，沽酒西郊。便向夕陽影裏，倚馬揮毫。"又《發漢兒村題壁》云："參橫月落。客緒從誰托。望裏家山雲漠漠。似有紅樓一角。　　不如意事年年。消磨絕塞風烟。輸與五陵公子，此時夢繞花前。"終不無書生短後之嘆。容若卒後，上念其籌邊勞，贈一等侍衛，容若竟以侍衛終矣。相傳《紅樓夢》爲明太傅家事，聞其語而已。比聞侯疑盦言，容若有中表妹，兩小相洽，會待選椒風，容若乞其祖母以許字上聞，祖母不可，由是竟入選。容若意不能忘，值宫中有佛事，飾喇嘛入，得一見女，引嫌漠然。梁汾謚其事，乃作是書，曰太虛幻境者，詭其辭也。初不甚隱，適車駕幸邸，微睹之，亟竄易進呈，益惝恍不可詳矣。蜀人有藏其原槀者，與坊間本迥異，十年前攜至都，曾見之，今尚在蜀中。余見丁暗公詩注所述亦同，當非無據。吳蘋香女史藻《題紅樓夢傳奇》〔乳燕飛〕有云：“騃女痴兒愁不醒，日日苦將情種。問若個、是真情種。頑石有靈仙有恨，祇賸絲、燭淚三生共。勾却了，太虛夢。”即謂其爲渌水亭主人説法，亦無不可。

二九 碧城仙館女弟子

陳雲伯好道，署所居曰碧城仙館。多收女弟子，風流頗似倉山。閨秀投詩者相屬。蘋香《上雲伯代柬》〔高陽臺〕有“扶風許執金釵贄，悵何時、立雪閑階”之句，又《題雲伯桃溪漁隱圖》云：“自先生、題襟漢上，湖山風月誰主。綠蓑畫出元真子，料理釣筒茶具。千萬樹。向流水、桃花春色來何處。武陵伴侶。有舊夢眠鷗，比鄰放鴨，值得故鄉住。 全家隱，休認漁兒漁女。神仙眷屬團聚。海懷不盡添霞想，高唱入雲詩句。君看取。看一碧、彎環漸到天臺去。胡麻飯煮。著兩兩蛾眉，翛翛鶯尾，洞口掃紅雨。”標揚高格，爲碧城增價不少。若長沙李紉蘭佩金《題碧城仙夢圖》句云：“小倚碧桃花下立，右拍洪厓，笑問道、此去蓬萊遠近。”梁溪楊蕊淵芸同題是圖句云：“何處玉笙吹一曲，蘋蘋飛香滿徑。經幾度、碧桃烟暝。”祇是工於設色耳。

三〇 王鎮之

行役賢勞，大夫所嘆。王鎮之侍郎汝璧，久歷中外，嘗奉命赴陝州鞫獄，途過正定，感賦〔沁園春〕云：“柳色依依，宛爾滹沱，紛吾慨慷。嘆累累邱冢，重來丁鶴，穰穰畏壘，昔日庚桑。骨肉蘭摧，親交露冷，觸緒懷人盡可傷。銷凝處，是英雄兒女，展轉回腸。 鷄聲又別恒陽。看舊夢、重尋趙魏疆。正斗杓南指，空明貫索，天弧西直，永靖欃槍。火馬星馳，風鬢雨急，不覺皇華驛路長。前旌去，有嵩雲華月，迎渡清漳。”故地重經，宜其多感。又《宿瓦店》〔青玉案〕云：“去年水没津亭柳。怕秋漲、今年又。

梁挂車箱門倚臼。酸梨葉禿，苦瓜棚倒，一個狸奴瘦。　　僕夫囈起看南斗。餓馬枯萁雨聲驟。蟾魄暗將星去後。西風瓦店，濕螢冷燐，燒碎鴛鴦甃。"寫灾地荒涼如繢。相傳鬼魅畏貴人之未貴者，鎮之早歲宿博望廨舍，夙有祟。吏又云：昨某郡丞宿此，嚘嚘耉欷，膠擾達旦。及鎮之至，篝燈坐待，參橫月落，初無聞見，用黃雪舟韻賦〔湘春夜月〕題壁云："問西明、剪燈深夜離魂。可奈霧鬢風鬟，冷雨度朝昏。恰是槎仙歸後，有玉清淪謫，古驛埋春。訝昨宵好夢，褋薰唾迹，薌澤猶存。　　群雞亂叫，飢鼯嗅客，瘂樹支門。鳳杳臺空，惟剩有、一行蠹紙，深鎖魚雲。愁天恨海，笑幾生、能斷情根。但痛飲、倩離騷唱出，女蘿薜荔，窈宛眉痕。"鎮之由皖撫內調未久，復出撫皖，在官有治績，嘗劾勘灾不力之安慶守樊晋、太湖令高薰業，詔嘉其不存迴護。以兹正直，宜邪魅憚而避之。

三一　鎮之摸魚兒

鎮之為任豫章題其母《節孝詩册》序云：豫章自言，嘗夢見鄉先輩鄭板橋以絹素伏案作潑墨，筆意生動，繼題絶句云："一枝新藕兩根蒲，為寫任家節孝圖。蒲質縱違廊廟選，藕香清白品全殊。"了無一語，倏失所在。時距板橋之歿已三十年，復以風雅見於夢寐，亦奇。鎮之填〔摸魚兒〕紀其事云："又相逢、苧袍霜鬢，空秋無限離緒。刹那十載渾如舊，長鬣但添蒼古。愁共語。抱一卷、青絤枯淚凝如露。傷心斷縷。念蓬轉無根，蘭摧到骨，似我更酸楚。　　江天晚，落木蕭蕭如雨。西風吹夢無據。柔絲空戀優曇影，那得繡成悲母。詩思苦。縱七寶、須彌難報慈恩故。奇情舊雨。甚兩葉青蒲，一枝碧藕，鬼唱斷魂句。"注謂豫翁非能妄語者，豈肫懇專一幻想所致耶？然其詩酷似板橋之作，殆非盡妄。

三二　閩人詞

吾閩有榕園詩社，李蘭卿都轉主之。榕園，其家園也，俯臨清江，風景如畫。隔江爲畫屏山，作玉帶橋通之。又結亭山中，於江上鑿窊尊，貯酒招客共醉，所交皆里中名彥，嘗於榕園春禊，仿流杯之會，且聯句填詞。後遠宦思鄉，賦〔醉蓬萊〕詞，追憶禊事云：“笑人生游迹，多似飛花，隨風來去。暗惜流光，怪春如行旅。獨上高樓，一半寒陰，是四山欲雨。無限關心，名園畫裏，當時宴語。　　還憶雙江，頻過三月，小舫窊尊，落英墜絮。修禊亭空，剩蹋青題處。新綠多情，年年依舊，綠到浮萍梁浦。載酒侯芭，也應憶我，曾同聯句。”世之論詞者，每謂閩音四聲多舛，故工詞者絕少，實不盡然。鄉俗：幼學即究八音，八音者，別四聲之上下，辨析尤密。先按察公里居時，與里人結社酬唱，有南社十子之目，其中即多工詞者。如陳子駒明經通祺〔浣溪紗〕云：“十二珠簾一桁斜。金蟲檀屑炷琵琶。綠鬟低顫坐煎茶。　　海月銜窗飛燕子，湘雲隔水落梅花。春愁知在那人家。”黃笛樓邑丞〔蝶戀花〕云：“天氣晴初鶯舌膩。悄立花前，細把花鈴繫。小玉輕扶嬌不理。衫痕鬢影春如水。　　香爐薰籠和夢倚。燕蹴箏弦，驚是梁塵墜。檻外落紅飄盡未。東風漾到簾兒底。”皆秦、柳遺音，何嘗爲聚紅詞派所囿。

三三　龔定庵

龔定庵詞中有〔桂殿秋〕二闋云：“明月外，净紅塵。蓬萊幽窅四無鄰。九霄一派銀河水，流過紅牆不見人。”“驚覺後，月華濃。天風已定五更鐘。此生欲問光明殿，知隔朱扃幾萬重。”序謂：六月九日夜，夢至一區，雲廊木秀，水殿荷香，風煙鬱深，金碧嵯麗。時也方夜，月光吞吐，在百步外，瀯氣蕩摩，都爲一碧，清景離合，不知幾重，一人告余，此光明殿也。醒而賦之，上清淪謫，殆有前因。又〔齊天樂〕序謂：同年生海南馮晉漁兩夢至弇山，所見前後不異，知其爲元美後身，會出《弇山第五圖》屬題，乃填此闋奉報。其詞云：“東塗西抹尋常有，精靈可憐如許。兜率天中，修羅海上，各是人才無數。魂兮記取。那半壁青山，我儂曾住。花月濛濛，魂來魂往定相遇。　　多君今世相訪，東南三百載，屈指吟侶。花葉書成，雲萍影合，溝水無情流去。賓朋詞賦。好換了青镫，戒鐘悲鼓。繙遍華嚴，懺卿文字苦。"序中且有幼信轉輪、長窺大乘之語，固謂前因可據也。余八年前，亦夢至上界，青松夾路，白玉爲臺，星冠幾輩，娥姬列侍，視其榜爲司文院，插架秘帙甚夥，信手取一帙觀之，似鳥篆，不可識。爲鶴聲驚覺，因譜〔夢玉人引〕紀之云："袂霞輕。游仙忽引，閬風行。月地雲階，掌書左右傾城。十丈瑤臺，認司文、丹篆分明。喚起雲璈，乍聞步虛聲。　　陡然驚聽，皋鶴唳、霜清繞檢琅籤。覺來頓悟三生、依稀見到紅桑影。荒波縹渺，情夢回處，懷中摘得春星。"向來文人每附會謫籍，不欲落其窠臼，故不入詞集，姑附記之於此。

三四　樂壽老人

樂壽老人者，汪鵷龕之從祖也。嘗以《千載一邱圖》征咏，其事頗足警世。蓋康熙時，中州人王昭駿與報本寺僧一念謀逆，爲同知商某舉發，事聞，昭駿父子駢首。商後以漕事落職，貧不能歸，客死，土人葬之於西門外，題曰"千載一邱"，過者興嘆。鵷龕爲填〔長亭怨慢〕云："問何事、孤魂無主。二百年來，淒涼抔土。荏苒而今，從前恩怨、渺何據。王孫去矣，芳草冷、知非故。便舊巷烏衣，笑燕子、應迷歸路。　　延佇。望君門萬里，忍與此情終古。棠梨月黑，付寒食、杜鵑啼苦。袛贏得、四字殘碑，總難肖、當時愁緒。枉荒冢年年，消受滄江風雨。"

三五　觊觎難堪

名場觊觎，爲最難堪之境。查初白晚入翰林，而其早年《贈妓詞》云："却是我未成名。匆匆輕別了，翻嫌薄幸。此意沉吟。行復住、不爲石尤風緊。"言外有無限牢騷。江都汪小竹全德《秋闈被放》〔沁園春〕云："百感茫然，坐臥皆非，驚聞曉鐘。記江東生醉，傷心春色，隴西客瘦，嘔血秋風。古有愁城，今惟孽海，零葉飄花一霎同。真根觸，又寒蟬夜泣，明鏡晨空。　　不須苦怨天公。放一派、朝陽黯澹紅。願小門種菜，自甘瓦甕，寒江注目，不見鷄蟲。驀地心驚，宛然夢醒，哭倒忘情阮嗣宗。神魂碎，便有時歡笑，難説從容。”沉痛不忍卒讀。詞凡四闋，以此闋爲最。上海曹北居錫辰《省試報罷戲咏脚刀》〔疏影〕詞云：“棠溪聚鐵。信鼓排鍛就，三寸蛇舌。礪石磨礱，圭角分明，憑將足趼波割。錚铦不讓并州剪，莫漫比、鉛刀曾折。看棱棱、脱穎囊中，入手電飛風掣。　　南北驅馳未息，脚難蹋實地，催老筋骨。峭緊芒鞋，幾度空穿，自嘆鷄皮層叠。高材墨子爭先達，笑跋鼈、後來如鼈。便及鋒、刮垢磨光，已似卞和三刖。”抑鬱中發此奇喻，聊足破涕。

三六　洪稚存送僮詞

洪稚存早歲孤貧，有僮名窺園，相從八年，體弱善病，既稚存秋闈被黜，僮忽辭去，因送以〔金縷曲〕云：“衣薄還如紙。最凄涼、前宵眊耗，今宵送爾。八載追隨無别事，傷病傷離傷死。總誤爾、朝飢飲水。苦訪蟲魚摩篆籀，但論才、爾便成佳士。休更作，朱門使。　　無家我共居僧寺。衹蕭蕭、寒雲丙舍，尚堪南指。入夢總從吾父母，醒處怕逢妻子。況薄命、久無人齒。明日出門誰念我，就飄蓬、斷梗商行止。爾去矣，泪流駛。”僮得詞，泣不忍去。復填一解云：“暗裏驚聞泣。一聲聲、無端惹我，青衫又濕。多病經旬誰得似，欲共候蟲秋蟄。爾似燕、舊巢還入。典盡衣裘頻擁絮，更同扶、瘦影當風立。渾不泊，霜華襲。　　八年侍我肩差及。笑囊空、新詞屢付，傭錢未給。費爾一杯村落酒，爲我解除狂習。説月好、今宵初十。樓上三更雲氣净，看星辰如豆、天如笠。吟正遠，催歸急。”此僮未必如蕭穎士僕，而解誦新詞，感生涕泗，勝擘石之僮遠矣。然一僮耳，乃纏綿眷戀至此，正以窮途無托也。

三七　瑣院咏物詞

擘石與鄉人爲消寒之集，有分咏考具詩，余錄於《詩乘》。趙春漪亦有《瑣院咏物詩》，張金冶興鏞《遠春詞》中有〔滿江紅〕題其後云："檢點番番，比家具、携來差少。傳呼進、紛投矮屋，安排粗了。片瓦支將荼鍑穩，雙釘挂處風簾裊。看橫陳、三板試閑眠，橫埃掃。　　瑣屑事，資軍校。緩急誼，商同調。算蜂房營罷，空留鴻爪。欲去更須重料理，此間原不求安飽。又誰知、寫人倚樓吟，皆詩料。"讀之，覺風檐情況，如在目前。蔣心餘分校壬午北闈，咏內簾物，爲〔滿江紅〕多闋，如藍筆、薦條、號簿、落卷箱、供給單、鄉厨、官燭、魁鷄咸備。其《落卷箱》云："經笥便便，知不等、巾箱儲蘊。嘆燕石、豐年難售，匱中重韞。趙括殘兵同一泣，田橫義士都相殉。待求他、藥籠貯黃楊，偏逢閏。

冬烘册，陳年券。魚豕字，尖叉韵。向此中、沉渝苦海，地天俱悶。躍冶豈無干鏌寶，藏鋒偶作鉛刀鈍。祝他年、拔宅共飛昇，休長困。"又《薦條》云："判姓分銜，縱五尺、二分寬窄。雕鏤出、一行細字，堪陪玉尺。左右分陳監試座，收藏不到司衡席。認經房、卷面印分明，存稽覈。　　天人界，鴻溝畫。雲霄路，函關隔。發軍符、好風吹送，幾行飛翮。半喜猶爭文字命，終身已注師生籍。抱遺珠、借慰老儒心，嗟何益。"用意俱從忠厚。蓋心餘早歲亦蹭蹬場屋，其《下禮部第出都宿良鄉》〔齊天樂〕詞有"此味辛酸，古人先我已嘗到"之句，固知此中顛倒人才不少。

三八　施邦鎮金縷曲

《詞苑叢談》述事不具來歷，讀者頗以爲憾，丁元量鑄嘗手注之。元量家素封，好聚書，多爲《四庫總目》所未及。獨居一樓，摩抄彝鼎，或吟咏自遣。謝枚如謂其似倪高士。後家中落，藏書亦散，其戚招之點勘經籍，猶能歷數古今刻本，累累如貫珠然。施怡岩邦鎮爲作《鹿岩子讀離騷圖》，古裝扶杖，有出塵之致。怡岩能詞，有《畫餘稿》，書賈鄭某索寫小影，寫成，爲題〔金縷曲〕云："憶鬩丹青日。那時節、生涯雖淡，頭顱尚黑。也愛縹緗頻展閱，爭忍光陰虛擲。今老矣、何能爲役。歲月消磨無覓處，羨君家、尚擁書千帙。我衹剩,一枝筆。　　莫言市隱無人識。見多少、文人墨士,畫師詞客。今日爲君閑寫照,不比尋常資格。況雅有、壺觴在側。偌大乾坤憑笑傲,盡從容、俯仰無蕭瑟。畢竟是,讀書得。”清時廛閈亦多賢者,後來不易覯矣。

三九　仕女詞

改七薌以繪事名,尤工仕女,而詞名幾掩。所作詞如〔菩薩蠻〕云:“一行炙暖瑤笙字。春窗月好眠還起。指冷袖輕籠。山茶映雪紅。　　冰苔印雙屐。半向花留立。黛色印眉心。不知愁淺深。”〔喝火令〕云:“草色縈青鏡,嵐光漾碧蓮。烏蓬移過畫簾前。遮黑夕陽亭角,幾曲小紅欄。　　柳搦纖腰軟,珠承秀靨圓。買絲容易綉卿難。一樣橫波,一樣嚲香肩。一樣翠羅衫子,鬢影薄如烟。”亦宛然工筆仕女也。尤西堂謂芝麓詞如花間美人,吾於玉壺亦云。陳老蓮工畫,至今價重廠市,而所畫仕女不多見。嘗爲斷橋妓寫像,江聖言立爲題〔聲聲慢〕云:“鬟籠薄霧,眉襯遙山,粉痕微逗相思。無語風前,珊珊覺道來遲。閑情愛擎團扇,引輕涼、慣入秋衣。娉婷處,是裙拖六幅,小步偷移。　　携手湖天夜月,況飲餘、不醉醉也休歸。酒量難銷,顋邊莫認燕支。留得卷中人在,恨楊花、身已沾泥。重顧影,對殘桃、紅雨亂飛。”亦娟麗如畫。

四〇　和珅妾

和珅一弄臣耳,而濫忝黃樞,盜弄魁柄,薰天炙手,轉眼灰沉,西第不歸,南園亦廢。山陽潘四農嘗過其邸園故址,臺榭傾圮,水石荒凉。客有蕩舟吹笛者,感賦〔水調歌頭〕云:“一徑四山合,上相舊園亭。繞山十二三里,烟草爲誰青。昔日花堆錦綉,今日龕餘香火,懺悔付園丁。綠野一彈指,賓客久飄零。　　壞牆下,是綺閣,是雲屏。朱樓半卸曉鐘,催不起娉婷。誰弄扁舟一笛,把三十餘年外,綺夢總吹醒。悟澈人間世,漁唱合長聽。”園中一樓，置自鳴鐘甚巨，晨鐘既動，則群姬理妝，"朱樓"二語謂此。和妾曰卿憐者，初事王亶望，亶望敗，爲蔣戟門所得，以獻於和，和又敗，爲詩抒怨，有"害煞兒家是戟門"之語。近年邵倬盦同年於都市得其小影便面，蓋吳門周采岩所繪，其一面書陳雲伯《卿憐曲》，則陳曼生手書，三人時同客阮芸臺幕，作於浙署娜嬛仙館，倬盦有〔鶯啼序〕紀之。其第三折云："娉婷誰惜，短策催裝，又懊儂遠旅。鸞鳳老，別巢輕換，院冷宵永，敗葉敲燈，五更零雨。蹙眉暗怨，香衾愁共，侯門鐘鼎流光蒦，恨年年、杳隔金閶渡。雲山似客，歸來畫角添愁，斷腸又見鄉土。"言其身入相邸，以至漂泊無依，復歸吳下也。和貴後，好名，刻意爲詩，每索朝士點竄，寧知百年後，乃不若驚鴻斷影，供詞流嘆惋，倘來富貴，亦何爲哉！

四一　王述庵

引年之典，昭代特隆。康乾時，數舉千叟宴，與宴者錫賚優渥。而以詞人獲與盛典者，獨推王述庵。故其宴罷南歸，趙億孫賦〔南浦〕詞送之。前闋云："風雪駐蒲輪，喜重來、海鶴姿仍如故。林下豈無人，耆筵設、誰是獨承恩遇。頒來十賚，杖頭猶帶層霄露。說向旁觀真羨煞，不但名山千古。"非漫諛也。述庵嘗從征金川，同時僚佐，零落殆盡，獨得功成歸隱，楊蓉裳詞所謂"收拾功名三十載，檢點筆床茶竈"者，清才殊福，實兩兼之。《蓮子居詞話》謂：述庵晚續竹垞《詞綜》之刻，俾枯槁憔悴之士，垂聲藝苑，洵爲不朽盛事，一代詞人中，不多覯也。後來無錫丁杏舲復蒐錄一千五百餘家，爲《國朝詞綜補》六十卷，嘉善黃霽青又有《續詞綜》之輯，皆仿述庵例而增收之，然功名遭際，俱不逮述庵。徐起萬雲路《題述庵三泖漁莊圖》〔摸魚子〕句云："憑誰問，多少雲臺畫省。盟寒鷗驚難信。瀘江洱海看來慣，祇是浮家安穩。"楊浣香承憲題其柳波雲舫圖〔渡江雲〕句云："難拋凤昔絲綸手，便忘機、尚理漁竿。"皆羨其出處從容。陶寧求梁題其琴德居〔齊天樂〕句云："百年小住。問悟到聲希，知音何許。"則謂其挖揚聲學也。惟是所輯《詞綜》，衡選過隘，頗有珠遺，論者憾之。又《明詞綜》采及元遺老梁寅、張肯，而陸冰修、周青士入國朝已數十年，猶列入明末，不無遺議，足見選政之難。

清詞玉屑卷三

一 迎鑾新曲

巡方盛典，唐虞而後，昭代僅睹。純廟南巡，嘗奉聖母駐蹕西泠，當事謀奉宸娛，別製迎鑾新曲進御，湖山歌舞，潤色昇平，甚盛事也。今其曲附刊樊榭集中，曲凡二套，首套曰《群仙祝壽》，吳甌亭上舍城所製，次套曰《百靈效瑞》，則樊榭手筆。借喬張之雅調，傳征僑之逸聞，義主尊親，辭極瑰瑋。平湖張鐵珊雲錦題以〔慶春宮〕云："八神弭節，七聖隨車，翠華南幸重睹。熊館花明，鵠池柳細，一時行幄同扈。粉箋銀管，話多少、迎鑾詞賦。雙成妙曲，誰似仙韶，舜瞳曾顧。　付他關馬名流，周秦好手，也雛翻譜。移宮換徵，錦心繡口，繪出昇平春宇。六橋三竺，盡贏得、餳簫茶鼓。魚龍爭演，壓倒東嘉，瑞光交處。"又錢唐張柳漁湄題以〔齊天樂〕云："和聲雙鳳穿雲叫，天上人間都滿。調協黃鍾，韵飄白雪，壓盡錦城絲管。幔亭何遠。儼三島群真，驂鸞陪輦。王母篷池，小桃紅映水清淺。　漫論馬枚遲速，翩翻詞賦手，總輸歌板。絳樹千圍，驪珠一串，好趁花飛鶯轉。重瞳乃眷。正湖鑒澄空，山屏翠展。雅樂流傳，補省方盛典。"周雪舫宣猷題〔臨江仙〕小令亦工，云："一代酸甜誇并鑾，香荃齊按金徽。蘸來湖淥點山霏。虞廷雙玉瑁，漢院五銖衣。　福洞仙真都活現，九天鸞鳳爭飛，至尊含笑駐雲旂。漪風聆鞠部，曳彩看支機。"夫六飛臨莅，巷舞衢歌，茂則茂矣，然天子雖累詔戒惕，惟恐擾民，而小民竭力以媚一人者，庸敢有靳。井裏耗斁，大盈不充，盛衰倚伏之機，未必不由於此。樊榭曲中有云："好喚取靈祇，導駕莫留連，纔顯得神通護國能停當。"頗得東方譎諫之遺，非尋常供奉詞曲也。

二　宋芙蓉石

《樊謝詩集》附詞，有《咏宋德壽宮芙蓉石》〔霓裳中序第一〕云："墙陰擁翠浪，搔首繁華成俯仰，藤絡苔皴草長。是親見光堯，蓬萊無恙。得消玉葬，怕夜深山鬼來往。凄凉處，奉華春閣，記否捲簾賞。　惆悵。疏螿藏響。雨洗净，嶙峋十丈。芙蓉孤倚月幌。問點額宮梅，已歸天上。冷衙蜂乍放，不照到、銅溝膩漲。青蕪裏、宣和金字，也是此情况。"注謂：石在南權署，宋梅已枯。按淀園有異石，名青蓮朵，相傳爲南宋德壽宮故物，旁有古梅，今梅枯石在。南巡臨賞，乃輦致神京，別錫嘉名寵之，意即樊榭所咏。平湖張龍威以〔雨霖鈴〕調咏宋芙蓉石亦云："問訊宮梅，却早已、花散如雪。指一抹、牆角斜陽，不照蓬萊舊宮闕。"與樊榭意同，蓋同時所作。其結拍云："祇一拳、乘話凄凉，是宋偏安物。"寄慨甚深。庸知後來輦入昆瀛，復與石舫、銅犀同供後人慨嘆哉！嘉道後，無咏是石者，是其確證。

三　宋于廷揚州憶

宋于廷翔鳳《揚州憶》詞多闋，皆用〔望江南〕調。有云："揚州憶，芍藥事蹉跎。初白庵中人漸老，安家巷口迹重過。商婦淚痕多。"注述安家巷事甚詳，謂：康熙丙寅，查初白在都館相國明珠邸，揆凱功兄弟從讀書。時安岐麓村在館執灑掃之役。後初白假歸，歲丁亥，與弟查浦侍講迎鑾經揚州，岐已爲相國治鹽兩淮，聞初白至，詣舟謁見，甚恭謹。初白不命坐，但云：汝小心貿易，勿爲汝主生事。岐唯唯退。查浦潛遣人持刺往拜，於是岐饋初白三百金爲贐，於查浦則倍之。見凌次仲《校禮堂集》。今江淮間多談安麓村逸事者，淮鹽自明季弊壞已久，岐以相國勢，無所掣肘，故整理一新，淮商實推前輩。揚城安家巷、安公店皆其故迹也。觀此，則初白風節可見，而他書不及。又賦《仙女廟》云：
"揚州憶，仙女廟前船。自古神仙名易誤，當時碑語字空鐫。芒稻
水如烟。"注謂：廟在郡城東北十里，屬江都治，像設肖二仙女木
主，題曰：杜康二仙女之位。嘉慶《揚州志》本《酉陽雜俎》，以
揚州東陵聖母廟主女道士康紫霞當之，而不及杜。但據葛洪《神
仙傳》云：東陵聖母，廣陵海陵人，適杜氏。疑杜即聖母。近有
張子涵過仙女廟，搜得明初一碑，記二仙女爲嫂與小姑，各著神
異於鄉，官以爲妖，捕置獄，時開河久不就，二女共蓄一小蛇縱
之，化巨蟒入水，河以得通，二女旋皆飛舉，土人祀爲蟒導河神，
後又訛爲芒稻。然地志皆失載，其河鑿於何年，亦不可詳。余輯
《詩乘》，謂蟒導河，由蟒子省母墓往返導成，蓋本前人詩注。度
亦得自野聞，不及詳覈，當爲補訂，餘作無關宏旨，不錄。

四　周箌雲

周箌雲嘗於空齋寒夜遇靈鬼相與聯句，鬼以小霞爲字，其詩
云："前山有積雪，峰巒閃銀尖。青松如臥虎，野鶴居其巔。綠火
何焰焰，紅霞亦翻翻。小霞。陰雲散灰蝶，暝雲嘯孤猿。箌雲。荒
塍少人行，舉目更無親，即此神靈地，願與君爲隣。小霞。"又有
《鐵笛》四言聯句、《夜集》五古聯句。《夜集》中兼有花姑，如
"銀荷吐金葉，閃閃照愁燈"及"寒磬來空城"，皆花姑句也，豈
亦青鳳蓮香之類歟！箌雲卒後，劉芙初觀察嗣綰睹其遺帙，有青
楓落月之痛，爲詩題之，且哭以〔應天長〕詞。楊伯夔和之云：
"剪芰牆蔓，拂拭硯霜，數行濕墨酸讀。悶掩病龕吟遍，飛流澹晴
淥。黎邱志，且莫續。繫古缶、長歌當哭。西郊外、未到黃昏，又
嘯孤鶻。　　憶昔客春明，短札遺詩，塵貍半空簏。今道橋公墓
畔，有蘭有桐竹。星三點，月一曲。應勝我、瓦燈如粟。褰帷處，
破暝嚇人，是個蝙蝠。"讀之滿紙森然，昔人所云秋墳酬唱者，竟
有其事矣。

五　惠州朝雲墓

伊墨卿太守知惠州，重修朝雲墓，一時題咏甚夥。余特愛孫靈犀詞句云："也許瓊樓花葉報，奈鶯床、總是相思樹。"辭意甚新。惠州人景慕坡公，至今成俗，每歲清明，傾城士女，必詣朝雲墓，酹酒羅拜，蓋以敬坡公者推及之。陳蘭生澧紀以〔八聲甘州〕云："漸斜陽澹澹下平堤，塔影浸微瀾。問秋墳何處，荒亭葉瘦，廢碣苔斑。一片零鐘碎梵，飄出舊禪關。杳杳松林外，添作荒寒。　　須信竹根長臥，勝丹成遠去，海上三山。祇一抔香土，占斷小林巒。似家山、水仙祠廟，有西湖、爲鏡照華鬘。休腸斷、玉妃烟雨，謫墮人間。"朝雲，錢唐人。杭惠同有西湖，故有"似家山"句，意亦新穎。注謂：坡公詩云："丹成逐我三山去，不作巫陽雲雨仙。"倘果相從仙去，寧能獲此？雖然問之朝雲，恐願共三山，不願專尺土耳。

六　桃花夫人祠

史承謙《咏桃花夫人祠》〔一萼紅〕云："楚江邊。舊苔痕玉座，靈迹是何年。香冷虛壇，塵生寶簾，千秋難釋煩冤。指芳叢、飄殘紅泪，爲一生、顏色誤嬋娟。恩怨前期，興亡閑夢，回首凄然。　　如此傷心有幾，嘆詩人一例，輕薄流傳。雨颯雲昏，無言有恨，憑闌罷鼓神弦。更休提、章臺何處，伴湘波、花木暗啼鵑。惆悵明璫翠羽，斷礎荒烟。"辭意頗爲桃花夫人扼腕。息嬀事著盲史，幾成鐵案。薛叔耘《盦盒筆記》載：夫人示夢長沙某生，謂："昔從息侯入楚，誓不辱，自殺以殉，志節皭然。其始而幽餓，繼而屈志，爲楚夫人，生二子者，乃吾姪也。左氏不考其詳，混姑姪爲一，冤哉！"寤後爲文辨之。并引劉向《列女·貞順傳》載，夫人乘楚王出游，出宮見息君曰：人生要一死而已，妾終不以一身更貳醮主，乃賦"穀則異室"之詩而自殺，息君亦自殺。楚王賢其守節有義，以諸侯禮合葬之。曩疑向博極群書，不當與左氏鑿

枘，今知爲姑姪二人，則疑義渙然矣。後夢夫人以彩筆報之，遂入
翰林，千載而後，雪此煩冤。詞中難字，當以頓字易之矣，涉筆亦
爲一快。

七　陳圓圓

雲南五華山寺藏陳圓圓小象，宋于延客滇，嘗摹繪一帖，趙
收庵司馬見於秦中，復倩畫師摹之，遍征題咏。武進管孝逸繩萊
題以〔百字令〕，後闋云：“當日破敵收京，君親痛哭，都付東流
水。枉殺紅顏同齒冷，不若身歸吒利。”蓋深惜其委身非人。近人
輯《閨墨萃珍》，載圓圓致三桂兩書，一叙陷賊全貞，一諫逆謀非
計，文義斐然。又《衆香集》載圓圓〔醜奴兒令〕《咏落梅》云：
“滿溪綠漲春將去，馬蹴星沙。雀啅殘霞。猶有疏香到畫叉。”又
“聲聲怨笛催人別，冷月誰家。艷雪留些。簾底人兒學點茶。”亦
清婉可誦。果爾，則圓圓不獨多才，其智亦非尋常巾幗，乃世罕知
者，豈好事者爲圓圓辨白，而附會出之耶？又傳聞圓圓初爲陳玉
峰歌妓，擅譽金閶，因冒姓陳，嘗在吳江鄒貫衡樞家演劇。貫衡作
《十美詞序》，謂其聰慧娟秀，演《西廂》，扮貼旦紅娘，體態傾靡，
説白便巧，曲肖蕭寺當年情緒。其詞云：“濃點啼眉，低梳墮髻，聲
驟平康。苔翠氀毹，花紅錦毯，趁拍舞霓裳。雙文遺譜，風流誰解，
卿能巧遞溫凉。香犀挽、生綃澹束，幾疑不是當場。　　星回斗轉，
芳筵已散，倦餘嬌凭牙床。玉版填詞，瓊簫和曲，粉脂尚殢紗窗。
鈿車催去，燕臺程遠，鼓鼙進摻漁陽。風塵老，蠻烟間阻，信音渺
茫。”然則圓圓果能填詞矣，其書與事當亦可信。

八　樊樹悼月上

樊樹《悼月上》十二律，至今傳誦。別有《元夕》〔清平
樂〕云：“春衫泪浣。誰問春寒淺。依舊去年正月半。錦瑟華年
未滿。　　重來徑曲苔荒。一屏梅影凄凉。疑在小樓前後，不知
何處迷藏。”亦悼月上之作。又有〔叨叨令〕樂府，題爲《碧浪湖

感舊》，有"重來都是傷心處"之句，蓋樊榭之聘苕姬，借居於鮑氏湖樓，湯雨生繪有《溪樓延月圖》，爲吳興奚虚白藏，即寫其意，周稚圭題以〔浣溪沙〕三闋。其一云："話到歡場倍黯然。湖雲溪樹碧於烟。不堪雙槳憶從前。　　無語可憐秋易瘦，多情那得月長圓。傷心何必杜樊川。"其二云："玉茗香名識面遲。爲誰傳出畫中詩。白蘋紅蓼繫人思。　　翠被可禁虚後夜，疏簾真復見明姿。無因寫到返魂時。"其三云："紙上依稀見淚痕。等閑根觸到黃門。殯宮芳草又斜曛。　　詞客樓頭空憶夢，水仙祠畔各銷魂。斷橋西去更無人。"時稚圭亦賦感逝也。不知是卷視當日《碧湖雙槳圖》何如，然亦可謂好事矣！後費曉樓丹旭復摹二本，一存於交蘆庵，一以畀奚處士疑，溪樓後主也。庚申之劫，庵燬於寇，是圖亦亡。迨光緒中，汪子用刺史復浼人補繪之，付庵僧藏庋，其《紀事》〔琵琶仙〕詞所謂"憑點綴、詞仙眉史，補溪山、絹素如雪"者，謂是事也。畫卷雖微，隱繫西泠掌故。

九　樊榭栗主祀西溪

樊榭栗主，初祔祀武林門外黃文節祠，并及其姬人月上。蓋王述庵與詞侶同倡之，推項秋子、姜淳甫、蔣葆存數人，更番主祭。述庵紀以〔綺羅香〕云："雉堞連雲，虹欄印水，香火又開禪宇。見説詞人，零落尚餘桑主。刻商羽、舊譜猶存，問雲礽、故廬何處。算衹有、來傍涪翁，吟魂相伴尚應許。　　往時況有鴛侶。還踐雙栖約，松龕移住。經卷蒲團，勝似孤墳秋雨。從此溯、北郭清風，也不羨、西溪古渡。還須趁、桂月梅風，瓣香陳綠醑。"結拍謂月上生於仲秋，歿於孟春也。陶凫香同與其事，賦〔解連環〕一解，有"艷魄同招，恐夢裏、雨聲迷著"之句。月上主爲樊榭手書，樊榭主則丁龍泓手書，初在桑氏家，樊榭孫女所適也。童佛庵偶詣之，檢二主懷歸，詭云得之西溪草堆中，何春渚以告述庵，遂有是舉。道光戊子，汪小米復約同人移奉於西溪交蘆庵，用白石韵譜〔法曲獻仙音〕云："烟渺南湖，草迷東墅，欲妥吟魂何

處。路逐溪回，寺依雲住，騷壇舊日樽俎。嘆大雅，淪亡久，輕鷗
自來去。　　漫相顧。薦寒泉、萬梅花裏，天女伴、隨手散空飛舞。
定月下徜徉，記前游、微笑心許。窈窕幽棲，恍披尋、集內妙句。
待荒阡澆酒，莫又清明時雨。"樊榭集中《游西溪詞》有云："憑高
一聲彈指，天地入斜暉。"當時傳誦，後人復於其地建彈指樓焉。

一〇　西河妾曼殊

西河妾曼殊爲豐臺花匠女，其歿也，自謂隣廟神媼見召。與
西河同舉者，各爲詩詞誄傳，合爲一集。其出自閨閣者，則推戴恭
人之〔惜餘春慢〕，題爲《芍藥開時憶曼殊》，云："婪尾花繁，曼
殊居處，豐臺春色如許。紅遮芳徑，碧繞重欄，當日嬌柔堪擬。想
一代詞人，千秋佳麗。消受最憐伊，吟肩試倚。翠巾新拭，繡窗閑
語。　　悄鬢低、猶堪追憶，天與艷才誰比。姍姍月下徘徊，露冷
苔黏，釵橫朵墜。任從他、滿目風光，總被杜鵑催去。"光緒中，
京師坊賈有持竹垞詞鈔本求售者，云爲其姬人手錄，多今本中所
未見。有《爲毛大可挽姬人曼殊》〔水仙子〕樂府云："玉簫乍結
再生緣，錦瑟何由續斷弦，張星罷向明河見。對著紙錢，兒喚阿
錢。算湘湖夢筆橋邊，躑躅花陰路，白楊梅山上田，卜個新阡。"
疑此爲尾聲，其前尚有數闋也。曼殊能畫，罕傳於世，夏詞仲藏其
水墨荷花小幀，索宋于廷題之。于廷填〔摸魚子〕頗工，云："憶
人間、十分春色，殘紅難問歸路。依稀芍藥豐臺畔，可有舊埋香
處。秋又暮。更冷到、年時尺幅留豪素。愁邊看取。惜墨雨窗間，
荷花水面，不見襪塵步。　　桑田後，催上征車肯住。佳人還被君
誤。名花易謝荒園在，多少傷心曾訴。詞再譜。怕畫裏、紅芳寂寞
仍無主。前宵風雨。便寫出亭亭，已空去影，客夢共誰度。"既而
詞仲檢曼殊小傳，不言其工畫，又疑是西河自作，而以姬印鈐之。
于廷復賦〔南柯子〕云："小印明明是，生綃細細猜。學書曾說倚
妝臺。果否隨郎參得，畫禪來。　　白髮將催老，紅顏幾愛才。欲
澆黃土寄餘哀。況有芙蕖清影，共徘徊。"曼殊初不知詩，而出口

即工，其能畫亦無足異，詞仲未免膠柱之見。

一一 隨園觀燈

隨園宴客於園，樹間剪彩著花，遍綴燈火。座有某學士，曾與王宛平怡園燈宴，隨園詩所謂“道看羊侃金花燭，此境依稀六十年”者也。上元周玉犀之桂《午塘詞》有《隨園觀燈時值秋試》〔齊天樂〕云：“小紅歌罷回頭處，樓臺夜光全改。樹挂晴虹，堤排錦障，空際繁星如海。姮娥遠睞。也似怯燈光，掩伊眉彩。俊煞人間，美人名士者宵態。　　憑闌何限清興，怕花間玉漏，催去環珮。斑馬嘶餘，鈿車散後，偏我痴情猶在。千秋此會。説不盡風光，小栖霞内。試驗今年，桂香添幾倍。”當即筵間所作。時適嚴子進失偶，隨園贈以家婢，作《贈花詞》四章。玉犀亦譜〔賀新郎〕調之，有云：“主人便是催花使。指人間、玉臺金屋，替伊料理。”時推佳話。後來蘭村雖亦好客，而豪邁殊不逮乃翁。

一二 青棠花館

王氏怡園之勝，甲於都下，百年間，樹石俱盡。而相國尊人先卜居米市巷，亦名怡園，至今尚在。其園地僅半畝，而水石之妙，有若天成。蓋華亭張然所造，以營邱大痴、北苑黄鶴諸家畫法爲之，峰巒湍瀨，具曲折平遠之致。迨就養橫街，是園遂他屬。道光戊子，爲吳縣潘文恭所得，稍葺而居之，詳見文恭子玉泉曾瑩《青棠花館填詞圖記》。青棠花館者，玉泉於所居室前補植青棠一樹，因有是名。圖爲吳辛生允楷手筆，玉泉兄綏庭閣讀題以〔憶王孫〕小令云：“合歡花對合歡人。行遍迴廊覓句頻。小語惺忪聽未真。易黄昏。雲影三分月二分。”其從弟稚秋曾祁題以〔高陽臺〕云：“可意軒窗，銷魂庭榭，東風吹得春酣。艷曲歌來，何須紅豆親拈。合歡花底闌干摺，正同根、草長宜男。譜雙聲、摭出瑤簫，寫上蘭縑。　　剪鐙小院惝惝地，記琴心花語，都付眉奩。一樣年華，飛塵涴了春衫。淺斟低唱容消領，換浮名、真個儂憨。要

商量、茗碗香爐，紙閣蘆簾。"一時名流，咸倚聲題之。如秋穀之
"鬖娘解唱瀟瀟雨，剪銀鐙、可憶蘇州"、希甫之"尊前多少銷魂
樹，漾春波，可似情柔"，俱擅雋思。孫蔥田學士題以〔邁陂塘〕
云："愜幽懷、叢蕉修竹，平泉無此高致。晴窗閑訂宮商譜，一樹
合歡花底。琴語細。好付與、雙蛾唱出玲瓏字。塵襟淨洗。正梔子
肥時，桃緋褪後，庭院碧於水。　　東西屋，不讓芳園桃李。風流
爭羨群季。紅蕉秋碧詞名好，同執騷盟牛耳。圖畫裏。看滿地、涼
陰吹上吟衫翠。儂懷怎比。笑破硯慵敲，秋箏倦撥，情思懶如
此。"風致尤勝。是園近年爲趙劍秋賃居，青棠前數年萎去，竹石
零落，亦非復舊觀。圖即劍秋所藏也，與其室呂桐花俱工詞，有鷗
波之目。

一三　羅兩峰鬼趣圖

羅兩峰有異目，能視鬼。自云前身爲花之寺僧，所繪《鬼趣
圖》，得自目擊，荒情詭態，意想不到。凡八幅：其一，澹墨黯
昧，隱隱有面目肢體，諦視始可辨。其二，一鬼短衣，僂而趨；一
鬼奴從，贏上體，以手挂腰，骨節可數。其三，一鬼衣冠甚都，手
折蘭花攬女袂；女鬼紅衣豐鬋，昵昵語，旁鬼搖扇，側耳以聽。其
四，一矮鬼扶杖據地，一小鬼捧酒盞就矮鬼吻，吻箕張。其五，一
鬼瘦而長，垂綠髮至腰，左手作攫拏狀，右手循其髮，手長與身
等，足步武越數丈，腰腹雲氣蒙之，身作青綠色，自云焦山寺中所
見。其六，長頭而僂者一，鬼身不及頭之半；頭之前鬼二，一銳
上，一混沌然若避若指且顧。其七，風雨如漆，一鬼俯首疾趨，一
鬼張傘其後，一鬼導其前，一鬼頭出傘上，若依倚疾走，昏黑淋
漓，極遑遽之狀。其八，楓林古冢間，兩髑髏齒齒對語，白骨支
節，巉巉然也。楊伯夔各題一詞，長短調不一，而序其情狀如此。
吳穀人祭酒綜題以〔滿江紅〕云："跂脚蒙頭，是五趣、中間來
者。但散人、閻浮提裏，那分高下。結柳曾勞韓子送，移書屢被東
方罵。奈今番，咄咄迫人何、兒童怕。　　青荷笠，肩頭亞。白楊

火，風中炮。又零丁帖子，招魂纔罷。枯臘難充黃父飯，長身逃得鍾葵鮓。被先生，碧眼一雙圓，淋漓寫。"於圖中意，未能盡也。伯夔又有《贈祁陽山人吾吾子》〔瑤臺聚八仙〕詞，附錄吾吾子〔浣溪紗〕六闋，錄其二闋云："木葉落兮湘水波。待他纖月過銀河。又將鼓枻唱漁歌。　挽尺鮮藤編小笠，剪叢香草結新蓑。未披先付小龍馱。""隔斷蒼松是白霓。杖頭衡岳數峰低。故人船未泊浯溪。　一朵青蓮忽搖動，水仙騎鷺出波飛。依稀月底認紅衣。"吾吾子不知何許人，詞有仙氣；而伯夔詞亦有"授我龍虎飛騰"語，豈白玉蟾之流歟？

一四　海運詞

海運始於元，自明改河運，至嘉道後復興海運，蓋英煦齋建議，而陶文毅成之，弊藪頓革。伯夔嘗與運漕之役，有《轉漕海上紀事》〔酹江月〕云："海平如席，看長檣大舶、飄來雲澤。老雁慣聽淮右角，曾報郵籤程急。側手黃流，及時清駛，梭擲鱗堂脊。搴茭沉玉，伙飛鼓浪蛟國。　夜闌箕斗橫空，漁兒漁女，清憂龍祠瑟。我酹酒船三百斛，一曲神弦哀徹。黿泣寒鞾，魚吹古沫，帆轉憑風力。茫茫睹此，波濤痕滿沙磧。"注引東坡詩注"定武齋酒，用蘇州米"以證江蘇海運自宋時即有之矣。又海船故事必祀天妃，後封天后，遇險輒有靈驗。伯夔有《謁海神祠》〔風入松〕詞，當指此，其詞云："玲瓏紺字上晨曦。深殿閟幽薰。曉風自掃青瑤甃，踏蛟蚪、刻畫波痕。尖喙飢禽如鶴，啄枝細柏含春。尾閭真解泄滄溟。拄杖即蓬瀛。滔滔此水東流盡，化乾坤、清氣無垠。一角海門孤鎮，數聲笳鼓穿雲。"其《贈水師李笠侯參戎》〔水龍吟〕，則漕船共事者也。又有《海燕》《海鷗》諸詞，雲海長征，清歌送日，使君於此不凡。

一五　積水潭

德勝門內積水潭，往時漕船可至。明代爲游賞勝地，兩岸皆貴游園墅，每六月洗馬，中元放河燈，管弦舟楫，傾都赴之。康熙中重浚，建匯通祠以祀龍神，有御碑紀事。其時猶多放舟者，吉林承尊生齡嘗與宗潢蓮舫奕泒、金蘭舟秉彝泛舟賞荷於此，賦〔摸魚兒〕詞，則道光時事。詞云："半陰晴、鬧紅時節，陂塘初霽宵雨。瓜皮艇子沙棠槳，一葉載將漚鷺。回首處。驀廿載、江南舊夢重延佇。吟箋漫與。衹兩岸疏蟬，幾聲清磬，雙槳采菱路。　繁華歇，含恨亭亭不語。凌波當日誰賦。憐他并蒂低窺鏡，倚檻有人曾妒。花影暮。待屬取、明霞十里涼雲護。扁舟且住。怕一片秋心，鯉魚風起，香冷暗吹去。"李西涯故居即在其側，今遺址莫考。憶卅年前，與孫希孟同游，冷水荒烟，觸目蕭瑟。希孟賦〔齊天樂〕詞，僅記其後半闋云："沙堤休問舊路，剩西風野水，頓換淒楚。冷雁驚沙，寒螿卧草，笛畔亂愁無數。冰絲替訴。引一縷秋心，流雲俱度。漫想繁華，歌船花外雨。"彈指廢興，不堪回溯。

一六　藥洲故址

廣州學使署，為南漢藥洲故址，九曜石尚在。全小汀以少司寇視學粵東，嘗繪《藥洲秋月圖》，尊生填〔百字令〕題之云："故園修竹，記屋梁落月、三年相憶。塞上歸來還嶺嶠，不改玉壺寒色。靈曜波澂，寶盦冰净，使院留標格。昌華懷古，舊游時觸胸臆。　應笑藥鼎銷沉，劉郎何處，重酹秋風客。料有驪龍珠四照，映徹珊瑚千尺。紅豆花開，碧蓮香遠，韵事誰能匹。斗杓高揭，海天翹首今夕。"修竹，為小汀尊人恭勤公齋名。紅豆謂惠天牧，時同在粵。碧蓮謂提刑周君，其署即在學使署之後。讀其詞，清婉綿麗，洵足發思古之幽情也。光緒時，徐花農侍郎以編修督粵學，於學署喻園池旁築亭，額以補蓮，即藥洲遺址，屬其弟仲可舍人為圖紀之。程子大題以〔清平樂〕云："鬧紅涼意。曲录闌干底。銷盡藥洲天子氣。配個蓮花君子。　梅兄礬弟堪誇。算來何似徐家。怪底湖名西子，也隨人到天涯。"侍郎與先文安公春榜同年，光緒中直南齋，其坊階自庶子直擢閣學，超五階而上，蓋出特恩。尋以人言罷，論者惜之。

一七　徐花農醉太平

花農侍郎有〔醉太平〕八闋，分咏秋闈襍事，足資掌故。云："槐花又黃。木樨又香。紛紛舉子何忙。半名心未降。　　誰家紙窗。安排筆床。鷦居幾費商量。破詩人阮囊。"謂小寓也。"求珍屢遺。芸編屢披。有人先檢珠璣。願鼇頭暫低。　　明朝虎闈。今宵董帷。吟聲兀自唔咿。問如何擬題。"謂録遺也。試者皆不願居冠，謂預泄不利，蓋沿俗説耳。"筠籃自提。寒衾自携。壁間秋影迷離。盼青雲共梯。　　銀燈焰低。金爐火微。釜中一束寒虀。伴黃粱共炊。"謂考具。其曰青雲梯，以布帷作上下數格，懸之壁間者也。"吹樓幾更。悲笳幾聲。一言題紙分明。惱夢魂頓驚。　　風檐露零。階蛩亂鳴。諸篇脱口而成。料文章有憑。"謂題紙既下，咿唔競作也。"恩恩九朝。光陰易銷。此時説餅深宵。認冰輪影描。　　歸來興豪。樽前酒澆。紅閨銀燭先燒。祝秋風奪標。"謂闈中頒給月餅，及中秋夕放門也。"珍珠字工。絲闌界紅。丹鉛評炙其中。祇堤防命宮。　　焚香碧空。靈犀暗通。金錢頻叩仙踪。怕朱衣睡鬞。"謂闈中摸索及闈外禱祈也。"疏籬菊開。重陽信催。幾人竟夕徘徊。怎泥金未來。　　鳴鉦似雷。雙扉叩柴。碧桃果倚雲栽。尚驚疑費猜。"謂放榜也。"苹蒿盛筵。清班笋聯。謝恩共拜堯天。慰青燈十年。　　科名有緣。鄉情轉牽。明朝整理雕鞯。又長安著鞭。"謂鹿鳴宴罷，復赴計偕也。五百年間，入彀英雄，靡不由此。

一八　蔡啓傳羅江怨

德清蔡氏，叔姪狀元。世傳蔡狀元啓傳及第前謁山陽令，其鄉闈同年也。令於名刺上批查明等字。及貴，爲詩寄之，有"寄語山陽賢令尹，查明須向榜頭看"。又嘗眷一妓，填〔羅江怨〕贈之云：“功名念，風月情，兩般事，日營營，幾番攪擾心難定。欲待要倚翠偎紅，捨不得黃卷青燈，玉堂金馬人欽敬。　　欲待要附鳳攀龍，捨不得玉貌花容，芙蓉帳裏恩情重。怎能彀兩事兼成？遂功名又遂恩情，三杯御酒嫦娥共。”是詞枚如《詞話》、隨園《詩話》俱載之，實本於劉葛莊廷璣之《在園雜志》。其詞近俚，特以其擢大魁，故盛傳於時，然其人胸次可想。嚴蓀友《中秋》〔御街行〕云：“而今把酒問嫦娥，是甚廣寒心緒。隻輪飛上，天街如水，不管人羈旅。”較此正有清濁之判。

一九　聊齋志異與鏡花緣

蒲留仙懷奇不遇，乃有《聊齋志異》之作，托於荒唐狐鬼，然文字雅飭，後來隨園之《新齊諧》不能及之。海昌鍾嵩生景有《題聊齋志異》〔金縷曲〕云：“怪矣先生筆。把古今、荒唐幻境，毫尖開闢。禹鼎齊諧空想像，百萬神奸羅列。料未抵、此編奇絕。夜雨秋窗重展卷，倏燈昏、如豆光深碧。恍惚聽，鬼狐泣。　　無端淚湧如潮熱。又無端、瑤情縹渺，壯懷激烈。八極九幽搜欲遍，更探天庭月窟。也不管、腐儒咋舌。祇恐上干真宰怒，有六丁、雷電相追躡。藏寶笥，莫輕泄。”洵能狀出書中玄奧。若《鏡花緣》之作，意亦詼詭，且爲巾幗吐氣，故閨閣中多嗜之。沈湘佩女士有《讀鏡花緣》〔風入松〕二闋，其一云：“瑤池春暖宴蟠桃。仙樂奏雲璈。花神月姊無端甚，逞機鋒、魔劫先招。上苑群芳已放，山中棋子猶敲。　　黃粱夢醒鬢蕭蕭。舟泛海天遥。異國神山游歷遍，老書生、清福能消。纔把奇花手植，誰知仙籍名標。”其二云：“孝娥千里遠尋親。生死幾艱辛。玉碑已現閨英榜，強歸來、伴結佳人。賦著久欽黑齒，頌椒同上青雲。　　蜃樓海市幻中因。意蕊競翻新。胸中塊壘銷全盡，羨蛾眉、有志俱伸。千古蘭閨吐氣，一枝筍管通神。”皆述是書事迹。凡著作必具三長，即稗官，亦何獨不爾！

二〇　重陽詞

秋氣易悲，故重陽多感慨之作，而所感各有不同。張韵舫《九日和碧山》〔高陽臺〕句云：“西風忽憶蓴鱸味，問何時、好放歸船。”衹是倦宦口吻。周稚圭《九日登香山北麓塔院》〔解連環〕句云：“未冷禪心，爲白雁、飛來愁著。”則其時正有兵塵之恨。若沈文忠《重九渡淮》〔洞仙歌〕云：“蒲帆一葉，倩輕風吹去。萬叠韡文織秋浦。更魚罾冷落，釣艇橫斜，早圖就、紅樹青山行旅。　　長堤留綫影，堤外迷漫，幾點疏烟辨村陽。贏得水雲寬，荻葦零星，但添了、野鷗沙鷺。嘆一望、原空稻粱稀，聽一片酸聲，雁投荒渚。”時正災後，民物關懷，溢於楮墨。後以尚書按事甘隴，就攝甘督，值叛回受撫事竣，旋省途次，山洪驟發，人輿俱没，馳驅盡瘁，已於是詞兆之矣。

二一　清溪邀笛圖

嘉定王西莊鳴盛以經術名，詞不多見。嘗爲王穀原題《青溪邀笛圖》，調爲〔臺城路〕云：“西風長板橋頭路，衰楊絮痕都捲。月脚低飛，波鱗碎叠，一鑒冰奩平展。烏篷乍縮。話劍棧離程，越吟愁伴。何處高樓，露寒雲冷咽羌管。　　伊凉清夜按徹，更紫牙催拍，梅蕊飛遍。前事如塵，畫圖重省，我亦舊游頻換。冶城遥岸。記聽雨層欄，鬥茶深院。回首江南，水天歸夢遠。”亦斐亹有致。是圖之作，蓋穀原携歌酒餞客，夜泛秦淮，過商寶意水閣，即邀共載，碧天無雲，凉月在水，時聞遠笛作〔梅花三弄〕，相與痛飲達曙而別。明年穀原復至金陵，乃追摹前景，補圖紀之。卷中名流題咏甚夥，朱秋潭昂〔玲瓏玉〕句云：“曲緒恩恩送客，問歌橈酒琖，零落誰邊。”語尤凄惋。又張漁川題〔憶舊游〕云：“問重來倦旅，一棹秦淮，何事凄然。又是清秋夜，欂誰家柳外，第幾橋邊。一丸渡頭凉月，曾倩笛吹圓。記水閣籠燈，青衫司馬，催到尊前。　　流連。絳河没，尚倚遍清歌，忘却離筵。送罷天涯客，更

舊游分手，誤了華年。而今費他鉛粉，染出自白天。正秋雪吹帆，
銷魂不是乘興船。"題圖時，寶意方移官西粵也。一時勝集，轉眼
成塵，端賴丹青爲永餘韵。

二二　紅粉飄零

百文敏督兩江時，嘗盡逐秦淮諸姬。旌節既移，笙歌復集。閩
中臺江，所謂灣裏洲邊者，水閣相望，略似秦淮，汪稼門督閩，惡
而欲逐之，令甫下，諸姬扶老携幼，環跽戟門，願輟業，但乞少賜
資本，俾別營生計，稼門計其費不貲，事乃寢。道光辛巳，洲邊
火。太守王楚堂禁人施捄，延燒殆盡。後有興作，終不如前繁麗
矣。陳星坦玉宇時在龍溪，聞信，賦〔明月棹孤舟〕詞，寄妓云：
"都道收場時尚早。祇因伊、杜娘非老。詎意重陽，纔過幾日，却
被祝融勾了。　　從此無分昏與曉。知汝難、支煩惱。少慰離懷，
并詢近况，恨不將身飛到。"後來謝枚如客連江，寄劉芑川〔金縷
曲〕有云："官府催租聲不斷，誤幾家、紅粉飄零死。"亦謂是事。
此輩雖操賤業，詎非赤子？牧民者不爲之所，而假手炎官快心劫
火，抑有甚於煮鶴焚琴矣！僞道學誤人不淺。

二三　鼓浪嶼

鄭成功據臺，以厦門爲之門戶。其間耿、鄭螳爭，幾淪碧燹。
迨臺澎戡定，始復版圖。於其地設同知，且移興泉永道駐之。是地
迫海，飲水苦鹹，必於鼓浪嶼取之。互市既通，嶼爲碧眼虬髯者所
萃，蜃樓遍布，非復曩時荒寂。莆田林南池光琨賦《鼓浪洞天》
〔鳳凰臺上憶吹簫〕云："到處招游，一笻雙屐，而今又欲乘船。
似憑虛公子，縹緲登仙。極目洪濤萬頃，忽露出、鷄犬人烟。新來
客，鐘聲遠接，引入洞天。　　岩前。老僧指點，這一處村莊，曾
憩征驂。有舊臺荒壘，雨蝕苔墁。折戟沉沙已久，都忘却、鑿井耕
田。聽説罷，掀髯一笑，共醉雲端。"追感耿、鄭前事也。當臺、
澎竊據，林玉岩提學賦《釣龍臺懷古》〔水調歌頭〕有云："殘照

裹，草樹外，角聲催。沿江樓櫓重叠，橫海掃氛埃。一片銀濤雪
浪，千古蝸爭蟻鬬，誰是濟時才。"感事撫時，正有深感。釣龍臺
在南臺閩越王廟內，臺下一井，泓然深窈，相傳遇旱投以虎骨，即
雨，臺江之名本此。

二四　珠江花船

　　粵中珠江花船之盛，過於臺江。姚仲魚家居南海，有〔菩薩
蠻〕四闋，分咏珠江四時景物。《春令》云："晴波瀲灩鴛鴦宿。
明璫翠羽人如玉。畫舫海珠南。風光三月三。　　鶯啼春欲暮。春
去花無數。何處摸魚歌。賣魚人過河。"《夏令》云："銀床冰簟凉
無汗。水晶球浸玻璨盌。波鏡照梳頭，一枝花影流。　　風來弦管
急。水暈燈光濕。花月共清凉。滿天星斗香。"《秋令》云："鬧紅
四壁花爲屋。夜凉凭遍闌干曲。風露一身秋。素馨開滿頭。　　良
辰逢七夕。瓜果陳歌席。私語聽無聲。有人花底盟。"《冬令》云：
"粟肌時候天無雪。橙黃橘綠新攀擷。兩岸樹婆娑。夕陽紅處多。
一冬無落葉。　　總是花時節。臘鼓已喧街。木樨香正開。"略見
嶺外物候之異。程春海侍郎以祭酒典壬辰粵試，有見於粵風之奢
淫，於闈後公宴中語人曰："二十年後，亂事將自粵起，又十年，
痛毒幾遍天下。"後果驗。吳石華與春海、墨農同登越王山，賞秋
月，賦〔水龍吟〕，即是時事。其詞云："笛聲吹上銀蟾，山河影
裹秋無際。溟溟一色，樓臺著處，都成寒水。水氣浮烟，烟痕冒
樹，蕩爲空翠。正人聲斷盡，西風料峭，聽幾杵，疏鐘起。　　難
得乘槎客至。愛青山、露華如洗。荒臺古甓，再休重問，漢時遺
事。黃鶴招來，碧雲無恙，夢圖千里。正潮平海闊，珠光隱隱，有
驪龍睡。""夢圓"句，謂春海前一歲夢游珠江，至是果以典試來
此，益知數有前定也。

二五　劉炯甫滿江紅

　　東坡詩云："讀書萬卷不讀律，致君堯舜終無術。"固有激而

言。實則古之真儒，究心經世者，初不廢治律。時至衰叔，舉世溺於帖括卷摺中，而律例之學，遂爲幕吏所專，因緣爲奸，治具積窳，非細故也。吾鄉劉炯甫好風雅，嘗治律，意非所願，賦〔滿江紅〕二闋題《大清律例》卷端。其一云：“無計療飢，枉說道、讀書萬卷。苦恨煞、吐氣如虹，目光似電。綠綠儒冠徒誤事，區區小技休牽戀。奈拊髀、困盡英雄身，思量遍。　　定遠筆，君苗硯。終軍襦，總貧賤。記廿載名場，興酣文戰。新貴黑頭多自立，故人青眼重相見。看先生、一笑付浮雲，真萬變。”其二云：“數玉量珠，莫輕付、漏巵丞掾。須知道、經濟勛名，文章歷練。論抱負春華秋實，看聲價南金東箭。想朝廷、側席好求賢，延英殿。　　祇可惜，題黃絹。黯青衫，遭白眼。嘆賓客梁園，豪華久擅。幕府辟除曾倒屣，參軍記室羞延薦。擁書城、權拜小諸侯，還健羨。”題云《友人勸習是業，有感而賦，以示枚如》。枚如錄之入《賭棋詞話》，遂傳於世。

二六　文樵金縷曲

閩中聚紅社，以〔滿江紅〕詞相酬唱，故名。謝枚如主之。嘗錄社作示文樵，文樵大喜，因自號聚紅生，且顏所居曰聚紅軒。一夕，枚如與對坐填詞，燈忽結四花，既又茁一蕊，紅焰燦發，文樵笑曰：“是所謂聚紅也。”枚如因有“把聚紅、佳話祝燈花，花休落”之句。文樵浮沉末職，枚如嘗贈以詞有云：“幾輩真爲愛我者，小官猶勝依人耳。”文樵見之，拍案曰：“枚如知我。”亦賦〔金縷曲〕書團扇答之云：“驀地逢知己。倚新聲、淺斟低唱，情從此起。九十春光虛負了，人在落梅風裏。忍見那、榴花開矣。昔日汨羅江水恨，問三閭、何事身輕死。絲五色，纏無已。　　抛殘書卷年三紀。甚來由、依人作嫁，飄零千里。漫道焦桐常挂壁，祇爲知音有幾。且商量、自家料理。事到艱時心轉怯，小功名、亦屬難懸擬。知我者，枚如耳。”勁氣往來，落落自賞，詞中之郊島也。往時丞尉末僚，爲世所鄙，亦未嘗無才。文樵之詞，可與江殺叔詩、項文彥盡并傳千古。

二七　謝古梅滿江紅

謝古梅以親老乞歸，惡言終養，遂引疾，或言引疾者補官綦嚴，不顧也。然親歿再出，兩年間，遂躋閣學，是事談者盛許之。亦工詞，今其詞集不可得，僅傳其咏林素齋事〔滿江紅〕云：“燕子南飛，彈丸邑、陣雲濃結。誓獨把、江淮遮遏，臣心終竭。曹濮尚流嗚咽水，金川俄濺模糊血。問何如、睥睨供高皇，東藩鐵。　危杆上，雕翎集。烈焰裹，霓裳滅。看全宗報國，臣貞婦烈。江荔盤中丹血染，山花髻上紅蚍掣。歷閩山、四百有餘年，欽雙節。”素齋，福州人，建文時守濮州，燕兵至，不屈，縛高竿上射死，妻亦抱譜自焚，鄉人立雙節祠祀之，其事可歌可泣，古梅是作恰稱。枚如謂古梅有狐妾，時降乩唱和，其木主爲〔西江月〕四句，供密室中，嘿誦之即至，古梅卒後，木主落市中，爲人所得，始傳其事。篤厚人乃有此異，殆三生石上因緣歟。

二八　趣園

太倉汪持齋司空廷璵、靜厓宮庶學金父子，俱以第三人及第，傳爲玉堂佳話。司空於里第築趣園，園榜爲高宗賜書，以鎪於石，卒時，園工未竟，靜厓繼成之。其假山有摩厓石刻，即“靜厓”二字，成哲親王所書也。靜厓居宮坊，負清望，方將大用，遽乞歸，徜祥泉石以老。其園今尚在，寇亂稍損，而樹石無恙。其後人馨士承慶秋日過趣園，荒草礙步，繁蟲絮愁，池館依然，翠樽非昨，感賦〔高陽臺〕云：“鼠囓窗昏，蛩愁砌冷，小園長遍蒿萊。彈指繁華，濃春付與烟埋。舊家喬木都休説，祇憐他、爨後琴材。劇堪哀、壞壁留題，數點蒼苔。　當年猶記平泉勝，有花迎屧響，月勸樽開。金粉凄迷，等閑換了塵埃。香泥碎墮飄燈箔，問何時、燕子重來。更低徊、斜日盈盈，紅上亭臺。”當日已荒廢若此。吾友鸜龕民部，司空五世孫也，近以御書趣園石額拓本征題，邵次公瑞彭《和鷃龕〈感皇恩〉元韵》云："翠墨舞蒼龍，故園能認。天上璇題喜親贈。御鑪香篆，繞作夆山虹景。平泉閑草木，沾榮命。　珥筆楓廬，擗牋槐省。轉燭春婆夢華冷。十全盛事，金薤琳琅光映。任他巢鵲笑，階蛩哽。"金篯孫兆蕃同和云："天上舊巢痕，掃餘重認。兩字璘彬百朋贈。摩挲蟬鬢，長照岩栖烟景。飛白待歐陽，記恩命。　禁扁留題，離宮畫省。別泪銅仙未教冷。銀鐶摹得，夜月朝虹雙映。補題今汐社、家山哽。"叔明宗潢溥傊爲恭忠親王孫，亦和云："寶墨印琅玕，天章遥認。尚是高皇盛時贈。奎垣華彩，散作名園芳景。山川延妙趣，叨嘉命。　鶴老松扃，花飄芸省。劫火烟沉夢華冷。漫尋舊事，剩有池灰寒映。不堪回望處、徒悲哽。"一時珠璣并萃。夏閏庵題以〔鷓鴣天〕，後闋云："增感喟，惜芳菲。烏衣門巷燕還飛。池臺凝碧今何似，惆悵江南客未歸。"神韵尤雋。

二九　須社酬唱

天津海光寺舊有行宫，燬於庚子之亂。其先更有柳墅行宫，庚申已燬。嘗於其址建武備學堂，再燬於庚子。今爲海河公園，宫礎盡湮，惟荒池一角，中有方洲，老柳數十株繞之，逭暑猶勝。余居沽上，屢涉之。嘗結須社同人，約限〔百字令〕賦柳墅感舊，章茗簃詞云："層臺鮫市，掃翠華駐處、荒荒無迹。一角平林兼淺渚，并少宮人閑説。雲寺頒香，海樓閲武，壞劫今何日。白頭吟望，舊時楊柳顏色。　休溯玉輦宸游，鑾迎酺賜，盛典光千葉。剛痛銅駝荆棘裏，又痛龍年蛇月。那覓新亭，權呼汐社，來踏啼鵑血。沽潮起落，料應終古嗚咽。"詞中所云孤雲寺、望海樓，俱津門古迹，今不可考。徐姜盫詞云："荒灣冷墅，倚斜陽、淒對一潭幽綠。老柳垂絲如有恨，曾繫當年仙舳。夢影離宮，沙痕舊頓，浪捲龍吟曲。清笳吹暝，白鷗飛下愁宿。　爲數晼晚關河，兵塵過處，盡廢池喬木。樹色連京潮送海，風戰雲津孤鶩。馬隊霜蕪，蠻薰日冷，野屐尋遺鏃。靈和誰問，苦箄烟際歌續。"一以蒼勁，一以凄艷，固異曲同工。而周息庵所作，尤激昂悲壯，云：“海鷗欲起，想牙檣錦纜、鳳旌龍飾。因憶康乾全盛日，獻賦迎鑾爭捷。寥落行宮，凄涼射圃，世換愁千叠。樓船灰燼，西平終是人杰。誰料鐵騎憑陵，番兒高冢，又逐斜陽滅。轉瞬興亡同一夢，剩有荒池殘月。携酒松亭，煎茶苔井，游女遺芳襪。斷碑何在，花前空數秋蝶。”息庵好談中興人物，其推重蕭毅，固非阿好。餘作佳者尚多，具《烟沽漁唱》中，不能悉録。

三〇　團城

京師西郊紅山口外有團城，高宗每幸香山，閱健銳營戎伍於此。其時西域戡定，拓地二萬餘里，因念武成之艱，仿番部碉堡而建，今御碑尚在。外舅樂静翁嘗訪其舊迹，紀以〔一萼紅〕詞云：“策疲驢，訪先朝行殿，沙澗踏新晴。老栝皴霜，盤松托月，蕭瑟并作秋聲。剩三兩、白頭戍卒，伴過客、樓堞指空營。瘦塔雲頹，豐碑蘚合，没個人行。　　峰際危碉錯峙，記高秋肄武，玉輦曾停。列帥弢弓，名王進炙，開邊九驛威名。莫重向、禪房話舊，恐殘衲、世外也傷情。一片搖風葵麥，綠上荒城。”其地邇實勝寺，故有“禪房話舊”句。又團城畔有松亭，梁柱皆以石，亭旁老栝百餘本，蒼鬐白皮，與石色交映，風來輒作濤聲。亭庪御碣云：朕於實勝寺旁造室廬，以居雲梯軍士，命之曰健銳雲梯營。兹臨香山之便，因賜以食。是營皆去歲金川成功之旅，適金川降虜及臨陣俘番，習工築者數人，令附居營内，是日并列衆末，俾預惠焉。附御製詩，有“功成事師古，戈止衆寧居”之句。余嘗與查峻丞都轉同游，峻丞賦〔鷓鴣天〕云：“斜日青蕪繞御亭。開邊誰記舊龍城。碉依層嶺沉兵氣，風捲寒松動梵聲。　　欈焰落，斗車明。當時賜酺遍諸營。晚來牧笛山前過，猶作鐃歌側耳聽。”今其地淪爲牧場，結拍竟成預讖矣。

三一　慈仁寺顧亭林祠

慈仁寺附建顧亭林祠，創議自何子貞，而張石洲董其役，經始於道光廿三年夏，迄次年落成。架屋三楹，几筵禮器悉備。是歲春祭及亭林生日祭，皆石洲撰文。亭林曩嘗借居斯寺，其由淮陰渡江歸唐市，萬年少爲作《秋江別思圖》卷子，初屬休寧程孟嘉易疇，後爲嚴石友太僕所得。太僕子小石司業，見石洲所撰《亭林年譜》，述有是圖，乃出示子貞索題，子貞手摹一本存祠中，後爲人攫去。同治中，壽陽祁文恪物色得之，復歸於祠。文端、文恪父子，奉祠事甚謹，春秋必至，至必題名。其名册今尚在。孔經之宴集於此，又嘗作《顧祠雅集圖》。顧子山文彬題以〔金縷曲〕云："僻地三椽築。指松陰、冥鴻雪爪，記曾栖宿。羞把姓名登鶴版，從此長安裹足。二百載、猶留芳躅。古寺炊羹吟斷句，勒貞珉、遺像清高肅。蘋藻薦，瓣香祝。　　簪裾高會頻年續。拂黃塵、題名古壁，蘚花凝綠。水部遠歸三影逝，嘆惜流光轉燭。祇年譜、何堪重讀。幸有新圖傳不朽，溯家風、我愧追金粟。期後約，酌芳醁。"亭林與李子德同客慈仁寺，子德有"同炊古寺羹"句，祠中有炊羹廬本此。水部謂子貞，三影謂石洲也。時子貞已罷官歸楚。子山《今雨吟》別有〔憶故人〕詞懷子貞，云："驟墨馳毫，有牆壁處皆君筆。壓裝添載峽猿吟，一卷峨嵋碧。　　天上神仙小謫。笑人間，雞蟲得失。高齋織句，古寺看松，當時萍迹。""峨嵋"句，謂子貞嘗以督學入蜀。看松，即慈仁事也。寺有雙松，歷著篇咏，今久萎。

三二　怡園

子山自寧紹臺道乞歸，築怡園吳下，狎主詞盟。其《怡園即事》〔望江南〕詞，多至數百闋。錄其寫園景者，如："怡園好，水檻倚斜曛。一鏡池塘樓蜃氣，萬家屋宇瓦魚鱗。高閣俯千鄰。""怡園好，結構意天然。牆矮綠分街北樹，樓高青揖郭西山。暝色上闌干。""怡園好，高皐瞰滄浪。蘿月一龕亭六角，屏風三叠木千章。綫路度松岡。""怡園好，古洞路彎環。螺髻小亭楞蓋瓦，虹腰低彴柳扶欄。陟島借藤攀。""怡園好，立岸一峰危。松閣靠山雲宿早，舫齋跨水月歸遲。曙色漸熹微。""怡園好，波暖蕙風輕。斜倚釣竿添水檻，深藏詩草鑿山楹。待築水雲亭。"園林勝處略見。又有《題柏靜濤奉使朝鮮日記》〔金縷曲〕云："天上靈槎客。溯空江、盈盈野緑，密波飛楖。去日榆關風雪緊，來日山花擁驛。天付與、星軺游歷。自是登高能作賦，況迎眸、萬二千峰碧。葱嶺秀，讓吟筆。　　竹枝詞句弓衣織。譜風謠、黃童唱遍，底須重譯。手寫趙暘屏十幅，剝蘚淋漓潑墨。論詩價、鷄林爭覓。漫笑橐金輸陸賈，寵行裝、一卷朝英集。東海使，袖廉石。"故事，於屬藩頒詔册封，皆遣天使；而所遣於朝鮮者，必以二三品以上官，視諸藩特重。靜濤奉使，嘗却其餽金，見日記中，題詞結語當謂此。厥後靜濤以典試關節罹法，其罪止失察，實同列構之。赴市時，尚屬家人預治裝，謂當有恩命，或須遠戍，蓋在樞廷久，習知故事然也。然傾之者旋亦弃市。余於其孫巽庵崇彝處見其遺集，亦瀟灑無紗帽氣。

三三　楊徵南淞南樂府

南匯楊徵南光輔《淞南樂府》有云："淞南好，摩盾騁才華。殉國將軍書梵唄，征南都督賦仙霞。百戰筆生花。"謂喬忠烈一琦從劉將軍縱戰死滴水崖。又鄔景超佐姚熙止征臺，積功擢左都督，弃官歸，有《閩南紀捷詞》，余已録於《詩乘》，以存其人。又有論及民生者云："淞南好，樂豈與民同。鹽販荷枷憑役賣，桃傭抱甕聽官封。物產爲誰豐。"注謂：往時快役奪民鹽，以十之一二入官，餘仍私售。竈鹽價斤不滿十文，肆鹽至二十六文，故販私者日衆。雍正四年，南令欽璉請將上南鹽課均攤兩邑，於地漕項下，畝征三釐九絲二忽六纖，俾民食竈鹽而不干法，惜浙民仍食浙鹽，必由浙彙題乃協政體，迄未及施行。又水蜜桃爲淞南特産，垂熟時，輒由官票封園，胥役從中漁利，乃高其售值，以取於民，此居高位者所不及知也。詞凡六十闋，如所云"武弁帮閑更小帽，文人避謗換新鞾"者，已近鄙璅。又如"尼院餽來和尚豆，倡家煮出小娘蟶"，則取俗語故作險譚，益無謂矣。

三四　朱紫鶴與張嘯峰

吳縣朱紫鶴和羲，嘗與吳清如、何梅屋、顧子山、潘麐生、丁松生諸人結社吳下，其銷夏詞課，約同賦鄔都督光霽樓，謂都督佐平臺灣，功成歸隱，光霽樓其填詞處也。紫鶴賦〔八聲甘州〕云："溯風流儒將定邊還，卸甲換征袍。慰從軍心事，綠楊繫馬，閑聽嘶驕。明月喝升光霽，樓外絕鳴梟。剪錦裁新句，胸有并刀。　　爲訪遺踪何許，甚亭臺零落，草樹飄姚。想銅琶豪撥，急雨帶春潮。播江南、甘州一曲，便歌來、事業等塵銷。空贏得、聽田家説，落拓辭朝。"蓋即和其《閩南紀捷》原韵也。仙霞居閩浙之衝，李文定佐平耿藩時，亦駐軍扼此。其地風景絕勝，余自三衢歸里，應試嘗取道仙霞至浦城，岩巒積秀，遍山皆毛竹，輿行叢翠中，梢葉縈拂，有聲如在雲溪烟艇，至今猶夢憶之。紫鶴詞與張嘯峰《綠竹詞》合刊，嘯峰有《秋風采蓮詞》〔虞美人〕回文，藏七律一首，云："牆紅繞水流橋小。隔岸花迎笑。袖兜香動晚風秋。折藕影留斜日落飛鷗。　　塘橫過艇撑竿竹。渚遠看烟撲。雪洲涼意笛情幽。領略湘江勝景畫南樓。"極見巧思。

三五　唐直甫夢硯

唐直甫明府舟行泊羚羊峽，夜夢一老人舉硯授之。既而有鬻硯者，撫視之，古色斑然，石質留潤，蓋明陳忠愍雪聲堂遺物也。因以夢硯名齋，且繪圖紀之。陳息凡題以〔念奴嬌〕，後半闋云："試看卅載携將，盛名海內，珍重爭題記。江漢旬宣陰蔽芾，長物歸來餘此。雪夜聲閑，草堂人靜，抱研呼翁起。模糊難問，夢中當日心事。"蓋爲直甫子方伯補題，時子方自楚藩乞歸也。先是吳石華客京師，於公車中識子方，亦獲睹是研，爲填〔臺城路〕云：
"西風忽斷騷人夢，江聲可憐凄絕。半壁殘山，經年戰鼓，往事那
堪重説。金甌易缺。更玉帶飄零，土花同蝕。月落楓青，瘦猿隱隱
聽嗚咽。　　當年猶記草檄，嘆槐封哭醒，誰吊寒雪。地老天荒，
海枯石爛，鸜鵒也應啼血。銷磨似鐵。問幾度滄桑，夢痕明滅。譜
入陽關，竹聲吹又裂。"語尤凄激。蓋其時兵氛慘黷，子方又奉諱
將歸故爾。直甫父子風裁皆非俗吏，硯得所托，良非偶然。

三六　陳朗山

張德甫廉訪偶得唐琴，爲酈海雪故物，於可園酒座中出以示
客，陳朗山爲賦〔八聲甘州〕，有"莫再彈、古桐海雪，恐月明，
孤鶴唳霜音"之句，不知赤雅人才，亦入夢否也。德甫先世文烈
公，忠節巍然，家藏其蘭石便面，爲寄内之作，朗山見之，亦填
〔法曲獻仙音〕云："幾葉騷蘭，一拳媧石，孤影曩時誰伴。挽日虞
淵，同時義士，收拾國香零亂。嘆物與人千載，模糊古愁滿。
更凄黯，是盤楲、黑虯精魄，還繞定、蒼梧翠華宫扇。吮墨寫同
心，想殉井、鴛釵應見。好付新題，把丹青、遺恨重展。盡山河彈
指，紙上血痕難浣。"文烈授命後，夫人亦投井，以殉雙節，留芬
此扇，固當增重。注謂：文烈軍敗時，泗水至一家門外，倚楹倦
寐，主人夢黑虯繞柱，乃盡出家財，復佐募軍。蓋本於行狀。固知
河岳之英，生有自來也。

三七　蔣劍人

蔣劍人敦復，寶山人，嘗被蜚語，易緇服遁居南匯。適會稽王
四箕潤爲邑丞，與邑人謀延之主荷花塢梔子庵，庵有香光樓，爲
董玄宰讀書處，榜"繡佛前"三字。四箕贈句云："繡佛前頭讀書
處，此中合作住持僧。"邑人顧澹園成順每過談詞，後有《寄劍人
〈尾犯〉用清真韻》云："波涵秋影。正悲秋人在，水天初暝。危
亭獨立凉飈裏，任金猊香冷。斷雲一片，悵望處、明霞近。倦登

樓、不是無情，舊歌誰耐教聽。　　似此清愁難盡。倚羅屏，莫暗省。況一聲落雁，幾樹丹楓，怎堪消領。翠被紅蕤枕。偏憶著、懨懨成病。空目斷、露下銀塘，萬花涼夢都醒。”即謂荷塢聯吟事也。劍人逃禪時，名妙塵，號鐵和尚。故澹園又有《重過荷花塢懷鐵上人》〔點絳脣〕云：“水閣風清，柳絲織就黃金縷。藕花深處。誰摘蓮心苦。　　人去天涯，離思簫難譜。涼雲度。重簾遮護。綠沁芭蕉雨。”後復返儒冠，追憶前事，乃自筆之。

三八　衲子詞

　　《詞綜》所錄衲子詞，佳者殊鮮。如峨眉僧月禪〔踏莎行〕句云：“人間醉眼眩千花，一番風過都無影。”盤山僧香雲亦賦是調，有句云：“玲瓏夢破玉壺中，翩翻光映摩尼頂。”雖稍露禪鋒，語仍凡淺。杏舲《詞話》增錄者，較有佳作。然吳僧果心《夜聞隣家度曲》〔西江月〕云：“何處歌聲隱隱，夜深偷譜宮商。遙憐鶯舌囀如簧。裊裊柔絲輕揚。　　月底不堪嗚咽，風前更覺凄涼。隔牆猶自斷人腸。何況酒邊低唱。”是則花影釧聲，枯禪已破，奚待摩登婬室耶！就中荊溪僧方竹，名超正，拈〔江城子〕賦廢園云：“竹籬花徑小山幽。碧雲浮。澹烟收。猶記當年，歌吹每臨流。芳草無心隨意綠，人去也，恨悠悠。　　飛來粉蝶弄輕柔。漫凝眸。上心頭。惆悵今番，不似舊時游。人世茫茫渾似夢，聊一枕，學莊周。”雖未凈色塵，尚有蕭逸之致。余曩在鹿城，聞雁山某寺一僧名明心者，嘗從征苗匪，積功參游，自悔殺業，幡然飯佛，有〔三部樂〕詞云：“去去閑雲，有幾處青山，幾番芒屩。夢覺霜鐘，又是冷蛩啼老。等閑無奈雙丸，祇多般做弄，塵中昏曉。秋聲易警，那見痴兒醒了。　　瞥眼舊時甲帳，似西風亂葉，恩恩都掃。漫說戟門春麗，牙旗雲繞。算逍遙、孤帆抽早。盡禁受、浪春潮橋。征雁過也，驀勾起、前情多少。”前闋警世，後闋自述，其言似見道者。

三九　閩俗五顯神

湯文正撫蘇，奏毀上方山五通神，其事至今傳播人口。同時漢軍郭公世隆督閩浙，亦檄除五顯神廟，則閩人且罕知之者。閩俗信鬼，多淫祠，尤畏五顯神，稱以五帝。距省治八百里某山，有五顯廟，壯麗甲八閩。一日，野火自起，連楹俱燼，火熄而郭公檄適至，正直之氣，使邪神震懾，可與睢州并美矣。楊景元紀以〔望海潮〕詞云：“柏叢靈語，荒厓神迹，炎官一炬都銷。雕棟灰飛，牙門霜勁，城狐社鼠難驕。急羽路迢迢。笑帝江赤焰，先避嫖姚。剪盡烏蠻，回看羲曜燭重霄。　兒童爭譜風謠。道梁公辣手，又見今朝。竹馬乍迎，桃更快掃，閩山認取餘焦。雙澗息鳴鴞。是精誠天許，蜮去祥招。記與遺聞，上方吳會好同標。”今閩中五顯之祀未廢，市井有設詛者，必曰五帝捉汝。以郭公毅力，不能永杜頹風，亦可慨也。

四〇　吳縣沈桐威

吳縣沈桐威起鳳，以舉人歷祁門、全椒訓導。有文名，尤長於詞曲。嘗著《諧鐸》一書，寓言八九，多涉諷刺。時大興朱文正撫院，稱好佛。桐威戲為《討貓檄》譏之，載書中。同僚有構蜚語者，朱聞而怒，欲劾之。桐威亟上書自剖，有云：“傳成《毛穎》，中書君元屬寓言；賦本《子虛》，亡是公何關實錄。”又云：“曩謁小程夫子，許參立雪之班；今望大宋門墻，願侍披香之席。昌黎伯招生館下，皇甫盡得其真詮；廬陵公持節寰中，劉幾自裁其偽體。”蓋桐威固嘗隸竹君學士門籍也。文正讀其文，拍案嘆絕，事竟釋。世傳其《報恩圓》《才人福》《黃金屋》諸傳奇，亦調侃世人之作。中多綺語。桐威晚年頗悔之。嘗詣栖霞山寺，謁住持僧豁堂，乞參大乘法，僧斥其淫魔。桐威曰：“弟子幼讀儒書，長耽净業，何敢犯淫。雖好詞華，特文魔耳。”僧曰：“汝不知乎，是即淫魔之變相也。苟有定力，尚可懺除。”因設蒲團，令閉目趺坐。久之，覺腦後開眼，有粉白黛綠者數十輩，自稱鄭玉奴、孫佛祖、李穎娘及瑤英、媚蘭、綉琴，皆所著傳奇中人，競前相嬲。桐威悟其妄，迄不一顧，乃化敗葉散去。因從僧虔脩白業，舉所作諸稿悉焚之。且題詞寺壁云：“合掌作膜拜，聽我懺平生。三吳妄男子耳，少小得狂名。第一讀書成癖，第二愛花結習，餘事譜新聲。因此墮塵夢，棒喝不能醒。 仗吾師，施法力，轉金輪。從此不拈一字，倒看《相牛經》。人遇鳩荼識母地，禁詞章樂府，到處少逢迎。面壁十年後，陪侍上瑤京。”蓋客慧狂花，劃除頓盡，可謂勇於改過者矣。又有〔沁園春〕《咏書》云：“我自憐卿，卿真負我，拔劍相看也不妨。”則以名場蹭蹬，自抒牢騷，讀者爲之扼腕。

清詞玉屑卷四

一 安溪李文貞

定鼎以來，名賢輩出，若湯文正、陸清獻、楊文定、張清恪諸公，類能預於見知，驗諸實踐。而當國久得君專者，無如李安溪，一時衆流鱗附，擬於昌黎、廬陵。然當代陽秋，非無疑論，語録晚出，口實尤紛。余以爲安溪立身，容有私議，而二百年來，經術昌明，文治丕振，先河之導，厥功當在不祧。近人李漢甫游閩，嘗過湖頭鄉謁李文貞祠，是夕即宿榕村書屋，賦〔百字令〕《紀事》云：“百年閩學，嘆傳薪火盡、巋然孤屋。十丈榕陰涼似雨，照見鬚眉俱綠。帶草春榮，綉苔秋碧，萬个琅玕竹。影堂一燈，瓣香遙拜尊宿。 當日師説紛歧，鵝湖鹿洞，兩地分蠻觸。鉛槧飄零悲覆瓿，不數元亭西蜀。絳帳傳經，青門種圃，何日成高躅。藏山副本，等身著作誰録。”注謂：時方重刊《榕村全集》。湖頭鄉至安溪縣城六十里中，溪景佳絕，漢甫別有詞寫之，所謂“半剪溪光如畫裏，棹破一奩深碧”也。蕭條異代，乃繫人景慕如此。嗟乎，雍乾文禁，性理束閣，而道咸以衰，祁曾踔起，樸學師導而中興，以集理學，亦何負於國哉！

二　劉芑川沁園春

李分虎《廣陵驛舍對月》〔揚州慢〕後半闋云："竹西歌吹，甚聽來、都換笳音。料鎖篋携香，籠燈照馬，翠館雛尋。淮海風流秦七，今宵在、夢更傷心。有燕犀屯處，明朝莫去登臨。"時值撤藩之變，遇山左調兵南下也。憫征之涕，千古所同，然當日豐沛子弟，鶴列桓桓，固所謂"公侯干城""公侯腹心"者，後來乃有"振振麟趾無窮意，盡在吁嗟一嘆中"之咏，曾幾何時而變衰至此。劉芑川《感事》〔沁園春〕云："怒髮衝冠，恨血沾襟，鬱勃難銷。問飛將軍，是誰李廣，橫行青海，幾許天驕。未缺金甌，空捐玉幣，爲甚和親學漢朝。多時累，我胸中磊塊，索酒頻澆。　　誰圖無限憂焦。忽眉舞、神飛在此朝。看磨刀水赤，人心未死，彎弓月白，鬼膽先飄。撥襖同袍，犁鉏當戟，不待軍門尺籍標。腥臊滌，聽歡聲動處，萬頃春潮。"悲憤中忽作快語，或指治團而言耳，一簣武嘉，豈意竟回滄海。

三　林鄧唱和

海氛肇自焚烟一舉。林文忠以江督奉使涖粤督其事，與粤督鄧嶰筠有笙磬之契。嶰筠賦〔高陽臺〕云："鴉度冥冥，花飛片片，春城何處輕烟。膏膩銅盤，枉猜繡榻閑眠。九微夜爇星星火，誤瑤窗、多少華年。更那堪、一道銀潢，長貸天錢。　　星槎恰到牽牛渚，嘆十三樓上，暝色凄然。望斷紅牆，青鸞消息誰邊。珊瑚網結千絲密，乍收來、萬斛珠圓。指滄波、細雨歸帆，明月空舷。"即述搜檢鴉片事。文忠和云："玉粟收餘，金絲種後，蕃航別有蠻烟。雙管橫陳，何人對擁無眠。不知呼吸成何味，愛挑鐙、夜永如年。最堪憐、是一丸泥，損萬緡錢。　　春雷欻破零丁峽，笑蜃樓氣盡，無復灰然。沙角臺高，亂帆收向天邊。浮槎漫許陪霓節，看澄波、似鏡長圓。更應傳、絶島重洋，取次回舷。”二詞俱盛傳於世。又因防海，於中秋夕，同登沙角礮臺絶頂晾樓，月輪湧上，海天一色，以〔月華清〕詞相唱和。嶰筠詞有云：“却料通明殿裏。怕下界雲迷，蜃樓成市。訴與瑤閶，今夕月華烟細。”文忠詞亦云：“向烟樓、撞破何時，怪鐙影、照他無睡。”固不離本怡。相傳文忠募善泅者鑿破敵艦，敵頗憚之，因有詔留文忠督粵，而移嶰筠督兩江。嶰筠，上元人，建節鄉里，尤推異數。於道光庚子元旦受代，賦〔换巢鸞鳳〕云：“梅嶺烟宵。正南枝意懶，北蕊香饒。甚因催燕睇，底事趁鴻遥。頭番消息恰春朝。蓼汀杏梁、青雲换巢。離亭柳，漫縮綫、繫人蘭棹。　　思悄。波渺渺。簫鼓月明，何處長安道。洗手諳姑，畫眉詢婿，三日情懷應惱。新婦無端置車帷，故山還許尋芳草。珠瀛清，者襟期、兩地都曉。”文忠亦和之。迨抵金陵，寄文忠〔酷相思〕句云：“眼下病，心頭事。怕愁重、和春擔不起。儂去也、心應碎。君住也、心應碎。”尤見藎臣肫抱。二公忠誠體國，而其詞皆雍容閑雅，世以韓范擬之。

四　林鄧譴戍

朝廷用時相穆鶴舫議，以琦相督粵主和，而二公俱譴戍。嶰筠有《伊江新月》〔百字令〕詞，頗傷遲暮，云：“戍樓西眺，乍纖纖、光逗邊庭新月。曾是烏孫盤馬地，笳管而今吹裂。草尚藏鈎，冰將碎玉，冷照弓刀雪。如環纔好，那禁窺户如玦。　　搔首欲問嫦娥，還應知我，白了盈簪髮。縱不傷春春也瘦，休負枚生七發。雲擁參旗，風催叠鼓，夜向南山獵。歸來欹枕，夢回天上宫闕。”又與文忠綏定城看花，同賦〔金縷曲〕，嶰筠句云：“雁柱華年真一夢，問啼鵑、可解離人意。春漸老，勸歸未。”文忠則云：“怨緑愁紅成底事，任花開、花謝皆天意。休問訊，春歸未。”襟抱固稍不同，蓋嶰筠長於文忠者十年，當戍邊時，已逾周甲，後竟先文忠賜環。九日入嘉峪關，有“説與歡腸，者回客况是歸去”之句。嶰筠七十，文忠亦六十，有《寄壽少穆》〔壽星明〕四闋，次闋後半云：“賈生才調無倫。聽交口、同聲遍搢紳。笑吾先衰也，安能爲役，公真健者，迥不猶人。百斛扛餘，千筍繫處，宣室還聞念逐臣。曾造膝，謂公才勝我，天語如春。”注謂：去冬引對養心殿，蒙諭：“朕看林某才具似勝於汝。”具征先皇睿識。又末闋述墾荒事云：“萬里邊城，地幹遥通，萊蕪未開。恰我聞有命，勸農隴右，公行復起，闢地輪臺。雁戶操豚，鱗塍買犢，搜粟摸金莫浪猜。真成笑，笑屯田壽海，一例相陪。　　曼胡纓短風吹。定策馬、龍沙日幾回。念花門種別，休教咨怨，菑陂利溥，盡盼招徠。將受厥明，日嘉乃績，異域銘功羨此才。承丹詔，向酒泉西望，定遠歸來。”文忠督墾，周歷邊城者累載，迄奏績，歲省濟邊費甚巨，邊帥入告，盡歸其功於文忠，乃以京卿內召，其不蔽賢，亦有足多者。

五　丁子初詞

西北諸城，皆康雍時百戰底定者。自戍客漸集，始稍被文藻。無錫丁子初爲杏舲世父，困於諸生久不遇，乃以流外官待次山右，忤大吏，戍烏魯木齊，迄道光初年，特詔釋回。子初亦工詞，《經古浪道》〔浣溪沙〕云：“匹馬馱來萬斛愁。萍踪遠逐野雲浮。新聲聽到古凉州。　　迎面晚山含日冷，夾車新水帶冰流。濃春烟景似深秋。”〔眼兒媚〕云：“天山雪後凍嶙峋。寒極似無春。推窗試看，凌兢梅萼，也減精神。　　拈毫欲賦研池冰，誰繼兔園塵。拼教今夜，割鮮行炙，醉吐芳茵。”末僚中有此詞才，乃蹇直忤時，竄身絕域，亦可嘆已。詞中真蒸韵通用，雖前人有行之者，終屬疏率，當時不甚講韵律也。

六　咏海氛犯江浙死烈

海氛犯江浙，死綏最烈者有四總戎之目，謂王剛節錫朋、葛壯節雲飛、鄭忠節國鴻、陳忠愍化成也；又有三將軍之目，謂葛壯節、陳忠愍及陳副將連陞也，皆見篇咏。壯節戰死舟山，其妾率殘部血戰奪尸回，後建祠甬東，并藏所遺寶刀二。其一曰成忠，乃壯節死難時手握不釋者。錢唐張蘩甫景祁爲賦〔酹江月〕云："連環龍雀，甚斑花剥紫、英鋩如舊。要與乾坤平浩劫，青海磨銅時候。光弼韡中，霽雲席上，血灑屠鯨手。樓蘭未斬，白虹驚看纏門。　當日刑馬鏖軍，蛟門月黑，橫稍空支守。想見戎衣斜壓處，肝膽一身能剖。碧葬遺冠，金寒佩玦，兩字成忠壽。風生霜鞘，壁間猶作騰吼。"精鐵長留，英名不朽，此詞亦作作有鋩。忠愍，侯官人，與牛督部分守吳淞。牛先遁，忠愍力孤，陣歿。黃研北司馬仁有《吊蓮峰軍門》〔水龍吟〕云：海天獨障狂瀾，鳶飛欲堕愁無際。黿梁乍駕，鶴軒何處，沙蟲爭避。大樹思公，長城壞我，石銜填未。把純鈎欲試，唾壺頻擊，揮難盡，英雄泪。　畢竟將軍不死。跨長鯨、敵魂猶悸。金戈鐵甲，雲車風馬，雷霆精銳。豹苦留皮，鷄羞斷尾，有如江水。報馨香俎豆，泖峰同壽，壯乾坤氣。"蓮峰，忠愍字也。祥符周叔雲都轉亦與忠愍契，嘗登丹鳳樓望黃浦，賦追懷忠愍詞云："放眼東南，蒼茫萬感，奔赴欄底。斗大孤城，當年曾此，笳鼓屯千騎。劫灰飛盡，怒潮如雪，猶捲三軍痛泪。滿江頭、陣雲團黑，蛟龍敢嚙殘壘。　登臨狂客，高歌散髮，唤得英魂都起。天意倘教，欲平此虜，肯令將軍死。祇今回首，笙歌依舊，一片殘山剩水。傷心處，青天無語，夕陽千里。"叔雲兄弟訶亭、訒盦、涑人、季貺皆有才名，而叔雲由名翰林出爲監司，遇最顯，其詞頗近迦陵。

七　姚履堂

姚履堂大令懷祥殉定海之難，亦閩籍。其初死狀未明，襃卹不及，久之乃獲卹如例。嘗分校秋闈，身後僅存其藍筆手書。湯果卿司馬成烈與同官，即於藍字後題〔水龍吟〕吊之云："海濤捲盡雲旗，靈風怒壓鯤鯨浪。軍餘殘戍，城懸孤島，臣心空壯。槳折鴛鴦，烽攖犳虎，星先隕將。算陽侯相逼，馮夷相迓，名不與，身俱喪。　爲展當年遺翰，想霓裳、衆仙同唱。鸞翔天表，蚊騰雲外，英姿颯爽。片紙琳琅，故人鄭重，墨林珍賞。待鐫華石室，行間正氣，浩然流響。"是役，提督余步雲節節退避，逮問論斬，先畫像紫光并撤之。"殘戍"句，為步雲言之也。自是構兵累載，督師屢易，迄於無功。程夢盦庭鷺嘗與軍門公宴，賦〔慶春澤〕云："笳鼓聲雄，貔貅隊肅，紅燈萬帳齊懸。有酒如淮，今宵餞臘迎年。何如元夜昆侖宴，奏奇功、談笑尊前。讓諸君、怒力兜鍪，想望凌烟。　　書生豈有平戎策，祇橫腰劍氣，虹亘長天。盾鼻濃磨，分來墨瀋吟箋。指揮早定殲群醜，抵圖成、聚米山川。趁東風、浪湧錢江，正駛樓船。"注云：是夕輔國將軍畫《指揮如意圖》，邀賓佐賦詩。將軍，謂奕經也。貝子木客其幕，有《咄咄吟》述軍中褻事甚詳。漏上、棘門，大都兒戲，乃當華燈春宴，亦意氣縱橫如許。

八　咏天塹與王月村

吳淞雖挫，使扼天塹之險，以截敵艦，猶可守也。乃督師者一意主款，聽其犯長江，陷京口，直逼石城，壺漿載途，蠡鼓迎拜，論者耻之。松滋謝默卿〔念奴嬌〕云："潤州天塹，嘆成敗、古今奸雄豪杰。對湧金焦銀浪裏，飛出瓊臺玉闕。上扼荊襄，橫遮越豫，險阻稱奇絕。江山依舊，不堪重與追說。　　誰道荒島窮彝，海波千萬里，樓船飄瞥。火箭風輪經，過處，牛酒齊供饗餮。運策何人，逡巡終致此，滿城流血。驚魂剛定，却聽歌吹嗚咽。"蓋登北固山望海，追慨往事而作。當敵迫金陵，有王月村者，名鈞素，任俠，好抑彊扶弱，豪族多怨之，乃誣言其將作內應，月村無以自白，遂作書別家人，投文成橋下死。秦淮妓楊蘭仙，其素狎者，亦從死。梁溪秦補茵，嘗於漕艘中識之，賦〔二郎神〕哭月村云："月村已矣，更誰復、雄心說劍。嘆一片俊懷，半生俠骨，都付長河練。定有精魂，騎鯨去也，足與三閭爭焰。道魚腹堪填，鴻毛何惜，此名難玷。　　誰辨珍珠薏苡，古今同鑒。拼白玉多磨，黃金易鑠，要使水清終見。橫海樓船，燭江烽火，壓境偏師難犯。博得個，腰領全歸，身後從他月旦。"詞不爲工，其事則可紀也。其時大纛高牙者城下訂盟，屈心樽俎，不以爲恥，月村一菰蘆士，橫被疑謗，硜硜以死自明，亦庸中佼佼者矣。惜詞中不及蘭仙。

九　烏石山古梅

當海氛犯閩，彼族侗踞烏石山，幾如東粵之三元里。徐松龕中丞繼會力主和議，士心憤激，前録劉芑川〔沁園春〕詞，即是時所作。烏石山中范忠貞祠，有古梅一樹，相傳爲宋代物，山爲寇踞，梅亦無過問者。謝枚如客寧德，填〔金縷曲〕有云："撩起我、淒涼心事。細雨忠貞祠下過，人對花、齊滴傷心泪。要花看，將何地。"及歸，聞有人將縱斧，先數日梅竟憔悴死。後睹肖岩所得汪稼門《梅信》詩，書扇贈吳清夫翰簿賢湘者，意有所觸，因題〔滿江紅〕詞云："嚴凍一天，偏做出、江山春色。纔曉是、調羹手段，消寒骨格。香暗不沾蜂蝶鬧，枝高故耐冰霜迫。奈賦花，人盡鐵心腸，花非阨。　　宜愛護，休摧摘。今忽悴，誰之責。冷相思無著，檜低月黑。夢斷忠貞祠下路，薶香也化萇宏碧。屬瘦魂，莫向隴頭銷，招應得。"其跋語且追羨稼門治閩，時當國家休盛，綱舉目張，得所藉手，不禁感慨繫之。

一〇　陶谷梅鶴

陶谷有古梅，傳爲貞白手植，王雨嵐章嘗過之，與主人徘徊梅花下。主人又蓄鶴，鶴適病臂，飼以藥，因製《病鶴詞》，雨嵐和之。後遇兵劫，梅與鶴俱盡，爲賦〔金縷曲〕，且作圖卧帳上，録詞相慰。既而自滬買梅十數，又邑簿贈一鶴，然新不若故也。暇日再過，填〔長亭怨慢〕一解云："料非是、遼陽返駕。一笑重逢，美人林下。別後相思，早催淒句、入圖畫。舊游剛罷，翻泪落、新歡乍。明月便飛還，奈不似、那回良夜。　　片雲。記翩翩人夢，醒覺冷香盈把。當時共我，君忘了、孤山留話。且莫道、補却情天，怕艷劫、離魂難化。況空守寒盟，兜底上心來也。"歷來名迹燬於兵劫者多矣，正不獨范祠殘涕。

一一　劉子仁百字令

鯨鱷扇氛，連城朽拉，其能手障危疆，屹爲砥柱者，獨姚石甫耳。石甫桐城世族，任臺灣道，屢平劇寇，海警作，誓死捍守，瀕危獲全。事平，乃爲人論劾逮問。張亨甫追隨入都，時論義之。迨奉詔再起，劉子仁敦元集同人設餞於方石儂北園，賦〔百字令〕二闋。其一云："褄堆塵土，看恩恩來去，鞭絲輪鐵。鴻爪因緣紛舊印，誰認當年泥雪。人記山陰，宴留河朔，此際曾輕別。游踪如夢，一時鶯燕愁説。　　今喜澹點羅雲，幽篁深處，松補軒窗缺。小聚春燈容易過，到了黃花時節。酒面分濃，詩肩辣瘦，帽脫秋陽熱。叨陪賓從，早霜休嘆華髮。"述往還踪迹及名園宴集而已。其次闋乃追述守臺事云："咄哉循吏，曾滄溟赤手，腥風剸鱷。囊劍歸來豪興在，未許閑栖林壑。松棟雲瞻，棠坼霖望，要把胸懷拓。京華回首，者番無忘歡劇。　　嗟我倦羽飄蕭，夷門關外，愁聽侯嬴栅。故國園亭成旅舍，寒信頻催征鐸。樹暗峰圍，檣飛波晶，朋舊天涯各。何時重會，曉山猶挂樓角。"子仁，桐城人，與曾賓谷、李石農、姚姬傳、謝蕉石俱爲文字交。趦趄卑官，栖皇終老。其《題抱琴圖》〔風入松〕云："無弦誰解其中趣，到如今、腔調翻新。"正有無限感概。又《戲咏不倒翁》〔百字令〕云："不解逢迎存面目，留作終身圖據。强項何妨，折腰幸免，我亦平生許。"諧語足見其人。

一二　宋己舟金縷曲

庚申之役，六飛出走，淀園爲墟。近畿禁旅如雲，獨勝克齋尚堪一戰耳，言之可痛。宋己舟謙是歲自京師南歸，有《咏杜鵑》〔金縷曲〕三闋，不勝國破城春之恨。其一云："一碧無情樹。伴殘更，滿庭月色，蕭寥如許。客底青春容易擲，安得韶華長駐。便吻血、啼乾何補。空抱無窮家國恨，莫柳絲、能縮游踪住。怎不識，早歸去。　　去年爲爾尋歸路。覺遠游、他鄉雖美，洵非吾土。今日故園春正好，閉户竟無生趣。還道是、遠游堪據。滿地干戈行不得，更鷓鴣、啼到聲聲苦。歸已誤，去何處。"其二云："飲恨空千古。便曾生、帝王家裏，此身何補。死後生前多少恨，啼月凄涼安訴。問當日、誰窺蜀祚。縱使江山無恙在，想歸帆、應向天涯去。　　又怎定，浪游處。即今斷魄栖殊土。請還問、玉壘寒雲，錦江春樹。萬里游魂招不到，落盡橦花無數。帝子兮、不來日暮。猶是蠶叢開國地，舊山川、留豢閑雞鶩。身世事，茫無據。"其三云："但勸人歸去。笑當年、渺渺春魂，却歸何處。一片凄涼無賴月，畫出不情庭宇。問何似、隴雲棧樹。劫後春心牢落甚，向夜深、花底低低訴。奈莫喚，東君住。　　山川滿目今誰主。憶昔日、繁華宮闕，全然非故。莫向天津橋上去，時事可哀如此。怕還有、行人聽取。且揀寒枝栖怨魄，看他鄉、寒食瀟瀟雨。莫衹管，啼聲苦。"述眼底滄桑，字字酸淚。陳石遺序己舟《燈昏鏡曉詞》，謂："閩人好學蘇辛，第以龍川、龍洲爲蘇辛，所見獨'大江東去''明月幾時有''千古江山'三數闋耳。其'春事闌珊''冰肌玉骨'，以及'寶釵分''斜陽烟柳'諸作，纏綿凄惋，雖晏、秦、周、柳無以過之者曾未之見耶？"余深服其論。

一三　樊鶴舲

樊鶴舲景升《庚申出都》〔金縷曲〕句云："一路西山閑送客，恁含顰、似解留人住。"其時京師無恙也。迨爲許牧生明經題虹橋春柳圖〔臺城路〕詞有云："紅羊屢經浩劫，嘆靈和殿杳，空剩遺址。旅雁驚霜，哀蟬吊月，凄絶漢宮秋思。"則淀園劫後之作，寓感頗深。次年辛酉六月，避寇淮城，訪周小芝於城北水陸寺，賦〔臺城路〕，意尤凄切，云："隔江笳鼓深更咽，聲聲做成凄惋。斷研敲詩，孤鐙煮夢，迢遞良宵過半。漂流興懶。怕屈指西風，素紈驚换。一水相思，滿花香冷結幽怨。　　茫茫愁海萬頃，化成精衛鳥，何日填滿。好月多情，澄霄照影，可慰天涯人遠。行吟澤畔。

恨幾點疏星，一繩新雁。燐碧荒祠，漏長歸路晚。"時黃巾遍地，倦旅栖皇，固宜觸緒多感。鶴舲，天津人，津門能詞者殊不多覯。

一四　汪梅村感時之作

汪梅村集中多感時之作，其《紀淀園劫火》〔滿江紅〕云："海燕歸來，嘆燕麥、青青如繡。依稀憶、建章宮闕，瑤臺玉漏。三五六經神聖矩，百四十載車書轃。比周家，輯瑞在明堂，朝群后。　幸叔武，能居守。有散宜，供奔走。惟河陽踐土，天子巡狩。至竟朝廷尊北極，偶然熒惑躔南斗。祇銅人，掩淚望鑾輿，千門柳。"叔武，謂恭忠親王。時方留京議款，珠槃雛定，金輿不歸，落日蒼梧，千古餘痛。又《庚申十月見京官南來者感賦》〔霓裳中序第一〕云："翠羽文梁燕。曾見王郎舊團扇。俊極晶簾冰簟。忽葉落宮梧，暮蟬淒怨。金波低轉。剩回欄、碧蕪庭院。秋風急、乘楂仙説，蓬萊亦清淺。　紅綫。逝如飛電。祇疇昔，衣香不斷。忍把羅衫袂剪。輸情托微波，采珠人遠。歌喉留一串。已清涼、雲廊水殿。鉛盤冷、爲誰攀折，淚盡頑銅眼。"言外頗寓諷刺，露花烟柳之遺音也。咸同大臣負清望者，推閻文介，其自疆節退歸，久隱中條，人仰之若謝安石，而梅村賀其拜命治賑〔柳初新〕云："藐姑風格才兼貌。驂鸞翮、游雲表。趁時梳裹，當筵諧謔，本愧邯鄲佳妙。記昔年歡笑。是仙郎、素心傾倒。　聞説佳期又好。奈無端、黃昏已到。哀絲幽怨，舞衣摺皺，雛學揚州年少。縱對客、琵琶强抱。總不如、相思舊調。"謂其鑿枘忤時，若勸其終隱也者。後再起爲大農，務節流，終以致謗，梅村固有先見。

一五　杜筱舫

道光庚戌，湖南李沅發之亂，裕莊毅、官文忠督師駐武岡州。杜筱舫方佐莊毅幕，奉檄偕夏愨庭方伯馳防靖州，行抵回龍觀，諜報：賊於前一夕，劫城南廿里之博提軍，坐營折健將七人，計所率祇小隊廿餘。與憩庭謀，亟馳入州城，乃有長策。次日經老鷹岩，俯視旌旗蔽野，賊衆殆以二三千計。悚駭間，州牧裴石蘭鯤鳴已整隊來迎，神頓王，即聯轡入城。既而偵賊已南退三十里，乃咨提軍重整舊隊，檄鎮篁各軍共追捕之。其在靖州、宿州署，春雨山房石蘭嫻音律，能以素紙髹漆爲洞簫，音甚清越，出一枝贈之，筱舫賦〔定風波〕爲謝，詞中兼及兵事，云：“月落星沉賦曉征。渠陽草木正愁兵。策馬崎嶇繞度嶺。奇警。俄看戈戟遍郊坰。　　刺史教民齊製梃。能整。旌麾鐃鼓枉相迎。親製名蕭勞手贈。同聽。鳳鳴聲和凱歌聲。”靖州防甫緩，又奉檄會鎮篁勁卒，赴粵西兜剿，由綏寧至粵西之懷遠、義寧，入桂林省，又由西埏大埠頭，循大蓉江折回新寧，獲沅發於金峰山頂，大功始竟。當道出靖州桃花坪，正猺人吹蘆笙賭唱擇偶之日，適日暮大雨，娥媌有空返者。苗、猺、狑、獞諸寨，多因樹爲屋，屋三層，上供栖息，下蓄牛羊，中爲起居之所，見官騎過，婦女倚樓爭瞰，露腕闌楯間，手釧闊至二三寸，耳鐶有大如茗琖者，或連綴數環垂及肩際。是晚苦無宿處，適有汛官空廨借居之，風雨中，荒齋幽寂，增人旅感，口占〔清平樂〕云：“笙歌纔住。桃花坪下春歸去。盡有含愁嬌不語。冷落鳳轙金縷。　　休憐遇合難齊。荒衙暫假幽栖。滿地落紅狼藉，一天風雨凄迷。”又旅踪所至，經北城之風洞，一名彩勝山，有寺甚宏敞，從殿後穿大石洞出後山，仍在寺內。土人云：從旁洞暝行，可渡灘江至對岸之栖霞。在洞中行時，聞頭上篙檝聲，蓋其石至巨，綿亘江間無罅漏也。又云：祇冬令可行，餘時有虺蜴患，今封閉久矣。筱舫有〔兀令〕一闋紀之云：“環寺皆山嵐翠擁。隔江波動。烟浪搖晴棟。認噓壁龍蛇，一徑通幽洞。乘興蹋遍莓苔，雲外天垂縫。又佛樓高聳。　　聽說人穿磐石空。暗風吹送。身似驂鳳鷟。早越度栖霞，峰首渾如夢。笑我戎馬偷閑，隨處誇餘勇。恨不曾飛鞚。”三詞皆未入集，見所著詞話。又云：莊毅善後疏內有云：粵西伏莽太深，恐後此有不忍言者。未數月，赭寇即於金田起事。老成先見如是。

一六 青蓮教

白蓮教匪煽亂遍南北，婦孺罕不知者，而別有青蓮教者，與之同源分枝，則知者殆鮮。杜筱舫早歲客鄂，值湘南莠民陳依精等借教煽亂被捕，即青蓮教也。初設乩壇於武昌洗馬池，後有察知者，乃移壇漢陽府城西，又遣人分往各行省傳徒，蠱誘附從者以數萬計，府縣密捕得之，搜獲符籙字冊無算。筱舫時佐武昌郡幕，以兩晝夜力遍閱之，察知意在斂錢，尚無悖逆情證。又從各路書札內，備悉各省立壇者名氏居址，由太守白大吏，飛咨提解，旋皆獲懲。其本案，由姚補之太守會武漢兩郡督審，循故事，由武昌讞局主之。姚以筱舫具悉案情，邀入局襄事，有私釋教犯者，大吏欲治以縱囚律，筱舫謂犯者未到官，謂之罪人則可，終不得謂囚，爭之甚力，姚以此益重之。後姚權漢陽守，即招之入幕，且助貲使入官，宴肇於此。筱舫有〔滿庭芳〕詞，述青蓮教事，即主讞時所作。其詞云："洗馬池荒，扶鸞地僻，避人潛渡晴川。琴臺南畔，深隱煉金丹。偏説乩壇示警，教扃户、日斷炊烟。誰知有，村童暗指，參合夢中緣。　銀鐺宵就鞫，神迷白梃，口誦青蓮。道願投犴獄，敢望鷄竿。堪嘆愚頑至此，罹天譴、還羡登仙。哀矜處，休留簿籍，瓜蔓怕株連。"詞意頗主平恕。注謂：先有人投匿名狀於督部，語皆托爲夢囈，後詰犯供，乃知爲張某先已悔教歸湘者所爲，而乩云數日內有血光灾，戒其徒閉門勿舉火，蓋逆知事敗，猶故神其説也。其教肇於川南，以歷次罹法者爲仙祖，祀至二十餘世，故信教者以受戮爲登仙，雖戕身不悔云。

一七 王定甫

馬平王定甫通政以樞僚佐賽相幕，督剿赭寇。其致唐教授書，以賽相不善馭將，失機長寇爲惜。所爲詞，亦見微旨。如《永安城外布屋夜寒賦》〔漁家傲〕云："濁酒微斟歸夢淺。圍棋一局文三變。醉倚軍符堆葉亂。風幕捲。寒星短炬飄紅焰。　宛似風檐操寸管。廿年前事曹騰倦。一樣泥金人盼遠。春又晚。歸期枉說櫻桃宴。"又《重至壽陽山下》〔金縷曲〕句云："擔酒牽羊何日事，嘆勞人、寂寞關山道。"《荔浦道中》〔惜餘春慢〕結拍云："蕭關能到，恨紅羊無賴，今夕碧燐多少。"夕成無功，怨形於辭。其〔浣溪沙〕多闋，尤寓諷刺。擇錄之云："多事遼西夢未成。萬年枝上打黃鶯。禁烟時節是清明。　　愁惹斷鴻過遠塞，悶看新火變寒林。錯將玉玦付卿卿。""稽首慈雲大士前。西風紫竹化輕烟。人生何處火中蓮。　　精衛石銜空赴海，魯陽戈撥怎回天。傷心初見是當年。""浩蕩軍容出塞時。君家兄弟好男兒。雜花春甸走龍旂。　　翡翠簾間吟別字，枇杷花底算歸期。灞橋楊柳亂如絲。""誰爲緘情委逝波。愁心一夜漲江沱。江南江北恨如何。　　無計丸書題白雁，幾回觥酒換紅螺。黃金拋盡得愁多。""一局彈棋屢變遷。郎君風致最翩翩。搔頭傅粉對邯鄲。　　嬰裏春鼉迎賽鼓，襦袨晚鶴載歸船。不應遺恨失金鈿。""猶有蕭辰唄語親。梵王高掌執金輪。瓣香虔蓺禱群真。　　海月尚愁珠有淚，花天曾蹋玉無塵。幾時相見證蘭因。"隱指時事，頗耐尋繹。賽既敗，定甫亦還朝，後以癖烟斥罷。《金陵奏捷賦》〔定風波〕云："捲飛埃、一騎紅旌，天街好語都準。半壁危揢，十年草竊，浩劫如流瞬。卷詩書，置車艇。有約青春伴須趁。歸興。也毛錐擲了，角巾閑整。　　斷金破粉恁。江山六代猶餘燼。嘆英雄幾個，潢池到處，事往憐孤憤。笑書生，未華鬢。叱咤蒼頭肘金印。佳運。疾風殘藥，昇平重論。"後半大有豎子成名之感。

一八　海秋詞

海秋題余澹心《板橋雜記》，詞特淒黯，蓋有所感而發。先是赭寇亂前，青溪芳事尚盛，海秋屢與吟宴。道光癸卯十月望前一夕，飲秦淮瑤華閣，時方雪霽，城月皎然，海秋弄笛，命主人歌《桃花扇·訪翠》一折，停杯倚壁，不知漏永。同集者王柘香金洛、朱偉君琦，又酒糾二人。柘香醉後放歌，偉君於燈下作《秦淮夜集圖》，相與談笑樂極。後十年，主人他適，王、朱俱殉寇難，二酒糾亦不知所往，秋夕念及，乃用玉田〔月下笛〕調賦感舊詞云：“樓閣鐙疏，山城月冷，晴霄放碧。江湖蕭瑟。一樽能聚殘客。憑欄曼鬋橫釵影，忍細認、韋娘顏色。算年光鏡裏，空花一笑，那時能識。　　凄惻。筵前笛。記雪後桃花，艷歌如泣。空拈醉雪，畫圖如夢堪惜。美人斷送詞人死，剩我風前鬢白。甚絲竹，換烽烟哀樂，何時遣得。”又《題雨嵐畫》〔如此江山〕詞，亦有“幾多儔侶。早隔斷青山，送歸黃土”之句。序謂：“是圖爲咸豐丙辰雨嵐於吳門寫贈介孫者。因憶道光丙午七月，與雨嵐、柘香、西谷、又廷集偉君家，雨嵐爲余作《意園圖》，自後不復作繪事。咸豐壬子，余自京師假歸，時粵賊在湖湘間，猶與雨嵐、偉君飲柘香蔗餘軒，酒半，慨嘆時艱，不待醉而罷。未幾再至，而督師者自江上跳歸，城中大擾，余訪偉君遇於門，詢知柘香參方伯戎幕，雨嵐無主，倉卒不可覓，時癸丑正月也。逾月城陷，偉君、柘香俱死難。既而揚州破，又廷以全家殉，西谷避地，感憤亦卒。獨余奉母來京師，久之，聞雨嵐轉徙吳門，累郵書皆無答，今讀幀中雨嵐贈介孫句，則介孫於亂後猶一見雨嵐，余雖清泪無多，固不惜與雨嵐相逢一痛哭也。”其語至痛。督師謂陸立夫，方伯謂祁公宿藻，立夫出鎮，悉括財賦以行，委空城於祁，城破前，嘔血卒。海秋別有《悼柘香》〔望南雲慢〕，後半尤沉痛，云：“堪傷。處處樓臺，年年簫管，回頭衰草斜陽。青娥碧血，嘆江山歌舞，特地悲凉。金粉飄零盡，念舊歡、空憐國殤。生誰月旦，死自風流，祇有王郎。”海秋固深於情者。而亂離死生間，亦人生奇痛矣。

一九　吊湯雨生

　　湯雨生都尉與配董雙湖俱工詞善畫。董爲東亭太史女孫，先雨生卒。嘗作《梅窗琴趣圖》，自題〔青玉案〕有云：“如今并命天應妒。無限春消碧烟縷。”殊非佳讖。詞中有“絕塞霜笳”語，蓋作於任靈邱都閫時。後官至瑞安副將，乞歸，築琴隱園白下，竟殉寇難。華亭王海客友光挽以〔金縷曲〕云："臣本心如水。恁聲聲、秦淮淒咽。陣雲同墜。虎踞龍蟠形勝在，借箸偏教吐弃。盡灞上、棘門兒戲。霅地江東成破竹，道乘軒，有鶴南飛矣。公等且，自爲計。　水仙廿載傳琴意。問春風、臺城新柳，舊愁添幾。正是百花生日日，却看從容就義。想叱咤、雲濤歸騎。高克翶翔難索解，料三吳，毅魄能陰庇。疑復有，養癰悔。"借箸、乘軒，皆謂陸立夫。蓋立夫守九江，聞武昌陷，盡撤沿江戍兵，一夕遁回，致長江破竹，石城不保，故吳人痛恨之。高克則指何根雲，後亦弃常州遁，大江以南，遂無完土。雨生退居，與南都名流時結社酬唱，嘗爲袁薇生題《隨園餞別圖》。陸眉生秉樞兵後見之，感其事，填〔摸魚兒〕一闋，後半有云："狂飈起，吹撼將軍大樹。倪黃空認遺譜。畫圖中有紅羊劫，驚散舊盟鷗鷺。君莫舞。君不見、秣陵城郭俱非故。"即吊雨生。金陵一劫，遍地榛蕪，隨園亦燬於兵火。

二〇　咏雨生

嘉應吳石華學博蘭脩與雨生善，嘗題其琴隱園。又有寄雨生〔望江南〕云："長相憶，一別到如今。荔子紅時誰顧曲，芭蕉綠處獨聽琴。容易著秋心。""長相憶，歸計與誰論。江上烟波襄上雨，梅邊風雪笛邊雲。何處不思君。"可征交厚，且見風標。雨生早歲即負才名，以世職屈就綠營，非其本志。官江口都司時，緣事忤上官落職，作《秋江罷釣圖》，題者甚夥，而石華〔摸魚子〕詞特工。云："莽蕭蕭、烟波無際，何人漁隱三泖。蘆村蟹舍風塵外，畫裏半竿垂釣。歸來好。愛酒綠、燈紅兒女圍歡笑。船頭飯飽。看六合蒼茫，五湖空闊，一個客星小。　平生事，祇有月明曾照。星星兩鬢將皓。烟蓑雨笠拋人海，此地略容臣傲。寒更悄。把鐵笛、淒涼吹得魚龍老。盡教醉了。便一曲滄浪，數聲欸乃，唱出碧天曉。"其遺世孤悰，非故人莫能寫之。仁和吳蘋香題其伉儷合寫畫梅樓雙照〔臺城路〕結拍云："解事雛鬟，并栖憐翠鳥。"蓋雨生晚年蓄家姬似查東山。金希倔詞云："舊游江左記否。親聽將軍妙曲，彈箏催酒。"亦謂其事。

二一　陳心泉詞

金陵之陷，秦雪舫部郎家投井赴塘死者，闔門十有一人，惟梅生大令宗武方仕浙，得免。亂後，故廬重返，屑涕荒波，繪《夢泣寒塘圖》，述辭淒哽。陳心泉司馬爲填〔洞仙歌〕一解云："繁華似水，被西風吹去。遺恨茫茫向誰訴。看金塗粉抹，如此江山，都付與、一片城頭斷鼓。　宵來休說夢，忒煞淒涼，故國家山盡塵土。怨血杜鵑啼，盡斵傷心，又攙入、角聲淒楚。剩楊柳、梢頭舊斜陽，照敗井寒塘，故家門户。"司馬爲芝楣中丞子，以知縣仕江南，捐升道員，被劾。再起，改廣東同知。其詞淒警，蓋傷於遇。鄂城陷後，和孫月坡咏枯柳〔齊天樂〕云："眼中多少飄零苦，無情也成憔悴。不肯藏鴉，由他繫馬，那有婆娑生意。繁華去矣。怕經歷紅羊，自家枯死。一角紅樓，夕陽無語對秋水。　河梁記曾送別，幾番攀折後，衰謝容易。絮影全空，長條頓盡，莫問楊枝年紀。淒涼燕子。似對話呢喃，樹猶如此。昔日青青，可憐殘夢裏。"粤匪之亂，武昌凡三陷。此詞不知何時所作，翫其詞意，或哀青墨卿中丞也。

二二　蔣鹿潭詞

赭寇據金陵，置女館秦淮，佳麗多入籠樊。蔣鹿潭贈青溪女子高蕊詞序謂：金陵失，蕊陷賊中。數月後，見於東淘。愁蛾蓬鬢，黯然非故。其詞爲〔虞美人〕云："風前忽墮驚飛燕。鬢影春雲亂。而今翻說羨楊花。縱解飄零猶不到天涯。　琵琶聲咽玲瓏玉。愁損歌眉綠。酒遍休唱念家山。還是兵戈滿眼路漫漫。"洪彥先與秦淮妓某有桃葉渡江之約，未果而金陵陷，不可尋問，彥先傷之。鹿潭慰以〔八聲甘州〕云："悔年時刻意學傷春，東風柳花顛。繞紅欄是水，清波照影，鏡擁雙駕。擊楫桃根何處，團扇誤嬋娟。夢醒還疑夢，此恨綿綿。　休記銀屏朱閣，便江山如畫，今落誰邊。倚斜陽彈泪，一例弔秋烟。待低拜、青溪夜月，問何時重爲玉人圓。長懷感、有相思血，都化啼鵑。"《桃花扇》語云："地缺天傾，試問君親安在；海枯石爛，重諧夫婦何爲。"可爲彥先誦之。

二三　蔣鹿潭感時傷亂之作

蔣鹿潭《水雲樓詞》，多感時傷亂之作，詞中之少陵也。其膾炙人口者，如《金麗生自金陵圍城出，爲述沙洲遇雨情景感賦》〔臺城路〕云："驚飛燕子魂無定，荒洲墜如殘葉。樹影疑人，鴉聲幻鬼，欹側春冰途滑。頹雲萬疊。又雨擊寒沙，亂鳴金鐵。似引宵程，隔溪燐火半明滅。　江間奔浪怒涌，斷箭時隱隱，相和嗚咽。野渡舟危，空村草濕，一飯蘆中凄絕。孤城霧結。剩冒網離鴻，怨啼昏月。險夢愁題，杜鵑枝上血。"麗生陷城中，奉母命出報官軍，陳收城密計，而向忠武持重不發。詞中述其犯險宵征，殆非人境。又《癸丑十一月二十七日賊趨京口，報官軍收復揚州》〔揚州慢〕云："野幕巢烏，旗門噪鵲，譙樓吹斷笳聲。過滄桑一霎，又舊日蕪城。怕雙燕、歸來恨晚，斜陽頹閣，不忍重登。但紅橋風雨，梅花開落空營。　劫灰到處，便遺民、見慣都驚。問障扇遮塵，圍棋賭墅，可奈蒼生。月黑流螢何處，西風黯黯，鬼火星星。更傷心南望，隔江無限峰青。"詞之比興者易工，二詞純用賦體而不損韵致，故可貴耳。薛慰農時雨同時客江南，詞亦清俊，有〔臺城路〕紀徽郡凱撤，蓋作於忠襄奏捷之後，《求闕》詩所謂"將軍一掃陵陽道，便有游人說踏青"者也。其詞云："黄山烽火連天赤，孤城屹然西向。峻嶺盤空，雄關扼隘，鎖鑰有人專掌。重重保障。爭鶴唳風聲，也增驚怳。草檄才疏，悶來倚劍獨惆悵。　虺蛇差幸遠伏，看捷書露布，旗影紅揚。壯士長歌，將軍起舞，待畫凌烟閣上。書生舊樣。手一幅蠻牋，度成凱唱。却笑寒酸，少封侯骨相。"沉著處終遜鹿翁。

二四 來雲閣詞

麗生一字亞匏，上元人也。自記陷賊事，謂：全家在城中，賊詗察男婦必異居，朝夕嚴邏，母子遂隔，惟日一問母，會賊將北犯，迫城丁前驅，母戒之曰：一月不見汝，亦甚不思汝，汝今猶濡滯，豈欲爲賊伍乎！外兵不入，或者無內言啓之，不知其易與也，盍出而告諸？麗生乃規間道出城，賊火相屬，匆容宵走，及見向公，挾所聞見貢之，向公踟躕不決，而城不可復入矣。老母死賊中，親屬死者三人，出者亦四人，有詩述事甚詳，可作詩史。其《來雲閣詞》有〔金縷曲〕《和秋舲》，云："欲睡衾如鐵。聽荒荒、風威爾許，教天作雪。從此橫空狂吼去，何處悲笳不裂。況代馬、嘶聲早咽。便到將軍歌舞地，也萬枝、紅燭齊吹滅。金甲冷，定愁絕。　　緇塵誰免凄寒節。想明朝、江湖無語，冰都凍徹。祇有書生雙眼裏，海樣泪波難結。更一斛、未消鵑血。若向梅花枝上灑，是酒徒、心事從前熱。倩孤雁，替人說。"即兵間所作。後蓬轉江關，益積感憤。其〔如夢令〕二闋云："何事春隨人遠。盡日眉山蹙損。欲睡又開簾，分付鸚哥觜穩。人問。人問。休說個儂春困。""約看陌頭花遍。臨去丁寧雙燕。今夜要遲歸，盡放湘簾三面。誰捲。誰捲。罵也沒人聽見。"詞意當有所指。又〔買陂塘〕《題艷史叢鈔》後半闋云："柔鄉話，止有冬烘作梗。彩毫橫被呵禁。年時平地風波起，詩案老坡冤甚。餘力勁。更射影含沙，要斷書生命。今猶齒冷。看文選樓高，商量艷體，誰再殺風景。"注謂："癸酉夏，許少玉太守有《白門新柳記》之作，彼哉欲藉傾湖上老漁講席，誣構主名，諷大吏毀其板，太守以憤卒。及乙亥春，張海初大令復作《秦淮艷品》，屬余爲序，又逢彼怒，所以厄余者甚力，兩爲逐客，貧病累年，彼之賜也。"所謂彼哉，不審何指，寒士窮途，繩及文字，遇亦蹇哉。

二五　徐荔庵與吳平齋

江忠烈死廬州之難，司道以下及幕僚從殉者頗衆。合肥徐荔庵漢蒼以申、韓之學，歷佐皖中院司幕府，時亦從忠烈守廬城，忠烈既薨於卸甲壩，荔庵亦被重創，臥傷九十餘日乃起。有〔鷓鴣天〕記失城事云："臥病空山日未晡。三春心緒總模糊。夢中喬木都非故。燕子何當識舊廬。　香已爐，酒難沽。樓臺遺恨變邱墟。曾邀開府親籌策，晞髮衰翁愧不如。"其詞脫口而出，自成律呂，與吳平齋適相類。平齋於咸豐庚申攝蘇州守，城陷時，先奉撫部徐莊愍檄赴滬，商借泰西軍，獲免。遂爲薛覲唐中丞挽留，俾綜戎政。後此議迎楚師及借用洋將，皆平齋贊畫成之。素不爲詞，僅有題金眉生偶園〔滿江紅〕云："舊日園林，天付與、重新幽築。最好是、匠心結構，迥殊流俗。運甓精神牢落久，種瓜歲月經營熟。喜一灣、流水繞門前，清如玉。　人老矣，健爲福。歡樂事，須知足。看樓臺燈火，笙歌相屬。蒼狗白衣從變幻，鴻飛鵠舉誰拘束。待重來、風月細評量，歌新曲。"與荔庵俱有天才，惜未致力聲律。偶園之成，潘季玉觀察首賦是調爲倡，於是題詞者悉從之。李眉生廉訪鴻裔所作，有"爲月圓遲迎社火，防花睡去歌仙曲"之句，視平齋之天璞不雕，無以勝也。

二六　姚子箴疏影

平齋詞中，"蒼狗白衣""鴻飛鵠舉"語，蓋有所指。金眉生久佐勝克齋軍，治糧臺，以精覈著稱。同治癸亥，鎮江、揚州水陸各軍以饟乏將潰，薛覲唐聞眉生才，檄令駐泰州領籌饟局事，甫數月，釐理就緒，軍心以安。尋中蜚語，密詔籍其產，眉生故好客，得信後，征歌張宴如常，乘喧闐中盡移所有去，人莫之覺，其智略如此。然由是蹉跌，不復起用。當駐淮時，都轉爲喬鶴儕中丞，亦好風雅，相與大啓詞壇，有漁洋、賓谷之風。嘗分賦《軍中九秋》詞，爲《秋角》《秋燈》等題，同社凡九人，眉生與錢揆初、杜筱舫、黃子香、姚子箴、張子和、黃琴川、蔣鹿潭、宗湘文也。子箴《菊壽庵詞》有〔疏影〕調咏秋堞，即社中作。其詞云："彎環雉堞。認丹樓碧瓦，那處城闕。渺渺斜陽，一角愁紅，飛雅數點明滅。秋心綠遍天涯草，向望裏、千闌百折。待譙門、夜火懸星，又聽斷笳悲咽。　　客路鞭絲漫指，女牆掩映處，烟樹重疊。野菊叢邊，蝶瘦螿憴，孤負登高時節。十年夢繞居庸翠，記冷挂、秦時明月。甚西風、響遍寒砧，捲下半天黃葉。"軍書旁午中從容雅歌，猶見風趣。

二七　曾文正浪淘沙

曾文正在翰林日，頗刻意爲詩，詩境於坡谷爲近。治軍後，即不復爲，所爲文亦不自編次，嘗戲語幕僚云：異日傳我者，但云有挽聯一卷行世可矣。蓋生平於友朋挽章不苟作，頗有傳誦者。於倚聲不聞涉及。而顧子山觀察藏其《辛亥歲除和胡光伯編修及子山》〔浪淘沙〕詞六闋，皆仿宋人周晉仙體，以"明日新年"爲結句，實軍中所作也。詞云："坐耗尚方錢。飽食安眠。我生清潔不如蟬。作楫濟川無實用，虛號天船。　　佳夢五湖邊。萬葦延緣。一雙鷗鳥自飄然。明歲秋風吾去也，明日新年。"又："西舍擁金錢。侍妾酣眠。東家宦味薄於蟬。各有心情各道路，北馬南船。　　直者委溝邊。曲者攀緣。何從何去兩茫然。今夕往從詹尹卜，明日新年。"又："記費買春錢。蠶館三眠。西風忽忽又鳴蟬。暗裏年光偷負去，夜半行船。　　十載帝城邊。命與貧緣。媚人五鬼笑嫣然。公等從今宜去矣，明日新年。"又："鄭監老無錢。雪裏高眠。吟聲寒似九秋蟬。有個袁安來暖汝，共命同船。　　自指鬢毛邊。返黑無緣。看看朋輩亦皤然。老盡世人天不管，明日新年。"又："無一壓囊錢。僮僕飢眠。層層自縛不成蟬。苦買殘書堆破屋，屋小如船。　　搜索販叢邊。自詫奇緣。摩挲秘本一忻然。嘿祝年年收異寶，明日新年。"又："戍卒飽更錢。塞馬雲眠。八方無事度鵾蟬。獨有嶺南新出帥，下瀨樓船。　　項羽古城邊。民與魚緣。

青徐千里浩茫然。明歲灾銷兵甲靖，明日新年。"原注：四五兩闋，分調苗仙麓、袁漱六。袁安，謂光伯也。光伯與仙麓至契，且嘗以袁安自居，故嘲語云云。文正而有詞，固當以人傳之。

二八 銅官感舊圖

靖港之敗，曾文正倉卒投水，章价人躍入救之起，詭云："湘潭有捷。"既而湘潭捷報果至，蓋有天焉。後幕僚多至開府，价人僅待次郡守，攝知泰州。重過其地，因作《銅官感舊圖》，題咏甚夥，且有議湘鄉蔽賢負友者，余以爲失辭。吳縣曹君直題以〔滿江紅〕云："卧倒箜篌，更休唱、公竟渡河。回首柳堤殘夢，依約烟波。風捲戍旗紅欲澹，沙埋斷戟鐵應磨。奈因循、年少未封侯，將老何。　朱顔槁，綠鬢皤。感身世，易蹉跎。看太平風景，倦眼婆娑。去後桃花今幾許，舊時燕子已無多。祇當初、三兩小漁舟，江上過。"詞意猶爲价人扼腕。而儀征劉新甫員外恩黻題〔憶舊游〕一闋尤雋，詞云："記歌傳楚調，箭走吳艎，風雨橫秋。故國河山在，賺書生鬢白，照影湘流。怒潮夜打篷背，驚起拭吳鈎。看斷戟沉沙，殘旗颭水，數點星鷗。　歸休。太平世，更剩幾人家，無恙墟邱。飯熟漁翁醉，借中興朝報，翻演村謳。賣鱸換酒歸去，妻子説封侯。問可識當年，軍門杖策人在不。"出以渾脱，微旨自見。新甫官京師，與王半塘雅多酬唱。余尤愛其《咏馬》〔御街行〕云："濯龍門外東風苦。惆悵蘭臺鼓。人間厮養盡封侯，説甚紫騮高步。金鞯珠絡，可憐公等，祇會交衢舞。　障泥忍受腥塵污。檢點歸裝付。明朝馱夢過桑乾，爲問酒醒何處。青山依舊，排雲仙仗，愁斷重來路。"亦和半塘之作，時半塘將弃官出都也。

二九 崇儒勵學設書局

張楚寶觀詧有別業在冶城山下，多種竹，因以"君子居"名之。孫琴西題以〔憶舊游〕詞，後半闋云："難忘。舊儔侶，有祭酒蘭陵，兩鬢秋霜。汝在春風坐，似衛詩淇澳，追琢成章。念我舊藏書處，埃蠹萬琳琅。更搔首雲天，江流日夜心未央。"自注：余從曾文正公駐金陵，嘗竊從諸文士游，文正薨，繼之者頗不喜儒，賓客往往引去。又謂：予爲鹽巡道，嘗檄取各省書局新刻經史，每種各四分爲十匱庋之，惜陰書院使兩孝廉司其出納，以俟寒士借讀，自文正後，無人問者，恐多散佚矣。觀此可見湘鄉之崇儒勵學，同時疆吏莫及也。吳楚之設書局，其議固肇自湘鄉。浙局設置稍後，則馬端敏撫浙時創之。俞曲園先生《題馬穀山制府貽新印兩漢書》〔玉京謠〕云："生就蟫魚命，故紙叢中，不覺垂垂老。福地琅嬛，何曾窺見全豹。幸處處、瓊笈雕成，喜歲歲、瑤華分到。書城裏，痴龍坐守，蟲魚親校。　　丁年詞賦飛芬藻。到中年、又一經獨抱。鄭草江花，而今都就枯槁。問箈中、食葉紅蠶，更吐出、新絲多少。愁孤負，舊雨遠貽緗縹。"先生嘗參預書局事，故書成必分致之，一時兵氛既掃，誦弦復興，雍雍乎見太平焉。

三〇　王眉叔笙月詞

山陰王眉叔廣文，晚年貧病。馬端敏創書局延名流輯校，眉叔與焉。獨病臥書局中，許邁孫器之爲梓其駢儷文及《笙月詞》。紹郡陷於赭寇者頗久，楊豫庭借彝兵乃得收復。兵後遍地榛薉，北郭玉帶橋爲往年官軍率蕃部與粵寇戰處，感賦〔永遇樂〕云："禿樹平橋，蒼茫岸幘，暮色千里。螺髮蠻裝，狼機礮火，曾此屯千騎。陣雲如墨，怒雷飛破，報道將軍戰死。遍江頭濤崩霧捲，血花射得天紫。　　而今放眼，烟沙莽莽，猶繞鷗邊殘壘。壞岸斷戈，寒流墮戟，應化蛟龍戲。西風野廟，蒲牢百八，險把英魂喚起。低徊處、斜陽紅黯，亂鴉聲裏。"是役蕃將以德克碑爲首，部卒皆於馬上披紅綠氈，事平，畀以犒金獎牌，有錫總兵、副將職銜者，亦衣冠跽拜，蓋殊俗猶知戴王靈也。又水郭西偏河橋東畔，向來歌舞樓臺，爲蠡城勝處，兵後皆鞠爲茂草，愴賦〔揚州慢〕云："笙玉棑雲，歌珠溜月，東風十里桃花。記春衫殢酒，是花底人家。自軍鼓、江南動後，燈樓釵館，都付啼鴉。剩青青芳草，烟痕猶似簾紗。　麗華散盡，盡飄零、鬢霧衫霞。便紅豆深情，青梅舊約，休問琵琶。我亦傷春杜牧，歡場夢、轉眼天涯。悵夕陽無語，高城催起悲笳。”淒感頑艷，與鹿潭感時之作，異曲同工。

三一　顧子山金縷曲

多雲笏太守守武昌，巷戰力竭死。其自秋曹出守，顧子山賦〔金縷曲〕送之云：“烽火連湘楚。問匡時、諸公袞袞，此才誰伍。上馬揮戈能殺賊，下馬能書露布。纔不愧、竹符銅虎。琴鶴隨身嫌褦襶，爲從軍、却縛黃皮袴。精悍色，見眉宇。　與君十載雲樓侶。記流連、詩邊茗碗，酒邊談塵。憑眺西山供潑墨，筆底烟霞吞吐。忽化作、蒼生霖雨。迅掃欃槍兵盡洗，拯瘡痍、叔度來何暮。添一卷，活民譜。”蓋當奉簡南行，寇氛已迫，初任襄陽，甫移首郡，遂及於難。讀是詞，乃知其耽詩工畫也。厥後子山蒞鄂，復哭以〔金縷曲〕云：“我到襄陽始。訪文翁、當年宦迹，萬人流涕。道是攀轅留不住，移守荒城廢壘。便以死、登陴而誓。僚佐勸行張自叱，祇銜鬚、伏劍甘如薺。拌馬革，裹尸瘞。　雲司舊日論交地。記尋常、酒酣耳熱，痛談時事。臨別索余長短句，不減悲歌易水。替寫出、請纓奇氣。今日淒吟君不見，奠椒漿、焚與風前紙。如贈答，夢中示。”不獨語語沉摯，而雲笏澤民之深、赴難之壯具見。又王樂山觀察亦出自京曹，緪城謁大府，陳守禦策，同殉寇難。子理齋從殉。子山亦哭以是調云：“同索長安米。記年時、寒樽絮別，朔風吹袂。褦襶全家隨遠宦，私念憐君左計。恐添了、多愁多累。及到懸厓都撒手，剩捐軀、殉國喬兼梓。忠孝行，一門萃。　陣雲慘淡空城閉。嘆紛紛、冥鴻遠引，屋烏誰止。慷慨獨攀懸布上，手版來參大吏。早辦得、從容一死。昨夜夢君貽斷句，爲悲吟、淒諷頻揮涕。推枕覺，月如水。”三詞存，雲笏、樂山爲不死矣。

三二　許叔翹賴詞以傳

懷遠許叔翹嘗從事團防事，後以《團勇助軍約記》裝卷，蓋以官軍袖手，厥功不竟，若有餘憾。鄧嶰筠用東坡韵題以〔百字令〕云："八公山下，倚寒風憑吊、千秋英物。手把龍韜誰繼起，又見淮南堅壁。短劍暗鳴，長纓通俠，血染弓刀雪。菰蘆深處，就中原有奇杰。　聽説平揖軍門，留君不住，揮手歸鞍發。老屋三間無恙在，户外清渦明滅。窗愛聞鷄，市羞屠狗，江上從晞髮。酒徒雲散，幅巾閑弄明月。"叔翹深喜之。後客管孝逸含山官舍，與宋于廷遇，出卷相示，于廷亦次韵云："唾壺缺後，盡消除不去、胸中何物。草木淮南全剗處，歷歷猶存壘壁。瘢拭刀鋌，沙埋箭鏃，人事更霜雪。後生鄉里，近來莫問英杰。　官舍尊酒流連，沉沉春雨，正江花初發。待可商量耕與釣，好聽虚名磨滅。千里迢迢，家山何許，一抹青如髮。著書更好，閉門誰算年月。"如叔翹者，猿臂不侯，豹文終隱，獨賴是詞傳之。

三三　李月樓

閩之小刀匪構亂，事在咸豐初年。李月樓貳尹子馥，滇南人也，上書言事，爲大吏嘉許，命率勇百人助守仙游，援絶陣歿。桐城張辛田大令用糈與李善，吊以〔滿江紅〕云："弱不勝衣，到馬上、公然殺賊。記平時、縱橫詩陣，沉酣酒國。五夜聞鷄頻起舞，一官箓鳳聊栖息。忍拼教、孤注守危城，偏師北。　誰縱虎，憑侵迫。誰脱兔，紛逃匿。剩空拳獨奮，血痕凝碧。未掃欃槍猶裂眥，回瞻雲樹應沾臆。待哭師、老父與招魂，歸滇麓。"時月樓尊人古坡大令尚在也。月樓少跅弛，然性忼慨，卒以忠節見。有〔踏莎行〕云："幾陣飛花，數聲杜宇。催將春去催人去。陌頭柳綫萬千條，可能縮得游驄住。　別恨頻添，歡期易阻。況兼一夜沉沉雨。惱他芳草太無情，朝來綠遍天涯路。"亦頗蕭颯。

三四　張蘩甫詞

秦梅生別有《青溪看花圖》，張蘩甫題詞有"客泪青衫，繁華黄土，夢泣寒塘月"，即謂其全家投水事也。時粵賊久踞金陵，蘩甫爲人題元人胡褐公金陵二十四景〔酹江月〕，後半云："堪嘆歷盡承平，桁開朱雀，又起黄巾賊。燕子桃花歌舞地，粉本誰添金碧。銅狄頻遷，瓊枝頓盡，遺墨徒珍惜。飄零毫楮，劫灰留吊陳迹。"不勝天寶兵戈之恨。其《避地越東書憤》〔滿江紅〕詞第二闋尤沉痛，云："如此湖山，忽鼙鼓、從天而下。看是處、豐林走象，荒原刷馬。血飲黄麈生氣盡，悲銜朱鳥忠魂化。指長濠、一帶跨錢江，何爲者。　刀礪吼，龍戰野。篝火起，狐鳴社。嘆東南人物，而今休也。鉛水暗飄銅狄泪，將星孰稱雲臺畫。問穿碑、何日樹燕然，珊弓挂。"久亂思治，固人情所同，而骨肉沉泉，孑身漂泊，處境抑尤艱塞。其《劫後歸里》句云："休問畫船簫鼓，剩有荒城薺篥，哀雁兩三聲。"舉目蒼凉，真堪隕涕。

三五　張蘩甫酹江月

蘩甫《爲劉拙庵題雪灘行旅圖》〔酹江月〕云："城懸太末，甚芒鞋、蹋遍亂灘危雪。十里戍臺行迹斷，何處大旗明滅。津鼓無聲，郵籤不報，白了青山骨。悲笳漸起，朔風一夜吹裂。　回首虜馬橫江，封狼入市，猰貐奔銀鶻。那得杯盤供餞歲，萬户同傷離玦。衣棱生冰，刀光射燭，咫尺軍書絶。披圖長嘆，元城肝膽如鐵。"是圖之作，蓋紀辛酉十一月事。時兩浙殘破，三衢屹立無恙，爲重兵所駐。是冬杭州再被圍，拙庵以同知待次，奉大府檄，赴衢乞援，中途聞杭陷，僕圉星散，徒步至龍游，已迫歲除，雪深四五尺，百里外無人迹，蹀躞沙潭中，屢瀕於危，事後乃作圖記之。大府即王壯愍，壯愍於治軍初非所長，然忍飢捍寇，誓死乞援，而楚軍不發，袖手坐視，故論者深諒之。迨檄調衢軍，已爲末策，堂堂一死，足愧舉主何根雲矣。

三六　金陵克復詞

曾文正既克金陵，即規復秦淮，以廢艦改游船載客，且偕幕僚共泛其間，意以潤色昇平，然舊觀未盡復也。珠浦韓薰來聞南《題吳子白青溪春泛卷子》詞序謂：是圖爲癸丑前作，變後，臺榭爲墟。癸亥冬，師克金陵，石城無恙，鼪鼯之穴已擣，鳩鵲之巢重新，茶餘話舊，輒有曼翁板橋之嘆。詞爲〔水調歌頭〕云："桃葉渡頭水，依舊向東流。憐他金粉樓臺，洗去又重留。我欲歸尋鴻爪，祗恐斷橋垂柳，零落使人愁。一抹蒼烟外，指點溯前游。漂泊恨，離亂感，共心頭。不堪故國干戈，還赦兩閑鷗。幾處滄桑變態，幾載水萍幻迹，都向畫中收。待約青春伴，同放木蘭舟。"劫後滄桑，固宜木石摧腸，鶯花迸泪。金陵用兵最久，其終待忠襄崛起，以集大勛，若有天意。錢唐褚璞齋可寶《舟次紀感》〔鶯啼序〕第二折云："太息雄城，鬱鬱王氣，枉龍盤虎踞。十年裏、殘劫紅羊，舊時豪杰何處。早枯支、埋沙萬骨，更顱血、縈刀千縷。付今宵，刁斗樓欄，健兒醋舞。"又第三折云："桃花畫扇，燕子春鐙，有幾多錯鑄。剛看到、大旗紅日，萬騎千乘，緩帶將軍，列侯開府。鐃歌鼓吹，旌幢牙纛，山河重攬東南勝，怕回頭、細讀蘭成賦。新愁舊感，休題鐵馬金戈，孝陵黯澹烟霧。"若別有谷陵之感者。璞齋署所作爲《捶琴詞》，其抑鬱可想，固有激而云。

三七　承尊生疏影

武昌屢陷屢復，猿鶴蟲沙，固多忠藎，岳斗南方伯，系出博爾濟吉特氏，亦殉鄂難。其昆季皆能詩畫，弟芝岑觀察葆亨輯兄弟書畫，彙裝成帙，署曰"鄂跗孔懷"。承尊生齡填〔疏影〕題之云："重攀寶樹。憶封胡羯末，多少游侶。漫檢縑緗，黃鶴難招，西窗更話凄楚。無情慣是蘆溝月，做弄得、離踪如許。祗夢回、牆角青燈，曾照對床風雨。　　珠履行看接迹，那年霄漢裏，圖畫須補。忽觸飄零，雁影參差，我亦天涯羈羽。家山喬木禁搖落，況咏到、江關詞賦。但祝他、尺五春雲,好護舊時韋杜。"斗南授命後,遺稾不傳,此詞可征其家世。

三八　咏忠貞

濮春漁文昶《味雪詞》多感兵禍。有《吊從化令李公福培》〔念奴嬌〕詞,序謂:李宰從化,時粵寇正熾,請兵大府,道梗不得報,乃募勇士效死,七戰七勝,卒以衆寡不敵敗。城陷,李登尊經閣,猶舉石擊寇,寇怒,積薪其下燔之,其弟性培從死。雙影現石上,灈之愈真,子鎮衡述其事爲《碧血録》。其詞用東坡韵云:"擔當節義,了生死、不是彭殤齊物。斗大孤城援早斷,七戰居然堅壁。殺賊爭先,積薪恨晚,慷慨頭顱雪。尊經閣上,聖賢原是豪杰。　　一任妖鳥嘻嘻,灾氛莽莽,火裏雙蓮發。骨化心灰留影在,萬古血痕不滅。何必凌烟,更勞圖畫,褒鄂森毛髮。大書青史,甲寅秋季九月。"昔人所述冤女之磚影,僧之柱事,恒有之,況忠蜕留遺,固當千古。吳人又傳城西藝圃爲明賢姜如農別墅,庚申之變,隣女投池者以數百計,自是池蓮純白,多異品,花時極盛,咸謂貞魄所化。鄭叔問有〔秋霽〕詞咏之云:"殘雨空園,剩水佩風裳、暗寫愁色。未了琴尊,已涼亭館,病餘感秋無力。墜紅信息。廢池何恨成凝碧。恨故國。千里暮雲,江上倦游客。　　還念舊社,醉墨題襟,十年飄零,清事都寂。晚香叢、鷗邊夢續,疏狂花也笑頭白。一語問花應解得。又斷魂處,待賦卅六芳陂,載秋單舸,冷楓江驛。"是日叔問適與同人舉詞社於此也。二事鐫碧扇芬,傳之足裨世教。

三九　劉履芬金縷曲

吳仲宣制府棠家居盱眙之三界,咸豐戊午,寇陷滁州,盡室奔避,戚里相從者不下千餘戶,迨仲宣建牙吳江,賊氛漸戢,始先後扶助以歸,作《飛鴻》《歸鴻》二圖紀事。江山劉履芬各題以〔金縷曲〕一解,《飛鴻》圖云:"一幅傷心景。認模糊、斑斑血泪,又添淒哽。犬吠鷄鳴人不寐，但見狂燹星迸。錯記做、燒痕難定。兒女一船親戚共，有荒荒、月色霜風勁。望前路，不知騁。　　倉皇自繫浮家艇。喜瀕江、腥波漸遠，暫栖萍梗。家具零星成弃置，愁對寒籬荒井。嘆指困、誰還相贈。一昔團欒非幸事，問蟲沙、猿鶴歸何等。含恨意，有誰省。"《歸鴻》圖云："黍谷春回早。又匆匆、紅羊劫盡，故鄉重到。舊日邑廬渾不似，祇見漫山煙草。更說甚、疏林叢篠。一道清泉無恙否，剩荒岩、嗚咽何人吊。憑落日，送歸鳥。　　鄉園此際成歡笑。問當年、蓬飄事迹，可堪重道。逐隊兒童多長大，幾個新成翁媼。有涕泪、盈襟同倒。天意新晴烏猝健，看炊煙、一一添多少。思往事，祇心攪。"其詞頗近龍洲，而甚有情致。世傳孝欽后扶父喪北歸，頗冷落，仲宣爲縣令，誤賄之，因識其名，後來驟擢由此。蓋臆揣者之言也，毋寧謂爲厚德之報。

四〇　痛定追省難爲懷

崔苻甫靖，枌榆乍歸，燹迹未平，巢痕盡改，痛定追省，最難爲懷。汪子周清冕《燹餘歸里》〔齊天樂〕云："劫灰堆裏兵初洗，歸來正逢春晚。巷陌荒凉，人家孤露，滿地荆榛誰剪。柴門半掩。算難得衣冠，漫論羔簀。振綺堂空，舊藏休問萬書卷。　　東南烽火幾載，可憐焦土下，陳人何限。碧血青燐，紅顏白首，腸到九回還轉。登樓望遠。祇江上鱸魚，趁時堪薦。老泪沾襟，兩峰眉自斂。"語語道實，語語沉痛。汪氏振綺堂藏書著稱，且多新槧，兵後頓盡，尤堪嗟惜。曲園翁亂前居吳下石氏五柳園，頗有亭榭水石之勝，庚申寇亂，付諸劫灰，一闇者、一犬死焉，感賦〔憶舊游〕云："記微波小榭，五柳名園，風月徜徉。小築臨流屋，有牡丹國色，桂子天香。鼓鼙一朝倉卒，松菊頓荒凉。想賓硯樓高，歸雲洞古，總付滄桑。　　金閶。更回首，祇蔓草荒烟，碎瓦頹牆。碧血埋何處，嘆蒼頭黃耳，都化燐光。即今燕飛重到，雖認舊雕梁。待更葺香泥，金獅巷口空夕陽。"俯仰今昔，不獨宿桑之戀。

又曲園翁幼時，外家有婢名鳳雲，後適人，值庚申之亂，夫婦同投水死，爲賦〔鳳歸雲〕詞，有云："碧玉寒微，綠珠高節，死隨夫婿。"匹夫匹婦而能臨難不避，携手同歸，足愧夫蜉志厭厭者矣。用附記之。

四一　詞客傷心之境

候館秋蕪，戍樓殘角，詞客傷心之境也。王眉叔〔望江南〕詞，述蕪城兵後慘黷情況，殆有甚於此者！其詞云："當時迹，一例變荒邱。蒼槲難尋梅氏宅，青山空憶謝家樓。落日去宣州。""江南路，其奈亂離何。終日纔逢孤店小，長途惟見亂山多。寂寂少人過。""村烟少，風瘦日凄凄。紫蟒曬鱗當道卧，黃狐銜骨逐人嬉。無處覓羈栖。""山邊路，薄暮斷人行。破戍風腥倀哭月，荒祠雨黑魅吹燈。此景幾曾經。"狀其荒涼，直非人境。虎邱山塘，月地花天，終歲游冶，兵後亦成榛莽。祥符周季貺星詒《重過山塘》〔減蘭〕云："山光水色。風景依稀渾似昔。少了燈船。閑煞山塘七星烟。　　屋荒人静。歌板酒旗零落盡。月黑風尖。小隊銀刀結束嚴。"讀之更使人悵悒。當日惟上海一隅，以彝廛列市，孤立幸保，疆臣拜命者，即駐節於此。李文忠亦由此規復蘇松。陳實庵《滬濱書感》〔望海潮〕云："旌旗風捲，帆檣雲擁，重溟互市初開。魔舞翠眸，蠻妝紺髮，颶輪駕海爭來。嘘氣幻樓臺。盡玉蛛窗掩，珠蠣牆排。異種芙蓉，暗香飛處遍銅街。　　南征舊事堪哀。嘆脩羅浩劫，碧血長埋。妖霧書迷，明星宵隕，英雄熱淚空揩。和議本柔懷。問釣鼇龍伯，誰是邊才。醉把吳鈎細看，虹彩鏽成苔。"詞意蓋追感五口通商訂約事，寧知後日曾、李用兵，且藉此以規復東南全局也。

四二　善戰者不僅恃兵甲之利

端木子疇久直薇曹，與又遐、夔笙多酬唱之作。《讀曾文正家書代跋》〔石湖仙〕云："擎天鼇柱。是崧岳降神，匡我皇路。須識我熙朝，盡深仁、滋培布濩。天心歆眷，俯首倡、楚湘才武。艱苦。看拊循、瘁盡噍羽。　　家書彌益質實，是家庭、肫誠告語。制勝根原，還在精勤忠恕。百戰勳名，百城置圍。後人看取。曾說與。精兵那藉西旅。”注謂：文正不喜洋槍，其致忠襄書謂：真美人不爭珠翠，真書家不爭筆墨，真能戰又豈在多洋槍？恐亂我湘軍樸實本色。揆其意，蓋謂善戰者不僅恃兵甲之利也。然左湘陰之克杭州，李蕭毅之克蘇州，則頗得洋槍力，且參用洋將。蘇城既復，洋將戈登挾殺降爲名，幾欲倒戈。潘玉泉坐小舟往，以口舌折之，乃帖伏。見曲園翁《贈玉泉》詞序，則文正之言，固有深見。曲園翁詞凡四闋，其第二闋云：“公昔壯年日，時事正艱難。東南萬里荊棘，白日走豺貚。聞有雄師貔虎，安得來如風雨，樓艫渡江關。慷慨乞師議，翹首皖公山。　　念異族，雖化外，亦人間。風車火徹，可使慕義似猴猻。奈有窮奇之子，又嗾猘兒而起，俎豆變戈鋋。獨駕小舟去，談笑靖狂瀾。”前半謂玉泉於庚申亂後，創議迎皖師，由海道至滬；後半即謂戈登事，皆大局所繫也。

四三　莫庭芝瑞龍吟

獨山莫子偲友芝工篆隸，書名震海內。其弟芷升庭芝好填詞，世罕知者。鄭子尹與之善，嘗規芷升勿爲詞，不能從也。子尹之卒，芷升仍倚聲挽之，其詞爲〔瑞龍吟〕云：“青田路。近接子午山堂，兩家廬墓。十年夢斷松楸，等閑負了，平生言語。　　烟塵阻。聞道經巢傾毀，禹門僑寓。空山老死誰知，虛傳信息，聽來沒據。　　夙昔誼兼師友，名山著述，頻陪風雨。無愧叔重門生，才自天賦。黔南屈指，幾輩名堪數。湘城夜、寒燈一夕，遽成今古。淹客難歸去。縱教歸去，嗟來已暮。林壑全非故。況舊日、新知追尋何處。淒涼谷口，不堪回顧。”時黔中方有苗匪之亂，頻年用兵，故傷逝外，尤悲鄉事。“平生言語”句，即謂子尹不善其填詞也。子尹邃於治經，其《巢經巢詩》，亦有經髓。詞非所長，故不喜之。然竟將聲學抹煞，亦近偏蔽。

四四　丁紹周憶江南

丁濂甫學使紹周按試吳興，聞令子立瀛春官之捷，是歲爲同治辛未。學使猶子立幹亦補與殿試，因榜試院治事室曰"疊喜軒"，播爲佳話。叔衡丈立鈞與先文安公同榜，亦學使子姪行。當日三丁同官，清曹有二陸四黃之目，顧未見其集。今春於琉璃廠廟攤得丈爲延子澄學士清所繪山水小幅，幅端有吳穎芝太守師細楷錄丈〔憶江南〕詞十六闋，蓋光緒庚子冬日卜築於東臺丁公橋南草屋，臨流頗擅幽致，因倚此志喜。自謂今後朱方病夫得所栖息，不復浮家泛宅矣。詞亦清俊。擇錄數闋云："橋東宅，宛在水中央。夾鏡溪光三面合，更開南岸引流長。四壁藉花塘。""橋東宅，營構幾遲回。當樹開窗防暑入，種花成徑待春來。留客水亭開。""移家好，補樹莫須遲。爲護新堤添柳本，待安小閣蔭篁枝。餘事槿編籬。""亭四柱，兩面俯漣漪。坐聽漁歌窗外過，臥看帆影樹頭移。最好夕陽時。"當甲午兵挫、戊戌政棼之後，朝局日非，獨得引疾抽身，娛情林壑，致可羨也。其畫亦瀟灑絕塵。

清詞玉屑卷五

一　文宗留意人才

咸豐初，以曾文正疏，舉經筵日講。孫萊田學士拜命視學粵西。因疏言講經有裨聖學，不可中止，且請勿循具文，限以晷刻。疏中有云：早朝既罷，百僚皆退，陛下燕處宮掖，日永風恬，不時宜召詞臣，從容講論，當亦樂之不爲勞也。上意深爲之動，次日卓文端入對，詢孫某年貌官履，且問是何等人。文端莫測其故，但奏言是臣主會試時門生，讀書人也。後數日，文端以語貢荊山翰林，轉詢學士兄琴西，乃知先有此奏。其後家居，連被升擢，蓋由於此。琴西由翰林外任至布政，入爲太僕卿，乞歸。其〔添字鶯啼序〕《爲仲弟止庵七十壽》有云："惟我阿同，沉静簡默，卯君真不愧。上書勸、經幄隆儒，九重天語嗟異。"謂其事也。又曲園翁督汴學罷歸已久，咸豐八年，香岩制府英桂入覲，上召對，語及，有"寫作俱佳，人頗聰明"之諭，後制府與曲園相見閩中，爲追述之，因賦〔感皇恩〕云："蟣蝨一微臣，角巾歸久。名姓依然挂天口。玉音雖遠，猶幸述從臣友。遺簪蒙注念、慚顏厚。　彩筆已枯，虛名難副。畢竟聰明果何有。不才多病，八載聖恩孤負。鼎湖余涕淚、青衫透。"文宗之留意人才如此。

二　鯁直著望

吳縣曹良甫廉訪楙堅，與先中丞同道光壬辰春榜，選庶常，改官比部，轉御史給事，疏糾術士薛執中邪慝，聲望大振，由是外擢。有《曇雲閣詞》。彭咏莪宗丞招飲，賦〔琵琶仙〕云："霜葉吹空，宦情冷、奈我栖遲京國。衰鬢還對黃花，西風最蕭槭。秋漸老、江亭怕倚，爲經了、幾番離席。月桂緣遲，烟蘿夢窈，心事誰識。　再休負、紅燭開尊，且得把雙螯醉今夕。看到翠荒苔古，早蛩蟹聲寂。星暗間，關河雁去，想戍樓、盡是寒色。試問蒓脆鱸香，甚時歸得。"蓋泊然於聲華之外，故能盡直言。後陳臬楚中，其《題陶鳧香客舫填詞圖》〔瑞鶴仙〕詞有云："還問搴幃冀北，擁節荆南，幾多名勝。詞仙管領。應添了，翠微橙。"不啻自道也。道咸先達，鯁直著望者，尤推錢萍矼，由戶部直樞垣，歷官至憲副，先後劾二相國、一尚書，可謂不負此官。屢典文衡，鄂闈後，奉命按左湘陰被劾事，力剖全之，惜甫四旬，薨於位。有〔百宜嬌〕《咏秋鬢》云："薄不禁添，亂偏宜睡，今日玉梳慵整。煤暈銷烟，枕痕濕霧，顋領蟬綃香凝。鴉雛顏色，記襯著、單衫紅杏。顫黃花、兜損鈿窠，寸膠還掠春影。　攪幾縷、濃愁淺病。綰綠不成雲，步搖寒屏。瘦髻螺鬆，斷眉蛾老，各賭釵邊清冷。飛蓬誰理，怕換了、清霜明鏡。念潘郎、短髮星催，況西風警。"語意蕭颯，末句尤爲不壽之征，言爲心聲，蓋不期出之。

三　勒少仲金縷曲

勒少仲方錡以道員從曾文正皖營，綜司餉糈甚久。其補鹽道至擢閩撫，相距僅四年。先由刑部郎出守廣西南寧，泊舟鷹潭，元夜風雨，賦〔齊天樂〕句云：“禁苑春燈，岩關夜酒，并作江湖心緒。年華暗數。怪著破征裘，遠游何苦。”其時一麾斥外，初不料尚有青雲也。別有〔金縷曲〕《咏香冢》，謂爲社中人瘞花處。詞云：“一片苔碑翠。嘆芳華、銷沉萬古，夜臺深閉。流水斜陽空寫怨，多少紅蘭白芷。又況是、東園桃李。玉斧荒唐靈樹杳，問蓬萊、誰是司香尉。憐舊賞，感塵世。　三生細憶添憔悴。最愁人、搴枝弄葉，影娥池裏。錦帳薰蘼憐夢短，悄向風前灑淚。剩托意、哀歌山鬼。冷碧吹烟蘿月暗，把啼鵑、喚得春魂起。歸騎晚，酒重酹。”或謂即賦江亭香冢，然則香冢果爲葬花設矣，而詞中不涉錦秋墩邊風物，終以爲疑。俟更考之。

四　戴文節浣溪紗

錢唐戴文節，殉杭城之難。其乞歸，亦以爭徐葉封爵事，揭其欺飾，致失上意。直節侃侃，無忝易名。生平畫名最著，詩已罕傳，而潘星齋少宰自題桃花便面〔浣溪紗〕詞，文節嘗和之云：“記得年時驀地逢。粉牆西畔畫樓東。一春無雨又無風。　印枕霞痕撩鬢角，背鐙酒量上眉峰。那回曾戲可憐紅。”論者以方歐公之水晶雙枕。

五　咏吳柳堂罔極篇

吳柳堂《罔極篇》，作於庚申，時方居母喪，國雖家艱，濡泪寫痛。舊藏於其孫郭齡，失於辛亥武昌之劫，今歸會稽姚氏。章茗簃同年嘗約社侶同賦之，限〔金縷曲〕調。茗簃詞云：“費盡褒賢筆。祇鰥生、雲愁海思，百端交集。親見愍孫同硯守，與乞俞樓短律。更屢拜、城南遺宅。尸諫一封驚急遞，曲江翁、老病還親説。

家所寶，寶兹帙。　　脩羅劫到俄亡失。料已付、秦灰楚焰，不堪尋見。家國傷心無限事，誰補庚申日曆。喜竟入、雲東秘笈。古有兒觥還趙例，要遺孤、重把清門立。當不詫，我言直。"曲江謂張箐齋，茗簃之師也。徐芷升和云："舊恨懷京國。最傷心、木蘭出獮，暗氛迷日。秋老圍城愁玉貌，孤憤當年迸徹。想幾度、霜臺腕扼。不道終天還覯閔，滿清襟、血淚都成碧。看廢却，蓼莪什。　　而今好事珍遺墨。每搜求、庚申掌故，邈然駝陌。此是史魚皋魚輩，忠孝淋漓大筆。任世事、滄波流急。一掬馬伸橋邊水，算東都、父老須憑軾。烟柳罨，薊門色。"二詞允堪頡頏。其書余嘗涉目，頗記庚申京師軼聞，可資史料。仁先季父紫菸孝廉亦同在詞社，題云："展卷危闌凭。障浮雲、柳陰交翠，鑾輿路迥。母病語兒兒不去，君出扞摵誰任。痛罔極、諄諄彝訓。野寺荒烟遺疏草，照丹心、畢竟隨燈燼。忠與孝，千秋炳。　　吳江素練縈方寸。我生初、未逾百日，遽摧慈蔭。竊比前賢援以頌，縋出圍城一槪。谷岸改、中衢淒哽。老嫗忽云知墓所，罪彌天、貸爾寧非幸。誦公志，倍深省。"紫菸名恩澍。自注：澍以咸豐丁巳三月杪生，而先慈於七月見背，時賊寇圍蘇州，澍方依先兄子鳳元和任，乃遣僕縋柩出，瘞於橫塘，後往省墓，歲久不知其處，適遇一嫗詢之，即守墳人，隨往，則墓碑尚在，然非披榛剔蘚莫之辨也，觸緒憶及，借以抒哀。紫菸不久即謝世，此詞足覘至性，故特錄之。

六　咏吳中盆梅

吳中盆梅，以顧仲安手植者爲勝，皆夭蟜入古。庚申變作，園丁匿虎邱僻處，得無恙，然梅多摧毀，劫餘益珍。潘季玉好梅，乙丑人日招顧子山、何子貞、吳平齋飲其齋中，見盆供輪囷蒼古者，皆仲安舊植也，因約同填詞賞之。子山用坡韵賦〔水調歌頭〕先成云："一樹一輪月，別有古梅天。山中拳曲臃腫，花壽不知年。也稱竹籬茆舍，也稱華堂金屋，風骨總高寒。料是藐姑射，小謫住凡間。　　橫斜影，孤鶴立，瘦蛟眠。矮屏曲几清供，缾盎列方

圖。琢過吳剛仙斧，移傍真娘香冢，歷劫得天全。媵以耿庵畫，縞
袂更娟娟。”是日，子山携所藏金耿庵畫梅冊傳觀索咏也。季玉一
號救閑，爲文恭公季子，由部郎治團防，以道員記名，遂不出。子
山詞寫梅，隱合其風格。別有集稼軒句〔賀新涼〕《題采白仙子小
影》。采白姓許氏，吳邑洞庭山人，歸朱和羲爲側室，庚申蘇城
陷，罵賊不屈死之，其像曼容豐鬋，作仙姝裝。子山詞有云：“翠
袖盈盈渾力薄，聽玎玎、留斫層冰潔。”如見貞柯當斧時也。

七　季玉詞

季玉仗節從軍，許玉瑑贈詩，所謂“鳳詔傳宣室，駞征出帝
閽”者也。有《壯詞示隨行勇士》云：“不事雕蟲事請纓。班超投
筆亦書生。何愁麟閣負勳名。劍作蛟龍風雨吼，弓如霹靂鬼神驚。
先從天上掃欃槍。”意氣頗自負。又《澱涇軍次和張小漪司馬》
〔滿江紅〕詞尤激壯，云：“天下滔滔，誰回得、狂瀾既倒。西風
急、江聲東去，亂山夕照。身世十年琴劍在，乾坤百戰英雄老。待
登壇，抖擻舊精神，非年少。　　悲往事，心如擣。灑熱血，腸空
惱。漫登臨憑弔，九峰三泖。整理樓船旂鼓好，先看籌筆風雲繞。
盼蘇臺、露布到甘泉，功成了。”季玉頗負奇氣。父文恭公居亞
相，屈於穆鶴舫，有伴食之譏；季玉趨省京師，力勸引退，不能從
也。見林文忠《軟塵私札》。季玉詞所云：“盼到京華身是客，望
窮吳樹夢還鄉。萬千愁緒猛思量。”疑即是時作。里居多與吳平
齋、賈芸樵、杜筱舫、金眉生唱和，眉生居魏塘，所居曰偶園，季
玉過偶園，有“眼底亭臺游賞遍，胸中邱壑經營熟”之句。又再
至偶園，主人張燈盛設，恍如上元，賦〔滿江紅〕云：“曉霽初
開，天也解、多情留客。人道是、德星重聚，宴游仙宅。火樹銀花
鶯吹合，冰盤玉琖龍香襲。笑先生、四月作元宵，真奇筆。　　驚
人句，都曾識。醫國手，何從覓。但行窠高築，五光十色。勘破繁
華如露電，不妨嘯傲耽泉石。論賞心、樂事古來多，今難得。”勘
破二語，足見胸次。眉生往參蕭毅軍事，季玉亦有〔金縷曲〕送

之，後半云："閉門合有烟霞癖。盡頻年、鴛湖嘯傲，花晨月夕。
何意閑雲還出岫，別了東山泉石。好去作、將軍揖客。泰岱黃河游
已壯，勒燕然、更待千秋筆。如我意，未爲失。"其時肅毅方征撚
寇也。吳人能爲蘇、辛者，於季玉僅見，而筆端無麄獷氣。然小令
尤工。如《青駝寺早饍》云："來去荒烟織盡愁。西風獵獵送殘
秋。青駝橋下水悠悠。　　玉響紅纓游已倦，翠屏金雀夢都休。想
思誰倚月明樓。"風韵正不減藕漁。

八　黃蓼花與古槐

季玉兄弟皆能詞，其兄紱庭閣讀，初官典籍，於典籍廳前得
黃蓼花一株，移之以寄乃兄功甫，俾植於吳下鳳池園，馬湘帆郎
中沅爲賦〔高陽臺〕云："滿地江湖，高秋風露，幾枝搖落魚天。
誰當花看，脂痕褪盡年年。絲綸閣下秋仍瘦，浣紅塵、金粟纔圓。
認吟邊、舊侶蘆汀，萬緒飛綿。　　家林自有池栖鳳，恰疏荑乞
取，種藥階前。冷到幽芳，有人茆店曾憐。黃花晚節知相似，盡平
分、澹月寒烟。傍清漣、一抹斜陽，閑共鷗眠。"恰合題分，妙在
不粘不脫。蔡小石觀督亦賦是調，有云："分來雨露宮壺貴，傍閑
庭、小草沾濡。"語雖得體，未免近俗，且不似蓼花也。吳江生觀
察葆晉亦有詞賦此，後官淮海道署臬，殉粵寇之難。自樞廷創設
閣直，僅司題本，略等冷曹。然猶稱清切，與選者多風雅之士。內
閣大堂有古槐一本，陰蔽一院，端木子疇有詞咏之，爲〔齊天樂〕
調，許鶴巢時同直，和云："綠雲蒙密朱戶，壺中日長人靜。葉細
篩金，簾虛納翠，炎暑人間消净。花磚度影。似紅藥翻階，碧波交
荇。雨露醍醐，自天嘗飽定應省。　　壺盧依樣漫哂，問音聲迭
作，多少瓔頤。但説三公，依然一夢，何似鳴蟬響競。蓬山地迥。
要鳳軫迎薰，雉羹調鼎。幸傍高枝，坐銷宮漏永。"中書司票籤，
例有定格，俗謂依樣壺盧。初到閣者不諳故事，籤至三五行，又目
爲累贅。壺盧，詞中轉頭語，蓋亦有本。

九 濮春漁詞

濮春漁文昶生道咸間，目睹馭外失策，坐長鯨鯢，耿然慨嘆，賦〔洞仙歌〕感事云：“韶華美滿，奈燕欺鶯妒。偷折花枝笑前度。怎藩籬不設，錦障全空，香國裏、難道而今再誤。　　一番風雨驟，剩紫零紅，花下春愁向誰訴。待奏玉妃前，葉未成陰，吃緊是、東君調護。遠隔了、樓臺幾多重，又没個花奴，聽儂分付。”感故國之陸沉，哀高邱之無女，出以比托，寓意尤深。其《賦鶯粟》〔摸魚子〕詞有云：“十洲三島春爭買，特地又添花稅。花濺淚。便檢得、榆錢難補珊瑚碎。”亦見深旨。時寰海棣通，始簡使節分駐歐西諸國，大抵以詞臣及道府待次者任之。春漁紀以〔臨江仙〕云：“日日舉頭看碧落，祇愁碾破雙輪。青霄有詔下絲綸。遍征花鳥使，分管海天春。　　可惜玉皇香案吏，無端遠作波臣。三千弱水幾迷津。誤他騎鳳侶，笑煞牧羊人。”西俗主賓歡宴，恒出婦女酬酢，使臣亦屈從其俗，故以爲笑。又有《天津雜感》〔沁園春〕，言訂約互市之失云：“傾國傾城，是耶非耶，盡唤奈何。奈工愁工病，自家體弱，説盟説誓，彼美情多。訂了新歡，換來密約，試問相思了得麽。荒唐甚，不管人蕉萃，苦苦調和。　　道行不得也哥哥。便滄海、而今波又波。記飛輪百轉，疑他仙馭，聘錢十萬，償過星娥。浪費黄金，鑄成錯鐵，賃與鴛鴦自在窠。秋風起，嘆禦貧無計，補屋牽蘿。”涓涓不塞，至今爲梗，琦穆之肉，其足食乎！其詞初不求工，而微婉曲至，自是名手。

一〇 趙于岡約園詞

約園之名，見於浙江學使署。武進趙于岡起亦以“約園”名詞，末卷所謂《逝水歌》者，皆哭其母兄子女之作。所謂《唱晚詞》，多述寇亂，骨肉凋零，兵戈滿眼，亦極人生不堪之境矣。其〔滿江紅〕十數閟，述金陵、淮揚兵事，于向榮、張嘉祥、鄧紹良、袁甲三諸帥，多有陽秋，而其意具見於〔喝火令〕一詞，云：

"鐵瓮嚴更月，紅橋静夜霜。數交陽九頗倉皇。幾載瘡痍未復，浩劫又紅羊。　　忠悃神應鑒，雄師力可降。么麼肆毒很如狼。誰養群奸，誰使盡披猖。誰使藩籬自撤，楚漢達吳江。"責備時賢，未免失之深刻，亦足見當時輿論也。詞人中楊聽臚孝廉傳第遇尤蹇，時方幕食汴中，值粵寇犯京口，迎母避亂，居汴城外黑岡。既而復遭捻亂，閉城中不得出，賊退，知母被戕，一慟幾絶，日嘔血升許，越八日卒。或傳其仰藥以殉。海鹽田都轉鍾爲賦《楊孝行》，丁杏舲《詞話》載其〔齊天樂〕一解云："秣陵往事成惆悵，嬋娟月明千里。曾照人來，不教人去，一味怨他江水。去時容易。怎消息參差，誤人如此。捫遍闌干，晚來認取指痕細。　　舊歡竟如夢裏，餘香凝彩筆，休問蛾翠。車走雷聲，衣黏花影，仿佛靈僊徙倚。蘆花風起。趁月地飛回，舊家燕子。幾度思量，去來拼不是。"金陵陷時，城中人士屢謀內應，以將帥疑慮而敗，詞意淒怨，當即謂此。

一一　陳息凡津事詞

捻匪犯津，錢香士躬督戰守，作《津沽扼勝圖》，其門下士陳息凡鍾祥題以〔破陣樂〕，有云："同時小謝頻呼，臨流攬轡，看壯氣如虹吐。有勇知方民可使，須識龔黃治譜。"謂天津令謝雲舫也。當寇迫，兵餉兩乏，雲舫與紳富謀，預借鹽課治團防，寵丁獄囚皆踴躍效死，遂有是捷。後追賊至獨流，與都統佟公俱戰死，津人至今祠祀之。息凡別挽以〔祝英臺近〕云："碧天高，滄海闊，魂夢徒飛越。組練三千，魑魅膽初奪。傳來盈路悲聲，壯心銷歇，流不盡、霜河明月。　　拜金闕。博得青史哀榮，公論總難没。蜀道關山，啼遍子規血。孤忠付與佳兒，雙雙健鶻，好完却、使君英烈。"其詞與事皆可傳。又滄州劉金崖茂才素好弈，聞寇警，夫婦置酒對枰自若，寇至，以矛亂其局，劉顧謂之曰：殺則殺耳，何亂吾局爲？賊相顧笑而去。奇士奇情，古今無匹。息凡聞於仲杏園孝廉，爲賦〔江城子〕云："楸枰携酒思超然。捲湘簾。問青天。竊窕房櫳，伉儷總如仙。生死輸贏成底事，綿日月，等雲烟。　　滿城金鼓自喧闐。局憑安。意誰傳。墨白分明，壁上等閑觀。螻螘紛紛争剥啄，推不倒，爛柯山。”息凡詞中又有“雁勇皛飛”句，當日所招竈丁，謂之雁勇，今鮮知者。其《捷地觀勇初聞武昌捷音》〔點絳脣〕詞有云：“不敢高歌，疑信參來半。秋風遠。軍聲撩亂。愁訊天邊雁。”久挫聞捷，確有此情。

一二　李越縵

李越縵侍御早歲鄉居，值寇氛正熾，吕文節、江忠烈連殉安慶、廬州之難，吴文節戰死黄州，北而魯豫，南而湘蜀，警報迭至，而粤東復有艇匪之亂，至侵及寧波海口，與暎舶互鬥，鎮海關署悉燬，蓋咸豐甲寅年事。因賦長調抒感〔沁園春〕云：“慷慨登高，四顧蒼茫，黄塵漲天。嘆蕃臣入衛，縱横鐵騎，將軍下瀨，黯澹樓船。礮火移山，角聲沸月，回首王師吊伐年。感今昔，聽大風歌罷，慘遏烽烟。　　布衣夢繞刀鐶。奈日日、終南射虎還。笑數奇李廣，偏當大敵，書生劉秩，争著先鞭。筑吊雍門，杯澆趙冢，江左如卿孰比肩。憑欄外，剩斜陽芳草，滿眼關山。”當日貴臣弃甲，下士請纓，辦賊稽功，連疆罹劫，故慨乎言之。其〔永遇樂〕後闋云：“天涯回首，黄巾銅馬，荆棘縱横行迹。帝不負卿，通侯使相，虎韔貂冠屹。奈無頗牧，用之爲將，馬腹鞭長莫及。堪惜此、鸞飛鳳舞，一帶山色。”指刺尤顯。庚申之亂，越縵適留滞都下，目擊黍離，兼傷鄉事，所作尤多怨悱之音。當紹興淪陷，其表兄陳珊士比部弃官，由海道間關入浙尋母，越縵賦〔金縷曲〕二闋送之。有云：“宗族千人家八口，盡倉黄、乞命干戈裏。天地酷，有如此。”又云：“泥首馬前無别語，但思親、泪血熕歸寄。”時越縵有母在，尚滞越也，亂離痛語，令人不忍卒讀。

一三　易笏山

易實甫幼時，嘗陷賊中，爲僧忠親王所得，詫爲神童，詢知爲笏山方伯子，即專騎送還之。實甫負才氣，自云爲張靈後身。笏山於道光丙午，遇衡山乩仙，光緒癸未，遇華山乩仙，皆謂其前身，在晋爲支道林，在明爲唐六如，而道林前身爲莊子。其和竹垞〔解佩令〕句云："僧而豪邁，儒而豪放，總蒙莊、結習難消盡。"正謂此也。笏山有女早夭，恒降鸞，自稱真一子，謂天上所居爲玉虛齋，其《夢見真一子》詞所謂"幸保我玉虛門巷"也。又華山乩仙謂：真一子前身爲謝道韞，其生日恰後笏山一日，笏山《憶真一子》詞所謂"與我生辰惟隔日，奈湘真早伴湘靈葬"者也。蓋實甫之放誕不羈，實類乃翁。然笏山歷任旬宣，所至頗著治績，在蜀嘗揭瀘州牧田秀栗之奸，先屬金松園直刺訪察得之。其揭牘直言無隱，致觸忤制府不顧也。故其《與松園話舊》詞有云："下情那復聞於上。再休談、令威事迹，令孜情況。"令威，蓋謂丁文誠，是事詳見余所著《洞靈小志》。笏山又有詞《題朱曼君書朝鮮趙尚書殉難事》句云："烈士甘遭屠僇慘，豈從他、屈體耶蘇帳。"其事在光緒甲申十月，客軍據朝鮮王宮，迫趙獻地，并從天主教，趙怒罵不從，被支解死，妻子皆夷滅。固彼中錚錚者，惜闕其名。

一四　馬江書感

甲申馬江劫後，李漢甫客閩，重經廢壘，有《馬江書感》〔滿庭芳〕云："孤島星懸，千檣霧鎖，滄波歷盡鷗程。過海門百曲，看夾岸峰青。自濡口、交鋒以後，障江帆艫，猶未銷兵。望空明鏡裏，重陰隱約高城。　陳濤往事，到如今、父老談驚。念籌筆樓荒，沉沙戟折，遥寄幽情。一片蕭蕭蘆荻，清商起、暗和秋聲。聽天邊哀角，沉雲都逐愁生。"頗爲人傳誦。張縈甫客節幕，目擊兵事，賦《馬江秋感》〔曲江秋〕云："寒潮怒激。看戰壘蕭蕭，都成沙磧。揮扇渡江，圍棋賭墅，詫綸巾標格。烽火照水驛。問誰洗，鯨波赤。指點鏖兵處，墟烟暗生，更無漁笛。　嗟惜。平臺獻策。頓銷盡、樓船畫鷁。凄然猿鶴怨，旌旗何在，血泪沾籌筆。回首一角天河，星輝高擁乘槎客。算祇有、鷗邊疏菼斷蓼，向人紅泣。"

指斥僨事諸臣，尤不留餘瀋。簣齋自號知兵，兵將皆非所習，其取敗固非不幸，然以夙負重望，故尤爲群矢所集，而朝貴袒之者，至謂閩事可敗，船廠可弃，豐潤學士決不可死，異哉！

一五　蘩甫閩臺詞

蘩甫赴官淡水，值法人有事越南，海防正急，行抵白犬山遇霧，又東北風大作，旬日不得發，禱於天后，旗脚頓轉，一夕而濟，其詞所謂"仗神燈導引，直指蓬萊"也。在臺賦〔水調歌頭〕云："積氣轉黃頖，天地一浮漚。不知包絡多少，赤縣與神州。本是蛟龍窟宅，誤認金銀宮闕，爭戰幾時休。安得斷鼇足，截住萬方流。　桑田影，樗木燭，總虛舟。盲風怪雨無際，出没使人愁。縱有將軍橫海，便帥戈船下瀨，域外問誰收。何處覓珊樹，莫把釣竿投。"其意不主用兵。然當時敵氛已橫，未幾基隆淪失，蘩甫自新竹內渡，遇敵艦巡邏者，幾爲所困，會暴風猝作，帆疾如馬，得免。夜抵福清民舍賦〔酹江月〕云："樓船望斷，嘆浮天萬里、盡成鯨窟。別有仙槎凌浩渺，遥指神山弭節。瓊島生塵，珠厓割土，此恨何時雪。龍愁鼉憤，夜潮猶聽嗚咽。　回憶鳴鏑飛空，焱輪逐浪，脫險真奇絕。十幅蒲帆無恙在，把酒狂呼明月。海鳥忘機，溪雲共宿，時事今休説。驚沙如雨，任他窗紙敲裂。"神山朱厓二語，竟爲後來預讖，相距十年間耳。

一六　疏勒望雲臺

左文襄生平勛業，以平定西域爲最。相傳文襄早歲嘗夢統兵沙漠，置官興墾，一如後來身歷，蓋由前定。其《長安書感》詩，計偕北上所作，亦及邊墾事，固計之熟矣。長沙侯桂舲，嘗以提督隸湘陰部曲，統兵從出關，駐軍疏勒時，築臺以寄望雲之思，因作《疏勒望雲圖》。蘩甫題以〔八聲甘州〕云："盼家書萬里雁行稀，風沙玉門關。向長河飲馬，高臺倚劍，落日荒寒。回看雕盤大漠，心與白雲還。灑盡思親泪，熱血空彈。　念我馳驅王事，便橫戈

瀚海，敢唱刀環。誓雄心許國，尺組繫樓蘭。待歸來、印懸如斗，
解征袍、還舞彩衣斑。憑誰問、挂弮弓處，雪滿天山。"今不知其
臺尚在否也。河湟道中，夾道綠楊，皆文襄戍軍所植。陳侃齋西征
途次賦〔八聲甘州〕，後半闋云："遥指籠烟千縷，是旌功舊樹，
緑到邊城。憶鐃歌唱罷，金甲換春耕。算封侯、等閑夢醒，又誰
家、瑶笛暗飛聲。還惆悵、指斜陽外，幾處離亭。"即咏其事。世
或謂文襄平回事迹多涉浮夸，然赤手開邊，白頭還闕，後來豈有
其人哉。

一七　姚仲魚東園

姚仲魚大令能詞，一行作吏，不廢風雅。宰孟縣最久，闢廨東
隙地築小圃，雜蒔花木，署曰東園，有《東園雜咏》〔菩薩蠻〕多
闋，録二云："去年移種牆東竹。今年又種籬東菊。餘地已無多。
半池還種荷。　　澆花兼洗石。要省園丁力。井遠水難分。新通花
下門。""八年不調花應笑。催科自署陽城考。官鼓漫冬冬。排衙
先讓蜂。　　一升還健飯。五斗何曾戀。未有買山貲。空吟歸去
辭。"頗見風趣。署中蓄盆蘭，七年不花，甲戌春，忽抽一箭，作
花十四，皆殷紅色。時其子樨甫方試春官，見者以爲花瑞，果得雋
卷，爲李蘭蓀所拔，以二甲十四入翰林，因作《紅蘭圖》紀之。
仲魚自題〔減蘭〕云："征祥子舍。一紙泥金來日下。展帖沉吟。
應合移根到上林。　　數來花朵。春入篳篥弦恰可。爲報先聲。二
甲臚傳十四名。"生平厄於場屋，故尤以令子成名爲喜。故事：應
童子試者，必先試於郡邑，仲魚宰河陽，凡五度校士，賦〔摸魚
子〕云："景韓堂、三間老屋，五番泥爪堪記。無多簿領都拋却，重
與細論文字。思往事。憶辛苦、當年銀燭條條泪。而今老矣。看蟹
眼煎茶，鼉聲食葉，見獵尚心喜。　　河陽境，不少昌黎苗裔。斯
文應有元氣。生才何必分今古，襟帶河山如此。衰待起。莫更學、
安仁但種閑桃李。庭空似水。恰好雨知時，麥秋剛届，歲熟倍多
士。"注云：應試者幾及八百人，彈丸小邑，亦云盛矣。

一八 項蓮生清游掃興

項蓮生爲許文恪妻弟，性倜儻不羈。文恪視學江西，偶從之，一日游百花洲，意有所感，輕舟徑返，亦振奇人也。然寒儒偃蹇於榮辱，終不能忘情里居。時秋夕乘月過虎跑，憩小池上，見寺門未闔，信步入近客堂，有皁衣高冠者，呵禁甚厲，問老僧，乃知諸長吏宴兩試官於此。感賦〔滿江紅〕詞，有"身賤自遭奴隸辱，心閑好與溪山友"之句，讀者爲之慨然。因思清游掃興，事所恒有，往時京僚文宴，恒於城南諸寺，而南窪江水部亭風景較勝，朋飲幾無虛日，陳實盦元鼎嘗偕陸眉生爲江亭之游，適有宴客者，寺僧拒之，悵然遂返，賦〔齊天樂〕云："清游要與紅塵遠，登臨最宜郊外。冷處尋詩，悶來載酒，偏有高軒先在。笙歌沸海。怕花底雛鶯，笑人酸態。興盡回車，浩然似訪剡溪戴。　　須知如意事少，暫時延俊賞，吟趣都礙。我輩能閑，人生貴適，後約秋期須再。芙蓉漫采。讓裙屐風流，與伊冠蓋。去上旗亭，玉壺春共買。"二事頗相類，而蓮生適在失意時，尤難堪耳。觀其擬飛卿〔菩薩蠻〕詞云："夕陽山映宮黃額。杏花樓外春蕪碧。花命薄如人。峭風吹作塵。　　日長榆影瘦。慊漾晴波皺。腸斷掩金鋪。近來腸也無。"其哀樂正有過人者。遺集爲許邁孫榆園所刻，庶博凌雲一笑也。

一九 俞小甫詞

江山船，自杭州至三衢皆有之，相傳爲陳友諒餘孽，所謂九姓漁戶也。吳縣俞小甫別駕廷瑛有《夜泊江干》〔高陽臺〕云："霽雪初融，尖風漸緩，江頭潮落還生。試拓烏篷，娟娟桂魄微明。客愁正是難消遣，恰隣舟、送到歌聲。更琵琶、慢撚輕攏，巧趁啼鶯。　　無端忽憶當時事，憶平安書記，許賦閑情。二十年來，依然一水盈盈。青衫空浣傷心泪，袛微波、曾照傾城。悵今宵、酒冷香殘，夢也難成。"小甫佐其戚某金衢道幕，以克復杭城得官，性疏拙，久淪宦海中，未嘗一握符，吾友曹杜盦與訂忘年之契，其時已垂垂老矣。所著《瓊華詞》，清綺不俗。〔鵲橋仙〕云："鏡奩懶啓，笙囊倦倚，閑聽隣家歡笑。重幃遮不住輕寒，知甚日、東風吹到。　　歸鴻路遠，飛魚信斷，贏得夢魂顛倒。桃花縱有盛開時，已負了劉郎年少。"〔祝英臺近〕云："柳舒鞏，蓮展步，花下暫相遇。把袂忽忽，心事未容訴。但看淚漬衫痕，腰移帶孔，想多少。個中酸楚。　　奈何許。數到錦瑟華年，年年總虛度。不信蛾眉，容易惹人妒。幾回殘夢迷離，天明夜半，也還是、非花非霧。"皆自抒身世之感，讀之使人回腸蕩氣。

二〇　古人能前知

道光三年，直隷正定府元氏縣民劉黃頭劚地得一石，爲唐宣城縣尉李君妻賈氏墓志銘，末行刻"後一千三百年爲劉黃頭所發"，由是年上溯，葬年爲唐建中四年。志文亦謂夫人諱嬪，字淑容，長樂縣人，卒於建中二年二月十二日，計之年數小異，而人名不爽，殊奇。曲園翁得其拓本，題〔無悶〕一闋於後，云："黑暗泉臺，青對漆燈，驟被黃頭驚覺。訝旦暮千年，未來先料。七義荒原悵望，問舊鶴、何時歸華表。阿咸多事，數行古墨，感人幽抱。　　人杳。更憑吊。想醉尉風流，玉樓歸早。祇曙後星孤，黛描京兆。官舍相依有弟，嘆白髮、青裙垂垂老。剩片石、讖語流傳，恰與武强同調。"夫人卒於其從弟趙州元氏縣官舍，有一女嫁張氏，七義原爲所葬地，銘則從子文則爲之，皆見志文。武强，謂明嘉靖七年武强人王洛州拙地，得隋河陰太守皇甫興墓碑，後有字云："葬後一千三百年，被王洛州發之。"事適相類。然則古人能前知者多矣。

二一　異代風流

近世考古者，多掘古墓，幾不以爲異，同光時猶未有此風。明太常卿任坦然爲浙之瑞安人，墓在焦石山，嘗爲土人竊發。吳箋之訴於邑令，爲正其兆域。孫琴西時以冏卿退居，補書碑志之，且繫以〔水龍吟〕云："怒濤響合松杉，誰知中有詩人蛻。生存華屋，琴鶴官居，梅花优儷。是處青山，年年寒食。誰家春祭。恨荆榛滿地，韓陵片石，重濡筆，題碑字。　　相對青松障子。想當時、鬢絲猶是。一船書畫，全家水石，輸君高致。佳城幸在，芳尊遥酹，松岑凉吹。仰風流獨倚，危樓日暮，紫霞山翠。"太常故居在邑西峴山下，娶徽守孫崇吉女，工畫梅，人謂孫梅花，異代風流，猶賴二君維護。

二二　空江吊影圖題詞

世傳陳子淑女士寄外〔清平樂〕詞有"剔盡釭花紅似豆，人比影兒還瘦"之句，以爲追踪漱玉。女士名嘉，爲仁和高茶庵明經室。辛酉冬，杭州陷，奉姑出城，欲渡錢江，值大雪，呼舟不得，挈女自沉。茶庵痛之，乞吳桐雲觀詧大廷爲作傳，且繪《空江吊影圖》征題。陳叔安大令題以〔渡江雲〕云："烟波愁不了，玉沉甚處，揮涕問冰夷。幾生脩得到，共命迦陵，倉卒又分飛。冰天雪海，斷柔腸、説與誰知。空自判、風鬟霧鬢，終古付流澌。　　今時。來尋江上，獨客人間，頓悲懷提起。依舊見、鄰鄰寒碧，黛影凄迷。招魂可許聽環佩，背晚潮、遥展靈旗。還祇恐，心傷城郭全非。"孫凱卿參軍題〔湘月〕尤沉痛，云："驚心波逝，嘆茫茫眼底、身世如許。尚覓歡踪奈潮水，那識孤懷凄楚。月意荒凉，山容黯淡，不是真眉嫵。行雲安在，斷腸争忍回顧。　　嗟念我亦漂流，一襟離恨，盡而今分取。空恨珠沉問怨曲，招得幽魂歸否。落日平沙，寒烟衰草，獨自和誰語。更休凝望，舊家惟見塵霧。"

二三　滬上愚園

滬上愚園，後來爲游冶勝地；而當日園主人胡煦齋爲奉親避亂而築，殆無知者。夏伯音侍郎家鎬贈煦齋〔金縷曲〕云："平地樓臺起。想先生、胸中邱壑，輪困魁壘。溯自小倉焦土後，金粉飄零如洗。賴有此、增輝鄉梓。奇事更餘三品石，是卯金、當日鴻泥滓。苔蝕字，尚堪指。　　玲瓏池館松篁倚。愛融融、春秋佳日，彩衣嬉戲。旨酒一觴親介壽，樂事人間罕比。渾不羨、鼎鐘羅綺。老我風塵游已倦，慨故鄉、種秫無餘地。讀君記，仰而企。"時煦齋母尚在，江南半壁，烽烟慘黷，以此爲桃源耳。俞輔之孝廉弼堯亦有《愚園賞菊》〔瑞鶴仙〕云："名酒傾豐沛。望林光水影，樓臺如繪。主人偏愛客，烹綠池、鮮鯽銀絲作鱠。藕舫共載，偏繞過、紅橋一帶。媚斜陽尺五，城烟回泊，曲欄花外。　　狡獪。燕南趙北，海嶠旌旗，園林冠蓋。非營邱壑，談金谷，恣豪快。幸燼餘難得，板輿娛樂，築盡金錢何害。許吾儕、佳節登堂，看花高會。"於築園之意能道其概，亦佳作也。廿年前，余每過滬必往游，漸見頹廢，今僅存坊巷之名矣。

二四　粵中雙鴛祠

　　粵中有雙鴛祠者，祀吾閩李亦珊別駕光瑚及其夫人蔡梅魁也。亦珊仕粵，家多隱憾，一弟尤桀驁，每抑鬱不樂。自甘涼解饟歸，感疾猝卒，棺久不得歸，夫人年未三十，嘗割股愈姑疾，至是謂傭嫗曰：吾夫死無過問者，今我死之，聞者或憫吾節，送夫柩與翁姑俱歸，吾無恨矣。乃冠帔拜堂上自縊。同官某之妻聞而憫之，出私蓄二百金，且屬其夫醵金以助喪，竟得歸。又於粵中立廟祀之。南海令仲柘泉振履爲填《雙鴛祠》院本，謝枚如倚〔乳燕飛〕題其後云："苦雨凄風夜。把此卷、長吟一遍，數行泣下。夫婦人間多似鯽，似汝凄涼蓋寡。盡辛苦、艱難都罷。委曲求全還未得，況無端、貝錦工嘲罵。心上痛，誰能寫。　　肝腸寸斷顔凋謝。却猶將、綱常二字，時時認者。爲婦爲兒無一可，此罪千秋難赦。説不出、泪痕盈把。博得旁觀稱苦節，想君心、聽此添悲咤。不得已，如斯也。"詞雖樸質，意特深重。

二五　徐蘭生詞

陳瑞公以所藏陳希唐、李資齋遺詩見示，皆以牧令守城殉粵寇之難者。希唐即瑞公從父也，余已錄於《詩乘》中，附徐蘭生刺史大鏞詞。蘭生歷宰河南之偃師、鹿邑、柘城、杞縣，一攝禹州。其詞多記軍事，如岳竹臣參戎所部陝甘兵奏留協防，匪退，乃虔劉四境，刺以〔齊天樂〕詞。邱總戎聯桂自西華追賊至廿五渡，殺賊甚多，賊呼為邱虎，以援絕力竭陣歿，挽以〔黃鶴引〕詞。睢州王小林刺史遣僕何珅偵賊消息，被執，罵賊不屈死，竟得優卹，紀以〔滿庭芳〕詞。皆足資史料，惜其詞未工。瑞公填〔齊天樂〕一解題其後云："眼中猿鶴多新鬼，大招似聞剪紙。劫扇蒼鶯，焰騰青犢，河上二矛怎倚。將星近指。甚掃攘西華，楚歌忽起。閃閃愁燐，夜來荒月照殘壘。　　幾番彩毫淚泚，向長陵悵望，還盼佳氣。栗里遲歸，桐鄉猶戀，太息徐郎老矣。繭書更理。待鄭注箋詩，杜篇補史。搔首蒼茫，關山戎馬裏。"余勸瑞公編輯付梓，未果，乃錄此以存其人。

二六　陳希唐與陳小蕃

陳希唐大令殉通山之難，全家俱盡，其戰死事迹甚烈，余已於《十朝詩乘》中詳紀之。世傳其《咏枯樹》〔臺城路〕云："倡條冶葉都銷歇，天涯盡牽離緒。淺冒殘紅，低縈慘綠，此景并難重遇。斜陽古渡。記閒繫漁艖，半經樵斧。寫出淒涼，賦才愁殺庾開府。　　誰將竹籬悄護。恐東風不到，斷岸荒渚。病骨空支，情根未剗，側臥幾堆黃土。寒鴉無數。奈雨雪殘年，破巢難補。寄語同群，一枝休自誤。"詞境蕭颯，若為先兆，固當以人存之。希唐從弟小蕃觀察，即吾友瑞公之尊人，亦工詞。庚申淀園之劫，觀察方官京曹，偶涉廠肆，見所列珍品光怪陸離，皆御園故物，感賦〔百字令〕云："江山如此，有屬樓海市、百般奇幻。忍憶皇州春色好，曾聽漏壺傳箭。溫樹陰濃，香楓影秘，紅葉都難見。人間天上，星霜暗裏偷换。　　可惜内府宣和，遺聞天寶，去夢隨流電。清淺蓬萊山下水，銷盡翠愁珠怨。花草凄迷，丹青零落，泪洗銅人面。閑坊荒市，駐鞍争忍留翫。"踽公言：家藏舊物，猶有當日購從市肆，認爲宫製者，今亦劫掠盡矣。小蕃爲迦陵裔，在京師獲交秦誼亭、劉開生，爲笛仙先生文定相國後人，先世并登詞科，誼亭因爲作《壁柳山房雅集圖》，小蕃題以〔摸魚兒〕詞，有云："惓懷清緒。便黑廠登高，紅橋脩禊，勝會已千古。"亦佳話也。

二七　弢園詞

江都史繩之念祖以軍功致身節鉞，言路劾其目不識丁，坐罷，由是發憤讀書，有《弢園詞》行世。《寄唐鄂生中丞》〔沁園春〕云："自古清流，不是鍾期，敢知伯牙。怪才非欲殺，謗隨風起，世驚難制，志悔雲拏。風雨鷄鳴，滄溟龍蟄，同病相憐天一涯。逆天事，算貂能换酒，筆可催花。　　而今遍地龍虵。便得好、收帆也自佳。問烏衣舊宅，雕梁换主，白頭老子，緩帶歸家。大塊文章，千秋我輩，獄底何曾腐莫邪。清狂處，伸夢中一足，帝腹能加。"詞氣悻悻乃爾。又《得京友書志慨》〔滿江紅〕云："放眼神州，竟何處、堪垂鵬翼。著犢鼻、閉門種菜，羞移陶甓。豈有經營宗慤志，不曾失却文通筆。嘆浮生、久已似浮雲，愁趂日。　　滄海水，幾時窄。蓬島路，何年隔。信颶風有力，退回飛鷁。伯樂無權凡馬喜，莫邪出土神蛟泣。問蒼蒼，狐掯又狐埋，生才厄。"《留京兩月，遼戰方酣，行止莫措，感賦》〔水調歌頭〕云："壺嶠莫可至，不若早還山。璇宫靈藥未搗，東海正波瀾。我欲披蓑歸去，又恐江湖滿地，無處著漁竿。翹首望南斗，心事隔雲端。吾老矣，龍劍缺，兔毫殘。婆娑冷眼，權作蒼狗白衣看。霜鬢還應相信，傲骨不應西笑，何用夢長安。展轉入塵夢，差抵煉還丹。"鋒鋩少歛，仍有傲兀不平之概，猶是不讀書之過也。《小三吾亭詞話》選其風月酬唱之作，謂較可誦。然如〔一落索〕云："近來深淺换時妝，未必被、蛾眉妒。"〔謁金門〕句云："一樣桃花開早晚。雨風春不管。"終不掩其牢騷。趙次珊曾爲其屬吏，督遼時請於政府，爲加副都統銜，俾督辦財政，尋又劾罷，遂蹭蹬以終。

二八　周文之與褚氏

周文之初以失城論劾，上特原之，繼宰長洲。時妓居多在盧家巷，有褚氏者，解文墨，文之昵焉，卒以地方官挾妓遣戍新疆，其答人詩所謂"豈緣風月關防密，或者春秋責備嚴"者也。行抵汴梁，即遇登極恩詔，得赦歸。荷戈之奇，賜環之速，殆無過於此者。光緒中，有人於吳市見文之與褚唱和册子，王定甫題以〔高陽臺〕云："紫曲門闌，桃花巷陌，芳踪暗記眉樓。夢雨行雲，憐他花底親籌。郎官幾日游驄暇，盡恩恩、趙瑟秦謳。惱殘春、劃地東風，鶯燕都愁。　西臺慟哭人何在，枉金張舊籍，暗數清游。衫袖郎當，不知舞錯伊州。沉沙折戟渾閑事，鎖荒臺、玉貌疑休。剩回文一卷，天花小字銀鈎。"沉沙折戟，用周郎故事也。文之被譴後，褚不知所往，此册亦不知何由流播。

二九　吳柳堂

吳柳堂在臺諫，疏爭成録獄，語切直，罣部議，左官風鯁已著，其尸諫在毅廟永安之時，蓋葬親甫畢也。濮春漁哭以〔金縷曲〕，云："大統千秋系。望鼎湖、攀髯而慟，批鱗何懼。二祖五宗臨鑒在，聖子神孫相繼。予小臣、請參末議。臣罪當誅遲一死，捨餘生、上報先皇帝。觸忌諱，上封事。　兩宮堯舜恩綸被。憫孤忠，建言致命，與沽名異。天語煌煌加贈卹，用作敢言之氣。聞風者、感恩零涕。況屬歐陽門下士，又當年、軾轍同科第。知己淚，拜君賜。"春漁兄弟皆柳堂門人也。柳堂故宅在南橫街，後來因以爲祠，王薇庵題以〔金縷曲〕有云："虛說田盤去。挽龍髯、孤臣一個，白雲高處。"蓋柳堂赴陵時，語家人以將游盤山，故家人不之疑，尋奉懿旨褒卹，并宣示：異日皇子嗣統者，即爲穆宗子。余聞老輩言，當日宣宗曾孫輩僅倫貝子一人，實由遠支入繼，其不得承統，固有由也。

三〇　錢辛白

錢辛白閣學宦途亦屢躓，初由翰林轉御史，以言事斥固，稍遷坊階，復以大考謫降，迨遷閣學，年已垂暮，未幾即乞歸。其築一松軒自居，在南牀斥退之時，蔣鹿潭填〔徵招〕題之云："星宮夜啓蒼官事，沉沉太陰雷雨。海鶴倦飛來，選磐阿嘉樹。靈姿誰共伍。祇老桂、伴香瑤圃。謖謖霜風，半空回首，尚通天語。　　高處。不勝寒，相思後、瓊樓又教歸去。恣意作龍吟，有清聲千古。孤懷還自撫。放直幹、化工能補。紫皇護，一柱層霄，召鳳鸞仙侶。"閣學身後，遺集久佚，朱小汀學士爲其門人，於廠市得其《一松軒詩集》一冊，僅早年所作，近由徐㲄齋師付刊，屬余代爲之序。師丙戌春試獲雋，亦出閣學房也。

三一　娛園

許邁孫娛園，亦曰榆園，池亭樹石，勝擅江左。其佳處曰疏香林屋，曰潭水山房，曰藕船，曰還讀書堂，曰蓮北詩龕，曰微雲樓。山陰王眉叔各譜〔望江南〕寫之，又以〔減蘭〕調賦娛園四時詞。《春詞》云："娛園春早。簾外東風鶯唈曉。花影層層。紅到闌干第幾棱。　　迴廊前後。一帶粉牆烟鎖柳。芳徑泥新。燕子飛來不避人。"《夏詞》云："娛園長夏。一徑槐陰涼綠亞。冰簟疏簾。團扇風前蝶夢圓。　　棋聲庭院。斜日篔簹紅影亂。月挂林隈。捲幔花香上枕來。"《秋詞》云："娛園秋好。開過木樨菱葉老。白白黃黃。紫竹花屏六曲香。　　分明畫稿。涼雨枯荷鷗點峭。石銚松風。小火新添落葉紅。"《冬詞》云："娛園冬日。寒翠半尖亭一笠。何處香來。笛外梅花幾樹開。　　同雲漠漠。榾柮地爐紅小閣。微雪黃昏。知有扁舟乘興人。"又有《娛園月夜》〔百字令〕句云："澹柳樓臺，涼鷗世界，畫爾翩翩影。醉吹怒鐵，萬花宕破香暝。"境之幽迥，詞適類之。當娛園落成，值秋晚，藝菊數百本，擇其佳品陳於座隅，置八尺玻璃屏轉側相映，金粉晃漾，奇麗無匹。眉叔紀以〔高陽臺〕云：“粉疊樓臺，金鋪世界，好春無此清妍。嵌就玻璃，屏風窈窕雲連。迷離不辨秋深淺，一層層、月地花開。晚來寒、料峭西風，莫捲珠簾。　　金尊大好良宵共，稱幾行畫蠟，紅泪珠圓。小院沉沉，任他冷迫霜檐。鏡中人覓花中句，倩玲瓏、譜出冰弦。羨詞仙、綺夢圍香，冷醉閑眠。”邁孫亦有《意雲詞》行世。

三二　沈晴庚遺詞

　　無錫秦聲潔，近刊其外祖沈晴庚遺詞。晴庚里居，適龔定盦弃官南返，過從甚洽，《題定盦庚子雅詞》〔一斛珠〕云：“珠塵玉屑。側商調苦聲嗚咽。愁心江上山千疊。但有情人，才絕總愁絕。　　板橋楊柳金閶月。累儂也到愁時節。一枝瘦竹吹來折。恰又秋宵，風雨戰梧葉。”又《答定盦》〔水調歌頭〕云：“長揖謝卿相，翰墨結新緣。少年豪氣仍在，高踞萬峰巔。到處珠槃玉敦，照耀江山風月，還往總宜船。來日莫惆悵，今夜擁花眠。驢背上，僧寮裏，酒罏前。人生富貴妄耳，何用勒燕然。我本頭銜漫士，不羨龍門掉尾，水擊路三千。準擬譜漁笛，醉和石湖仙。”與定公正有針芥之契。又寓園延秋同集者，爲朱蔗根、龔定盦、江春舲、程小松，主人則南昌萬淵北也。晴庚賦〔秋霽〕詞，結拍云：“可奈斜照誰伴，小扇生衣，看庭柯影。”寫筠簾碧，詞境蕭逸，真不食人間烟火者。其《懷舊錄》多記故交軼事，謂定盦十三歲時，已精《九章算術》。道光二十年，直督請裁撤天津水師，謂無所用，歲計費且數十萬，上可其奏。定盦在郎署，上書萬言，力言不可撤狀，不報，遂引疾。後二年，英兵入寇，其目樸鼎查直抵津門，上章請和要挾，失國體，人始服其先識。

三三　翁文恭詞

　　咸豐戊午，翁文恭、潘文勤同典陝試，時文恭方悼湯夫人，有

《與文勤定興道中七夕唱和》詩，是日遇雨，又作《驛亭聽雨圖》。文恭自題〔摸魚兒〕云："莽前途、征塵無際，今宵況又苦雨。蓬山回首無多日，夢到藕香深處。愁幾許。聽滴碎、閑階掩抑如人語。天涯覊旅。更馬嚙空槽，蛩吟敗砌，一例没情緒。 郵亭樹，一葉一聲細數。曉窗容易催曙。者般滋味和誰省，幸有高陽俊侶。曾記否。記泪染、冰綃更比秋霖苦。墜歡無據。待硯恨成箋，磨愁作墨，寫出斷腸句。"既而典試事竣，文恭拜命督學，是歲除夕，賦《唐鏡》〔金縷曲〕書張皋文手寫董子遠《詞選》後，有序謂：此予兒時仿鮑叔野先生點本，亡妻愛誦唐宋長調，因以界之，病中猶呻唔不輟。頃來秦中，即以自隨，除夕客去，官齋如水，取案頭畫行筆點讀一遍，俯仰慨嘆。是日購一唐鏡，背銘三十二字，有"曾雙比目，經儷孤鸞"語，因題此詞抒悲。詞云："歷歷珠璣冷。是何人、清詞細楷，者般遒緊。費盡剡藤摹不出，却似薄雲橫嶺。又新月、娟娟弄景。玉碎香銷千古恨，想泪痕、暗與苔花并。曾照見，夜妝靚。 潘郎傷逝空悲哽。最難禁、燭花如豆，夜寒人静。玉鏡臺前明月裏，博得團欒俄頃。偏客夢、無端又醒。三十年華明日是，剩天涯、飄泊孤鸞影。銘鏡語，問誰省。"二詞文恭晚年猶時時誦之，其手點詞選，身後落估人手，沈子封嘗見於廠肆，索價三十金，未諧。翊日覓之，已不可得。

三四 題半偈庵圖

文恭爲萬峰寺僧諾瞿題《萬梅花外一蒲團小照》〔念奴嬌〕結拍云："虎山一鶴，倩伊指點歸路。"謂許鶴巢舍人也。鶴巢與文恭久契，其先世舊藏《半偈庵圖》，乃文休承爲王百穀所作者，文恭以無意購得之，出示鶴巢屬題，鶴巢嗟嘆不已，因題詞并圖歸之。詞爲〔慶清朝〕，云："畫馬安歸，硯山安在，詩人多事翻新。當年半偈，早空萬劫沙塵。太息堂前燕子，夕陽野草不勝春。流傳久，題將春木，仿了梧門。 不覺驚呼凄感，是青氈故物，拄杖隨身。虎山橋畔，種松都化龍鱗。莫道白頭詞筆，兒啼尚有舊時痕。聊持贈，風簾官燭，怕話前因。"結句自注謂：庚辰春闈，夢得君卷，狂喜累日，然是科君竟被放。文恭姪孫笏齋曾屬張雨生刺史重摹文本，自錄文恭詞，結句云："聊持贈，投珠餘恨，略補前因。"與此小異。蓋鶴巢庚辰闈卷，適爲文恭所擯也。鶴巢得圖，以汪巢林畫梅爲報，聞尚在翁氏後人手。文恭在朝，主文衡，好物色名流，亦往往摸索失之，壬辰會元劉葆真卷，即錯認張季直者，可知并無關節。

三五　王半塘木蘭花慢

王半塘給事用〔木蘭花慢〕調分咏長椿、净業、憫忠、聖安、花之、龍樹諸寺，皆京師名刹。其《龍樹寺》後半闋云："精藍。幽意共誰探。萬葦緑方酣。話選勝年時，尚書朱履，名士青衫。疏簾。暗迷舊影，付空梁、新燕語呢喃。誰識長懷落落，夕陽黄到樓尖。"追咏同治辛未潘文勤宴下第公車事也。是日與宴者凡四十二人，文勤與文恭先期選客，手札往復至數十紙，臨期乃未具飲饌，倉卒於酒肆致之，傳以爲笑。然巨公好士，餔餟風流，説者以擬萬柳堂己未襖飲焉。

三六　殿試紀事

殿廷考試，例賜克食。胡木甫預保和殿朝考，敬飫天珍，以爲即古之紅綾餅，賦〔感皇恩〕云："曉暈上蠻坡，彩毫花吐。粉酪團酥照銀署。鶒冠頒到，尚帶猊糖冰縷。隱堆雲篆樣、絲籠舉。
毳褐小臣，餅師曾問。喜擘蟾肪大官莆。擣霜捶玉，莫述王郎新譜。丹心經醖釀、恩同鑄。"迨引見乾清宫，復賦〔沁園春〕恭紀云："花外鯨鐘，聲出紅牆，銅扉洞開。看龍池柳起，舒眉展眼，鳳城車動，掣電驚雷。萬瓦鱗鱗，琉璃晃耀，日擁紅雲天上來。雲開處，聽中官哨遍，齊上珉階。　　九重殿閣崔巍。有吐鶚、金猊氣壯哉。喜蕊縷影帶，蓮裶綴綉，鷄冠引隊，蜼衮擎幡。御座呼名，天顏乍睹，深覺文章慚上臺。朝金闕，幸荷斾被毳，親到蓬萊。"凡鑾駕將臨,中官鳴哨,謂之哨遍。引見人員,必具綠頭籤書銜名於上,見時呈進,見訖發還,詞中所謂蜂衮擎籬也。又引見人員必有帶領者,文由吏部,武由兵部,詞中所謂雞冠引隊也。略附詮釋,以征典制。

三七 邸鈔

今之邸鈔即古朝報。李越縵日記於邸鈔所載黜陟興革,必細書手錄,蓋亦究心國故之一端也。然未有以此入咏者。近見金鶴籌太守賦邸報〔慶春澤〕詞云:"青瑣鴛班,彩雲鳳押,飛來萬里山川。一寸秋波,縱橫四海千年。江湖忽醒枏棱夢,喜連朝、露布頻傳。擷長編、航琛月貢,海貝星聯。　書生瀏覽當時事,有史成掌故,昭代英賢。新鑒光鮮,勝他古鑒團圓。紅塵一騎梅花使,升沉事、笑倒梅仙。引酣眠、斷爛春秋,酒後燈前。"其佳處妙能運俗入雅。邸鈔中亦閑及瑣事,每歲三月,崇文門進黃花魚必載之。胡木甫《咏黃花魚》〔摸魚兒〕有云:"青苴密,滾滾車塵去疾。春明催到天術。聯絲雪鱠傳蓬宴,御譜食單盈帙。"即謂其事。又順天府於立春日進春山寶座,亦見邸鈔,汪君剛《西狩紀事》〔菩薩蠻〕有云:"千官丹階擁。寶座頒春重。驛使正相逢。牛圖一樣工。"蓋駐蹕陝西時,西安守依欽天監頒式進春牛圖,適順天尹亦由驛馳奏,同日呈進,萃錄之以寄夢華之感。

三八 閩與常熟之西湖

閩之小西湖與杭潁媲勝,爲閩王時歌舞之地。劉芑川〔水晶宮〕句云:"四圍復道度香輦,十里清波飛彩船。"想見其盛。其見於詞者,如鄭荔卿方坤《西湖懷古》〔金縷曲〕云:"郭外西風射。憶當年、金戈鐵馬,爭王奪霸。復道縱橫三十里,一片珠甍綉瓦。曳綺縠、環而侍者。急鼓短簫樂游曲,奉新詞、滿寫香羅帕。重開宴,長春夜。　而今事去如奔馬。似楚臺、梁園趙苑,蕩無存也。莽莽川原何處問,寂寞江城潮打。乘樵牧、歌吟其下。喚醒迷離龍帳夢，聽晨鐘、隱隱傳蓮社。銅仙淚，浩盈把。"彈指盛衰，舊迹都廢，僅於姚循義《西湖志》考知其略而已。常熟之尚湖，亦名西湖，則人罕知者。鎮洋周東侯糖嘗於夏夜偕吳瘦青及其兄漱石乘月泛舟尚湖，天光下垂，珠璧可拾，近睇虞山，恰如葛嶺，扣舷歌〔西湖月〕云："素娥約我尋詩，被一片殘霞，海東攔住。破空飛度，蒼茫浸白，滿奩秋聚。乘風凌浩渺，似送我、扁舟天上去。怕鼓棹、擘碎空明，繫纜柳陰疏處。　　岸山化作湖烟，竟蕩入湖心，翠嵐如舞。驟然無數，梅花點水，拂翎樞漚鷺。船頭橫瘦笛，問睡醒、魚龍能聽否。更釃酒、喚起詩仙，醉魂千古。"自謂太白去後，三百年來無此樂也。又嘗乘暮雨獨游西湖，賦〔齊天樂〕，有句云："柳髮纔梳，荷鈿尚小，西子濃妝如故。"曰西湖者，即尚湖。常熟別有華匯在城西二里，其大方尚湖三之一，荷叢參錯，界堤爲罫，老魚唼波，逐影去來，亦泛舟勝地。東侯有紀游〔湘月〕〔徵招〕各詞，俗稱爲東湖云。

三九　揚州燹後蕭條

揚州繁華甲江左，燹後井竈蕭條，園亭傾圮，非復紅橋冶春盛況。甘園有〔揚州慢〕《寫感》云："廢苑螢寒，疏林鴉瘦，登臨俯仰悲秋。憶珠簾捲處，不見舊珊鈎。甚風鶴、傳來消息，歌臺鐙榭，一霎都休。剩隋堤烟草，愁痕猶鎖迷樓。　　虹橋舊柳，送古今、幾葉扁舟。盡紅藥欄空，綠楊城改，休問前游。已覺十年春夢，青衫倦、無意淹留。悵月明何處，寒笛吹起閑鷗。"一派荒涼，使人悒悒。其地有蜀岡，俗傳其下復道可通西蜀，故名。岡之西北有佛閣嵯峨，云是迷樓故址。沈閏生賦〔滿宮花〕云："六朝春，三月雨。闌夜斷魂來去。暮鴉啼盡倦螢飛，忘却禁花宮樹。　　舊紅妝，新翠縷。都付梵鐘凄語。露涼猶自唱歌頭，愁煞隔江商女。"閏生客游維揚，游屐所經，輒寄韵律。繡女祠爲趙宋宮人南渡至此入道，譜〔霓裳中序第一〕云："鵑弦灑淚血。影墮銖衣香屑屑。題遍宮溝怨葉。比絕塞金鐶，瘦蛾春別。繁華夢歇。付廣陵、潮水嗚咽。宣和事、玉鈎同恨，忍泛渡江檝。　　淒切。陽關聲閱。定盼斷、殘山翠叠。梅黃空點秀靨。悵鏡雨霏鸎，扇雲飄蝶。舞花濃糁雪。便換却、珠鈿宮玦。銅鋪靜、舊時行殿，冷照二分月。”又仙露坊爲宋宮人餞汪水雲處，北行道中見之，賦〔西湖月〕云：“懸懸戴了黃冠，便夢繞家鄉，水天淒碧。六宮花謝，嬋娟意苦，玉啼珠泣。別離人萬里，定盼足春明烟樹色。想妝影、瘦盡銅華，零落舊時梅額。　　天南地北歸情，任寫向冰絲，泪絲寒澀。冷鵑聲裏，金鐶信遠，漫招羈魄。翠尊空勸酒，似一曲陽關吹怨笛。休問夜月春風，斷腸詞筆。”兩詞皆哀艷絕倫，其詞境於二窗爲近。潘功甫謂：讀閏生詞，如躡葉孤嶺，濯花空潭，口香莓苔，食冷香火，洵能狀其幽峭。

四〇　曲園翁西湖詞

杭州西湖之勝，四時不同，陰晴明晦亦異，故杭諺有云：“晴湖不如雨湖，雨湖不如月湖，月湖不如雪湖。”余少日侍宦於浙，長復仕浙，湖山爲熟游地，四者獨欠觀雪湖，以南中不易得雪也。曲園翁自河南學政罷歸，歷主江浙紫陽、詁經諸講席，每歲春秋佳日恒居杭，得隨時領略，各爲小詞紀之。《晴湖》云：“曉烟乍破青山醒。鏡裏明妝靚。迷離金碧恍樓臺。不信人間此外有蓬萊。　　畫船簫鼓時來往。淥水春搖蕩。遲遲聽澈鳳林鐘。要看斜陽一抹上雷峰。”《雨湖》云：“亂珠點點抛來疾。山氣濃於墨。眼前何處認南屏。但見空濛遠水接天青。　　蘭橈盡日堤邊歇。誰更携游屐。烟蓑雨笠坐孤篷。祇好紅衣畫個老漁翁。”《月湖》云：“一輪乍透疏林缺。洗盡人間熱。湖心亭上倚蘭干。便覺瓊樓玉宇在塵寰。　　樹陰滿地流蘋藻。夜靜光逾皎。天心水面兩相摩。時有銀刀撥剌躍金波。”《雪湖》云：“青山一夜頭都白。大地瓊瑤積。玉龍百萬戲長空。祇剩紅牆一角是行宮。　　何人載酒來相就。要與嚴寒鬬。堤邊幾樹老槎枒。誤認疏疏落落盡梅花。”四闋清空一氣，風趣天然。翁又謂西湖之勝，不在湖面，以竹箯入山，歷九溪十八澗，林篁之美，幾如山陰道上。嘗仿《彩選圖》例，作《西湖圖》，爲游者作指南，今猶流傳坊市。

四一　繆雪莊咏梅鶴

北地苦寒，梅不成樹，僅可於冷窖中養之，充作盆供而已。華亭繆雪莊客京師，與張幻花以盆梅詞相唱和，頗憶江南春色。越二年，先後南歸，值窗梅盛開，銜杯共對。雪莊復賦〔一枝春〕云："土炕氈帷，記年時、苦憶鄉山春意。如今一笑，盡共小窗吟對。西湖秀句，又重唤、弄珠人起。知幾夜、斗帳清寒，夢到斷橋流水。　黃昏畫屏閑倚。覺蕭然澹遠，不知塵世。前村漫訪，已是雪深無地。高情自許，素琴弄、月明風細。還袛怕、吹出幽香，有人尋至。"言外頗見孤高之致。近時京師善養梅者，如城西定王邸、西山侗厚齋別墅，皆高枝出檐，然必二月乃著花，冬寒則以玻璃架屋加稻稾護之，惜雪莊未之見也。幻花又善琴，嘗鼓琴於西溪雲心閣，奏《鶴舞洞天》一曲。庭有雙鶴，聞琴聲即翩翩起舞，他日再鼓之，亦然，屢試不爽。雪莊聆其異，爲填〔洞仙歌〕紀之云："洞天何處，在冲虛襟抱。不在方壺與員嶠。甚青田、雙羽舞出冰絲，便抵得，世外知音多少。　年來持半偈，琴也慵彈，留得梅花兩三調。別久憶西湖，鶴去亭空，想送影、月明華表。試説與、揚州夢中人，又惹著蘇門，半空鸞嘯。"觀此乃知瓠瑟之奏，波鱗仰睎，固非謾語。

四二　白毫子詞

越南人士多能詩者，未聞其擅倚聲。攸縣余陸亭德沅藏有白毫子《鼓枻詞》一卷，白毫子爲越南王宗室，襲封從國公，名綿蕃，字仲淵，號椒園，眉有白毫，因以自號。咸豐四年三月貢使過粵，携椒園所著《倉山詩鈔》及是詞，善化梁莘畬在粵督幕府見而手鈔之，後以畀門人余敬鏞，即陸亭父也。其詞清雋有致。《題葦野南琴曲後》〔解佩令〕云："孤桐三尺，哀絲五縷，代當年、房相傳幽憤。戀闕憂讒，把萬斛傷心説盡。董庭蘭愧伊紅粉。
參橫月落，猿啼鶴怨，縱吳兒、暫聽誰忍。老我工愁，怎相看、文
通題恨。恐明朝、霜華添鬢。"琴曲爲前朝國叔遭讒罷政後所製，
音調甚哀，惟教坊陳大孃獨傳之，亦彼邦故事也。又《聽陳八姨
彈南琴》〔法曲獻仙音〕云："露滴殘荷，月明疏柳，乍咽寒蟬吟
候。瑇瑁簾深，琉璃屏掩，冰絲細彈輕透。舊軫澀，新弦勁，沉吟
抹挑久。　　泪沾袖，爲前朝、内人遺譜，淪落後、爭忍當筵佐
酒。老大更誰憐，況秋容、滿目消瘦。三十年來，索知音、四海何
有。想曲終漏盡，獨對爨桐低首。"是又傳自宫人者，爲别一琴曲
也。椒園有姬鶴奴亦解長短句，其《悼鶴奴》詞有云："幾度攀牋
捧硯，偷眼看、詞譜新腔。誰知是、商陵琴操，斷絶人腸。"蓋道
其實。葦野，彼邦地名，集中記琴妓阿麟詞，即居於葦野渡頭者。

四三　貞女詞

　　表貞之作，宜揚彤管。李峴山明經嘗咏丁貞女事，女名寶慧，
字於金山諸生馬德璿，未昏而馬卒，誓守志，馬之宗族以禮迎歸，
冰蘗終其身。詞爲〔金縷曲〕云："怕見雙飛燕。盡傷心、鸞孤鵠
寡，十分哀怨。纔得猩屏紅絲綰，驀地飛花歷亂。頓吹散、鴛鴦小
伴。聽説熏香人似玉，甚脩文、征到扶風彦。最苦是，玉閨媛。
依然花燭歸深院。對靈犀、腸輪轉轂，泪冰凝霰。天上人間茫茫
恨，怎不重泉舉按。也祇爲、孤兒一綫。但願龍孫干霄上，便簪
毫、脩史紅薇館。定采入，表貞傳。"又宋己舟亦有《郭貞女》
詞，貞女名鏡，侯官人，儒士肇允次女。幼從父讀書，能知大意，
長益嗜學。年十六，字同里高觀寶爲室，先昏期八日高卒，女曉妝
臨鏡，若有見，心竊驚異，俄而訃至，女佯若弗聞狀，乘間赴後池
自沉。父以事唤女，不膺，尋得已殯，灌捄始甦。女曰：父母必欲
兒生，從兒志，勿再言嫁。父母泣諾之。女徐起焚香自誓，足不出
户者四年，乃以疾卒。其詞爲〔減蘭〕三闋，録二云："紅絲空
繫。月老何年司簿記。離恨天遥。人日星期斷鵲橋。　　鏡中人

影。除却寸心誰復省。斷綫風箏。一劫罡風誤此生。”“一池寒水。掬盡四年黃鵠淚。繡佛長齋。綠鬢空簪折股釵。　　望夫何極。身未石時心已石。風裏香清。女貞花前説女貞。”故事，未婚守志者不予旌表，主歸太僕之議也；然閑有請者，亦荷特恩，則雖不倡之，亦深嘉之，聖人創制，具有精意。

四四　金櫻刲臂

金鶴籌太守有〔翠樓吟〕，記其女弟櫻事，云：“金剪光寒，銀甌水沸，携來悄無人處。慟萱幃病亟，揮紅淚、聲聲啼宇。芳心嘿許。割一縷香肌，魂飛血注。茫無據。肝腸淒斷，窗前酸雨。排户。颯沓長風，有皂衣使者，霽顏溫語。神光離又合，把絳蠟、雙花吹去。低頭叩籲。留百日慈親，閻浮暫住。精誠聚。勝天人理，勝天人數。”別有《刲臂感神記》，所述尤詳。謂櫻幼有至性，事父母曲盡愉惋。其生母季宜人，遘嬴疾綿惙，櫻憂之甚，密以金剪藥爐置復室中，子夜人静，則反鐍其户，自牖入幃，沐浴焚香訖，口銜左臂，右手持剪，劖之入肉寸許，指顫顫不能下，覓利刃不得，呼人又不可，血溢創口瀕危，忽狂風闢户有聲，一神人入，緇衣玄冠，面黑如漆，掌大倍常人，鞠躬立其前，頻搖手令勿懼，且令力剪之，櫻神頓王，剜肉得二寸許，投於藥甌，轉瞬間失神人所在，乃以棉繫臂，捧藥至榻前，凡三憝乃達。俟母餌藥畢，入己室卧，甫交睫，神人又至，謂女曰：吾東廚司命也，稽爾母壽不可延，念爾誠孝勉，增百日。女跽，牽神衣，求減己算益親，神不可，大哭而覺，及卒，果百日也。張蓬居賦〔菩薩蠻〕題其後云：“銀鐺金剪春纖顫。回燈惝怳神人見。無力挽春暉。血斑空染衣。　　酬恩身不惜。淚盡長淒惻。宛轉翠樓吟。阿兄情自深。”

四五　容若知己

鎮洋汪仲安元治工詞，有納蘭再世之目。於是廣搜容若佚詞，增輯爲五卷，較袁蘭村原刊本多百餘闋，凡三百二十三闋。刊成，填〔齊天樂〕詞索同人和，云："驂鸞返駕人天杳，傷心尚留蘭畹。艷思攢花，哀音咽笛，當日更番腸斷。烏絲漫展。認蠹粉芸煙，舊痕凄惋。擁鼻微吟，怎禁清淚暗承眼。　終慚替人過許，祇爲零落甚，重與排卷。白氈晨書，青鐙夜校，忍記三生幽怨。蓉城夢遠。倘夢可相逢，此情深淺。傳遍詞壇，有愁應共澣。"意亦以替人自負，然天才不及也。劉芑川亦酷愛《飲水詞》，手録數十闋。題〔百字令〕有云："爲甚麟閣佳兒，虎門貴客，遁入愁城裏。此事不關窮達也，生就肝腸爾爾。"可謂容若知己。蔣氏《詞選》録吳興女史沈御蟬宛〔菩薩蠻〕云："雁書蝶夢都成杳。雲牕月戶人聲悄。記得畫樓東。歸驄繫月中。　醒來燈未滅。心事和誰説。祇有舊羅裳。偷沾淚兩行。"謂是容若妾。怪其詞旨怨抑，不知實其婦也。當日滿漢通昏事不多見，故有此訛。沈，烏程人，容若與之伉儷甚篤，然歲恒扈從出塞，或按事蒙旗，故相聚日少，此詞自是寄外之作。沈歿後，容若悼作不下十數首，其〔沁園春〕自序云："夢亡婦澹妝素服，執手嗚咽。臨別云：'銜恨願爲天上月，年年猶得向君圓。'"語意亦與是詞相類也。

四六　林錫三

林錫三學士少日與先王父同結南社，亦善詞，多與枚如酬唱，而不襲其派。官京朝日，嘗於元夕夢與枚如聯句填詞，醒而忘其大半，僅憶得"青山故國應無恙，祇有鬢絲枯槁"二語，是枚如作，因足成〔摸魚兒〕一闋寄之，枚如録於《詞話》中。學士直宏德殿，規箴主德，又於慈聖召對時，密劾某貝勒，致觸忤樞邸，幾以道員斥外，李文正言其非故事，乃改督蘇學，歷三任不遷，亦不更替，卒於官，其鯁直不多覯也。詞集中〔念奴嬌〕《咏燕》云："春愁難説，又今年寒食、雨絲風片。寂寂簾櫳如水洗，腸斷舊游亭院。紅綫緣慳，烏衣夢杳，長日空巢掩。泥痕無恙，柴門花事誰管。　苦憶起早歸遲，衝烟拂水，幾度曾相見。舊語呢喃聽已熟，猛被西風吹斷。日短襟寒，雪深羽薄，遼海應何戀。倘勞寄訊，故人餐飯猶健。”似是吳中寄友之作，以自抒其謫感者。又〔憶秦娥〕《賦燭淚》云：“銀簫咽。錦筵淚盡芳心熱。芳心熱。個人此夜，傷春傷別。　垂垂長憶花時節。青烟消盡相思結。相思結。雅情萬點，落花暗泣。”言外托旨亦同。蘭蕙見焚，蒭蕘競進，浮雲宮闕，興感何窮。

四七　端木子疇齊天樂

光緒季年，農工商部創設工藝局，其地即壽陽祁氏故第。文端、文恪，兩世通顯，皆居此。當文端在時，端木子疇官閣讀，爲其門人，文端分下斜街宅使居之。宅有小棗樹，頗礙路，友人傅田霖過之，勸其鋤去，子疇不可，且培護之，逾年遂成，樹高及檐，直幹挺然。文端戲言，此樹孤直不倚，頗似主人。子疇因賦《見棗》詞寵之。其居是宅，與文端日夕晤對，唱和詞甚多，文端薨後，子疇於故簏敗紙中得其和東坡〔滿庭芳〕詞，俯仰增感，因賦〔齊天樂〕云：“一從灑遍西州淚，詩壇痛哭知己。寶墨留存，新篇什襲，又爲歸裝遺弃。沉埋故紙。并趙璧難還，楚弓長畀。散佚重逢，天人應共大歡喜。　還思當日倡和，半憂時念亂，蒿目兵事。幸挽天河，終摧大樹，愴絕將軍故壘。泛瀾未已。更問字人遙，悼深蘭芷。迸淚幽吟，不堪還念起。”大樹謂張忠武國梁，其死綏也，朝野共惜之。問字，謂祁友慎嘗從子疇請業。此詞足見師弟交期之篤。而文端之倡持正學，獎掖孤寒，洵無慚美諡也。

清詞玉屑卷六

一　閑情之累

偶齋宗伯寶廷爲翰林四諫之一，屢建言，以鯁直著。嘗有“李牛遂恐終分黨，洛蜀須知共一碑”之句，爲當日政局言之也。生平勵清節，獨有淵明《閑情》之累。主閩試中途，納江山船妓，自劾坐罷。其詞罕見，有〔極相思〕云："懨懨懶下妝樓。鎮日欸眉頭。幾行別淚，半窗瘦影，一縷春愁。　含情獨坐嬌無那，愈憔悴、愈顯風流。臉霞紅褪，鬢雲翠減，人澹如秋。"〔江月晃重山〕云："銀燭光搖屋角，金爐香裊床頭。西風一陣響颼颼。花影亂，搖碎半庭秋。　怯醉常推酒病，貪歡怕說離愁。夜寒人倦下簾鈎。聯吟罷，詩草倩郎收。"前闋或自況高致，後闋則純寫閨情，不知是否為九姓美人作也。江山船，通行桐嚴間，其曰同年嫂、同年妹者，實"桐嚴"二字轉音。竹垞"冷眠一舸同秋雨，小簟輕衾各自愁"，即桐江舟中所作。姚梅伯《咏江山船》〔如此江山〕云："魚天眷屬鳧漚約，一篷翠嬌紅軟。處處為家，年年送客，夜夜玉尊銀琯。錢塘月暖。更灣渚烟明，桐江風緩。悄捲青簾，眉山隔鏡幾痕斷。　無聊詩夢催醒，畫籠纖羽，綠屏隙雙囀。守舵呼孃，補帆倩嫂，學就楊花嬌懶。泥鐙歌婉。又移得愁儂，懷鄉心轉。萍水相思，暮潮流共遠。"桐廬以上多畫眉鳥，青山如畫，好語鮮旬，使人意遠，所謂"畫籠纖羽"者謂此。

二　王可莊金縷曲

吾鄉自重脩會城南門，規復三元溝，而王可莊從舅遂得大魁，累主文柄，尋以殿撰直上齋。嘗與張文襄諸公疏爭崇厚之獄，謂非殺誤國之臣，無以謝天下，疏草從舅所擬也。居京師，有"願學文山前半生"之句，或非之。後以諫阻園工斥外，終於蘇州太守，年甫踰四十，竟成詩讖。倚聲甚罕，世僅傳其〔金縷曲〕一闋云："金碧湖山好。又天然、錦屏韵友，冷吟同調。似此年華孤負慣，一例香衾顛倒。都付與、羈游草草。閒煞樵青無宅泛，老頭皮、準備新詩誚。雛鶴怨，野鷗笑。　望雲首向觚棱矯。那能忘、净湖湖畔，白蓮風曉。忽唱歸田江水句，喚醒夢婆多少。早料理、烟蓑雨棹。螺女洲清香芰熟，十年來、打就丹青稿。塵土債，幾時了。"蓋為人題圖之作，詞意欲卜隱螺洲，身後，冢嗣司直觀察始於洲中營宅，奉母以居，遵遺志也。守潤州時，嘗浚江得中泠

泉，州人懷遺愛，傍泉築祠，奉其栗主。近年祠荒重葺，是歲荷花
特盛，若靈之來感者，亦奇矣哉。

三 伯熙鬱華閣詞

丁丑廷對卷，初擬伯熙祭酒盛昱第一，以微瑕稍黜，遂讓可
莊從舅大魁。然祭酒生平與從舅特厚，相傳劾樞邸疏，亦從舅代
草。其《鬱華閣詩集》後附詞數十闋，當時傳誦者爲送梁節庵、
志伯愚諸作。節庵去官，以劾李合肥十可殺，坐鐫五級，祭酒送以
〔金縷曲〕三闋云：“此漢錚錚鐵。是當時、呼天無路，目眥皆裂。
欲斬長鯨東海外，先恨上方劍缺。便一疏、輕投丹闕。東市朝衣皆
意計，賴聖明、續爾頭顱絕。爾不見，彼東澈。　　天心早許孤臣
節。祇徘徊、讁書一紙，已經年月。門籍不除身許便，如此重恩山
岳。除感激、更當何說。悟主從知非婞直，恐虛名、尚罪湘纍竊。
灑何地，一腔血。”其二云：“爲爾籌歸計。最相宜、打頭茆屋，
縱橫經史。經世文章須少作，怕又流傳都市。自打疊、藏山心事。
科第已成官已去，問百年、纔過十分幾。天與爾，信優矣。　　除
書萬一柴門至。亦勸爾、幡然就道，馳驅效死。此輩倘教高閣束，
小隱亦堪終世。況有個、桓君同志。買取羅浮梅萬樹，便經營、精
舍梅花裏。嶺海外，鄭公里。”其三云：“羨爾歸舟駕。乘長風、
滄溟萬里，先生歸也。祇我凄凉尊酒別，老淚龍鍾盈把。遍塵海、
交游多寡。碌碌衣冠徒一闋，問何人、涕淚能吾罵。祇此意，最難
捨。　　頻年書疏論天下。笑區區、曾何獻替，略如鰕鮓。與爾本
來同一罪，莫亦誤恩輕赦。爾今日、遂初田舍。我任推排猶不去，
虛向人、高論青山價。慚對爾，汗如瀉。”三詞慷慨蒼涼，世以方
梁汾之寄漢槎。伯愚爲珍、瑾二妃兄，二妃黜，遂牽連讁邊，爲烏
里雅蘇臺參贊。伯熙倚〔八聲甘州〕送之云：“驀橫吹意外玉龍
哀，烏里雅蘇臺。看黃沙氄幕，縱橫萬里，攬轡初來。莫但訪碑荒
磧，爾是勒銘才。直到烏梁海，蕃落重開。　　六載碧山丹闕，幾
商量出處。拔我蒿萊。愴從今別後，萬卷一身埋。約明春、自專一

墼，我夢君、千騎雪皚皚。君夢我、一枝椰櫪，扶上岩苔。" 語亦
悲壯。伯熙好近名流，又多言事，爲滿人所忌，嘗有某學士承要人
風旨，摭其母集中送兄詩，謂其忘本，請旨削板，意以傾伯熙。賴
上知之深，不允。伯熙爲王弢甫太常題其太夫人《焦尾閣遺草詞》
所謂 "地下翻貽身後悔，幾作烏臺詩案" 者也。晚年益自悔，閉
關掃軌，竟絕交游。

四　八旗掌故

漢軍楊雪橋太守與伯熙爲中表兄弟，其嫻熟八旗文獻，以聞
自伯熙者爲多。福山王文敏爲雪橋師，謂二君爲八旗算總賬，語
諧而確。雪橋由翰林乞外，伯熙填〔夢橫塘〕二闋送之云："燕子
巢痕，世家王謝，模糊門巷非故。喬木陰陰，祇剩我、午橋莊住。
失喜君來，相將幾載，又悲君去。念垂髫年紀，嬉戲君家，略省
識、門前樹。　　君才浩浩蒼蒼，況驚人詩筆，等身經注。風雅鄉
邦，私自幸、有人能付。誰料得、掉頭東海，萬里冥鴻入烟霧。壽
骨遙知，白頭兄弟，更相逢遲暮。" 其二云："三百年來，吾鄉文獻，
叢殘誰與收拾。隱軫千門，氣鬱鬱、圖書熏習。不道而今，改柯易
葉，都非疇昔。想蟲沙猿鶴，萬劫蒼茫，剩對爾、無聲泣。　　年
年雪屐尋碑，更風裳閬肆，寸銖哀昔。何幸得君，吾此願、居然能
畢。那比得、脩書歐宋，雙影松窗語凄咽。野史亭孤，中州集就，
怛遺山胸臆。" 詞成，即書於雪橋所寫《八旗文經叙錄》，置意園
中。伯熙身後，園既易主，是書亦落市上，爲西人福開森所得。雪
橋重展憮然，亦用是調繼題二闋，陵谷幾變，所感益深。詞云：
"細字矗眠，方欄蛾綠，吾廬孥左堪認。副葉鈴朱，是舊史、烏真
小印。去國情懷，落花時節，選樓商定。想新詞題罷，送別人歸，
閑展向、紅窗迥。　　更生頭白清脩，幾夢爭王室，淚痕偷搵。遼
鶴重來，已海上、蟠桃開盡。最凄絕、蘇程壽骨，遲暮相逢竟無
分。朝市都非，園林易主，況青青雙鬢。" 其二云："漢業中微，
華風西被，姓名海客能記。文藻西亭，祇剩得、手痕如此。八部英

靈，兩人蹢躅，舊游夢裏。念借書高鳳，善譴王羆，當時客、今誰是。 揭櫫欣爲流傳，有張華博物，序篇親製。梨棗樵蘇，文附衆、言猶在耳。能幾度、論思金殿，斜日栖鴉黯流水。卅載烟雲，一區塵土，迸紅冰清泚。"王羆謂文敏，高鳳謂高竹坪，於纂輯時有書相借，伯熙皆手跋歸之。張華謂抱冰相國，爲作《文經序》。"文附衆"，武威敵序中語也。異日考八旗掌故者，不可不知。

五　徐碧夢迷神引

五岳視三公，其祀古矣。昭代遇大典禮，祭告於五岳，必特遣京朝官，誠重之也。尹杏農觀督嘗祭中岳，時方苦暵，嘿禱之，膚寸生雲，甘澍隨沛，作《嵩雲靈貺圖卷》，題者甚夥，今尹氏後人猶寶之。徐碧夢補題〔迷神引〕云："莫道仙雲無覓處。夢叩紫閣蒼霧。秋羅細展，堆鬟烟螺。注點犀心，啼鴻淚，向天訴。冉冉流黢起，迷磵樹。濕翠一程程，送歸路。 放眼嵩高，萬里中原暮。看九州烟，如龍虎。試招飛鶴，碧霄回、青霞鼇。認畫綃，寒去旌遠，颯荒雨。舒捲不隨風，盈大宇。出岫亦閑情，自今古。"承平時以祈雨祈晴爲地方長吏之責。吳清卿統軍度遼，垂翅而返，有詔仍命撫湘，值久暵，徒步虔籲，竟獲沾足，湘人深德之。而猿鶴不歸者，無所怨焉，是亦足覘民情之厚。

六　文道希與龔氏

文道希學士爲珍、瑾二妃師。其由大考首列，驟遷讀學，蓋由特眷。甲午之役，與張嗇庵俱主戰甚力，常熟入其言，亦力主之。在朝頗抗章言事，風棱殊峻，卒以此斥罷。余嘗見其《咏盆荷》〔金縷曲〕云："生小瑤宮住，是何人、移來江上，畫欄低護。水佩風裳映空碧，祇恐夜凉難舞。但愁倚、湘簾無語。太液朝霞和夢遠，更微波、隔斷鴛鴦語。抱幽恨，恨誰訴。 湖山幾點傷心處。看微微殘照，蕭蕭秋雨。忍教重認前身影，負了一汀鷗鷺。休提起、洛川湘浦。十里曉風香不斷，正月明、寒瀉金盤露。問甚日，凌波去。"繹其辭意，蓋痛潛龍之困兼哀椒掖也。相傳梁節庵與道希夙善，其罷官歸，以眷屬托之，後遂有仳離之恨。栖鳳宅改，迸感飛花，食魚齋寒，驚心覆水，亦可慨已。節庵室爲長沙龔氏，亦能詞，有〔長亭怨慢〕云："甚一片、愁烟夢雨。剛送春歸，又催人去。鷗外帆孤，東風吹淚墮南浦。畫廊携手，是那日、銷魂處。茜雪尚吹香，怎負了、嬌紅庭宇。　　延佇。悵柳邊初月，又上一痕眉嫵。當初已錯，忍道是、尋常離緒。念別來、葉葉羅衣，頓減了、香塵非故。恁短燭低篷，獨自擁衾愁語。"纏綿往復，餘情凄黯，清才飄泊，讀者憐之。

七　音聲樹

《因話錄》載：都堂南門東道有古槐，垂陰至廣，夜深輒聞絲竹之聲，故以"音聲樹"名。徐花農年丈居宣南爛縵巷，自署以"小接葉亭"，有"廣小圃咏"，以詞咏圃中草木，多至三十二首，冠以《古槐》〔洞仙歌〕。其序謂：每春夏之交，夜月清朗，即聞作聲如絲竹，人立其下，聲亦不避，以爲即所謂音聲樹。詞云："千年古木，閱滄桑多少。留與詩人助吟料。護深深庭院，一片濃陰，人語悄、百丈紅塵不到。　　午風清畫睡，不獨斜陽，時聽高枝晚蟬噪。認是碧梧桐也，么鳳來巢，顏色好、羅浮仙鳥。又天半、笙歌送音聲，對晴雪梅花，共呈佳兆。"注謂：槐上時有桐花鳳來巢，仿佛坡翁所見羅浮五色雀也。其樹頗奇，然以余所記，若杜家廟古梓、張文和故宅古桐，皆能發聲，物理詎易殫究哉。

八　異夢詞

花農丈早年孤露，避地雉皋，讀書水明樓下。夢至一處，清溪宛曲，梅花萬樹，浮嵐蒼翠，若隱若現，一縞衣麗人立花下，持玉佩贈之。歌曰："花如許，花如許，持此繫羅裳。玉可比君溫潤句，最玲瓏處琢愁腸。風露滿身香。"寤而異之，遂名其居曰"玉可庵"，其詞亦曰《玉可庵詞》。是事與嘉定何秬園相類，秬園勝朝名裔，盛代逸民，少時夢與神女遇，呼爲雲都十七郎官，因以刊印。後爲程序伯庭鷺所得，寫《雲都圖》兼拓印文，裝册征題。楊師伯爲賦〔高陽臺〕云：“病海瀰愁，柔鄉鑄夢，個中一味蕾騰。單枕游仙，幾回親到蓉城。絳都縹緲青都隔，有閑雲、便惹閑情。盡饒伊、騃女痴男，片石三生。　前生倘是封姨姊，況今宵缺月，後夜燒鐙。第九班中，玉清曾替簽名。鑑湖孤負當年約，者頭銜、賺了卿卿。忍重看、蠆尾銀鈎，紅蕊飄零。”汪稚泉亦爲賦〔憶舊游〕云：“想乘鸞宿約，化蝶離魂，一枕游仙。笑指瓊樓上，道班行第九，匏爵前緣。綠章夜銜花鳳，小字署郎官。更烟泜綃衣，霞栖斗帳，幾度纏綿。　人天。渺何處，但家國蒼涼，淚咽紅鵑。略訴幽脩怨，似女蘿山鬼，凄斷湘弦。甚時鑑湖重到，吹散剩雲妍。盡片石摩挲，苔紋暗碧尋秬園。”使玉可庵故事得好事者爲詩歌傳之，亦《虞初》八百中一段佳話也。

九　下第詞

　　周叔雲《慰人下第》詞云：“潦倒功名憑一字，説甚奇才董賈。”謂論文不如言命也。然乾嘉以前尚理解，咸同以後尚聲調，光緒中年又尚包孕史事、時事，入時花樣，一若有霓裳定譜者。曹君直閣讀有《檢篋得舊行卷》〔惜黄花慢〕云：“夢醒鈞天。剩大羅樂闋，碎管零弦。君王怒在，偓師戲後郎當，笑到鮑老場前。漫提供奉貞元譜，舊人祇、白髮梨園。怕驀然。便教淪落，糞火柴烟。　飄零故紙堆邊，念句雕碧簡，名寫紅箋。霓裳實録，尚天寶曲蘭亭，醉本猶永和年。看承要當桃符换，好抬舉、花樣新翻。那更憐。上元細字蠶眠。”歷歷甘辛，非過來人莫能道也。朱苗生大令懷新下禮部第，航海南旋，有詞自慰，語特豪邁。云：“海氣連雲白。甚青衫、軟塵浣透，又成歸客。掣電轟雷帆力健，闖過水晶宫闕。準擬請、玉妃唤月。伴我淋漓三百盞，更老龍、捉板蛟吹笛。淪落感，對伊説。　休休漫學窮途泣。算人生、綠么紅袖，足償此失。鶯燕聲聲催客夢，尋遍玉人踪迹。嘆回首、都教輕别。

臥看諸公誇得意，但狂生、笑等秋蟬翼。長嘯起，暮潮急。"失意中不挫豪氣，惟權奇之士能之，苗生爲蓉生侍御弟，固宜有此。

一〇　自負清流

安曉峰侍御惟峻，亦以劾合肥相國謫戍軍臺，其疏言合肥輦巨金儲於外域，其子且爲異國駙侯，皆村野無識之談，然一時直聲震海内。王半塘填〔滿江紅〕送之云："荷到長戈，已禦盡、九關魑魅。尚記得、悲歌請劍，更闌相視。慘澹烽烟邊塞月，蹉跎冰雪孤臣淚。算名成，終竟負初心，如何是。　　天難問，憂無已。真御史，奇男子。祇我懷抑塞，愧君欲死。寵辱自關天下計，榮枯休問人間世。願無忘，珍惜百年身，君行矣。"頗爲侍御扼腕。朝士自負清流者，大抵然也。張次珊、高理臣與安先後官臺諫，亦號敢言，張已擢通參，高遷府丞，同日以察典休致，將出都，知好餞之於龍樹寺。裴韵珊京兆繪《日望樓餞別圖》，半塘、笏卿、漚尹各倚聲題之。通參填〔浪淘沙慢〕《留別》云："黯凝望、冰澌敗葦，樹擁荒塽。濃綠鞏春未發。疏鐘蕩晚漸闌。步曲徑、回腸重縮結。采香去、屐齒曾折。念載酒陳游半今古，吞聲暗愁絕。　　凄切。畫闌醉倚高闉。正霧冷風昏無言際，隱隱寒籟咽。偏泪沁紅螺，魂斷將別。漏壺易竭。輕負人、無奈瓊霄晶月。　　銀字緘雲空重疊。鶯簧巧、曙雞唱歇。更誰管、明宵圓共缺。但分袖、莫攬楊絲，怕鬢色，紛堆粉絮都成雪。"自注謂：近年文仲恭侍御僦居寺樓，時復過從，仲恭去後，或與諸生談藝，或與同志聯吟，月輒三四至。憶丙子放榜夕游此，同游歿者七八，思昔感今，潛然拈賦，固不僅淪廢之嘆。仲恭名文悌，戊戌秋抗言新政奪官，尋復起用，當百日新政，趨時者附和之，守故者腹誹之，其敢批鱗抗争，獨仲恭一人耳。仲恭僦居地曰看山樓，即所謂日望樓。端木子疇有《題龍樹寺看山樓》〔翠樓吟〕云："綠飲春疇，紅酣晚日，簾衣盡捲高處。參差城堞外，喜朝爽、全消殘霧。清談引塵。對樹碧連檐，山青當户。鸝初舉。葦風吹人，嫩凉如許。　　幾度。相伴詞仙，有單衫團扇，倚闌凝佇。秋來應更好，又千頃寒蘆飛絮。西峰遙護，睇雲表、歸鴻霞邊飛鷺。斜陽暮。更勞明月，照人歸路。"余戊戌重陽往游，及見壁間仲恭題句，讀是詞，猶仿佛拂牆吟諷時也。

一一　龍樹寺

龍樹寺舊名興龍寺，有小軒數楹，在深林密葦間，窗臨野塘，叢碧如海，爲結夏勝處，名"蒹葭簃"。半塘有《龍樹寺雅集》〔解語花〕詞，子疇又有《同鶴巢、又遐龍樹寺補禊》〔慶清朝〕詞，更唱迭和，不能悉舉。都人亦呼以龍爪槐，以寺有龍槐甚古，蟠陰將及半畝，老幹盤鬱，百年物也。光緒中萎去，寺僧復補植之。胡木甫嘗偕吳季清、顧印伯游此，玩龍爪槐，拈〔倦尋芳〕調同賦。木甫詞云："兔槐轉午，鴛甃分塵，清影零亂。暫卸金鞿，乘興試尋青苑。笋豆新翻香積譜，葦莢遥拂行車幔。灑涼襟，憑闌干望極，夕陽天遠。　記隔岸、葬紅香塢，誄柳銘花，烟雨堪剪。莫問嬌顏，袛有燕兒曾見。澆酒安知春是夢，訪碑抵得情如綫。寫紅情，又驚回，故人清怨。"注謂：季清指葦林深處曰，此都中名妓某埋香之所往歲易實甫、宋芸子同往吊之，是江亭香冢之外，又有此香冢也，咏其事者誤并爲一談，固無足怪。吳、顧時尚與計偕，季清後成進士，官浙江西安令，爲亂民所戕，其事詳見《詩乘》。

一二　翁文恭罷斥

翁文恭之罷斥，前一日適賜壽，半塘〔鷓鴣天〕詞所謂"武安私第方稱壽，臨賀嚴裝早辦行"者也。漚尹侍郎《和半塘雨霽》〔丹鳳吟〕亦紀其事，而以廋辭出之。其詞云："斷送園林如綉，雨濕朱幡，塵飄芳閣。黄昏獨立，依舊好春簾幕。分明俊侶，霎時乖阻，鏡鳳盟寒，衫鸞妝薄。漫托青禽寄語，細認銀鈎，珠泪暗透牋角。　此後別腸寸寸，去魂總怯波浪惡。夜暝天寒處，拼鉛紅都洗，眉翠潛鑠。舊情未訴，已是一江潮落。紅燭玉釵，恩易斷，悔圓紈重握。影娥夢裹，知甚時念著。”文恭既退，上猶不時手詔存問，所謂“青禽寄語”，固非漫云。而文恭亦不忘魏闕，如《食鰣》〔浣溪沙〕後半云：“作貢遠通遼海舶，嘗新忝荷大官廚。酒醒忽憶在江湖。”有杜陵忠愛之思焉。又《坐獨輪車》云：“杭稻雲帆繫此邦。驚濤駭浪未全降。居然畫斷一長江。　柳陌低低行易過，鹿車小小力能扛。莫言失脚下魚矼。”前半指庚子東南互保，後半猶見抱負。其《次和奎孫姪孫督西山墓廬將成》〔邁陂塘〕二闋，寓感尤深。其一云：“驀開緘、新詞數幅，就中甚有佳處。昨宵酒冷鐙昏後，念汝短篷小住。天又暮。正盼雪、俄空盼到廉纖雨。孤懷誰與。嘆蠟屐拋殘，圍棋輸却，莫問謝公墅。　　人世事，漫說浮名相誤。忠肝要自披露。此湖多少閑風浪，傳有隱居尚父。留汝語。笑三徑、無資又迫殘年度。俗情無數。看祭竈請隣，謝紅待匠，煩汝屢來去。”其二云：“更沉吟、幾間茅屋，也須健骨撐住。東黏西補綢繆到，鳥鼠豈容同住。離騷賦。縱獨往、行歌尚有漁人侶。亂雲如許。願片片閑鷗，時來就我，且莫便飛去。　　西山下，沉痛蓊茸風樹。斯樓敢有題句。倦飛自是高人致，不比南冠瘁羽。還問汝。咫尺湖田、可許尋烟雨。舊時鵷鷺。想盡日裁雲，批風抹月，指我釣游處。”詞中“請隣”“謝匠”二語，皆鄉俗也。文恭歸田，有詔命地方官管束，爲向來輔臣師傅所未有，庚子拳亂，端剛猶欲督過，政局旋改而止。讀其詞，憂讒畏譏，意在言外。

一三　漚尹氏州第一

張樵野任監司時，嘗有《琴臺秋禊圖》，褚璞齋題以〔高陽臺〕一解。其標格固非俗吏，然以出身流外，爲同列所鄙，故屢被劾。嘗由徽寧道入爲奉常，又由奉常出爲大順廣道，迄再擢京卿，乃安於位，漸致通顯。戊戌新政，前萬木草堂所進書，皆由張以進，事敗，坐西戍，朝士無送者，獨伶人五九與其子昵，輟所業送至西安。溫尹爲賦〔氐州第一〕云："輕薄箏塵，零亂鈿粉，當筵恨壓眉小。密緒連環，清呎掩扇，淒隔秦天縹渺。蕃馬屏風，有暗月、窺人偷照。玉杵深盟，金錢淺擲，頓催歡老。 八九驚烏栖樹少。定輪與、羈雌鳴繞。氍幕思新，珠田夢遠，騖并歸愁抱。惹花前、間淚落，停杯處、相看一笑。誰打鴛鴦，錦塘空、孤眠到曉。"其意仍近嘲諷。然庚子拳變，溫尹抗爭於朝，樵野亦疏言其不可，乞新疆撫臣代奏，由是罹法，事後昭雪不及。五九能畫，李約庵題其畫梅〔好事近〕云："春色個中多，占得風光一半。比似依人飛鳥，說生來嬌懶。 桃花顏面玉歌喉，朝朝侍芳宴，卅六消寒纔過，畫者番梅瓣。"

一四　家國之感

合肥籌國，主持重養威，實秉湘鄉成算，惜二三新進喜功者敗之。然千秋論史，未有不痛斥和議者，曲突不售，乃從焦爛，可爲太息。章曼仙《澹月平芳館詞》有《乙未秋思》〔念奴嬌〕二闋云："悲哉秋也，正連天衰草、重陽時節。塞外陰風吹甲帳，冷透布衾如鐵。聞道黃龍，年年罷戍，依舊關山月。寶刀抽斷，碧痕猶認凝血。 爲問上將廉頗，中原何在，一帥旍漂折。鬢染青霜身老矣，伏櫪雄心難攝。料得雞鳴，軍中起舞，孤憤輸縉帛。許多邊思，馬鳴如助寒冽。"痛遼海之挫師，哀馬江之納款也。次闋云："畹蘭香發，又林空日暮、長沙遷謫。看到牽牛花事了，何處一聲啼鴃。香草魂移，卷葹心死，兩地傷離別。夕陽回首，鳳城無數宮闕。 從此滿目風沙，長安不見，一片浮雲白。黑水沉沉千丈底，難洗眼前流血。戍角吹寒，征鴻飛去，故國音塵絕。刀頭休問，酒漿還酹騷客。"當指安曉峰謫戍事。曼仙爲价人太守子，弱冠入詞林，有璧人之目，旋改主事，直樞垣，以病狂輟直。張冶秋師長郵部，辟爲郎，英氣盡矣。其詞雅近玉田，多抒家國之感，此其一斑。鄭叔問亦有《甲午感事詞》，嘗於焦山寺樓書扇，寺僧寶之。每雅客至，輒出共吟諷。叔問戊戌應試京師，聞其事，賦

〔還京樂〕云：“放愁地，説與、滄江舊曲誰重理。縱翠紗籠句，白雲笑我，仙才空費。又故山歸後。殘春事與浮雲委。鎮斷送明日，陌上看花閑淚。　　向清波底。見文章、流錦名花，訴盡東風，零落舊味。堪嗟冶葉倡條，傍凡門、艷數桃李。恨迢迢、拼玉劍埋雲，金刀斷水。料得西樓月，窺人還自憔悴。”蓋和清真韵也，斷拍動人，正爲新亭之痛。

一五　臺澎坐弃

臺澎設治，肇自康熙，屬在荒遐，視同甌脱。同光以降，隣伺漸萌，補牢之計已疏，舉棋之局猶涣，其自移撫逮於割臺，僅廿載耳。岩疆坐弃，舉國痛心，左衽終淪，遺民飲泣。鄧季垂觀察《爲張翰伯題恒春片石圖》〔水龍吟〕云：“幾年東海塵生，剛剛留得雲根片。潮痕低沁，苔斑凹漬，畫情無限。斥鹵桑麻，青紅樓閣，算伊曾見。對烏皮棐几，殷勤試問，能言者，頭須點。　　似笑翩翩精衛，不思量、浪高風遠。推襟送抱，纔温又冷，將抛還戀。何處補天，共誰斫地，江流難轉。恰閑身抽得，崚嶒無恙，且依吟硯。”有序云：“赤嵌陸沉，歲在乙未，金戈方耀，玉斧已畫，城郭人民，幻若鮫市，睠焉東顧，凄其遑矣。實則銅山騰響，應在洛鐘，李樹之僵，緣代桃噬，天實爲之，謂之何哉。”其言至痛。時臺民激於公憤，別謀建國，季垂别有《咏木芙蓉》詞句云：“冷到情天，別開香界，敢怨燕支薄。”一若爲臺民言之者。先是，甲申之役，法軍寇臺澎甚急，上元顧廉甫孝珉感賦〔水調歌頭〕云：“穹徼恣封豕，駭浪跋狂鯨。誰開海上孤島，形勢莽縱横。鄭氏當年割據，昭代頻年戡定，欣睹鏡同清。蠢爾構兵釁，風鶴一時驚。　　鶯帆逼，鷄籠失，費搘撐。鯤身七十何日，方見大波平。聞説將軍不武，坐視强酋紛竄，孰解請長纓。龍劍壁間挂，慷慨夜深鳴。”爾日連鷄集咮，累卵幸全，寧知十年後，竟作珠厓之弃耶。

一六 沈崦樓詞

戊戌六君子中，林暾谷年最少，其詩已造誠齋、后山之室，而未嘗爲詞。配沈崦樓爲濤園中丞女，聞暾谷慘耗，賦〔浪淘沙〕《述哀》云："報國志難酬。碧血誰收。篋中遺稾自千秋。腸斷招魂魂不到，雲暗江頭。　收拾舊妝樓。我已君休。萬千悔恨復何尤。拼得眼中無盡泪，共水長流。"時崦樓依中丞淮南官舍，是作字字沉痛，傳者哀之。其《崦樓集》中又有〔菩薩蠻〕云："舊時月色穿簾幕。那堪鏡裏顏非昨。掩鏡檢君詩。泪痕沾素衣。　明燈空照影。幽恨無人省。展轉夢難成。漏殘天又明。"亦同時所作。又〔凄涼犯〕《題墨梅》云："幽奇妙筆。傳神處、橫斜一片難折。水邊竹外，無言獨自，盈盈清絕。墨香染頰。任羌笛、飛聲自咽。但凄然、冰魂一縷，掩映夜深月。　索笑人何處，弄蕊和香，歡情銷歇。羅浮夢斷，思憫憫、怨懷誰説。洗盡殘妝，入橫幅、餘姿更潔。有凌波、縹渺冷澹不可接。"借花自况，酸苦如揭，結拍則純乎變徵音矣。

一七 王碧栖爲閩詞別派

王碧栖學碧山、玉田，爲閩詞別派。甲午十月，遼瀋邊報正急，過琴南夜話，感賦〔水龍吟〕云："高齋不閉空寒，何人問取垂楊意。清霜未落，北風漸緊，叢叢荒翠。地冷無花，城空多雁，斜陽千里。祇故人此際，蕭然語罷，將絲鬢，臨流水。　何限閑愁待寄。有繁華、舊時塵世。斜階擁葉，危亭欹樹，秋來如此。病後逢杯，夢中聽角，沉吟暗起。算十年心事，江湖醉約，倦甌能記。"不著干戈戎馬語，而托感更深，是真詞人之詞也。又《庚子五月津門旅感寄太夷》〔八聲甘州〕云："又黃昏胡馬一聲嘶，斜陽在簾鈎。占長河影裏，低帆風外，何限危樓。遠處傷心未極，吹角似高秋。一片銷沉恨，先到沙鷗。　國破山河須，在願津門逝水，無恙東流。更溯江入海，爲我送離憂。是從來、興亡多處，莽武昌、雙岸亂雲浮。詩人老、倘題詩寄，莫寄神州。”較前作已稍刻露，後來武漢兵氛，竟成先兆，然其詞自工。章曼仙《題閏庵庚子舊詞》，亦用〔水龍吟〕調。前闋云：“九華新掃巢痕，燕泥猶認空梁墜。淇園音訊，華陰游迹，灞橋詩思。回首西征，雄關百二，萬重雲閉。想麻鞋見後，金鑾記罷，星軺路，秋風起。”比事屬辭，猶是詩家吐屬，視碧栖工力固不侔矣。余尤愛碧栖《題林迪臣太守補梅圖》句云：“湖鷗不管人情怨，但勸我、重携吟筆。”竟神似白石。

一八 庚子秋詞

庚子秋詞，惟漚尹《吊山陰王輔臣郎中》〔鳳銜杯〕詞序其事特詳。其詞云：“幹難河北陣雲寒。咽西風、鄰笛淒然。說著舊恩新怨總無端。誰與問，九重泉。 悲顧影，悔投箋。斷魂招、哀迸朱弦。料得有人收骨夜江邊。鸚鵡賦誰憐。”蓋輔臣客吉林將軍幕，將軍欲募拳仇外，輔臣力諫不納，遂行。或言去將不利於將軍，乃追回而殺之。先是輔臣嘗濟其困，故有“舊恩新怨”語，余已錄於《詩乘》。其他諸作，皆隱約其詞，惜無箋釋之者，然大旨尋繹可見。如漚尹〔夜游宮〕云：“門掩黃昏細雨。乍傳出、當筵金縷。休唱江南斷腸句。小銀箏，十三弦，新換柱。 花外殘蛩絮。暗咽斷、碧紗烟語。愁結行雲夢中路。起挑鐙，叠紅箋，封泪與。”言政府易人，留京臣僚，合詞請懲凶議款也。半塘〔鷓鴣天〕云：“無計銷愁獨醉眠。倦看星斗鳳城邊。舊時勝賞迷游鹿，入夜秋聲雜斷猿。 空暗澹。漫留連。眼中不分此山川。何堪歌酒東華路，泪盡西風理怨弦。”謂聯軍磐據禁苑，叫器廛陌也。又〔謁金門〕云：“霜信驟。消得驚秋人瘦。昨日紅蓮今日藕。斷腸君信否。 人世悲歡原偶。休怨雨雲翻覆。寶玦珊瑚珍重取，五陵佳氣有。”哀首禍親貴也。〔三字令〕云：“春去遠，雁來遲。恨參差。金屋冷，綠塵飛。玉關遙，羌笛怨，盡情吹。 從別後，數歸期。幾然疑。紅爐暗，玉繩低。枕邊書，襟上泪，斷腸時。"謂京僚疏請回鑾，而訂期屢展也。餘作皆有所指，略舉其大端而已。

一九　瓦酋與賽娘

瓦酋踞西苑，適儀鸞殿灾，蕩腥氛，剗瑕迹，若有神主之。劉忍盫〔河瀆神〕云："東望海塵飛。青山千騎來時。霧花零落彩鸞啼。紅牆十里烟迷。　八琅靈曲宮商換。沉醉瑤池宵宴。開遍宮牙小宿。芙蓉城畔誰見。"疑即紀瓦酋事。蓋北里有賽娘者，曾從某學士使西瀛，因與瓦酋舊識，油碧重迎，流黃雙縮，時憑鸞舌，以戢鯨牙。半塘〔畫堂春〕云："清歌都作斷腸聲。西園斜月朧明。海棠濃睡近三更。誰喚春醒。　自是楊花輕薄，等閑易逐浮萍。墜歡如夢隔銀屏。慵訴心情。"當亦指此。後聞瓦酋以此攖譴，賽復流轉章臺，林畏廬於酒間見之，傷其憔悴，為填〔子夜歌〕一解云："悄花陰、玉人半面，抑抑似聞微嘆。溯前事、鸞宮春圍，夢裏柳風吹散。臨鏡黛娥，勝衣釵客，未解年光換。甚天家、全缺金甌，拋下趨臺黯碧，燕慵鶯懶。　舊游處、珠樓錦榭，望裏已堪凄惋。倦枕追歡，芳園罷酒，都覺傷心慣。盡移紅換紫，春痕銷盡啼眼。年少風流，擔愁禁恨，爭比楊花健。想歸休、人靜鐙昏，怎生排遣。"前數年聞人言：賽娘適人復寡，留滯故都，時為人述所歷事，貧甚，至以米袋為簾，蓋幾於李師師之掬飲檐溜矣。樊山《彩雲曲》結句云："彩雲易散琉璃脆，此是香山悟道詩。"為之三嘆。

二○　庚子西狩紀事

汪君剛民部有《庚子紀事》〔菩薩蠻〕三十闋，多述西狩瑣聞，蓋聞自定興相國者。擇錄之云："胡塵萬里吹哀角。健兒罷唱從軍樂。門外玉驄驕。可憐人去遥。　杜鵑啼不住。花落春無主。別夢繞關山。關山何日還。"謂馬玉昆軍勤王入都，兩宮先已西狩也。"縷蕤鸞鳳風扶轄。緅裾瞥眼來飄忽。辛苦護珠鞍。可憐行路難。　　居庸關外路。畫角邊城暮。裘帶盡風流。將軍羊杜儔。"謂兩宮至沙河，甘藩岑春煊迎至，隨扈以西，材官林泰清步行扈從，潰兵來犯者手刃之，由是出居庸關，岑軍擁護，沿途整肅。"鳳蓋御輦紛垂飾。小臣羅拜親顏色。細雨灑輕塵。蕭蕭馬入秦。　　灞橋殘柳裏。椶殿寒如此。菰米强加餐。牙牌傳太官。"謂九月四日駕幸西安，午前抵灞橋，百官跽迎道左，正值微霰，傳膳後始入城。"金甌讖起愁如織。驪山相對傷心碧。曲罷散琴絲。凄涼凝碧池。　　春回長至節。換却生塵襪。惆悵未央宮。樓臺烟雨中。"謂慈聖召見西安守胡延曰：曩在宮廷，即聞有西幸秦州之讖，出都後，一言幸陝，心輒悸之。時届萬壽聖節，懿旨不許進梨園，冬至前二日，北京有官至行在，穆宗某妃齎進履韈數事，慈懷念京益切。"延秋塵起愁千斛。黃臺瓜蔓傷心局。遠戍唱涼州。迢迢花萼樓。　　彩毫裁鳳藻。感涕興元詔。悶坐獨沉吟。難争歲幣金。"謂譴戮肇禍諸臣，端王、瀾公以近支從寬遣戍，是役列邦索歲幣甚巨，乃下詔罪己，布告天下。"金吾警漏天遲曙。班聯已報齊鵷鷺。蘭殿月光寒。簾垂裝薄棉。　　凍雲催雪到。慣帶秋絨帽。翻羡侍中貂。金門趁早朝。"謂行宮夜無傳籌者，門内邏卒數十，皆岑部甘軍。每日召見臣工，在二重殿東，室門作月圓式，垂棉布簾。上冬日猶御絨襜秋帽，撫臣覓舊貂以進，始易之。"汪汪鳳沼波千頃。朱泥寶印鈐符認。供奉萬金多。深宮喚奈何。　　鴻嗸飛上下。安得千間厦。雁塔寺中人。先沾雨露春。"謂慈聖慮糧臺支應局弊混，諭主者，宮中每支錢糧，必以朱泥小印爲信，文曰"鳳沼恩波"。是年秦中大飢，命於城關增設粥廠廿餘所，就食者逾十萬人，又設暖廠十數，雁塔寺較廣，就食倍於他廠。"乞將一滴楊枝水。甘霖下沛天顏喜。紀德樹螭碑。千金太白祠。　　莊嚴金粟象。職貢來西藏。卧佛寺和南。飛嵐繞佛龕。"謂兩宮軫念旱災，命大臣詣太白山乞水，供宮中，日夕祈禱，不旬日得透雨，乃發内帑千金脩太白祠，命詞臣撰碑紀德。時值西藏貢佛，以行宮狹隘，移至卧佛寺祀之。"終南山館偏幽静。悠然好見南山景。引水種荷花。翩翻翠蓋斜。　緑圖思舊學。懸夢石渠閣。幾暇惜三餘。誰歟行秘書。”謂行宫惟終南山館稍具花木，皇上寢宫在焉。東有樓，顔曰“悠然見南山”，巡撫畢沅所書也。上退朝，時往登眺，池久涸，注水種荷，以水性暖不花。又以行在乏書，遣人於坊間購石印《三通》《九朝聖訓》《通鑒輯覽》呈進。“三真六草驚奇絶。長安碑碣如林列。拓墨響丁丁。開成唐石經。　臨池尋閣帖。錦暉翻重叠。黄卷付行厨。銀駝載一車。”謂長安碑林多古拓，上命撫臣各拓一本進覽，惟開成石經精拓至數十本，餘選珍帖數種耳。“微香暗逗薰風揚。猗蘭殿裹叨天貺。團扇寫幽姿。瑶臺無限思。　復園丹桂好。曾做熏衣料。一笑瑣窗開。黄箋貢蕊來。”謂辛丑四月，慈聖召首府以上官入内，各賜御筆畫蘭扇一柄。又召對時，語及復園桂蕊，曝乾熏衣，香久不散，曩有貢者，西安守亟揀呈進。“黄楊蟠秀何年樹。八仙庵裹鑾輿駐。最數李家園。池亭奉至尊。　玉音申儉約。要與民同樂。煮茗愛山泉。沙鹹非去年。”注謂回鑾經八仙庵暫憩，庵有黄楊二樹甚古。東路行宫皆簡陋，惟華陰假李氏園，臺榭宏敞，遂諭各牧令戒鋪張，務從儉約。西行時沿途井水多鹹，兹乃選汲山泉以供御茗。“蓮峰峻削高千仞。明堂遺迹無人問。游豫憶先皇。六龍曾省方。　銀牌官様製。永佩千秋字。夾道萬人遮。嵩呼望翠華。”謂回鑾經華陰，欲登山，以道險不果。蹕路左右百姓跪送者，悉賜銀牌，文曰“千秋永佩”。凡兹巨細，咸關聖德，敬謹録之。

二一　張次珊詞

張次珊通參以庚子夏南歸，出都日感賦〔天仙子〕云：“滿目蓬蒿行路斷。白日山精呼作伴。畫堂處處九微紅，春社散。人聲亂。蛺蝶紛飛都不管。　錦字親題龍尾硯。寄與相思空萬遍。不應長是醉中過，平樂苑。重回看。碧血何人衣待浣。”時拳亂方熾，余亦同在京師，每見赤巾拍張談笑縱火，白徒嘍啃兒戲揮戈，熛闕倏爲飛塵，朱軒亦遭訶禁，即是詞前半所述也。後半則自惜建言之不用，而預料樹稼爲災，宮城喋血，厥後五忠駢首，果如其言。是歲朝官避亂南行者，以輪舶斷阻，改道漕河，沿途拳壇密布，往往罹厄。通參過丁字沽，浮尸塞流，不得已返棹，折繞襄樊，乃達江漢。其《丁沽阻兵》〔浣溪沙〕云："曲曲芳堤淺淺河。微風吹起萬層波。櫓柔無力奈伊何。　申浦潮黃鷗夢斷，丁沽月黑鶴聲多。明朝愁是雨滂沱。"言外無限深感。劉新甫員外久官京師，目睹荊駝之劫，其《辛丑上元見隔牆花爆感賦》〔綺寮怨〕句云："照月荒城。有歌吹、也漂零。秦淮淚痕猶在，盡燕子、話春燈。"爲漏舟酣笑者點破痴夢不少。又《游仙》〔聲聲慢〕亦述庚子事云："紅鸞斜倚，白鳳爭騎，銖衣新染天香。玉女峰高，明星親奉離觴。三千大千游倦，問昇仙，何似還鄉。雲幔擁、怕重來窺見，碧海紅桑。　記否西池桃熟，聽琅璫、齊奏太乙東皇。戲舞天魔，紅雲都煉鉛霜。脩成彩虹能渡，貸金錢、百萬誰償。夢塵醒，比人間、秋夜短長。"蓋當六龍回馭，共慶收京，在莒勿忘，引爲深儆，得香山諷諫之遺焉。

二二　京師兵禍

庚子拳亂前，掌翰院者爲徐蔭軒相國，亂作，猶排日傳見諸翰林，有臨時乞假者，輒加譴責，然當匪氛麋沸，間道出都者，尚連翩不絕。劉葆真太史可毅即於潞河途次爲亂衆所戕，遺蛻不歸，罹禍尤慘。其友幼舲吊以〔賀新涼〕詞，其前闋云："我欲呼閶闔。問青天、孝標無命，教人咄咄。冠蓋京華如昨夢，回首故人長別。更無計、尋消覓息。讖語不祥緣底事，好頭顱、鏡裏常嗟惜。魂歸也，楓林黑。"所云讖語者，蓋葆真解相法，自審額有惡紋，恒以凶終爲惴，其以第一人舉春官，坊刻紅錄，復誤其名爲可殺，益心惡之，至是竟驗。或謂葆真未貴時，館於某公，遇庖人私婢偶訐之，以是結怨，其人故北籍，適爲拳匪首領，遇於途次，劫以去，始終無耗，則其罹厄，固非無因。自庚申京師兵禍，朝官竄身荊棘，曾不知耻，自後相習成風。然當聯軍陷京，盛杏孫尚書與海上士紳，創爲捄濟之會，迎載京朝官南下，海槎來往，轉獲安全，則鎮靜者未爲失策也。吳瓶隱於淞濱酒次遇朝士南航者，感賦〔唐多令〕云：“鯨甲冷西風。荒江見斷鴻。注滄波、酒泪龍鍾。幾許啼烏聲裏恨，悄訴向，四弦中。　恁地却相逢。沉吟意萬重。引新愁、翠怨紅慵。一雲鈞天渾似醉，便不醉，也朦朧。”言外凄怨欲絕，僕本恨人，不堪回首。

二三　朱芷青詞

余庚子前以太學生肆業成均，最後祭酒爲熙文貞元、王文敏懿榮，俱殉庚子之難，張文襄詩所謂“巍然十鼓兩司成”也。迨西軍入犯，朱芷青寓瀛時爲國子助教，兼管南學事，獨守監署，歷秋徂冬，幸無驛騷；西酋入觀者，且於先師致敬，日月同天，鮫鱷俱化，非始料也。芷青有《庚子秋望》〔千秋歲〕云：“者回奇變。果見滄桑換。波瀰宇，天成綫。鯨鄉豪客恣，鮒轍窮官賤。凭望處，闌干搥碎霜英滿。　幾度桃源羨。幾輩枌闔戀。憂比杜，悲逾粲。鴻歸陽早向，驥老塵空絆。何日也，烟消日出風光轉。”又《居守成均，感時述事》〔金縷曲〕云：“天地空高迥。立橋門、烽烟滿目，自傷孤影。敢説文章驅鱷力，但恃愚衷耿耿。更仰藉、威靈先聖。鐘簴不移槐柏在，看依然、月上青霄頂。無恙也，共稱幸。　五畿教尚同文秉。見頻番、兜鍪手脱，廟堂知敬。誰遣揚波同蜃蛤，恨煞頑民粗獷。問此際、金甌誰整。便欲凌空超萬仞，拂沉霾、再睹澄清景。長嘯罷，露華冷。”其時斗米煽亂，曹部一空，或道邊慘厄，碧血無名，或輦下羈居，虬髯橫辱。芷青雖籍京國，當兵氛方棘，守職不渝，有足多者。余曩及親炙，人亦瀟灑，其《別監署寓齋》詞云：“來日本無心，去日偏生戀。四壁松陰一架書，付與旁人管。”眷眷寒氈，瞁然孤抱。

二四　陳典韶詞

錢恭勤久直樞廷，以大宗伯乞休，就養京邸，庚子乃南歸，未幾旋卒。生平愛士以誠，在朝不務赫赫名，而務持大體。鎮洋陳典韶爲其門下士，有知己之感，值恭勤忌日，感賦〔徵招〕云："萬方鼎沸餘今日，冥冥九京知否。死未見中興，哭冬青何處。劫殘灰幾許。便煉石、天終難補。化鶴魂歸，啼鵑腸斷，二陵風雨。宿草已三秋，斜陽裏、凄凉北邙抔土。馬策怕重過，痛西州門路。夜臺休自苦。縱生亦人間多故。甚搔首，剷水黥山，忍此爲終古。"又《再哭嘉興師》〔金縷曲〕云："墓木拱然矣。嘆年來、千陵萬谷，荆天棘地。眼底中原猶未定，欲把英靈呼起。更挽臂、九京曾李。忍耻三公空幾輩，問銅駝、誰了官家事。心寸熱，并成淚。　　我公苟緩須臾死。便身逢、倉皇辭廟，六宮車騎。地下料應還戀闕，祝告無忘家祭。衹此日、河清難俟。淪落門生頭亦白，轉江湖、折盡元龍氣。憑底語，報知己。"沉痛至此，不可多得。典韶自托殷頑，其詞多抒孤憤，嘗有咏落葉〔鼓笛令〕句云："夢墮樓頭聞雁語，更誰替、西風爲主。"意境絕似稼軒。

二五　排雲殿菊山

萬壽山大報恩延壽寺，乾隆時爲聖母祝釐而建，稍毀於庚申之役。光緒中，議脩復圓明園，廷臣交章諫阻，乃降詔恭循祖制，上奉慈娛，就原有玉瀾堂諸勝略事脩葺，賜名頤和。每歲十月十日，爲慈聖慶辰，燈山彩樹，一時稱盛，樊雲門方伯嘗賦《萬壽燈》詞，和者甚衆。園之高處爲排雲殿，是日東朝受賀於此。殿墀左右，堆菊爲山，丹陛數十級，高下周布，萬花如錦，黃紫交輝，宮門外可遙見之。余賦《瓮山秋望》〔一萼紅〕詞所謂"忍重憶、鸞宮舊賞，認秋香、還印畫屏金"者，即謂是事。近見夏閏庵太守《憶菊詞》八闋中有云："萬錦叠成堆，上接丹梯畔。鼇頂高寒却耐霜，仙仗千官見。　　渺渺水天情，零落成秋苑。萬壽山前萬壽花，腸斷金罍宴。"注謂：排雲殿菊山，自甲午後每歲必設，蓋曾謁昆明及瞻壽客，重談天寶，自比宮人，誠菊史之創聞，亦蘭臺之旁記也。

二六 瑣闈酬唱

棘闈罕一歲兩至者。王半塘以光緒癸巳分校京兆闈，闈中賦〔鵲橋仙〕詞，有"風流試院説煎茶，怕今月、笑人不免"句，蓋中秋夕對月之作。是冬十月，復奉命監武闈，雪後於會經堂對月，復賦〔摸魚兒〕示孫駕航京尹云："倚高寒、碧天無際，暮雲净捲空闊。瓊田千頃交輝處，表裏通明澄澈。情脉脉。恁前度人來，今月渾非昨。清尊試溯。記細雨檐花，秋風桂子，好句共斟酌。 清詞麗，欲和紅牙愁拍。眼前有景難説。詩成更作征逋券，比似催租孰虐。情約略。怕今夜、瓊樓莫也思量著。燈花暈薄。待撤棘人歸，鈎簾月上，款款責前諾。"蓋駕航亦兩次監臨，半塘嘗索和〔鵲橋仙〕未就，故復以是詞堅之。駕航監臨秋試時，有〔浣溪沙〕云："夜雨浪浪耿客愁。平分月色上簾鈎。驀思明日是中秋。 半掩銅鋪凉浸襪，自燃銀燭暈生篝。不眠人在小瓊樓。"語亦清俊。瑣闈酬唱，鮮及倚聲，兩度盍簪，尤推佳話。庚子後，京師停試，春秋皆借汴闈，科目旋停，試院遂廢。

二七 鄭太夷百字令

鄭太夷以詩名，自云不善爲詞。余嘗見其《青山觀操呈廣雅尚書》〔百字令〕云："雨晴山出，正城東草軟、湖光搖堞。一點紅旗遥指處，萬衆沉沉初列。九地潛攻，從天倐下，客主旋相躡。閻浮俄震，火雲衝散飛蝶。 馳馬來者髯公，微吟弄策，憂國顔成纈。唤起忠魂應再世，滿眼英年人杰。楚户終强，江流休轉，老去餘心鐵。鼓鞞聲遠，受恩空自腸熱。"妥貼排奡，何嘗不工。廣雅督楚，務興學練兵，北洋諸鎮外，楚軍稱盛，然不戢之戒，遺疏鄭重言之，晚年固已自悔。太夷以知兵自負，故在其幕中頗相得，後遂督龍州邊防。

二八 舊伶

光緒中，杭州駐防女子惠興以死殉學，聞者悲之。田伶際雲，即所謂想九霄者，摭其事演爲樂府，座客有欷歔泣下者。林畏廬爲賦〔齊天樂〕云：“一襟天寶年間恨，淒淒寄懷箏柱。小部花辰，離宮雁候，挑起深愁無數。湖光正曙。看供奉宸班，按歌金縷。水碧山明，四弦能作海青語。　　歌喉初轉變徵，替貞娥訴怨，何限淒楚。地下冤忠，人間酸泪，黯到無情飛絮。收場更苦。演獨樏西泠，翠陰庭户。數遍梨園，吉光留片羽。”翊日，田伶設以謝，其見重如此。供奉舊伶以譚鑫培爲冠，李漢甫贈詞有云：“朝市幾時換却。又袍笏上場，霜髩盈握。”又云：“銷魂問，舊京老監，忍話白翎雀。”是真今日之李龜年矣。

二九　青松紅杏圖題咏

京師崇效寺舊藏《青松紅杏圖》，庚子拳亂失去，金匱楊蔭北京卿於廠肆得之，復歸諸寺。好事者爲別作《歸卷圖》，一時盛傳都下。原圖爲僧智樸自寫小影，卷長三十餘丈，名流題咏殆遍。或謂智樸爲洪南安部將，累挫於松山、杏山，南安降，遂削髮爲僧，作圖隱寓山河之痛，然歷觀題什，絶未有涉及其事者。外舅樂静翁嘗偕宗子戴游寺，展翫是圖，填〔金縷曲〕云：“凌紙冰霜氣。是當年、弓刀宿將，隱悲身世。松杏河山空戰骨，待把英魂唤起。借幾許、蕭寥畫意。夜雨僧房懷舊侶，卧沙場、劉杜真男子。忍回首，東征事。　　恒沙浩劫飄風逝。佴年來、名卿碩彦，長箋留字。零亂清愁無寫處，一片斜陽古寺。復我輩、流連此地。遼鶴歸來人代換，覆棋枰、同是傷心史。誰重灑，新亭泪。”詞成，未書於卷，意亦不能無疑也。余謂：盤山行苑所在，屢駐金輿，智樸果爲遺逸也者，分當埋照幽巖，翛然世外，胡爲卜隱於此？且觀其迎鑾進什，深邀宸眷，所書青溝御製楹帖，且自署臣僧，僧而臣矣，豈猶是殷頑抗節者？若青松紅杏，則田盤勝景，迭見奎章，意智樸挂錫山寮，即就所目接者圖之，初無寓托，後人特附會其詞耳。質諸博雅，當爲首肯。慈仁寺毘盧閣舊有窰變觀音，亦失於庚子之劫，聞歸津門某氏，今僅存觥龜。邵倬盦《慈仁八咏》有〔八寶裝〕詞云：“應身飛度。閻浮苦、琉璃相宮闥悟。看綠衣匝體，瓔珠委頸，妙齊唐鑄。庚辛流轉人間去，定回向龕留處。待刹那劫定，優填像返，鼓鐘琳宇。”即咏窰變觀音者，亦望其爲楊京卿也。

三〇　牡丹與高楸樹

百年來，京師牡丹，數崇效寺佛殿前姚黃一株，高及人，花時特盛。自余見之，逾廿年矣，今春訪之，不見，聞爲碧眼者輦去。初不甚信，讀李越縵詞，謂天寧寺綠牡丹，間歲作花，往看不得，則前一日移入朱邸，因賦〔露華〕。後半云：“春風幾度相識。祇倚遍欄干，誰忍攀摘。賦就睡妝，偏漏宓妃消息。帶輦轉人朱門，可比墜樓顏色。燈影下，何時翠蛾重出。”則是事昔已有之。因和其韵云：“花天舊憶。看悄曳宮羅，倩影孤絶。幾度東風，香縷砑篆俱拂。佛前許換新妝，却似道家丰格。金樓住，尋常漫數，趙紅歐碧。　　銅盤暗緒曾識。念墜夢宣華，春好愁摘。唱到縷衣猛斷，玉璫消息。鸞帆載恨迢迢，怨煞畫圖顏色。幡影畔，空教澹鶯呼出。”亦宣南異日掌故也。寺中高楸數樹尤古，粉雲映空，頗勝低叢深色。朱漚尹侍郎屢與徐芷帆、養吾兄弟宴賞其下，其弟彥俌時亦一至，後養吾、彥俌俱歿，芷帆作《楸陰感舊圖》，漚尹題以〔繞佛閣〕云：“紺烟歛霽，香外梵歇，類照蕭寺。珠露飄蕊，慣催俊侶年年貰春醉。　　畫闌再倚。誰料素約，和恨難理。殘酹沾地。夜深定有秋魂暗驚起。　　蠹壁字零落，細數詞流空百輩。何況故人傷高當日淚。總冷透西風，隣笛凄異。斷鴻知未。有一樣西堂，孤坐無睡。繞花陰、夢痕如水。”厥後芷帆又歿，太侔重過是寺，復作《楸陰感舊第二圖》。龔佛平題以〔憶舊游〕云：“又苔岑覓侶，裹刹喧春，爪印如箋。古木欺人瘦，透連番劫影，兜上心懷。詞流幾番送盡，揮手畫圖開。一角楸陰，驚心散雨，悄立蒼苔。　　徘徊。墜歡地，恨過去春期，雨絶雲乖。轉眼芳蘭委，算不如松杏，殘卷還來。卅年倦游如我，隣笛那勝哀。且放下悲歌，翻然人夢尋大槐。"今漚尹又歿，當更有補圖者。

三一　翰林苑舊署

翰林院署在玉河橋畔，庚子之亂，董福祥軍攻使館，署當其衝，連楹頓燼。會通政司裁，即以其署爲翰林院，則在西長安街。余以光緒癸卯入翰林，已在移署之後，劉井、柯亭，邈焉莫睹，然署旁小有園亭樹石。最後長銀臺者爲先文安公，則又有堂構之思焉。國變後，於其地置懲戒會，復改經濟局，巢痕宛在，陵谷幾遷。余嘗自題《木天尋夢圖》賦〔憶舊游〕云："記蘭晨賜錦，杏序停鑣，夢到篷池。冷劫鸞巢換，問柯亭竹翠，愁認殘枝。小鳳這番還老，篋黯舊宮衣。一片亭臺，斜陽戀影，悄立多時。　　沉思。夢華恨，枉彩筆親傳，省石遥依。漫話靈和事，望珠簾甲帳，回首都迷。飄零隔花鈴索，新燕不曾知。剩照怨瀛波，明朝青鏡添鬢絲。"蓋不獨天上巢痕之感。近見邵倬盦同年亦有《過翰林院舊署，春日海棠盛開，感賦》〔水調歌頭〕云："冰署試重省，策馬爲誰來。是誰瓊苑瑶樹，高傍五雲栽。處處東風桃李，讓此十分春色，凡卉盡興儓。昨夜綠章奏，天意總憐才。　　諷歸燕，迷倦蝶，漫相猜。蓬壺水淺，蕊珠宮冷渺予懷。空抱神仙姿格，長歷陰晴時序，照眼幾枝開。門外觚棱影，無語立蒼苔。"回首西清，同此悲喟。其《和閏庵咏史館東齋海棠》更有"玉堂餘夢更凄迷"之句，正與此詞同意，其地爲舊日國史館也。

三二　鄧孝先父子詞

清華、朗潤二園，皆屬内府，光緒中以朗潤園賜澤蔭坪上公居之。蔭坪與端午橋、戴文誠、于文和、尚會臣同奉使周歷泰西，訪察憲政，既歸，詔於是園，招集英髦，議改官制，先文安公亦與焉。偶見鄧孝先前輩以所填《重過西郊朗潤園》〔玉京謠〕爲人書扇，謂：曩與議官制，嘗信宿其中，冠蓋鱗次，極一時之盛。歲星一周，塵迹成往，戊午夏再過，門外悵望久之，既抱淪胥之痛，詎無睠懷之感，因填是解。詞云：“客燕飄輕剪，悄立薰風，掩書罘罳靜。九陌塵香，鞭絲曾靷飛影。罨秀闒、金碧樓臺，溯舊日、繁華誰省。斜陽映。朱門一角，平疇千頃。　巾車再碾芳街樹，古鶯荒、共幾人醉醒。烟水惺忪，啼妝鶯悔窺鏡。俊侶來、眉岫傳顰。料不爲、柳昏花暝。歸袖迥。憑認翠微秋靚。”孝先爲嶰筠尚書曾孫，季垂觀察子，其工詞蓋承家學，由翰林官至吉林民政使。季垂有《壬子惆悵詞》〔南歌子〕四闋云：“粉塔層層見，朱蘭曲曲通。盡教花似往年紅。不信無人惆悵話東風。”“道是催花雨，真成剗地風。慢言駭綠與驚紅。多少樓臺烟雨入冥濛。”“燭影移雲鬢，花香入霧鬟。早知樂意暗相關。應悔床前堆倒錦屏山。”“葉綠紅逾艷，花紅綠更宜。花花葉葉各成枝。記否根生芽發未春時。”追懷宗國，語有陽秋，實公論也。余與孝先同客遼幕，季垂方官巡警道，往來紀群間，今季垂久逝，孝先亦南歸，久不通問矣。

三三　可園

光緒季年創設商部，闢三貝子園爲農事試驗場，雜植分畦，珍禽列囿。慈聖嘗臨幸，駐蹕於暢觀樓，鳳艒龍舟，維於水次，翠華所莅，花鳥皆春，距今三十年矣。按其地在西郊極樂寺前，舊名可園，李越縵嘗偕陳芰聲、蔡俌臣極樂寺賞海棠，酒罷同游可園，賦〔清平樂〕云：“年年花事。西直門西寺。一路衣香隨蝶至。不辨人叢花氣。　枝枝紅艷銷魂。相携翠管金尊。一霎綠楊風起，倚欄獨數春痕。”又《登可園山閣看西山》〔賣花聲〕云：“檻外綠漫漫。烟樹回環。夕陽依舊滿西山。萬戶千門無覓處，寂寞春還。　無語獨憑闌。舊事堪嘆。龍舟猶繫綠楊灣。鳳吹宸游天上去，流水人間。”繹其詞意，則當日已邀游幸。又何青耜《可園題壁》〔臺城路〕云：“城隅妙有清閑地，平泉花木蕭瑟。鶴去雲空，燕飛風冷，簾影低銜斜日。蠨蛸在壁。料月下魂歸，已非陳迹。華屋蒼涼，此間不改是山色。　多少黃塵倦客，向雲廊水榭，占了吟席。槐閣蟬嘶，蘆汀蛤吠，并入牆西銅笛。如聞嘆息。說楊柳堂深，半閑難覓。采采芙蓉好同香草拾。"曰平泉，曰半閑，則三貝子外，當尚有宰輔賜居者，惜未及考證。園經改建，而小閣依山，清池蔭柳，猶似年時詞境。黃葦怡《秋日游三貝子園》〔玲瓏四犯〕有云："短堞銜、烟雹野淑，漣漪紋碧猶剪。"其佳處固在水也。極樂寺在可園後，以海棠名。相傳有輦入園邸者，花事漸零落，寺亦幾廢。憶潘文勤有《極樂寺看花圖卷》，顧子山集玉田句爲〔憶舊游〕詞題之，一時推服。其詞云："向橋邊喚酒，樹底行吟，京國尋春。暗水流花徑，引生香不斷，遠障歌塵。尋芳同步翠杳，波暖綠粼粼。甚杜牧重來，十年舊夢，曾款芳尊。　　思君醉游處，任狂客難招，散迹苔裀。俯仰成陳迹，嘆玉奴妝褪，蝶也銷魂。古臺半壓琪樹，隔斷馬蹄痕。快飛佩歸來，鶴衣散影都是雲。"近年余以補種海棠至寺，聞僧言：明時寺中有牡丹樓，歲久瀕圮，相戒無敢登者，有貴人來游，必欲登之，僧不能阻，既而火作，人與樓俱盡，事見紀載。今寺僧猶能指其廢址云。

三四　夏嘯盦詞

怡邸舊址久廢，光緒之季，創設郵傳部，乃即其地建署，隙地添植梨花、海棠，花時紅白交映，如張錦幄。夏嘯盦嘗官郵曹，值春花盛放，早衙吏稀，獨哦其下，賦〔慶春宮〕一解云："月澹香寒，露酣春透，曉來亂鶯如織。啼鳥人稀，飛花蝶密，冷吟誰共瑤席。暫時清賞，似拄笏、看山狂客。打頭晴雪，录曲回欄，一襟紅濕。　　當年朱邸沉沉，青瑣銅墀，問誰偷識。蜂衙纔換，吟身好在，肯負芳園春色。哦松看竹，應值得、清游竟日。休教雙燕，烟外飛來，笑花岑寂。"其時東西列邦，競謀投貲營路，嘯盦別有〔傾杯樂〕詞寫感，蓋丁未冬所作。詞云："油碧朝停，朱輪晚駕，多少尋春路。新來聞說，陳倉道、却被何人偷度。韓郎袖裏餘香，輕輕漫與。密約幽盟，金錢暗數。那番情事，却怪前頭鸚爐。　　頓攪起、漫天飛絮。瞞不住、流鶯碎語。任錦字千行，紅冰萬搦，怎得靈脩顧。韶光尚餘幾許。那更禁、平分春色，被人占取。倩誰說向，綉簾深處。"蓋憂國之深談，感時之餘涕也。長沙文達師長部時，廣延才俊，故曹司中頗多雅流。繼者嫉文士如仇，僚屬聚談，至以論文爲戒，如嘯盦之托詞諷諭者，有幾人哉。

三五　端忠愍多麗

端忠愍罷直督，於西山築歸來庵，有終焉之志。再起入蜀，遂罹難，頭顱萬里，識者悲之。生平罕爲詞，僅見其《爲易實甫題蘭蘭柳柳便面》〔多麗〕一闋。便面爲馬湘蘭畫蘭，有自題跋，吳中張秋水得之，倩河東君補柳，牧齋加跋，自署虞山俗衲。蓋實甫客長沙日得自程海年忠愍。詞云："問幾人，收拾南都歌舞。祇斷腸、斜陽烟柳，湘魂一碧終古。待喚起、玉階苔印，對秋風共訴凄楚。不須話到，興亡舊恨，零胭剩粉鎖沉無數。都化作、絳雲餘燼，孔雀庵邊土。渾無恙。曾携玉手，春痕重聚。　試較量、元元素素，雙蛾鏡裏眉嫵。最無聊、橫江木柹，留得催妝舊時句。楚畹香殘，金城客老，簿書叢裏春風度。更改柯易葉，那識歸根處。輸君團扇，家家江湖，多少吟侶。"末數語，竟爲授命之讖。卷中有張子虞、程子大題詞，子大，海年弟也。其〔一萼紅〕句云："料灑向江山無淚，祇頻將、淚眼鑄黃金。"亦若預兆。王湘綺題〔多麗〕詞尤趣，云："做才人，偏有許多囉唕。似眠蠶絲自縛，無端春恨孤裊。看畫扇、泥金暗換，有秦淮、當日殘照。平生不喜，江南才子，君亡國破都成詩料。今日對、茫茫世界，掩鼻胡盧笑。梅村例、朱家忘了，何曾没竅。　問如今、岷莊夔石，齊州幾點烟島。盡蕭條、并無詩酒，未勝當年馬瑶草。何況吳中，駭兒痴女，春眠并枕渾忘曉。祇脂痕粉淚，付與情蟲吊。且須珍惜腰纏，留取傅相雙寶。"注謂：李少荃在江北困阨時，荷包中留十金，家中雖糧絕不用也。岷莊即劉忠誠，夔石即王文勤，皆當時賢者，而湘綺頗輕之。其所謂嬉笑怒罵皆成文章者歟！

三六　光宣間知兵詞人

光宣間詞人，知兵者有二：一爲廖笏棠緝，以拔貢入仕，屢統兵，與黃澤生忠浩同時在湘，辛亥事起，長沙新軍應之，澤生被執不屈，死甚烈。笏棠遂遯居不出。有自度詞云："洞庭沽酒，看盡了、南條山色。正佛火蒲團，浪浪夜雨，別館孤吟倦客。似我逢春情興懶，除花外、玉簡知得。怎飛絮年年，鵜鴂亂舞，爭與禪心相識。　堪惜。何郎者去，許多詞筆。便付與旗亭，猶堪換醉，祇有雙鬢難覓。夢裏瓊波，匣中錦字，回首春鐙歷歷。歸去也，還愁室裏，曼殊要看秋髮。"豪俊中亦見孤复。一爲董綏紫受祺，以道員統山東精銳營，渦匪亂，聚衆數千，綏紫率百五十騎破之，擒其渠。有言其濫殺者，東撫某惑之，論劾落職。自是益自放，《攜妓游明湖》〔鵜鴂天〕云："約酒鏖詩意興新。畫船明月罷官人。琵琶彈到傷心曲，紅粉青衫兩斷魂。　花隱隱。綠粼粼。風情減却老來身。菱歌驚醒鴛鴦夢，分掠南湖一片雲。"又客京師，賦〔虞美人〕云："故都明月依然好。愁淚彈多少。問君淚得甚時消。祇恐晚來汐信早來潮。　無情柳慣迎斜照。裊繞宮門道。淒涼往事怕重提。魂斷綠楊枝上杜鵑啼。"蓋隱於齷齪業有年，積貲旋罄，以貧故，垂老爲客，宜伊鬱多感。後佐邊帥幕，遇變不去，竟及於難。其《題案頭鸚鵡賦》〔摸魚兒〕結拍云："江山塵土。應笑倒、遼東小樓，白帽空自泣烟雨。"亦成前讖。

三七　楊和甫綿桐館詞

貴筑楊和甫調元以翰林出宰秦中，殉辛亥之難。邑人武進士韓有書爲仗義復仇，其子赴秦收骨，則已爲邑人所瘞，得所著《綿桐館詞》及篆書四種奉以歸。詞僅數十闋，〔虞美人〕云："微茫烟水瀟湘路。仙女曾游處。無端小劫墮紅塵，芳草年年一例怨王孫。"蓋自寫蓬山回風之恨。又《題胡介人戎馬圖》云："幕府文雄，是杜司勛，是王仲宣。看腰橫秋水，千金寶劍，手揮露布，十樣蠻牋。風雪關河，輪蹄歲月，行盡西南萬里天。狂吟處，把從軍樂府，傳遍人間。　舊游固首淒然。嘆滄海、無端竟化田。向尊前揮洒，新亭涕淚，夢中縈繞，絕塞山川。大戟長槍，雨抛苔卧，漫向毛錐締墨緣。當時侶，算英姿颯爽，幾輩凌烟。”頗見抱負，余嘗爲詩表之，存集中。

三八　崇陵

崇陵自宣統初年營造，至遜政後始告成，奉安之日，遺臣故老猶衣冠襄禮，一切如制。楊苓泉嘗奉命監督陵工，其《良谷莊夜投僧寺》〔臨江仙〕云：“獨下雲峰尋古寺，楓林路轉層層。夕陽衰草帶寒陵。蕭聲幽似鬼，樹影瘦於僧。　塔院無人鈴自語，夜窗松月初生。經幢禪榻黯栖塵。蒼鼯飢出穴，白蝠冷窺鐙。”即赶陵時作。向仲堅亦嘗于役崇陵，追賦〔絳都春〕詞，其述山陵所見云：“梁栖語燕。對玄隧深扃，靈旗長卷。苔蝕襄蹄，花結魚膏，鐙光短。當時冠珮鴛鸞伴。嘆劫後、和雲都遠。茂陵秋老，凉螢吊月，夜深誰見。”蒼凉悲咽，不堪卒讀。聞陵工克竟，趙智庵之力爲多，種樹則舊臣輸貲，而梁節庵任其事，皆可紀也。

三九　龔佛平詞

都下同人曩有《落葉倡和詩》，傷故宮也。近見龔佛平同年有《展謁故宮》〔角招〕云：“茂陵事。何堪再到、獻賦無地。露槃荒砌委。綺閣迎人，還標金翠。枛棱蟲起。但夢繞、當年雲氣。隱約春燈禁啓。是何處看花回，賺游人如蟻。　醒未。亂烟又墜。珊鈎似舊，反挂紋窗裹。網絲侵玉几。燭案如堆，宮娥殘淚。淒凉到此。問五百年來曾幾。幾向晚烏朝樹底。又依約、落花飛，長門閉。”一片荒凉，句中有淚。又《儲秀宮見果食未竟，感賦》〔徵招〕云：“驚霆慣失當筵箸，無端又來風雨。三十六宮秋，問春歸何處。豆其容解語。盡煎急、難寬吟步。似説荷荷，便饒芳蜜，那分甘苦。　玉署。赤盤開，千官賜、還叨蔗漿調護。山水自高深，枉元公三吐。露桃餘幾許。尚遥見、泪痕高貯。甚賓日，一晌波消，但半丸秋鑄。"尤傷心之作。其〔蝶戀花〕句云："遮眼屏山千萬樹。思量不合高樓住。"又云："一綎碧油人去了。道旁露泣紅心草。"皆謂移宫事也。余與佛平相交逾三十年，未知其能詞，近始見其手稿，自謂似鯁在喉，如鴻印爪，極風雷之鼓吹，與日月而回旋。抑何悲壯！

四〇　黄公渚詞

租借地，肇自香港，晚近國威日替，於是威海、大連、青島，先後租借於人，而近畿門户盡失。方德意志侸踞青島，憂時者相與咨嗟太息，以爲豆分瓜剖之勢成矣。不謂鳩居未安，鷸爭旋起，初爲日域所欲，終見汶田之歸，固當時所不及料也。黄公渚孝紓奉親遯居於此，有《堪山觀德意志礮壘》〔望海潮〕詞云："禺魖移海，塵飛鮫室，潮頭也染霜華。如雪舊鷗，似曾相識，雙雙驚起圓沙。疏磬促義車。渺翠微金刹，密樹交加。照海樓臺，高低燈火萬人家。　秋聲暗緊霜笳。訪殘碑故壘，碧血凝花。戟鐵未銷，沉沉霸氣，空赢牧竪咨嗟。迆邐碧雲斜。伴微行楓路，三兩啼鴉。桴海歸心，又隨帆影遍天涯。"歷歷桑海，所感深矣。其地岩壑幽阻，辛亥遜政後，遺臣故老，相率避地卜居，潛圖匡復，勞玉初京卿、劉幼雲侍郎主之尤力。丁巳復辟，幼雲爲議政大臣，事敗歸島，署所居曰潛樓，不復出，世短其迀而未嘗不高其節。公渚有《過京山劉幼雲墓》〔雲仙引〕詞，其後闋云："虞淵抶馬黄昏。任填海、冤禽生怒嗔。手把芙蓉，天閽訣蕩，九辯空陳。帝遣乘軒，玉皇點劍，下界凋零蟻蝨臣。楚纍魂斷，對潛樓月，忽現前身。"紆鬱中極見沉摯。余於庚子歲避亂太原，幼雲方督晋學，深承推挹，草間偷活，踪迹久疏，亦惟丁巳恩恩一晤，讀是詞有餘愧焉。

四一　孝欽后七旬萬壽

光緒甲辰，值孝欽后七旬萬壽，張文襄方居節鎮，於祝嘏日大宴外賓。先期使幕僚製爲祝釐之曲，付伶工斠演以娱賓筵，前此所未有也。其詞爲〔錦纏道〕云：“嗣徽音集歌舞敎。兹大慶，麟鳳恣游翔。暢今朝群集，堯母稱觴。最難得，鞏天維、璇宮毓祥。邁前代，宋宣仁、九載建朝章。萬里達梯航。都願作、天家屏障。媚光燭未央。又早是、梅開嶺上。五洲嵩祝萃冠裳。”又〔普天樂〕云：“翼中興，咨將相。蔚三朝，籌保障。張懿嫻承聖基皇。定東南、兵氣韜芒。河山復光。數從前、青史誰方。”又〔古輪臺〕云：“奏笙簧。叠頌筐筥。睦鄰邦。使臣眷屬都延賞。虛衷咨訪。惠政嘉謨、一一皆堪效仿。學舍宏開，軍戎特獎。喜交推新命舊周邦。況又是、君恭后敬奉金匜，彩舞將將。今日價、鷁舟初檥，麟符再縮，喜瞻娲陛，中外效虞揚。都歌頌、熙朝慈聖壽無疆。”又〔尾聲〕云：“菊筵遍挹葡萄釀。寰海皇風諧凼。合萬國、共祝娥臺歲月長。”后自回鑾後，篤意邦交，屢招各使臣眷屬，入別苑賞花游宴，賞賚甚渥。是年，又簡派天潢澤公及四大臣，周歷諸邦，考督憲政。而新政中興學、練兵二事，尤爲文襄所重。曲中所述，皆紀實也。余夙聞文襄是舉，而未睹其詞。近乃於時人筆記中見之，回首不勝鈞天之感。

清詞玉屑卷七

一 卞玉京

梅村〔西江月〕〔醉春風〕各詞，相傳爲卞玉京而作。〔西江月〕《詠別》云：“烏鵲橋頭夜話，櫻桃花下春愁。廉纖細雨綠楊舟。畫閣玉人垂手。　紅袖盈盈粉淚，青山剪剪明眸。今宵好夢倩誰收。一枕別時殘酒。”又《春思》云：“嬌眼斜回帳底，酥胸緊貼燈前。匆匆歸去五更天。小膽怯誰瞧見。　臂枕餘香猶膩，口脂微印方鮮。雲踪雨迹故依然。掉下一床花片。”艷情冶思，甚於次回《疑雨》。〔醉春風〕亦有二闋，題爲《春思》云：“門外青驄騎，山外斜陽樹。蕭郎何事苦思歸，去。去。去。燕子無情，落花多恨，一天憔悴。　　私語牽衣泪，醉眼偎人覷。今宵微雨怯春愁，住。住。住。笑整鸞釵，重添香獸，別離還未。"其二云："眼底桃花媚，羅襪鉤人處。四肢紅玉軟無言，醉。醉。醉。小閣迴廊，玉壺茶暖，水沉香細。　　重整蘭膏膩。偷解羅襦繫。知心侍女下簾勾，睡。睡。睡。皓腕頻移釭，雲鬟低擁，羞眸斜睇。"亦刻翠傳紅之作。《玉京傳》言其與梅村合離踪迹甚詳，有考證之者，謂其主於海虞故人，爲孫孝若兄弟。尚書某公請爲生必致之者，爲牧齋宗伯。歸東中一諸侯者，爲鄭慈衛應皋。乞身下髮依良醫保御氏者，爲鄭三山欽諭，慈衛宗人也。玉京有婢曰柔柔，即詞中所謂知心侍女。傳言歸侯不得意，進柔柔奉之，侯死，柔柔生一子而嫁，後遇禍，不知所終。考所嫁爲金壇袁大受，官兩廣監軍道，其遇禍，詳金壇獄案。事敗時，猶寄重物於三山家，爲其子侵没。又考梅村《畫蘭曲》爲玉京作，而靳介人注駁之，謂爲其妹卞敏。然玉京實工畫蘭，見《梅村詩話》，若爲敏作，當別有序述，知靳注不足據也。陳輝芝題《琴河感舊》〔徵招〕云："銷魂一片琴河水，漂殘夢雲多少。去燕忒無情，又楓根秋老。畫蘭嚕泪早。怕重檢、鳳箱離縞。省憶年時，小櫻花下，背燈雙笑。　　愁了換黃鉋，冰弦罷、涼蟾照人孤皎。海樣誤侯門，料鴛牋不到。醑香鸞影杳。祇空想、蝶裙芳草。怕錦林，携恨歸來，怨魷窗難曉。"辭極幽艷。

二　吳蕊仙事迹

吳蕊仙事，傳者異辭。亡友丁暗公嘗疑之，謂其歸管已廿年，又轉徙南北，計其至如皋，年將五十，不當作沾泥之絮。而冒鈍宧考之綦詳，云：蕊仙之至雉皋，與周羽步俱，且同著《比玉新聲集》。羽步有"負笈相從共蕊仙"句可證。據詩注在己亥冬，計周方盛年，吳當相若。又考通州李耀曾《別離廟詩序》謂：廟乃國初時女冠吳輝宗所居。輝宗，長洲人，名琪，字蕊仙，方伯吳挺庵孫女，適管予嘉。夫死，避亂至如皋，與閨秀范洛仙、周羽步以詩相倡和，晚依女史宗芳，老於是廟。冒巢民偕同人過訪，題其廟曰別離，則蕊仙出家，實在客如皋之後，又其明證。蕊仙《贈巢民姬人吳扣》扣句云：“君今已作鴛鴦侶，儂願期爲雙鳳皇。”而巢民和羽步絕句有云：“負我幽冥憾蕊仙，明明生死亦胡然。”此中密意可見，其投足空門，兩成決絕，固非得已。至庚戌歲補壽巢民詩，則遠在爲尼之後，真青燈白髮矣。陳其年《壬子重游水繪園有感》〔齊天樂〕詞後闋云：“風前又成浩嘆，説此間蘿屋，有人羈絆。恨極賣珠，緣慳搗藥，贏得啼鵑頻喚。扁舟故國。衹皓月魂歸，清江目斷。今古劫灰，付日斜人散。”自注謂：吳門吳蕊仙曾客是園，歸死梁溪，故後段及之。其時甫得蕊仙噩耗也。鈍宧既考其事迹，復爲製《別離廟》傳奇，可謂好事。

三　葉元禮軼事

竹垞〔高陽臺〕詞云：“橋影流虹，湖光映雪，翠簾不捲春深。一寸橫波，斷腸人在樓陰。游絲不繫羊車住，倩何人、傳語青禽。最難禁，倚遍雕闌，夢遍羅衾。　重來已是朝雲散，悵明珠佩冷，紫玉烟沉。前度桃花，依然開遍江潯。鍾情怕到相思路，盼長堤、草盡紅心。勸愁吟，碧落黃泉，兩處誰尋。”爲吳江葉元禮記事而作也。元禮少日過虹橋，有女子在樓上見而慕之，竟至病死。氣方絕，元禮復過其門，女之母以女臨終言告之，遂人哭，女目始瞑。時人有爲作傳者，是猶之崔護桃花故事也。又宜良嚴秋槎廷申有〔摸魚兒〕詞追咏，序謂：元禮，漁洋弟子。少美丰姿，過平望酒家，有女感病死。漁洋記以詩，宮子行得其稿，裝冊藏之，且以葉事繪圖索題。其詞云：“剪吳江、晴波三里，飛鴻照影曾度。江樓舊日温存月，半被春愁圍住。春也去。衹門外、桃花記得郎前度。垂虹暮雨。恨鴛槳搖漸，鶯慊織夢，忘却往時路。　慨慨病，一霎離魂倩女。斷腸鴛牒難注。宛君去後江楓盡，誰寄返生詞譜。薶玉處。剩一片、斜陽冷到相思土。”漁洋斷句有“平望春山，明湖秋水，略解此情緒”。後來追賦其事者尚復不少，程夢盦〔高陽臺〕結拍云：“爲低徊，一樣巫雲，忍待追尋。”則兼指雲兒事。元禮又嘗客西泠，於荔裳席上見雲兒，招至孤山別墅，訂終身之約。五年復至，則如彩雲飛散。因賦〔浣溪沙〕多闋，錄二云：“潛背紅窗解佩遲。銷魂爾許月明時。羅裙消息落花知。　蝶粉蜂黄拼付與，淺顰深笑總難窺。教人何處懺情痴。”“斗帳脂香夜半侵。幾番絮語夢難尋。清波一樣淚痕深。　南浦鶯花新別恨，西陵松柏舊同心。一番生變到而今。”

四　竹垞

竹垞《風懷詩》手稿凡五紙，初藏遼陽楊又雲司馬家，後歸沈乙盦，曹君直嘗見之。初題爲《靜志》，次以《自題琴趣》〔洞仙歌〕詞，蓋取《洛神賦》語意。垞翁〔兩同心〕詞云：“洛神賦，小字中央，祇有儂知。”即指其人。最後定本乃“風懷”二字。君直題以〔洞仙歌〕云：“萬千劫換，祇情絲空裏。墮落人間跕還起。金風亭長，勾上吟牋，親印著、顛倒鴛鴦鈐記。　墜歡重拾取，便説當初，已是相思鑄清淚。何況到而今，二寸金簪，怕蝕損、蕭娘名字。拼買個、蜻蛉訪婁湄，替證釵盟，仙緣鴛水。”注謂：詩中本事，太倉楊叔溫有《鴛水仙緣》彈詞紀之，或謂即其妻妹馮姓名壽常，詩中所謂“巧笑元名壽，妍娥合號嬋”也，靜志其字。竹垞別有《倩人寄靜憐札》云：“瓦市塞雲凉。封書遠寄將。小樓前、一樹垂陽。縹渺試聽樓上曲，催短拍，玉娥郎。　雙袖越羅香。人同錦瑟長。愛秋花、慣插釵梁。行四曲中人定識，祇莫問，謝三娘。”靜憐姓晁，爲竹垞曲中最眷者。集中尚有《別靜憐》〔青門引〕、《憶靜憐》〔金縷曲〕、《七夕懷靜憐》〔尉遲杯〕各詞，自別是一人，然亦以靜名，後來或有誤及之者。其贈妓詞如餅兒、蠟兒、張綺綺、張伴月，不可殫紀。在代州日，嘗與妓白狗狎，一日晚，往訪之不值，投〔步蟾宮〕詞云：“疏籬日影縴鋪地。却早被、金鈴喚起。朝雲一片出巫山，盼不到、黄牛峽裏。　仙

源乍入重門閉。任閑殺、桃花春水。劉郎自去阮郎歸，算祇有、相
如伴你。"竟切其名，調侃入妙。

五　錢謝盦微波詞

皖城吳茶坪家有園，爲明嘉靖時別一吳氏故墅。吳氏習豪侈，
所居果園廣營聲伎，有瑣瑣娘者，色藝尤絕，既病夭，主人痛惜之，
即瘞於園中牡丹臺畔。茶坪祖始得是園，客有借寓者，月夜無人，
仿佛見瑣瑣微步花下。仁和錢謝盦聆其異，賦〔百字令〕云："百
年池館，問舞衫歌扇、飄零何處。祇有春愁銷不盡，分付牡丹留住。
燕子重來，雕闌幾換，寂寞尋黃土。料應紫玉，香魂不化烟縷。

聞道翠袖翩翻，雲鬟跋𩭞，時作珊珊步。天上涼蟾明似鏡，仍
照舊時眉嫵。絕勝秋娘，釵橫鬢亂，夜唱秋墳雨。一番憑吊，東風
搖曳如許。"其遇勝於綠珠金谷也。謝盦《微波詞》爲許邁孫娛園
所刊，有〔湘月〕一闋，爲胡眉峰秀才題嘉興潘湘雲畫象。湘雲
爲國初名妓，屬意於吳中鮑生，議不諧，後竟歸駔儈，悒鬱死。昆
山女史陸芝仙摹其像，久之零落市中，爲眉峰所得。詞云："玉梅花
下，有亭亭翠袖、天寒徙倚。命似飛花身似葉，一寸柔腸先死。眉
語微傳，臉波欲濕，瘦得春如此。留伊風貌，定煩寫韵仙史。
却遇吳質工愁，畫圖省識，鎮有相憐意。粉斷香銷渾似夢，笑問干
卿何事。名士青衫，美人黃土，各自傷憔悴。芳魂休悵，逢君已是
知己。"諸家題湘雲畫像者頗多，錢絳人句云："妾似飛花原無主，
無那郎如斷梗。"語尤沉摯。

六　珊珊

黃雲孫永有姑適巨族，稱黃夫人。蓄侍婢珊珊，字小珊，性婉
媚，夫人極憐愛之。年十五，將爲字人。雲孫適下第歸里，爲夫人
六秩初度，從而奉觴，得見珊珊，姿態閑逸，如不勝衣，心爲之
動，倩媒者通意，夫人私詢珊珊，珊珊首肯，雲孫室湘夫人出私貲
聘之。會雲孫復將計偕北行，欲諏吉娶以偕往，其父不可。臨發，

聞珊珊遘疾，殊怏怏不欲行，賦〔減蘭〕詞留別。迨歸，而珊珊已萎謝三日矣。傷悒甚於被放，親爲之傳，且索詞人同賦之。其〔減蘭〕詞云："東君有意。知許梅花花也未。小漏春光。怎禁西風一夜霜。　　淒然相對。花底溫存花欲泪。殘月如弓。幾剪燈花又曉鐘。"深情具見。

七　許穆堂摸魚兒

許穆堂寶善《自怡軒詞》，清婉似玉田。有〔摸魚兒〕一闋云："黯西風、問天何事，把人淪落如許。惜春常願花開笑，忍睹斷紅零絮。秋欲暮。似雁影、霜寒嘹唳尋孤侶。淞江別浦。趁一葉扁舟，白雲紅樹，來訪去時路。　　幽香吐，翠鬟珠環輕露。春光漏泄誰護。繡幰尚怯風吹去，泣向琴堂低訴。吟好句。看血染冰綃，字字皆酸楚。飄流最苦。待留與多情，深憐痛惜，憑吊泪如雨。"敘事謂：憶數年前，有洞庭女子改丈夫裝，尋其所歡，泊迹茸城，爲邏者偵獲，送至邑庭。邑令試以《庭前古柏》詩，居然名作，因令老嫗護之歸里。後於歸德郡廨偶爲吳松崖述之，松崖感嘆歔欷，謂不可無詞紀之，乃有是作。《隨園詩話》記一事，與此略相類，信乎巾幗之多才也。

八　繩妓

柘枝伎俗稱繩妓，能於臺上累臺層起，援繩而飛，歷試諸解數，有點水穿花之妙。諸竹莊世器咏以〔洞仙歌〕云："玉虹臨水，見彩竿千尺。依樣高高架空碧。便鶯能織柳，燕會裁花，頻下上、還恐損他雙翮。　　鵶鬟年十七，掌內愁擎，穿去穿來怎無迹，絕頂忽翻身，翩若驚鴻，全不怕、倒垂梅額。正駭得、通塲盡徬徨，已溜下長繩，臉無紅白。"寫來惟妙惟肖。上海曹北居錫辰有詞紀秀水妓素萸事，即柘枝伎也。序云：素萸色藝殊衆，從其母，以繩技來游菱門，作盤中舞，飄飄然若欲凌風飛去，予詩以美之。既而就予歌吳音，翻越調，手撥四弦，清吭宛轉，留三日別去。去時依依可憐，爲追賦〔憶秦娥〕云："人可意。卸妝扶酒蠻腰細。蠻腰細。月明風静，曲闌斜倚。　　那時情事分明記。柳陰花底銷魂地。銷魂地。離衷軟語，幾多柔媚。"余憶壬寅自三衢歸赴省試，道出江山，參戎某設宴，爲招繩妓，腰身綽約，猶似翩風，而其人絶無稍韵者，曲中亦有盛衰歟。

九　清初蓄家妓

國初沿朱明俗，猶有蓄家妓者。《蓉渡詞》有〔青兒曲〕云：青兒者，邑先達楊中丞家妓也。今爲余家僕婦。秋娘憔悴，然猶記旗亭舊曲。會文夏、右文、艾庵、程村諸子同集，舊主人亦過飲，强索清歌，若羞見江東者。其音瑟瑟，恍於溢江楓荻間聆商婦琵語也。意頗傷之，因填"愁春未老"相慰，謂還恐才人老大都如是耳。其詞云："千金不惜，歌舞教成。似燕離巢後，呢喃猶作畫梁聲。自分年踰，弦索笙蕭讓後生。今宵何事，重聞呼唤，幾度如醒。　　欲奏清音，花檀乍拍，泪已盈盈。幸得非牙郎賣絹，不受伊輕。但覺歌餘，蘆花楓葉滿中庭。不知可似，白家老嫗，舊日聞名。"丁輯汝亦有《於許際斯總戎座中見其家妓貳喇》〔剔銀燈〕詞，余已於前卷録之，可知其時家妓猶盛。又王胥庭尚書張伎設讌梁棠村，即席賦〔春風裊娜〕云："喜良宵烟月，依舊清平。花市暖，晚風輕。有尚書、好客堂開簾捲，故人歡笑，妝點春城。百寶珠輪，九枝青玉，絳燭高燒列畫屏。琥珀光浮千日酒，赤瑛盤薦五侯鯖。　　誰把燕山舊事，移宫换羽，倩優孟、譜入新聲。紅牙串，紫鸞笙。歌喉未歇，客欲沾纓。夢裏功勳，休嗟陳迹，眼前杯酌，且盡平生。種槐庭院，看年年無恙，紅燈綠醑，快聚良朋。"詞成，即付歌者唱之，至結拍，舉座爲之起舞。輦下朱門，固亦不廢伎樂也。

一〇　曹顧庵

曹顧庵綺年即好絲竹，歌樓酒舫中幾無不知曹公子者。辛亥再至都，垂垂老矣，與芝麓、阮亭諸公，唱酬猶盛。白紵甫傳，紅牙競拍，嘗有《京華詞集》。《觀女伶》〔高陽臺〕詞，當時所謂女伶即家妓也。其詞云："鶯舌新調，鴉鬟猶嚲，湘裳欲整還拖。懶散心情，朝來愁畫雙蛾。風約繡簾搖樺燭，對菱花、倦眼生波。盡嬌憨、動人些子，元不爭多。　　魂銷一曲清歌，却似曾相識，無可如何。影好難描，空勞石墨三螺。燈前小立紅妝換，笑還嗔、喚弟稱歌。暗相憐、細腰無力，又著蠻靴。"玩詞意，則女伶固亦粉墨登場者。後來滬上盛行女樂，其風漸及都下，不知國初時已有之矣。顧庵又有《贈河陽角妓紅兒》〔南鄉子〕詞云："停酒按紅牙。蘇合香濃掠鬢鴉。秋水模糊偏可惜，天斜。十五娉婷早破瓜。　　愁恨遍天涯。飛絮啼鶯是妾家。莫道燕支開未足，驚誇。却占河陽一縣花。"徐電發録於《叢談》，謂紅兒一名夢月，有名曲中，爲趙女之絶佳者。趙秋谷亦有《贈津門角妓》詞，蓋北方有此品目也。

一一　妓之能詞者

妓之知詞者已罕，能詞者尤罕。嘉定妓湘蘋，亦呼六娘，名家女也。歸某生，狂蕩不檢，家貲揮盡，給湘蘋至勾欄鬻之。初涕泣欲死，假母以計污之，遂墮入娼家。居槎水上，澆花種竹，儼然遠俗。見王竹所詞，悦之，思委身不得，乃貽以小影，用"天寒翠袖薄，日暮倚脩竹"詩意補景，竹所署以"絶代佳人"四字。後携入京師，一時名士題咏殆遍。竹所有《別六娘》〔白蘋香〕云："歌罷雲分雨散，酒醒月黑風多。銷魂無奈別離何。不是不曾真個。　　宿粉未銷衣袂，餘香猶在巾羅。櫓聲伊軋滿烟波。一夜擁衾愁坐。"又《山塘舟次對雨寄懷六娘》〔虞美人〕云："雁烟蛩雨秋娘渡。客夢欲歸無路。數處斷歌零舞。燈火山塘暮。　　新詞譜就憑誰度。空憶舊家眉嫵。分付夜潮流去。直到銷魂浦。"又《石湖望月懷六娘賦》〔過龍門〕有"小蓮音信渺鄉關。安得相携乘一舸，游遍湖山"之句，皆深見情愫，是可謂知詞者。若能詞，則僅見長安妓趙文素。和州吳采臣觀察於酒間遇之，一見傾心，會采臣將役行間，夜深，聞剥啄聲，啓戶則文素也，袖出〔長相思〕一闋"涕泗橫集"采臣亦以一闋別之，後不知所適。其詞云："花有情。月有情。花月多情兩地分。斷腸直到今。　　聽君行。怕君行。來問君家果否行。傳聞未必真。"采臣答云："長相思。短相思。長短相思不自知。人來夢裏時。　　怕逢伊。又逢伊。及至逢伊却恨遲。明朝怎別離。"適如璧合。二妓俱解憐才，惜不酬所願。

一二　咏乩仙

康熙時，德清蔡氏請乩，有女仙明霞降，云是明湖州司李馮楨卿妾，歿後瘞吳興峴山，書絶句云："生長臨清十七年，偶隨車馬到苕川。知心惟有墳前草，夜夜臨風泣杜鵑。"時吳園次守湖，脩其墓，瘞鴛鴦墓側。後苕中詞人復爲封土易碑，吳蘭洲摹寫其像，奚榆樓明經題以〔高陽臺〕詞，有云："城南自古傷心地，嘆石蒲齋冷，風雅終淪。"石蒲，司理齋名也。周曼雲侍御賦是調特工，云："夢亦爲雲，魂猶墮泪，斷腸桃葉江船。一樹棠梨，殯宫寒食年年。年來剥盡殘碑字，甚前塵、密愛深憐。最潸然、宰木頽陽，蔓草荒烟。　　鬼燈不照重泉夜，但樵歌野徑，漁笛晴川。環佩歸來，心傷金粟堆邊。荒尊爲酹詞人泪，護香泥、好傍鴛眠。對紋簾、尾展青鸞，泣損紅鵑。"又一事與此適類，寶坻高寄泉孝廉召乩，遇明末秣陵女子余泉姑，云生前才貌著稱，其戚某委禽不遂，聞締姻他族，妒而謗誣之，女齎恨投井。寄泉爲傳其始末，并繪像徵題。像爲常服素髻，兩手持玉環各半，亦受意於仙。海昌鍾嵩生景題〔百字令〕云："月輪孤寂，伴幽情夜夜、碧海青天。陰甃酸蛩啼不了，淒音如訴當年。珠任教沉，環何妨斷，贏得璧能全。三生誰證，美人烈士神仙。　　空有翠暈鏤冰，春痕幻影，哀怨總難湔。脂水南朝羞比恨，可憐玉虎絲牽。瑶夢淒迷，秋心宛轉，迸泪瀉殘鉛。虚壇霜冷，我來重薦寒泉。"其遇視明霞尤不幸矣，而芳烈自不可泯。

一三　二分明月女子

同社陳踴公言，嘗於其友蕭韶廷齋中，見二分明月女子小影，裙邊衣角，題詞稠叠。爲題〔浣溪沙〕云：“不分銀屏見翠蛾。縷金香褪舊紅羅。綠楊深歲月明多。　　幽約有因留夢雨，浮生難挽是情波。金環消息竟如何。”韶廷旋歸道山，此圖不知流落何許。女子陳姓，名素素，廣陵妓也。萊陽姜仲子深嬖之，後爲豪家携去，姜嗟惋至廢眠食，浼人密致書，堅終身之約。素素對使悲泣，卸所帶金指環寄姜，示必還之意。姜得之，感慕益深，以語其友，吳彤本爲賦〔醉春風〕一闋云：“玉甲傳芳信。金縷和香褪。懸知掩泪訴東風，問。問。問。明月誰憐，二分無賴，鎖人方寸。　　情與長江并。夢向巫山近。好將環字證團欒，認。認。認。有結都開，留絲不斷，些些心印。”華亭張金冶有〔鳳皇臺上憶吹簫〕詞，題二分明月女子所畫水墨桃花，謂女子陳素爲姜學在姬人，又似已歸姜仲子者。吳園次嘗以二分明月女子集寄其弟玉川，索弟婦小婉夫人題跋，小婉有句云：“閨閣文人應下拜，吳興太守總憐才。”亦見《詞苑叢談》。

一四　羡門詞多側艷

王次回《睡鞋》詩：“教郎被底摩挲遍，忽見紅幫露枕邊。”未免纖褻。不如彭羡門〔一萼紅〕詞，以蘊藉勝。其詞云：“試細鈎。正薰籠初暖，百和惹氤氳。同夢相偎，合歡不解，天然無迹無塵。巧占盡、春宵樂事，問伊家、何處最撩人。綃帳低垂，蘭燈斜照，兜上些跟。　　好是輕盈嬌小，衹一彎香浸，半捻紅分。新月勾雲，纖荷舒夜，阿誰消受微芬。莫道魂銷此際，向玉樓、合處更銷魂。底事東陽憔悴，化却腰身。”亦猶是次回意也。漁洋見之，以爲瞿宗吉詞爲鐵笛道人嘆賞，那得及此。羡門詞多側艷，《題姬人素領巾》〔步蟾宫〕云：“一泓香雪團金釧。卸仙銖、輕盈如剪。

分明秖是洛川人，送微波、靈綃乍捲。 人間天上誰曾見。生受了玉柔花軟。情知薄福爲伊消，拼不做、黑頭王掾。"直是願作鴛鴦不羨仙矣，宜悔庵詆其無賴。董東亭《東皐雜鈔》謂：羨門晚年自悔少作，厚價購所爲《延露詞》，隨得隨毀。蓋有刊落鉛華之意，非僅矜惜羽毛也。

一五 纏足

宵娘、新月，爲女子纏足所昉，而詩中所謂"纖纖玉笋裹春雲"者，則其風唐時已有之矣。《花間詞》有"慢移弓底繡羅鞋"句，見咏於詞始此。入關定鼎，嚴髠髮之律，顧未嘗繩及閨幃。康熙初，始有詔申禁，凡元年以後所生女子，有纏足者，罪其父母。顧梁汾賦〔浣溪沙〕紀之云："閨閣争傳捧貼黄。九霄雨露潤蓮塘。錦韉新學内家妝。 六寸圓膚原有緻，一鈎纖影待重量。春愁穩載莫輕揚。"其議肇於宛平王胥廷相國熙，時爲侍郎，疏言：臣妻已放大脚。識者嗤之。然習俗久沿，徒滋攻訐，不久復弛。汪時甫淵《藕絲詞，贈秦淮校書》〔浣溪沙〕云："錦髻妝成貼額黄。釵梁斜裊夜來香。白團紗扇薄羅裳。 繡帶雙歧垂紫穗，弓鞋一握露紅幫。出群標格趁時妝。"則又競飾蓮鈎，际爲時尚矣。

一六 柳如是

柳如是幼爲吳大中家婢，流落北里楊氏，小字影憐，後自更姓柳，有《咏寒柳》〔金明池〕詞云："有恨寒潮，無情殘照，正是蕭蕭南浦。更吹起、霜條孤影，還記得舊時飛絮。況晚來、烟浪迷離，見行客、特地瘦腰如舞。總一樣淒涼，十分蕉萃，尚有燕臺佳句。 春日釀成秋日雨。念疇昔風流，暗傷如許。縱饒有、繞堤畫舫，冷落盡、水雲猶故。記從前、一點春風，幾隔著重簾，眉兒愁苦。待約個梅魂，黄昏月淡，與伊深憐低語。"結拍自傷身世，有擇偶之思，其作於儒巾謁拂水時歟？世傳柳少日與錢青雨狎，王澐《輞川詩鈔·虞山柳枝詞》注亦云：我郡有輕薄子錢岱勔，從姬爲狎客，名之曰偕，與客賦詩，思或不繼，輒從舟尾倩代，客不知也。歸虞山後，偕亦從之，故傳有"無怪新詩刻燭敏，捉刀人已在床頭"之句。此詞豈亦錢捉刀歟。

一七　芝翁醜奴兒令

明末秦淮群艷，一時殊絕，即其愛才，亦不易得。顧眉生見竹垞〔酷相思〕詞"風急也，聲聲雨。風定也，聲聲雨"，極嘆賞，傾奩以千金贈之。見戴延年《秋燈叢話》，其人亦灑然有烟水氣，非尋常脂粉。嘗與芝翁夏夜泛舟西湖，湖風酣暢，月明如洗，天水一碧，相與繫舟寓樓下，剥菱煮芡，小飲達曙，人聲既絕，樓臺悄然，惟四山蒼翠，若時時滴入杯底，以爲非復人世也。芝翁口占〔醜奴兒令〕四闋云："一湖風漾當樓月，涼滿人間。我與青山。冷澹相看不等閑。　藕花社榜疏狂約，綠酒朱顏。放進嬋娟。今夜紗窗可忍關。"又云："木蘭掀蕩波光碎，人似乘潮。何處吹簫。輕逐流螢度畫橋。　白鷗睡熟金鈴悄，好是蕭條。多謝雙高。折簡明宵不用招。"又云："情痴每語銀蟾約，見了銷魂。爾許溫存。領受嫦娥一笑恩。　戲拈梅子橫波打，越樣心疼。和月須吞。省得濃香不閉門。"又云："清輝依約雲鬟綠，水作菱花。蘇小天斜。不見留人駐晚車。　湖山符牒誰能管，讓與天涯。如此豪華。除却芳樽一味賖。"以視河東君紅妝細馬效昭君出獵者，其相去何如耶？

一八　西河調笑令本事

西河〔調笑令〕三闋，其一記王琴從吳雲章事，有可述者。雲章少年壬子就北試，諸父設酒相勞，東西院兩妓侑之，一王琴，一王箏也。琴年弱，潛慕雲章，時雲章著紗帽藍衣鞾，臨行，琴私呼曰紗帽郎，勸以一觴。後十年再入都，見琴院西，曰：非紗帽郎耶？因詢居址，告以喧隘，且懼泄於大人，琴立謀儌別所安置。詰旦，有叩扉婦人聲，則琴也。謂雲章曰：昨誤作官人，妾苦贖之，今乃自由耳。且曰：今乃幸酬一觴，願居移月。章母王太君聞之，諷俱歸，琴泣曰：不復爲人妾矣。雲章歸後，京都破，遂不復相聞。又有〔鵲橋仙〕詞序云：邑甲聘戊女，有強委禽者，明府姚公斷歸甲，合巹訟庭，其斷詞駢儷，世多稱之。既而訟者爭不已，復訴於郡，郡守何公仍斷歸甲。時余從二公游，屬爲詞紀之。詞云："東床先訂，西家願宿，何事穿墉穿瓦。縱教強委後來禽，却不道、子南夫也。　明府風流，使君瀟灑，兩斷可妻公冶。莫言河漢鵲橋乖，看合浦、在訟庭之下。"兩事俱趣，亦檀槽間勝談也。

一九　許又文花心動

前卷記董琴虞月夜於洪江舟中唱詞，妓月仙聆之泣下，聲入心通，固有發於不自已者。山陰許又文尚質《釀川詞》云：曩依人入洛，同舟有北去女子，愁紅慘碧，時聞微嘆。舟泊江口，因填〔花心動〕一闋，使小伶歌之。詞云："埋怨西風，恁催人、一帆飛渡。側坐小篷，障面輕窗，偷見淚痕如雨。生憐同是離鄉也，誰似我、離鄉尤苦。苦相對、無言黯黯，暗傷柔艣。　又向江干留住。看隔岸船頭，錦韈商女。倚柂藏鈎，笑露春纖，別是一般鄉語。此身拼作商人婦，也絕勝、遠離鄉土。想幽恨、分明倩余細訴。"歌終夜半，忽隣艙大慟，詢所以，曰：無奈"生憐同是離鄉也，誰似我、離鄉尤苦"二語耳！迨曉，各分途陸行，爲之愴然累日。天涯淪落，何處非潯陽耶！

二〇　俞琬綸古鏡詞

電發《叢談》載俞琬綸眷曲中麗者曰顧文英，顧藏有古鏡，爲製〔桂枝香〕詞，見而喜之，夙善書，即以碧絲作小行楷，綉於鏡囊，後有人以二千金娶之，未幾玉殞。琬綸一夕夢顧至，相對如常，謝贈詞之雅。琬綸曰：方悔詞中有"架罷殘妝"二語，遂爲卿讖。顧曰：曩亦疑之，愛其語佳，不請易耳。覺後，嘿記了了，以爲魂果至也。其詞云："張郎一去。君且代郎看，雙蛾解理。贈別躊躇，不忍把君分碎。問容顏、君獨知憔悴。受多磨、與君與異。廣寒三五，嫦娥愁向，却元自已。　　晴空裹，似丹青點綴。個中小小，洞天深處。背地沉迷，形影都無據。憐君自爲分明累。貯盡了、漢宮人泪。架罷殘妝，瞥然收却，遠山橫翠。"

二一　荳蔻初含

荳蔻初含，靈犀微印，其含意在若遠若即之間，最難遣此。王受銘又曾《丁辛老屋集》云：李養恬蓄女僮名雙雁，年十二，歌舞并妙。乙亥五月，訪之淮上，索見不得，蓋方侍其如夫人詣梅里故居也。養恬老懷苦寂，拈〔解語花〕慰之云："朱闌卍字，暮雨巫峰，憑數華年小。鬌丫梳了，纖明甚、是朵櫻桃開早。人前強笑。怕背地、怨情都曉。何苦將、紅豆輕抛，做弄鶯聲惱。　　名取雁兒恁好。盡雙飛雙宿，誰耐孤悄。霎時鴻爪秋風未，一點楚雲先杳。書傳不到。應料得、誤人青鳥。如要他、行步相隨，但喚伊春草。"結語用劉夢得寄贈小樊句意也。又吳山尊有侍女徐桐，年十二三，知書解事。山尊病服藥，桐曰：芍藥是藥，何不園中看花去？聞者嘆其語妙。山尊集中有憂其不壽及病中感悼諸作，又有《傷荷》詞云："嘆西風。竟不曾驅暑，專送水邊紅。流眄情長，當歌聲咽，花候如此匆匆。記曾傍、朝霞采采，詫前度、舊侶各西東。緣盡牽衣，味如飲蘗，心逐飄蓬。　　生小鴛鴦爲伴，怪今晨睡醒，絳雪無踪。愁起開初，憐生斷後，知我情爲誰鍾。止留得、千莖慘綠，怕今夜、滴碎雨濛濛。何況綿綿遠道，愁也難通。"亦似爲桐而作，或桐之外別有荷也。劉笠生《贈歌兒蔣玉蓮》云："未解蓮心評味苦，剪生綃、難畫鴛鴦稿。"亦瓜年嬌小者。歐公簇錢詞，"那時相見已留心"七字，形容最妙。

二二　迦陵填詞圖題詞

迦陵填詞圖，戊午閏春所作，其薦舉鴻博前一年也，蓋別有本事。卷中吳農祥題詞特多，有〔風流子〕《代女郎贈主人》，又有〔鳳皇臺上憶吹簫〕《代主人贈女郎》，可謂好事。殿以〔沁園春〕三闋，末闋云："柳底吹笙，麈尾烏絲，争侍賓筵。見題詩欲倦，徐留帳下，宿酲微解，恒立床前。擲果丰姿，餘桃憨態，任打金鋪擁被眠。郎君誓，定今生與爾，不罷相憐。 祇今追憶蹁躚。好初日、容儀比少年。記笑顏招眼，花難解語，歌喉按拍，珠亦羞圓。金馬初開，璧人何在，翡翠簾寒易惘然。秋懷苦，似長河不息，膏火同煎。"跋云：陳髯舊有小史，驚艷一時，又作此惱之。小史謂紫雲也。徐林鴻和云："歌舞君家，不借人看，阿誰肯憐。縱腰肢柳擺，長條攀折，衣裳雲想，别樣纏綿。瞥見何曾，竊窺未許，迢遞蓬山路幾千。平生面，祇錦衾帳底，寶髻臺前。無端賺製新篇。有蜀錦吳綾十萬箋。任彩霞吹徹，短簫長笛，銀河隔斷，碧海青天。春色依然，玉人何處，妙手空將好事傳。伊相謔，除身爲明鏡，分得嬋娟。"跋云：星叟將戲語譜入，余亦叠韵，名曰惱髯，以當懊儂，鴻再記。星叟即謂農祥。有見其圖者，爲釋大汕傳神寫，迦陵作掀髯露頂狀，旁坐一麗人，拈洞簫吹之，恍唱"楊柳岸曉風殘月"也。洪昉思題曲絕佳，其〔啄木鸝〕一折云："湘裙低覆，一葉翠芭蕉。素指纖纖弄玉簫，朱脣淺破櫻桃。多嬌，暗轉橫波，待吹還笑。"即畫中人面。又〔憶多嬌〕一折云："詞場名噪，赴征車竟留聖朝。柳七郎已受填詞詔，暫分携綉閣鸞交。夢魂裏怎將神女邀，畫圖中翻把真真叫。想煞他花邊翠翹，盼煞他風前細腰。"則述其就征情事。又蔣心餘題曲〔石榴花〕〔剔銀燈〕兩折，述其前後踪迹云："想當初復室趙岐藏，別舍程嬰保。亡命在書城筆陣，錦雉如皋。廿年家埋頭伴蠹魚，一旦的曳履游蓬島。中間吳市學吹簫，携著個小雲郎天涯流落。不多時燕子歸巢，又引出新詩做美，多謝梅梢。玉堂偎傍可人嬌，不但鄭櫻桃，把酸寒風味變清豪。嬋娟同坐了，雙頰紅潮，一聲聲低和迦陵鳥。酒醒來何處今宵，助風魔狂煞諸詩老，問髯翁艷福怎能消。"有知其事者，謂虛構巫山，非果有其人也。大汕字石濂，江南人，嘗爲迦陵作《天女散花小象》，其伴丈室維摩者又何人歟？

二三 雲郎

《迦陵洗桐圖》，圖中一美僮方引泉，手濯桐根，翠沁衣袂，即雲郎也。劉芙初題〔金縷曲〕有云："潔到倪迂須是癖，髯也風流伯仲。此意祇、雲郎相共。"是其點題處。又云："喚起王桐花一曲，問清聲、可似當時鳳。"則以卷中有漁洋題句。迦陵詞佳作甚多，而《賀雲郎娶婦》詞所謂"努力作藥砧模樣"者，獨膾炙人口。嘉定程夢盦《題雲郎小影》〔賀新郎〕詞即和其韵云："愁味心頭釀。展春風、柔情似水，綺波輕漾。水繪亭臺梁燕換，還憶聽歌席上。爭戀著、空花留相。髯也風流餘結習，盡安排、湖海元龍量。知夢穩，碧綃帳。　櫻桃樹底誰偷傍。却應憐、珠塵細碾，麝香飄揚。從此東平翻蜀調，別付銀箏麗唱。今日祇、圖中依樣。便使蛾眉都減色，似梅魂、瘦映銀蟾亮。提往事，盡憐悵。"亡友李浪公藏有《雲郎出浴圖》，題詞甚夥，近年落市中，索五百金，有來介者，余笑曰："惜係雲郎，若爲雲娘出浴者，當以千金易之。"其人亦笑曰："君於此道非知音者。"

二四 蔡女蘿與金曉珠

冒巢民諸姬，惟小宛特傳，以有《影梅庵憶語》也。小宛外更有蔡女蘿、金曉珠二姬，并精於繪事，時稱兩畫史。李書堂詩所謂"咏絮才高兄女句，簪花格擅美人工"者。又錢武子德震、張孺子起授各有《墨鳳歌》，皆爲女蘿作。吳園次有《題曉珠所畫紅綫盜盒圖》〔臨江仙〕云："雪夜燒燈浮綠酒，西園賓客重來。掃眉人有不凡才。筆床翡翠，妝罷寫幽懷。　兒女英雄莫問，人間多少塵埃。解圍忙煞小金釵。神仙來去，一葉墜庭階。"曉珠名玥，亦字玉山。汪蛟門《題巢民玉山夫人臨薛少保十一鶴圖詩》云："我聞水繪翁，近與猿鶴隣。閨中兩小妻，莊如舉案賓。"亦兼舉女蘿，當日蠻素固齊名也。余近得小硯，水蛆甚古，背鐫桃花絕工麗，署"玉山"二字，其函面爲女蘿、曉珠合作《水繪園圖》。以示踽公都尉，亦深賞之，爲題〔臨江仙〕云："滴露花前櫻雨潤，紅紅素素雙携。小桃寫到舊時枝。閑園春影，一幅武陵溪。 膩粉暗留鴒眼，香螺互畫蛾眉。東君底事欠留題。影梅庵外，怕惹冷鶯啼。"異時硯史，或當有取。

二五 張紅橋事

張紅橋事多見紀載。有《寄外》〔黃金縷〕云："記得紅橋西畔路。郎馬來時，繫在垂楊樹。漠漠梨雲和夢度。錦屏翠幕留春住。"又〔念奴嬌〕云："鳳皇山下，恨聲聲玉漏、今宵易歇。三叠陽關歌未竟，城上啼烏催別。一縷離情，兩行清淚，漬透千重鐵。重來休問，尊前已是愁絕。 還憶浴罷描眉，夢回携手，踏碎花間月。漫道胸前懷豆蔻，今日總成虛設。桃葉津頭，莫愁湖畔，遠樹烟雲叠。剪燈簾幙，相思與誰同説。"紅橋居紅橋之西，因以自號。擇偶頗苛，子羽投詩，托鄰媪以達，紅橋答之，遂締駕約。後子羽適金陵，有詩詞寄之，紅橋感念成疾，未幾而卒。是二闋即寄子羽金陵者。余前年得紅橋畫像硯，像旁有子羽題詩云："摩挲剩劚紫雲根，一片瑶臺景尚存。我是洞天舊游客，春山深淺認眉痕。"伊墨卿題云："乾隆四十八年於弱中齋賞此硯，嘉慶十九年香三藏，墨卿記。"嘗持示何梅生，而梅生謂紅橋事出自文人假托，蓋摹仿唐人《會真記》之作，故其《題硯》〔金縷曲〕云："小影猜靈圉。縷雲痕、倩魂一片，恁般娟楚。塵世仙緣多幻構，幾見秦臺簫侶。況邂逅、琴心相許。膳部摹唐時近似，夢游春、暗襲元和語。編集尾，原無取。 看山後日思眉嫵。甚忘却、荒江人獨，鏡波啼雨。遺珙凄涼函髻比，空著高城愁句。也祇算、閑情漫賦。桑海頻更留研石，付詞流、添作端溪譜。文酒暇，且摩撫。"其説當有所本，然文人恒好翻案，雖巫山洛浦，且多疑議，吾終愛吾硯也。

二六　紅閨佳話

《林下詞選》載楚娘事，亦紅閨佳話。楚娘適三山林生，字茂叔，其嫡李不能容，楚娘作〔生查子〕詞題壁云：“去年梅雪天，千里人歸遠。今年梅雪天，千里人追怨。　　鐵石作心腸，鐵石剛猶軟。江海比君恩，江海深猶淺。”李見之，遂相歡好。又錢唐金韵仙繩武配汪玉卿工詞，有《喜韵仙歸》〔南鄉子〕云：“獨自理琴弦。睡起慵梳鬢半偏。新樣初三眉子月，娟娟。盼到如今漸漸圓。　　此意忒纏綿。背著銀釭笑拍肩。如此風光如此夜，天天。安放痴魂在那邊。”足見琴瑟之篤。韵仙眷平原一妓名素雲，玉卿無妒意。素雲嘗以所藏吉金數十品并金錯刀爲贈，玉卿剪柿蒂綾製方盝貯之，題曰：“既見君子，我思美人。”繫以〔賣花聲〕詞云：“古月出彎彎。綉澀苔瘢。定情消受美人難。如此相貽原抵得，約指連環。　　檢盝替伊安。更剪羅紈。中央四角蝠雲蟠。仿作盤中詩樣子，畫與伊看。”一則鶺鴒可解，一則鶼鰈無猜，可以愧人間邢尹矣。後玉卿歿，韵仙重到平原晤素雲，感賦〔蝶戀花〕。後闋云：“貼翠偎香雙鬢鬌。泪濕青衫，怎樣安排我。蝶夢驚回釵影墮。粉牆明月移花朵。”素雲讀之，泪涔涔下，是真多情者。

二七　柳翠雲

乾隆中，溧陽方文藻等因旱請乩，有柳翠雲降壇，自言錢唐人，弘光時入宮爲才人，未幾南都破，爲十三王所得，王憐之，放歸，中途遇土賊劫去，以獻彭氏奴潘茂。茂方叛，踞溧陽，翠雲誓不辱，欲投太白樓下死，不得。茂敗，挾奔廣德，宿棉嶺宋連壽家，乘賊酣睡，絕脰於大松樹下，蓋相距百餘年矣。王養初壽庭《吟碧山館詞》有《吊福藩才人柳翠雲》〔沁園春〕云：“夜静乩壇，翩然而來，有美一人。道蜀宮花蕊，曾遭國難，錢塘蘇小，本是鄉親。玉帳俘駕，金鞭撻鳳，濕透羅衫清泪痕。歸願遂，謝多情帝子，憐惜殘春。　　逡巡重認衡門。好常伴西湖風月新。奈崔苻强暴，横牽紅袖，邯鄲厮養，驟著黃巾。百尺虬枝，一條雪練，了此蓮花清净身。乘鸞去，定婆娑寶髻，繫滿星辰。"是亦追紀之作。芳魄不没，苦心終傳，冥冥中當有主者。

二八 程北涯諸姬

程北涯嫻詞曲，爲南昌倅，《藏園樂府》多繇校定。有姬趙蘭徵亦能詩詞，綺年玉折，北涯深悼之。後廿餘日，其夫人將産，北涯與友露坐翫月，見姬魂冉冉自外至，直入夫人寢所，遂報生子，甫七日而殤。姬復見夢曰：本非樂生者，聊歸慰家人耳。北涯爲譜《再生緣》樂府。一日心餘過其浮香精舍夜飲，酒闌，賦〔賀新凉〕數闋。中一闋云："帳冷香銷夜。斷腸吟、生平一事，最傷心者。記得琉璃爲硯匣，新咏玉臺頻借。春去矣、小樓花謝。誦偈朝雲曾現影，怨東風、兩次吹蘭麝。看點點，香泥惹。　判官自判氤氳且。白尚書、歌填長恨，再生緣也。世味從來皆嚼蠟，情緒偏同啖蔗。夢斷了、浮香精舍。君語如斯吾怕聽，便英雄、泪也如鉛瀉。兒女恨，那堪寫。"即記其事。北涯别有姬金氏，善畫，嘗爲烏程沈萼厓寫照，心餘爲題〔喜遷鶯〕有云："傳神手、勝衛夫人字、管夫人竹。"紅閨多才，何讓水繪。

二九 蔣心餘挽尹瓚園姬姚氏

藏園《空谷香》傳奇，爲尹瓚園姬姚氏作。姚爲舊家子，幼歷患難而志概高潔，與尹有成説，其假父貪狡食言，姬矢死靡他，卒歸尹。居恒好施予，尹宰南昌時，寅僚某虧帑獲罪，貸於尹，未有以應，姬典簪珥助之。生一子而卒。心餘别賦挽詞三闋，〔水調歌頭〕云："佳人難再得，逝者嘆如斯。風外曉星明滅，愁絶在東時。落葉半窗如夢，綃帳一層如霧，祇有斷魂知。曉妝憐小女，學母畫雙眉。　心中事，眼中泪，畫中姿。哭煞梁鴻夫婦，白了鬢邊絲。一樣寒梅官閣，幾隊花鈿蟬鬢，頓少一人隨。雛鳳不能語，索乳指前帷。"又〔華胥引〕云："萬千愁緒，廿九年華，桃花命短。取印提戈，不及看兒晬盤暖。一縷藥竈殘烟，似個儂腸斷。姊妹花繁，人間天上相伴。　玉梣無情，殉蕭孃，但餘金盌。妝臺塵漬，仙郎書記誰管。眼見碧落黃泉，返魂香散。泪落君前，一聲淒絕河滿。"又〔臺城路〕云："當年曾棹沙棠榧，桃葉春江携渡。廿四橋邊，青篷紅豆，作弄揚州樂府。朝朝暮暮，爭禁得今年，者番酸楚。荀令神傷，牽衣忍看小兒女。　青天靈藥誰誤，剩呢喃雙燕，夫人親哺。草佩宜男，花簪躑忿，不嘆秋娘金縷。朱顔黃土。向月暗燈昏，可曾低訴。他日錢塘，傍朝雲小墓。"心餘工於度曲，此數詞亦於曲爲近。

三〇　媚蘭

何夢華於湖上築葛林園，疏花瘦石，翛然塵外。眷一妓，曰媚蘭，鈿盟既結，鞋夢不諧，繾綣餘情，丹青小寄，嘗寫其小影於團扇上，又繪爲圖卷，遍索詞人題咏。倪穀民稻孫題以〔眉嫵〕一解云："記虛堂隔燕，候館延鴻，芳意已無限。不道相逢處，垂簾外、湘江烟水偏遠。素秋未晚。看鏡中、鴉鬢青淺。盡商略、後夜尊前事，問心緒誰管。　曾見年時幽怨。又暗憐孤影，時弄紈扇。山下薜蕪路，相思也、心頭還印香瓣。翠蛾半歛。是去年、今日人面。且留在盈盈，圖畫對伊喚。"郭頻伽賦〔國香慢〕云："真色生香。有小名録就，雅稱孤芳。幽居今日憐空谷，未嫁王昌。定記宮牆留字，聽鐘聲、催月斜廊。無言但凝睇，一寸愁心，多少思量。　彩雲天遠處，想明眸秀鬢，霧閣雲窗。玉梅花下，誰念憔悴何郎。尚有三生舊約，怕錦瑟、今似人長。還應祇如此，楚楚眉痕，澹澹明妝。"注謂：夢華索題時，自云前塵影事不能去心，異日尋春尚欲按圖索之也，可謂痴矣。媚蘭天臺人，吳縣孫壽之延題〔燭影搖紅〕有云："擬遣漁舟還棹。想仙源、都應能到。却愁逐水桃花，碧溪烟渺。"蓋以桃花映合天臺。昔金門、芸臺聯袂入臺，題"劉阮重來"字，相與嫗嘿，却憐傅粉平叔，無分爲劉阮也。

三一　月老

往時選婿，窗前背面牽絲，大抵鴛鴦亂點，驚艷驚醜，衹在洞房一齣耳。王丹麓少時負才華，中表章氏欲妻以女，王父母以章將遠宦，議遂不諧。後章歸里，丹麓往謁，適見其女乃殊色也，大悔之，因賦〔如夢令〕云：“記得那時相見。正似芙蓉初艷。生小兩情濃，不料紅絲錯綰。誰怨。誰怨。悔却當初一面。”俗傳姻緣簿由月下老人主持，紅男綠女，爭求如願，於是香火特盛。漪園白雲祠供奉月老，陳實庵元鼎賦《神弦曲》〔滿江紅〕云：“簫管重湖，看一帶、烟波畫船。神來矣、素霓黄鶴，星袂翩翩。蝴蝶夢中新眷屬，鴛鴦牒上舊因緣。但小姑、居處尚無郎，空自憐。　　爲佳耦，絲暗牽。爲怨耦，石難填。笑喁喁兒女，頂禮花前。矍鑠翁如無量佛，氤氳使在有情天。奏艷歌、翻譜盡雙聲，迎送弦。”邇來奔者不禁，此老爲退院僧矣，有叩之者，則掀髯笑曰：願天下有情人都成了眷屬。

三二　旅壁題詞

宋牧仲〔調笑令〕云：“面壁。泪痕濕。想見含毫燈下立。風磬霧鬢吳宫隔。芍藥香消堪惜。明妃遠嫁歸何日。一曲琵琶淒惻。”哀白湘月也。湘月於任邱旅店題壁云：“家住半塘，幼失雙親，寄養他姓，姿容略異，慧業不同，非敢擅秀閨中，願效清風林下。豈意生命不辰，所適非偶。日彈琴之相對，百恨纏綿；時捲幔以言征，一時嗚咽。我爰題之驛壁，人共憐之黄土可耳。”詩云：“吳宫春深別怨離，風塵慘淡雙蛾眉。鵑啼月落寸腸斷，香消芍藥空垂垂。流黄未工機上織，生小殷勤弄文筆。新詩和泪寫郵亭，珍重寒宵誰面壁。”牧仲旅宿見之，因檃括爲詞，語中備見幽怨。《杏舲詞話》載其祖經山右張蘭鎮，見旅壁題詞〔鵲踏枝〕云：“簾外曉寒風力峭。欲換羅衣，尚怯春光早。剛著柳梢新綠到。弄晴枝上聞啼鳥。　　怨煞紫騮嘶漸杳。試問金鈴，護得花多少。一樣春眠偏易覺。輸他小妹渾忘曉。"字迹秀媚，惜未署款，似是思婦之作。杏舲又於河南郭店驛見壁詞〔長相思〕云："小樓西。小橋西。千縷垂楊綠未齊。畫眉枝畔啼。　　草盈堤。水平堤。拾翠人歸夕照低。春衫濕燕泥。"字娟秀，亦類閨閣，紅粉飄零，俱堪扼腕。

三三　賀雙卿

《西青散記》錄賀雙卿〔浣溪沙〕云："暖雨無情漏幾絲。牧童斜插嬾花枝。小田新麥上場時。　　汲水種瓜偏怒早，忍烟炊黍又嗔遲。日長酸透軟腰支。"雙卿生有夙慧，嫁金壇周姓樵子家，無紙墨，所爲詩詞悉蘆葉蘸烟煤寫之，顧筠爲賦《蘆葉詩》哀之，至二百餘言。別有《病瘧》〔薄幸詞〕尤凄楚，云："依依孤影。渾似夢、憑誰喚醒。受多少、蝶嗔蜂怒，漫説炎凉無準。怪朝來、有藥難醫，凄然自整紅爐等。總訴盡濃愁，滴殘清泪，冤煞蛾眉不省。　　去過酉、來先午，偏放却、更深宵永。正千回萬轉，欲眠仍起，斷鴻叫破斜陽冷。晚山如鏡。小柴扉、静鎖愔愔。殘喘看看盡。春歸望早，祇恐東風未肯。"寫盡隨鴉之恨。又有陸小姑者，賓州人，幼慧，工詩，適同里覃六六，爲農家子，憎姑弱，不任鉏犁，紿以母疾，遣歸，而別娶健婦。姑安命，以吟咏自遣，有《紫胡蝶花館詩》一卷，以瘵卒，年二十八。會稽王笠舫大令爲作傳，蕭山韓螺山舍人賦〔解語花〕云："風酸繞指，墨碎研心，清露愁襟浣。泪綃千片。痴牛省、應把鐵腸柔轉。絲絲獨繭。纖不就、鴛鴦衾暖。聽小樓、凍雨黄昏，紫燕單栖慣。　　休説珠還璧返。問蘪蕪消息，人隔天遠。楚娥幽怨。難分訴、付與冷檠枯管。秋蟬命短。恁猶帶、殘音凄顫。拼一場、塵夢匆匆，留白頭誰看。"陸臨卒有句云："但吟詩句留青簡，不與人間看白頭。"結拍本此。是又一賀雙卿也。

三四　金纖纖小影題咏

才子佳人，百年遇合，古今有幾，有之亦每遭天妒。陳竹士與配金纖纖俱學詩於隨園，帷房中雅多酬唱。乃纖纖體弱善病，年二十五而卒，遺有《瘦吟樓集》。嘗手製端溪硯，硯背爲自寫小影，風鬟月佩，望之如仙。歿後，竹士以拓本征題。沈匏廬濤爲題〔南樓令〕云：“鸜眼淚痕浮。紅絲認麝篝。認依稀、眉子風流。韵事疏香妝閣後，又題到，瘦吟樓。　缺月墜銀鈎。殘花影亦愁。悵仙裙、蝶化難留。剩有玲瓏蕉一葉，記曾伴，綠窗幽。”邊袖石浴禮同填是調云：“翠墨洗烟螺。雲腴膩粉渦。蕩愁痕、一搉湘波。惆悵瘦吟人去遠，誰著手，與摩挲。　片石未銷磨。年年淚眼過。甚春來、依舊寒多。盡把沉香熏小像，祇無計，慰雙蛾。”俱工。同時題者，如邵叶辰建詩〔臨江仙〕句云：“畫樓吹斷鳳簫聲。碧天雲遠，留影認真真。”戴蘭卿錫祺〔浪淘沙〕句云：“宮閨小字玉臺詩，料得吟腰春更瘦。”扶病親題，皆爲纖纖嗟惜。沈匏廬有女適桐鄉勞介甫勛成，亦工詞。其題是硯〔虞美人〕云：“玉臺人去瑤天遠。寶匣蛛塵冒。畫樓空鎖舊時春。惟有一鈎殘月吊詩魂。　蟾蜍露滴香猶膩。密字真珠細。三生石上識芳容。想見綉簾開處，不勝風。”韵致殊勝乃翁，女名蕊，字芷香，詞家選本罕及。

三五　顧橫波與陳圓圓

小琅玕山館有《題顧橫波小影》詞，原注芝麓題句云：“腰妒楊枝髮妒雲，鎖魂鶯語夜深聞。秦樓無奈東風惡，未遣羅敷嫁使君。”又橫波自題云：“識盡飄零苦，而今得有家。燈煤知妾喜，特著并頭花。”玩龔詩，似尚在曲中時作，與自題非一時也，并見情好。吳松隣和以〔蝶戀花〕云：“嘶騎扲香尋舊曲。笑撚花枝，人在闌干角。歌扇舞裙春夢覺。定情詩句丁娘索。　金粉南朝俄寂寞。柳外梅邊，眷屬團欒各。亦有飛花無繫著。秦樓真怨東風惡。”松隣好風雅，尤精考古，別有《和花宜樓題陳圓圓小象》，序謂：象二幀，在昆明城西小庵，一內家裝，一比邱尼象。其詞爲〔陌上花〕云：“功成唾手，侯王那比、傾城難再。千騎迎來，依舊十分華彩。嬋娟身繫興亡局，一霎笑顰雙黛。怎匆匆又見，昆明劫灰，剩妝樓在。　記當年有春風圖畫，珠佩江皋初解。轉眼黃絁，勘破華鬘色界。分明高鳥良弓志，絕勝冤禽填海。展生綃，還誦吳郎舊曲，淚珠同灑。”當延陵事敗，圓圓不知所終，實投庵旁蓮池死，自後池中蓮花多有并蒂者。余題圓圓小像所謂“芳期暗憐逝水甚，香蓮還弄并頭枝”者，即用其事。

三六　曝書亭集外詞多述艷事

文道希舊藏竹垞詞鈔本，爲其姬人手寫。南歸，航海遇風，行篋盡失，此稿亦爲蛟龍攫去，幸翁澤芝之潤曾錄副本，輯刊爲《曝書亭詞補遺》。其集外詞多述艷事，李孔德眷一女子，臨別留指甲爲贈，其人名如玉，竹垞爲賦〔沁園春〕云：“并剪分時，逗向君前，春心暗驚。記銀釭照處，曾挑錦字，碧雲歌斷，尚擘霜橙。覆瓦彎環，層冰碾薄，衹是中心最不平。相思苦，任拋殘寶瑟，閑煞瑤箏。　詩人慣惜傾城。悵三叠陽關萬里程。把香囊繫住，潛通叩叩，紅絲解罷，低喚卿卿。猛省秦樓，纖纖指下，何得愁中却盡生。無眠夜，想麻姑搔背，一段風情。”其事新艷，詞中僅見。又《妓席》〔行香子〕云：“月下秋娘。燭下冬娘。更多情、花下花娘。白蘋弄水，載取兜娘。過泰娘橋，真娘墓，訪佳娘。桿撥曹娘，羯鼓邠娘。唱瀟瀟、暮雨吳娘。春情不定，一似蟲娘。愛膽娘邊，酥娘畔，有心娘。”亦格韵新穎。李分虎嘗集侍兒小名爲〔好女兒〕詞云：“掌上團兒。懷裏心兒。翠兒歌、一縷蘭聲細，配錦兒調瑟，金鶯兒囀，拍按紅兒。　風颭蠻兒交帶，楚兒舞、學師兒。立花前、當兒行酒喚，香兒去折玉、蓮兒比勝，一分兒。”機杼適類。又曹秋岳《贈沈家姬卯娘戲切卯字》〔青玉案〕云：“花前舉樂何須忌。薄曉瞳、瞳初麗。啓户逢君嬌不語。三秋兔魄，平分留影，垂柳東邊去。　鎖成新玉剛爲字。十二時中排第四。中酒嫌人知也未。芳名檢點，春光已半，會取相迎意。”以意牽合，亦見匠心。

三七　吳蘭次

吳蘭次守湖州時，於碧浪湖張燈泛舟，珠翠笙歌，一時極盛。丁藥園紀詞所謂"太守風流，裁紅摘翠，點就玉湖烟景"者，時人以爲樊川水嬉，無其繁麗也。蘭次夫人亦能詞，故其内集詞有"一家都解愛青山"之句。嘗有西湖女子沈方珠，感蘭次代葬其祖，願以身歸之，而憚入官署，賦〔減蘭〕寄吳，有云："若肯憐才，携取梅花嶺外栽。"後竟不果。宋轅文贈吳湖州〔浣溪沙〕後関云："紅袖人喧桑岸緑，白頭翁舞釣竿青。共看竹馬向前迎。"使人神往。

三八　嘉興蘇小墓

蘇小，錢塘人，其墓在西湖，宜也。乃嘉興亦有蘇小墓，其地名賢娟衖，衖後有小溪，墓在溪畔，高丈許，爲民居廛宇所蔽，必假道人家乃得見之。墓前隸書"蘇小小墓碑"，光緒丙申所立，若度橋隔溪岸望之，則見香墳蓬顆，在數樹垂楊之下，風景幽絶。朱竹垞《蘇小墓》詞云："小溪澄。小橋横。小小墳前松柏青。碧雲亭、碧雲亭。凝想往時，香車油碧輕。　溪流飛遍紅襟鳥。橋頭生遍紅心草。雨初晴。寒食落花，青驄不忍行。"即咏嘉興所見也。西泠艷迹，久傳千載，此或好事者附會爲之。然塞上明妃之冢，幾處青蕪；吳中陸放之阡，一壤幻迹，古來附會者多矣，并存其説可也。或謂五代時别有名妓，亦名蘇小，俟考。

清詞玉屑卷八

一　蕊宫花史

乾隆時，名閨屈宛仙以花朝邀集閨媛十二人集於所居蘊玉樓，因作《蕊宫花史圖》，選古名姬按月爲花史，如梅屬采蘋、蘭屬道韜之類，而十二人分拈得之，冠以謝翠霞，殿以席佩蘭，就中多隨園女弟子，隨園爲加跋，遍征名流題咏。華亭張藍生女士玉珍爲金鍤室，題〔西子妝〕一闋云：“瑤草含香，琪花吐艷，巧綴蕊珠宮殿。闌干十二碧瓏玲，鬥妍姿、玉娥凭遍。低徊暗戀。恐花也、羞窺人面。自鋤雲，把好春長護，休教吹散。　新妝倩，翠羽明璫，影若驚鴻現。披圖我欲覓青鸞，步天風、祇愁緣淺。芳懷更羡。遣佳句、吟來百煉。算千秋、韵事金閨妙擅。”詞見徐積餘《小檀欒室閨秀詞鈔》。

二　澹秋遺墨

嚴小秋駿生失偶後，袁管齋贈以家婢，即周玉犀爲賦〔賀新郎〕者。婢許姓，名星娘，亦嫻風雅。歸小秋後，於緘綫帖中檢得蓮花一瓣，上書〔虞美人〕詞半闋，爲澹秋夫人遺墨，小秋即付姬藏之。其詞半闋云：“落花和泪紅黏袖。柳夢風吹瘦。春人難道不知愁。何事烟絲吹綠上高樓。”小秋足成後闋云：“可憐樓小愁難貯。愁逼人何處。因蓮憶藕惹情痴。縱有并刀不斷藕中絲。”又清明前五日檢篋，得一錦裹，内包花瓣千數并澹秋〔留春令〕小詞一紙。自題云：“閏花朝日，翻閱花蕊夫人宮詞，内藏垂絲海棠花瓣，係丙辰三月十七日軒外所開，被風吹落，憐而藏之，七年重見，感成一詞。小秋睹之悲絶，亦剪燈前爲詞，云將與花瓣詞箋并殉也。”其詞爲〔一萼紅〕云：“幸紅顏。感痴情深意，挽住廿三年。鳳錦兜香，麝媒繪色，留春春在吟牋。又誰料、人先花去，泣春歸、血泪灑啼鵑。花免泥塗，人如泡影，此恨綿綿。　縱有屏幃深護，奈風姨生妒，月姊空憐。零粉痕消，殘香暈冷，紅塵遮斷寒泉。待招他、花魂詩魄，殉青山、埋玉玉生烟。爲問海棠舊夢，能否重圓。”昔人云：花爲美人小影，故美人無不惜花者。而使多情者因花更惜其人，是可慨矣！小秋別有〔臨江仙〕八闋，雜記閨中舊事，蓋奉倩神傷，不減《影梅憶語》也。

三 汪紫珊昵月上詞

秦淮妓別有名月上者，汪紫珊所昵也。姓陳，初名桂林，紫珊爲易之，揮金買笑，所費不貲。嘗過其含暉樓，簾暎餘香，鏡迎初旭，闌花露濕，庭篠影搖。坐窗觀月上扶病理妝，嬌喘微沉，愁鬟未展，話水天之舊夢，訴花月之新聞，宛轉相憐，奈何欲嘆。因賦〔滿庭芳〕云：“澹日籠窗，頹霞烘檻，曉妝蟬鬢慵撩。藥爐烟裏，來與伴無聊。誰種兩三竿竹，未秋風聲已蕭蕭。因何瘦，新來肺病，艾納尚頻燒。 凄凉身世事，投懷軟語，紅濕冰綃。問他年、金屋何處藏嬌。莫認愛河清淺，怕無端、還有驚潮。爭肯住、伴他飛燕，樓鎖十重高。”又《含暉樓酒間偶述》云：“喚黃嬌，酬白墮。莫負紅窗燈火。銀漏轉，玉繩低。今宵是幾時。 今宵事。前年似。禁得幾番彈指。休衹是，話從前。尊前正可憐。”俱見深愫。袁蘭村嘗招同胡心農、吳蘭園集秦淮水閣，紫珊用山中白雲〔探芳信〕詞韵，倚成一闋，付月上，以短簫吹之。其詞云：“消長晝。暫倚竹調冰，隔花傳酒。一角紅樓，重到已非舊。尊前漫説當時夢，夢也和烟瘦。更休窺、塵網鶯簾，苔荒鴛甃。 殘電走駒陰驟。衹不改青蒼，蔣家晴岫。爲問年時，曾見畫眉否。玉簫那有重來約，香冷愁回首。繫離魂、空剩長橋卧柳。”蓋其時蘭村別有所感，所爲作《秋夢樓圖》者也。紫珊題詞有云：“倚笛呼猿，停箏漉酒，雙鬟夜深儂汝。”其情亦自不淺。後月上意別有屬，竟成幻影。其《久待月上不至》〔一痕沙〕云：“又是鯉魚風急。盼斷渡江蘭檝。難道畫漪橋。不通潮。 潮落潮生夜夜。何處月明帆挂。孤負好凉天。擁愁眠。”意緒可想。誦“多情自古空餘恨”之句，不啻爲紫珊道也。

四 江紫珊蝶戀花

紫珊亦工畫，嘗爲校書徐小蓉作花草四幀，各題以〔蝶戀花〕一闋，語皆雙敲。《水仙蠟梅天竹》云：“羅襪凌波江月午。隔浦

盈盈，流照纖纖步。曾約水仙王嫁與。梅兒待倩東風語。　　祇合
素兒來伴取。嬌額塗黃，瀹瀹春妝古。雪裏偷將紅豆數。闌天竹解
相思否。"《海棠牡丹》云："酒暈初生紅映肉。一笑嫣然，合貯黃
金屋。句子銷魂憐鄭谷。羨他胡蝶深枝宿。　　百寶闌干圍六六。
占斷濃春，花品緣伊續。多買燕支描不足。殘妝半面明於玉。"
《牽牛美人蕉》云："翠蔓絲絲牽別恨。悵望銀河，牛女迢迢影。
籬角曉涼珠露凝。者般顏色秋空映。　　紅蝙蝠飛花信近。剪出
彤雲，幾許芳心剩。小雨晚寒添一陣。美人袖薄雕闌凭。"《桂花
芙蓉》云："蟾窟折來清露泫。嫁了嫦娥，金粟無人管。散舞霓裳
珠一串。兔華依舊花間滿。　　負了東風紅莫怨。祇合秋江，冷淡
詩翁伴。錄就小名腸欲斷。柳州好爲移湘岸。"序用駢語，尤極艷
靡。有云："一串珠圖，聞聲結想；二分月朗，顧影相憐。低語獨
聞，深杯相勸。斜照一篷，額黃留影；遙山兩岸，眉翠分秋。"其
賞識亦幾如月上。又《答王韓幢別駕詢青溪近事》〔賣陂塘〕後闋
云："纔彈指，已換一番凄緊。那堪門巷重認。柳條藤蔓離情繫，
添了使君新恨。休再問。我亦水天舊話憑離證。花愁酒病。對惜別
鶯聲，背飛鴛翼，悔未茂陵聘。"則滄海曾經，終不無綠陰青子
之恨。

五　樂蓮裳情深雪如

臨川樂蓮裳鈞詞工側艷，眷吳中女子雪如，其《送雪如還吳
門》〔金縷曲〕，世盛傳之。量珠未遂，瘞玉旋悲，初至雪如墓賦
〔喝火令〕云："冷草迷孤蝶，新烟繚斷鴉。送春歸路已天涯。不
道保安橋外，咫尺路猶差。　　碧血紅心地，黃泥紫玉家。一行碑
字隱殘霞。惜少周圍，幾丈短籬笆。又少幾竿斑竹，幾樹白梅
花。"又與友人及潘靜香諸女郎泛舟山塘，酹酒雪如墓，賦〔玲瓏
四犯〕。後闋有云："幾杯腸斷酒，化作冥冥雨。兼勞女伴深深拜，
問何意、相憐如許。垂淚語。他時事、憑誰記取。"其於雪如可謂
不負。宋于廷翔鳳〔望江南〕詞有云："揚州憶，明月弄嬋娟。烟

夢詞中情歷歷，雪如墳遠草芊芊。料取托君傳。"注謂：臨川樂元淑客揚州，有姑蘇女子雪如名價頗重，元淑於飲席留意，賞識風塵而力不能致，作《烟夢詞》贈之，雪如感而成疾，遂以物故。欲買骨以葬，詎假母尚索重贄，同人爲集三百千畀之，乃移葬虎邱，刻石曰"女郎雪如之墓"。元淑即蓮裳別字，然則蓮裳竟以重金市骨，抑尤難矣。其贈別〔金縷曲〕云："且莫傷離別。照同心、江南江北，一般明月。此去洗妝梅花下，判取玉釵寒澈。記那日、酒闌曾説。衣上珍珠千萬顆，是三生、泪點迎風結。因往事，又嗚咽。　　遲回心事今來決。問相逢、綠楊門巷，燕飛時節。十里橫塘東流水，比似情波千折。更眼底、一天冰雪。多少吹簫紅粉伴，看江頭、打槳呼桃葉。歌此曲，重淒切。"如許深情，瑯琊王伯輿後，恐不數見。

六　楊伯夔題藤陰唱和圖

陶鳧香有《藤陰唱和圖》，自記：嘉慶戊午，自都游梁，館於商州倅沈映庭官舍之西軒，適張子白若采、蔣伯生因培自山左來會，極友朋觴咏之樂。院中古藤數本，濃陰覆瓦，清風自生，相與吟嘯其下。沈有婢名窺秋者，年十七，解詞翰，主人以其詩示客，子白即席贈以長句，餘人亦繼聲。翊日，三詩皆有和作，字畫秀媚，辭旨悱惻動人，客將爲紫雲之請，則已許嫁厮養，爲懊惱者久之。是冬歸吳門，屬陸生鐵簫爲圖藏之，將俟張、蔣合并補録倡和之作，以志斯遇。而自是游宦異轍，忽忽廿餘年，子白遠宦湟中，久逝，伯生又罣吏議戍邊，畫中人更不知流落何所。偶檢此卷，并録舊作於後，以志歲月推遷、友朋聚散，且惜此女之有才不遇也。楊伯夔爲鳧香弟子，題以〔臺城路〕二闋。其一云："垂垂暖靄藤陰歛，韶光壓檐幽蒨。燕睇征衫，蝶回詩鬢，眼底關河新感。天涯吟伴。正賤臂籌烟，古廳塵黯。漸聽鐘催，酒人踪迹在梁苑。

尊前記拈好句，付羅裙雁柱，無限凄惋。最小窺人，是初解咏，祇傍飛綿庭院。匆匆夢斷。又何處春游，洛車團扇。憶否珍叢，書成愁未展。”其二云：“松肪樂浪頻追憶，城頭數聲清角。問訊嵩陽，春陰上巳，又誤幾番花落。廿年前約。嘆出塞裘凋，埋憂苔薄。鏤檻東偏，舊時紅淚滿脩竹。　竭來月臨錡戟，盡題襟過酒，誰更偷覺。說硯雲寒，試香風潤，替庾三霄弦索。生綃尺幅。有無限憐才，心情難托。怨曲纔終，明釭開小萼。”出塞謂伯生，埋憂謂子白也。鳧香詞多記平生游迹，而此圖乃未嘗倚聲寫之。

七　二吳賦綠春

蓮花侍書岳綠春者，吳蘭雪之侍姬也。工畫蘭，自負才色，貴家爭聘之不得，蘭雪詣之乞畫，一見心傾，遂訂量珠之約。陸祁孫艷其事，爲譜《碧桃記》院本，蓮裳題以〔過秦樓〕一闋，述其相遇云：“紫欔風香，翠翹雲晃，映壓瓶花低亞。搜從帳後，拜近鞋尖，笑道酒徒類也。知是阿婿風魔，和客搴簾，向儂求畫。便低呼小玉，分甌仙茗，解伊醒罷。　曾見說、聘却千金，緣慳雙璧，遇了玉郎纔嫁。情根慧苗，性蕊憨開，不枉鏡臺佳話。多少詞人艷傳，曲譜宜春，歌名子夜。甚桃花兩朵，換得蓮花。”侍者，即院本中情事也。又有《贈綠春》〔南鄉子〕云：“花有美人香。樹影玲瓏畫粉牆。道不解詩儂不信，吟將。佳句分明似沈郎。笛譜按宮商。此技兒家不擅場。聽曲暗拋紅豆記，思量。要發鶯喉賽暖簧。”自注謂：前二語綠春句也。則綠春亦工詞矣。其時二吳齊名，一爲石華學博蘭修。綠春夭折，蘭雪感逝之作，語多酸楚，石華賦〔綠意〕慰之，云：“簾欖靜悄。有小禽倒挂，深翠園繞。幾折迴廊，幾點苔痕，都是屧痕曾到。蘼蕪隱約裙腰碧，襯一片、傷心斜照。甚東風、直恁無情，便把柳枝吹老。　猶憶上頭時候，鬢雲梳乍起，眉嫵慵掃。螺不禁濃，黛也嫌深，無可奈何懷抱。二分細膩三分怨，忍更理、當時畫稿。嘆人生、幾日相憐，惆悵滿庭秋草。”暗切其名，辭亦淒艷。又《爲蘭雪題綠春遺照》〔菩薩蠻〕云：“東風一夜吹愁醒。銷魂剩得花前影。苦憶舊眉痕，傷心瘦幾分。　綠陰亭館在。又是春無奈。簾畔喚琵琶。鸚哥長念他。"同時題詞者不及也。

八 雲萍前因

董琴山嘗夢至一處，梅林環繞，烟霏雪映，一美人伫立花間。迨納姬，貌適如所夢，因作《夢梅圖》。後以計偕至都下，携此圖自隨，石華見之，爲題〔虞美人〕一解云："羅浮一夜吹香雪。偎夢衾如鐵。月迷離處玉爲臺。記得風鬟霧鬢踏花來。　而今碧樹鸞鳳。離合還疑夢。杏花消息祝東風。又累美人春夢小樓中。"雲萍撮合，類有前因。李碧玲嘗於惠山邂逅一麗者，後納姬貌與酷肖，因繪圖征題。陳朗山良玉爲題《蕙蘭芳引》，前闋云："雙槳趁潮，喚桃葉、夕陽芳渡。乍却扇低迷，驚眼舊游重數。　雲廊月院，似相見、那時何處。記品泉第二，一樣翠奩眉嫵。"意其惠山尼歟。又高要周夢樓舍人，在京師眷菊部雲郎，旋夭去，後遇羊城歌者蓉兒，姿貌宛如雲郎，舍人復暱之。吕拔湖爲賦〔解連環〕詞，朗山於友人酒座中見之，果妍靓可念，亦和是調云："銀屏影隔。怪逢來昨夕，還又今夕。曲录迷香，纖腕芳羅，燈底背人偷擲。秋襟不耐花枝繞，笑年年、疏狂踪迹。逗晶簾、眉月彎環，仿佛宮黄寫額。　争艷芙蓉名字，祇櫻桃一樹，許共標格。玉已成烟，燕又移巢，舊恨新愁如織。傷春未入梨雲夢，也無端、百分憐惜。問尊前、顧曲周郎，兩地銷魂怎得。"時蓉兒已有所主，故有移巢語，此猶各有其人也。若劉稌村事尤奇。稌村藏工筆美人一幀，寶之十餘年，每張於齋舍。一日偶動司勳湖州之興，得羊城余氏女載歸，宛然畫裏真真，即以是幀當新人小影。又十餘年，朗山過飲，酒闌話其事，且出圖示之，朗山題〔沁園春〕一解云："誰載扁舟，忽遇傾城，携來若耶。怪百番購索，十年畫稿，三生眷屬，一旦君家。仔細評量，往回顧盼，衣髻争差貌不差。傳神處，定老妻笑指，小婢偷誇。　憐余浪迹天涯。又書劍隨身泛海槎。笑灰非心死，衾惟擁鐵，絮真泥染，鬢漫堆鴉。欲喚真真，祇增惘惘，平視劉楨可讓他。營巢燕，早居然生子，憶否衡花。"姬小字燕還,故結語云云。後三事皆朗山目睹,尤奇。

九　青棠館詞

嚴脩能元照《柯家山館詞》,深入北宋。客杭城,見曲中人映華,脩眉豐頰,一空俗艷,賦〔江城子〕贈之。云:"阻風中酒客西泠。感飄零。似浮萍。白鷺飛來,何意慕娉婷。一朵芙蓉開未過,江上見,欲銷魂。　　夕陽山映澹霞晴。帶春醒。待誰醒。疏雨芭蕉,點滴太分明。惆悵孤山山下路,樓一角,隔金城。"詞成,爲開化戴金溪尚書敦元所見,立和之,合刻曰《青棠館詞》。尚書詞凡四闋,録其二云:"玲瓏風月數芳名。掌中擎。畫中行。一曲琵琶,吹散玉瑽琤。見說香閨塵夢窄,嗔阿母,罷調鸚。　　芙蓉城角謫瑤京。懶逢迎。托餘酲。點綴湖壖,殘局太凄清。可惜蕙花秋草裏,埋没煞,恁聰明。""龍華會上倩知觥。伴專城。對雙旌。惜貌憐才,閑處得真評。別後相思頻問訊,無恙否,許飛瓊。一般聲價品題榮。五花騂。五侯鯖。誰識東方,千騎別鍾情。借作崔徽圖畫看,元祇感,囀春鶯。"時尚書尚官刑部郎也。臺閣名臣,乃亦有風情之作。

一〇　賭棋論詞

賭棋詞主蘇辛。其論漁洋詞,亦謂其極哀艷之深情,窮倩盼之逸趣,所録諸詞皆側艷之作,當有本事。如〔浣溪沙〕云:"雨後蟲絲冒碧紗。朝來鵲語鬥簷牙。日痕紅曙一闌花。　　殘夢未遥猶眷戀,篆烟初裊半天斜。銷魂應憶泰娘家。"又〔菩薩蠻〕云:"玉蘭花發清明近。花間小蝶黏香鬢。邀伴捉迷藏。露微花氣凉。　　花深防暗邏。潛向花陰躲。蟬翼惹花枝。背人扶鬢絲。""夢殘鬢裊垂香枕。芙蓉髻墮蒲桃錦。翠幄碧如烟。小星將曙天。　　起來雙黛淺。綉閣拋金剪。憔悴鼠姑紅。玉階三月風。"其風格俱在南唐、北宋間。漁洋少日,夢五色小鳥如鳳,後遂以"郎似桐花,妾似桐花鳳"二語得名,殆即爲彩翼雙飛之兆,不僅如長卿之夢蟆蜧也。賭棊頗抑西樵，謂其詞爲溫尉門庭語，然如〔菩薩蠻〕云：“春魂啼夢扶難起。玉敲翠弱慵重理。不用鬱金油。鬟雲膩欲流。　　一雙羅襪瘦。小鳳嬌紅味。著罷立盈盈。蘭階無限情。”亦復耐人吟諷。

一一　王韵香

世傳梁溪女冠王韵香有〔采桑子〕詞自書便面云：“一犁雨足清溪漲，幾處蛙聲。幾樹蟬聲。菡萏風吹暑氣清。　　石床卧覺松濤靜，懶譜棊經。試補茶經。月影今宵分外明。”其詞固不爲工，且吳人言韵香有捉刀者，屢挾以求貸，最後復索金釧去，其徒群訕之，憤而自經，則此詞亦恐非廬山真面矣。然當時名士巨公，幾無不知韵香者。某協揆引疾歸，欲詣之，畏人言而止。楊伯夔題其《空山聽雨圖》〔臺城路〕詞有云：“燈涼爾許。待蒲火青時，覺花微語。莫賦秋聲，一籬慘綠是愁處。”言外已著微詞。管孝逸繩萊所題〔齊天樂〕有云：“香塵無數。算老却雲心，斷除花緒。尚有殘愁，一聲聲到幾時住。”則唱破痴迷，中有禪理。原圖爲奚鐵生繪，爲人携去，其後許玉年復補摹之，故題詞者非一時也。許圖今爲南陵徐氏所藏，卷中有韵香自題二律，字仿黃庭，頗娟秀。曩須社詞集，楊雲薌京卿以是圖命題，頗多佳作，余尤愛陳蒼虬“情天劫餘未老，便點衣花雨何妨”之句，爲能脱去前人畦畛。偶見郭頻伽有《贈韵香》〔女冠子〕云：“清宵更永。微月度雲無影。踏蒼苔。試問三生事，誰脩雙笑來。　　房深香似霧，人澹韵如梅。記取闌干外，玉簪開。”寥寥著筆而傳情綿邈，亦可諷也。韵香自號清微道人，別有《秋深祥蕙圖》，自記云：春蕙開後，移置井畔牆根，九月重開，爲之寫照。其詞句有云：“倦吟清露瑤臺句，訝仿佛、飛瓊潛立。是天許、湘皋佩解，慰誰岑寂。”圖由自繪，蓋夙精畫法。余嘗見其摹馬湘蘭墨蘭長卷，題以〔菩薩蠻〕云：“鐙屑颭雨秋魂醒。畫窗瘦了嬋娟影。將淚寄瀟湘。盈盈罷佛妝。　　綢繆紅押尾。莫誤青溪字。一葉一花扶。瑤田蝶到無。"自謂頗蘊藉也。韵香有妹名定寶，時推絶色，豪家求之不得，後莫知所終。

一二　脩能畫扇齋詞草

夢窗贈藕花洲女尼詞頗艷，蓋吳越間女尼多倩妝應客，其風相沿久矣。伯夔重至德清，訪脩能畫扇齋，自比於牧之之感杜秋，義山之哀柳枝，殆亦韵香類也。其詞云："晴渚飛烟，空潭響雪，那堪客裏孤吟。似葉輕帆，隨雲曉入蒼城。竹聲一片蕭蕭處，合有人、中酒題琴。最無聊，紙醉金迷，別恨分明。　年時苔老西湖路，記折紅水檻，舊夢重尋。雨黯斜山，淺如寒女眉痕。也愁花網霜風，早向歌樓，吹去秋鶯。更誰憐、波際蒲香，簾底蘭塵。"脩能耽文翰，亦能填詞，有《畫扇齋詞草》。伯夔嘗拈〔木蘭花慢〕題其卷後云："灣頭曾載月，移畫舸，小平泉。更團扇歌殘，江梅蝶影，塵黯箏弦。憑君。十行佳傳，寫翠篸。屏角落花烟。密字笑熏蘭篆，輕螺細擘蕉箋。　尊前。重溯當年愁，萬里怕聞鵑。記斷筆籌花，新歡借夢，山遠湖天。溪風，又凋鬢影，向盈盈、苕水別栽蓮。昨夜飛英鏡底，明蟾鎮向人圓。"翫詞意，則伯夔初識脩能，固同在西泠也。其《西泠寓齋見金絲花架一股，知此間彩雲曾駐，凝想芳澤，因與頻迦同賦》〔瑣窗寒〕詞，頻伽詞所謂"人去定何許。向花户油窗，拾來愁緒"者，或亦爲脩能而作，二君獨不畏泥犂耶。

一三　惠山尼

惠山擅雲泉之勝，琳宇參差，中多窈窕，游屐訪艷者，視若藍橋，許飲金莖，便諧玉杵。陳實庵有《贈惠山尼妙雲》〔洞仙歌〕云："娉娉裊裊，似春雲吹起。鈺佩濃薰梵香膩。香鴉鬢未剪，蠐領初芳，蓮龕畔、學綉雙鴛鴦字。　相逢如舊識，問訊蘭因，小謫人間歲今幾。自是散花仙，却被東風，誤認作、尋常桃李。料此去、蓬山路無多，奈隔斷青禽，步虛聲裏。"繹其詞意，當是雛

尼。有曾游者，謂其間青蓮宇静，香積厨精，當筵解唱竹枝，勸醨
每供米汁，大抵瓜年既破，始卸青鬟，亦或月樣微芟，仍裝紺髻，
誠梵天之魔窟，亦色界之化城也。又胡木甫嘗爲秋笛生以〔緑蓋舞
風輕〕調賦白蓮，謂有夜度娘爲女冠子。其詞云："綽約道家妝，玉
立亭亭，便擬凌波舉。出水天然，明璫揺素月，欲語羞語。試點燕
支，早輕逐、西施偕去。奈芳心，別抱凄凉，腰弱愁舞。　　誰語。
玉井移根，竟洗却鉛華，孤潔如許。憶否當時，錦涇邊、夢裏并頭
連縷。一掬幽情，須深記、風前休訴。甚青房，輕擘苦心還露。"
是則曾依柳巷，移向蕊宫，非復風花泥絮矣。

一四　歌筵贈別

袁蘭村集中多集飲秦淮之作。嘗眷吳女趙雙福，憎其名近俗，
易以疏香。郭頻伽偶過隨園，遇疏香，賦〔高陽臺〕贈之云："暗
水通潮，痴嵐攔雨，微陰不散重城。留得枯荷，奈他先作秋聲。清
歌欲遏行雲住，露春纖、并坐調笙。暗傷情、忍把離尊，和泪同
傾。　　天涯我是飄零慣，恁飛花無定，相送人行。見説蘭舟，明
朝也泊長亭。門前記取垂楊樹，衹藏他、三兩秋鶯。一程程、愁水
愁風，不要人聽。"時頻伽將歸嘉善，疏香亦不日還吳也。歌筵臨
別，是易銷魂。汪鄰樓有真州之行，先日與諸知己醉長橋舊院，賦
〔渡江雲〕云："家山留不住，春風迫我，真欲撇春行。小樓清夢
斷，昨夜花枝，疏雨濕啼痕。驚他慘緑，襯陰陰、飛絮吹人。誰料
理、新年身世，如此出柴門。　　銷魂。抽簪難盡，借酒同澆，不
分添離恨。且任取、天涯芳草，來認王孫。今番尚是江南路，泥青
旗、掩映眉攢。烟柳外，夕陽未忍黄昏。"讀之凄黯。鄰樓亦當日
隨園詞侣也。又沈閏生《於揚州飲席贈別女郎明珠》〔臺城路〕後
闋云："流連凉波翠館，任回燈照影，都是離怨。扇雨凉疏，鬢雲
笑淺，闌夜餘寒難暖。柔腸寸轉。怕盟鏡重尋，黛蛾全换。柳外春
歸，片帆人去遠。"悱惻纏綿，字中有泪，誰能遣此，爲唤奈何。

一五　鏡娘

　　吳悔庵自記鏡娘事甚詳。云：鏡娘睦州清溪人。父爲老明經，無子，禱於水月庵，夢神授古鏡，中有麗人影，旋生女，因名鏡娘，字影娥。有夙慧，授詩詞，上口即解。年十四父卒，依其舅，舅又歿，姈故狹邪女，視爲奇貨。鏡娘懼，請曰：不幸至此，命也，然必才人乃事之，否則寧死！姈憐之，亦不相强。悔庵客清溪見之，互相慕悦。其家有小園，久荒，春時花開，每扶婢挈茗具以往，或歌悔庵詞，或吹笙自度一曲，悔庵至，則清談不倦，偶入游，詞色立變，終不及亂。議聘之，苦乏貲，友某願爲助，其姈欲與俱，悔庵不可。遂歸某生，非所願，日益憔悴。某旋卒，貽書悔庵托後事，且請納鏡娘。其族某，嘗貸以金，既償矣。至是迫鏡娘嫁。歆賈書券强署名，鏡娘怒斥之，則出僞帖，索逋不得，已出家於妙蓮庵爲女道士。族某復糾無賴，赴庵謀劫之。乃托所生四歲女於隣媪，乘夜嚴妝懷鏡仰藥死。族某及某黨盡逸。悔庵客江南，得其訣書，集玉溪句爲《惆悵詞》一百八首、《斷腸曲》一百韵。明年爲改葬灊城北，立碣曰“清溪鏡娘之墓”。旌德江秋珊題〔鳳凰臺上憶吹簫〕詞於其《惆悵集》後云：“萍水緣深，絮風命薄，傷心影裏情郎。憶清溪雙槳，曾載鴛鴦。誰信彩雲易散，竟負了、十載清狂。拈毫處，穿珠選韵，集翠流香。　　茫茫。曇花一現，有天上人間，無限凄涼。把新詞翻遍，斷盡回腸。萬劫春蠶不死，柔絲短、噩夢偏長。團欒樣，重修七寶，枉費吳剛。”陽湖吳子和寶鈞爲填〔菩薩蠻〕十二闋，述其鸞鏡前因、蟆陵新遇云：“雙成秪有雲英比。無端謫墮紅塵底。好夢鏡中人。鏡湖西子鬟。　　耶孃悲早去。零落還誰顧。門巷隱枇杷。酒紅燈下花。”“湘蘭早綰同心結。無端月照妝樓別。春去惜芳菲。柳棉吹隔堤。　　吳儂多墜夢。不爲流波送。又惹絮沾泥。燕鶯同一啼。”述其紅絲錯繫、紫玉輕沉云：“未秋白雁傳寒信。征途詞客愁雙鬢。漂泊惜萍花。去留何處家。　　商量嬌小女。爲托絲蘿去。如此作因依。殘紅戀夕暉。”“鶼鶼爲不雙飛死。懺伊百八菩提子。敲碎玉溪詩。翻成腸斷詞。　風流悲小杜。畢竟秋娘誤。眉月記三生。花梢秋有痕。”述其玄石鎸碑、冰籢感舊云：“生離死別無歸路。來尋觀裏桃千樹。縞袂忽翩翻。妙香生紫烟。　蓬飛根暫托。咫尺風波惡。霜冷葬芙蓉。吊花秋後蟲。”“人間豈有長生樹。恨人怨別江郎賦。青鳥不飛回。春心知化灰。　海棠西府種。應作瓶花供。願乞有情天。雨花年復年。”芝芙夢阻，蘭芷香摧，聞者心傷，何況當境。

一六　湘娥與倩玉

情劫多磨，古今可恨者，不獨沙吒利也。康熙初，保定竇鴻侍妾湘娥有殊色，豪家某欲奪之不得，遂嗾盜誣鴻至死，湘娥即賦《絕命詩》投繯以殉。後某晝見湘娥，披頰暴卒。《拾香錄》載其事，并吊以詩云：“貞魂白晝能爲厲，此處湘娥勝綠珠。”湘娥能詞，有〔清平樂〕云：“簾鈎雙控。時有薰風送。惱煞鳴禽花外哢。驚破瑣窗殘夢。　分明對坐鳴琴。醒來依舊孤衾。且莫輕抛珊枕，再從夢裏追尋。”即憶鴻之作。若《隨園詩話》所記楊大姑事，中經多故，終諧夙願，猶幸事也。大姑名琇，字倩玉，錢唐人，同邑沈喬聲豐垣聘爲妾，有奪之者，矢死靡貳，著《遠山樓詞》。〔清平樂〕云：“離愁滿面。轉自羞人見。多少淚珠心裏嚥。攪斷柔腸如綫。　挂帆剛趁長風。霎時分手西東。恨不將身化石，填他江上青峰。”猶見匪石不移之概。

一七　袁湘湄與柳姬

袁湘湄工詩畫，嘗爲蘭村作《倉山月話圖》者也。有姬三多，姓柳，家金陵，初爲夫人媵婢，及笄遣歸，湘湄意不能忘，後赴白門，遇姬尚未嫁，喜甚，有“晚花含蕊待春深”之句。又賦〔浪淘沙〕云：“迷路得花看。暫解雕鞍。纖絲門巷雨漫漫。借問小姑團扇上，可畫乘鸞。　山果配蔬盤。菰脆梅酸。隔窗燈影夜闌干。閑煞半床青綺被，各自宵寒。”蓋襲用竹垞“小簟輕衾各自寒”句意也，後竟以雙槳載還，夫人無如何也。既而復有袁江之行，眷然惜別，賦〔少年游〕云：“青溪曾繫木蘭舟。人在水邊樓。鴛柳檐牙，鴨桃闌角，雙影瀉春流。　　載伊歸去儂偏出，此別甚來由。客館鶯花，婿鄉風月，渾不似前游。”鍾情之深如此。

一八　紅閨自道新婚

蘭村女適吳伯瑛大令，亦工詞。《于歸後三日對鏡詩》云：“曉起窗前整鬢鬖。畫眉深淺入時難。鏡中似我疑非我，幾度低徊不忍看。”述新昏情致絕妙。同時有浦合雙女士，名夢珠，和蘭村《憶昔詞》，亦同其意。詞爲〔臨江仙〕云：“記得纏箏侵曉起，畫眉初試螺丸。春痕淡淡上春山。乍驚新樣窄，較似昨宵彎。　　一樣敷來仙杏粉，難勻怪煞今番。傳聞郎貌玉珊珊。妝成嬌不起，偷向鏡中看。”世傳新昏詞“最是娘前低喚、一聲他”之句，以爲傳神妙筆，不如此詞由紅閨自道，尤有情味。

一九　曹葦堅沁園春美人五咏

閨秀賦美人者，無如葦堅居士之〔沁園春〕五咏。居士出嘉善曹氏，爲十經先生女，適婁縣張殷六日湖，食貧偕隱，授經自給，嘗與十經合譜《雙魚譜》傳奇，播於樂律，又有《雁影詞》，盛傳於世。《咏美人腰》云：“軟款圍來，尺六無多，纖柔絕倫。向燈前傾側，驚回柳影，花邊宛轉，羞躲蜂魂。染恨千絲，縈愁幾縷，半幅曾窺湘綺裙。臨風去，怕婷婷裊裊，化作行雲。　　曉寒料峭難溫。好緩束、吳綃茜色新。爲妝成有意，憑欄倦舞，醉餘無力，倚几慵伸。對棗應憐，偎琴更懶，透體沉檀一捻春。誰堪擬，盈盈約素，洛浦仙人。”《美人眼》云：“剪剪浮光，低映眉山，桃花是名。慣深遮團扇，背燈悄盼，潛回落月，對影斜凝。歡定含嬌，醉還鬥俏，懊恨難禁玉筯零。無人處，把鴛巾輕拭，做出多情。日長何事薺騰。總案疊、殘編展未曾。喜纔臨碧澗，盈盈秋水，乍開青鏡，閃閃春星。吟倦窗前，繡慵樓上，瞥見歸舟帶笑迎。風流樣，怕端溪鴝鵒，輸與精瑩。”《美人口》云：“小顆含春，那許盤中，櫻桃鬥鮮。爲粉香勻靨，微黏花露，彩毫描黛，澹吮松烟。鳳管調來，鵞笙炙去，一曲清歌鶯溜圓。評茶味，任磁杯深淺，嘗盡甘泉。　　休隨梁燕呢喃。且自教、鸚歌繡幔前。愛瓜犀難見，茜凝羞鄭，丁香半露，猩滴憐樊。懶嚼紅茸，愁沾綠螘，慣使纖葱剔未閑。移情處，在輕輕一笑，百媚嫣然。”《美人髮》云：“握向菱花，光澤誰如，羞他麝媒。恁長侵肩翠，一寰雲薄，低籠耳玉，幾葉蘭齊。墮馬成新，蟠龍翻舊，仿佛靈蛇時樣宜。增妍態，有金蟲深躲，瓊燕斜飛。　　垂垂慣貼蜻蜻。愛花露、油沾香馥馡。記舞遍燈前，檀梳再掠，睡鬆枕角，綠綫重維。烟拂鴉翎，露凝蟬翼，總使輕盈也讓伊。尋芳去，怕兜將密刺，休近荼蘼。”《美人指》云：“慎剪并刀，深惜彎彎，今看漸長。假嗔人鏡畔，揉殘芳蕊，窺蟾燈後，劃破雲窗。鶴怨曾調，猊灰更撥，一寸尖尖冷玉光。螺奩啓，自挑些宮粉，學弄梅妝。　　春游泥潤鞋帮。待細剔、輕彈也不妨。想醉中搔背，麻姑應，讓倦時揮卷，李賀須降。劈取黃柑，剝來紫茇，金鳳花開試染將。纖纖樣，把平分鴛管，約略端詳。”細膩風光，僅見之作也。

二〇　閨詞題句

閨詞題句，往往好事者詭爲之。亦非無真迹。頻伽游花宮小院，得斷縑於壁，月鬢風鬟，仿佛未損。上書“愛月夜眠遲，某月日清環寫”，妍媚可念。因賦〔蝶戀花〕云：“青豆房中花似露。圖畫春風，零落蝸涎蛀。不是深閨留絹素。調鉛肯把芳名注。
相逢亦有前緣否。花不知名，也合殷勤護。鵲尾金爐香一炷。夜深蘅夢樓深處。”頻伽所居曰蘅夢樓，故云。又鹿城半疊園，有女郎以簪畫壁作一絶云：“月底纖纖扶婢來，梨花如雪點蒼苔。紅鼉辛苦愁絲盡，誰把同功璽擘開。”後書一毗字，似毗陵籍，欲題名而未及者。亦用是調題其後云：“青粉牆頭苔没砌。誰拔金釵，劃破春痕細。羅襪纖纖來月底。有心人識相思字。 天遠彩雲飛去矣。卿自何來，有個芳名未。料得欲題還又止。當時直恁慷慷地。"無端邂逅，留此墨緣，豈亦有蘭因絮果耶。

二一　吳蘋香悲秋詞

仁和吳蘋香有《悲秋詞》，序云：秋娘林氏，吳趨人，美而慧，幼爲宦家婢，既長，宦家子納爲妾，既而失寵，嫡尤悍橫，施撻辱，父母挈之去，飄泊天涯，流離失所，爲詩題岔河驛壁，首敘騈語，備述身世。許金橋公車北上，夜宿驛中，捫壁讀之，歸而繪圖，署曰"悲秋"，征詞於蘋香，因有是作。其詞爲〔高陽臺〕云："咏絮才高，量珠聘薄，春人冰透冬心。擁髻凄然，知他翠袖寒深。郵亭一夜閑燈火，思迢迢、夢冷秋衾。不風流、羔酒誰家，斗帳銷金。 蓮胎縱把荷絲殺，奈橋霜店月，煮鶴燒琴。彩筆題殘，杜蘭香去難尋。更無鈴索將花護，怕天涯、綠葉成陰。盡生綃、供養雲烟，添寫愁吟。"若金橋者，偶逢斷潘，爲播新圖，傷薄命之飄零，索同聲之嗟惜，視頻伽尤好事矣。

二二　歌筵寫恨

香山憶妓詞，初不傷風格，而後來往往諱之。然歌筵寫恨，佳作良多。查初白《贈碧紋録事》詞，見於《詞綜》，至今傳誦。江橙里有《酒間贈素蘭》〔高陽臺〕云："乍茁瑤房，初調玉軫，冰裾净浣纖塵。雅不成嬌，飄飄翠帶輕分。曲闌響佩東風外，似飛來、空谷香雲。兩眉尖、瘦斝春山，澹掃秋痕。 洞花幽草羞窺面，愛生來静婉，不染游氛。試卷晶簾，娟娟涼月宜人。十千斗酒通宵醉，解金貂、誰換温存。稱苔階、嫩綠纔鋪，暗蹙湘裙。""雅不成嬌"四字最妙，意其人必非俗艷也。又《上巳紅橋遲素蘭不至集山中白雲句填是調》云："花引春來，山邀雲去，烟波自有閑人。獨立東風，輕衫厭撲游塵。趁香隨粉都行遍，細看來、不似桃根。艤孤篷、鶯柳烟堤，流水中分。 芳心一點誰分付，料因循誤了，臨水溮裙。油壁相連，幾回錯認梨雲。妝樓何處尋樊素，望中迷、花密藏春。黯銷凝、南浦歌闌，簫鼓黃昏。"集錦而成，竟似天衣無縫。江西黃琴川《南灘春柳》詩數十首，皆爲揚州妓陳小翠而作，蔣鹿潭和以〔角招〕，有句云："憔悴烟條豌地，似說與、飄零如此。"尤爲名作。序云：南水灘門外多楊柳，春來一碧如烟，恨不携曉風殘月曲於是間倚笛度之。

二三　鹿潭慰金眉生詞

鹿潭別有《歸鳳曲》，爲〔玉胡蝶〕調云："水面乍開妝鏡，弄波風起，驚墮梳蟬。翠檻香空，畫眉聲咽江邊。怨歌長、踢搖心苦，攀折誤、吒利威寒。憶前歡。絳綃緘語，紅泪闌干。　　愁端。憑誰代理，檻移病藥，錦護雙蓮。因甚瓊簫，不招彩鳳過樓前。濕青衫、自題秋恨，憐翠袖、猶熨春喧。夢如烟。數峰青斷，涼月娟娟。"蓋慰金眉生之作。眉生眷江山船妓名鳳者，爲有力者載去，意不能忘，所爲賦惆悵詞者也。其詞有云："爲他忍泪無言處，不待聽箏喚奈何。"固深於情者。又有〔金縷曲〕《別朵雲》云："悔扣同心結。算不如、當初錯過，真成決絕。何事重邀江上佩，脩到酒深燭滅。便苦了、今番離別。也信相逢還有日，奈相思、不放吟魂歇。　　雙泪忍，對誰說。若論好事甘磨折。盡明朝、紅塵愁聽，啼鵑聲徹。早占諸天非分福，住過廣寒宮闕。祇難是、牽衣時節。欲當鏡中花影看，又分明、眼底春痕熱。儂去也，寸腸裂。"朵雲即其字也。鹿潭謂眉生工愁少寐，每以斜倚熏籠自況，嘗賦〔清平樂〕調之云："枕鴛釵鳳。清夜和愁共。窗外月斜寒甚重。瘦盡梨花無夢。　　東風燕子朱門。年年燈影黃昏。寒却半床金綫，羅衣獨自溫存。"《香草箋序》云："從來名士，必悦傾城。"可爲眉生移贈。

二四　瓶隱詞中情史

余早歲隨宦澂城，屢飲江山船，有〔菩薩蠻〕云："畫船人影闌干曲。按歌拍遍闌干玉。生小住秋江。芙蓉花自雙。　　琵琶遮半面。低語無人見。記取板橋南。青溪妹第三。"詞中兩用"闌干"，蓋江山船載歌管者謂之高舫船，亦曰闌干船。錢唐黃菊人曾有《飲闌干船贈東美》〔摸魚兒〕云："指兒家、雨邊烟外，闌干曾許同靠。曉妝偷對龍宮鏡，瘦影自憐多少。芳溆繞。寫人面、花光四壁春風照。情苗逗早。有圓腹檀槽，年時學得，便當玉郎抱。　　相逢處，記向蘭溪倚棹。歌聲初溜鶯小。今朝重見彈絲手，依舊一雙銀爪。翻水調。聽串串、珍珠能奪江妃笑。星波夜悄。正月上窺眉，潮來暈頰，留伴酒燈好。"注謂：闌干船為江山船別名，回憶晚江鷗定，夕浦蟾明，移榜中流，開艤好夜，琶聲雨碎，暗度春潮，眉翠烟描，遙分晴岫，前懽似夢，影事成塵，感慨繫之。菊人《瓶隱詞》中錄女郎金珊珊《筆花樓病春》詞入章，略紀情迹，類紫釵舊事。自填〔一萼紅〕書後云："惜匆匆。早安排腸斷，湘管寫愁紅。瓊姊簾高，金婆巷近，花外吹泄春風。問消得、幾番昏曉，恨情天、賺了可憐儂。尺幅珍珠，多應蘸淚，淚比詞濃。　　一騎郵書不返，盡無端謠諑，耽誤秋鴻。块訣防離，蹊諧悟脱，回首往事雲空。更莫話、瑤箋剩約，袛香桃、瘦骨似飛龍。誰補傷心小傳，夢筆樓中。"亦一段情史也。

二五　珠江花月

珠江花月，尤擅繁華。劉笠生以諸生客粤，於花舫中眷一妓，名溫鳳，字桐華，頗解文翰，與笠生青溪舊眷李鳳珍小字桐華適同，貌亦頗肖。毗陵汪玉賓為作《雙桐圖紀事》，謝椒石學崇賦〔解連環〕一闋題之云："綠么名字。羨佳人占得，種成連理。算袛有、石上三生，許塵外知音，慰君焦尾。瘦碧題詩，錯認作、一時溫李。伴回眸顧影，玳瑁雙栖，自寫明媚。　　當年個儂暗記。笑卿卿鳳鳳，同心千里。正荔子、合浦紅時，也曾念桃根，去隨流水。鏡約重來，怕一葉、經秋先墜。喚真真、半珪翠月，又疑夢裏。"其別贈笠生詞所云"選夢桐孤，餞春芍老，消息愁重問"，亦指是事。有曾游珠江者，謂畫舫爲樓，圓膚不襪，水市喧呷，燈月繁妍，亦所謂銷金之窟也。葉南雪丈衍蘭《爲友人題〈珠海夜游圖〉》〔賣花聲〕二闋云："萬頃碧玻璃。劃破蟾漪。鏡中人影畫中詩。照見鬉天花似海，紙醉金迷。　　前夢劇相思。風景依稀。閑情根觸舊游時。除却彎彎眉子月，更有誰知。""雲鬟耀珠鈿。翠袖翩翻。錦屏春鎖嫩寒天。除是侍香來小玉，休揭湘簾。　　鸞鏡畫游仙。顧影生憐。新愁何事上眉尖。縱使芳容花樣艷，也惜華年。"亦似有本事者。其地茉莉、素馨最盛，四時有之。王薇庵《賦茉莉》〔菩薩蠻〕云："釵圍結就玲瓏雪。小屏昨夜欹香月。引夢蝶魂甜。柔雲彈枕邊。　　銀絲無奈弱。顫影兜金雀。喜字愛連環。盈盈如妾顏。"蓋即官南海時所作。

二六　吳妓秦淮妓臺江妓

吳妓多風雅者。有王季翾工詞，與陸祁孫暚，別後賦〔青門引〕寄之云："秋水盈盈冷。閑却小樓妝鏡。風吹紅豆忒多情，相思滿地，不是舊時病。　　可憐欹枕常教醒。盼斷飛鴻影。那堪一片殘照，又分帕上胭脂暈。"婉約耐諷。又秦淮妓有兩畹香，皆負才名，一許姓能詩，一張姓能詞。張有〔天仙子〕云："雨雨風風日幾巡。亂鶯啼處又殘春。靡蕪綠遍短長亭。休凝睇，暗含顰。減盡遥山一抹青。"亦似寄人之作。《賭棋詞話》載臺江妓張錦雲亦雅好文字，與李星村應庚有長生七夕之盟，所居曰餐霞樓，朝夕愛翫，書聲與釵聲相間也。星村《贈餐霞樓主人》七古有云："范大夫，元真子。身挾名姝弄江水。烟波不問亂與理，拍手大笑吾仙矣。"蓋將老於是鄉。未三年而錦雲夭逝，星村葬之於天寧山。對山有酒樓，每飲其上，望墓隔江遥酹之。又圖其影爲長卷，或題〔浣溪沙〕云："對影芙蓉舊畫樓。山眉從不解春愁。萬千憐惜者番休。　　棐几恁教釵響斷，芸籤料有指痕留。浮生那得五湖舟。"錦雲有女曰月清，依某姬以活，星村贈以絶句有云："阿母香墳宿草荒，餐霞樓碎散群芳。年來汝似營巢燕，苦向人間覓畫梁。”北里多傳誦之者。錦雲亦能爲長短句，惜遺草不傳。

二七　臺江妓鄭玉笋

　　臺江即閩江南臺，俗所謂洲邊灣裏者，皆粉黛所居。梁禮堂有〔兩同心〕詞，記臺江妓鄭玉笋事。玉笋嫻風雅，嘗作《香雪留痕》，自序：生時，母夢人授以玉玦，故名。幼即知詩，“開奩含粉淚，莫照可憐人”，其十四歲咏鏡句也。禮堂詞云：“融雪爲神，雕瓊做思。幾回對鏡低徊，有多少、傷心情事。向風前，灑淚成珠，結珠成字。　　無那孟婆風利。曇花謝矣。休再話、玉玦前因，剩幾幅、金荃遺製。更誰憐，月冷臺江，埋愁無地。”張亨甫游臺江，嘗著《南浦秋波錄》備述其中軼事。初眷一姬曰蓮仙，甚暱，後於洲邊復遇江姬蓮蓮，與蓮仙貌頗肖，因又眷之。其《再題蓮仙畫象》〔鳳皇臺上憶吹簫〕云：“雪色風神，月情雲態，自六年隔霞關。尚記得、紅衣碧樹、翠斂低鬟。憐汝芳名小字，都一樣、流落人間。誰堪見、淚再濺花，眉再愁山。　　偏令畫圖寫出，秋波更盈盈，顧我清孱。正今日、江南水遠，地北天寒。兩處悲歡聚散，驚欲換、潘鬢霜斑。憑何遜，詳細且話朱顏。”蓋因遇江姬涉感而作。臺江妓所居多近水，亦有以船爲家者，其習俗在桐江、珠浦之間。

二八　嘉慶時某王孫事

　　《龔定盦集》載所記嘉慶時某王孫事。謂王孫家京師，珠規玉矩，恂恂儒雅。所親某女士以中表禮相見，雅相慕重，因求昏焉。女家以王孫甫遘家難，不許，兩家兒女皆病。婢杏兒侍女頗久，一日大雪，杏兒私召王孫入，尚衣雪鼠裘，杏兒曰：寒矣。爲脫裘，徑擁入女帳，女方寢，驚癐，王孫曰：來視疾耳。俱守禮不苟。但聞絮絮語達旦，杏兒送之出。王孫以頳綃巾潛納女枕下，女不知也。越旬餘，忽夢女執巾佇立，悄然癐，乃知女殂耗，蓋杏兒以巾附殮也。王孫傷其意，尋鬱鬱卒，杏兒亦憔悴死。侍衛某撰王孫傳，不諱其事。定盦題以〔瑤臺第一層〕云："無分同生偏共死，天長恨較長。風灾不到，月明難曉，曇誓天旁。偶然淪讁處，感俊語、小玉聰狂。人間世，便居然願作，長命鴛鴦。　　幽香。蘭言半枕，歡期抵過八千場。今生已矣，玉釵鬢卸，翠釧肌凉。賴紅巾入夢，夢裏說別有仙鄉。渺何方。向瓊樓翠宇，萬古携將。"其事發情止禮，使好事者演爲傳奇，勝於《會真記》也。

二九　太清春

龔定盦識太素貝勒，因得與太清春以詩唱和。其詩所謂"一騎傳箋朱邸晚，臨風遞與縞衣人"者，世遂有窺簾贈枕之疑，固不足據。太清春吳人，侍太素爲側室，每相從并轡游西山，多倡隨之什，而其集罕傳。十年前，於友人處見有《東海漁歌》《西山樵唱》合刊，審爲近人所得鈔本。太清所作曰《西山樵唱》，有《山行》〔南柯子〕云："絺綌生凉意，肩輿緩緩游。迤林梨棗綴枝頭。幾處背陰籬落，挂牽牛。　　遠岫雲初歛，斜陽雨乍收。牧踪樵徑細尋求。昨夜驟添溪水，繞村流。"蓋西山道中作。婢石榴能誦其詩，年十三而夭，太素《悼石榴》詞所云"新詞喜誦夫人句，白日幽墳喚不還"也。太清又善畫，近見夏閏庵藏其杏花小幀，蓋道光丁酉八月追憶山南野渡杏花而作。春明詞侶，各有題咏。邵伯絅題〔芳草渡〕詞有云："回顧。短裝載酒，細草連天村外路。奈凄黯、時光易轉，新凉換庭户。"述其作畫之由也。是幀存太素題什，猶見趙管風流。定盦之弃官南歸，或謂即爲太清。晚眷吳中一女曰靈簫，有終焉之志，嘗教之填詞，乞孫月坡手寫唐宋詞爲其讀本，月坡題詞於端，後流入市肆，展轉歸張氏娟鏡樓，吳伯宛見之，賦〔洞仙歌〕云："美人心迹，似卷中曾見。秋影簾旌渺征雁。料小坊幽院，翠掩紅藏，祇悵怨、夢散南樓墜燕。羽琛投老去，綺思消磨，合爲詞仙苦分辨。簫譜懶重脩，小幅烏絲，累幾度、研朱親點。記一捻、猶餘粉痕香，讓秋水新編，染蘭裝綫。"

三〇　雙卿誤作張慶青

徐積餘《小檀欒室選輯閨秀詞》，人選若干闋，不次年代。中有張慶青詞，謂爲金壇田家婦，工詩詞，然不以非偶爲恨，鹺商某百計求之，終不可得。其詞爲《孤鴻》一闋云："碧盡遥天。但暮霞散綺，碎剪紅鮮。聽時愁近，望時怕遠，孤鴻一個，去向誰邊。素霜已冷蘆花渚，更休猜、鷗鷺相憐。暗自眠。鳳皇自好，寧是姻緣。　凄凉勸你無言。趁一河半水，且度流年。稻粱初盡，網羅正苦，夢魂易警，幾處寒烟。斷腸可是嬋娟意，寸心裏、多少纏綿。夜來閑。倦飛誤宿平田。"蓋録自董曉滄《東皋雜鈔》，乃與史梧岡《西清散記》所載賀雙卿詞正同。惟"河"字作"沙"，"來"字作"未"，爲小異耳。黃燮清《詞綜》、譚復堂《篋中詞》俱録是詞，以屬雙卿。雙卿字秋碧，丹陽人，嫁金沙清山周某，雖同屬農家，而姓名籍貫事實俱誤。《篋中詞》録其詞牌爲〔惜黃花慢〕《咏孤雁》，而末句作"倦宿平田"。積餘稱淹雅，其副室趙拂翠、女雲仙皆能詞，抑何未之深考也。

三一　葉小庚

吾閩葉毅庵少詹、小庚兵備父子皆能詞。小庚由進士官至河陝汝道，其〔臨江仙〕云："十載江湖常載酒，等閑孤負春風。莫愁湖畔板橋東。垂楊千萬樹，何處繫游驄。　爲愛綠窗人似玉，卿偏憐我情濃。翻教恨晚惜相逢。清歌聽未已，離夢又匆匆。"蓋贈妓之作。別有《本事詞》多闋，俱凄艷動人。李蘭卿都轉爲題〔子夜歌〕云："算從來、悲歡恩怨，值得魂銷幾許。總祇爲、傷春傷別，暗逗琴心箏語。天上雙鬟，人間三影，誰是鍾情侶。賴篇篇、密寫珍珠，似種東風紅豆，盡相思句。　當時向、旗亭畫壁，也憶單詞同賦。釵鼓瓢笙，蠻雲邊月，一樣低徊處。又挑燈顧曲，舊吟問尚存否。笛裏摹聲，尊前評韵，都入新脩譜。更消閑、自采閩音，殷勤添補。"時小庚方以同知斥外，其在京邸賦落花詞

〔金縷曲〕所謂"飛上錦茵能有幾,但吹來、藩溷都無著"者,蘭卿亦嘗和之,詞意頗傷飄泊,則自抒遷謫之恨,初不關綺思也。

三二 馬畹香

前記秦淮兩畹香,乃吳下校書更有馬畹香者,見改七薌詞集。七薌謂其有紅妝季布之風,而《吳門畫舫錄》造珠未采,深以為憾。會董竺雲來自杭州,而畹香亦適至,躡屐相訪於黑橋寓樓,聽歌"暮雨瀟瀟"之曲,曲終,竺雲嘆曰:竟失此人,《畫舫錄》為無色矣。七薌因賦〔蝶戀花〕云:"非霧非花留不住。習聽窗櫳,昔昔迷藏處。紗碧如烟籠翠羽。玉梅花底銀箏語。　潭水深深深幾許。且唱瀟瀟,牽引雲萍聚。料爾匆匆搖艣去。也應倦聽歌樓雨。"馬姬尤擅琵琶,七薌嘗於紅雨樓聽之,倚〔賣花聲〕一解云:"花落小紅樓。烟蕩波柔。蔚藍天影看雲流。萬綠鋪成三面海,忽下雙鷗。　儂已不勝愁。密意難酬。泪痕散作四弦秋。惆悵子弦聲最細,語更綢繆。"有此俠妓,不枉名筆。

三三 歌郎

曩聞有咏鷄冠花者云:"枉教胡蝶飛千遍,此種原來不是花。"見者嘆為巧絕,蓋以喻,歌郎也。何心盦兆瀛《代人悼陸郎》〔惜秋華〕句云:"憔悴楊枝,禁他曉風吹折。"又贈董郎〔齊天樂〕云:"寶鼎香殘,佩環秋冷,知否徐娘前度。"句雖佳,皆似歌姬。惟悼沈郎句云:"蝶老香空,蠶眠絲斷,幻影何曾沾著。"似乎近之,然亦祇是空中色相,未必確為歌郎,以此見刻畫之難。心盦集中有〔清平樂〕題飛六小影,謂飛六為康熙時某中丞歌童,蓉湖散人為之寫照,作與燕對舞狀,曹嵐樵給諫珍藏之,其詞云:"彩雲飛了。誰喚春魂小。舞瘦腰肢風裊裊。畫裏紅顏未老。　烏衣舊日王孫。雕梁解護巢痕。燕子已隨春去,夕陽何處朱門。"借燕雙敲,語特名雋。又都下歌童某擅色藝,尤妙於口輔,梁山舟名之曰"笑渦兒"。王受銘右曾填〔沁園春〕贈之云:"秋剪橫波,觸起微潮，輕盈有痕。想登臺擁袂，乍回舞雪，搴帷舉扇，細裊歌雲。欲語欹鬟，佯羞弄帶，逗露靈犀一點春。天然韵，便啼眉齲齒，欠此風神。　　芳名錫自情人。更銷盡、春風別後魂。任陳王賦好，輕憐翠壓，施家村遠，莫泥嫣嬛。翻水年華，拈花態度，歡喜偏成懊惱因。無聊甚，試圖成軟障，喚下真真。"可謂工切。

三四　王述庵三泖漁莊

王述庵築三泖漁莊，擅水竹之勝，繪圖征題，一時詞流，珠玉交映。時有閨秀徐若冰者，以緘神著稱，依圖繡成，毫髮不爽。述庵以示鼀香，嘆爲精絕，即以贈之，鼀香賦〔綺羅香〕一闋爲報。有云："認粉痕、三泖烟波，鬥黛色、九峰清遠。勝風流、當日漁洋，余家繡出洛神卷。"用余氏女子爲文簡繡洛神圖故事也。鼀香有《和夢華花兜紀遇》〔高陽臺〕詞，絕艷，云："鏡寫痕嬌，簾窺影瘦，斷魂分付烏篷。值得遙憐，妝成知許誰同。橫塘都釀相思水，被盈盈、遮夢難通。記初逢、語絮吹香，臉暈傳紅。　　嬋娟偷貌吳綃認，譜新詞寄與，唱出玲瓏。偏惹閑情，鴛鴦卅六陂中。凌波瞥眼驚鴻去，悔那回、忒煞匆匆。醉花叢、喚玉停橈，莫到西風。"其曰嬋娟偷貌者，蓋夢華兼畫橫塘秋影，爲情人寫照，不知畫中是否媚蘭。

三五　姓氏故事

會稽姜開先贈歌者李郎〔秦樓月〕云："天下李。一般柯葉分仙李。分仙李。東西南祖，故家苗裔。　　漢時有個延年李。唐時有個龜年李。龜年李。崔九堂前，岐王宅裏。"竹垞見之，拈〔醉太平〕書後云："支郎眼黃。何郎粉香。尊前一曲斷腸。愛秦樓月涼。　　公羊穀梁。鄱陽括蒼。詞人試數諸姜。算堯章擅場。"亦專用姜姓故事報之，時人服其典切。董文友酒闌示程村〔一剪梅〕詞尤妙，云："與君詩酒兩相于。座有紅于。尊有青于。湘蘭不并草軒于。山鳥刑于。山花友于。　　夜闌聯袂鼓綿于。舞罷神于。

吹罷茵于。徐徐臥去覺于于。一石淳于。一夢淳于。"典雅中尤見風趣。王阮亭笑謂一髡一梦，無端璧合也。

三六　朱伯康東溪漁唱

朱伯康《東溪漁唱·詩夢》詞云："鴛衾添個聯吟侶，盡商量、被角寒消。"設言之也，乃竟有之。秦馨侯嘗夢麗姝以詩相質，醒後猶記其句，因繪詩夢圖紀之。伯康爲題〔喝火令〕云："夜靜風簾冷，秋深月鏡斜。俏魂扶上瘦燈花。禁得商量時候，人近碧牕紗。　　舊夢兜心過，新愁壓鬢睫。醒來情事記些些。好似今番，好似那人家。好似那人家裹，隔坐聽琵琶。"繹其意，則夢中人固非不曾相識者。輕鸞入夢，錦鴛問字，亦情天幻影也。伯康別有《雜憶影事》〔浣溪沙〕四闋，備寫艷情云："記得紅樓月影沉。棗花簾底聽彈琴。十分酒力已難禁。　　偷換羅巾防妹覺，戲藏紈扇泥郎尋。此時情況此時心。""記得風回竹閣涼。替穿末麗看梳妝。一重簾影一重香。　　輕撥玉簪蝴蝶粉，乍挑金盒鷾鴣肪。驀然對鏡百思量。""記得雲英見面初。洞房深處賭投壺。滿簾竹影要人扶。　　剩恐心焦教暫睡，愛看臉暈倩伴輸。開籢携扇索親書。""記得華堂琥珀尊。并肩親遞玉漿溫。牽衣密約待黃昏。　　細剔瓜仁拋隔座，愛拈梅豆戲同門。扇邊低語最銷魂。"是亦詞中之《疑雨集》也。

清詞玉屑卷九

一　葉子戲消夜圖

高江村《題馬麟畫卷》〔華胥引〕注謂：今之葉子戲消夜圖，相傳始於宋太祖令後宮人習之以消長夜。又有倒擲戲者，以玉作橄欖狀，六觚而列一二三四五六，推旋於玉盆中，久之方倒，中其數者爲勝。又有鬼工，以一牙瓢如指大，内貯器具二十件，皆以牙爲之，小如油麻，有一小文簿檢其出入。又命畫院作圖卷，長數丈，畫花鳥之屬，展玩須半日工夫，皆當日後宮物也。據諸跋，此卷前有美人圖，橫被割去，可惜。卷端宋宮人楊妹子楷書"蝶戲長春"四字尚在。其詞云："雙雙飛蝶，灼灼穠花，寫成矮卷。舊紙澄心，題名細字傳畫院。別有書格簪花，剩一行柔翰。梅雨惺忪，踞床長日堪遣。　　聞説深閨，掩蝦鬚、綺牎閑玩，粉痕脂印，依稀餘香可辨。菓子泥金消夜，鳳衾慵展，留與人間。幾回看罷增嘆。"江村精考據，兹雖瑣記，亦足供擘阮。

二　嚴修能畫扇齋

前卷記嚴脩能事，其以畫扇名齋，蓋有事迹。先是高蘋洲藏名流書畫扇甚富，中有松圓老人一扇，畫蕭仁旭詩意。芙蓉數叢，蔭以疏柳，小舟傍岸，有美人把團扇看月，金箋水墨，神韵奕然。署款卅有六字云："崇禎十年八月廿四日，僧筏同舅氏魯生過成老亭，少飲午酒，戲筆作此。孟陽，時年七十有三。"小行狎書，遒媚無匹，鈐以朱文"孟陽"二字小印。脩能欲購之，蘋洲惠然相贈，遂以名齋。後補賦〔西江月〕紀之云："楊柳已知秋晚，芙蓉還帶霜妍。夜深人在木蘭船。明月圓如紈扇。　　讀畫情懷草草，惜香心事年年。拋殘金粉誤嬋娟。惆悵春風便面。"

三　蟾宮折桂

汪時甫淵贈秦淮校書〔浣溪沙〕云："宛轉芳心托綠腰。木樨花底夜相邀。紅牙拍板白牙簫。　　慧絶憐卿工酒糾，情深泥我困茶嬌。峭凉如雨度秋宵。"聞往時秋試，舉子來踢槐忙者，多賃居河房，與香巢密邇。中秋夕放牌，諸妓各拈桂花一枝於門外候之，遇相狎者，即舉花持贈，招携偕歸，舉子亦樂就之，以爲蟾宮佳兆。汪詞木樨句，疑即指此。樊榭詞中有徐翩翩者，爲人書扇，自署"金陵蕩子婦"。因填〔賣花聲〕云："風月秣陵秋。十四妝樓。青溪回抱板橋頭。舊日徐娘無覓處，花草生愁。

金粉一時休。團扇誰留。殢人祇有小銀鈎。句尾可憐書蕩婦，似訴漂流。"當亦往時曲中人也。桃扇風流，依稀未遠。

四　汪紫珊詞

汪紫珊贈王郎畹香〔摸魚兒〕句云："倘教洗盞池頭見，定使雲郎卻步。"是歌伶中又別有畹香也。其雲郎句，自係用迦陵故事。然紫珊詞中又有《吳山尊招同陳荔峰、張船山、花曉亭、錢謝盒集其寓齋，聽雲郎度曲》〔摸魚兒〕詞，則是又一雲郎也。其詞云："繞閑齋、高梧叢竹，蕭疏便似巖岫。招邀喜遂尋秋約，浣去俗塵三斗。清話久。漸幾片、殘霞紅染斜陽瘦。此中宜酒。問醒戀朱軒，夢窺青瑣，何似伴紅友。　　團欒坐，一笑鼇持左手。黃花香染衣袖。當筵況有櫻桃鄭，軟語可舒眉皺。沉醉後。念此段、清歡略似江南否。別懷偁偬。又累我今宵，蝶魂孤趁，遠覓白門柳。"時紫珊將南歸，故結語有傷離之意。山尊嘗評紫珊詞，以為旨歸忠厚，語出性情，船山亦深許之。紫珊《謝船山刪定詩集》〔八聲甘州〕句云："愧不是、豐城劍氣，枉勞君、稱說遍京師。"可征延譽之切。紫珊在京師，與朱郎蓮芬交最昵，嘗畫《填詞圖》，命蓮芬書己作於卷，賦〔眉嫵〕詞贈之云："想空烟一抹，側帽依燈，拈筆綠窗底。寫到傷心語，揮毫處、低徊應易蕉萃。酒尊漫對。怕斷腸、郎意先醉。試歌向、月暗重簾後，早清淚如水。　　知未年年匏繫。有幾多哀樂，今夜提起。瞥眼東風疾，休吹落、桃花香染春紙。一縑一字。且淺斟、低唱相倚。縱難駐韶華，判兩鬢與愁抵。"其《自題填詞圖》〔梁州〕句云："似聞簾外微雨，飛花便欲和春嚥。"的是多情人語。

五　朱郎蓮芬

朱郎蓮芬，繼王蕊仙以《桃花扇·寄扇》一齣擅名都下。蕊仙生道光時，士大夫多諳雅曲，故賓筵酒座間盛稱嘆之。張亨甫為作《王郎曲》，所謂"天下三分月，二分在揚州。一分在、王郎

之眉頭”，以蕊仙揚州人也。蓋得名直同王紫稼。蕊仙老去，遂乏
嗣聲，至蓮芬始再振，然真賞終鮮，有白雪曲高之嘆。同治中，陳
郎蘭仙復演是劇，紫珊再至京師，猶及見之，爲譜〔霓裳中序第
一〕云：“清歌粲素靨。眼底濃香消絳雪。拍遍闌干幾叠。現後影
前身，桃花顔色。關河阻絶。可有飛紅捲殘蝶。知音少、緘愁難
寄，倚袖向誰説。　　悲切。笛聲低咽。似當日、秦淮夜月。傷心
公子遠别。又今夕燕脂，寫恨如血。泪痕描露葉。早鼓板、淒凉數
闋。當筵嘆、春風一握，爲爾啓金篋。”其自序猶爲蓮芬負氣，謂
曲海詞山，千生萬熟，而搵簪擷落，知者無人，與之言鄧千江
〔望海潮〕、蔡伯堅〔石州慢〕，瞠然而已，何況公子天涯，美人樓
上，春風問訊，誰復於一握濃香識南朝之興廢哉！謝枚如晚至京
師，時紫珊已逝，蓮芬尚在，貧困無聊，復理故業，年華老大，盛
名難再，見者輒爲之太息不置。

六　沈栗孃

曲園先生詩云：“千秋兩柄桃花扇，前是春君後栗孃。”栗孃
姓沈，吳中名妓，色藝冠一時，歸周雲將爲妾。甫二年而雲將卒，
矢志不再嫁，又五年而逝。雲將生時，藏有任渭長畫扇，一面寫折
枝桃花，一面寫李香君小象。譚仲脩爲題〔虞美人〕詞云：“東風
冷向花枝笑。轉眼花枝老。淡烟依舊送南朝。何事美人顔色念奴
嬌。　　天涯一樣文章賤。公子空相見。酒杯傾與隔江山。山下無
多楊柳不堪攀。”道希和云：“南朝一段傷心事。楚怨思公子。幽
蘭泣露悄無言。不是桃根桃葉鎮相憐。　　若爲留得花枝在。莫
問滄桑改。鴛鴦鸂鶒一雙雙。欲采芙蓉憔悴隔秋江。”雲將亡後，
扇存栗孃所，冒鈍宦爲雲將甥，憫栗孃守節死，爲之作傳，名流咸
有題咏，曲園詩亦作於是時。曹君直題以〔翠樓吟〕云：“喚起東
風，斫羅扇底，桃花又拼紅死。清根容易長，總付與、商邱公子。
繁華能幾。更休問青溪，舊時流水。分明是。替儂寫照，比伊丰
致。　　彈指。二百年來，也零香一寸，未秋先墜。白楊堪作柱，

還厮守、素縑盟誓。么孃如此。便我作迦陵，要存篋笋。芳名字。待君箋入，婦人集裏。"易實甫題句云："生無艷福鷗波館，死有香名燕子樓。"亦工。

七 桃花扇子

錢塘諸璞齋可寶工畫，嘗爲其友陶湘湄製桃花院本畫扇，絕工。自題〔玉交枝〕云："仙源接。武陵無異秦淮檝。秦淮檝。官奴逞勝，和根和葉。 舊時紺唾香留褶。新來靧面潮生頰。潮生頰。那人一樣，可憐顏色。"其室鄧瑜亦同作云："龍翁筆。等閑染就香君血。香君血。美人名士，而今難得。 春來花要東風惜。秋來扇奈西風急。西風急。年年常好，瑤池標格。"是可擬之鷗波館矣。湘湄雨日過小姑山，展遲鞠同年所畫院本桃花扇子，因填〔鳳栖梧〕詞寄之於湖北志局云："長夢銀屏湘水渚。一到天涯，便聽瀟瀟雨。依約小姑山下路。亂雲無際江流去。 根觸香衫留斷句。扇底分明，畫出愁千縷。春色可憐能幾許。桃花總是銷魂處。"遲鞠，璞齋別字也，是又一柄桃花扇子。

八 長安看花記

偶於楊味雲齋頭，見楊掌生孝廉所著《長安看花記》，筆墨脩雅，略如《金臺殘淚》，而詳贍過之。冠以范秀蘭，殿以翠林。錄其爲翠林書扇〔柳梢青〕一解云："記否相逢。春山畫裏，春水波中。繫馬樓臺，藏鴉門巷，歸燕簾櫳。 好春生怕匆匆。歌扇底、芳心自同。藍尾杯深，紅牙板緊，沉醉東風。"翠林字韻琴，蓋識自保陽者，嘗隸京師春臺部，幾於天涯淪落矣。秀蘭字小桐，善畫，嘗於紅氍毹上演馬湘君畫蘭，烟條雨葉，揮灑立就，或水墨，或著色，并皆佳妙。掌生藏其小影畫扇，名之曰國香秀影，且依樊榭咏素心蘭國香慢韻，倚聲題之。又有潘玉香者，字冠卿，夙與韻香、蕊仙齊名，工《瑤臺》《藏舟》諸劇，尤善演《楊妃春睡》，旖旎風情，出人意表。掌生以梁汾咏梅〔浣溪紗〕詞所謂

“物外幽情世外姿”者方之。玉香娶婦芙蓉，爲賦〔賀新郎〕云：
“一桁簾衣捲。藕花中、并蒂移花，羊車初遣。莫笑一生花底活，
未許露華輕泫。況紅藥、留春如繭。一笑并肩人鏡裏，問近來、眉
樣今深淺。紫雲曲，譜親展。　　　國香服媚名逾顯。記索郎、飛白
瑤臺，親題禁扁。爲檢河魁繙秘笈，不吠瑯嬛白犬。許平視、磨甎
幸免。不礙二分春似水，算長安、添數看花典。圖月照，華燈
剪。”是即秋水軒倡和韻，國初諸老，嘗以賀汪蛟門納姬者。其題
扁句，則謂嘗取張南山“銀塘風定玉生香”詞意，名玉香所居曰
白藕花吟舫，亦後來詞家談助也。

九　湘江歸棹圖

黃小松有姬彬娥，選自湘江，携歸越渚，作《湘江歸棹圖》。
圖中一行柳岸，中流蘭舟初放，篷窗紅袖，依約可見，蓋吳人陳雪
三手筆。江橙里題以〔山漸青〕云：“楚山青。越山青。朵朵烟鬟
相送迎。推篷指岳城。　　　人雙清。境雙清。一片瀟湘畫易成。含
毫無限情。”又有署玉衡者，題〔南浦〕一解云：“天闊水雲空，正
一葉驚秋，千山愁暮。孤棹倚中流，烟波渺、言送王孫歸去。晴川
脉脉，繫情多少垂楊樹。汀洲無數。更岸芷江蘺，勸人遙駐。
匣琴囊劍蕭然，想羈思夷猶，騷懷容與。空谷有佳人，風塵外、特
與拈將豪素。離亭舊曲，即今誰羨錢郎句。篷窗夜雨。問楚尾吳
頭，落帆何處。”是圖近年徐濠園於沽市得之，征詞人題咏，余與
邵倬盦同和〔南浦〕詞，而徐姜盦填〔雙雙燕〕尤工，云：“綺帆
美滿，湘波裏雙雙，彩鴛飛渡。紅妝翠墨，相映綠楊嬌嫵。湖水湖
烟入畫，幾搖漾、玉人歸艫。迎來一棹添香，題遍秦亭春渚。
爲數。南屏勝處。行李檢林孃，小篷遷住。花間低唱，也是馬塍簫
侶。工畫檀郎最擅，問何不、丹青自署。猶賴冷綃，留在麗情剛
補。”林孃句，謂小松藏有林天素行李單也。小松《得碑十二圖》
今亦歸端甫，可稱璧合。

一〇 潘蘭史

潘蘭史跌宕詞場，頗耽聲色。《香海別妓》〔蝶戀花〕詞有“月識郎心，花也如儂面”之句，人喜誦之。居歐西柏林，碧眼細腰，多從問字。有女子名媚雅者，授琴為業，同有鳳鸞飄泊之感。蘭史賦〔訴衷情〕詞贈之云：“樓迥。人靜。移玉鏡。照銀檠、琴語定。簾影。月矇矓。芳思與誰同。丁東。隔花彈亂紅。一痕風。”他日媚雅游蝶渡，招同女史二十六人，各按琴曲，延蘭史入座正拍。復成〔琵琶仙〕一解云：“仙舫晶屏，有人畫、洛浦靈妃眉嫵。歌扇輕約蘋風，雲鬟蘸香霧。芳渡口、銀盒浸綠，更紅了、櫻桃千樹。初度劉郎，三生杜牧，塵夢休賦。　還憐我、似水才名，話佳日匆匆莫閑度。卻把一襟羈思，付前汀鷗鷺。扶窄袖，瑤絲代語，喚水仙、共點琴譜。祇惜弦裏飛花，斷腸何處。”順德賴虛舟見其詞，詫為奇福，賦詩紀事有句云：“廿六嬌娥翻舞袖，倚聲齊唱鷓鴣天。”重瀛巾髻，乃有知音，聞者艷之。蘭史室梁佩瓊亦工詞，有“紅是相思綠是愁”句，頗擅韻致。

一一 歐西事入詞

歐西小說多述艷情，而中土罕傳之。林畏廬客京師，授徒鬻畫外，兼事譯籍，所譯書皆風行海內。卷首恒有自題長短句，《咏佳而夫人》〔小重山〕云：“別業東風萬柳絲。朱樓斜日裏、見朱扉。玉簫聲向舞筵遲。腰圍小，收狹研羅衣。　春聚遠山眉。重重挑不動、個人痴。去時追想乍來時。空留得，欄外海雲飛。”《題玉雪留痕》〔齊天樂〕云：“玉罍香怨相逢地，珊珊盼伊纖步。藥鼎枯烟，花欄碎月，春鎖愁鄉深處。游絲萬縷。甚曩到簾西，欲抽還住。語淡心濃，綠房陰透夜來雨。　涼波吹卻浪蕊，但蒼雲四卷，沙際孤嶼。鯽墨濃鐫，鵝黃嫩咽，爭說因郎辛苦。餘生半黍。竟畫裏挪舟，帶珠遷浦。試看雕梁，弄春雙燕羽。”《題迦因小傳》〔摸魚兒〕云：“倚風前、一襟幽恨，盈盈珠泪成癭。紅癍腥點鴛鴦翅，苔際月明交頸。魂半定。倩藥霧、茶雲融得春痕凝。紅窗夢醒。甚恨海波翻，愁臺路近，換却乍來景。　　樓蔭裏，長分紅幽翠屏。銷除當日情性。篆絞死後依然活，無奈畫簾中梗。卿試省。碧潭水、阿娘曾蘸桃花影。商聲又警。正蘆葉飄蕭，秋魂一縷，印上畫中鏡。"歐西事人詞，此亦僅見。

一二　香奩之作宜蘊藉

曩聞有仙降俗媼家，一狂生欲見之，不可；固請，乃於帷下見其蓮鈎。狂生賦詞有"願爲蛺蝶去裙邊，一嗅餘香死也甜"之句，仙爲怫然，自是不復現色身。大抵香奩之作，難在蘊藉，子冶叔祖嘗以〔聖無憂〕調賦《美人八咏》，《美人足》云："裂帛圓膚裹，弓彎細尺量。生塵羅襪凌波步，寸寸著蓮芳。　　裙衩吹開休罵，鞋杯借取何妨。玉香獨見羞郎甚，猶道睡鴛香。"亦風趣而絶不傷雅。又如咏浴，題最褻矣，而黃石牧之雋《聽浴》〔一枝春〕詞云："絮撲東隣，艷陽斜、小浹羅衣香汗。蘭湯試否，細語杜鵑花畔。窗紗閉響，想卸到、畫鸞裙襴。知尚怯、一縷微風，逗得玉肌寒淺。移時暗聞水濺。是冰綃三尺，輕勻濕遍。梨花鏡裏，帶雨自憐春軟。窺牆未許，肯簾外、侍兒金賺。應怕有、雛燕雕梁，看人未免。"刻畫纖微，亦脫盡輕薄口吻。濮春漁〔浣溪紗〕《艷詞》云："偎頰回眸小語駇。幾回貪戀幾回猜。不曾中酒軟咍咍。　　緊護春寒防轉側，爲勞將息互安排。貼儂心坎貼郎懷。"説透橫陳，正如嚼蠟。

一三　尋緣紀夢圖

鄒少愚有騎省之戚。偶飲晚香閣紫藤花下，甚醉，夢至一處，背山臨水，殿廊嵯峨。繞廊入後院，聞絲竹聲，窺牆內有磐石置樂器，美人六七，或坐或立，或吹簫弄笛。中有紫綃衣執檀板者，似其亡室，心甫動，即爲絳衣人所見。叱曰：何處齷齪兒，窺人閨閫？連呼鶴奴逐之去。復有綠衣者，貌類其亡妹昭霞，曰：無傷，彼與嫂情緣未斷也。方將致問，見二鶴飛舞而來，急奔數武，見大河前橫，適有白髯人放棹傍岸，遂登行里許，聞喚渡聲，則亡婢素芳，因詢之曰：爾輩已登仙籍耶？婢曰：雖非仙，亦異常人。此舟爲苦海寶筏，渡人無算，三十年後當與主人後會於此。鶴唳一聲，豁然頓覺。因浼畫家作《尋緣紀夢圖》，而自記其事如此。桐城劉子仁敦元爲倚〔多麗〕一闋云：“遠山橫。儵然畫檻雕甍。料非憑、曹騰醉夢，寸心幻出蓬瀛。甚私窺、雲垂紫袖，又偷聽、風遞紅笙。霞錦深遮，雪衣深罥，怪郎孟浪未分明。怎不待、卅年緣到，好續舊時盟。應多謝、妹談絮果，婢訴蘭情。　鶴翩翩、盡教逐客，慈航却送歸程。正喚君、藤陰酒醒，也憐我、盍簪塵生。鏡裏鸞分，床頭蝶舞，記言恍惚上瑤京。願訂約、重尋往迹，携手向蓉城。休忘問、蕊珠仙子，見否飛瓊。”子仁時亦感逝，在相州客次夢其告別，云赴金母之召。其事適相類也。

一四　樊天琴高陽臺

沈鶼巢師督學秦中，聞人言：翰林先輩陳某，同光間來視陝學，其人琴瑟敦好，當星軺西邁，夫人憚風塵長驛，未能從也。方按試鄜州，適閨中錦書至，殷勤促歸，縢以紅襪，陳感焉。時試事未竟，強屬州刺史攝事，遽引疾還，傳以爲笑。嘗舉其事以語樊天琴方伯，次日天琴書至，附〔高陽臺〕一闋曰：“萬古情天，鍾情若此，文章官職都休。桃李關中，忍忘楊柳樓頭。貂蟬不換鴛鴦枕，怕烟眉、兩葉橫秋。捧巫山、一段雲紅，貴甚封侯。　冰衡玉尺關何事，把星軺謝遣，還我溫柔。天上銀河，從今不隔牽牛。頭銜別署鷗夷子，載夷光、雙泛蓮舟。便相携、歸隱仙霞，著底閑愁。”蓋即咏是事也。陳爲東越人，故有仙霞句。曩聞殿撰某公嗜酒，惟對夫人不飲，及督學粵東，出按試，舟程苦寂，日夕縱飲，竟爲汾酒醉死。天下事固無獨有偶。

一五　王漢舒香雪詞

嘗與客談王漢舒《香雪詞》，其〔臨江仙〕後闋云：“好是小

簾斜月地，無端憶夢懷人。玉梅花底淡黄裙。相逢曾半醉，一别竟
殘春。”傷生離也。〔蘇幕遮〕後闋云：“翠原風，青冢酒。地下紅
妝，睡損苔花綉。腸斷玉蘭香豆蔻。春到人間，也到幽泉否。”傷
死别也。其傷死别者，當爲鸞弦之恨，即其〔虞美人〕詞序所謂
平原君者。平原君生前小詩有“落花小院夕陽黄”之句，惜全首
缺落，漢舒因借填小詞。故詞中有云：“誰傳七字向殘箋。賺我夢
中，吟了十多年。”集中感逝之作，大抵爲此。至云“相逢半醉”，
決非閨中倡酬語，或别有所贈也。客曰：君不見漢舒之答秋槎乎？
秋槎讀其詞稿，有宋玉之疑。漢舒賦〔薄幸〕詞示之云：“心花落
艷。似寂寞、枯禪退院。便吟出、曉風殘月，那是蘭陵真面。祇鈞
天、一夢銷魂，顏憑淚洗腸輪轉。嘆雨絮前緣，霜蘭現業，負盡三
生恩眷。　　却是詩、因墨果，休猜做、世間情戀。況天荒地老，
名聞影隔，東風不認樓中燕。秋墳露濺。倘知音、憐我客嘲，肯製
招魂换。裝來玟瑁，留抵返生香片。”詞旨了了，奚事疑揣？余
曰：恐不盡然。是詞所云“名聞影隔”者，若確有其人，姑不深
論，即如〔蘭陵王〕後闋云：“珠絡鎮閑却。愛鈿綴通犀，鞋綉文
雀。藥房深處葳蕤鑰。恰襟上香暖，鬢邊花落，這般情景，怎教我
不念著。”似此佻艷，又豈施之閨人者，君子於所不知，闕疑焉
而已。

一六　江秋珊

　　旌德江秋珊順詒詞極凄惋。有句云：“埋玉憐烟，碾珠吊月，
曇花竟是空花。”讀者爲之惆悵。知秋珊者，謂其少日有所眷，嘗
自記其事爲《鏡中淚》傳奇，因自號願爲明鏡生，且繪爲圖，遍
征知交題咏。迨亂後，重返白門，圖中人化去，圖亦委於兵火，秋
珊詞所謂“多事仙人跨鶴覓，殘陽紅認誰家”者，正有令威城郭
之恨。後於青溪遇水仙子，與圖中人十九仿佛，别有〔高陽臺〕
詞紀之。王蘭隱《葽碧詞》有《追題秋珊願爲明鏡圖》〔高陽臺〕
云：“蘭佩星分，荷奩月碎，夢飛破鏡何年。對舞春風，分明影裏

嬋娟。殘蟾憶照多情淚，甚無情、不照人圓。柱纏綿、畫上鴛綃，寫遍鸞牋。　　重來怕過青溪路，剩愁鴉噪雨，怨雁啼烟。多事菱波，殷勤換了芳鈿。水仙一曲臨風聽，抵幽香、替薦寒泉。盡留連、寫翠傳紅，舊恨新妍。”是圖題詞，見於諸家詞集者甚夥，此作在青溪尋夢之後，特錄之。

一七　李越縵金縷曲

徐花農侍郎居京師，曾迎桃葉，未幾玉折。嗣復購一姝，却扇夕，細詢姓里，乃即舊人之妹，其初未之知也。李越縵侍御調以〔金縷曲〕云：“牽得紅絲異。憑巫山、彩雲散後，銀潢仍濟。珠幰馱來嬌宛轉，似識燒槽弦意。更何用、玉簫雙誓。比似香階歌剗襪，却提鞋、不辨愁滋味。燕玉小，楚雲殢。　　當年花底雙成覯。未端相、豆梢年月，桃根行輩。誰道留仙裠剩得，偏賸銀環宜弟。較花貌、青城姊妹。還憶緗衾回面日，把小喬、已屬金龜婿。新舊恨，玉山會。”侍郎與侍御俱庚辰春榜同年，侍郎爲曲園翁弟子，嘗爲翁築俞樓湖上，直南齋，迭邀殊擢，至閣學攝少司馬，以人言罷。與侍御尤密，時共歌筵。侍御別有《朱霞小妹締姻梅下戲柬花農》〔金縷曲〕云：“種玉元無異。看盈盈、銀河相對，文駕交濟。十載名花雙榜首，管領春風人意。更不用、紅梔私誓。生小雲翹金屋捫，憑櫻桃、輸與瓊漿味。霞嶠近，綠梅殢。　　誰從朱鳥窗間覷。恰相當、鶯巢燕客，粉昆瑤輩。引鳳清溪桐一瓣，好配山礬吾弟。笑還勝、紫宮兄妹。舞罷玳筵花十八，喜珍珠、量得嬌柔婿。簫鼓裏，碧衣會。”朱霞謂朱郎霞芬，有妹適梅郎，同與觀禮也。兩詞俱用合肥相國韵，然則合肥亦能詞矣，惜原作竟佚。

一八　歌伶秋菱與霞芬

侍御於歌伶中眷秋菱，次爲霞芬，嘗暑夕會飲，霞芬以茉莉遍綴於越縵團扇，即秋菱所書者。露顆沾衣，香風襲袖，因賦〔珍珠簾〕云：“是誰琢就珍珠蕊。露苞含、多少溫存深意。恰到半開時，又素馨如醉。見説琳宮新采得，便暗取、荷囊牢繫。偷寄。怎背人低數，相思何事。　　偏稱小扇輕紈，配綽約簪花，瓊瑶勻綴。卅喜算團欒，看細排心字。比似丁香猶款密，好結取、從頭盟誓。休弃。便金篋緘香，見時長記。"樊雲門和云："羅囊私貯相思朵。玉釭前、一種溫磨初試。小扇怎輕盈，更泥他纖指。一握真珠親贈與，當鑲佩、襟邊長繫。風細。問明月圓時，好花開未。　　別有却扇風情，且茶甌罷點，鬟翹休綴。不借彩絲穿，怎盡成連理。喜字回環三十六，最難得、花花相對。臨睡。定羅帳風來，幽香如醉。"又嘗繪《秋江菱榜晚霞時》團扇，合綴兩郎芳字。雲門題以〔賀新郎〕詞云："照影情波裏。映秋汀、菱花一剪，晚霞娟麗。鏡裏春人紅裳薄，剛似芙蓉并蒂。有無限、夕陽詩思。蘸取明珠多少泪，染情天、一抹鮫綃紫。渾未隔，絳河水。　　瀟湘舊愛牽芳芷。甚新來、涼蘋罷采，玉璫雙繫。側帽花間填詞客，祗辦香吟粉醉。早料理、雙鬟釵費。一舸霞川尋夢去，喚楊枝、作姊桃根妹。誰會得，五湖意。"芳芷句，謂其嘗眷歌郎芷香，其扇作秋江景，菱波一抹，彤霞晚映，兩美人弄舟其間，風情絕妙。侍御嘗謂：都門酒座間，每逢俗物，使人作惡，不如曰對兩郎，尚有烟水氣也。

一九　鄭仲濂考功詞

謝枚如《詞話》謂，在都門時，有萬郎芷儂善小楷，李郎聽秋工愁愛懶，皆無俗態。嘗招鄭仲濂吏部飲，聽秋司酒糾，仲濂自謂：生平食性喜酸。聽秋曰：君能飲醋盡一杯，當歌一曲為償。仲濂欣然引滿，余笑曰：吃得三斗醋，百事可作，君飲尚嫌少耳。次日，仲濂箋至，填〔菩薩蠻〕云："兜愁不忿青綾被。夢殘渴想梅花味。夜雪曉寒天。思君思水仙。　　出門無處可。坐對防花惱。花惱若為懷。還逃醋甕來。"老輩風流，大可唱噱。仲濂為太夷方伯尊人，有《考功詞》一卷，多寓瘞琴之痛，〔清平樂〕云："珠簾晝寂。燕子雙飛人。病酒愁春無氣力。又近去年寒

食。　　緒風吹黯窗紗。落英飄絮誰家。枉却黛蛾深鎖，東君不
縮韶華。"又云："新愁怎話。舊夢重温怕。欺透峭寒裙子衩。心
字水沉灰也。　　　擘釵敲作清歌。孤眠冷笑嬬娥。今夜人間風露，
何如天上星河。"又《寓齋丁香頓謝感賦》〔滿庭芳〕云："一自
素鸞信杳，人中酒、蕉萃而今。香篝底、不堪低訴，便訴有誰
聽。"抒情芳悱，愁來無端，所謂傷心人別有懷抱歟！

二〇　再生緣

孫淵如室王采薇工詞，僅存〔醉花陰〕一闋云："嘹唳歸鴻驚
秋後。旅館鄉心逗。夢入曉雲飛，綠遍天涯，不認門前柳。　　　露
桃影裏人非舊。春也應難久。風日又清明，獨對殘紅，寂寞簾垂
畫。"若自知夭折者。歿後，降乩謂：居忉利東宮，掌上界書，有
八絶句寄外。其事甚異。又桐城姚伯山太守室張恭人卒後，太守
宰揭陽，納姬楊氏，性情丰態，宛然故人，且生年月日即張辭世之
辰，咸謂玉簫再世。姬三十初度，太守治具觴客，陽湖楊聽臚傳第
在座聆其異，爲賦〔高陽臺〕云："釵鳳新回，帶鴛重結，曉來細
認眉痕。仿佛年時，翠蛾約住愁顰。前身本是靈華謫，算人間、兩
度芳春。最凄然、舊日羅敷，此日桃根。　　　還疑倩女離魂處，怎
凌波微步，徑度重雲。環珮歸來，仙風吹送香塵。妝樓回首都成
夢，祇寶奩、紈扇猶存。又依然、錦瑟華年，重證蘭因。"亦有兆
而不驗者。夏閏庵奉慈櫬附糧艘南歸，於黃河北岸守候，盤壩夜
夢，其元配何夫人，布衣青裙，翩然入舟，嘿無一語。旁置銅盤及
素履一雙，妻兄何少庵亦在，謂閏庵曰：妹夫喜也。瞿然而覺。時
族叔薇卿同舟，呼而語之，薇卿謂南俗新婚，於銅盆中置鞋，取同
諧之義，意者其有再生緣乎？然後竟無征。洪毅夫與閏庵同年爲
作《河橋夢影圖》記之，閏庵晚年憶及，追賦〔高陽臺〕云：
"碧海心長，稠桑影短，回思夢境無端。一語難申，惟餘脉脉相
看。玉簫猜擬重逢約，賺韋郎、到老凄然。剩塵紈、月黯河橋，
畫意荒寒。　　　同諧吉兆終成幻，更履霜人操，承露移盤。翻覆

搶桑，徒驚何世人間。白頭今日如仍對，怕鷗夷、料理都難。祇魂牽、先壠松楸，江上青山。"後闋兼抒陵谷之感。

二一 何青耜與蔡眉修

何青耜與其室蔡眉修伉儷綦篤，榜所居曰"第一情天"。京曹清暇，藝菊自娛，菊有合蒂、同心、并頭者謂之"三異"。秋夕，置酒賞之。青耜賦〔踏莎行〕云："鏡檻眠雲，簾衣漾月。花天不許餘芳歇。一重纖影一重心，秋痕都是雙胡蝶。 合蒂蘭因，并頭鴛牒。桃根姊妹呼桃葉。不須遲暮怨西風，年年縮住同心結。"時眉修已病，填小詞自慶，逾年有安仁之戚，惘然神傷，及秋所種菊，復見三異，徘徊花間，愴懷今昔，又賦〔南浦〕云："花事忒纏綿，向晚秋、開出一雙春影。舊蝶舞嬋娟，相思夢、生怕冷蛩啼醒。琱窗睡起，眼前換了銷魂境。簾櫳夜静。燒銀燭駢枝，與花低并。 思量往日心情，記庭院吟秋，比肩人病。魂漸逐花飛，鴛鴦瘦、深悔綉他同命。風釵拆後，瑤樓誰遞雙魚信。那堪開鏡。看擘鬟分鬈，有人妝靚。"蓋亦所謂情文相生者。壽客有知，應爲惆悵。集中別有《筆袋》詞，蓋眉脩善綉，是物其手製也。詞爲〔祝英臺近〕云："唾香絨，拈弱綫，金屋一燈悄。綉出文鸞，飛入管城小。有人譜寫鴛鴦，花描蛺蝶，却禁得、幾番丁倒。 彩雲杳。當日繭樣情絲，却向筆尖掃。叩叩香囊，一例宿緣了。空餘煮夢簾櫳，針神低喚，渾不見、麻姑纖爪。"青耜詞工於言情，其《蔡淑人服除》〔金縷曲〕詞傳誦都下，此數闋觸緒抒懷，別見馨逸。

二二 吳蘭若

屯田"曉風殘月"句，傳誦千古。馮登府嘗繪《楊柳岸圖》，自題〔長亭怨慢〕，後闋有云："問那處、夜笛樓頭，恐歸去、綠陰非舊。但月曉風尖，付與鶯儔蝶儔。"疑有本事。同社汪鵜龕纕亦有《柳岸曉風填詞圖》，蓋爲悼吳姬蘭若而作。姬家在武陵橋北楊柳堤也，自題〔洞仙歌〕云："峭寒孤另，又銷魂時候。影事重題怕回首。認橋低、浸碧柳嫩撩青，禁不得、鬢影衫痕消瘦。蘭橈人去也，渺渺烟波，蕩破愁情可能㲅。尋舊夢換新聲，任爾疏狂，何處覓、添香紅袖。却記取、當年武陵春，盡險韵頻拈，暈眉雙皺。"詞旨可見。同人題者多和是調，惟章曼仙題以〔滿庭芳〕，結拍云："屯田老，京華舊夢，都付雨淋鈴。"亦傷吳姬之意。鵜龕配吳浣芸工詞，嘗題姬所繪秋海棠便面〔凌波曲〕云："柔魂瘦魂，愁根病根，冷烟疏雨黃昏，又秋光到門。　香痕粉痕，三分二分，寫來越樣精神，正西風范村。"又題所繪榴花折枝〔菩薩蠻〕云："江梅落盡芳時歇。小園忽報繁枝發。蠟底束紅綃。春裙一樣嬌。　綠窗明照眼。消息薰風換。莫笑但花開。看伊結子來。"當日小鬟拂絹，大婦倚簫，鸚語無猜，鴛心互印，誠紅閨佳話也。蘭若逝後，浣芸悼以〔臺城路〕云："秋風吹散鴛鴦侶，銀塘夢醒何處。死尚多情，生成薄命，贏得者般酸楚。郎心更苦。對鏡裏嬋娟，暗添愁緒。秀靨脩眉，佩環天外渺何許。　頻年慣耽小病，盼歸來伴我，料量家簿。一瓣心香，為誰私祝，枉乞慈雲深護。佳期已誤。便往事凄涼，勸君休訴。此日招魂，問渠遺恨否。"真有我見猶憐之況。後又為鵜龕別聘燕姬，教以家政，姬來數年而浣芸卒。楊味雲題其《漱紅館詞草》〔喝火令〕云："龍首亭亭瘦，鸞腸脉脉愁。佩環聲杳碧城秋。猶有幾絲，紅泪浣銀鈎。　墨暈裙邊褪。脂痕扇底留。簪花字格最風流。記得新詞，譜入鈿箜篌。記得焚香寫韵，人在柳邊樓。"趙劍秋室呂桐花題以〔減蘭〕，有"纖錦才工，柳岸同心唱曉風"之句，尤傳誦於時。

二三　夜夢詞

端木子疇幼時讀《湘靈鼓瑟》詩，夜夢至湖上，水天一色，明月千里，有神女曳裳飛佩，躡波微步，寤後記之了了。其賦〔湘月〕詞所謂"水天澄碧。見風裳霞帔，飛步清景"者也。吳印丞舍人亦嘗於秋夜夢至一處，長廊曲室，間以疏櫺，月光射入，皎然澄潔，其外烟汀沙渚，曠無人居，更遠則平波瀰迤，或言此洞庭湖也。倏見湖壖大鳥，引咮啄地者再，鳴聲戛然，湖中出二女郎，短髮齊肩，長眉入鬢，其一齒尤稚，烟襴風袂，不類塵世妝。侍者導以行，就室中款語良久，惝恍迷離，多不可曉。醒後賦〔導引曲〕云：“湘波闊，湘波闊，清絕不勝寒。極目長空秋渺渺，平湖如鏡月如丸。人倚碧闌干。”“深夜靜，深夜靜，雲外聽鸞吟。珠佩一雙逢漢女，冰弦廿五迓湘君。携手出江潯。”“重相問，重相問，嬌語未分明。依約上清諸女伴，瑤華密誓絮三生。香影澹無痕。”“留難住，留難住，歸去水雲鄉。霓羽蹁躚風袂舉，羅紈綷縩雪肌涼。仙夢繞銀塘。”子疇之夢因詩而生，所謂想也；印丞之夢則意所不及，豈前世因歟？

二四　朱芷青詞

《聊齋志異》所志俠女事，蓋感養親之德，知其無力娶婦，爲生子以報，非兒女之私也。槐市生亦有《俠女記》，則風塵遇合，其迹小異。朱芷青記以〔念奴嬌〕云：“知音難遇，豈才人寂寞、終將老也。天爲名流珍遇合，要使旁觀驚詫。客尚青衫，人如紅拂，聯得奇姻婭。鵾弦譜出，聽他當日佳話。　料想獨客秦淮，炎涼滿目，泪也窮途灑。忽遘仙人鸞鳳友，遂定盧儲聲價。一第宮花，丁年使節，俗子光輝借。祗雙俊眼，彼蒼不肯輕假。”其事別有院本傳之，亦奇艷也。又芷青居京師，值徐訏卿太守入覲，屢同文讌。訏卿未歸，其夫人爲選姬以待。姬字錦荷，大家婢也。芷青調以〔虞美人〕四闋，録其二云：“春風一夕魚緘至。重叠回文字。書中不是勸歸來。是爲連波親選趙陽臺。　雛鬟知稱仙郎意。小字添嬌麗。泥中自出鄭元家。看似明湖五色睡蓮花。”又云：“知君欲返明湖棹。瑟瑟秋波照。蓮舟幾日送歸程。定見銀河橋畔小星明。　鴛函早達非無意。教領相思味。風標城北亦無雙。累爾紅衣隔水共思量。”時訏卿官山左，留眷屬濟南也。其詞序云：“新人小字錦荷，連理旁栽瓊樹，雅情可志，艷福誰如。送渡而引桃根，知早引郎情脉脉；聞聲而調錦瑟，詎忘歌樂府田田。”文亦斐亹，論其不妒，絕似香祖樓故事也。

二五 曲中瑣事

曲中瑣事，《板橋雜記》中往往及之，近時名輩，鮮此閒情。其可述者，如韓薰來泊舟蘭陵，值百花生日，雛妓高五寶年甫十二，亦是日生，乃於花朝集挹翠軒，遍致群芳，置酒爲慶。厥後追憶，賦〔南浦〕詞有云：“記得江南冶思，壽春人、草色正和橋。”即謂其事。又鄭叔問過吳下眷雛妓宛宛，於藕翹小榭聽其歌〔湘春夜月〕一曲，有〔琴調相思引〕紀之。所謂“記曲香名月裏傳，珠吭風約繞花圓”者也。宛宛家在半塘橋畔，爲叔問述其小時七夕遇仙事，因賦〔章臺月〕云：“露槃花水。蛛絲一縷秋魂細。香囊暗度凌波地。吹粉仙梯，隨步亂紅起。 清宵記曲西池醉。天衣香冷和雲睡。月中小字明珠墜。笙鶴相期，重解綺蘭佩。”繹其意，則固身躡天風，耳聆仙樂，亦可異也。記之，爲花朝七夕增一故事。

二六 陳述叔

陳述叔工倚聲，與黃晦聞齊名，稱陳詞黃畫。眷珠江妓雪娘，有《雪娘病起重見江湄》〔探芳信〕云：“紫籟遠。又鳳翼飛舼，天風吹轉。洗夢塵清泚，銀河水深淺。人間百感冬溫夜，教作良辰看。漸黃昏、隔水初燈，歲華深院。 妝薄淚痕泫。有印粉窗紗，凝香羅薦。莫倚高寒，仙帔紺霞捲。熨懷暗墜金爐燼，漫借笙歌暖。正鎖凝、那更檐花怨斷。”其詞境固寢饋夢窗者。雪娘善歌，述叔《鶯啼序》叙言謂：橘公、文叔皆喜聽之，而余與翰風爲最。翰風既殁，有道雪娘事者，感音思舊，不覺長言。觀此，則雪娘妙曲，有足傾倒一時裙屐者，可知非阿好也。粵城荔支灣爲花舫所萃，其地爲昌華故苑，紅棉最勝，述叔《荔灣對酒》〔掃花游〕句云：“游事知幾許。看畫槳家家，暗藏烟浦。”寫景絕肖。

又《記荔灣幽賞》〔江城子慢〕云：“怕尋覓天寬處，花底歡腸終窄。”則的是夢窗雋語，貌襲者不能到也。

二七　菊部名伶

張亨甫《爲韵香題畫梅》〔疏影〕詞所云“可得東風，吹汝如花，祇在空山茅屋”者，爲京師名伶楊法齡作。亨甫《金臺殘泪記》列傳十篇，以法齡爲冠，法齡亦字韵香，非梁溪女冠也。其時京師菊部，昆曲猶盛，同光後，徽腔、秦腔迭興，雅歌遂輟。胡木甫《觀瑞盛部演秦腔〈東平戰〉一齣賦》〔柳梢青〕云：“錦襪纏金。反腰貼地，妙舞天魔。蛺蝶穿花，魚龍出水，曼衍婆娑。錢塘破陣高歌。動人處、花娘麗哥。菩薩稱蠻，觀音姓謝，同唱呵那。”且謂蹋蹴之戲，徽曲所不及也，蓋光緒初年事。木父又有詞記小蓮、小菠事，謂菊部雛伶小蓮，年十八九，色藝俱勝，與北里妓小菠者，貌相似、齒相若也。好事者戲令以伉儷稱，且登氍毹交拜，因戲賦兩詞。〔侍香金童〕《贈小蓮》云：“菡萏含苞，一掬春情澀。看緊裹、紅衣波影窄。付與吳孃深護惜。并蒂先攢，苦心休説。　　料如今、密緒看魚羞掩泣。把彩綫、盤珠細纈。移向瑤池春穩貼。打鴨無驚，證駕成牒。”〔傳言玉女〕《贈小菠》云：“嫩角丫叉，錦帶同心堪纈。碧塘初采，愛頳膚襯雪。休怨刺手，氣息生疏還溢。翠絲牽處，細花勻綴。　　不定浮萍，結根同、問誰惜。晚涼歌起，度芙蓉木末。胭脂一叢，鏡裏莫教愁折。映成雙影，盡屏生色。”語皆雙敲，涉筆成趣。嘉道時，川伶魏長生以滾堂劇擅名都下，稱“野狐教主”，自長生師弟發遣歸川，遂無繼者。木甫於成都見歌伶名蟬者，演《三休》一齣，切切幽怨，度以曼聲，爲之傾倒，賦〔齊天樂〕寫之。有句云：“靚妝羞傍翠珥，祇情根未蛻，宮怨重理。”又云：“盛筵有幾，道碧樹無情，別枝愁徙。”用意皆切蟬字，亦妙。此數事可補《燕蘭續譜》也。

二八　咏傅彩雲詞

洪學士與傅彩雲事，前卷已紀之，或云學士未第時，烟臺妓某助其資斧，因訂終身，既而負之，妓恚憤死，其卒之日，適彩雲生，貌亦相類，其歸學士有夙因焉。或云妓別適人，初未死也，所謂"身後是非誰管得，滿村聽唱蔡中郎"者近之。龍尾生有〔浣溪沙〕詞咏其事云："絕艷人間盛小叢。似曾相識泪花紅。郎君鏡下錦芙蓉。　珠箔無端逢舊燕，星槎何意載驚鴻。瑤池携手畫圖中。""手折仙桃海上回。茂陵秋盡雨聲哀。飄零紅粉不成灰。　瑤瑟音塵空斷絕，玉簫恩怨盡疑猜。可憐赤鳳入宮來。"百餘字中，抵紅梅布政一篇《彩雲曲》矣。李漢甫綺青客都下，聞彩雲事，賦〔鳳凰臺上憶吹簫〕云："簫冷秦樓，屐空吳苑，汴京愁說師師。記曲江人到，豆蔻花時。一段釵盟鏡約，情萬疊、寫入情絲。隨郎去，仙槎萬里，曾近西池。　堪悲。因緣縱好，奈秋雨文園，白首參差。把杜秋金縷，重教鶯兒。今日天涯淪落，談往事、粉泪偷垂。閑坊底，蓮花似舊，還在青泥。"蓋作於彩雲重墜風塵之後，因果茫茫，太息而已。

二九　宣南法源寺游女

宣南法源寺爲唐之憫忠寺，僧院海棠數樹，花時燦若雲錦。諸璞齋嘗與樊茗樓、陶湘湄尋春過此，有游女佇立花間，人面花光，靚艷殊絕。歸後，惝恍若失，因同拈小詞遣意。其詞爲〔清平樂〕調。茗樓詞先成，云："柳棉無力，點上春衫碧。幾曲迴廊閑佇立。過盡蝶雙鶯隻。　穠花一樹誰看，單衣小徑風寒。消得玉人一凭。新來祇有闌干。"湘湄和云："閑尋芳徑，香海東風冷。花底闌干人小凭。不辨花光人影。　好春留與裙釵，未應花事終乖。滿地梨香如雪，教人愁到弓鞋。"璞齋次茗樓韵云："烟痕風力，欺負蘼蕪碧。有個春人倚花立。隱約裙邊雙隻。　嬌慵不耐人看。棠梨開後輕寒。難道華年似水，生來該住長干。"有張宛

卿女士見之，次韵題其後云："討春心力。撩亂吳牋碧。剛是隔花
人小立。悄印屧蓮雙隻。　　游蜂偷眼相看。防他翠袖驚寒。怨煞
微波無語，春池甚事卿干。"

三〇　慰人悼妾

六橋都護三多與余爲昆季交，家有可園，擅竹石之勝，少日，
每騎款段馬沿雙堤行，垂髫俊童携酒檻隨之，裙屐翩翩佳公子也。
嘗自題《蘇堤試馬圖》〔暗香〕云："一鞭得得。趁柳枝紺翠，桃
花紅白。笑拂五雲，驚起浮沉兩鸂鶒。怪底聯翩鳳子，緊隨著、錦
韉金勒。似指引、有個當鑪，還在畫橋北。　　閒立。看春色。把
芳草緩尋，落英爭惜。風流帽側。湖上何人不相識。驢背清凉居
士，應少我、疏狂標格。行樂耳、須信道，百年駒隙。"想見風
趣。自郡守待次再遷，遂持節庫倫，值國變歸，抑鬱不自得。與姬
人珊珊相依爲命，珊珊能詞善畫，亦六橋授之，未幾，小弦又折。
有訪六橋者，荒燈老屋間，方閉戶誦金經，老泪盈睫，問之則適值
珊珊忌日也，視縱轡湖堤時，判若兩人矣。余賦〔雨中花〕慰之
云："萬種傷心誰做就。盡詩鬢、爲伊消瘦。軟帳閑房，疏燈舊
院，却少雙紅袖。　　環佩珊珊來也否。乍挨過、冷梅開後。水樣
寒多。烟般夢斷，愁味濃於酒。"憶慰人悼妾者無如迦陵之〔念奴
嬌〕詞，蓋爲黃天濤作。天濤有愛姬陸羽嬉，亡後哀悼不已，南陽
鄧孝威有句云："休啓疏簾還望遠，朝雲墳在落花中。"天濤圖其景
於扇，迦陵因以"朝雲墳在落花中"爲題，賦是詞云："南陽詞客，
慣多愁善感、最能吟寫。近爲黃郎題恨句，凄咽如聞夜話。説道江
鄉，每年寒食，細雨啼山鷓。落紅萬斛，朝雲墳在其下。　　更被
水墨輕描，丹青澹抹，倍把愁腸惹。短短墓門花似血，點入倪迂小
畫。蝴蝶成團，薔薇滿路，閒煞前村社。倚樓人在，爲他泪浥銀
帕。"余別寄六橋〔金縷曲〕句云："消得倚樓銀帕泪，怕落花、
中有朝雲影。"即用其事，愧才筆不如迦陵也。

三一　斐盦祝英臺近

亡友許安巢客歷下，眷一女子，明眸善睞，楚楚動人。相處既暱，語安巢曰：“願一生相傍不相離也。”安巢感其意，謀量珠，因循不果。旋乃他適，因繪《鵲華秋夢圖》紀之。斐盦外舅爲題〔祝英臺近〕五闋云：“惜紅紅，憐素素，未肯絮襬墜。遣興中年，真賞幾曾遇。昨來倚棹明湖，孤芳臨水，偏驚眼、此花幽楚。

挽春住。倩他碧草千絲，遮斷玉驄路。信有前緣，衆裏兩心許。願郎著意消停，歸車緩緩，且容我、夜深私語。”又云：“髻同心，眉百結，幽緒爲君説。忒煞聰明，宛轉隴鸚舌。難忘擁被宵闌，喁喁恩怨，已簾角、曉光微白。　　太憨絶。自憐生小蓬門，薄命感秋葉。脩到梅花，甘作掌書妾。可能捧硯添香，相偎相覷，願厮守、鬢絲成雪。”又云：“理輕帆，移畫舸，東去柳園路。倒映晴嵐，妒爾好眉嫵。低徊雲影籠裾，水香吹鬢，漸棹入、翠烟深處。　　盡延仁。貪招柳外微涼，更駐小蓮步。手瀹茶香，細揀碧釵股。人生能幾清游，水天閑話，竟忘却、城陰月午。”又云：“燕來遲，人去早，客思怨芳草。紅袖高樓，望斷片雲杳。一籤一數郵程，燕南趙北，早已遣、離心飛繞。　　鯉書少。丁寧小別無多，偏又月圓了。預想迎門，鏡裏注雙笑。那知此恨綿綿，栖鴉流水，都換却、相思畫稿。”又云：“綉簾開，風竹動，疑是佩環弄。濺泪秋棠，定發去年種。傳來臨去餘情，千回百轉，祇留得、一聲珍重。　　憶相送。無端一夕天風，吹墮翠翎鳳。惘惘回鞭，懶縱錦絲鞚。蒼涼夜雪黃河，背鐙擁髯，可尚有、那人同夢。”詞中本事，皆聞安巢自述者，敘作儷語云：“羽涔緣盡，難挽飛絮光陰；澹粉樓空，并斷青禽消息。”縷述往事，如見伊人。

三二　綠葉飛花

綠葉蹉跎，飛花飄泊，人生多感，大抵如斯。蔣鹿潭《爲金鷺卿記海陵繫纜本事》〔西子妝〕云：“出暈眉青，波揩鏡曉，燕燕静依柔艣。戲圈楊柳作連環，印香心、畫橋雙樹。紋窗泥語。渾不怕、鴛鴦聽取。趁春潮，喚桃根桃葉，江頭歸去。 深盟誤。一夢成烟，捲入東風絮。繞船三月落花多，是千點、淚痕紅聚。淒凉畫譜。待呼起、春魂重訴。亂箏弦、幾陣疏篷暗雨。”是亦曲中長恨也。山東道上，每投宿逆旅，恒有小妓抱琵琶携箏管者，曼歌留客，路旁弱柳，摧抑風塵，尤可憐惜。陳實庵荏平題壁〔賣花聲〕有云：“齊女撥弦工。欲聽還慵。”又胡煦齋恩燮《荏平旅次贈素梅》〔虞美人〕云：“彈指流年如逝水。嘗透相思味。何堪客邸聽清歌。未解開顏先自蹙雙蛾。 楊花搖曳誰爲主。一樣飄蓬苦。淚痕未肯浣青衫。留作雪鴻爪迹憶江南。”一樣落花，此中正有茵溷。

三三　過客傷心埋玉地

埋玉之地，過客傷心。張叔平亡姬厝於宣南增壽寺隙地，其友張雨珊過之，爲賦〔浪淘沙〕云：“幽磬隔花聞。清梵如塵。惝惝別院悄無人。燕子不來春又去，立盡黃昏。 芳草最愁君。埋了羅裙。可憐眉黛已無痕。曾是舊時簾底月，如此銷魂。”雨珊爲長沙文達師昆季行，詞與楊蓬海齊名，是深窐清真者。又沈鳳樓官京師，有姬夭逝，所生女亦殤，俱瘞錦秋墩，側仿香冢故事，自填〔高陽臺〕一闋鎸於墓石。李漢甫見而和之云：“倦蝶凄烟，愁鶯啼暝，年年寒食悲吟。斷盡回腸，絮花依舊樓陰。一坏綉壤親埋玉，傍錦秋、楓葉疏林。最難禁、死別多時，夢也沉沉。 天涯灑遍相思淚，奈羅裙蜕後，斷絕琴音。人已驂鸞，茫茫墮影猶尋。東陽多病由來慣，減帶圍、不自如今。更情深、片石題香，惆悵遺簪。”後鳳樓出佐劉忠誠幕，仍時飲青溪，有揚州小杜之風。或贈以詞云：“料清狂瘦沉，五鳳樓中，應聽慣、今夜江南春雨。”則謂所眷小五子也。

三四　金小寶

張彥雲《咏花冢》〔浣溪紗〕云：“復道層樓十里間。鴛鴦冢外即長干。何須歸骨念家山。　碧血花殷燐亂舞，紅心草長泪爭彈。錢唐蘇小獨荒寒。"謂滬上平康釀置瘞花義冢事也。時有金小寶者，爲北里翹楚，工畫蘭，繪便面百葉，售金爲助，談者義之。潘蘭史題其天香閣畫蘭圖〔高陽臺〕詞，爲述是事云："水閣圍香，霜毫蓄韵，素心寫人吳綃。畫裏風神，不禁翠袖無聊。天寒倚竹剄秋珮，勸西風、莫讀離騷。葬輕羅、歸懺情天，楚些魂招。　紅妝季布傳豪俠，倩橫波金粉，撑住南朝。花意如儂，憐他露泫風飄。人生知己知誰是，吊王孫、芳草蕭蕭。喚湘娥、棹月空江，好帶愁描。"小寶亦能詩，嘗有句云："花意也如儂愛好，每逢知己便低頭。"使生在晚明，則青溪群艷中當增一席。

三五　江建霞菩薩蠻

江建霞京卿，與其室汪静君倡酬甚得，因作《靈鶼閣圖》，繪者東瀛女子小蘋也，一時題什如雲。冒鈍宦與其夫人黃甌碧聯句，賦〔百字令〕題之。題成，建霞已歸道山，不及見矣。鈍宦著《小三吾亭詞話》，錄建霞〔菩薩蠻〕多闋，蓋未通籍時客嶺南所作。擇錄之云："玉鎪飛鳳銀屏小。畫羅帳捲春雲曉。撩亂海棠絲。還移明鏡遲。　無言成獨坐。底事傭梳裹。簾外鷓鴣啼。泥金褪舞衣。""藕絲切斷玲瓏玉。蒸心捲破葳蕤綠。小閣已秋風。屏山幾曲紅。　湘簾三面静。團扇相思影。晚檻月微凉。開盒吹鬢香。""銀荷暈小缸花紫。黃昏已近爐烟膩。滿地是梨花。春風狂太差。　雙鬟金鳳小。卸脫殘妝早。翠被不勝寒。熏籠夢合歡。""錦盒雙陸紅牙促。彈棊諳熟翻新局。隔院簁錢聲。空階草亂青。　琵琶和泪抱。悶煞檀槽小。牆內有秋千。春騎墮玉鞭。"楚雨有托，花間之遺也。

三六　咏蠟人

蠟人之製，昉自泰西，於其國中，特闢廣苑，瑰姿曼態，一一臚列，奕奕如生。乃至臟腑離合，呼吸翕張，纖微無不曲肖。嘗有西人携蠟製麗者，載至吳中里巷，士女聯袂往觀，姚冶駢窀，爲之目眙魂授。閔葆之戲填〔浣溪沙〕詞，而張彥雲、吳印丞約同賦〔木蘭花慢〕。彥雲詞云："地氍蕃錦跣，傍雕匣，覷蠻妝。訝星曆嬌勻，雲鬟濕鬈，珠耀華裝。虯鬚賈胡塑就，共蘭槎、萬里泛銀潢。寶相潛英掩石，玉魂聚窟回香。　　　他鄉。金屋漫深藏。士女競丰昌。想閼氏山畔，書留丸樣，燭閃釵光。筌篌莫彈舊曲，怕如鉛、清淚又成行。扶上鈿車鳳陌，仙裙蝶也思量。"印丞詞云："搴帷驚絕艷，背蘭燭，解明璫。似扶起溫泉，脂融汗顆，酥膩膚光。銷魂玉渦朝暈，更華鬘、秀鬍人眉長。歛笑唇含櫻紫，慵妝額點梅黃。　　　評量。一樣看花狂。彼美遇西方。道來從真臘，珠黏鮫淚，鏡織鸞腸。摶沙幾人悟徹，訝海棠、有色却無香。還恐紅裙妒煞，橫陳滋味新嘗。"侔色傳神，有丹青所不到者，洵推名筆。因憶秦補茵賦醫巫閭神女亦用是調，其詞云："是瑤姬歸去，留幻影，數峰間。怪慧質三生，靈根一片，未到娜嬛。寂寞岩阿千載，算巫閭、猶勝小姑山。鬢影細添石髮，眉痕輕點苔斑。　　　閑愁，百丈繞塵寰。何處更驂鸞。恐翠谷蒼崖，雲衣月珮，不奈秋寒。風霜未消仙劫，問上清、淪謫幾時還。回首玉京迢遞，碧城十二闌干。"序云：醫巫閭山有白石側立山半，苔痕點染，眉目宛然，隔岩望之，娟如好女，風吹蘿帶，飄飄欲仙，俗謂之仙人影，造化之巧，又非鬼工人力所可倫矣。

三七　馬湘蘭硯

李小石員外得馬湘蘭硯，深喜之，因以湘硯名齋。硯形如竹，王百穀銘曰：一日不可無此君。湘蘭自銘曰：瞻彼君子，溫其如玉。徐姜盦題以〔蝶戀花〕云："一片紫烟溫比玉。石是虛中，製是虛心竹。孔雀庵邊曾受籙。未聞即墨斜封辱。　　　銘語雙鐫愜意足。宏度當年，四友無茲福。兩意目成傳鸂鶒。心圖還假靈犀讀。"是硯余嘗於朱鳥庵中見之，溫其誤作溫清，意終不能無疑。湘蘭硯屢出，曩程春海司農藏其一硯，背爲湘蘭畫像，周稚圭賦

〔三姝媚〕題之，所謂“翠斷妝樓，想鏡中眉樣，半蛾偷借”者也。又項蓮生嘗有〔高陽臺〕詞咏湘蘭硯，謂硯背有雙眼，并王百穀小篆“星星”二字，湘蘭自銘云：百谷之品，天生妙質，伊以惠我，長居蘭室。其詞云：“艷曲題裙，清聲碎玉，消磨何限歡場。俠骨飄零，當時留贈蕭娘。雲腴繚得如人膩，掃輕塵、澹寫瀟湘。好收藏、小字星星，舊署王昌。　銀鈎慣寫相思札，問頭陀知否，夙願應償。泪眼盈盈，紅絲不繫柔腸。可憐片石經塵劫，數秣陵、遺事蒼凉。最難忘、烟月妝樓，孔雀庵旁。”以硯品銘辭較之，皆視竹形者為勝，小石精鑒，當別有取。近年程心盦又得湘蘭小印，文曰“聽鸝深處”，何震所刊，姜盦亦為賦〔青玉案〕詞，惜未之見。

三八　鄧七孃

廿年前，海上有鄧七孃者，艷名動南北，經過多名下士，每借其妝閣為文酒之會。初未有芳字，易中實謂其似鄧尉梅，遂字曰尉梅。有鹺官某眷之，揮金至累萬，而七孃意不屬，獨委身於章莒生。莒生有胡婦，以七孃故弃之。賃廡舊都者數年，以渴病卒。七孃結庵城西，毀容奉佛，舊識者欲見之，終不可得，乃相與嘆曰：是真青泥中蓮花也。馮梅孫與莒生善，聞其事，為賦〔青山濕遍〕云：“風流似許，狂花散盡，祇伴枯禪。漫訝歡塵易洗，算孤飛、便是愁鴛。枉玉璫、寄語為探看。奈清鐘、喚醒朱樓夢，剩安排、被冷香殘。覺後千般錯莫，脩來一念幽單。　回首玳梁栖處，春歸燕老，芳緒沉烟。瞥眼衰楊作柱，更休論、鏡裏華年。願曇雲、深護佛燈圖。且料量、身在情長在，縱情長、敢望天憐。半卷鶩摩誦罷，秋聲又落琴弦。”余與莒生同年夙契，而未嘗一見七孃，顧念流水東西，浮花旦暮，世情苦薄，其生死不渝者，有幾人哉！故特紀之。

三九　陳踽公與褚氏女

同社陳踽公，早歲看花載酒，有杜樊川之風。丁酉秋選妾夷

門，有褚翁者爲媒合楊氏女，即就褚所居召觀之。褚有女甫笄，窺
簾送盼，意褚非鬻女者，初不爲意，及楊事既諧，不數日，忽聞褚
女仰藥死，臨歿謂其父曰：兒視少年可意郎，無如陳某者，今陳既
納姬，兒望殆絶，不如死耳，幸以兒意達之，則雖死無恨。其父涕
泣來告，心甚傷之，然無術返生，畀資厚葬之而已。嗣聞鬼恒夜
哭，其家不安，盡室遷去。蹋公以語余，謂冥冥中負此女，至今疚
憾。嘗賦〔祝英臺近〕數闋誄之，殘稿久佚，僅憶二闋云："綉簾
低，珠閣悄，花外檀雲裊。倩影偎簾，碧玉正嬌小。最憐半面微
迎，雙心私印，剛含睇、對郎低笑。　　　怨芳草。任教踠地千絲，
不絆玉驄道。脉脉柔情，衆裏怎分曉。可憐鳳軫尋聲，鴛弦引緒，
偏容易、彩雲飛了。""感青衫，憐翠袖，密意輕消受。一段春心，
算我恰參透。分明款柳丰姿，呪桃嬌嫵，怕負却、摽梅時候。
小眉皺。眼看綽約仙雲，移過楚山岫。誤了芙蓉，也似拒霜瘦。傷
心命薄難留，魂柔易斷，枉誇説、散花身手。"丁暗公《題蹋公橐
筆吟》有云："後房花當洛神看，艷福如君亦大難。更有惠州惆悵
事，疏桐映月倚闌干。"即指其事。蹋公前歲過大梁有《感舊》句
云："流虹橋亦傷心地，我比舒崇更斷腸。"蓋相距四十年矣。

四〇　謝素筠

　　記蹋公事，因憶及素筠。素筠謝姓，家歇浦，隸京師樂籍，初
爲余友所識，獨傾心於余，因亦識之。未幾嫁去，既而其夫坐事繫
獄，爲營救盡耗其資，不得已復出，由是踪迹始密。余索六橋爲素
筠畫梅，題〔菩薩蠻〕詞，即是時作。閱數月，素筠忽語余，倦
風塵欲托終身，余漫許之，遽謝客而余忽中悔，乃憤然謀南歸，過
余言別，語多凄怨，愧謝而已。既歸，故夫復納之，適遭盜劫，素
筠奔呼救，盜擊之立殞，余未知也。夜夢其至，繾綣如平日，曰冒
萬苦來一訣耳，餘語甚多，不復能記，覺而異之。越旬餘，乃得其
凶問，爲之愴然。使余徇其請，或不至此。因填〔鎖陽臺〕詞記
夢云："鈿閣塵寒，簫廊雨暗，夢痕悄記雙携。翠衾催起，幽約惱

鶯窺。漫道江南水遠，花魂小、不怕風欺。孤醒夜、青陵縹渺，蝶粉涴仙衣。　　飄零珠箔影，人天路渺，虛訂歸期。甚楚雲一瞥，疑是疑非。肯信愁紅送斷，多情月、還照街西。當時事，羅巾泪盡，春恨海棠知。"贅録以志吾過。

四一　王憐卿

余於曲中相識最久者，無如王憐卿。乙丑丙寅間，冰社同人恒過李小石詞龕夜話，憐卿日必相從，至參橫月落始散，從無倦色。嘗用江風體聯吟，以"卿憐那得似憐卿"爲起句，得七律四首，又〔浣溪沙〕三闋，憐卿侍側以簪花細楷手録之。又嘗作《菱波一舸圖》，小石爲題〔四字令〕詞甚工，俱存詞龕。小石逝後，詢於嗣君石孫，竟不可復覓。余《鏡波詞》中爲憐卿作者不下十數闋，初欲委身固却之，乃南歸後，再至津門，登場奏曲，余用夢窗贈吳妓李憐韻賦〔倦尋芳〕贈之，云："夢孤錦舸，春攔珠攔，空惱鶯燕。斷影淩盦，曾照泪花妝面。飄雨蹉跎薰閣冷，弄香僥幸梅屛見。黯前情、記雲鬟替攏，翠鬌慵剪。　　盡領略、笛愁簫怨，一霎飛紅，殘鴂啼遍。依約嬌波，勝似畫綃偷看。燈暈回顰秋恨瘦，酒痕淹泪春魂遠。檢鱺絲，又輕隨，玳梁塵散。"又見所携桃花畫箑一面，爲往時詞堪夜集聯句，追憶前塵，不勝凄惘，復賦〔東風第一枝〕云："懺綺心孤，題瓊夢遠，夭紅鬝亂誰主。弄香替寫嬌鬌，障影記聆細語。亭亭露井，早占盡、春前芳緒。料別來、羅袖偷携，避却繡簾鸚鵡。　　香未散、畫綃錦樹。愁欲絕、醉筵金縷。舊題話著詞龕，笛外暗塵怕數。猩痕半涴，認幾點、歌脣殘雨。算此情、休付秋風，説與斷腸崔護。"今憐卿適人又數年矣，聞荆布自安，猶如蓬門碧玉，不負詞龕盼睞也。余尚存其小影，珠瑠閃月，羅袂翻風，如欲作霓裳舞者。周漱霞爲題〔鷓鴣天〕云："小字分明祇自憐。謾憑淺黛點愁山。酒情濃後霞侵粉，歌態備時意轉嫣。　　迷怨蝶，感飄鶯。無端小劫墮華鬘。依依影事長教憶，夢斷行雲又幾年。"王薇庵亦題是調云："照影驚鴻百媚生。眼波流盼不勝情。爲郎珍重勞纖手，小字簪花自署名。　　心宛轉，態伶俜。湘裙短稱舞腰輕。彩灰釀酒如能飲，願喚真真十萬聲。”今漱霞投邊，薇庵宿草，人事萬變，不獨墜歡可念也。

四二　李小鳳

亡友方埭山有妾，李姓，字小鳳，亦選自平康，先埭山數月卒，埭山深惜之。爲余言，是有因果，吾前生吳姓，爲士人，與妓蝶雲昵，即鳳之前身，預有昏嫁約。吳成進士，用縣令，方謀營金屋，而蝶雲別暱一貴官，悔前約。吳恚甚，弃官爲僧。後蝶雲蹉跎不嫁，出私蓄營商，年逾八十乃卒。今生甘爲埭山妾，食貧相守，所以報也。余感其事，爲賦〔惜秋華〕云：“夢遠青陵，算今生注得，牽蘿憔悴。回影鏡空，當時鈿鸞私誓。相逢便惹柔腸，認舊蝶、飛回花底。殷勤訂新歡，要倩巫陽提起。　　長記杏驄繫。甚雲屏冷落，芳盟虛費。石上幻因，憐取眼前眉翠。分明鳳管雙聲，又唱入、哀蟬凄泪。愁憶。問前情、玉簫醒未。”巫陽句，蓋指其聞自巫祝也。小鳳不識字而知慕風雅，病篤，謂埭山曰：“願乞龍顧山人爲書三尺石，九泉無憾矣。”余諾而未踐，乃記其事於此。

清詞玉屑卷一〇

一　京師舊俗

海寧相國室徐湘蘋《燕京元夜》詞云：“華燈看罷移香屧。正御陌、游塵絕。素裳粉袂玉爲容，人月都無分別。丹樓烟淡，金門霜冷，纖手摩挱怯。　　三橋宛轉凌波躡，斂翠黛、低徊說。年年長向鳳城游，曾望蕊珠宮闕。星橋雲爛，火城日近，躑遍天街月。”京師舊俗，婦女以上元後一夕出游，名走橋，亦謂走百病。又俗傳是夕摸正陽門釘，可被除不祥。詞中所云“華燈看罷移香屧”及“金門霜冷，纖手摩挱怯”者，即咏其事。嘉善魏子存亦有〔木蘭花令〕咏之云："元宵昨夜嬉游路。今夕還從橋下去。名香新暖繡羅襦，翠帶低垂金綫縷。　　回頭姊妹多私語。魚鑰沉沉纖手撫。釵橫鬢嚲影參差，一片花光無處所。"前闋謂走橋，後闋謂摸釘也。今其俗久廢。

二　京師燈市

明時，京師燈市在東華門外，市樓夾道，華燈簇映，今僅存其名。乾嘉時，琉璃廠市輒於夜間張燈彩、燃花爆，不知廢自何時。迨及同光，則惟正陽門外廊房諸巷燈肆稱盛，而官曹胥吏，每乘新歲於衙署前大張春燈，以工部爲最，製皆紗絹，巧施彩繢，余幼時猶及見之。曩與須社同人賦《上元燈》詞，限〔清平樂〕調，李約庵詞云："上元良夜。一刻千金價。有約踏燈同去也。簾外春寒休怕。　　天街寶馬香車。當年風物堪誇。冷落而今水部，夢中曾到東華。"結二語即謂此，其時朝野清晏，士大夫家恒於是夕張燈猜謎，以筆墨箋楮爲酬，燈影中三五少年負手微哦，亦饒有風味。徐姜盦詞云："寒津春殢，簫管都慵理。又道鬧蛾喧海市，高揭珠簾春謎。"謂其事也。夢華影事，轉眼皆非。郭訒白同年《元夕》〔鷓鴣天〕云："水部燈殘又一時。長安故事更誰知。春風引起天涯夢，祇有銀蟾悄入扉。　　花市近，酒旗低。媚娘蠻楂蹋歌詞。夜分却惹隣娃笑，扶得衰翁帶醉歸。"蓋晚年客濱江所作。周息庵和之云："回首東華最盛時。鼇山斷影有春知。而今獨伴堂花坐，却愛梅香静掩扉。　　瓊月滿，翠簾低。小紅爲唱舊歌詞。六街統管人如海，憶看香車緩緩歸。"經眼承平，渺如説夢，惘然而已。

三　金陵燈市

金陵亦有燈市，青溪佳麗，連袂蹋歌，十里香塵，每多墜珥。李分虎賦燈市〔女冠子〕云："餳簫吹也。秣陵風景難畫。銀花相望，一城如晝，閑却秦淮，冷丸飛射。護春簾早挂。眉嫵暗垂羅袖，紫姑迎夜。上元時多少舊曲，留與蹋歌人耍。　　細腰鼓學花奴打。散落梅千點，一任東風借。燭殘堆炧。問翠館幾處，倚香題帕。短牆青粉䃂。六院往時佳麗，衹餘情話。怕歡游生感，彩珠休照，舊勾欄下。”南俗於元夕迎廁神，即所謂紫姑者，可決休咎，其風古矣。落梅句謂花爆也。分虎是作，蓋由黃愈郚、周雪客於是夕招飲燈市，因約以竹《元夕》韻同賦。龔蘅圃亦在坐，其賦〔女冠子〕詞云：“蹋青過也。石城春市如畫。紅樓翠閣，酒旗歌扇，盡捲珠簾，彩蟾光射。今番燈便挂。怎比月牙池上，夏時良夜。點琉璃三十六盞，青雀綠波中耍。　　香車爭路花驄打。杖頭錢沽酒，綽板憑誰借。不消紅炧。已醉底染就，吳綾香帕。何須雲母䃂。衹有桃根桃葉，解東風話。問可能相候，看燈深院，枇杷花下。”與分虎異曲同工。

四　江南燈船

江南兼尚燈船，蘭橈容與，多載管弦，燈影花光，掩映波上。丁韜汝明經《秦淮燈船》〔澡蘭香〕云：“汀蒲戰雨，水荇牽風，綠漲青溪渡口。船張雪幔，燈剪冰丸，好趁浴蘭佳候。聽十番、鳳管鵞笙，節接靈鼉競奏。舊譜新聲，尚是開元妙手。　　侵座驪珠爭吐，九井龍翻，蕩開星斗。波光潋灩，倒映闌干，人面蒸霞中酒。畫簾中、笑語盈盈，半露綢裙紈袖。指檐角、初月如鈎，漫催清漏。”其不於上元而於午日者，沿競渡之遺俗也。姑蘇之游虎邱，無錫之游惠山，往返皆以燈船。妓之有名者，船由自製，尤極靡麗，當彩舟競渡，大張水嬉，青雀搖津，黃龍蔽岸，蒲風葵日中，釵鬢如雲，笙歌欲沸，誠歡娛之佳序，極喧呷之巨觀焉。叔世多虞，古風遂輟。張皋文嘗追憶豐溪舊游，賦〔高陽臺〕云：“紅杏橋邊，白雲渡口，畫船簫鼓端陽。十六年來，故國事事堪傷。前年此日偏相憶，有沙鷗、招得成行。向豐溪、掠破波聲，劃破山光。　　當時但覺離情遠，倩蠻牋緘恨，苦說他鄉。誰道而今，回頭一樣茫茫。客來都問江南好，問江南、可是瀟湘。怎憑欄、一縷西風，一寸回腸。"盛衰離合事，匪自今劫後，回思益如天上。

五　紅裙

古云飲紅裙者，謂妓席也。而舊俗以爲大婦之服媵侍輩，雖有如眉樓受封者，莫敢僭用其事。初非典制，然勾欄女子歲朝初出，必著榴裙，余客海上曾見之。薛慰農時雨《章江新年》〔東風第一枝〕詞有云："香車扶上，看風裏楊枝如舞。最憐血色羅裙，付與九衢塵土。"亦指是事。若津門角妓，每歲首遍易紅衣，乃至弓鞋羅襪無不紅者。壽石工賦以〔紅情〕句云："歡事旗亭賭唱，醉搖燭、潮妝尊側。"蓋紀是日歌樓所見。余舊作〔竹枝〕有"杏靨桃妝紅一色，春旗影裏美人虹"之句，并堪一噱。

六　太平鼓

江都夏子儀塏《元宵》〔沁園春〕詞前闋云："美景良宵，一刻千金，客何醉眠。問星回歲首，歡場幾許，春來天上，今夕何年。替月分光，燃燈作樹，人在金吾不夜天。朦朧裏，聽太平一曲，小鼓填然。"京師少年於元夕結隊腰鼓游行街市，謂之太平鼓，昔人詩所謂"太平鼓響六街前"也。聞故老言，此輩多披大羊裘，游行所至，遇麗者輒裹去，官府不及防，後乃嚴禁之。

七　龍燈之戲

承平村落間，恒有龍燈之戲，城市亦有之。綠防弁卒，值歲首清平，則舞燈相慶，每過官廨，必入獻技，官府略犒之，前龍甫遙，後龍又至，鉦鼓雜沓，燈彩陸離，亦一時之盛。余弱歲侍宦灤城，兩值上元，及睹之。時幕僚楊序東司筆札，賦〔齊天樂〕《紀麗》云："燭龍喚起東風夜，喧喧滿城簫鼓。巧似驪探，狂疑虯鬥，高下星毬俱舞。雲翻霞舉。要替祝昇平，節衙高處。一片金迷，幻天戲罷漫飛去。　珠簾暗聞笑語。道劉累前身，者般軒翥。五色昆山，九光閬苑，買夜金錢休數。燈王證取。願乞與豐年，野犁春雨。歸剔釭花，歲華憑細譜。"

八　大士生日

俗傳大士生日有三，仲春、季夏、季秋，俱中旬九日也。浙俗六月十八日夜，士女同集湖上，鈿弁駢闐，笙歌達曙，云以祝大士誕日。錢唐張縈甫景祁賦詞四闋紀之，〔柳梢青〕云："日落城闉。鈿車流水，爭逐芳塵。酒幔全垂，箏囊暗挂，何處藏春。　　笙歌隔岸猶聞。渾不解、紅愁翠顰。浩蕩香天，迷離色界，都是慈雲。"言游人始出也。又〔河傳〕云："湖面。如綫。月華生。畫舫中流暗停。綺窗六扇蟬翼輕。桹桹。玉奴弦索聲。　　掠岸瓜皮催兩槳。風漸上。逐隊波心蕩。傍鳥篷。近花叢。恩恩。掠波西復東。"言湖舟夜泛也。又〔浪淘沙〕云："凉月二分殘。圓缺誰看。繁燈漸遠漸闌珊。獨有鳳簫聲不斷，還在前山。　　夜久莫憑欄。風露漫漫。滿身香霧縠衣單。料得錦帷眠慣早，可耐輕寒。"言夜漏漸深，游興欲倦也。又〔菩薩蠻〕云："水仙祠下行雲墮。明朝約伴參蓮座。剛道起來遲。蒼龍西沒時。　　香車門外等。寶鏡樓中凭。休掩碧紗窗。白荷秋滿塘。"言詰朝禮謁大士也。曲寫俗情，妙有風致。西湖香市，浙東西郡邑多有捧香遠來者，所謂越人好機歟。

九　賣冰者

都人夏日賣冰者，以兩銅盞相戛作響，其聲鏗鏗然，漁洋詩所謂"櫻桃已過茶香減，銅盌聲聲喚賣冰"者也。曩與諸老輩榕蔭堂鉢集賦冰，亦有"午風一醒紅塵夢，銅盌聲聲過市闤"之句，不記爲何人所作。周稚圭中丞衍漁洋句意爲〔玲瓏玉〕詞云："蓉闕櫻殘，早添得韵事京華。玻璃沁盌，喚來紫陌雙叉。妙手玎璫弄巧，勝肩頭鼓打，小擔聲譁。停車。裁油雲、隔住玉沙。　　暗想槐薰轉午，正窗閑雪藕，鼎怯煎茶。碎響玲瓏，問驚回、好夢誰家。屏間珠喉輕和，有多少、鈴圓磬徹，低唱消他。晚香冷，伴清吟、深巷賣花。"打鼓小擔，謂收買襪物者，故家中落，恒與爲緣。晚香句，則謂兒童喚賣晚香玉者，槐夏斜陽間，聲亦可聽，非久居宣南者不知也。

一〇　叫賣聲

市聲可憎，亦往往可念。斐盦外舅《樂静詞》有〔浣溪紗〕數闋，皆追憶之作。少時客申江，泊舟董家渡，侵曉輒有賣豆腐者，繞舟高喚，憶其聲恍在江天曙色中也。詞云："少小輕裝客異鄉。西風獵獵動千檣。一聲傳喚水雲長。　單枕驚寒曾破夢。暮年懷舊未成忘，別來滄海事茫茫。"又屢試春闈，下榻東華門外親串宅，深夜有喚賣硬麪餑餑者，聲哀而長，聞之客愁撩亂。詞云："孤館沉沉動客思。傳聲凄怨繞牆遲。夜寒深巷暗風吹。　然燭名心將燼際，孤燈鄉夢乍回時。當年情味幾人知。"又幼日，祖庭挈赴湖州，應府院試，泊舟館驛後，隔河有呼賣方糕、茯苓糕者，夜静輒聞之，每憶其聲，仿佛舟窗侍坐時。詞云："擁被宵寒漾漾生。小風時送隔河聲。篷窗燈火泊孤城。　雙袖祇餘新泪點，三天全掃舊巢痕。嬰猊心事不堪論。"聲音之道，其感人深哉。

一一　周稚圭月華清

都城内外，往時路政不脩，暑雨驟過，往往積潦數尺，然小車涉水，水聲淢然，濺浪四飛，宛如舴艋之泛江渚。周稚圭嘗於雨後赴玉泉山，車行鏡潦中，曠望瀰瀰，賦絶句四首。有云："十頃玻璨坐渺然，天光如水水如烟。"其意境亦不易覯也。意有未盡，復賦〔月華清〕詞云："短策吟烟，驕驄踐淥，柔波十里如剪。一舸誰携，恰好徑隨花轉。乍喚侶、垂柳門邊，更覓路、曲襴橋畔。消遣。向菱灣蓼漵，等閑尋遍。　況是澄湖漲滿。傍岸菁沙屑，鏡奩初展。銀漢盈盈，可許浣紗人見。帶空翠、半角山孤，蘸秋影、數重天遠。歸晚。正冰綃索句，玉鞭須緩。"其詞亦有烟水氣，不類臺閣中人。

一二 乞巧

京師梨園多應時斅演，如端午演《混元盒》，中秋演《月宮》之類，每七夕必演《雙星渡河》一劇，絡彩爲橋，施錦成幄，華燈畫燭，靡麗罕倫，生旦皆選一時名脚，先期約定，揭名於市，征歌選色者，及時麕集，好事者又往往播諸咏歌。胡木甫有《七夕感舊》〔水龍吟〕追記其事云："綺筵高敞針樓，九微凉透珊瑚眼。玉鷥笙外，一弓月瘦，三篙水淺。羅扇擎風，碧瓜瀉酒，秋情新展。想鳳梭機静，鵲梁駕穩，回唏屬，重相見。　　猶憶天街漏轉。跨星橋、彩鸞停輲。寶雲垂翠，畫裳啼玉，古愁重衍。翠楄盛秋，蛛絲縮巧，漢宮唐苑。更金風送到，承華仙樂，散人間滿。"注謂：去秋七月六日，引見乾清宮，見蘇拉四人，分昇二巨楄，青綾罩之，不辨何物，叩直廬諸人，云宮中明日乞巧，所陳瓜果，先一日例由内務府呈進，陳筵時且有笙簫佐之也。此節可资宮史。

一三 許星臺滿庭芳

乞巧爲閨閣舊俗，南北皆然，余嘗采津門故事，録於《詩乘》中。偶閲潘季玉《咏花》詞，有許星臺方伯《七夕招飲》〔滿庭芳〕一解，謂是日星臺招客讌集，閨人取芝蔴、穀米、通草、瓜仁，裝成亭臺樓榭以及陳設百物，鉤心鬥角，極纖巧玲瓏之致，因索詞紀之。其詞云："玉露金風，華鐙翠瑱，晚凉庭院開筵。使君情重，高會有群賢。道是雙星此夕，銀河畔、烏鵲橋填。佳斯近，家家乞巧，樂事又今年。　　風流神仙眷屬，靈心妙手，鬥麗争妍。比麻姑、擲米黏得珠圓。八寶裝成百樣，疑天上、不似人間。陳瓜果，尋常莫羨，清異一時傳。"有此韵事，合有雅詞傳之。

一四 中元節賽神

吳俗以中元節賽神虎邱，是日，傾城士女咸放棹往觀，蕭鼓畫橈，銜尾相接。赭寇之役，山塘爲墟，而此風未改。鄭叔問

《冷紅詞》有〔拜星月慢〕紀之云："虎氣高秋，鴟夷遺恨，斷送山塘七里。走馬吹花，帶歌聲流水。酒醒處，付與、黃昏一片燈火，滿地飄零鈿翠。步屧人歸，總西風顦顇。　　倦追尋、畫舸魚龍隊。中年近、早辦登臨淚。不見柳色蘇臺，換秋烟蕭寺。墜疏鐘、月落城烏起。扁舟夜、暗傍兼葭橈。莫更向、碎玉闌干，爲傷高獨倚。"盛衰今昔，所感深矣。三吳繁麗，甲於南服。碧燹一洗，青燐四飛。城郭滄桑，亭臺烟莽。顧子山《中元觀盂蘭會》〔滿江紅〕云："伐鼓吹螺，新故鬼、招來一車。逢此夕、伊蒲饌設，廣會無遮。鈴語凄清繙貝葉，水燈明滅照蘋花。料魂兮、餒甚禁烟辰，隨暮鴉。　　還鄉夢，千里賒。陳麥飯，隔天涯。嘆江南廢寺，劫悟蟲沙。楚些歌招桃葉渡，鮑家詩唱玉鉤斜。捲寒空、一陣紙灰風，昏月華。"蓋作於金陵兵後，尤極凄惋。

一五　中元燈

都下中元之夕，以紙製蓮花燈然燭浮水放之，謂之放河燈，即季玉詞所謂水燈。又有以高柄蓮葉貯燭其中，兒童擎之，翠光流映。亦或取青蒿全株，碎綴香炷，密若繁星，曰星星燈。凡所以照九幽、增功德也。張梅岩惟巹《花夢詞》有〔菩薩蠻〕三闋分咏之。《河燈》云："佛天分得琉璃大。銀塘千影紅蓮朵。閃眼露房秋。星光散不收。　　銜波明又滅。蕩起花中月。飄去與誰持。迢迢阿耨池。"《荷葉燈》云："玉盤的的搖銀燭。燭光涼沁秋屏綠。擎起更玲瓏。還愁不耐風。　　玉池憐照影。似水天街冷。伴與翠衣人。亭亭看更真。"《星星燈》云："垂垂千點秋香熱。人間錯道星橋節。挂夢九光枝。檀雲一夜飛。　　藜窗天樣遠。臥看明河轉。芳思漫成灰。涼叢花正開。"頗見刻畫。

一六　謝椒石小蘇潭詞

謝椒石罷官後，久寄居吳下。其《小蘇潭詞》又有《清明觀虎邱賽會》之作，蓋清明、中元，皆鬼節也。其詞爲〔慶清朝慢〕

云：“撲面風尖，堆鬟霧重，飛紅點上波光。犀簾半捲，倚舷人怯輕裳。極望桂旗仿佛，村巫社鼓趁蜂忙。娭兒女，紙錢一陌，不到真孃。　　已自餞春屐冷，記病花慵酒，觸處回腸。年時記得，那邊曾候歸艎。一笑碧桃乍見，并肩贏取試心香。而今又，小橋流水，依舊垂楊。”詞筆芊綿清麗，與叔問中元作不同，亦時為之。吳中天平山司徒廟有古柏四，俗謂清、奇、古、怪，寺額曰“古柏因社”。椒石賦〔壺中天〕云：“虬髯鶴骨，似婆娑四老、尊前袍笏。肯羨大夫封五品，耐盡空山霜雪。翠甲螺旋，鏐枝菌突，名字誰分別。陰垂廣畝，不知幾度灰劫。　　祇有破衲癯僧，好花間供養，靈旗飄颯。今日笑人何寂寂，想見雲臺毛髮。斷礎頹廊，斜陽古社，鐘梵都銷歇。前因指點，半村香霧明滅。”翠甲、鏐枝二語，狀柏奇肖。余曩居吳下，屢游虎邱，梅花、玉蘭俱愜吟賞，惜未一攬天平紅葉之勝，兼訪四老人也。

一七　荷花生日

十年前，與都下同人借弢齋師淀北園為荷花生日之會。池荷正盛，坐池上山亭，聽韓伶唱《賞荷》一闋。客有倚笛和之者，因話吳中是日，游人咸集葑門外荷蕩，采香士女，攬翠分妝，沸水笙歌，鬧紅成陣，狎漚忘暑，借鷗留仙，是謝椒石所謂“解語歡場，無愁色界”者，軟塵中無此樂也。椒石有〔惜紅衣〕紀之，其前闋云：“雀舫搖烟，魚波遞影，弄芳無限。到處遺簪，蓮謳度花緩。儂心暗苦，偏競寫、風前嬌面。留戀。雲碎錦機，把情絲都捲。”想見芳游之盛。吳伯宛亦有《南蕩泛荷》〔高陽臺〕云：“水黯傾脂，堤荒拾翠，夢魂飛繞吳天。銷夏灣頭，歸來重棹蓮船。江鄉漚鷺勞相問，訝丰姿、不似從前。倚愁邊，粉墜香殘，留得田田。　　銀塘露冷涼花顫，算幾經蕉萃，幾許纏綿。抖散情絲，一齊蕩作秋烟。凌波人去西風老，恨湘皋、瑤佩空捐。恨誰傳、水調新聲，冰柱哀弦。”詞中蓋有追憶，故彥雲和作有“洛濱賦後添惆悵，問明珠、舊怨誰捐”之句，而彥雲小序謂：

"暑薄宜葛，水涼襲襟，艣聲入波，花氣襍酒。"雅游勝致，良可懷矣。

一八 杭州異俗

杭俗：清明以五色米粉揑狗形，懸於戶上，至立夏日煮之，遍餉兒童恣食，謂可驅三伏諸癘，莫詳所昉。陳實庵元鼎《吹月詞》有〔雪獅兒〕賦之云："盤瓠何物，居然傅粉，成群三五。臥月無聲，慣守茆檐風雨。休嗤畫虎。但賺得、兒童懼舞。厨烟冷，最憐搖尾，傍人門戶。　　幻態浮生證取。嘆雲中仙影，夢梁空煮。院掩梧桐，似有金鈴深護。雄姿漫詡。待鼎鑊、論功烹汝。呼伴侶。花裏吠厖還誤。"頗寓調侃。湖俗重蠶事，以棉製白虎綴菆爲睛祀而送之，以爲宜蠶之兆，與此頗類。許蓮西爲賦〔醜奴兒慢〕云："馬頭祀了，還費綠窗纖手。爲黏就於菟小樣，細剪輕棉。眽眽椒睛，要看上箔到三眠。宵來簫鼓，知送向底處蒔田。　　閃蠶月忙時，生人慣忌，曾認紅箋。却笑似、桃人守户，艾帖當筵。持楄誰家，艷歌好與彩絲牽。待看春後，金泥舞去，瓮繭成仙。"異俗無稽，聊資談柄。

一九 端午節物

大興朱芷青寓瀛嘗有〔沁園春〕詞分咏端午節物，若九子糉、長命縷、辟兵符，皆沿古俗。京師人家黏端午符，余少時猶見之。芷青詞有云："兩字赤靈，五絲朱索，妙用還師抱樸書。"蓋是符所昉。又云："戴值良辰，穿連剛卯，看奪龍標談笑餘。"則舊俗婦女有以之綴釵者。厲樊榭《午日》詩所謂"不分午風涼似水，泥他兒女颭釵符"也。其詞又賦五時花，即明時之象生花，剪彩爲之，有爲午日專製者。詞云："剪彩爲花，四序都工，尤工五時。愛映到榴觴，紅能百日，摹來桃印，絳點千枝。帳額增妍，釵頭逞麗，都似園林三月姿。迎門處，更熏風披拂，艾朵蒲絲。　　會教施遍香帷。好相對、群芳傾玉巵。勝令節成圖，頻誇錦綉，良辰鬥草，互炫珠璣。裁錦千槃，采荼一瞬，深巷渾如鈿烏遺。槐庭午，看閣中帖子，正進新詞。"閩俗於是午以小紅箋書聯句，謂之午時書，即貼子遺意。彩花之製，京師稱最，南人謂之京花；近時常州女工以通草染色，雜絨片爲之，尤麗。見《武進陽湖邑志》。左韻卿夫人爲曾吟村太僕室，其《寒夜自製通草花感作》〔解語花〕詞有云："數椽鴛瓦。霜華重、課子一燈初地。機聲軋軋。祇贏得、泪珠盈把。誰爲憐、生計難抛，剪彩消長夜。"是蓋吟村卒後，夫人茹貧養姑，製花佐膳，苦節可敬，後諸子皆貴。

二〇　曲園翁詞多記瑣俗

曲園翁詞多記瑣俗。閩人以橄欖核插燭上燃之，其光四射若蘭花，頗足觀玩，賦〔夜合花〕云："小剔銀燈，輕揎翠袖，居然頃刻開花。冰心暖透一枝，放出仙芽。疏又密，整還斜。是優曇、結就天葩。不成梅萼，不成蓮瓣，隨意些些。　回思烘味堪誇。舌本餘甘領略，雅稱新茶。纖纖剩核，還供兒戲喧譁。珠錯落，玉丫叉。看燈前、細掣金蛇。浮生泡影，世情陽焰，坐惜年華。"又茶甌中有一莖竪立，俗名茶仙，主有客至，賦〔一枝春〕云："嫩展旗槍，有靈根、裊裊斜倚。伶仃乍見，便是藐姑仙子。纖腰倦舞，又羅襪、踏波而起。休誤認、杯內靈蛇，負了雨前清味。天然一莖搖曳，愛雲花霧葉，青蔥如此。擎甌細品，漫擬苦心蓮蕊。靈機偶物，又添得、喜花凝聚。應卜取、佳客聯翩，桂舟共艤。"又燈火灼爍四射，細碎有聲，俗云主有客來，蟬連長語，賦〔解語花〕云："寒燈焰小，驟訝飄揚，歷亂抽瓊葉。翠膏微沸，凝眸處、細語宛聞啾唧。奇花漫結。偏對我、清談飛屑。情黯然、怨綠愁紅，訴與光明佛。　清絶蕭齋拜月。奈閑愁逗引，無故饒舌。夜深休説。銀釭畔、生怕暗將春泄。吟懷正鬱。且任爾、澹描輕抹。卜曙熜、揮塵人來，同曉蟬喧聒。"事雖纖瑣，俱有意致。

二一　和合神

南俗，新婚夫婦必同拜和合神。《西湖游覽志》載，宋時杭城以臘日祀萬回哥哥，其像蓬頭笑面，身著綠衣，左手擎鼓，右手執棒，云是和合之神，使人在萬里外歸，故曰萬回，今其像通行而罕知所由昉矣。曲園翁爲譜〔木蘭花慢〕云："問南朝舊事，祇離恨，不消磨。想五國城中，九哥傳語，畢竟蹉跎。風多，任吹不轉，笑官家枉托孟婆婆。那比茆檐臘鼓，迎神來譜新歌。　　憑他，吳越干戈，工作合，又調和。看綠衣執鼓，蓬頭不幘，笑面微酡。關河，玉門萬里，仗神風一夕轉明駝。從此林間鳥語，聲聲祇喚哥哥。"今俗多有所本，惜少博雅如翁者爲考證之。

二二　掃晴娘

曲園翁別有咏掃晴娘〔浣溪紗〕云："吳帶曹衣自轉旋，牆邊屋角鬥嬋娟。彩繩渾似舞秋千。　　甘作吳宮箕帚妾，羞爲巫峽雨雲仙。掃開宿霧見青天。"掃晴娘者，閨中剪紙爲婦人狀，持帚向天，連雨祈晴，往往有驗，亦舊俗也。閨襜雅戲，罕著篇咏。往時吟餘繡罷，有以筆管吸皂莢水吹五色泡爲戲者。葉雨軺以偷賦〔釵頭鳳〕詞云："春歸悶，眠難穩，閑來吹個團團暈。虛堂界，圓光藹。窗邊繞過，又飛簾外。快。快。快。　　朱唇吮，香泉潤，笑拈湘管郎肩噴。風前擺，兒曹待。明珠無數，霎時何在。再。再。再。"又有爲九連環之戲者，以彩綫套成重叠方勝，架以釵釧，必探得其緒，以指挑之，乃應手立解。姚梅伯嘗賦〔解連環〕詞云："金絲細剪。恁彎環裊就，看時零亂。背花陰、掩袖凝思，驀瓊響纖纖，扣來銀釧。玉指雙挑，把恨結、無端尋遍。笑團圝樣子，層層抱住，到頭不斷。　　似緣蟻珠宛轉。又青蟬離蛻，綠蠶卸繭。便輸伊、鐵石心腸，怕幾度回來，也應柔軟。解慧鸚哥，隔烟影頻頻窺見。總憐如繞夢，疑山祇明一半。"曲折傳神，各擅其勝，亦蘭閨瑣記也。

二三　江米團

余客居異地，久拋鄉俗，猶憶幼時，每值冬至，必於前一夕屑江米爲麨，家人團坐搓丸，取團圓之意。次日煮丸祀先，闔家分食，丸中有攙橘皮者，得之尤爲吉征。偶見梁洛觀履將有〔南鄉子〕詞咏其事云："笑語共婆娑。銀燭華筵綴碧荷。大小珠光齊錯落，搓搓。人世團圓此夜多。　　春意竄眉過。白屑纖孃素手羅。調罷餳湯堂上進，知麼。新婦生成小性和。"舊俗：搓丸皆以新婦主之，故後闋云云，讀之猶想童嬉之樂。

二四　摸瓜之俗

摸瓜之俗，見麟見亭《鴻雪因緣紀》，黔陽所見也。是風皖中亦有之，凡婦人新嫁者，於中秋夕竊人園中倭瓜，以爲宜子之兆。鄧嶰筠紀以〔摸魚兒〕詞云："憶瓜筵、化生曾弄，良宵今又秋半。蘭閨別有關心事，暗記野塍疏蔓。風露晚。渾不似、姮娥竊藥奔清漢。提鞋未慣。乍月地行來，星星小膽，私語倩郎伴。　　春葱捏，翠袖偷籠皓腕。歸時低下銀蒜。綿綿意寄綿綿句，悄把佩蘘重換。輪指算。但願待、明年證破今年案。懷中宛轉。笑素魄剛圓，紅潮正退，羞影鳳幃畔。"宋于廷翔鳳亦和是詞，且謂皖俗摸瓜外，更有以鼓樂送瓜與新嫁娘者，其詞雖遜嶰筠工麗，別見作意，云："問西風、可能逢便，良期同盼三五。關心祇在綿綿地，自昔肯傳佳語。新過雨。到玉漏初清，依約尋場圃。今宵暗許。正密意含瓠，盈懷抱子，莫做小兒女。　　江潭客長，似匏瓜獨處。移情還記風土。生平要足家家願，替祝生男當户。憑告與。把花蒂藏來，漫共論甘苦。門前聽取。看好種先成，牽泥帶露，是處送簫鼓。"于廷嘗客黔南，其水西地亦送瓜成俗，謂爲宜男。復追憶疊韵云："記牂牁、舊携家地，少年纔過三五。閨中正作宜男夢，碧玉難聞私語。秋慣雨。已結就、青黄篸竹連園圃。佳名共許。是滅燭携來，籠燈抱至，歌笑聽蠻女。　　歸來久，漂泊何曾室處。暮雲長隔鄉土。病妻弱息知何似，藤蔓定牽蓬戶。歌漫與。怕燒盡、栗薪未必存瓜苦。此時認取。又江上中秋，送瓜時節，有樂異銅鼓。"蠻邊異俗，不解何以流衍淮沘。

二五 送燈與排塔

閩俗女子新嫁者，及歲首必由母家送燈以爲添丁佳兆，以燈丁音叶也。臨桂龍春畦潤霖宦游閩中，以〔浣溪紗〕調分賦八閩風俗。《送燈》云："占取東風玉燕祥。籠紗伴與橘盤香。試燈風裏幾家忙。 送子閑嘲伴惱妹，添丁私祝暗羞郎。夜來春照合歡床。"又中秋節，兒童以小樣亭臺褻物陳列供月，其中必有小塔，謂之排塔。春畦亦有詞云："瓜席前除月上初。玉階兒女笑相呼。燈痕花影小浮圖。 此夜金波榕海迥，一城香霧桂陰扶。誰家簫鼓又西湖。"二事余幼時猶及睹之。

二六 郭頻伽詞

郭頻伽有〔雪獅兒〕詞賦清明狗，即陳實庵所咏者。其詞較工，云："搓酥滴粉，誰把烏龍，青黃偷塑。寒食無烟，搖尾知渠何處。彩絲縛住。應不吠、桃花月午。怕待到，石泉榆火，論功烹汝。 長夏困人良苦。想文園病久，爲伊襄取。上冢歸來，黃胖泥孩同貯。嬉游伴侶。小膽怯、柳村花塢。青春暮。試問寄書能否。"又《賦麥人》〔夏初臨〕詞謂吳鄉立夏，以新麥微炙，掌搓令熱，用以佐酒者，向有是名。詞云："白袷衫裁，黃雲隴割，麥秋將雨還晴。立夏時光，青梅白笋朱櫻。登筵莫訝猶生。費曉寒、玉手搓成。年年風景，鯝魚網出，雛雉茸鳴。 兒童失喜，翁媼開顏，預知餅大，合用羅輕。冬前三白，去年曾見瓊英。顆顆勻圓。算除非、瑟瑟盤盛。念何時，江湖得歸，相就魚羹。"結句用元次山詩語。

二七 唐花

梁應來分咏京師風俗，所謂花局子者，即咏唐花。承平時，歲除將近，朱戶豪門咸以此饋歲，密圍擔送，沿街不絕。余居蟄圍，嘗移朋好所貽爲吟社彩品，樊山、暗公俱有詩紀之。《金陵詞鈔》載上元朱述之緒曾賦唐花〔臺城路〕云："翠帷蕩得春魂熱，東風等閑吹轉。粉雨蒸香，紅潮暈酒，一例園鑪人艷。繁華滿眼。笑碎錦千行，紫泉宮殿。喚作天公，黃金祇有買春賤。　　深深妝閣幾處，正重嗛密護，留待清讌。軟玉嬌扶，仙裙小皺，不忍輕施金剪。漫嫌春淺。又昨夜催開，一枝紅顫。生怕禁寒，移來簫局畔。"余頗喜誦之。是題賦者頗多，憶同社查查灣有〔東風第一枝〕詞云："窨聚香濃，篝熏火細，溫麐一縷偷度。南檐暖透瓊窗，東閣綺交繡戶。輕寒不入，也算抵、春陰遮護。莫更笑、頭腦冬烘，妙寫歲華新譜。　　人倚醉、酒邊共撫。客問價、杖頭試數。買來好載筠籠，移去待分黛土。挐紅孕綠，暗顛倒、化工如許。且盼到、真個花朝，天氣淡雲微雨。"郭臣厂亦賦是調云："臘破芳容，香湛綺夢，東風可奈無主。却教駕幕春藏，悄把麝檀夜炷。隋宮剪彩，遍點綴、瑤林瓊樹。那似此、爭巧天工，一霎翠嬌紅嫵。　　知暗逗、倩魂甚處。催放了、艷叢如許。馬塍聊慰相思，羯鼓問誰付與。韶華火速，可能抱、冬心終古。悵眼前、一片曇雲，勾起歲寒情緒。"今二君俱爲異物，涉筆凄黯。許辛盦賦是題結拍云："縱借來、一段韶光，難到上林千樹。"言外尤有深意。

二八　蟈蟈

鬥蟋之戲，如陳弢庵太傅〔月下笛〕詞所謂"金籠買鬥，幾絢閑煞寒杼"者。其風南北俱盛，而北俗則兼蓄蟈蟈，即《月令》之螻蟈。夏秋間街頭喚賣，筠籠貯之，鳴聲聒聒，善蓄者及冬置葫蘆中，藏懷取暖，可以過臘，亦猶之唐花也。陳息凡《香草詞》有〔摸魚兒〕《賦蟈蟈》云："可憐蟲、曼聲傾耳，祇疑飄作涼雨。階前促織遙相和，愁起征人思婦。秋在宇。趁颯颯、翩風振動莎鷄羽。悠揚逸趣。知不是蟬琴，非關蚓笛，又不是蛙鼓。　　月明下，須向豆棚瓜圃。何來天籟如許。有人讀曲挑燈罷，添寫入吟秋句。霜氣苦。休悶倒、葫蘆長伴寒閨度。宮中舊譜。記景德窯兒，鼻烟瓶子，曾繪草蟲舞。"序云：都下士女以雕籠或刻繪葫蘆蓄之，能耐冬寒，道光時宮中亦蓄之，嘗發江西景德窯，依式爲瓷鼻烟壺，上繪其狀，時頗矜異。蔣心餘謂北方有蟲名哥哥，以葦籠貯之，其聲與哥哥同，故名。實即蟈蟈音訛，心餘未及細考。其詞爲〔沁園春〕云："蟲爾來前，爾雅重箋，爲伊釋名。想公會夫人，汝爲齊女，晋留重耳，誰是申生。孤竹餐薇，荆蠻采藥，鴻雁關河弟喚兄。嗟予季，似乘舟衛壽，字字關情。 卑栖愛擇田荆。應花萼、樓中第幾聲。比苦竹叢邊，行兮不得，秋風原上，急也曾經。餅怨婆焦，婦稱姑惡，蜂蟻網常友愛并。嘈嘈處，有鬩于牆者，驀地心驚。"竟全切哥哥，可謂無中生有。又次闋云："聒聒哥哥，南北之人，語音不同。似蟬翼流澌，未登月令，莎鷄振羽，不入豳風。腹乃皤然，背尤盎爾，長脚還堪比相公。馬頭上，有半鞍明月，聲在其中。 秋來紫豆花叢。挂紙閣、蘆簾鐵馬東。向壺腹藏身，請君入瓮，瓜瓢作餉，爲爾開籠。蟋蟀窺床，斯螽動股，借亂軍聲十二峰。抛殘體，任蟻穿鷄啄，化作沙蟲。"述其情狀，宛然蟈蟈也。

二九 越人迎賽朱翁子

朱翁子以覆水傳播於歌曲，而越中猶崇祀也。每歲七月十三日，鄉人迎賽朱太守祠，香花幢葆最盛，俗傳即翁子也。白石作越中神曲，獨未及此。王定甫客越，目睹其事，賦〔高陽臺〕云："覆水杠頭，樵風涇畔，兩年愁卧西風。落日荒祠，聽殘儺鼓鼕鼕。十年遲我懷中綬，恨消磨、兒女英雄。剩桐鄉、報賽年年，猶説隣翁。 神弦待補家山曲，笑行歌浪迹，重滯吳東。寂寞皋橋，空聞夜雨鳴春。微生一病都成懶，畏新來、瘦骨支筇。最逍遥、社酒寒燈，惟有龐公。"當日會稽轄地甚廣，其建治所在，未必爲今之紹興也，然其俗則相沿久矣。

三〇　全尊生南鄉子咏苗俗

全尊生客黔中，有〔南鄉子〕五闋咏苗俗。其一云："心許處，不分明。暗傳消息遞蘆笙。綠草鋪茵花覆雪。驚胡蝶。故故窺人岩際月。"謂跳月也。"山路滑，晚烟低。牛毛細雨子規啼。一笑相逢佯借問。雙紅暈。笠子欹風花壓鬢。"謂苗女也。"坡上去，送郎行。踏歌聲應竹枝聲。歲歲年年坡對面。長相見。不似人心朝暮變。"咏相見坡也，坡在南平。"寒食節，凍花天。五更風雨鎮相憐。曉日忽收三里霧。難留住。比似無晴天更苦。"苗俗謂春寒爲凍花。又其地有"天無三日晴"之謠。"芳草綠，鷓鴣啼。陌頭開遍送春歸。説與看花人且住。岐亭路。欲送春歸春不去。"刺梨，一名送春歸，其名頗雅，惟黔中有之。牞鳥蠻花得兹增色，亦翩翩赤雅之才也。

三一　女兒酒

越俗，釀酒最美。每生女，以新釀封藏之，俟遣嫁時取飲，色味俱絕，謂之黃嬌，亦曰女兒酒。汪鄰樓度拈〔傾杯樂〕賦之云："花共芳名，香輪春色，醉鄉先軟。認青瓷、摹金畫彩，翠筠輕絡，銀泥封滿。那人生小恩恩辦。幾何時過，似水年華爭換。夜沉寒嫩，自詡瓊酥能辨。　觴掩處、小釂斟淺。料説與郎知，還面覥。對語罷、雙頰潮生，疑是燕支初染。憶舊日、孃曾屢喚。憐此際、婦寧謀晚。好奪取，紅一點、狀元新讌。"狀元紅亦越酒名。又有女兒香者，產海南，得者尤珍秘之。王小山時翔嘗倚〔天香〕調賦之，謂秋涯檢討以分贈北溪陳子者，未知其得名何自也。

三二　秋葉餅

俗傳梧桐交立秋日，必有一葉先墜，若報秋者。栩樓寒碧簃前，有碧梧一樹，余嘗驗之，果不爽。宮中於是日製秋葉餅，餅如葉形，芳甘爲餡，內直者得叨頒賜。陳弢庵太傅有〔賀新涼〕詞恭紀云：“秋至誰先省。看宮厨、饌餾頒下，夏時猶準。裊裊風將涼一味，付與湯官管領。却奪得、銀床片影。撫序易生長年感，聽哀蟬、還憶蓮花餅。包袖熱，莫教冷。　　流民織路無人振。忍回思、承平士女，剪楸簪勝。上苑蟲文分明驗，淒絕壺殤從徑。況旅食、飄零難定。角黍花餻年年事，對舊京、內樣餘悲哽。牙齒缺，且留釘。”內直諸臣，每歲時令節，咸拜賜食品，如午日角黍，中秋月餅，重陽花餻，與外間初不甚異；獨是餅純出大官，可入金鑾記也。

三三　蕩湖船

江南多烟水，裙屐年少，放橈載酒，追逐於笙歌粉黛間，俗謂之蕩湖船。孫子瀟有七古多首，分咏吳趨風物，此其一也。頻伽有〔摸魚兒〕詞咏蕩湖船云：“一篷兒、花天酒地，銷磨風月如許。吳娃生長吳船上，祇共駕鴦爲侶。船六柱。從不識、愁風愁水天涯路。輕橈容與。問兩寺東西，半塘前後，商略泊河處。　　江南好，不在中流簫鼓。牽人好夢無數。十年水驛風燈夜，負了畫船聽雨。臨別語。怕紙醉、金迷忘却秋娘波。重來記取。有淡淡窗紗，疏疏簾影，隱隱數聲艣。”赭寇亂前，出塘七里繁華稱最，泛舟者必趨之。王定甫通政有《山塘泛舟》〔醉蓬萊〕詞云：“拂斜簪塵滿，綠玉新扶，畫橈輕放。勝約頻番，試冶橋芳港。洗眼雲嵐，西風吹醒，問夕陽無恙。瘦塔含烟，殘蟬訴暝，漸驚蕭爽。　　羅綺叢邊，管弦聲裏，似我重來，夢華凝想。十里回塘，又夜燈齊上。幾處高樓，幾家明月，付幾人閑悵。長記歸舟，水光蟾影，燕泥門巷。”蓋已有彈指滄桑之感，即今野水青蕪，更寥落矣。

三四　粵東燈事

粵東地擅繁華，燈事最盛。朱漚尹侍郎《端州元夜》〔六醜〕詞有云：“誰家噴起中流笛。駕穩蓬萊，六鼇咫尺。沉沉萬波吹息。惹躑歌一笑，飛棹無迹。”其在瘴江孤郡所見尚如此，何況會城。鄧嶰筠《重過廣州》〔春光好〕云:"春波小,送征篷。試燈風。多少離離花影,月明中。　一路星橋霧鎖,千家火樹烟籠。無奈催人清角曉,去匆匆。"亦略見其概。近見番禺汪憬吾兆鏞《雨屋深燈詞》有〔少年游〕一闋,追記承平時廣州燈事云:"金荷銀樹綉珠香。燈事記閑坊。一樣東風,鶯簾燕户,都戀春光。十年今夕叢祠路,暮雨暗桃榔。隔籬有客,白頭相對,共話滄桑。"回首夢華,頓成荒寂,良足累欷。憬吾兄弟異趣,幾如文史,頻年閉户掃軌,自托遺民,其人亦足重也。

三五　閩垣燈市

閩垣燈市以南後街爲最,畫綃彩燭,簇映生春,自試燈至元夕,亦游人如蟻。宋己舟嘗賦《續元宵》〔喝火令〕云:"恨減游春騎,愁添買夜錢。華燈翠幄慣無眠。瑟瑟春筵鸞膠,調軫續冰弦。　背鏡仍回盼,扶闌更凭肩。銀屏昨夢散飛烟。明月重橋,人去奈何天。今夜十分心事,已欠一分圓。"或病其近衰颯,則又成一闋云:"燈續將闌市,尊開既望天。十分心事一分懸。便過前宵今宵,月尚九分圓。　珠箔搖春靄,瓊樓敞夕烟。廣寒小隊羽衣仙。重與吹簫,重與鼓冰弦。重與霓裳細按,法曲補當年。"見者嘆服。老輩風趣,後來莫能及也。

三六　菊花山

京師歌伶所居,廳宇精潔。每晚秋各以所藝菊層累陳列,黃嫣紫姹,星布雲連,謂之菊花山。游客相率置酒賞之,排日歌筵,蟬嫣不絕。光緒中年以熙春堂爲最。夏閏枝有《追憶》〔卜算子〕云:"寂寞厭東籬,選勝謀秋餞。酒暖燈明敞菊屏,花影如人澹。　投轄故人稀,難覓黃爐伴。舊日何戡也白頭,花事長安換。"余題姜郎慧波畫菊〔浣溪沙〕云:"猶憶燈屏舞柘枝。琉璃葉上看題詩。冷香扶夢酒酣時。　重撥春心勻酒泪,暗分秋色逗歌眉。看花人亦鬢成絲。"亦謂其事。近年觀城南賽菊,猶有伶家所藝珍種，舊人零落，無可與談往事者矣。

三七　燕九節

燕九節，惟京師有之，即正月十九日也。是日，傾都車馬紛集白雲觀，爭先馳騁爲樂。又相傳是日，可於此遇仙，好道者或齋宿候之，觀中奉邱長春真人像，殿宇巍煥，花木幽清。李越縵嘗往游，用玉田《長春宮》韵，賦〔憶舊游〕云：“恁茸衫款段，獨訪元都，日澹沙晴。休説長生事，但丹霞窶冷，烟裊幡青。天風猛撼鈴鐸，燭亂露壇星。袛玉格金函，玲瓏霧閣，深鎖層清。　　西游幾經歲，又幾劫開皇，鶴化無聲。認得蓬萊境，便雪山冰海，花樹都春。何况帝城佳氣，閬苑接仙禽。還目極斜陽，林尖寺塔銜暮雲。”注云：是日藏經閣有游女，故不及登，其前即天寧寺塔也。余戊戌歲嘗與粹叔、族叔同游，叔有〔菩薩蠻〕云：“香車寶馬爭馳道。飛紅十丈仙都繞。花影一枝濃。盈盈語未通。　　清鐘珠殿迥。中有蓬萊鏡。咫尺即瑶天。明璫人似仙。”叔遺稿不傳，此詞於扇頭録得之。

三八　指甲草

鳳仙染指，爲唐宮故事，其俗至今未改，京師人呼是花爲指甲草，即本於此。寶山朱伯康燾拈〔沁園春〕賦之云：“風子抽英，摘向金盆，痕留指間。看圖搓絳屑，流星點點，曲拿硃印，新月彎彎。液搗臙脂，光揺琥珀，一握柔黄欲露難。支頤處，訝十尖齊暈，鶴血猩丹。　　夜闌錦瑟偷彈。映廿五、朱弦一色殷。記揾來香泪，冰痕賭艷，挑殘鉛粉，雪片增妍。皽面桃濃，烘腮杏淡，惹得春葱分外鮮。分明似，宮砂臂上，故意留斑。”又紫茉莉俗呼燕支花，可以佐妝，徐花農丈嘗有詞咏之，惜佚其稿。

三九　春聯與門神

故事，每歲首必易春聯，即唐人所謂桃符也。初正謁客，停車注目，偶見佳作，輒爲留連。莊祉如永言有〔迎春樂〕《咏春聯》云：“辛盤薦罷人微醉。指拂凌雲氣。倚雙行、椽燭搖紅膩。把十樣、桃箋試。　　儷句摘、玉臺佳麗。法書仿、蘭亭遒媚。何處紗籠前導，又索宜春字。”又閥閱之家，恒有黏貼門神者，亦曰門丞。祉如賦以〔二郎神〕云：“丞何故。曷不學、老罷當路。曷不學、辛毗持節坐，慣依傍、他人庭户。金鎖綠沉無恙在，做彩燕、黏鷄伴侶。難道爲、一椽堪蔽，强似牽舟賃廡。　　休住。尋常巷陌，冷清清處。祇合倚、侯門相府。努目乘勢，作霍家奴。怒畫戟、收時行馬駐。有多少、炎趨熱附。看槐柳行邊，二陸三潘，向君延佇。”調侃世人不少。時吴下名流舉消寒之課，蔣雲九大令主之，二詞皆社作也。

四〇　祀竈

祀竈，例以嘉平二十三日，然亦不盡同。前人詩云：“官自廿三民廿四，娼家廿五過年年。”習俗然也。宫中亦舉是典，睿廟御製詩所謂“餕芳裒鼎篆，精潔列盤糖”者，即爲祀竈而作。須社同人嘗限〔行香子〕調賦醉司命，徐姜盦詞云：“臘鼓年光。樺燭神場。拂歌弦、還侑餦餭。神今既格，我願逢將。願酒常盈，詩常健，歲常穰。　　鼎篆盤糖，盛日奎章。憶千門、歡拜觚旁。如今天醉，厮養中郎。但客邊愁，花邊恨，鬢邊霜。”後闋即仰述宫史也。周息庵同賦云：“臘雪催年。臘酒當筵。恰今宵、甲馬朝天。踞觚醉後，縛草爲船。正菜盤香，檀篆細，燭花圓。　　願歲長綿，願節長歡。祝春風、暗擲金錢。黄羊祀罷，風送神弦。更漏沉沉，星爛爛，鼓填填。”余亦和一解云：“畫鼓騰騰，絳蠟盈盈。想神君、酒面微醒。一年何年，憑達天庭。笑阮厨空，嵇鍛懶，沉琴清。　　椒醑花餳，夢影承平。憶兒時、彩服逢迎。而今空對，濕葦寒棚。剩踞觚談，衙鼺恨，燎衣情。”老逢節物，觸緒增凄，聊一寫之。

四一　坐筵之俗

坐筵之俗，見《永嘉聞見録》。謂吉日設宴於堂，新婦上坐，選閨娃陪侍，賀客得擇其貌美者，任意勸釂，受者榮之，不爲忤也。太守某公惡其蔑禮敗俗，屬禁之。余曩官鹿城，見陳玉宜仙璧所賦〔傾杯樂〕詞云：“鵲使迎軒，鶯儔聯袂，者番初見。認釵鬢、紅圍翠繞，瓊蕭徐引，金尊容勸。當筵纔識春風面。海棠禁醉，捧到黄嬌猶靦。艷名新飲，賺得珠簾爭看。　歌進酒、舊狂都掩。怪甚事蜂衙春暗管。鏡閣上、花影盈盈，空對年時鴛伴。憶好夢、蓬山似遠。惱綺思、樊川應怨。祇記取，芳席畔、幾番腸斷。”今濫觴雖禁，坐筵之風未改。

四二　馬車及電燈

滬海一隅，夷廛櫛比，士女以馳騁馬車爲樂，近人詞所云“報鋼絲車到，挽住青驄”者，形容絶妙。胡木父有〔百宜嬌〕《書上海静安寺所見》云：“電馬飛紅，畫輪渲碧，花底淺深朱户。乍揚簾塵，細傾茶渫，歷歷羞顔來去。同心艷覓，莫漫負、如今黄浦。祇恐伊、低唱銅鞮，冒關歡子如許。　流水樣、官人細數。問萬柳千花，好春誰主。擅舞衫兒，承歌扇子、盡與裁量芳譜。登樓望極，正甲煎、星星歸路。定知相、將折檻垂鞭，訪吹簫侶。”時車龍馬水，游張氏昧莼園者，必經静安寺路。雕輪并載，游女如仙，徒御揚揚，纓蕤楚楚，亦極終朝之樂。而今日所通用電燈，其時滬上已有之，木父別有〔二郎神〕咏之，云：“珠泡射。恰細雨、銅街微灑。漸入夜、銀輝黄道正，噓冷焰、星橋高挂。玉女投壺看不定，哆一笑、神光出罅。趁影底、鈿車如織，也有輕雷相亞。　真假。燒從鏡底，繞樞照野。看睒睒、新開岩下目，應早共、王戎論價。鬥月欺風天不管，任分繫、歌廊芳樹。願鞭起冰糾，捧到驪宫，春宵閑話。”兩詞皆工於體物，駸駸物競，有開必先，腐儒何知，徒爲舌咋。

四三　東瀛觀櫻節

東瀛有所謂觀櫻節者。舊制，春三花發，公卿百官皆給假賞春，今則士女征逐，舉國嬰嬰。墨江左右堤有櫻數百樹，爛如霞錦，相率笙歌轟飲花下，或以櫻和飯，曰櫻飯；或團花爲菝，煎蒸參用，曰櫻餅；又或點櫻爲湯，下以鹽，可醒酒，曰櫻茶；游客折花，或插帽，或裏袖、縮帶，歲久成俗，號以花王。東人云：朱舜水居東酷愛之，庭植數十株，花開恣賞，曰：使中土有之，亦當弁冕群芳。其在日本，客於水户義公，義公於其歿，環植櫻樹於祠堂之旁，存遺愛焉。其花多深紅淺絳，有白與綠者，以罕尤珍。況夔笙東游賦櫻詞最多，其賦綠櫻〔沁園春〕句云：“縱然蔥蒨，忍教結子，如此娉婷。”謂其華而不實也。又有〔減字浣溪紗〕多闋，悉用櫻典，擇錄之云：“萬里移春海上香。五雲扶艦渡花王。從教彩筆費平章。　萼綠華尤標俊賞，藐姑射不競濃妝。遍縭芳譜祇尋常。”又云：“何止神州無此花。西方爲問美人家。也應惆悵望雲涯。　風味似聞櫻飯好，天臺容易戀胡麻。玉纖更索點新茶。”又云：“畫省三休仁玉珂。峨冠寶帶惹香多。錦雲仙路簇青娥。　似此春華能愛惜，有人芳節付蹉跎。隔花猶唱定風波。”又云：“舜水祠堂燦雪霞。廣平鐵石賦梅花。薔薇身世一枯槎。　紅樹仙源仍世外，彩旛春色換隣家。隔牆蜂蝶近紛拏。”又云：“何處樓臺罨畫中。瑤林瓊樹絢春空。但論香國亦仙蓬。　未必移根成悵惘，祇今顧影越妍濃。怕無芳意與人同。”又有〔戚氏〕一闋，檃括所作，末云：“甚醉鄉、容易韶華送。風雨橫、多少殘紅。剩倦吟、暮色簾櫳。又芳節、蒨雪照春空。神山夢，瓊枝在手，俯瞰魚龍。”傷春異地，舉目危欄，正非尋常吟翫，芳詞一讀，吾腸九回矣。

四四　風琴

歐俗，賓嘉諸禮，幾無不用風琴者。百年來，始入中土。吳縣朱紫鶴和羲嘗聽番女康姑彈風琴，賦〔念奴嬌〕寫之云：“重門半掩，向簾櫳小立、輕輕彈指。驚見穠花迷眼界，一縷香先參鼻。巧學吳音，軟調俊語，特把金閶記。麗娃鄉近，若非西子誰比。底事驀起琴心，移宮換羽，似訴中懷意。簫管銅鉦勞并奏，還助鶯喉柔脆。怨鶴聲凄，愁鮏嗁急，欲滴相思淚。我非公瑾，游魂飛向天際。”注謂：風琴之聲，大者似銅鉦，小者似簫管，康姑以歌助之，其聲清越，姑能華語，縷詢金閶風物。又云：番俗，門雖半掩，必以指輕彈乃入。其妝以五色花遍插帽檐，到人前，先聞香氣，皆詞中所述也。當日華風樸儉，即此亦爲異談。

四五 尤西堂河傳

尤西堂有〔河傳〕詞，分咏閨中十二月瑣事，備詳舊俗。〔河傳〕有十二體，其詞亦分用之，錄之以存故實。《正月》云：“新年吉利。華勝妝釵，宜春貼字。檀郎把酒，屠蘇索醉。道兒家得歲。　　鬧蛾滿路竈山會。猜燈謎，輸了鴛鴦翠。却拉隣家姊妹。紫姑相伴戲。”《二月》云：“春半。社來飛燕。麗日花朝。茜裙撲蝶過紅橋。垂腰。折柳條。　　漢宮寒食新傳火。貽雕卵，要笑郎家果。牆頭馬上看秋千。喧闐。爭分白打錢。”《三月》云：“春午。紅雨。湔裙曲水，采蘭江渚。萬花輿。百子襦。伴侶。蹋青芳草舞。　　拾來鬪合鴛鴦譜。瑤環賭。贏取同心縷。晚還家。倚碧紗。周遮。金鈴偷護花。”《四月》云：“紅英已謝。綠枝方亞。拂拂薰風。一番穀雨。曉來香透簾櫳。鼠姑紅。　　羅敷日過條桑下。繰絲罷。梅潤羅裙衩。小窗閑處，提壺自試新茶。換輕紗。”《五月》云：“佳辰重午。釵懸艾虎。臂纏彩縷。龍舟兩兩競渡。畫鼓。雕弓射角黍。　　蘭湯浴罷蒲觴泛。紅生面。窈窕搖葵扇。憑闌干。嚲鬢鬟。闌珊。乞郎半夏丸。”《六月》云：“玉骨冰肌，天然無汗，紈素風來。鬢華香散小池邊。棹船。歌采蓮。　　畫長獨抱青奴臥。桐陰破。枕畔金釵墮。起看明月上紗窗。蕭郎。桃笙今夜凉。”《七月》云：“高樓乞巧。彩花飛起，雲霞繚繞。金鈿七孔試穿針，裊裊。穿出雙頭巧。　　戲呼烏鵲填河去。凌波步。便喚郎來渡。來時赴佳期。水嬉。銀盆弄化兒。"《八月》云："瓊樓玉宇。紫雲霓羽。廣寒何處。有人間月府。白衣歌舞。是嫦娥小女。　　月圓正值人圓夜。簫樓下。彩鳳應同跨。泛金卮。彈錦絲。紅兒。爲郎折桂枝。"《九月》云："重九。酌酒。茱萸遍插，齊開笑口。小樓簾捲也登高。相邀。同餐小鹿糕。　　自憐人比黃花瘦。垂羅袖。瑞腦薰金獸。背罘罳。步庭墀。秋思。題詩梧葉兒。"《十月》云："春小。暖早。鸚哥報道。海棠開了。妝臺乍曉。雲鬟新添通草。畫衣飛翠鳥。　　瑣窗容易斜陽下。香奩卸。無計消長夜。剪金鳧倒玉壺，胡盧偷窺。秘戲圖。"《十一月》云："冬至。亞歲。日初長。八尺花磚細量。新添宮綫繡鴛鴦。尊章。擎將履襪雙。　　六出花飛風絮起。氈爐底。瑞炭煎沉水。飲羊羔。彈鳳槽。蠻腰。何妨夜夜嬌。"《十二月》云："歲暮。臘鼓。懸螺畫虎。爆竹争喧。藏鈎戲賭。女伴餕節如何。口脂翠管多。　　黃金瀉水成雙鳳。梅妃弄。擬戲椒花頌。向圍爐勸酒，妾意與郎同。火兒紅。"可抵一編歲時記讀之。西堂詞筆清雋，別有《王氏兩郎花燭》詞，蓋孿生子同日婚娶者，其詞爲〔一剪梅〕云："五彩雙縷午未郎。伯稽王郎。仲稽王郎。七香并駕杜韋娘。大婦珠娘。小婦瓊娘。　　一夜春風兩面妝。雪點梅妝。月照梨妝。鼓琴鼓瑟喜連床。坦腹東床。交臂西床。"用典巧合，附錄足資嗢噱。

四六　較獵

滿蒙風俗尚武，每秋高馬肥，必相率行獵，獵罷則捅酒割鮮，痛飲爲樂，其風古矣。入關定鼎，不廢行圍，歲幸木蘭，垂爲定制，其誥誡八旗者，尤以不忘弓馬爲戒。故雍乾以降，八旗將士駐防東南諸省，歲時較獵，猶沿舊風。匪樂從禽，固資肄武觀，朱春橋方藹《從京口將軍觀獵》詞可覘其概。詞爲〔沁園春〕調云："落木高原，衰草平郊，旌旗蔽空。聽角聲乍響，千群雲集，鞭梢微指，百諾雷同。羅網成城，戈鋋耀日，鷹隼遙呼野樹風。還趨險，使奔蛇失徑，伏獸離叢。　　夙聞射虎稱雄。看今日、新彎八百弓。便連摧梟雁，羽毛墮錦，疊傷狐兔，脂血凝紅。農隙宜畋，秋深當獮，豈得清時廢武功。書生事，祇長楊作賦，徒逞詞鋒。"後闋能道出昭代經武精意，固非尋常掞揄之作。末途窺敝，頓成弩末，昔何勇銳今何愚，誦之有餘慨焉。

四七　京師風俗

前人長短句中，記京師風俗者，如歐陽原功〔漁家傲〕詞云："正月都門寒料峭。除非上苑春光到。元日班行相見了。朝回早。闕前褪帕歡相抱。　　漢女姝娥金搭腦。國人姬侍金貂帽。綉轂雕輪來往鬧。閑馳驟。拜年直到燒燈後。"蓋紀歲首盛況。都下朋交賀歲，大抵投刺於門，初不求見。然交游稍廣者，沿街答拜，往往過燈節未休。其風自元明已然矣。原功詞遍及四時風物，皆用是體。如《首夏》云："四月都城冰碗凍。含桃初薦瑛盤貢。南寺新開羅漢洞。伊蒲供。楊花滿院鶯聲哢。"南寺爲南藥王廟，明武清侯李誠銘建。每歲四月中旬，爲藥王誕辰，至廿八日止，結棚列肆，游人極盛。又《端午》云："五月都城猶衣袷。端陽蒲酒新開臘。月傍西山青一搯。荷花夾。西湖近景過苕雪。"西湖，謂積水潭，亦曰西海。夏日荷花盛開，爲游人所萃。又《重九》云："九月都城秋日亢。馬頭白日迎朝爽。曾向西山觀蒼莽。川原廣。千林紅葉同春賞。　　一本黃花金十鑼。富家菊譜簽銀榜。龍虎臺前鼉鼓響。擎仙掌。千官瓜果迎鑾仗。"都人於重陽前後，結伴山游，或郊飲，謂之"辭青"。又爭儲佳菊，堆爲菊花山，蓋相沿久矣。又《初冬》云："十月都城家百蓄。霜菘雪韭冰蘆菔。暖炕煤爐香豆熟。燔獐鹿。高昌家賽羊頭福。　　貂袖貂袪銀鼠襆。美人來往氈車續。花戶油窗通曉旭。回寒燠。梅花一夜開金屋。"都人入冬，必醃菜熏炕，糊飾暖窗，猶見遺俗。又齊化門外東嶽廟，每歲三月朔至廿八日，亦慶祝神誕，進香不絕。孫茂枝《東郊》〔蝶戀花〕詞，云"廟口神弦初罷舞。畫扇輕衫，隨意城東步"者，即咏其事。是亦《夢華》餘話也。

清詞玉屑卷一一

一 物産蕃奇

物産蕃奇,茂先博物之《志》,不足盡之。孫華海顥元咏洋西瓜,謂瓜小如錢,翠蔓疏花,離離有致。其詞爲〔紅娘子〕調云:"舊種青門擅。小樣真希見。翠盎移來,低垂密映,綠丸深淺。漫思量雪藕與冰桃,向芳筵同薦。 裊裊絲藤顫。點點黃花滿。留待新秋,閑庭乞巧,勻圓齊剪。想瓊漿味少總芳甘,染朱屑纔半。"當湖陸漁卿《莞爾詞》尤多咏異物,蓋客桂海時所見。《人面竹》〔花犯〕云:"悄嬋娟,苔根露立,清鉛暗勻染。粉痕風颭。鶑喚醒,溶溶月下愁臉。鏡心澹惹相思點。湘雲魂未返。恍恨結、翠華天遠,凌波回望眼。 牽蘿絕似此幽妍,溪烟暮袖薄、偏宜寒淺。遲寄肯,游山準,瘦筇扶倦。斜紅認、雨桃對影,耿相念、玉人和笑見。料怪我、青衫多感,琵琶還半掩。"蓋竹中有紋,絕類人面,亦斑竹之別種也。又《秋風鳥》〔玉人歌〕云:"蘋洲白。漾皺縠微茫,撇波鱗拆。網絲斜罥,剪羽逗輕碧。蠻雲饌品當筵省,冷色園秋幘。賭翩翾、影瘦清江,騰風無力。 買向小舫隻。認蛤蜃形移,雅箋須釋。碎點紅糟,鄉製巧摹得。較他半翅龍堆遠,骨脆應渠惜。勾霜宵、泥酒柔尖同擘。"注謂:是鳥爲魚所化,龍城頗多,梧江亦有之。鼠鴽變化雖不足奇,而其名殊雋。

二 十姊妹

粵之順德,閨娃有互結十姊妹者,或終身不嫁,或依序先後,若序後而其家先嫁之,必與夫異寢,强犯之,則寧死,亦異俗也。宋藻翔鳴鳳有〔菩薩蠻〕詞咏之云:"十眉簽就芙蓉牒。深簾遮斷閑蜂蝶。未肯嫁東風。年年抱冷紅。 驚婚拼訣絕。帳底刀如雪。居處本無郎。栖鸞空女床。"乃花中亦有以十姊妹爲名者，李符曾良年填〔三姝媚〕賦之云："曲欄春已謝。又綠刺鈎連，數莖開乍。過雨晨妝，看香肩初并，薄寒亭榭。聯袂難分，還祇繞、薔薇舊架。采摘誰憐，一段閑愁，低徊自寫。 小鳥呼名曾借。任銜了紅巾，啁啾不下。湘水三妃，更楊家五隊，嫣然相亞。睡起殘脂，點石上、青苔如畫。自顧無媒，不願東風催嫁。"結語隱指粵俗，繹小鳥句，則羽中亦有其名矣。

三 紅葉

紅葉題詩，千古艷傳。初不詳其樹，乃有所謂紅葉樹者。曹州重華書院一株，即是其樹，葱蒨可愛，花時碎白如雪，葉團而橢長，秋後渥丹刻劃作字，汁出隱作赤紋，非楓非柏，管孝逸客曹州見之，謂即御溝題詩之葉。摘其一，鎸小詞於上，詞爲〔南樓令〕云："一院綠陰浮。新涼小雨收。映枝枝、粉色簾鈎。寄語桐花雙宿鳳，來此處，小勾留。 捼碎翠雲柔。霜華耐得不。約脂痕、一綫銀彄。便遣隨波拋擲去，恐不到，楚江頭。"

四 柳綫蟲與黄河水

柳花入水恒爲萍，而汴河兩岸多大柳，飛花落水，遇晴暖則化爲蟲，拍飛波面，土人謂之柳綫蟲。劉子仁幕游大梁，有〔風蝶令〕賦之云："蒲渚衝晴浪，芹根拍暖風。飄零逐隊水雲空。爲道世間都是，可憐蟲。 幻影雙鬚活，浮生兩翅鬆。回頭絮果太匆匆。想像蜂媒蝶使，早春中。"又汴酒最薄者，有黄河水之名。子仁賦〔壺中天〕云："麴生風味，問誰清誰濁、聖同賢擬。天上舫船橫碧漢，掩映酒星芒紫。狂吸西江，渴吞北海，豪曠人間世。拍浮酣夢，任他蓬島波起。 曾記喝瓚邀賓，論心交淡，笑彼甘如醴。九曲桃花翻暖浪，可憶洞庭春未。流豈容觴，它同避茗，村市青錢費。公乎無渡，隔林帘影搖曳。"是亦村酤茅柴之類，而入詞遂傳。

五　菩提紗

菩提樹葉，其薄如紗，故亦稱菩提紗。鐵嶺陳朗山有〔繞佛閣〕詞咏菩提紗云："葉雲一片，層叠織就，冰彩霞絢。明鏡臺畔。幾時掃斷根塵静鬟現。　　井華凍浣。纖翳絶少，蟬翼初展。天女花散。記曾親把銖衣細分剪。　　瑩薄訝無質，入手琉璃擎更軟。紉綺强呼前身猶未换。笑粉壁輕籠，詩好誰看。試嵌櫺眼。待紙襯鵝青，妙寫羅漢。趁元宵、共珠燈燦。"菩提紗可製燈，見《武林遺事》。又宜書畫。乾隆時，鐵嶺董茂泰工人物，嘗以菩提紗一葉寫十八應真像進呈，高宗稱賞，詞中即用其事。又鄭叔問嘗藏鼻烟壺，以西藏貝多樹子爲之，乃石濤和尚所製，上有程松門鎸石濤小象兼製壺銘，初屬海鹽陳氏，叔問乞得之，紀以〔天香〕詞云："薰亞金絲，香參玉墊，沉沉冷麝如水。故國茄花，王孫芳草，盡化海山雲氣。半囊晻藹，空悟破、枯禪一指。休問壺天日月，消磨宓努身世。　　拈來信多妙諦。貯烟熅、寫經餘事。嘆息百年碩果，等閑匏繫。萬感都成蠟味。但愁惹西來暗塵起。更倦殘熏，生酸老泪。"余見陳侃廬所藏玉菩提念珠，亦菩提樹所結，堅潤宛然似玉，同足珍異，是見佛力之不可思議也。

六　萬年冰

錢塘陸雲士家有萬年冰一塊，玲瓏如水晶，堅亦無比，國初諸老多有題咏。尤悔庵賦〔菩薩蠻〕云："幾時海上凌波去。碧雲宫裏偷冰柱。携向玉壺中。光争琥珀紅。　　長安多熱客。把玩清心骨。若問是何名。多年一老兵。"老兵，借用劉貢父語也，甚趣。若前卷録頻伽詞所云瑟瑟盤者，本於飛卿瑟瑟釵之語。瑟瑟者，煉石爲之，碧光若翡翠，今猶有以之製釵者。楊伯夒〔後庭花〕詞云："花題攢艷春。緑荷纖莖新。通夢水精枕。濃抛夜半雲。雨如塵。熏鑪悵望，凄凉擁髻人。"即咏瑟瑟釵也。人巧天工，判然異矣。

七 檳榔蘀製扇

幼時侍先文安京邸，客有自粵來者，見貽檳榔蘀製扇，烙成花鳥人物絶工，扇背平貼净潤，足資吟寫，獨入手稍重爲憾。嗣見張蘩甫有《紅袖扶》詞咏之云："風自南來，鷰吹墮、瘴雲千葉。料不數、文蒲纖軟，翠蕉輕滑。藤床有人逳暑夢，羅浮誤撲花陰蝶。紗幮底、桐圭一握袖，香微裛。　題倩書裙手，恰勝似、麥光鋪雪。君試看、棘針花鳥，鷗斑能爇。銅槃舊時餉否，話炎凉、一例傷捐篋。披襟處、憑銷宿醉，冰簟清絶。"詞作於光緒中年，是扇始創，今亦成弃檠矣。

八 琴高魚

琴溪在涇縣東北二十里許，溪側有石高一丈，曰琴高臺，即當日騎鯉處，遺廟尚在。溪中別有小魚，每歲三月，數十萬尾一朝來集，相傳爲琴高投藥渣所化，故號琴高魚。王漁洋嘗約姜西溟、吳仁趾、魏允平同賦之。允平填〔鷰山溪〕詞最工，云："桃花潭近，千尺揉藍早。一曲是琴溪，過清明、腥風吹到。仙人去後，水族也留名，鱗影細，浪痕圓，翠網都收了。　騎鯨無分，客裏銜杯好。玉盌擎來，最堪憐、小於白小。脆能下酒，不用鱠銀絲，除非并、箭頭魚，風味輸多少。"閩中有丁香鰂者，其小相埒，亦絶好詞題，惜無咏者。

九 美人蠏

曩聞海上有美人魚者，自頂至臍，宛然好女，臍以下則爲魚，欲倚聲賦之，未果。尋又聞侯疑盦言：己巳秋，汕之漁者獲一蠏，長二寸許，色如黃瑪瑙，擴殼晶瑩，映見肌裏，背現美人影，鬒髮垂額，雙手作欲撲狀，其置眼恰在腸穴蠕動處，漁者注水滿盎，泳蠏其中，乃益明澈，偶一噓吸，則腸穴翕張，眼波流媚，風神俊絶，因携至滬上，許人縱觀，賺千金以去。疑盦適在滬見之，曰此美人蟹也。爲賦〔摸魚兒〕一解云："正秋風、菊螯初薦，馱來天上玉女。無腸慣被呼公子，對鏡驀成鴛侶。移步處。怎禁得、星眸流盼還相顧。兜羅漫舞。更梅額垂雲，螺鬟濕翠，猶帶瘴溪雨。　　娉婷影，千古蛾眉應妒。金相玉質慵覷。新詩便許坡仙換，忍付辛盤銀箸。神栩栩。渾忘却、文戈擁劍泥鄉住。狂奴伺汝。怕饞吻偏膏，真教一口，吞向腹中去。"楊苓泉和云："最玲瓏、錦匡如繡，來朝合伴龍女。鮫宮鑄出靈娥影，恍睹鬢雲鬟霧。湖上路。笑郭索銀沙，也學凌波步。蜑娘細數。看青沫噴珠，素肌炫玉，一一翠苓貯。　　霜團美，桃葉西風古渡。問誰打槳迎汝。入厨諳得羹湯味，酷愛碧醯紅醋。潮落處。被越網携來，恰配西施乳。鮦陽識否。待左手持螯，好教周昉，寫作寥塘譜。"又曾次公和云："蘸蠻溪、一奩秋影，筠籃還載螺女。紺肌慣愛瓊酥膩，黛色慵添眉嫵。調笑處。任牝牡、驪黃莫把尖團覷。含情欲語。更纖玉擎霜，穎鬟籠霧，漾眼碧波注。　　縹緗記，小印楊娃在否。宣和難覓殘譜。相憐幾輩寒蒲束，薦網同登芳俎。饒別趣。看擁劍、西堂也學鳩盤舞。小紅喚取。好醉入花甕，猊糖䜣拥，向晚佐春醑。"余亦兩和之，別存集中。

一〇　果中四異

姚梅伯嘗以〔洞仙歌〕調賦果中四異。一爲《嘉興醉李》，云："冰盤曉薦，盡麝衫紅脱。雪樣仙肌忍輕嚙。想上元初嫁，越釀微酣，燈影裏、步到西家羅襪。　　同心銜素核，説甚沉香，粉掐纖痕牡丹奪。春水范蠡湖，縞月窺妝，記泛棹、嬌花時節。又若個、顰心渴思消，向軟碧油車，一錢買得。"一爲《淞江水蜜桃》，云："嫣紅襯乍，愛玉漿沁齒。誰割蠡房蜜脾紫。等荔娘十八，錦籠忙緘，鈴響月、馳到泖湖飛騎。　　仙根蟠彩鳳，酥核如珠，蕩口香茄遜珍味。蕤帳夢回甜，隔鏡春渦，憐一樣、暈來柔膩。甚客去、西園閉重門，等萍泛年華，東風吹綺。"一爲《鎮洋雙鳳西瓜》，云："軟沙鏡净，恰瓊波初浸。鴿翠駝紅借秋錦。記星期七夕，畫閣蕭殘，深深拜、祝到鴛鴦佳識。　　銀刀葱手削，唾碧沾衫，抵過醍醐玉巵飲。蔣市滿斜陽，黃蝶交飛，怯幾度、蔓籬猵寢。甚舊譜、桐么太嬌纖，便新樣偷來，繡雙圓枕。”一爲《芋原丁香橄欖》，云：“霜苞孕綠，是芋原佳産。小炙紅鹽寄須遠。想美人綃帳，錦瑟弦抛，憐俊味、絕勝畫篝香軟。　　鳳酥微帶澀，扶荔當年，粉省薇郎奏封板。舌本細翻雲，菡萏同嬌，更冷翠、點來餅餤。盡綴核、華燈看蟲花，笑百結西陵，好春風剪。”注謂：醉李以有指痕者爲真，必於元夕以磚石置李樹丫叉中，其實乃繁，謂之嫁李。蜜桃惟上洋有之，顧尚寶西園産者最佳，隨摘隨食，逾時即糜；送遠者以飛騎達之。茄桃出蕩口者不如也。雙鳳瓜鎮洋爲最，蔣市次之，忌貓踏，踏之便沙。是可餉諸談樹藝者。

一一　燈

北方有鑿冰爲燈者，置燭其中，晶瑩朗徹。口外豪儈，且以巨冰飾爲燈屏，峰巒樓閣，望之逼真，尤爲奇耀。大興方彥聞履籛拈〔瑶華〕調賦冰燈云：“瑶輪破浴，濕映銅華，怎飛來蛾綠。蘭膏皎皎，渾未信、短夢瓊樓生粟。羅幃對影，又斜逗、寒芒如玉。試問他内熱三分，誰咏挂檐銀竹。　　素娥鏤雪歸時，縱迫近黃昏，猶照心曲。明波助怨，應重見、并蒂芙蓉凝馥。東風舊信，漫催得、試燈期促。是碧釭爲借頭銜，替剪護花輕穀。”自餘璇閨雅戲，或剖橘，或懸瓜，亦各有韵致。朱伯康《咏西瓜燈》〔燭影搖紅〕云：“瓜戰纔停，綠窗幻出晶球戲。簪花小字刻分明，圍著闌干細。一炷蘭膏映起。認明珠、中邊暈翠。夜涼私語，比似羊鐙，讓儂新製。　　艷奪銀釭，幾番照我心頭事。年時瓜步暮箛喧，礮火連江際。空剩流螢璅碎。嘆荒涼、東陵世系。戍期誰代，那有清光，照人酣睡。”借寓憫兵，蓋粗寇亂時所作。尤西堂《橘燈》〔西江月〕云：“金顆千頭火樹，玉荷四照霜花。書生懷袖向窗紗。長伴紅衣不夜。　　心事任教分剖，風光尚費周遮。美人對影暗嗟呀。決意爲卿吹罷。”則承平靡靡之音也。又有荔枝燈者，尤屬新製。黃菊人紀以〔金縷曲〕云："細剪霞綃貼。看層層、虯珠外吐，蠟花中苞。趺坐真人歸海上，未了雲烟浩劫。更防著、仙心焦裂。一寸燭龍銜焰小，署離枝、合向離宮結。吟火鳳，采尤烈。　元宵烘托團欒月。認舊日、唐宮撒錦，倍添光徹。照得紅塵飛騎至，却惹環兒内熱。悵艷事、星飛火滅。倘鬥新聲花十八，怕聞歌、恰值收燈節。椒戶冷，綺筵撤。"題爲寶研山房宴席之作，亦有寓感。

一二　龍爪花與雪蕉

前人所謂"龍樹"者，謂龍爪槐。而更有龍爪花。菊人《瓶隱詞》中有〔天香〕一闋咏之云："珊樹分丹，金波縮紫，神鱗夜蜕蒼水。灌向辰階，耕須甲族，海上雨師歸未。驪淵舊種，呪一朵、輕雲不起。消得闌干墜露，依稀寶珠偷戲。　西風有人倦倚。恰窺來、水晶簾底。幻出御袍花樣，好翻宮製。更待烟中試剪，愛纖影、玲瓏鬥兼指。屏背涼侵，釭尖褪矣。"是名疑屬菊譜，菊中有"天龍舒指"者，當於此花近之。又張次柳有〔沁園春〕《雪蕉》詞，謂雪蕉春綴白花，清香襲人，周飭侯一峰小舍中有之，花史所未著也。其詞云："不是王郎，畫裏傳神，青旗轉低。想泥鬆擁翠，盆儲瑪瑙，影疏分綠，窗量玻瓈。小扇兜情，殘箋裏恨，也展芳心一寸犀。玲瓏處，換美人珊骨，玉艷如嗁。花擠風蕩簾梯。訝滿室、清香破麝臍。算前宵明月，三生合證，今宵凄雨，一夢都迷。未斷冰魂，盡饒珠泪，露葉惺忪覓句題。盈盈甚，怕綠天小住，寒襲闌西。"亦蕉亦花，運典工切，可補《群芳譜》矣。何平齋丈宦贛云：郡署有龍爪蕉，形類龍槐，尤奇。

一三　鰣魚鳥

往時舟車阻滯，鰣魚不得至京師，嘗與同人賦《憶鰣》，拈〔減字木蘭花〕云："江鄉風味。歲歲枇杷同上市。舉網銀鱗。最羨金焦載酒人。　休嫌多骨。饞吻難禁剛四月。風信參差。輸與枝頭小鳥知。"小鳥,謂江南鰣魚將上,即有鳥來鳴,謂之鰣魚鳥。何青耕〔江南好〕詞云:"江南好,晚飯食銀鰣。鱸膾幾年勞夢想,鳥聲今夕慰相思。説與老漁知。"注謂:江南鰣魚鳥四月即鳴,述其異也。魚鳥不相期,而應時俱至,節候之不可廢也如此。鄧嶰筠有《石首魚》〔菩薩蠻〕云:"春冰一舸江南岸。棟花風起年年盼。半額貼嬌黃。斜挖柳綫長。 來如潮有信。底用誇通印。我最憶鄆江。金盤雙復雙。"詞人吐屬,竟至不凡。

一四 蔬菜生日

荷生初夏,而俗以六月二十四日爲其生日,不知何取。又謂四月初一爲芹菜生日,五月初五爲莧菜生日,荸甲初期,孰爲之推造耶?嶰筠有〔百字令〕《賦莧菜生日》云:"黃梅雨歇,甚園官、菜把居然生子。不是蘭徵來入夢,恰似葫蘆泛水。借笋裁繃,依桐就乳,亥字從頭紀。筵開湯餅,此君今日先醉。 況是蘆菔添兒,芥孫又長,菜肚人應喜。紫蓼青蒲相向處,却被人推馬齒。芹可爲兄,荷還作弟,一種稱年輩。戲拈彩筆,歲時荊楚重記。"葫蘆泛水,用胡廣事,廣亦五月五日生也。嶰筠又有《五日戲拈五字》〔金縷曲〕云:"十日梅霖足。記前番、剛交一半,風先動竹。纔是初三新月上,早又二分如沐。恰四照、花明一屋。九叠屏風遮四面,有三山、二水迎遥矚。試一鼓,四弦曲。 菖蒲九節含清馥。戲藏鈎、今朝輸了,四筵醺酥。江上龍舟三匝繞,蕩槳雙鬟如玉。掩一摺、湘裙六幅。兩兩鴛鴦通一顧,怕眉痕、暗減三分綠。色絲好,命堪續。"又古俗以五月十五日爲大端午,拈十五字賦前調云:"暗數佳辰到。最停匀、一番雨過,一番風峭。獨向苔階間步屧,數遍仙蓂恰好。況又是、圓蟾普照。玉笛江城梅花落,更松陰、柳影縈亭沼。休錯認,桂秋早。 幽齋韵事知多少。展生綃、安排水石,今朝畫了。七字吟成呼阿買,替寫八分新稿。聽指下、五弦清妙。十二龍賓磨人慣,怕年華、漸逐三春老。長命縷,再三繞。"俱見巧思。

一五　蓮花白與竹葉青

海淀白釀以蓮花入酒釀之，香味特勝，都人呼以蓮花白。憶數年前游暘臺，看杏花，歸途與傅越凡同車，經海淀，越凡市數瓶携歸，余試飲之，如在三潭風露中領略水香荷氣也。曹君直有〔鷓鴣天〕《咏蓮花白》云："亭館初涼集勝流。翠尊冰醅小勾留。夢痕無復金莖露，風昧依然玉井秋。　拼痛飲，對新篘。帝京景物似前游。思量御宿昆明地，吟望低垂易白頭。"越釀有名竹葉青者，與此恰成巧對。楊浣芸有〔菩薩蠻〕咏之云："竹烟浮釀搖青瑣。湘娥勸醉瑤箏款。影外小桃花。個人雙頰霞。　春帘頻借問。莫笑真無分。衫暈記杭州。斑斑見更愁。"

一六　緑珊瑚

臺陽居人籬落間，多植草樹，有名"緑珊瑚"者，不花無葉，而枝幹橫生，葱翠可喜，内地所無也。唐益庵壏倚〔玲瓏玉〕咏之云："鐵網兜來，疏籬外翠影莎籠。烟梢七尺，賽他火齊殷紅。遮斷蘆簾紙閣，怕龍鬚誤竹，蚪爪疑松。青葱。倩瓊釵、簪向鬖蓬。　細認毗耶別種，稱徐陵架筆，越樣玲瓏。試折纖柯，配詩人、瘦削游笻。何須綴枝密朵，早襯遍、苔階涼月，屐印弓弓。渾不見，緑衣娘、飛上淺茸。"益庵幕游臺灣，爲人司記室，以平寇得官，選富陽訓導。

一七　社稷壇雙白

社稷壇後有緑萼杏一株，花作白色，如姑射仙人，凌風獨立。枝幹已老，不知何時所植也。其地幽僻，無賞者。余行春偶過之，惜其曠世芳姿，獨表於榛蕪之外，徘徊花下，不覺移晷。會同人枉過蟄園小集，余於座間談及，自是乃有往觀者，皆嘆爲殊絶。蓋京師所謂白杏者，蕊作淺紅，漸開乃白，萼皆紅色，此則竟似緑萼，梅杏中僅見。同社陸彤士太守增煒賦〔沁園春〕寫之云："碎錦坊開，春色滿園，縞衣忽逢。似山居姑射，冰姿綽約，神來洛水，皓腕玲瓏。蕊細攢珠，瓣圓堆玉，倘抹燕支嫌太濃。徘徊處，看枝頭雪聚，徑口雲封。　　佳人沉醉樓中。應自悔，霞痕暈玉容。比梨花淡雅，紅妝盡洗，梅花清麗，綠萼還同。粉蝶都迷，游蜂不鬧，却笑尚書詞未工。江頭宴，記銀袍鵠立，并倚東風。"彤士舉戊戌南宮第一，未與館選，工詩而罕爲詞，余戲謂以第一人賦第一花，又同有伶俜遲暮之感，花若有知，應爲展笑。壇前鬁白孔雀一，聞來自粵海，尾亦有眼而純白不滓。彤士別賦〔臨江仙〕云："記得素馨斜畔路，故巢雲海深深。項毛落碧尾銷金。新昌軍獻瑞，舍利曲傳音。　　曾把元衡詩句和，香山喚作家禽。白衣鸚鵡合同林。換他娘子號，憐煞美人心。"新昌句，用宋孝武五年事，則昔已有之矣。然與是杏，合爲雙白，亦奇。

一八　李分虎賦三鳥

李分虎《未邊詞》賦三鳥，皆羽中之珍異者。〔綉帶兒〕《咏書帶鳥》云："春穀喚春禽。暖玉掌中身。越疊裁成雙尾，須避雪衣嗔。　　飛近淺妝人。奈不縮、書寄殷勤。黛痕微認，分明付與，一縷香雲。"又〔兩同心〕《咏相思鳥》云："珍禽小小，銜羽輕飛。猜應是、青陵香魄，看較淺、碧樹金衣。春山路，私語啾啾，生怕分離。　　正好玉鎖籠携。留伴妝眉。近圓冰，最憐交影，拈彩綫、慵綉雙栖。空惹起、獨坐蘭閨，一段相思。"又〔釵頭鳳〕《咏收香鳥》云："方山鳥。紅襟小。低飛忽坐釵頭巧。佳人畔。窺鑪篆。葳蕤心字，被偷多半。幻。幻。幻。　　簾櫳悄。蘭釭照。倒垂香翅烟重裊。搴羅幔。桐花喚。瓊簫銷燼，把雕籠換。慣。慣。慣。"收香一名桐花鳳，所謂倒挂綠毛么鳳也。詞亦雅稱。

一九　紫玉簪與銀藤

花中玉簪，以白著，而有紫者。鄧季垂《咏紫玉簪》〔南歌子〕云："廊外香回屧，牆陰翠拾鈿。藍田日暖玉生烟。分得蕉衫顏色，晚風前。　　蝶爲尋花瘦，人誰顧影憐。漫將錦瑟怨華年。且共韓憑碧樹，對爭妍。"藤花以紫著，而亦有白者，謂之銀藤，吳中盛氏留園有之。諸璞齋餞春前二日重游留園，銀藤盛花，一白無染，賦〔瑤華〕詞云："重簾垂蒜，淺琖浮槎，十分春足。奇柯石孕，纔煉就、本色孤芳絕俗。休營金屋，自壓架、明璫攢簇。試移到午夜瑤臺，也抵羊鐙卅六。　　要伊牽綰東風，看疑雪疑霜，非珠非玉。隔牆雙燕，勾留住、錯夢梨雲院曲。調箏剪燭，怕纖指、甲痕微觸。有如許怨緒情絲，鉛泪別時盈掬。"吳下泛舟，携花載酒，必過留園，余嘗有《留園感舊》之作，回眼芳塵，猶惘惘也。

二〇　紅豆樹

紅豆樹以拂水山莊爲著，陶鳧薌家亦有之，故名所居曰"紅豆樹館"。廣州節署後堂，老樹一株，葉似冬青而薄，入秋結實，丹顆四稜，纍纍滿樹，久之口坼，中銜紅豆，色如珊瑚，見者莫能名之，亦呼以紅豆樹。鄧嶰筠督粵爲賦〔丁香結〕詞云："鏤脆分觚，坼椒銜鈿，中有紺珠微露。憶綠陰濃處。但共指、一種新涼庭樹。夜來霜氣染，紅鸚粒、旋琢又吐。休猜勻寫，萬顆御苑、鶯含前度。　　重覷。似采向江南，一點相思寄與。帕結拳拳，香囊叩叩，佩珊猶妒。勾漏仙井上藥，料許朱顏駐。歌回風新曲，閑裏拈來記取。"是詞非嶰翁稱意之作，以其事錄之。

二一　肩輿

川黔間山程嶮絕，肩輿有用雙繂者，葉公柔詞所謂"烟篁路、一綫牽雲，疑泛清溪"也。潘季玉北行途次，見小車有挂帆者，次日過新城，大風，肩輿用雙纜挽行，則其事不獨川黔矣。季玉於輿中賦〔浣溪紗〕云："跋扈飛揚虎不如。生枯天亦聽吹嘘。狂風終日意何居。　　南去一輪張片席，北來雙纜引肩輿。陸行功與濟川俱。"前闋咏風，若有諷刺，後闋即述斯異。時季玉以請纓北行，語見抱負。

二二　秋後春花

李分虎《八月聞鶯，值海棠復開》〔花犯〕句云："幾絲帶雨蔫紅濕，鶯穿亦愛惜。爲載酒向曾聽處，相逢如舊相識。"又云："巡檐覷花太零星，翻疑狼藉後，東風留得。"語最工切。蓋春氣未盡，及秋復泄，不能盛也。桃李秋華，古云灾異，其事固恒有之。陸漁卿綸《莞爾詞》有〔東風第一枝〕《咏十月碧桃花開》云："楓雨銜江，蓉霜倚檻，緗枝忽破春淺。舊詞空話元都，怨情尚餘楚苑。芳期暗約，又早與、梅花同踐。料那禁、鴻翅西風，露影笑窺誰面。　雲淡淡、粉姿亂點，霞細細、綺痕斜剪。乍過寒雨重陽，惹足呪魂爐眼。千年紅頰，敢夢到、瑤池西遠。待閉門、獨自燈昏，錯煞杏簾歸燕。"又《儀清堂九月西府海棠一株，纖紅露朵，絕艷如春賦》〔喜遷鶯〕云："涼荷飄盡。又喚起海山，玉真餘恨。暖雪凝脂，如紅更白，却背東風難認。一向霜清，換夢一剪，露寒吹信。秉燭外，算雙蛾望到，而今秋穩。　微困疏雨潤。冷壓絳脣，半懶調鉛粉。露蕊偷春，烟梢倦午，卯醉還圖丰韵。娉婷世間無此，祇有天香宜近。夜蟾省，勝小山恰對，碧鷄重問。"小山，用東坡黃州事也。兩詞俱工妙，是秋後春花，且不著衰感。數年前，沽上李氏塋園，八月中海棠、梅、桃各放數枝，客有咨嗟時變者，余折歸瓻之，且寵以詞，亦無他異。

二三　芝花

芝花罕見。前歲之秋，天臺山某庵所供旃檀大士像右掌中忽産芝一本，既而兩腕上又各産一本，作花數十朵，白如玉，巨如碗，質厚而硬，歷七八月，至次夏猶茂，誠靈迹也。楊銈夫同年入山見之，爲賦〔散天花〕一解云："旃檀香老忽春生。維摩花雨報、著身輕。無根芝草戀珠纓。芙蓉親手把、去朝京。　斗印何須挂肘肱。搴芳三秀挹、玉亭亭。神仙洞府暮雲青。天臺千古月、伴瓊英。"天臺靈異所萃，世宗嘗夢有道人乞還所居，嗣訪知天臺桐柏觀爲人所據，亟令葺復之，宜有仙葩，以光白業。

二四　塞上花

紅姑娘爲塞上花，容若有〔清平樂〕咏之云："騷屑西風。弄晚寒。翠袖倚闌干。霞綃裹處，櫻屑紅綻，秫鞠紅殷。　故宮事往憑誰問。無恙是朱顔。玉墀争采，玉釵争插，至正年間。"蓋自元時始入中土，今京師人家多藝爲盆供，不爲異矣。又有長十八者，花作淺紅色，亦惟塞上有之。高宗幸木蘭，嘗命供奉，諸臣寫爲圖册。王飴年康辰爲賦〔散天花〕云："金輿行處駐春風。盈盈迎輦見、一枝紅。綠么誰與譜玲瓏。離支娘十八、比芳容。　氍帳年光羯鼓中。纖蕤疑倩影、漢妃逢。冰紈新樣畫來工。山莊規矩草、共葱蘢。"濼陽行宮所生草，秩然如剪，謂之規矩草。六龍所莅，草木效順，非偶然也。

二五　羅浮仙蝶

太常仙蝶屢見前人題咏，顧子山題仙蝶圖〔粉蝶兒慢〕前闋云："萬劫紅消，千愁綠懺，肯戀人間花草。葛衣仙羽化，慣閑游瓊島。沆瀣一片招手飲，不避麻姑纖爪。問三生，夢迷離、栩栩羅浮春曉。"蓋羅浮仙蝶亦時至人家，事略相類。葉遐庵居粵，飲汪憬吾齋，嘗見羅浮蝶來止，用夢窗韵爲賦〔天香〕一闋云："珠海回潮，蓮鬚勝地，倩影筠籠清峭。涴粉衣輕，留仙裙皺，荏苒壺中天小。栖塵未慣，禁短翼、蓬萊歸早。花塢愁偕蜂亂，河橋懶分蛛巧。　珍叢舊迎綠曉。醉東風、酒痕多少。懊惱絳都迢遞，隔牆春鬧。文采空驚蓋世，恨離合家山送人老。悵寫新圖，游仙夢杳。"汪所居近蓮鬚閣故址，抗迹林栖，皭然不滓，詞意兼爲寫照。

二六　太平花

御園絳雪軒前有太平花一樹，相傳平金川時所進。其本叢生，花作澹粉色，繁英攢簇，望如團雪，每歲開於芍藥、楝花之後。林忾盦嘗約同賦，余拈〔絳都春〕一解云："瓊姿似泫。記彩駕駐雲，花陰曾見。綉軟御街，移取春風，入瀛苑。飛英芳晝初開宴。報消息、天山傳箭。趙昌圖在，誰分嫩粉，染來宮扇。　　愁遠。笙歌散盡，瘦枝暗吊影、倚天樓殿。漫弄舊香，省憶當時，應腸斷。殘妝如對徐妃面。剩飄夢、虛迎銅輦。題庵憑問龜堂，故情怎遣。"映合字面，近於獺祭，姑以其事存之。嗣讀翁文恭日記，乃知甲午前，圓明園殿宇廢址復苗一株，慈聖臨賞，恭忠王曾折數枝貽文恭供瓶，則北方亦有是種矣。偶以語王薇庵同年，薇庵爲〔浣溪紗〕小詞記之云："已是龍華劫後枝。東風吹雪下銅墀。瑤宮春引萬年卮。　　回夢三天偏隔絕，問名兩字盡然疑。遮藏怎見太平時。"誦之恨然。今淀園已墟，樹石俱盡，此花不堪重問，僅御苑殘枝，留資掌故而已。

二七　彩雲

丙子六月既望，偕內子夜坐納涼。見月邊彩雲數道，須臾周布，一月在中，五色紛綸，奇艷奪目，良久未散。欲倚聲寫之，不果。讀《金鶴籌集》有《彩雲》〔沁園春〕詞云："錦綉乾坤，藻耀高翔，可憐化工。看七襄駕被，鋪來織女，五花鳳誥，捧下青童。彩筆凌雲，一揮無際，繢出昇平黼黻功。再添個，重輪抱珥，掩映日華中。　　南天佳氣如虹。數十載、纔看瑞靄籠。是碧鷄金馬，奇光燭漢，銀阬銅穴，寶色摩空。堯舜垂簾，皋夔在位，八伯賡歌糺縵同。書雲物，有司天太史，進奏璇宮。"序謂：同治初，周星伯別駕行滇南道上，兩見之，異彩輝映，艷勝綺綉，不知與余所見者何如？然而昔覩中興，今當疊空，其時固不侔矣。舉目茫茫我春安在，雲中君乎！胡爲乎來？

二八　異邦製品

互市以前，異邦製品輸入中土者，日本、高麗而已。平湖沈融谷皞日有〔瑣窗寒〕《賦倭奩》云：“市舶晨飄，靈槎夜泛，海天風信。搗來新樣，乍愜蘭閨心性。是麟膠、巧勻細填，嵐低樹密添烟景。又黛痕如鑒，苔枝冰蕊，翠禽栖并。　　隱隱。光初凝。比括鏤純銀，輸他晶瑩。玉蝀銅雀，百福瑶窗相稱。記層濤、萬里南雲，小鬟説與仙路迥。畫雙眉、京兆催妝，長伴菱花鏡。”想見精巧。張龍威雲錦《紅蘭閣詞》有〔三姝媚〕《賦高麗紙》云：“島鄉誰手製。配霜毫年年，擘供驅使。月照漣漪，稱展開烏几，雪般光緻。蜀郡黟川，都莫向、春風遥寄。便薛桃牋，花注輕紅，也嫌纖膩。　　猶憶帳痕橫越，有幾筆疏疏，玉梅斜綴。擘繭分絲，算龍涎同價，貢來京邸。小格方規，祇合寫、白拳詩句。更譜竹枝新闋，南州卷裏。”白拳，謂白玉峰、拳石州，皆高麗詩人也。工勝而强，文勝而弱，有自來矣。

二九　菜根風味

菜根風味，昔賢所尚。京師曩未有芥菜，何平齋丈官吏部時，始試種之，今無知者。江嵐樵給諫官京師，亦取蜀蔬名染莊者，命園丁試種甚佳，以分貽何青耜。青耜賦〔風入松〕謝之云：“一叢生脆黛雲酣。雨氣滿筥藍。來禽青李同分種，巴牋裹、封入瑶函。好補元脩蔬譜，薦將三九春盤。　　何如巢菜餉蘇髯。詩思皺根寒。季鷹未免蒓絲夢，渺烟波、何處江南。別有瓢兒風味，秦淮東去茅庵。”青耜，金陵人也，故別有鄉思。鄧嶰綺貴至開府，猶戀酸虀，有《醃菜》〔買陂塘〕詞云：“憶家園、秋菘半畝，霜華染出濃翠。珠塵一斛封題就，猶帶蒼茫海氣。晴雪漬。更滿糝、薑芽分付蓬頭婢。輕刀小試。似纏臂金鬆，搔頭玉軟，沁齒獨清脆。　　厨烟冷，入手冰花細碎。泠泠初透寒意。商量旨蓄寒家慣，往事淒涼能記。春又至。怕一縷、酸心勾起愁滋味。閑愁且避。向瓮底重撈，盤中再索，長送酒人醉。"宋于廷謂其潔清自守，居處如寒素者，於此可見。

三〇　春餅與月餅

古有咬春之俗，今人立春必啖薄餅，猶其遺意。姚梅伯《咏春餅》〔一枝春〕云："石凍浮觥，指村帘、有客春邊尋醉。風來香膩，莫認麥收天氣。鵞脂捲雪，更蟬翼、逐渠鬆脆。烟一角、傍杏開壚，蘸將露華紅細。　清芳佐須鹽豉。惹涎涎瘦燕，隔樽回睞。甜雲軟水，嘗到俊年滋味。美人掌滑，愛暖拓、試燈筵裏。還記薦、人日辛盤，韭花糝翠。"俗題而出以蘊藉，不易造也。若秋節月餅，賦者殊多。曩須社詞侶約同咏之，余獨愛查灣作，刊落俗韵。其詞爲〔桂枝香〕調，云："搓酥調粉。又妙手寒簧，圖靈偷印。粔籹堆盤，金粟香中愁損。漢家縱有湯官表，賦瓏璁、更誰拈韵。舊京風物，一錢幾許，者番休問。　念炊夢、光陰未準。枉桂殿分承，殘牙餘餕。凄絕姮娥小字，建康曾認。團欒大好山河影，怕妖蟆、容易窺近。糖霜頻搗，仗他七寶，補天無恨。"後闋頗寓感慨。余作亦有"當筵碎寫山河影，怕瓊肌、新染鉛泪"之句，深愧雷同。

三一　江湖船名

江湖間船名多矣，曰太平船者，江行用之；曰娃娃船者，即瓜皮艇子，泛湖用之；曰烏篷船者，越江間多有之，姚梅伯各繫以詞。〔浣溪紗〕《咏太平船》云："一幅蒲帆閃碧莎。一絲綄羽夕陽拖。平安載夢客中過。　緩看秋山行似馬，不驚春浪穩於鵞。舵樓人唱定風波。"〔壺中天〕《咏娃娃船》云："帆檣不使，愛雙舷翠淺、兩頭紅仄。款款西泠橋外路，恰好晚涼時節。亂荻旋欺，斷蘋忽攬，又惹楊花羃。春漪如縠，往來梭影相織。　疑是鸂鶒衝烟，蜻蛉掠雨，一樣能輕捷。小獎木蘭魚婦蕩，水點濺裙紅濕。回渚撈蝦，畫灘尋鴨，不載天涯客。愁風愁浪，笑人江上離別。"又同調《咏烏篷船》云："曹娥東去，盥彎環百里、越江如鏡。風好宜帆風定縴，觸荻乍聞笭箸。蠡口停沽，溪頭看瀚，逼袖春波冷。苧蘿天末，晚山送到眉影。　　還愛嬌小漁娃，柁樓罷飯，照水斜兜鬢。采采菱花新水調，我已年來慣聽。槳碧挓烟，舷紅扣月，客夢浮能穩。西陵樹色，雁聲漸漸移近。"皆確切不移。閩中小船曰鼠団，過灘最便。黃止庵賦〔減蘭〕云："碧灘銜尾。棹入浪花如箭利。小枕低篷。穩泊蘆汀唱晚風。　　欠伸頭打。一笑同舟無上下。漸近紅橋。月子光光是此宵。"戲筆出之，頗足解頤。

三二　車帷

京師舊俗，沿用騾車。其車帷率用藍布，貴者以呢爲之，四周緣青緞，頂鑲流雲，車窗嵌以玻璃，夏易以紗。周稚圭有〔綺羅香〕詞《咏車帷》云："繡幕圍香，文裀藉玉，一夕屏星催換。怯試秋心，恰好夢深寒淺。認翳密、犀押匀排，愛絨唾、蝶衣新剪。問流蘇、四角低垂，越娥網住定誰見。　　驕驄佳約未準，剛是蝦鬚替却，圖晶雙縮。雲母輕盈，藏得幾分春怨。似相看、帳裏花枝，漫暗憶、鏡中人面。盼悁悁、油碧歸來，畫簾風外捲。"翳密句，謂冬令頂加氈罩，四角低垂，俗謂雪頂。陳篔谷依韵和之，則專切夏景，云："薄絹兜涼，輕紗障日，四角紋窗初換。悄罩花痕，似隔畫闌深淺。認帳影、捲水低飄，愛錦樣、流雲匀剪。問內家、陌上相逢，臉波暗逗可曾見。　　誰家夫婿千騎，剛好雕輪護處，猩紅新縮。回眼蓬山，應惹玉驄凄怨。漫猜量、羅帊籠頭，衹低約、繡屏窺面。待七香、門外停來，小簾催又捲。"夏令，車窗左右架以小布棚，垂以輕綃，隨風飄漾，謂之旁帳，詞中帳影指此。又帷下近輪處圍以布，謂之托泥。京官九卿以上，外官司道以上，托泥得用紅錦，即詞中所謂猩紅也。是事不載《會典》，而當時視爲定制。

三三　運水車

京師業水井者皆齊東人，其運水以單輪小車，上載水桶，一夫推之，行處鴉軋作聲。承子久有〔水龍吟〕賦之云："幾回聽水聽風，客游遮莫車輪轉。關河冷落，數聲鴉軋，人家近遠。一道驅烟，亂流翻月，爲誰催趲。問何如且住，抽刀斷水，難祝取，離腸緩。　　夢裏輕雷乍礤。又樹杪、晚雲飛捲。梯田打叠，待伊甘雨，平分翠筧。休學勞薪，馬蹄方後，去程纏倦。祇當日抱瓮，原非空獨，立溪山晚。"子久在滿洲中稱能詞，此作凡七易稿，用心良苦。光緒季年，自來水通行，水車之聲不復聞矣。

三四　卷窗

卷窗惟北方有之，蓋夏令欲通澈延風，窗櫺悉糊冷布，其内護以卷紙，任意舒卷，取便調衛。夏嘯盦拈〔月華清〕賦卷窗云："魚網量籤，苔紋選紙，疏櫺可可裁剪。碧葦橫黏，旋把紅絨暗縮。任幾重、花影移來，渾留住、鴨鑪香篆。向晚。透絲絲凉意，綠槐風軟。　　更隔珠羅短短。恰攔住飛蠅，誤他歸燕。幾日炎歊，遮住斜陽一半。放黃昏、白玉錢穿，障清晝、軟紅塵遠。舒捲。算寒溫參透，隨人宛轉。"其所謂冷布者，稀於紗縠，多用碧色，惟糊窗宜之。憶承子久有〔瑣窗寒〕《冷布》詞云："仁月檐低，攤書几净，綠陰庭宇。疏櫺半拓，界斷軟紅塵土。映玲瓏、榴花乍開，折枝一任鴛機妒。問冷清清地，有誰憐惜，剪雲裁霧。　　消暑。吟聲住。祇乳鴿偷窺，見人又去。秋風且緩，莫便油窗花户。最難禁、風雨晚凉，篆烟暗逗千萬縷。轉愁他、水檻晶簾，陣陣黃梅雨。"百年前純用紙窗，其下層嵌以玻璃，康雍時始有之。張龥甫〔疏影〕詞有云："屏螺百摺遥當户，界不斷、空青顏色。"又云："咫尺輕鷰，不隔盈盈，却恨微波凝碧。"即咏玻璃窗者。乾隆後又參用雜色玻璃，袁子才隨園有紫雲天，一時以爲奇麗。麒莊敏以〔瑣窗寒〕調咏紫玻璃窗云："繡枕檀雕，冰檐玉綴，曉寒庭宇。瓊扉晝展，屋角斷霞低護。壓重簾、香烟未消，畫屏染作吳山暮。望落梅帶雪，渾疑春盡，滿階薇露。　　雲府。神仙住。聽一曲雲回，廣寒深處。明妝映水，咫尺紅牆難度。問何時、芙蓉鏡開，輭塵九陌消幾許。更窗紗、淺碧朦朧，燕子飛還誤。”見《白山詞介》。

三五　竹簾與風門

巨家廳事，於門，夏用竹簾，冬用風窗，亦曰風門。孫平叔《咏竹簾》〔齊天樂〕云：“湘雲擘盡絲絲雨，烟痕未消輕翠。疏簟敲綦，隱囊臨畫，垂在綠陰陰地。愁人無計。是隔戶相逢，怎生回避。深院愔愔，爐香鎮日裊心字。　　黃昏替垂銀蒜，待玲瓏涵月，便貯秋意。河影斜捎，夜涼微度，夢繞一泓烟水。堕釵響裏。又未了梳頭，喚人鈎起。生怕歸來，誤他雙燕子。”平叔曾與金川之役，勛施爛然，其詞乃有蕭逸之致。周稚圭《咏風窗》〔瑣窗寒〕云：“翠箔欺寒，瓊鈎挂月，一番風緊。疏櫺半掩，隔斷滿階秋影。蘸銀箋、油花暗滋，午妝粉指新留印。怕重來燕子，小門深閉，舊巢難認。　　方鏡。頗黎襯。更玉墜低懸，獸鐶相并。朱繩細綰，比似井闌斜引。玳梁深、輕籠篆烟，繡幰窺處還易暝。未愁他、畫燭屏前，下簾紅袖冷。”詞境亦似平叔。楊伯夒同用是調賦風門有云：“朝寒護處最好，乍開還闔。”特見工切。

三六　顧子山禦寒六咏

暖坑亦北俗也，伯夒填〔探春調〕咏之有云：“翠幕遮邊，錦毹貼面，轉盼恰平文砌。”極狀富麗。蓋習俗相沿，雖豪閥貴邸，亦以此爲適。顧子山《禦寒六咏》，其一即火坑，詞爲〔高陽臺〕云：“衁碧銷冰，薪紅爇桂，繡茵平裂花磚。暖歙流蘇，底須四角爐安。鳳衾春早烏銀擣，抵仙家、丹竈燒丹。亞屛山、峽雨巫雲，那怕凄寒。　　吳儂性不因人熱，慣空篝素被，淺醉閑眠。紙帳梅花，輸他火宅青蓮。柔鄉別有奇溫在，任薰籠、秋扇同捐。宿灰燃、煮夢銅鐺，一榻茶烟。”頗見風致。餘作亦工，〔瑣窗寒〕《咏氈簾》後闋云：“遮斷。深深院。慣弄暝催燈，護香留篆。猩紅掩映，暗想桃花人面。聽宵分、飛雪籔窗，曲瓊窈窕吹絮滿。恨玉關、毳幕穹廬，別夢春閨遠。"〔東風第一枝〕《咏花窖》句云："熨傍狻爐，催先羯鼓，藏嬌金屋深閉。"〔送入我門來〕《咏綿幕》句云："約束風推，遮攔月闥，瑤扉省了常關。"〔還京樂〕《咏京銅爐》句云："借一腔泥抹，彭亨空腹摹金鼎。"皆極刻畫能事。余尤喜其《咏冰床》〔定風波〕云："莽西風、白地飛行，銀河一鏡凍裂。臥雪邀誰，看雲坐我，來往人如織。玉繩牽，鐵鞋澀。推挽偏逢枕流客。容膝。勝劃船樂兩，巾車輪隻。 冷游得得。踏瓊瑤、那復愁荆棘。愛枯藤曲彔，寒氈褯襯，儼與鷗分席。鴨茵浮，燕泥濕。烟渡催懸榻三尺。空憶。襪塵微步，凌波無迹。"讀其詞，猶想玄冰冱雪中引繩飛濟也。吉林隆冬，有以馬駕爬貍者，尤屬創見，惜未嘗入詞。

三七　烟草

烟草一名淡巴菰，又名金絲薰，明季來自呂宋，漸乃仿種，遍於內地。方望溪官禮部，嘗疏言其害，請旨嚴禁，上韙而從之，然不能絶也。厲樊榭好之尤至，謂食之之法，細切如縷，灼以管而吸之，令人如醉，祛寒破寂，風味在麴生之外。嘗拈〔天香〕賦之云："瀛嶼沙空，星槎翠剪，耕龍罷種瑤草。秋葉頻翻，春絲細吐，寄與綉囊函小。荷筩漫試，正一點、溫磨相惱。纔近朱櫻，破處堪憐，蕙風初裊。 嬌寒戰回料峭。勝檳榔、爲銷殘飽。旅枕半欹熏透，夢闌人悄。幾縷巫雲尚在，濺唾袖、餘花未忘了。喚剔春燈，暗縈醉抱。"一時詞流競和，裒然成集。就中許周生宗彥、吳穀人錫麒兩詞，俱效盦體，尤推綿麗。周生詞云："玉醞靈芽，霞含嫩蕊，相思種就仙草。堆綉囊青，浮筠筩紫，淺撥鴨爐紅小。停針吸取，看揚出、柔情多少。閑傍雕闌伫立，濃磨怕被花惱。 底事消磨綺抱。剔蘭釭、片雲低繞。算是最縈情緒，酒闌人悄。半露莢尖小握，待遞與、纖纖一枝好。背啓櫻脣，幾絲翠裊。"穀人詞云："瑤草深耕，瓊絲密鏤，烟霞散入人世。吸似荷筩，敲便石火，領取炙餘風味。朱櫻小破，認朵朵、蓮翻舌底。閑趁銀釭未滅，俍衾試消寒意。　　温馨引人如醉。慰孤愁、麴生差擬。翠點秋衫猶記，唾花香膩。百種相思欲寄，奈化作、巫雲又輕墜。揚出紋簾，合成心字。”其麴生句，即用樊榭語也。烟草之嗜，韵流不免，故有呼爲釣詩鈎者，爲南粤别産。左迦厂運奎賦〔菩薩蠻〕云：“鏤金細炙靈根碎。露條濃潠犀心醉。翠管小篔簹。吹烟人語香。　　詩魔偏慣匿。蓮鉢休重擊。借爾攝吟魂。勾成眉樣新。”其名甚趣，可入《侯鯖録》也。

三八　菸之品類

菸之品類綦繁，有製銅爲袋，中實以水者，是曰水烟。韓螺山舍人倚〔天香〕賦水烟袋云：“鏡粉銀揩，壺冰玉瑩，荷篙新樣輪巧。束紙薰蘭，凝塵碾麝，吸取井華寒曉。玲瓏豆火，算合就、丁壬婚好。纔把詩襟浣雪，烟雪吐吞多少。　　呼童綉囊貯早。殢人懷、半醒殘飽。昵語隔簾，吹出轆轤聲小。幾度看春黄細撚，惹淺暈、檀黄透纖爪。唾地餘芬，墜烟自裊。”又有研末入壺，吸時挑出，味之以鼻者，是曰鼻烟。陳叔安大令亦填〔天香〕賦之云：“細擣還凝，輕拈欲化，氤氲竟斷斜縷。氣定方思，心清自領，不比尋常含吐。藍田日暖，任一握、雕瓊密護。待與花香暗撲，茸茸漫疑霏霧。　　點來料應頓悟。味酸辛、麴生同否燎可是舊耕瑶草，别縈芳緒。狂嗅風情共許。更洛咏真成謝公趣。蘸指留芬，從容掩住。”又有以罌粟製膏，裝筒就燈吸之，是曰鴉片。高茶庵明經亦賦是調云：“瘦枕支愁，單衾叠恨，貪眠不爲春倦。小盒蚓霞，圖篙噴霧，度到金針偏緩。青燈味好，恐身世、被伊拘管。隔著屏衣聽去，聲聲似聞嬌喘。　　深房夢回晝短。對紅妝、鬟雲鬆半。還道宿酲難解，柳腰渾軟。不信風懷暗減，最鏡裏欺人玉容損。一味懨懨，壺觴漸遠。”三詞蹊徑不同，正其佳處。

三九　紙楳

水烟之用，必輔以紙楳，早歲見易中實《琴志樓詞》有咏紙楳者絕工，今覓之不得。近見胡木甫亦有是咏，當係同時酬唱之作。其詞爲〔長亭怨〕云："糝香屑、纖纖輕捩。綉袋平裝，畫屏嵌緊。蜜炬燒縷，翠篝薰罷、起圓暈。一絲縈曳，輕裊過、風無準。捻著盡相思，便爇到、葱尖不省。　　留燼。把銀筒護取，一寸碧茸堪引。輕吹細撚，記長與、絳屑相近。夜正冷、呵了還擎，恁烘向、熏爐猶潤。想落下餘灰，還惹雙鴛微印。"其細膩亦不亞中實。

四〇　番薯

朱薯產呂宋，明萬曆中始入中國，周櫟園《閩小紀》及何喬遠所作頌叙述綦詳。吾閩貧戶，多種薯爲糧，會垣于山有先薯祠，相傳中丞金公撫閩，值歲凶，教民種薯，至今利賴，故祠祀以報。其稱金薯者，本此。憶荔香社集嘗以番薯命題，余戲衍詩意爲〔浣溪紗〕詞云："連蔓東來插種多。于山祠下聽農歌。安吳舊譜欠蒐羅。　　黃獨故岩同有憶，玉延異產較如何。斜陽燕市喚開鍋。"少作不愜，未存棄也。高江村《竹窗詞》亦有《咏番薯》〔金縷曲〕，序謂：番薯自明季入閩，延蔓籬落間，居人以代饔飧，近年海舶販市已過浙東西矣，賦此以補食譜。其詞云："水泊無亭堠。趁潮生、健帆販取，島鄉風驟。早上江城魚鰕市，壓擔申前寅後。羨來自、離支名藪。黃獨霜深苗未長，餉蹲鴟、也負當罏酒。玉延似比還瘦。　　薹心菜甲花如綉。看家家、護水防渠，結籬遮牖。方罫湖田青泥淺，移插藤根宜否。且收拾、秋菘春韭。鴉觜金鉏拼荷了，有鹿柴、小築消清晝。加餐好，問蔬叟。"咏薯者當昉於此。幼時聞先文安公言，閩中種薯多者，以福清一邑爲最，吾家祖籍福清之澤朗鄉，嘗歸謁宗祠，所鄉數十里間，青疇交互，彌望皆薯田也。久居京國，每聞市上喚開鍋聲，輒有故園之思。

四一　咏猫詞

華亭錢葆馚以〔雪獅兒〕調咏貓云："花氈臥醒，又閑趁、十二闌邊，一雙蝶舞。繡倦空閨，幾遍春纖親撫。奔騰玉距。亂繩拂、紅絲千縷。試驗取、雙瞳似綫，庭阻日午。　　好是鹽時早乳，問當年果否，共調鸚鵡。八蠟迎年，何處遠村巫鼓。雲圖錦帶，漫拓得、張家遺譜。燈明處。合對金猊小炷。”一時和什如雲，竹垞和成三闋，遍搜貓典。後屬樊榭與吳繡谷復效其體，樊榭有詞四闋，選典益僻，自秭官瑣録以逮前人詩句、古時俗諺，蒐羅殆備。然如其詞所云：“雪姑迎後，房櫳護得，黄晴明潤。撲罷蟬蛾，更弄飛花成陣。穿籬遠近。未肯傍、茸氈安穩。念寒夜，偎衾暖處，夢尋燈暈。　　繞膝聲聲低問。似無魚分訴，憐伊嬌困。展膊屏前，仿佛三生猶認。懷春最恨。漸取次、歸來難準。瓊籤盡。上案晴檐鋪粉。”運用故實，初無堆砌之嫌，故可尚也。録此可概其餘。若陸漁鄉之“窗網猜翻，怕是眠餘攫劣”，殊不足方。余尤愛葆馚〔沁園春〕詞，全用白描云：“江茗吳鹽，聘得狸奴，嬌慵不勝。正牡丹叢畔，醉餘午倦，荼䕷架底，睡穩春情。淺碧房櫳，褪紅時候，燕燕歸來還誤驚。伸腰懶，過水晶簾外，一兩三聲。　　休教劃損苔青。祇繞著牆陰自在行。更圓睛閃閃，痴看蚨蝶，迴廊悄悄，戲撲蜻蜓。蹴果縈閑，無魚慣訴，宛轉裙邊過一生。新寒夜，愛熏籠偎暖，伴到深更。”風致宛然，勝人多許。迦陵亦有〔垂絲釣〕詞咏貓云：“房櫳瀟灑。狸奴嬉戲檐下。睡熟蝶、裙兒皺綃袘。梅已謝。撒粉英一把。將伊惹。正風光艷冶。　　尋春逐隊，小樓竄響駕瓦。花嬌柳姹。向畫廊眠藉。低撼輕紅架。鸚鵡怕。喚玉郎情打。”亦諧筆成趣。

四二　吳蘋香咏貓

貓之壽不逾十年，吳蘋香女士豢一貓，十八載矣，其家舊有《壽貓圖》，蓋兩覯之。後貓斃，爲〔滿江紅〕詞悼之云：“繞膝聲疏，剩雪片、魚傾翠籃。無復伴、書床鏡檻，砌左窗南。似入醉鄉呼不醒，本來佛土想非凡。上乘禪、悟到死貓頭，應細參。　　花影暮，香已酣。泡影滅，水空涵。嘆物猶如此，人亦何堪。白鳳曾傳春九九，紅羊又到劫三三。向圖中、省識舊東風，新署銜。”九九，謂其年數也。又有贈以皋亭山泥貓者，賦〔雪獅兒〕云：“皋亭山上，銜蟬巧樣，裝成如虎。小市連群，也賺青錢無數。跳梁不捕。便置向、書窗何補。翻一笑、搏人舊事，笙娟盤古。　　痴絕秦家嬌女。問等身金化，幾分塵土。函谷輕丸，改作北門長護。春纖漫撫。怕粉汗、紅黏香污。西湖路。黃胖泥孩同塑。”附錄以補貓史。

四三　尤西堂物幻詞

梅村嘗賦《物幻》八詩，尤西堂取其題爲小詞，余已錄其《橘燈》詞於前，其餘作亦工妙可喜，皆〔西江月〕調也。《繭虎》云：“五道蠶叢初闢，三盆虎圈俄脩。采桑秦女自風流。翻作下車馮婦。　　浴罷恰如得子，繰成便可封侯。彩絲束縛挂釵頭。傍向盤龍欲鬥。”《茄牛》云：“小菜放於牧野，太牢起自田家。樊遲老圃大開衙。演出伯牛司馬。　　入瓮莫愁觳觫，著鞭却喜丫叉。兒童牽綫笑喧譁。唱道夕陽來下。”《鷔鶴》云：“聞說枯魚欲泣，何爲化鶴來歸。霓裳玉佩自清輝。入肆終慚形穢。北海已成速朽，南山幾見高飛。鯤鵬變化是耶非。小作逍遥游戲。”《蟬猴》云：“齊女一朝怨死，王孫再世嬉游。三聲哀叫斷腸秋。却恨當年無口。　　跳擲不憂螳臂，沸羹早兆羊頭。從來蟬冕拜通侯。問是沐猴冠否。”《蘆筆》云：“書帶草生筆冢，墨池人在蘆中。白頭翁變黑頭公。夜夜飛花入夢。　　畫荻教成孺子，編蒲學近儒宗。雁行銜去向江東。寫出錦書珍重。”《桃核船》云：“種自元都道士，載從渡口漁翁。小兒偷出碧雲宮。頃刻帆檣飛動。　　蘆葦似來江上，竹枝疑泛圖中。桃根桃葉棹歌同。兩槳春風吹送。”《蓮蓬人》云：“妾比芙蓉解語，郎如碧藕多思。个个憔悴倒懸時。知道無心憐子。　　空洞此中無物，崛強猶昔孤支。亂頭粗服貌如斯。未必六郎相似。”鄧季垂集中有《菊蝶》詞，調取殘菊裁剪粘之，宛然蝶也。是亦物幻之類，惜其詞未稱。

四四　照相

　　張鼇甫賦《照相》詞，其序謂：西人照相之法，張幰小樓，冪蠡殼爲棚，以透日光，中庋鏡臺，高三尺，銜圓冰爲内外鏡，令照相者面内向，距鏡十步許，凝坐不動，乃以頗黎方片置鏡内，攝人影其上，視既審，則以帛蒙三面，而納其機出頗黎片，傅以藥水，漉漉如黄沙，而髮絲衣褶纖微畢見，然後收影紙上，一影可至數十本，其術頗秘，不盡悉也。詞爲〔綺羅香〕云：“羽障圍春，鮫奩射月，離合神光能聚。蓄意矜嚴，略放眼波流注。揩絮粉、菱片裁冰，洗鉛水、麴塵吹雨。最愁人、寶匣開時，綉鸞顛倒甚情緒。　　留芳還謝畫管，都被苔牋鏤出，柔情千縷。寸楮飄零，應惜好花誰主。縱未抵、百琲量來，也勝似、十眉圖取。怕銷沉、翠黛年年，避風開燕語。”注云：影入鏡中則倒，其小如豆；又當風懸久，其影漸淡，如鯛墨留痕，故有“綉鸞顛倒，翠黛銷沉”之語。金鶴籌亦有〔雨霖鈴〕賦之云：“是空是色。瀟湘倒影、一輪秋月。净瓶灑出甘露，攝身光裏，鬚眉清絶。何用丹青，妙手寫、三毫上煩。有天藥、堪駐朱顔，明鏡高堂豈衰歇。　　鴛幃鷄塞傷離别。恨芳標、難現曇花鉢。開緘忽睹卿面，正兩靨、芙蓉堪掬。屢唤真真，祇是櫻脣、深鎖蓮舌。便縱有、無限風情，仍待歸時説。”亦白描也。光學初興，震爲創睹，自今視之，乃若椎輪。

四五　時辰表與火輪船

　　機械之用，小之若時辰表，大之若火輪船，皆昉泰西。金鶴籌《咏時辰表》〔昭君怨〕云：“粉玉肌膚明潤。宛轉肝腸嬌嫩。心事耐人思。最知時。　　襯貼雍容華貴。常伴腰間玉佩。俊眼不曾花。肯抛他。”胡木甫咏火輪船〔六州歌頭〕云：“飆輪震響，銅斗轉烟紅。吴淞盡，金泥爛，碾洪濛。捲天風，深蒲黿鼉窟，嗆黄霧，吹陰火，攀髹檻，憑樓桷，眼真空。劍矗三山向晚，嵌斜日、光倒瀜瀜。又者邊月吐，對浴兩丸同。雲暝鮫宫，眯西東。　　正宵當午，黑洋近、禹貔宅，吼疑龍。機鐵緊，鋼腸縮，繳雙筒。走蠻工渾似，金鵬擘翅，與明視，鬥雌雄。千里雯，嶠雲變，渤杯窮。再看榑桑晃耀，烟臺埔、簇擁深瞳。指丁沽咫尺，春樹屬雲濃，更覓青篷。”昔之詞家，無是題也。先中丞公論薦再起，佐曾文正軍，嘗賦《火輪船》七言長古，蓋其時輪機始創云。

四六　自鳴鐘

自鳴鐘多有賦者，溯當舶品初來，視同珍秘，非貴家不恒有之，故和邸巨鐘，著咏聲家，已紀前卷。張雲樵有〔祝英臺近〕《咏自鳴鐘》云：“報流光，朝復暮，消息幾曾駐。喚起晨妝，幾杵隔花度。祗愁小婢嬌慵，駕機未整，偏賺了錦屏回顧。　　秋波覷。怎奈羅袂臨分，聲聲似催去。十二時中，轉盡萬千緒。倩他留住春韶，五更殘枕，且莫效、惱人啼宇。”詞不盡工，亦見巧思。宮中舊藏自鳴鐘多品，皆西洋諸邦所進，鈎心鬥角，殫極工巧。有製爲綠鸚鵡栖雕架上，毛羽神態如活，每一時至，則鸚鵡振翼飛鳴，聲如其時之數。又一鐘特巨，凡三層，最下爲鐘，中爲一室一几，一西服者當几立，啓其機，則其人免冠鞠躬，置冠於几，旋揭之，中有二桃，又覆冠而再揭之，二桃杳矣；上爲一室，列書案筆硯，一人踞案坐，案有紙，啓其機，則振筆徐書，書竟，出紙視之，爲“八方向化”“九有來王”四字，墨瀋猶濕，宛然館閣精楷，再試之亦然，西人獲觀者皆驚異。蓋當康乾盛時，梯航東向，叩關求通市，不惜窮妍極靡以媚一人，今彼都亦無復是製矣。或賦〔朝中措〕云：“幻人小戲鬥桃餘。几閣拂蟾蜍。巧絕麟洲舊製，宛然鳳沼名書。　　雲箋寫罷，龍顏一笑，九月忱輪。點綴壺天日月，當時幾許工夫。”補録承平，不勝夢華之感。

四七　古鏡

咏古物者，亦詞中之一體，如姚梅伯之賦六朝妝鏡，汪紫珊之賦定甖香盒，不足奇也。而頻伽有《咏古秘戲錢》詞，其錢面爲"風花雪月"四字，背爲秘戲，詞爲〔紅娘子〕云："金鑄鴛鴦牒。土蝕相思骨。姹女風流，沈郎輕薄，秦宮偷活。看雙飛胡蝶正團欒，任漫天榆莢。　　覆雨翻雲狹。地久天長恰。蠟視橫陳，神傳阿堵，夢殘金穴。笑人間騃女與痴兒，買春風時節。"又古厭勝鏡，徑二寸有奇，背列秘戲者四，其女裝絕似武梁祠像，亦六朝物也。頻伽咏以〔水龍吟〕云："分明一片新荷，團欒照見鴛鴦睡。秦時明月，漢宮春色，唐家遺事。影裏鸞孤，盤時龍寡，物猶如此。笑何妨注就，蟲蟲燕燕，添四角，中央字。　　長定循環纖指。暈紅潮、背人偷視。宿妝慵整。長眉未畫，慨慨情思。三閣綺羅，六朝金粉，而今何似。看土花淺碧，斕斒多分，是銅仙淚。"題雖佻冶，而選辭不涉秘辛，深協國風之旨。

四八　鄭叔問香奩咏

香奩著咏，如錢唐黃夢珠庭之咏耳釵巾束，南匯張培山朱梅之咏耳環腕釧，嘉興項朱樹映薇之咏指彄，皆抽秘騁妍，一時推許。謝枚如尤稱錢塘張仲雅之咏衣紐〔沁園春〕詞，如所云："褪却嫌鬆，整時偏緊，多在酥胸粉項間。"固見精思，究乏深致。近見鄭叔問《冷紅詞》中有咏兩襠、帕腹兩詞，前賢當爲低首。兩詞皆用〔蘇幕遮〕調，《咏兩襠》云："碧紋圓，紅暈皺。一寸芳心，解護花前後。憶著單綃初試酒。玉臂酥瑩，交枕銷魂否。　　掩雙襟，憐半袖。熨遍輕盈，細細相思扣。恁便衣香和夢舊。爲貼冰肌，也占新來瘦。"《咏帕腹》云："剪霞單，兜月小。豆蔻新梢，春染郎懷抱。半幅羅雲雙玉罩。吹蕊挼香，漏泄紅情早。　　臂紗寬，胸鏡俏。絡索明珠，暗鎖情絲老。密密花房容粉爪。叠作同心，解得連環少。"兩襠俗云背心，帕腹俗云兜肚，其詞艷而不佻，麗而不俗，置之南唐、北宋，亦無多讓。叔問詞饒風趣，況夔笙納姬吳下而不解吳語，其〔絳都春〕賀詞結拍云："幾回鸚鵡教成，綠窗睡軟。"聞者解頤。

四九 蘭閨清玩與麻雀牌

牙牌之戲，相沿久矣。金鶴簫咏以〔瑞鶴仙〕詞，有云：“怎蘭閨妙想，演成新曲，酷似回文錦綺。可憐他、點點相思，嵌來骨裏。”蓋近人有以牙牌名一一編排，製爲小譜，謂之“蘭閨清玩”。宋藻翔有〔減字木蘭花〕詞咏之云：“回環錦字。説與蘭閨知也未。一雁長天。憶到人人轉自憐。　燈前細理。次第簽名憑鳳紙。惱亂春情。寂歷梅花對錦屏。”長天、人人、梅花、錦屏，皆牌名也。又七巧板排成種種象物，近人《閑雲集》著其圖譜，畫邊詞咏以〔玲瓏四犯〕云：“鬭角鈎心，仿股直弦斜，裁就鈿表。一捲閑雲，花樣別翻新妙。那夕乞向天孫，恁慧解、欠三分到。等繡鴛、度與金針，須值藕心聰皎。　午窗清課犀奩悄。伴瓜仁、卍紋排小。天然二五稱佳偶，拼幾回顛倒。誰道片段不成，祇頃刻、樓臺璩造。更合交枝玉，應堪撩得，倩娘微笑。”數十年來，盛行麻雀牌，蓋由葉子戲推衍而成，閨閣稚弱皆好之，漸推及海外，龔佛平賦〔減字木蘭花〕云：“風酣四面。座上明珠彈不見。萬貫同條。花樣完時也白描。　鳳龍標舉。郭雀麻秋同一侶。誰負誰贏。斷送江山一色清。”末拍令人腸斷。

清詞玉屑卷一二

一 京師聲歌

京師聲歌著勝，桑海以還，百業凋劫，獨舞榭歌臺，連甍接棟，金碧輝麗，爲乾嘉盛時所不及。陳公荆有〔惜餘春慢〕《咏京師劇場》云：“電炬千家，飆輪十里，載道喧闐絲管。移山作景，剪彩成棚，八寶麗妝爭炫。還似開元盛時，花萼樓前，笙歌春宴。試登臨長望，簪裙盈坐，似忘更箭。　因甚却、人世滄桑，田荒海涸，鄠杜豪家全換。蓮臺花雨，桂殿香風，金碧尚迷雙眼。門外相逢路旁，鬜面有人，吹簫魂斷。念樊樓依舊，師師芳迹，又移隣院。"劇中布景，謂之砌末，往時初不尚此，今則踵事增華，蹈海上舊習，無復解音者矣。又往時重净脚，俗謂老生，近年旦脚驟貴，而梅郎畹華應時杰出，所編新劇如《奔月》《散花》《洛神》《上元夫人》，皆傾動一時，嘗應聘赴東瀛奏技，都下名士餞於水榭，林畏廬爲繪《綴玉軒話别圖》，繫以〔南浦〕一解云："閑叠縷金箱，檢舞衫、零脂宿粉猶膩。輕夢逐櫻花，東風外、人與亂紅同醉。春寒細緊，背人加上嫣香帔。別情欲訴，偏惆悵無言，更增柔媚。　追懷昨夜清歌，似風際靈簫，花邊流吹。酒半數歸期，些時別、仍復丁寧三四。瑶軒綴玉，畫欄閑煞惘惘地。萬重密意。争半晌留連，蘭舟行未。"王義門題以〔醉太平〕云："膚清神清。驚鴻亂鶯。海山風軟雲平。有櫻花送迎。　柳邊酒醒。梅邊夢縈。詩心後夜旗亭。望情天客星。"燕蘭晚秀，壓倒群芳。憶葉稚悒《題〈金臺殘泪記〉》詩云："甲第如雲優笑地，出門騎馬欲何之。"若爲今日咏也。

二　壽石工丁巳感事詞

壽石工詞學夢窗，有《丁巳感事》多闋，囊括政變，其調爲〔浣溪紗〕云："棋局中心忒不平。雲天月地各伶俜。幾人禁得是無情。　促景斜陽猶故國，過江名士又新亭。等閑春夢未分明。"又云："顧影徘徊衹自憐。秣陵王氣散餘烟。電光石火攝春寒。　惆悵驚鴛真打鴨，安排笤鳳與鞭鸞。銜書青鳥望中還。"又云："汴洛江淮入望遥。五湖宛宛蕩回潮。愛河深處却停橈。　杯酒春城迷小約，丸泥函谷托新嘲。丁娘十索觳魂銷。"又云："姹女由來解數錢。南嬝北俊逞嬋娟。無端熱泪送丁年。　避面尹邢難却妒，近前秦虢總争妍。有人稽首禮張仙。"又云："剩涴燕支一掬湯。天吳紫鳳未容狂。去年滄海已生桑。　對影劇憐鸞舞鏡，雙栖終見燕歸梁。牽絲玉虎枉猜詳。"又云："不分昭陽日影斜。玉顏猶羨入宫鴉。游仙一夢漾心涯。　東海樓船遲帝子，中州涕泪黯春華。玉津天遠倘爲家。”又云：“流水鈿車夜未央。銀河東去隔紅牆。懷人天末意難忘。　凄迸朱弦哀舊曲，久留金勒爲回腸。眉圖心篆卜興亡。”又云：“一霎星旂照眼紅。鞭絲鬢影太匆匆。輕雷塘外認芳踪。　阮籍窮途猶躑躅，李波小妹本雍容。女蘿枝弱倚喬松。”又云：“惘惘張星見後疑。濯龍馳道夜何其。參差浪説漢官儀。　萬劫積悲摇客感，一場孤注誤花期。輸他旛索護空枝。”又云：“浣罷征衣鏡檻凉。低迷花事舊平章。亂離兒女厭悲傷。　回首家山驚入破，關心竿木又逢場。眼前燈火宴秋堂。”張仙、張星，皆謂忠武。李波小妹謂仲仙制府。當時捲土綢繆，奪門倉卒，詞中略見。其《西苑荷花》〔惜紅衣〕詞結拍云：“换翠微荒黛，輕擲玉顔鴉色。”猶寄餘惜。

三　邵倬盦詞

邵倬盦同年爲位西先生孫，嘗移宫前，建福殿灾，有〔浪淘沙慢〕《記事和美成韵》云：“玉芪下、周廬倦警，漏點傳堞。凉閣宫車遲發。笙歌漫引正闋。乍燭夜、雲龍空糾結。耿榴火、寧耐攀折。試掻首紅牆際天遠，阿房賦愁絶。摧切。禁烟散滿寥闊。奈地老天荒媧皇逝，斂影蟾泪咽。　傷盡圮雕梁，歸燕難别。噀泉易竭。傾露盤、珠冷金烟殘月。來去纖雲秋羅叠。光芒迥、貫虹未歇。閃離電、坤輿將永缺。祇熛怒、不到通明，霽霧色，宫鴉緊唤千門雪。”倬盦詞考律綦嚴，四聲不混，此詞足見其凡。又有《爲梁節庵題御墨卷子》〔漢宫春〕云：“奎宿明時，正霞蒸露潤，喜近天顔。宫花笑簪似裹，恩錫春前。爐香静炷，念遺黎、瘴海穹邊。君意重，吹寒成煦，嶺梅消息頻傳。　早歲春雷徹聽，記傾心葵藿，捧日年年。霜鬢到今一昔，勝畫凌烟。金縢寸楮，寶英光、留護蟫仙。休錯認，點睛騰壁，游龍筆勢翛然。”與前詞俱寄故國之感。

四　宣南廣和居酒肆

宣南廣和居酒肆，百餘年於兹矣。嘉道以來，名流文讌不絶。夏

閏庵嘗有《廣和居感舊》絕句，余録於《詩乘》。悼盦填〔浣溪沙〕
二闋題其後云："豆腐瓜茄作大烹。荆妻兒女飽殘羹。種蠅雋句漫污
蠅。　　他日宣南遺事補，震聞朱志憶神京。吟邊聊與一飛鴟。"又
云："市近樓高咏寓齋。先廬咫尺久封苔。牡丹詩讖舊曾開。　　卅
載公車彈指過，鄉人道故柬頻來。門前弈局任推排。"位西官樞曹
時，曾寓南半截，即嚴氏聽雨樓故址，有"市近心偏遠，樓高室
易昏"之句。又有《招同人觀寓齋牡丹》詩，詞語本此。章曼仙
亦有《廣和居題壁》〔虞美人〕詞云："城南歌管都銷盡。剩此青
帘影。旗亭無復柳絲絲。猶憶黃河遠上白雲詞。　　酒家傭保渾
相識。三十年前客。壁間澹墨走龍蛇。誰與一尊清醥酹籠紗。"自
注謂：癸巳甲午間，此地詩鐘局最盛。今城南寥落，酒壚已閉。

五　方略館梅桃

往時樞僚直宿，皆於方略館，即後來清史館西齋也。有榆葉
梅一樹，其根桃也，高出檐際，兩枝并茂，當春桃盛華，梅猶歛
萼，頗感榮悴。夏閏庵拈〔露華〕寫之云："弄晴紺雪，認娟容怨
靨，猶殢香魂。露梢竹外，年年添得春痕。爲底舊妝憔悴，倚悄風
低亞仙裠。空嘆息，芳華換了，未換孤根。　　依依夕陽明處，早
蝶倦蜂稀，烟銷千門。餘霞似錦，金瓠更傍朝昏。幾度笑春相對，
恨浣紗人老蘿村。紅萬點，宮溝暗瀉冷雲。"後數日，桃花漸落，
而榆梅展萼媚晴，轉瞬間，盛衰頓異。更用碧山仄韻賦之云："迾
烟蓓坼。趁婉晚韶光，又弄嬌色。夢蝶乍甦，還與娟娥匀拂。一般
浪蕊狂花，欲鬥娉婷標格。憑認取，金沙碎環，總異凡骨。　　連
朝雨暗風惻。怕信杳青鸞，難喚芳魄。不道玉容依舊，露含堪摘。
沈郎瘦莢飄香，更帶落紅飛出。春去否，殷勤翠尊問得。"是詞
出，同館工倚聲者競和之，金荵孫先賦〔一枝春〕詞，既而又依
〔露華〕平仄兩體分和之。平韻《咏桃》云："一枝秀發、盡嬉晴
媚雨，嬌借春魂。華清賜浴，東風初展眉痕。依舊十分明艷，舞柘
枝、霞點羅裙。還未爽，渠儂暗約，再茁靈根。　　劉郎十年相

對，嘆客鬢霜添，慵賦長門。凝烟帶露，惝惝却又黃昏。咫尺漢宮千里，似佩環、人憶江村。紅雨灑，庭蕪碎落紅雲。"仄韵《咏梅》云："絳跗漸坼。勝露井新開，那樣顏色。倦燕倚風，銜得餘霞低拂。怪他釀綠醋紅，不似當年高格。重喚起，羅浮翠禽，爲换仙骨。　　徘徊使我心惻。怕月嶼星街，雙誤吟魄。正是戀春春去，剩蕊伩摘。劇憐半面殘妝，巧借黛螺描出。芳意盡，明年再看那得。"意特凄婉，子遺如寄，蹉跎我春，讀者亦不禁頻喚奈何也。

六　桃花茶

先農壇，今爲南園，種桃成林，花時特盛。樊茗樓丈嘗與楊岑泉、冒鈍宧啜茗林間，適風吹花片，蔌蔌墜茗甌中，茗丈笑曰：此桃花茶也！岑泉曰：是不可無詞紀之。茗丈因賦〔金縷曲〕云："淺草城南路。蹋花來、春陰薄薄，澹烟橫素。膩粉輕烟傾國色，自笑鬢霜眼霧。團坐向、紅雲深處。柳嫂魚羹剛一飽，更新茶、艷甚哥哥露。評菜譜，説琴趣。　　微風過樹花如雨。甚飛英、半隨流水，半歸茶具。恰似雲英漿一琖，乞與清明渴護。綠若共、丹砂點注。從此皋盧添雅謔，勝桃花、魚與桃花醋。根與葉，莫輕賦。"岑泉、鈍宧和之，京津詞人又和之。憶徐姜盦詞有"倘遇賭書言司女，怕認成、人面些兒醋"之句，押醋韵最妙。卓芝南丈素不填詞，亦和以〔摸魚兒〕一解云："又清明、小桃開也，看花猶記前度。花陰茶話酬芳景，吹落滿身紅雨。風引去。化一縷、春痕沁入吳甌乳。閑愁幾許。念品水中泠，江干雙槳，曾共那人渡。　　朝曦麗，如飲枝頭墜露。銷魂今日崔護。瓊漿乞得難消渴，人面不知何處。祇剩取。香與色、權呼小字添茶譜。臨分味苦。誰解道儂情，更深潭水，除與謫仙語。"結拍謂鈍宧將歸江南，兼以贈别也。先文安公謂桃花茶之名，曾見宋人筆記，小子檢之未得。

七　煮鶴焚琴

煮鶴焚琴，以誚殺風景者也，不圖竟有其事。河北都府有園，小具花石，豢白鶴二，相傳端陶齋所遺。十年前，園經駐軍，散卒無賴，烹其雌食之，今其雄僅在。曾次公念聖嘗客薊幕，暇日行吟其間，聞孤鶴淒鳴，惻然傷之，爲賦〔絳都春〕云："仙蓮墜羽。弄烟藹晚日，亭皋微步。小蛻金衣，依約霜翎，雲中侶。當年翠蓋西飛路。悵瓊館、鸞韶慳駐，繡楣啼後，新來縞袂，玳筵羞舞。　　情佇。伶俜苔甃，晒華表衹在、譙荒堞暮。鼎脯烹雌，絲雨孤踪，巫峰誤。傷心難問丁沽水，怕照影、翩然驚度。更愁寒入曉年，夢殘怨宇。"綿麗宛似夢窗，陳踽公都尉依韵和之云："泠㴋素羽。認珠樹舊依，寒蕪停步。換盡燕巢，衹共胎仙，成愁侶。瑤臺悵望尋無路。記花外、霓旌虛駐。縞衣脩夜，連軒翅矯，爲誰鳴舞。　　延佇。霜翎半改，傍欄畔弄影、冷朝淒暮。怕理夢痕，紫蓋雙栖，蹉跎誤。驚雌忍憶湖南語。剩孤另、低徊前度。甚時更唱南飛，放歸玉宇。"余繼和云："珠林借羽。早縧館夢闌，荒苔妨步。似警翠眉，啼掩雲羅，誰愁侶。分明紫蓋三清路。剩遼海、斜陽教駐。負霜珍重，參差喚起，縞仙殘舞。　　凝佇。蓬壺又遠，亂蕪外懶數、燕昏鵑暮。迸恨故雌，一別蘭岑，嬋娟誤。新寒漫索金衣語。盡惆悵、雕欄前度。明朝説共東坡，怨孤玉宇。"都府舊爲行宮，辛丑回鑾，備駐蹕，不果，詞中霓旌紫蓋諸語，皆謂此也。何物雞樹，灾及仙禽。

八　萬紅友鳳硯

李小石農部藏有萬紅友鳳硯，爲吳門顧二娘手製，其銘署年丁卯，即紅友《詞律》告成之歲，小石深寶之。身後流入市闤，萬溪園以與紅友同姓，李水香以其爲宜興鄉先輩，競欲得之。水香竟爲捷足，谿園不能無怏怏，故其《和水香題硯》〔金縷曲〕云："瑞石來丹穴。道吳孃、鳴機偶暇，玉纖親鍥。蘿隱風流憑付與，片羽人間罕絶。信翰墨、因緣難説。誰料椒花吟舫後，讓詞龕、更詡河東薛。窺秘笈，我曾拂。　　紫雲未許司勛乞。僅從分、靈鬘手拓，墨痕猶黦。名士佳人同宿草，鏡匣鸞飄瞬忽。又爭奈、蝥弧先拔。休道楚弓應楚得，試端詳、究是誰家物。終有日，鳳池奪。"名士佳人，兼謂小石所藏馬湘蘭硯也。水香得萬硯，密度之，爲奴子竊去，踪迹之不復返。今與湘蘭硯同歸蜀人陳氏，蓋已展轉數手矣。谿園詞竟成先兆，亦奇。

九　陸象山琴

余所見琴，以郭詞白同年家藏陸象山琴爲最。琴名"珊然"，背鐫"清流激湍"四字，爲象山手迹，發音清越，斷紋甚古，蓋其尊翁所遺者。翁性澹退，中歲即屏居不出，家有園林梅桂，皆百年外物，收藏甚夥，蓄八琴皆絕品，此爲其一。七八年前，園爲兵踞，焚掠蕩然，獨是琴携伴行縢，獲免於劫。嘗於栖白廎宴集，酒半出琴傳示座客，詞白自賦〔法曲獻仙音〕云："別鶴晨調，舞鸞宵咽，細檢槐堂題記。嶧木猶存，岵雲橫絕，遺音廣陵空憶。那更話，金溪舊，憐材到焦尾。　　變宮徵。玉乾坤、問誰撞破，看剪爪、操縵恨餘一指。亂雅弃兜離，惹人間、哀怨如此。夢斷梭山，聽鐘還、警生死。剩泠泠弦上，有客洗心流水。"詞白之逝，其子甫三齡，此琴不知能保否也。當日同社和詞頗多，錄其二闋。徐姜盦詞云："聲落寒潮，韵回清角，夜寂試調名軫。朗玉西江，冷泉南渡，滋蘭雅音殊俊。看額署，珊然字，仙心鄪侯印。　　古愁引。念光堯、盾銘空製，渾末把、河洛虜塵掃盡。小雅靖康餘，譜孤桐、憑寫沉恨。閱水年年，甚而今、珠柱泪薀。付滄流楚客，又怪大弦難準。"胡憕仲詞云："釋褐雍容，濯纓游息，幾曲憕憕弦柱。隱室星霜，壽皇年月，分明斷紋無數。定夢繞，梭山夜，連床再三鼓。　　引孤緒。黯中原、虜塵遮日，橫吹外、留恨水雲續譜。指爪不堪彈，更彎弓、盤馬心苦。靡玉銷沉，聽春雷、行殿凄楚。便荊門投老，忍和琵琶胡語。"由今觀之，則憕仲詞亦先兆也。每憶詞白投命窮沙，輒爲腹痛。

一〇　怡園會琴圖

余曩題《怡園會琴圖》，佚其稾，僅憶有句云："寫秋聲便似秋深，碧梧葉葉淒緊。"圖爲己未秋八月事，吳下善琴者，自李昭符至葉璋伯，參以衲子，凡十有四人，會於怡園之坡仙琴室。園主人顧氏，藏有東坡琴，鐫元祐四年題識，故以爲名。是日陳列十五琴，以周夢坡之宋徽宗松風琴爲冠。夢坡儲古琴五，曰松風，曰風入松，曰幽澗松，曰萬壑松，曰松存，嘗署所居曰五松琴齋。繪《會琴圖》者，即璋伯也，頗得巨然神髓。夏閏庵有〔高陽臺〕詞紀怡園曲社云："絮攪天愁，花隨水去，冶辰分外驚心。屧響喧廊，塵香到處堪尋。薰風沸暖笙歌地，早瞢騰、一片藤陰。畫沉沉、不信歡場，不悟春深。　　年時醒却華胥夢，笑閑招鶴侶，倦聽鵑音。木石心腸，吳兒那解新吟。茶烟半晌清池影，怕回看、淺鬢而今。更誰禁、萬竹斜陽，笛破穿林。"此則時在初夏，又別一歌席也。夢坡風入松琴，爲松雪水晶宮物，其《海上獲琴圖》即爲此而作。潘蘭史爲倚〔風入松〕所云"君家門對浙江潮，明月一琴招"者也，附志之。

一一　况沈繪事

况夔笙少習繪事，太夫人以妨治經爲戒，乃弃去，不復爲。晚歲偶爾遣興，絕不示人。其門人蒙庵、巨來，各得所繪梅花一幅，蒙庵以其畫無款，乞古微侍郎補題詞，侍郎卒，畫不可復覓。幸尚藏便面二事，因填〔漢宮春〕寫感云："蠹墨盈牋，把春風詞筆，點染丹青。傷心馬塍花事，清泪如傾。幽香重覓，省遺恨、咽到無聲。腸斷紫霞一曲，詞仙又賦騎鯨。　　占取隴頭芳訊。祇怕聞隣笛，難叩玄亭。漫誇幾生脩到，總付飄零。江山滿目，忍夜臺、碎語堪聽。歸來鶴，天寒獨守，何時爲證香盟。"沈乙庵丈亦工畫，不輕出手，侍母疾時，嘗畫以娛母，與夔笙適異。夏映盦有〔齊天樂〕詞題所畫山水云："一峰孤拄斜陽外，超然故人神理。看倒三松，難移片石，遺墨刳肝爲紙。藏舟夜徙。剩填壑清塵，委波哀涕。未要人知，畫成何用署名字。 鄰牆曾聽小海，叩關呼喚我，樓檻同倚。夢繞河橋，行經埭角，頻覺韶光彈指。雲居縱美。但甌脫浮家，老來留滯。硯食生涯，候門貧畫史。"映盦嘗與乙庵丈結隣於車埭角，其贈映盦詩有云："映厂詩思清到骨，古愁冥冥非世間。散髮能爲小海唱，服芝夢謁商顏山。"即用其詩中語也。乙庵丈畫亦不署名，余於蒼虬閣嘗見之，異日補輯畫征者，當有取於是。

一二　吳伯宛

　　吳伯宛之歿，余每討春暘臺，過傅松亭下，酹其遺阡，輒爲徘徊鶴望者久之。聞人言，伯宛性好書，所藏多善本，晚年有借書者，即以贈之曰：吾福薄，何堪享此，但使書非暗投，吾不恨矣。人疑其矯激，不知其於藏書固有深痛。當早歲客吳廣安廉訪幕，赴京兆試，留滯久不歸，寄藏書於廨，詎廣安擢某省布政，未行而卒，所寄書盡失，懊喪甚。張彥雲賦〔沁園春〕慰之云："戢盡牙籤，手校丹黄，圖書燦然。記標題甲乙，親裝玳押，紛綸庚子，雅拜瑶編。班史尋瓠，楚騷滕酒，官燭飄紅夜未眠。殷勤語，遍香蟬粉蠹，暫謝纏綿。 詩囊僅伴春船。旋小別、琅嬛又一年。恨珠名記事，篋書徒誦，金留屈戌，厨畫能仙。鶴怨琴孤，魚愁鑰冷，誰爲謨觴助俸錢。王郎笑、道尚餘舊物，何止青氈。"伯宛得詩甚喜，亦用是調和之，有云："舊燕相依，枯蟬獨守，玉碎翻教讓瓦全。傳韵事、有新詞慰藉，好句蟬嫣。"足見二君交證。彥雲又嘗與伯宛同經紀方仰之之喪，仰之儀征人，爲吳讓之弟子，善篆刻，旅寄吳下，有問其家事者皆不答，其歿也，彥雲戴雪出郊爲之營兆，伯宛詞所謂"剩素心憑吊，雪涕滄洲"也。彥雲亦紀以〔滿江紅〕詞云："死便長埋，且伴此、一角好山。荒亭外、敗蘆殘柳，扶送桐棺。飛雪漫空如掌大，冷風一徑射眸酸。問素車，臨穴幾人來，尊酒寒。 蟲魚篆，金石編。散膏馥，在人間。祇翠珉題字，爲表新阡。三步回頭猶腹痛，頻年傷逝總憂煎。剩冢邊，春夜與招魂，啼杜鵑。"後伯宛卒，彥雲亦梓其遺作，卓然風義。

一三　鑒藏

光緒時言鑒藏者，推義州李氏文石。逝後，小石繼名父之緒，鑒別尤精，性倜儻不羈，能爲青白眼，而投分者，即之溫然。工詩詞，尤好爲小令。其〔長相思〕云："木蘭舟。紫驊騮。游遍燕雲十六州。狂名到處留。　珊瑚鈎。鸊鷉裘。解付歌樓與酒樓。生來不識愁。"自道其實也。陳踽公都尉游於紀群之間，藏有小石甲子小除夕手書橫幅，皆少作小令，其佳處風神雋逸，逼似南唐。如〔生查子〕云："與憐相見時，一樹梨花月。樹上月華明，燭影幃中滅。　與歡相別時，一樹梅花雪。樹上雪痕消，馬迹門前沒。"〔釵頭鳳〕云："春光速。春人獨。枝頭又見青梅熟。朝來燕。宵來雁。夢裏盟寒，眼中書斷。盼。盼。盼。　林花馥。庭莎綠。斜陽焰煥屏山曲。柔腰倦。芳心亂。小蝶雙飛，乳鳩雙喚。羨。羨。羨。"〔浣溪紗〕云："恨逐風花到處飛。心如晴絮不沾泥。一春淚黬幾羅衣。　長盼書來無雁過，待教夢去有鶯啼。爲郎愁損怕郎知。"〔阮郎歸〕云："厭厭過了牡丹期。一春長夢伊。夕陽紅上小朱扉。雙雙燕可歸。　花片片，草菲菲。鋪成新地衣。舊同行處獨尋思。去年初見時。"纏綿悱惻，非深情人不能道也。小石好作衰語，其〔少年游〕後闋云："而今老大傷流落，未可更言愁。白髮侵人朱顏別，我空憶、少年游。"余頗訝其不類，果甫逾四十而卒，知交莫不痛惜。

一四　詞龕夜話圖

曩集李小石朱鳥庵，小石屢勸余填詞，逡巡未敢試也。迨與同人結詞社，小石已歸道山，念之愴然。陳蒼虬爲余畫扇，作《詞龕夜話圖》，自題〔浣溪紗〕云："黯澹秋窗落葉時。昏燈相對鬢成絲。劇談月落不曾知。　未轉頭時真似夢，如今夢影也迷離。情天容有隔生期。”跋尾云：朱鳥庵夜談之樂，豈可復得耶！余感而和之，亦用其韵云：“記著西窗月落時。秋魂飄斷一絲絲。淒凉舊事夜燈知。　任是無情還有夢，却因暫住悔輕離。人天虛説碧雲期。”蓋余識小石最晚，而生平宿草之痛，此爲最深，其佛氏因緣之説，吾儒氣類之感歟！同時和是詞者，爲郭詞白、周息庵，詞白詞云：“老樹雲穿又一時。瑶琴聲斷挂蛛絲。淒凉落月有誰知。　扇角題愁空宛轉，燈屑照夢兩迷離。年年惆悵是秋期。”息庵詞云：“曾憶春風并轡時。如今團扇掩蛛絲。佳人一笑更誰知。　老去歌弦渾似夢，舊來尊酒不曾離。年年多病感花期。”余又嘗以小石贈句“此地無三伏，其人似六朝”二語浼詞白書爲楹帖，今詞白亦長往，悲何如耶！

一五　行園海棠

沽上行園有海棠數樹。烏朝早晚，每經其下，留連殊賞，睠戀餘除。轉瞬滄塵，不堪回首。胡悟仲嘗用加沙韵賦之，即栩樓倡和韵也。蒼虬亦有〔六醜〕詞賦海棠云：“記嬉春酒醒，有絶代、穠華曾識。怨風正狂，殘妝偎翠羃。零落誰惜。越見丰姿好，曉來清露，浥袖痕都濕。强扶倭墮終無力。愁亂絲垂，紅凝泪滴。淒惶幾回憑立。盡芳欄叩遍，幽恨無迹。　年光虛擲。又天涯遠隔。往事如殘夢、難再覓。東園漸入叢碧。聽杜鵑啼罷，斷無消息。乘風願、早輸歸翼。空瘦損、去住春心，應自悔逢傾國。輕陰乞、漫相雲色。剩蓺天、一寸寒香炷，成灰拼得。”蓋客居湖上寄懷之作。悟仲依韵和云：“怎豐姿漸損，憶獨上、高樓曾識。好春乍回，風柔嬌靨羃，無限珍惜。又送重簾暝，個儂妝謝，揾泪紅長濕。絲恩未報東君力，翠袖何依，瓊酥欲滴。移根早拼孤立，便香塵揚盡，稀見行迹。　巢痕輕擲，況書來歲隔。事去隨流水，何處覓。池塘故作寒碧，問惺松倩影，軟波吹息。歸期阻、自憐垂翼。更誰耐、萬里胡沙遠占，一枝香國。愁相對、屏畫猩色。甚小年、本少芳時恨，人間易得。”詞意傷心魚服固不待言，不料香國胡沙，別成異讖，謂非數哉！

一六　瀅園

津沽乏園林之勝，獨李學士園稍具邱壑。初名榮園，余易以瀅園，憎其近俗也。園中亭樹向闕題榜，余與太夷分擬其名，如挹清堂、詩趣軒、因樹榭、涵虛閣、窣堵臺、薆亭、森藪各有小詩紀之。自是春觴秋禊，必集是園。李約庵《李園探春》〔柳梢青〕云：“綠漲灘沙，名園傍水，一徑欹斜。曲曲欄邊，垂楊深處，紅了桃花。　風光約略西涯，小橋外、荒林暝鴉。幾許閑愁，夕陽歸去，賣酒人家。”查查灣《詩趣軒春禊》〔西江月〕云：“風日踏青時候，園林罨翠人家。鬱金裙子卓金車，人在小桃花下。少女風來池上，王孫草綠天涯。年時影事記些些，依舊秋千如畫。”徐姜盦《挹清堂下看牡丹》〔洛陽春〕云：“風信午闌初定。柳慵花靜。過時姚魏尚支春，任蝶逞顛狂性。　繁錦夢華雲映。鏡回芳靚。山篦偷染太真妝，記舊舞、傾城影。”許辛庵《咏瓶中折枝茶蘼，爲瀅園携歸者》〔春光好〕云：“花事了，柳陰肥。送春時。一片香雲冒蝶衣，畫闌西。　粉鏡雙釵雪膩。翠簾半面烟欹。多恐夜屏殘酒醒，惹相思。”唐立庵《記瀅園海棠桃梅秋後作花》〔一枝春〕云：“臨水妍枝，照殘妝、似是飄零經雨。秋期暗數，乍見頓牽芳緒。涼蟾鏡底，問因甚、細描紅嫵。終不比、如繡園林，試憶蝶園蜂聚。　無言漢宮深處。祇嬌柔懶對，衰楊千縷。誰扶醉態，夜起自翻新譜。西風繫恨，算應有、斷蓬相妒。一任把、羌管頻吹，慣聞愁語。”郭訒白《窣堵臺秋眺》〔瑞鶴仙〕用夢窗韵云：“晚鴻來遠嶠。看書空、帶到秋光偏早。黏天盡衰草。有西風吹起，旅窗孤抱。携尊縱眺。塔凌虛、飛雲縹渺。記年時，舊地行吟，一例插萸盈帽。　曾道餐英客懶，送酒人遲，菊籬霜老。開筵香裏。龍山會，孰年少。嘆斜陽城郭，依稀如故，哀角聲聲暗窈。數園亭、詩趣無多，祇憐月照。”林忉庵《戊辰九日集瀅園》〔羅敷媚〕云：“佳辰不負題糕約，黃菊纔開。白雁遲來。新月娟娟下玉階。　　一年一度名園會，暫遣秋懷。長怕登臺。如此江山百可哀。"每集必有作，作者非一人，不能悉錄。當兵火秦川，離憂楚澤，即以此爲遣愁之藪矣。厥後朋儕星散，文讌漸稀。周息庵有《重過李園寫感》〔倦尋芳〕云："峭檜墜葉，深閨籠烟，悲向秋晚。剪盡青蘆，還恐野鷗驚散。弦管希聲流水咽，樓臺沉景繁霜怨。黯溪橋，想春鴻照影，夢回波遠。　　更休共、層廊閑眺，瘦却垂楊，翠眉難展。負手花前，暗憶舞衣歌扇。松徑鳥啼人事換，蔬畦蟲蝕秋光賤。怕流連，月昏黃，舊情凄斷。"過眼已非，矧在今日。

一七　李文忠

合肥李文忠久鎮畿輔，身後遺愛不衰，津人至今呼總督舊廨曰"中堂衙"。其專祠在河北別院，海棠花時著勝。徐姜盫有〔一萼紅〕賦之云："倚回塘。有繁英幾樹，是故相甘棠。馬槊方酣，鶯花欲老，聊復愁裏尋芳。掩朱戶、驚塵不到，剩詩顛、涉此慰紅妝。小立斜暉，大難來日，萬種思量。　　萍泊自憐霜鬢，但關心春事，雪涕閑坊。子美無情，中仙不作，誰與花國平章。祇等閑、蜂狂蝶恣，怕燕支、啼淚灑昏黃。莫乞通明護惜，任損顏光。"約庵和云："倚斜陽。對殘山剩水，丞相有祠堂。槐幕當門，蘚衣鋪徑，曲曲流水春塘。看幾樹、燕支染遍，好顏色、何事恨無香。旖旎花時，清寒芳景，寂寞壺觴。　　生怕綠肥紅瘦，更新妝睡損，負了韶光。金屋初成，東風偏惡，惟見蜂蝶閑忙。任狼藉、殘英滿地，趁雨後、蝸角鬥東牆。漠漠輕陰一院，無語凄涼。"冰社同人隸旗籍者，惟約庵與白栗齋，而約庵遇尤蹇，以監司待次鄂中，辛亥變作，被執，屢瀕於死，北歸貧甚，爲書傭以老，因自號苦李。其《和顧印伯壬子九日》〔水調歌頭〕云："經過兩重九，不見菊花開。升高何必峰頂，我志自崔巍。深羨潯陽陶令，猶有故園松菊，慷慨賦歸來。俯仰在人世，野馬與塵埃。　　世間事，無限感，酒盈杯。古來一例貧士，金玉賤蒿萊。眼底江山如此，回首故鄉何處，萬里夢燕臺。海上飛鴻影，月夜照徘徊。"具見胸塊。身後遺草，不知何人編定，誤以余《栩樓桃花下追懷浪公》〔慶春澤〕詞羼入，余刊集在先，外間或未見，後來必有訂疑者。

一八　八里臺

津南八里臺亦曰八里潭，水村繚繞，多植菱荷，老柳帶之，風景佳絶。余每與社侶挐舟往游，水風飄衣，溪雲壓枕，倚篷弄笛，日暮乃還。憶查灣有《南塘泛舟》〔四字令〕云："榴花未然。楊花未綿。碧桃花爲誰妍。剩嫣紅可憐。杖頭數錢。橛頭喚船。一篷湖水湖烟。共沙鷗對眼。"訒白和云："梅黄弄丸。荷青弄錢。一篙衝破溪烟。載斜陽滿船。　　菰村水田。蘋洲水弦。幾家曬網風前。羨漁翁似仙。"俱清雋有致，余亦效顰，愧弗如也。又嘗與查灣、訒白、息庵同泛舟觀荷，歸就栖白廎夜話，余於燈下填〔金縷曲〕後闋有云："也擬搴芳前浦去，妒雙鴛、結就烟波伴。還小泊，綠楊岸。"是日實見有鴛儔雙泛，舟中且携衾枕，亟回橈避之，有迂余者笑謝而已。忉盦嘗携家舟游，賦〔點絳唇〕詞，同人競叠和之至數十闋。螺江太傅和詞有"本亦浮家，花更留人住"之句，人以比廣平梅花。其集中又有《同梅生重泛荷灣》〔惜紅衣〕詞和石帚韵云："夜雨成秋，前塵計日，勝游猶力。棹入香雲，疏花戀叢碧。芳辰易駛，傾意待、同舟詞客。清寂。支枕扣舷，得斯須將息。　　銅駝巷陌。擎翠搖紅，菰蒲恣陵藉。無因再夢，化國海南北。却舊盟漚鷺，自笑萬波空歷。恁滿房心苦，那似昔時顔色。"荷灣即謂南塘，余編輯社稾，署以《烟沽漁唱》，良以丁沽近市，惟此間烟水差足移情也。

一九　水香洲風物

八里臺畔有水香洲者，文安張仲鈞觀察別業也。臨流結屋，夾水通橋，徑出落磯，林藏花塢，中有滄近居、一漚亭、三十六陂吟館諸勝，每花時觴客，或移舟聽雨，或憑攔竚月，往往流連卜夜，跌宕忘歸。余嘗賦〔憶江南〕十闋寫其風物云：“芳洲好，八里古臺邊。漁笛吹來青箬雨，游船搖過綠楊烟。人影鏡中天。”“芳洲好，小築傍雲涯。篆路轉頭迷港汊，鑒塘倒影現亭臺。門外藉花開。”“芳洲好，臨水小柴門。蓮渚窺人魚最樂，竹籬迎客鴨能言。船繫碧蘆根。”“芳洲好，花竹繞精廬。蝶影閑畦金粉地，鷗盟小榜水雲居。題遍練裙書。”“芳洲好，結屋近滄浪。風露三更停畫槳，烟波四面繞瓊窗。花外水都香。”“芳洲好，曲徑夾清溪。花影不離橋上下，柳陰微界水東西。一帶短長堤。”“芳洲好，最好一漚亭。藥徑引泉通石井，花塍覓路出烟汀。處處碓車聲。”“芳洲好，新拓草堂幽。罷酒闌干溪月午，飄鐙簾幕水風柔。三十六陂秋。”“芳洲好，清賞四時宜。春望曲歌楊柳岸，秋吟人醉菊花籬。蹋雪更相期。”“芳洲好，難得主人賢。歸路依依花壓袖，清光泛泛月隨船。一夢小游仙。”今仲鈞既殂，勝游不續，偶取是詞翫之，覺水堂觴敘之樂，宛在心目間也。辛盦賦〔齊天樂〕起拍云：“沙鷗爲引扁舟到，深深藕花洲渚。”亦寫景如繪。

二〇　秋柳聲聲慢

余賦秋柳〔聲聲慢〕詞，乃別妓之作，同時詞侶遍和之，且多依原韵邊韵一拍，各抒妍思，咸切本事。薇庵云：“低徊爲留荷鏡，鎮相看、憔悴吟邊。”詗白云：“誰傳玉關消息，祗丁寧、孤雁雲邊。”息庵云：“空留幾絲情影，自縈回、張緒愁邊。”俱工。而姜盦句“柔情幾無著處，認今番、還是歡邊”，惝仲句“渠儂便隨春轉，問長條、攀自誰邊”，意尤新穎。切庵亦用先韵，而不依次其邊韵云：“頗憶春時綺陌，有斑雜曾繫，綠到鶯邊。”蓋後闋轉頭語也。其不用原韵者亦有之。許辛盦詞云：“絲絲零露，葉葉凋霜，秋光又到河橋。怪底東風，未堪絆住長條。章臺舊停驄處，悔朱樓、好夢輕抛。相思恨、似青荷鏡裏，眉樣空描。　　拼向江潭惆悵，笑仲文、情重也替魂銷。往事思量，尊前曾見蠻腰。凄涼晚風殘照，問藏鶯、甚處新巢。羌笛語，訴離愁、山遠水遥。”唐立庵詞云："吴綿飄盡，金縷歌闌，依依忍見殘枝。愁倚長亭，西風也怨輕離。從今更休攀折，漸澹黄、秋净霜霏。剩纖影、恨空留溪水，征雁還飛。　追憶前時月下，替輕脩眉譜，花霧徐披。薄鬘籠雲，誰知此日分携。新來沉郎腰减，任垂烟、拂水凄迷。對尊酒，更牽情、金勒暗歸。"俱纏綿悱惻。栗齋、約庵填詞未就，各爲余寫秋柳畫幀，亦一時閑緣逸興也。伎名梨雲，天臺人。憶某夕，集栖白庼，詞白出建茶名雪梨者供客，笑謂余曰：飲此如夢梨雲矣。余感之，因填〔徵招〕一解云："冰甌悄寫東闌韵，花前暗添清思。莫是夢中雲，被瓶笙扶起。溶溶仙影裏。怕重泛、玉妃殘泪。憶著鄉山，一枝春到，客愁銷未。　深院礑香塵，銀瓶畔、還疑個儂芳字。淺渴盡難禁，況離邊餘味。嵾山歸夢殢。祇團月、伴人無睡。待纖手，點向東風，定楚魂如醉。"何梅叟見而賞之，欲采入詞話，余笑曰：使君録之，不如自作供狀也。偶憶及，因復記之。

二一　萬谿園

萬谿園不與詞社，而時同酬唱。好度曲，每酒半，高唱李龜年彈詞，聲調悲壯如雍門之琴，其胸中固有天寶遺恨也。後鬱鬱度遼，酒筵中高歌未竟，遽爾化去，余深痛之。憶居津門時，有老伎陳紋娘者，聲價冠一時，能顛倒權貴，亦嗜昆曲，因得識谿園，漸與之狎。余笑謂之曰：君乃有紅顏知已，可不恨矣。復倚〔花心動〕詞調之云："新約羅屏，訝蟾宫、吹來羽霓仙侶。夢淺燈飄，歌裊珠匀，弦裏綺情徐度。當筵紅豆殷勤記，早牽就、相思千縷。驀腸斷、秋眉暗語，楚魂留住。　却念宵來風露。愁損了東陽，帶圍如許。邂逅鈿盟，宛轉琴心，消領峽雲湘雨。討春我似司勛懶，盡惆悵、綠陰多處。問旛錦、今番替誰穩護。"時谿園已得文園之疾，故後闋微諷之，後亦旋疏。然輕舟出世，紋娘亦挂帆人也。

二二 舊京女子

丙寅丁卯間，日夕集詞白齋，每限漏填詞。偶於惠中酒樓夜飲，見有女子當鑪滌器，詢之，云是舊京人，因約同拈〔蝶戀花〕詞贈之。查灣詞云：“倒瀉銀瓶添酒去。纖手分羹，味勝江瑤柱。葉底流鶯飛又住。銷魂莫作沾泥絮。　　一剪橫波羞不語。偷眼鐙屑，暗把蕭郎顧。蘇小同鄉知甚處。兒家居近長楊路。”詗白詞云：“似向文君鑪畔去。擊盞玲瓏，聲雜銀箏柱。十丈軟紅曾小住。舞衣慣惹垂楊絮。　　玉立亭亭眉欲語。僝僽心情，暗怯周郎顧。三五今宵延月處。蘼蕪莫斷來時路。”息庵詞云：“月暗青帘飄夢去。澹粉輕裙，羞倚駕鴦柱。勸我醉鄉鄉裏住。柔條漫似風吹絮。　　檢點杯盤三兩語。掩抑秋波，臨去猶回顧。明日當鑪仍舊處。教郎認取仙源路。”余所作有“一朵行雲無著處。教人錯認巫山路”之句，自謂頗存忠厚。又嘗於酒間招歌姬笑笑，詗白檢辛稼軒集，見有《贈子文侍人笑笑》〔浣溪紗〕詞，因和其韵贈之云：“露井夭桃似玉人。太真欣見入簾頻。回頭送媚自生春。　　倩影夢中還乞巧，可能傾國故含矉。拈花偷問貌姑神。”查灣和之云：“絕代薔薇解笑人。櫻桃紅綻笑頻頻。合歡花底可憐春。南內荔支妃子意，東風芍藥侍兒矉。玉梅笑拜貌姑神。”全用花木名，特見工巧。息庵和成二闋，次闋白描尤工，云：“一笑從來百媚人。未妨巧笑曲中頻。千金買得笑時春。　　有底愁時還帶笑，不曾笑處却含矉。一矉一笑見丰神。”余亦有和詞別存集中，一時寄興，頗足忘憂，今豈可復得哉。

二三 花朝

北地春遲，每值花朝，苦無芳事。丁卯值閏，花朝栩圃，稚柳搖春，小桃盛發，先期搜采名花得數十種，悉列於世㜪堂上，是日約詞侶把酒賞之，花間剪彩作旛，綴以銀燈，輝映麗絕。余即席賦〔解語花〕云：“瓶蕤供几，鈿葉偎屏，催按霓裳序。瘦鶯啼住。

重簾捲、裊裊亂紅如舞。檀心正苦。悄憶到、東闌前度。尋舊懽、蠻檻分攜，小夢迷花務。　　因念逝波斷羽。話瓊津天遠，春暗宮樹。舊香誰主。啼鵑恨、總付怨烟顰雨。流塵怕數。剩花影、如潮來去。拌醉吟、休負今宵，要翠尊深注。"徐姜盦和云："簀屏艷幟，樺館清尊，添按鶯啼序。愛春留住。圓蟾近、撲蝶會中雙遇。賓萌宴舞。亂翠瓊、蠻薰千縷。休更愁、葵麥風搖，任把紅情迮。　　偏是瘦鵑慣苦。說蛛塵長冐，扶荔宮樹。霧朝烟暮。風還緊、冷落舊香無數。傷春夢雨。總莫問、劉郎前度。歌未闌、蓮漏頻移，慳隱花深處。"其詞深窺夢窗，此尤淒艷，餘子有作不及也。

二四　詗白

詗白晚途傷貧，乃再出遼塞，余折寒碧簃前梧桐一葉，書〔鳳栖梧〕詞寄之。結拍云："聞道洞庭波又淺。空江誰管芙蓉怨。"以詗白長沙人也。越旬日，和詞郵至云："雲擁邊關愁思亂。病枕孤吟，把卷還慵展。萬劫飛灰桑海換。家山休問南來雁。舊夢絲絲吹不斷。似葉飄零，心逐秋風遠。瑤瑟宵寒湖水淺。空餘木落騷人怨。"語頗蕭颯，即憂其不永，不幸竟驗。是韵同社中頗有和者，胡憪仲所作感概尤深。其詞云："碎唾成塵書葉亂。萬叠新愁，肯放眉峰展。心字香殘人世換。遲來故國霜前雁。　　泪化滄波流不斷。便到伊行，曲折知多遠。夢裏池塘秋水淺。等閑賦作蕪城怨。"結拍兼懷其伯兄宗武也。宗武由翰林出宰，官至四川勸業道，亦瀟灑，工倚聲，余曾見其詞，惜未留藁。宦後清貧偃蹇以沒，知者咸深惜之。

二五　楊瑟君

泗州楊氏門多才俊。余與味春觀察、杏城侍郎皆嘗同官，又與蔚霞觀察同吳門吟社，在京師復獲識瑟君，清才玉映，爲後起之秀，杏城之嗣子也。壯歲參戎幄，所佐非人，行軍途次遇寇，曳

興獨後，遂及於難，知交惜之。遺草零落，僅見其〔探芳信〕一
闋云："對殘蕊。嘆舞蝶猶狂，餘香未已。鳳且無栖處，休憐到簫
史。繫驄深巷調箏夜，月冷欺羅綺。易相逢、咫尺城南，別長於
死。　　新恨寫蠻紙。念舊曲弦危，那堪重理。自遣春歸，春夢又
疑是。綠陰早晚將離約，覓醉從今始。恐他年、更見驚鴻照水。"
是詞爲戊午春京邸所作。時眷城南一妓，約不諧，拈此寫恨，後是
妓終歸之。其室山陽顧伯彤女士亦工詞，有《熙春閣詞草》，徐積
餘選入《閨秀詞補遺》。

二六　西溪祠與超山梅

周夢坡於杭州西溪建祠宇，祀兩浙詞人。自爲詞紀之，和者
甚衆。林鐵尊鷗翔〔瑞鶴仙〕詞云："蓬萊徑隔。料有人、猶認故
宅。欵秋魂夢裏，香火半龕，繾綣今夕。"即謂其事。湘潭袁滄洲
榮法《泛棹西溪，小憩秋雪庵，登彈指樓，樓後即爲兩浙詞人祠
賦》〔一萼紅〕云："泛清幽。有荻花楓葉，蕭瑟一天秋。極浦雲
回，寒汀潮落，宿雨還未全收。夕陽外、低鬟擁翠，伴微吟、篷底
起吳謳。莫管重來，祇消今日，容我扁舟。　　一角茅庵如畫，問
詞仙在否，渦水空流。故國心期，他鄉滋味，今古長恁悠悠。憑寄
語、人生行樂，好時節、休要怯登樓。料理殘醪半樽，更酹盟
鷗。"西溪故多梅，然未若超山之勝，自唐玉潛來此植梅，遂漸繁
夥。舊有玉潛祠，今燬，惟宋梅尚在。林切盦《超山紀游》〔瑞鶴
仙〕云："春寒方料峭。趁淺日、輕陰探芳林窈。飆車度叢篠。怎
非烟非雪，萬山如縞。幽香顫裊。便不飲、都應醉了。問橫斜、綴
玉苔枝，清福幾生脩到。　　聞道。緣村都是，宋代遺民，手鉏瑤
草。繁花正鬧。興亡事，倐如掃。嘆崇祠向圮，貞魂尚在，誰與冰
檐索笑。剩蘿蝛、偏耐凄清，冷英獨抱。"注謂：蘿蝛爲宋梅中小
蟲。周夢坡《憶超山宋梅》亦用是調，有云："虬枝練冰魄。料冬
青前度，江南同客。支亭甓石。念好春、樽畔易擲。"吊玉潛也。
山有香雪樓，陳吉士宰仁和有惠政，杭人於此祀之。

二七　朱伶素雲

光緒初年，京師歌郎有"五雲"者，同擅名。朱伶素雲其一也，數年前尚在，每登場飾小生，如烏衣子弟，自然華貴。朱漚尹於海上遇之，爲賦〔綺寮怨〕云："亂柳香風吹店，酒帘河外青。傍水陌、細語殘鵑，春陰底、喚上旗亭。中年哀絲怨竹，潛催換、鬢雪和夢驚。甚候烽起滅江關，無人睬、故國塵暗生。　　悵恨病辭茂陵。銅仙去後，劫灰怕問昆明。氣挾幽并。何人是、米嘉榮。江南落花風景且訴與、十年情。傷懷步兵，澆愁但願醉、無淚傾。"是確有龜年重見之感，與林下達官征歌評色，形諸篇咏者，迥不侔也。二十年來，朝士漸凋，舊伶亦盡，求其稍知同光軼事如王瑤卿者，且落落希覯。許辛庵《觀劇》〔賀新涼〕後闋云："善才老去龜年死。又十載、梨園重到，夢痕流水。凝碧池頭笙歌歇，不見貞元朝士。誰與掩、筵前殘涕。頭白周郎空一顧，嘆人間、法曲飄零矣。休摩笛，宮牆倚。"回首夢華，共茲悲哽。

二八　金籛孫

金籛孫嘗於故書中，檢得道光二十三年阜陽縣征糧官紙。紙背書〔減字木蘭花〕一闋云："雖然小別。惱亂偏逢重九節。那去登高。獨向江頭送畫橈。　　休言十日。一日三秋應省得。說與黃花。莫待開時不到家。"字迹端秀，不知何人屬草，而甚有情致。因題〔點絳脣〕云："插遍茱萸，暮雲忽擁離愁起。暗緘殘淚。寫入新詞膩。　　可是催租，轉有登高意。相思字。蠹魚回避。此亦貞元士。"糧紙至俗，竟成一段雅談。籛孫近年里居，精覃群籍，浼人繪《桐陰勘書圖》，余嘗爲題詞。其校刊《續檇李詩繫》，鞅工李道義任之。道義以痛子不起，其婦陳吞金約指以殉，籛孫屬江陰繆書屏爲文記其事，而自悼以〔孤鸞〕詞，有"一寸金彄謝汝，助儂千古"之句，人紀淪斁，乃睹斯人，可以傳已。

二九　詞中荒怪事

余近輯《洞靈小志》，多言荒怪事。乃詞中亦有相發明者。秦梅生大令宗武〔齊天樂〕詞序謂：有人讀書山寺，夜見燐火遍野，閃碧如螢，中一燐最巨，作紅色，用千里鏡照之，見一人衣青衫，持炬旋轉不定，諗爲新鬼，爲紀詞云："千年恨血歸何處，成群被風吹斷。仿佛漁燈，依稀螢火，月黑林昏常現。無窮幽怨。是一點靈光，未曾銷減。鏡裏窺來，分明人影暗中見。　茫茫塵世寄耳，想夜臺無礙，不願輪轉。莫是當初，興亡戰地，莫是故宮離苑。游魂爲變。縱名士傾城，也難分辨。驀聽鐘聲，一星星去遠。"又近人著《今齊諧》載：丹徒鮑煦齋孝廉恩暄喜填詞，寄居長沙某寺，夜雨孤坐，偶作〔點絳脣〕詞成，上闋云："寂坐僧寮，塵栖敗壁飛鼯鼠。游絲萬縷。裊住垂楊樹。"下闋凝思未就，忽窗外有人應聲云："門巷春深，花落無人主。天將暮。江南何處。陣陣黃昏雨。"鮑驚訝，急持燈啓戶覓之，見一古衣冠人冉冉隨影而沒，則鬼且能代人填詞矣。結習之深，泉下猶不能自脫，異哉！

三〇　京師炙鴨

京師炙鴨名天下，宣南便宜坊尤著。何潤夫憲副有詩咏之，而詞家無涉筆者。近見徐碧夢有〔倒犯〕詞賦京師炙鴨云："弄影似、鴛鴦并栖，露塘波淺。眠沙夢斷。偏消受、半爐紅緩。金虀芥醬，膏沃晶盤，雲膚歛。試嫩爽、霜葱膩餅銀荷捲。就新蒓，正秋晚。　回首春江，細泛東風，桃花知水暖。暮雨碎浪纈，趁魚子，輕偷眼。睡片石、萍茵軟。妒雙鶼、長鳴逃七按。恨罥入菱絲，畢竟難飛去，任君羞禁臠。"一時詞客歛手推服，謂不意有此纖麗之作。碧夢於詞深究四聲，余見其手槁，一字至數易，笑謂之曰：如君始可稱填詞。然辭勝意絀，亦其微病。

三一　况夔笙鳳泊鸞飄之恨

冷曹清況，惟買花訪書爲樂。冷市荒攤，百涉不厭。魏挺生駕部《長安樂》絶句所謂"廠市纔過花市近，尋常行處有春風"也。况夔笙久官内閣，其《菱影詞》爲出都後所作，有《憶宣武城西花市》〔殢人嬌〕詞云："艷早蜂疑，香多蝶競。春猶淺、信風巧并。金烟媚景，瓊雲障冷。梅聘否、宵來海棠妝靚。　　巷陌麴塵，鞭絲絮影。纔當日、已成銷凝。芳期幾誤，翠交紅映。祇隔著、關河夢中尋省。"又《憶都門琉璃廠廟肆》〔繞佛閣〕詞云："梵鐘頓杳，庭院四匝，奇幻瑰麗。芸笈中秘。躞題玉映尊彝競紅翠。木難火齊。紛綺錯繡，搖動光氣。漢碑唐志。汝奩定盝瑤瑲更珠佩。　　記得駐金勒，袖滿鑪烟班直退。曾共碧山吟儔携手地。也不料而今，回首魌魈。竹西歌吹。恁不遣閑愁，翻惹離思。望舮棱、暮烟凝紫。"廠肆每歲自初正至元夕，陳列百貨，其東有火神廟，羅列金石書畫，爲雅流所萃。又廊房頭巷燈肆衝連，游人於逛廠餘興，必兼選燈。夔笙見安定講堂懸紗燈數事，爲京都物，感賦〔戀繡衾〕詞有云："春明回首惜夢華，海王村、東去駐車。有如玉，人年少，試春燈，紅翠畫紗。"蓋廊房巷即在廠市之東，猶憶童時侍先太保春游，屢經其地，攤塵燈影，回首茫茫，豈僅夔笙鳳泊鸞飄之恨？

三二　迦庵

余於杭郡丁家山有地三畝許，爲許安巢所讓。背山臨水，頗饒風景，擬小構別業，未果。故舊作絶句有云："思量蕉石拓行窠，繞屋東西種芰荷。買宅卜隣俱不易，人生禁得幾蹉跎。"其地即所謂蕉石鳴琴也。聞左迦庵言，丁家山一帶，霜後紅葉如錦，尤稱麗矚。迦庵嘗有〔清平樂〕詞賦之云："鵑啼剩血，染上枯枝葉。不是相思紅豆結，却是花開没骨。　　層層密密疏疏，幾番烟襯霞鋪。爲問御溝流水，那年流到西湖。"寫紅葉如畫。佳處留庵，因循未踐，每當霜晚楓丹，誦迦庵此詞，輒爲惆悵。迦庵曩流寓杭州，所居在湧金河杜子橋畔，兩岸皆高柳，春殘絮起，撲人如醉，因署其樓曰"柳影"。後再過其地，感賦〔高陽臺〕詞，其下闋云："當時柳影樓頭客，記偷拈怨笛，醉拂吟鞭。舊地新愁，銷魂杜子橋邊。朱欄幾叠撩人處，誤殘茸、一縷紅蔫。暗流連、短草池痕，澹墨窗牋。"若有無限淒戀者。其在杭嘗結寒碧詞社，今無知其事者矣。

三三　梅花居士圖

王半塘藏有明王綦畫軸，秋林茆屋間，二人對坐，其人絶似己，笑曰：是即我《校詞圖》也。朱漚尹題以〔虞美人〕詞，且謂：三百年前，乃能爲今人傳神寫意，筆墨通靈，未易測哉！其事殊奇。因憶昔有新安齊梅麓者，性愛梅，偶得和靖像一幀，忽自謂爲前身小影，乃署爲《梅花居士圖》，遍征題咏。仁和吳蘋香女士題以〔沁園春〕云："歸去來兮，仙吏蓬萊，三年宦成。羨種梅繞屋，前身君復，看雲出岫，此日淵明。香作因緣，身參色相，展卷春風誤影形。翻然悟，記水邊籬落，雪後園亭。　　移家合住西泠。莫忘却、孤山一角青。有當時竹閣，仍容高士，而今仙鶴，解識先生。七百年餘，大千境裏，總與疏花結淡盟。能來否，向白沙堤畔，重築詩城。"詞流假托，大抵如是。然梅麓作宰浙中，身世性情皆與逋仙不類，獨嗜梅爲近，使嗜梅者得充君復後身，則世間奚止千百和靖哉。

三四　鰈硯

吳下申園壁間有沈仲復中丞室嚴夫人所繪西廂屏幅，仲復手書《西廂》曲子於上，書畫雙絶，吾友曹杜盦客蘇嘗見之。夫人爲緇生太史妹，歸仲復爲繼室。仲復先得沂石之佳者，剖爲二硯，鐫雙魚形，至是與夫人各持其一，因以鰈硯名，征題於潘季玉。季玉爲賦〔滿庭芳〕云："玉割胡沙，犀磨聖水，硯材如此精良。剖來和璞，靈寶出汧陽。果是珠聯璧合，錦鱗現、比目呈祥。迎嘉耦，先征吉兆，福録頌鴛鴦。　　松莊同唱和，龍文兩兩，鳳字雙雙。咏魚兒懸劍，燕子投筐。還傍靈岩洗處，翻墨浪、芸葉流香。琉璃匣，妝窗位置，韵事紀文房。”魚兒句，用玉溪詩語；燕子句，則用漢元后事。后在家，有燕銜白石投績筐中，自剖爲二，中有文，后乃合之。與鰈硯略似。余與仲復子彦傳、彦裔俱舊識，聞是硯今尚在，藏於其家。

三五　殁而爲神

　　光宣時，海内尚有治舊學者，曹君直其一也。君直久直薇閣，官至侍讀，乞歸，先公主禮學館，禮聘未就，臨終絶而復甦自云赴泰山任。言訖復逝。冒鈍宧往吊，聞其家人言之。汪君剛亦與君直善，其《癸亥人日得君直訃》〔淒凉犯〕前闋云：“朔風透幕。寥天外、淒音一片蕭索。故人去矣，寒宵短夢，下迎笙鶴。離懷正惡。問誰許山靈締約。怕他年、歸來訝錯。何處舊城郭。”即謂其事。又張鐵甫廣文臨終別無他語，但曰浩浩太虛，獨鶴與游。後降乩云爲岳州城隍。易笏山爲其門人，紀以〔醉蓬萊〕詞，有云：“途指巴陵，武昌一水，兩處高樓，湖脣江面。公似騎驒，把芙蓉城管。問鶴何如，費家黄鶴，定往來相玩。始信吾儒，浩然正氣，比仙尤健。”殁而爲神，自古有之，其見於詞者僅此，亦足以廣異聞。

三六　含真仙迹圖

　　陳庸庵丈撫汴時，愛女綉君瘵殁。家人攝影中嘗見其影，又屢夢之。一夕，夢見殿宇嵯峨，列座仙娥六七，女居三四間，面有愁色，退出復入，則女座虚焉，問於侍者，曰：入内更裝也。又夢見有男子裝者，冠翠冠，衣綉白袍，執玉笛手中，初不識爲誰，俄冠服紛紛委地，内襲雲錦衣，諦視久之，始識爲女。以書授之，女受書遽出，從至牙門外，泊一大舟，仗衛旗幟森列，翩然登舟，解維徑發。次日婢媪聚話，述所夢亦同，咸曰仙矣，乃繪《含真仙迹圖》，遍征題咏，萃爲一集。集中有許亭秋夫人題詞，即女母也。詞爲〔風蝶令〕云："瑤島回環處，蓬山縹渺中。琉璃殿瓦碧玲瓏。却見彩衣仙子，坐重重。　　隊結雲娥伴，班容玉女從。可知阿父隱簾櫳。贏得唾冰紅化，泪珠濃。"又云："洗盡閨娃態，全非粉黛妝。金冠覆額體矜莊。手執玉簫歸侍，紫瓊窗。　　桐葉驚宵落，蓮花滴漏長。月移竹影過西廊。無奈驚回殘夢，斷鸞腸。"内子俞琬君與許氏有姻誼，時尚在室，爲題〔祝英臺近〕一闋云："繡幰空，綾帳冷，人去蓬萊頂。腸斷春暉，盼斷青禽訊。憑他絹粉傳神，緗筠寫韵，怎寫出、小鸞倩影。　鳴蟬鬢。仙容屏却鉛華，秋水倚妝静。珠袖籠寒，一色蔚藍境。端詳剪剪明眸，低徊欲睇，祇錯認、彩衣歸省。"

三七　三六橋藏容若舊物

三六橋早歲與樊山分賦紅綠梅，有紅梅布政、綠梅都護之目。比居京師，僦宅城東板廠胡同，爲滿洲文某舊邸，廳事前古杏一株，大將合抱，花時燦如絳雪，每招客共賞。夏閏庵賦《雙鳳硯齋杏花》〔燕歸梁〕云："花下移尊趁鬧春。午風定，息芳塵。絳英點點襯苔茵。春留得，尚三分。　　百年餘艷虬枝古，王謝燕，往來頻。倚闌幾換玉樓人。還倩影、對斜曛。"汪君剛亦用是調賦之云："紅鬧枝頭又幾分。江南夢，借塵痕。小廊低壓散香雲。春有意、巧留人。　　恩恩容易花朝過，番風轉，喚花魂。祇今穠艷若王孫。漫醉賦、惜餘春。"雙鳳硯者，納蘭容若舊物，爲六橋所得，因以名齋，君剛嘗拈〔風流子〕題之。六橋又別藏容若畫像，嘗語余云：此二物雖貧不鬻，異日有爲刊集者，當舉此爲酬。嗣聞旅食不繼，已質硯於人，恐無望璧返矣。

三八　暘臺杏花

舊京花事以杏花爲最。曩推田盤之勝，曰"青松紅杏"。頻年

兵劫都盡，而暘臺之名轉益著者，其地岩崿深窈，居人多以種杏
爲業，數十里間，皆老樹，花時燦若霞錦。山中有寺曰大覺，爲清
水院故址，金源八院之一也。寺北之管家嶺，寺南之玄同塔，花事
尤盛，枝幹夭蟜，類古梅，葩豐而色深，則梅所不及。同社周息
庵、傅沅叔皆有山癖，每春深花放，輒信宿寺中。余嘗和息庵
〔風入松〕《咏暘臺杏花》云：“東風搖夢杏雲酣。峰髻綴紅簪。斜
陽澹入燕支海，鬧春路、招我飛驂。來去重重花影，橫枝畫遍輕
衫。　　泉聲近處指精藍。殘燕語呢喃。青林煮酒人都懶，祇分
付、蝶醉蜂憨。吟到北梅亭子，不知春在江南。”北梅者，沅叔於
山中所建亭，在大覺寺前。別有倚雲亭者，則建於管家嶺，皆杏花
最勝處。余戲謂息庵：自道君燕山賦杏後，其倚聲專咏暘臺者，當
讓我輩獨步矣。都下聊園詞社，嘗約同人共和道君〔燕山亭〕詞，
余未及作，僅憶錢孫所作下闋云：“空記辭賦流傳，鬧枝頭春意，
流鶯嬌語。盧家舊事，倦燕慵提，差池暮雲深處。一夜高樓，夢殘
蕊、被風吹去。無據。晨徑掃、怨天難做。”言外托諷甚深，與余
題道君牡丹畫幅所謂“牡丹江上東風錯”者，正有同感。古今興
替，得非數哉！

三九　城南名流舊迹

往時，南人官京朝者，率居城南，故多名流舊迹。丁叔衡丈米
市胡同寓宅，爲許海秋我園，符南樵嘗於此撰述《熙朝雅頌集》。
王半塘簡叔衡〔徵招〕詞云：“街南老樹藏詩屋，花深自然塵少。
獨鶴意徘徊，剩蒼雲休掃。吟聲聽了了。算惟許、草玄人到。翠葆
紅裀，似留圖畫，待君幽討。　　坐嘯憶承平，看風月、依然勝流
烟渺。琴筑後來心，耿壺天清峭。闌干閑處好。也分占，燕鶯昏
曉。軟紅外、一壑能專，漫睊懷歸棹。”結拍尼其南歸也。又朱漚
尹所居上斜街宅，相傳即顧俠君小秀野草堂，咸同間王定甫居此，
適得王元章墨梅十二巨幀，遂榜其西齋曰“十二洞天梅花書屋”。
半塘《賀漚尹移居》〔瑞鶴仙〕詞云：“翠深天尺五。認秀野、風

流銀灣斜處。閑漚澹容與。是百年見慣，騷壇旗鼓。春風胥宇。想生香、梅花萬樹。正南窗瞑入，橫枝約略，洞天雲古。　　凝佇。攤箋韻事，拄笏高情，承平簪組。藤交蔭嫵。誰共覓，舊題句。勸先生莫忘，玉壺觴我，準備新詩賞雨。怕窺檐一角，西山笑人自苦。”是二宅，余少時皆嘗以賀歲過之，得半塘詞，可補坊巷志矣。

四〇　蟄園牡丹

余所居城東蟄園，爲福瑶林貝子舊邸之一角。牡丹數十株皆老本，有高過人者。深紫數叢種尤異，花巨如盤，外間未有也。甲戌三月花時，嘗於此舉詞社，約同拈〔絳都春〕調賦蟄園牡丹。夏閏枝詞云：“酣春静院。正坐擁衆香，人閑花蒨。媚影鞾烟，深色烘晴，雕闌畔。年年開徑招吟賞，待一洗、鵑愁鶯怨。錦燈高映，瑶牋互擘，翠尊休淺。　　還念。春明剩録，泥人處最是、鈿車游伴。霧眼乍回，禪榻流連，情何限。芳題姚魏誰家擅。又沁壁、西園詞翰。異時作記平泉，夢華未遠。”汪兼龕詞云：“尋春乍倦，喜重拾墜懽，朱門謪宛。翠影雲濃，妃子濃妝，偏嬌蒨。亭亭微量添匀染。殢情處、雕欄凭遍。綺懷渾懶，清愁費袂，鬟絲催換。　　回念。瑶林舊築，夢華影剩許、雅人留戀。韵事又提，悄逐番風，年光轉。姚黄魏紫誰家院。正芳晝、簾櫳寒淺。許否十日平泉，醉吟夜半。”壽石公詞云：“猩屏露墜，浣勝侶鬖霜，花扶人醉。睡纈殢嬌，書葉無題，東風咽。翻歌小扇慳名字。甚羅蓋、牙籤空費。密圍邀影，觥船潋灩，好春清事。　　一例。夭紅嫩緑，向何處説與、深宮蕭寺。舊色舊香，輕暖輕寒，琴尊底。明霞蘸影疑無地。待捲上、流蘇相倚。幾人新擘蠻箋，賦情多麗。”朱少濱詞云：“芳圍砌畔，正酣酒妙舞，霓裳明爛。認取漢宫，分得天香，栽瓊苑。盈盈無語含幽怨。怕恩薄、愁濃難遣。盛時珍重，潛窺倩影，自矜妝面。　　延眄。清才妙筆，傍傾國漫寫、錦牋招燕。素帳翠藤，脩佩黄薇，嬋娟伴。驚心遲暮春容換。更月照、輕

紅羞覥。夜闌扶醉歸來，瑤臺悵戀。"丙子春，蟄園牡丹有輕紅并
蒂者，復招同人賞之。章茗簃爲賦〔錦堂春〕云："對幅黃筌點
筆，雙聲絳樹傳觴。婉兒十字工題句，增色滿庭芳。　一樣尹邢
嬌面，同時環燕新妝。主人彩管江花麗，鬥艷得花王。"萃錄清
詞，聊抵爲園林補記。

四一　須社同人賀生詞

騤孫之生，須社同人集栩樓，填《稻孫詞》爲賀。蒼虬同年
《過訪蟄園》詩且有"竹垞孫是稻孫"之句，余愧不敢承也。逾年
誠兒不錄，余輯其《潛思盦詩草》附於集後，如《笛漁小稿》之
例，竟若有前征者，念之泫然。同人所賦《稻孫詞》，限〔郭郎兒
近拍〕。茗簃詞云："再熟當年，曾誦吳都，真見而今嘉種卜。薦
郁。綉隴新綠。椿藹重蔭圖成，更補豳風圖一幅。亭毓。　共仰
先疇，食報定配豐玉。博得元章，樓頭榜就，盎然生趣足。願年
年、遞茁孫枝，拈遍新題桐與竹。"姜盦詞云："累葉揚芬，百穫
征祥，都道金穰同玉樹。欣睹。錦鬈華縷。殷勤吟到麞牙，異事元
章樓更署。鸚鵡。　幾趁香雲，白漢赤甲頻舞。琥珀流脂，簣簹
叠秀，築場聞笑語。看瑯琊、再刈成文，應有奇童傳杜注。"是
調奇澀。而查灣詞尤閑雅，云："芥圃分香，竹砌延陰，魚夢今
朝占好語。忻舞。虎掌初舉。題樓閑煞元章，祇愛柴門臨水住。
堪賦。　秀到紅蓮，下筆定詫鸚鵡。縠似先型，禾興異瑞，好
教文褓護。待秋成、更壽漁洋，香祖他年叢記補。"結拍謂余與漁
洋同生日也。夏映盦僑海上，亦依是調寄賀云："露町栖梁，接隴
連畦，風膩烟腴仍翠瑩。秋剩。玉粒猶孕。看他茸錦旋鋪，虎爪麞
牙名恰稱。樓迥。　舊日元章，倚檻共飫嘉穎。長養東園，霜餘
老芥，隔畦相對并。更森森、立竹階前，閑誦坡詩風味永。"遠道
被飾，意尤可感，幸祖澤之克綿，念朋交之相篤，用殿簡末，永示
後昆。

蕉窗詞話

林　丁◎著

　　林丁，山東人，其他不詳。《蕉窗詞話》刊載於《北平晨報·藝圃》1937 年 7 月 12 日，本書即據此收録。張璋《歷代詞話續編》收録該詞話。

《蕉窗詞話》目錄

蕉窗詞話

一 濟南辛弃疾與李清照

詞在宋朝，可謂登峰造極，詞家之多，不亞唐朝詩人。但最高的兩把交椅，却都讓我們濟南人坐了：一位是愛國軍人辛弃疾，一位是狀元甥女李清照，一字幼安，一字易安。幼安詞奔放淋漓，如懸崖飛瀑，充滿憂國熱忱；易安詞輕柔婉約，如午夜洞簫，抒發個人憂樂。以思想以量論，前者勝後者；以藝術以質論，後者勝先者。

二 滿人納蘭容若與文叔問

詞至元明，已成强弩之末，及清又轉盛。但最高的兩把交椅，却又讓人家滿人坐了：一位是納蘭容若，一位是文叔問。納蘭容若詞纏綿凄回，含蓄蘊藉，抒發個人憂樂，極似易安；文叔問詞粗獷豪邁，多涉時事，則極似幼安。前者以小令勝，後者之詞格高。

三 李後主與宋徽宗

歷朝帝王能詞者，當推李後主與宋徽宗，二人的身世又恰恰相同，都嘗過亡國的滋味。茲將抒寫被擄後生活最足動人者，各舉半闋："四十年來家國，三千里地山河。鳳閣龍樓連霄漢，玉樹瓊枝作烟蘿。幾曾識干戈？ 一旦歸爲臣虜，沈腰潘鬢銷磨。最是倉皇辭廟日，教坊猶奏別離歌。揮淚對宮娥。"（後主〔破陣子〕）

"憑寄離恨重重，這雙燕，何曾會人言語。天地遥遠，萬水千山，知他故宮何處。怎不思量，除夢裏、有時曾去。無據。和夢也、新來不做！"（徽宗〔燕山亭〕）身居九五，爲人間至尊。故非兩人所宜；但做一個藝術家的資格，却綽綽有餘。

四　李清照

李清照爲濟南城東柳絮泉人，坤順門外尚志堂内，有金綫泉，栩傳清照《漱玉詞》即成於此。

五　詞壇雙璧

清照之《漱玉詞》與納蘭容若之《飲水詞》，爲中國詞壇雙璧。

六　唐詩人兼工詞者

唐詩人中，兼工詞者，當推青蓮、香山，量雖不多，自然通暢，遠出五代宋詞以上。

七　中國八大詞人

胡懷琛先生以屈、陶、李、杜、白、蘇、陸、王爲中國八大詩人，吾以李後主、馮延巳、晏殊、歐陽修、蘇東坡、李清照、辛弃疾、納蘭容若爲中國八大詞人。

（1937 年 7 月 12 日《北平晨報·藝圃》）